山西民俗故事

王晨　王中力 ◎ 著

（上）

山西出版传媒集团
三晋出版社

序　言

　　民俗起源于人类社会群体生活的需要,是一种来源于人民,传承于人民,规范于人民,又深藏于人民的行为、语言和心理中的民间文化。民俗文化的根基和源头,深深扎根在人民群众创造历史的实践过程中。人民既是历史的创造者,也是历史的见证者;既是历史的"剧中人",也是历史的"剧作者"。民俗文化的建构与传承,也必须得到人民群众的认可和接受。

　　一般来说,有些民俗,起源于当时当地的民间传说和故事,是历史事件的反映,也是人民大众对理想生活、理想境界的期盼,是对道德、思想、文化以及"真、善、美"养成的一种追求。也有一些故事,是民间先有了某种风俗,后人追溯不出这些风俗流行起来的缘由,才编撰出一个有道理的故事来解释,加以附会。这些故事一经流传,民俗的起因和内容、形式也就约定俗成。所有这些民俗的形成和延续,是留存在人们心里的记忆,是人们思想和价值观的结晶。可以说,传统民俗的一个显著特征,就是把习惯人格化、把理想具体化、把社会发展方向和个人修养相融合的规范化样式。它是一座桥梁,一扇窗户,从这里,我们可以看到民间文化的大体面貌,可以真切地感受到传统文化在不同时代的表现形式和真实脉动,可以看到中华民族文化的心灵归宿与精神家园。

　　民俗,是传统文化的重要组成部分,是养成乡风习俗、传承集体意识、形成民族观念的主要途径。不管起初的民俗出于什么目的、起源于什么故事,都是在沿袭一种思想,传承一种观念,养成一种意识。每一种民俗,都是一个内涵丰富、气韵生动的"生命体";

每一种民俗,其实就像山药一样,哪怕只是一小截块茎,也能以种子的方式进入人的心灵,发芽,生长。

习近平总书记强调指出:"中华优秀传统文化是中华民族的精神命脉,是涵养社会主义核心价值观的重要源泉,也是我们在世界文化激荡中站稳脚跟的坚实根基。"对传统文化的传承,包括了对民俗文化的继承和弘扬,这就需要我们对传统文化的"库存"进行全面、系统的整理,并在形式和内容上注入新的活力,这是推动优秀传统文化创造性转化、创新性发展的必要前提。

山西历史悠久,文明进程薪火相传,民俗故事是山西历史、文化基因的集中反映。山西的民俗故事记载、反映了山西人民在社会变革、历史发展、时代兴替中对人类、社会、自然、生存作出的贡献,也有山西人民为人处世、经世修身的经验教训。民俗包括的范围和内容很多,大体有物质生活、社会生活、精神生活三个方面,具体包括巫术、信仰、服饰、饮食、建筑、制度、生产、岁时节令、仪礼、商业贸易、游艺等方方面面。本书从民俗的总体内容出发,从日常生活、人生礼仪、地方物产、美食名吃、岁时节日、社火庙会、游艺竞技、民间信仰等八个方面挑选了400多个有故事的民俗进行了整理、修订、改编。从民俗内涵、故事(传说)两部分阐释民俗,尽可能精简语言,使语言口语化、使故事通俗易懂,更适合于大众化阅读。考虑到篇幅的限制,本书省却了一些人名、地名和概念的解释,对民俗的沿革和意义也没有详细展开。用民俗故事来揭示、展现民俗的本质和特征,是本书的主旨和特色。

在收集、梳理山西历史文化的过程中,我对民俗文化有了更深的了解。民俗本身是一种润物细无声的文化,是一种潜移默化、循序渐进的文化,但它同时又具有与时随行、与时俱进的特质,因而有着极为广阔的空间。因此,重视民俗文化的整理,在民俗文化中注入新的时代色彩、道德要求、文化要素、价值观念,就有着十分积极的意义,也是传承传统文化不可或缺的一个步骤。也就是说,我们不应该是被动地、一成不变地继承民俗传统,而应因时制宜、因地制宜、因情制宜、因俗制宜,给延续、传承了一定历史文化民俗注入新的思想内涵、时代元素,并将其进一步规范化、仪式化、具体化,促使其逐渐转化为受众更广的思想、意识、习惯和行为。只有敬畏传统,尊重传统,发扬传统,我们这个民族才能走得更自信、更远。

目　录

序/1

日常生活

抱拳问候/2
背红毡盖黑虎/3
鞭　刑/5
吃榆树皮/5
吹鼓手不进院里吹打/7
春秋冬穿黑色衣服/8
盖房子贴对联/9
过肆筵糊水道/11
打"龙眼纸"/12
二月二,吃泊汤子泡枣山/13
盖房中檩披红布/14
仓谷爷爷/17
蛤蟆衣/18
河东"抢亲戚"/20
黑色孝服/21
黑塔造醋/21
泼旺火/23
见了即骂,遇着就打/24
拉洋片/25
黎侯虎/26
六月六,吃煎馍/28

六月六,晒皮肉/29
六月六,走麦罢/31
六月六,姥姥送面羊/32
麻衣仙姑求子/34
卖豆腐敲梆子/35
妻大夫一岁、男等女送和女戴眼纱/36
扫天媳妇/37
扫帚辟邪/38
杀　猪/39
烧柏树枝/41
屯留人爱喝大叶茶/42
无醋不成宴/44
写"璧返"/45
写　礼/46
悬挂钟馗/47
舀饭勺子口朝下/48
元村人过白事不请乐人/50
赵、原两姓不通婚/51
钟馗迎蝠(福)/52

1

人生礼仪

拜天地/56

婚　配/57

骡驮轿/58

吃喜头饭/59

厨师给新女婿敬酒/61

老人先吃头碗饭/63

男孩结婚捉"轿鸡"/63

偷富贵/65

忤逆坟/67

新郎新娘交换礼物/70

新媳妇进门，三天不论大小/72

新女婿"做贼"/73

夜里娶媳妇/75

地方物产

板　枣/78

保德油枣/80

北溟老酒/81

草珍珠/83

党　参/84

定坤丹/86

腐干张/87

龟龄集酒/89

河东酒/90

恒山黄芪/90

鸿茅酒/91

虎头鞋/92

来福醋/94

梨花春/95

临猗酱玉瓜/96

蔺泉香/97

"零旦"葡萄/99

龙眼葡萄/100

平定砂锅/102

平陆百合/103

平顺大红袍花椒/104

平遥牛肉/105

平遥漆艺/106

蒲州柿饼/107

沁水黄小米/108

沁州黄小米/109

清徐鸡心葡萄/110

戎子葡萄酒/116

桑落酒/117

商间南瓜/118

三郝瓜/119

寺底砂锅/123

台　蘑/125

太谷壶瓶枣/125

田善友小米/127

铜火锅/128

山西民间刺绣/128

万荣三白瓜/129

王过酥梨/130

午城玉屏酒/131

隰州金梨/131

杏花村汾酒/132

雁同府黄酒/134

羊羔酒/135

阳高杏脯/135

榆次堡子酒/136

"长升源"黄酒/137

长子石门沟小米/138

中阳剪纸/139

竹叶青酒/141

美食名吃

安泽火腿/146

八宝蒸饺/146

八　姑/147

百花稍卖/149

半疙瘩/150

半炉鸡/151

拌曲妈菜/151

焙面娃娃/152

炒　恶/153

打卤豆腐脑/154

刀削面/154

灯笼麻花/157

繁峙疤饼/158

福同惠南式细点/158

高平烧豆腐/160

高平簪面/161

圪搓猫耳/161

官　尝/162

郭杜林/163

崞阳麻叶/163

海烩猴头/164

和子饭/165

河东饭/166

河津油酥饼子/166

河　漏/167

河曲酸粥/168

黑圪条/169

红脸烧饼/170

红焖鸡/171

泓芝驿糖豆角/172

壶关羊汤/174

黄花素鱼翅/175

黄芪甲鱼汤/175

稷山麻花/176

剪刀面/177

绛州麻特/179

交里桥饸饹面/179

介休贯馅糖/180

金花白玉/181

晋城大烩菜/181

晋南绿豆糕/182

开花馍/183

砍三刀/184

岚县圪坨/185

灵丘熏鸡/186

灵石骨累/187

柳林碗秃/187

六味斋酱肉/189

龙凤面/190

龙须拉面/191
潞城甩饼/192
吕梁油锄片/193
孟封饼/194
孟门熬/195
面麻片/196
娘娘爱/197
牛腰饼/198
沤酸菜/199
漂抿曲/199
平定"龙筋"黄瓜干/200
钱钱饭/201
沁县擦蝌蚪/202
沁州干馍/202
曲沃羊汤/204
认一力饺子/205
荣河油酥饼/206
"三倒手"硬面馍/208
上党余汤/208
上党烩扁食/209
上党拉面/210
神池月饼/211
神仙鸭子/212
寿阳茶食/213
寿阳豆腐干/214
寿阳油柿子/215
苏三鱼/216
素余汤/217
太谷饼/218
太平神仙鸡/218

太原过油肉/220
糖干炉/221
天福号酱肘子/222
贴鏊饼/223
头　脑/225
万卷酥/227
闻喜煮饼/229
武乡炒指/230
武乡枣糕/232
牺　汤/233
襄垣挂面汤/234
孝义火烧/235
忻州养胃糕/236
腥汤浇素饺/237
兴县冒汤/238
徐沟荞面灌肠/238
雪花烧卖/240
雪莲酥/241
羊肉烩面/242
阳城烧肝/244
养元斋排骨/245
尧王饼/245
一窝丝/246
莜面栲栳栳/247
右玉到口酥/248
鱼羊包/249
榆次桃花面/249
原平鲜肉锅盔/250
甑　糕/251
长寿福禄肉/252

长治腊驴肉/253

长治麻花/253

长子炒饼/255

长子猪头肉/256

猪　汤/257

日常生活

抱拳问候
背红毡盖黑虎
鞭　刑
吃榆树皮
吹鼓手不进院里吹打
春秋冬穿黑色衣服
盖房子贴对联
过肆筵糊水道
打『龙眼纸』
二月二，吃泊汤子泡枣山
……

抱拳问候

"抱拳问候",又名抱拳礼、揖礼、拱手礼,典出新绛,是一种见面时相互问候的礼节。内容是左手在外,右手在内,左手抱右手,两手自然相抱,合拢在胸前,在表达问候人的面前打躬作揖,嘴里同时说一些"好久不见,你好你好"之类的话语。如果是遇到办丧事,在行礼的时候,手势刚好相反。

这个历史上延续下来的见面礼节,源出于远古时期尧王的故事。尧王在部落当政后,凭借着雄才大略,连年征战,兼并了许多部落,初显霸业。尽管如此,尧王的部落还是经常受到其他部落的侵袭骚扰,时有人员伤亡和财产损失的事情发生。有一年四月间的时候,尧王故里绛县尧寓村的士兵,遭到了来自南边的一个"凶族"的偷袭。这伙五十多人的"凶族",在首领的带领下,神不知鬼不觉地摸到尧寓村。他们个个腰里别着胳膊粗的短木棍,人人手里拿着锋利的石刀。这伙"凶族"冒充是尧王的士兵,摸进村里后,遇见士兵和村民,不是用木棍将其脑袋打开花,就是用石刀将其开膛破肚。尧王损兵折将近百人不说,还被抢走了大量的粮食和兽皮衣物。尧王非常生气,三天三夜吃不下饭,睡不好觉,日思夜想着应对"凶族"的计策。有一天,尧王召开联盟议事会议,商讨如何应对"凶族"的入侵。一个大臣建议说,咱们需要制定一些部落内的往来暗语。比如说,士兵相见时,就问一声:"什么人?"回答说:"尧王人。"这样就算是自己的人了,而答不上来暗语的人,一律就地打死天葬,绝不许成为奴隶。大家觉得这个办法挺好。实行一段时间后,抓住了不少敌人。然而这样的好日子过了没多久,尧寓村北边几十里外的都城尧都村,在一个大白天,又遭到了北方过来的一个"凶族"部落人马的打劫,还损失了尧王一个战功显赫的心腹大将。这伙"凶族"竟然还是冒充了尧王的士兵,同样回答出了"尧王人"的暗语。这样的事情在尧部落的其他地方也相继发生,促使尧王痛下决心，要彻底扭转这种被动吃亏的局面。

第二年秋天的一个傍晚，尧王打仗胜利归来，准备回尧寓村休整几日。就在离尧寓村还有二里路时，遇到了十多个彪形大汉。尧王骑着战马，只带了五个随从，两伙人走了个面对面，相距不足二十余步都停了下来，相互打量审视着对方。尧王对随从做了个手势，不让他们喊出暗语，而自己那炯炯有神的双眼，一直盯着这伙人神情紧张、鬼头鬼脑的脸。久经沙场的尧王不露声色，暗自琢磨，如何让这几个毛贼自现原形呢？突然，南边天空闪出一道光亮，这道光亮有万丈余高。尧王抬头一看，这道光亮随即消失，顿时醒悟，知道这是上天在帮助自己，于是大声喊道："你们这几个小民，双手抱拳举到胸前别动，等待搜身。"尧王洪钟般的声音惊天动地，有如炸雷一般。其实，这十多个"凶族"士兵在和尧王刚碰面时就吓出了一身冷汗，感知骑在马上的首领不是凡人。听到了尧王的喊声，更是吓得胆战心惊、双腿发软，棍棒石刀丢了一地，连转身跑的力气都没有了，只好五体投地地连磕响头，嘴里连喊求饶："尧王爷显灵了！尧王爷显灵了！请饶命吧！我们不回去了，愿意当尧王爷的牛马，为尧王效力。"

也就是从那时开始，尧王部落中士兵们的暗语一直在变换，起初是"什么人？""尧王人！"过几天就变成"宿尧人！"或者"尧都人""尧人"。暗语在变，但是双手抱拳在胸前的姿势一直没有变，意思是双手没有凶器，表明双方的善意友好。后来，抱拳的动作经过四五千年的不断演变，就成了亲朋好友见面问候的一种礼节。

背红毡盖黑虎

"背红毡盖黑虎"，是高平市农村结婚办事时的一种习俗。喜事这天，新娘子头上蒙块红布，帮办喜事的人身上系红布条，过桥遇碾磨时用红毡遮盖。

相传很早以前，有位周公是黑虎星下凡，专为人占卜。凡是经过他算命的,印证都非常准确。一次,他为一个老太太算卦,说老太太的儿子在外要遭大难,性命难保。老太太的儿子三天后却回来了,周公感到非常蹊跷。周公想,"我一生所算的卦,都没有出过差错,为什么这次有了出入呢?"周公一算,才知道有人破了自己的卦,却又不知道是何人。经过询问,才知道事情原委。

那天,老太太让周公算卦后,回家就坐在门槛上哭起来。这时,有一位十七八岁的大姑娘路过这里。这姑娘眉清目秀、体态匀称,一条乌黑的辫子随着她轻飘飘地走动左右摇摆,让人一看就知道温柔善良、聪明伶俐。姑娘见老太太痛哭不止,便上前安慰道:"大娘,什么事使你这样悲伤?你能说给我听听吗?"老太太把找周公算卦的事原原本本地告诉了姑娘,姑娘在老太太耳旁嘀咕了几句,便起身走了。老太太也立即停止了哭泣。这天夜里,将近三更的时候,老太太依照姑娘的指点,对门烧了三炷香,手把门环唤了三声:"儿呀!儿呀!儿呀!你回来吧!"他的儿子在回家途中,夜宿一座破窑洞里,正在酣睡的时候,猛听见母亲的呼唤声,便睡意蒙眬地走到洞外寻找母亲。待他准备返回窑洞时,窑洞突然坍塌,吓得他出了一身冷汗,只好连夜启程回家。

周公经过几天明察暗访,知道此卦是名叫桃花的姑娘所破,并且知道了桃花技艺超群,远远比自己高出一筹,嫉妒之心遂起。一天,周公登门向桃花求婚,桃花猜透了周公的用意,便将计就计,应允了婚事。完婚那天,周公在桃花坐轿路过的桥下、碾磨旁和桃花下轿的地方,都安放了青龙白虎,一旦桃花露面,便能置桃花于死地。桃花坦然自若,把自己的脸蒙上红布,让轿夫身上都系上红布,路过的桥头、碾子上都盖上红毡,过桥遇碾子就放鞭炮扔馍馍。青龙白虎见了红色,也不知是什么东西,又有炮声,有吃的,也就不再胡来,不再惹桃花了。周公见桃花破了自己的法,又没伤害自己,甚为感激,暗害桃花的心思也就消失了。从此,他们夫妻二人和睦相处。

后来,人们为了图吉利,祝福夫妻能够相亲相爱,所以在办喜事的时候,就沿袭了这个习俗。

— 4 —

鞭　刑

"鞭刑",典出远古时期舜的故事。舜,尧帝的女婿,后建都于蒲坂(永济),在位48年。舜曾以"象以典刑,流宥五刑"作为"法治"的主要内容。"典刑"是指黥、劓、刖、宫、大辟,是非常残酷的刑罚。五刑指鞭刑、扑刑、赎刑。鞭刑是指官府治事用鞭子施刑,扑刑是指学府教育用戒尺惩罚,赎刑是指用金属铜来赎罪。

舜从一个贫苦百姓做了帝王,深知百姓疾苦,他最恨把老百姓不当回事的官员。他常常告诫朝臣,帝王的天下在民众心里、民众手里,你为百姓着想,百姓就会拥护你,你才真正有权威;你心里没有百姓,百姓心里也就没有了你,百姓就会憎恨你、推翻你。因此,水可载舟,亦能覆舟,就是这个道理。舜帝让一位在百姓心目中形象高洁的大臣,起草了一部法典,规定了明确的律条,并在大臣和百姓中广为宣传,让人人知晓,互相监督。尽管如此,也有一些把律条与百姓不当回事的官吏。一次,有人报告舜帝,有个大臣上山考察民情,却让两名山民用两条木杠夹捆了一把椅子抬他上山,结果一个山民因山路陡峭而跌倒,脚部骨折。这个大臣不仅不先料理山民的骨折,反而让人用鞭子抽打这个山民。舜帝听后,极为愤怒,他把这个大臣叫来,喊手下的人:"你给我狠狠用鞭子抽他。"后来,鞭刑就成了封建社会沿用多年的一道刑罚。

吃榆树皮

"吃榆树皮",典出岚县一带的民间风俗。在岚县,清明节的时候有一个习惯,家家户户要吃一顿榆皮面。

那还是在很早以前的时候,岚县的榆湾村有一棵千年以上的大榆树,经过长期的风吹日晒,修行成精。只要人、牲口一碰上它,就要吸血,结果害死了不少生灵。后来,这一带的老百姓怕榆树精作怪,就在榆树跟前修了个庙把它"供献"起来。谁知道越进供越有麻烦,这棵老榆树动不动就发脾气,一发脾气就刮黄沙黑石子风,遇上下雨就把雨变成冷弹子(冰雹)糟害庄稼。

有一年春天,庄稼刚刚露头,榆树精又发脾气刮黑石子风。老百姓一看着了急,就相跟着一大群人到庙里祷告。他们正在那儿跪拜烧香的时候,忽然看见老榆树冒了一股黑烟,变成了个女子。这女子打扮得妖里妖气,头上还带着一颗鲜红的珠子。人们一看,知道她是妖精变的,吓得一个个跪在那里,不敢抬头,也不敢吭气了。这妖精冷笑着说:"你们要想风调雨顺也不难,只要给我献上十个童男童女,事情就好办了。要是赶明日还送不来,不要说是庄稼了,就连方圆邻近的人一个也别想活。"听着妖精的话,人们直哆嗦。有几个年轻人气得受不了,扑上去揪住妖精就要打。谁知那妖精早有准备,不等他们动手,就摘下头上的红珠子耍了个定身法,把这些年轻后生给定住了。其他人一看都吓得各自跑了回来。回到村里,大家越发惊慌,生怕妖精半夜来抢人。于是,家家户户关门闭户,不敢点灯,也不敢出门。有些胆大的人悄悄聚到一起商量对付的办法。想来想去,除了偷跑,再没有别的法子,于是当天半夜的时候全村人就都离开家逃难去了。

榆树精以为人们不敢得罪她,一定会把童男童女送来。可是等了半天也不见动静。她就来到村子里察看,没想到村子里空空的,连个人影也没有,莫非是都跑了?榆妖觉得不对劲,驾上云头走了几十里,果真看见路上的行人像蚂蚁一样拖儿带女在逃难。她摘下头上的红珠子念了一声"定",路上走的人都不会动了。妖怪冷笑一声,轻轻落了地。她在定住的人群里来回圪瞅,想拣个细皮嫩肉的吃。正在这时,出来云游的吕洞宾看见这个地方妖气上升,知道有妖精作怪,下来一看就碰上榆树精。吕洞宾二话不说举起斩妖剑朝妖精刺去,榆树精一看来了个不怕死的,连忙招架。两个乱打了一阵,妖精觉得自己不是吕洞宾的对手,急忙化了一道黑烟就跑。吕洞宾一直跟着黑烟追赶,最后跟到老榆树下,黑烟呼地一下不见了。吕洞宾看出这老榆树就是妖精的原身,就用宝剑向树身狠劲刺去。这时老榆树"哎呀"怪叫一声,从树心里流出一摊深红色的血,树枝、树叶全落下来了,只留下了光秃秃的树身子。

破了树精,吕洞宾又把榆树精用定身法定住的人全部救活,然后告诉人们说:"榆树精吸了不少人血,树皮上还留着人的精气,你们把树皮捣成面吃了能辟邪。"说完就不见了。当时正是清明时节,人们就剥了树皮捣成面和荞面或豆面和起来吃。从此以后,每到清明节,这一带的老百姓就要吃榆皮面,祖祖辈辈一直流传到现在。

吹鼓手不进院里吹打

"吹鼓手不进院里吹打",典出平阳。春秋时,师旷在晋国当乐师,他擅长弹琴,辨音能力很强。还经常给国君献计献策,对治理国家起到了积极的作用。不论在王宫相府,还是市井民间,人们都很喜欢他。

当时,晋平公酷爱听音乐,他故作风雅地让工匠铸了许多乐钟,自娱自乐,自鸣得意。有一天,他兴高采烈地将大臣和乐工们招来品赏。大臣们大多不懂音乐,只是看平公的脸色跟着摇头晃脑,随声附和。乐工们听了,虽然有些想法,但也不敢直言,只能奉承夸赞。唯独正直的师旷不以为然,直率地说音律不准。这一下,就像猪尿泡上戳了一刀——泄了平公的气。他觉得在众人面前扫了兴、失了体面,便恼怒地拂袖而去。从此,对师旷耿耿于怀。为了报复师旷,一次晋平公把歌伎舞女找来,并在大堂的台阶上撒满了蒺藜,强迫师旷脱鞋,赤足踏着蒺藜上堂,为他弹琴作乐。后来,他又让师旷跪在蒺藜上,折腾得师旷忍痛长叹。厚颜无耻的平公,却手握酒杯,皮笑肉不笑地说:"开个玩笑,何必这样悲伤!"师旷气愤地说:"国君殿堂竟然生出蒺藜,莫非妖魔作怪!"

晋平公不顾百姓死活,搜刮民财,还让黎民不分男女老少服兵役、守城墙,受饥挨冻,直闹得怨声载道。忧国忧民的师旷看到这种情景,便挺身而出,向平公请命说:"安邦治国,君主当以仁义为本。君爱民如子,民奉君才能如父母,敬若神明。如果君变成困民之主,使百姓绝望,就必然要失败,望君三思。"谁也没想到,这下可捅了马蜂窝,惹怒了晋平公,说师旷煽动暴乱,犯上作乱,应该判罪问斩。这时,大臣们闻讯赶来,跪在殿前,哀求平公宽恕师旷。平公虽然气怒不过,但自知理屈,又怕惹得众叛亲离,不得不收回成命,免了师旷死罪,革去了师旷官职。

师旷被革职为民后,生活困窘。为了糊口,便走向民间,结交平民百姓,研习民间鼓乐,创立了以吹打为主的鼓乐班。平阳一带的鼓乐班就是在这个时候兴起的。鼓乐班起初以伺候在位大臣和给富贵人家做寿诞、喜庆活动为主。有些不忘旧情的大臣,觉得曾与师旷同操国事,不忍心让他亲自吹打,但又喜爱听师旷的音乐,再三请他同乐人进到院里演奏,而师旷不肯。他说:"人穷志不穷,我不愿意在富人面前献殷勤,不愿意在富人锅下捡米吃,在他们跟前吹打,就像黄连树下弹琴一样,苦中作乐。在门外吹奏,可以招来广大庶民百姓,让大伙亲眼看吹打,亲耳听演奏,欣赏我的音乐。"于是,师旷和乐人们就常常在门外或影壁前吹打。后来,随着鼓乐班的沿袭相传,鼓手不进院里,便渐渐成了民间的一种风俗习惯。

春秋冬穿黑色衣服

"春秋冬穿黑色衣服",三晋的传统文化习俗。历史以来,三晋民间的衣饰如同其朴实、勤劳、淳厚的品性一样,显得俭朴、本分、厚重。尽管地域辽阔的三晋有着气候、环境等生活条件和历史文化的差异,但深远的黄河流域文化传统仍然制约着晋南一带的衣着打扮。晋南一带衣着以黑色为主,源自春秋时期。春秋时周襄王二十四年(前628)晋文公丧礼,各国诸侯都来吊唁送葬,唯有与晋国有多年联姻关系的秦国,不仅不来哀悼,反而乘人之危发兵侵袭晋国友邻郑国。晋国老臣原轸极为愤懑,于是号令三军,停葬出征,一举歼灭秦军,取得了辉煌战绩。《左传·殽之战》中记载:"遂墨以葬文公,晋于是始墨。"意思是说,战争胜利以后,晋国三军都穿战时的孝衣,才埋葬了晋文公。因为那时候黑色衣服表示哀悼,晋国从此便开始穿黑色衣服了。沿袭两千多年来,春秋冬多穿黑色衣服已经成为三晋一带百姓的习俗。

盖房子贴对联

"姜太公在此,诸神退位。扶梁逢黄道,立架遇良辰。"横批是:"上梁大吉"。这是过去太原一带农村盖房时贴的对联。当立柱扶梁时,主梁上供着神位,屋架上披红挂彩,房主人烧香磕头,其他人鸣放鞭炮。

传说,在很早以前,有一位王员外盖房子。扶梁立柱那天,一大早,村里的人就来帮忙干活了。人们来来往往,忙上忙下。王员外更是忙得不可开交,跑里跑外,安排茶饭。忽然,大地微微抖动,发出"轰隆隆"的响声。人们都东倒西歪,站立不稳,墙上的砖块被晃得摔了下来,一会儿,响声停息,大地也停止了抖动。众人都感到奇怪,朝四处张望。只见远处白气弥漫,雾中隆起一个土堆,从土堆里走出来一个手拄拐杖的白发老翁。老翁走到跟前,手持拐杖指指画画地说:"我是土地,这儿的地面归我所管,你们怎么不告诉我一声,就随便动土,我要惩罚你们。"王员外赶忙上前施礼说:"小民肉眼凡胎,不懂天理,求土地爷爷开恩。"说完,王员外招呼家里人端出酒菜,请土地入席。土地这时改变了态度说:"我虽是天神,如今咱们住在一起就是邻居,低头不见抬头见。想盖房子,你们放心干吧!有天大的事,老夫我全担待了。"说完,他就大吃二喝起来。吃饱喝足了以后,嘴巴抹一抹,一扭身就不见了。

约莫过了半个时辰,只听对面山谷里发出"轰隆隆"一阵响声。

响声过后,从山里涌出一团黑气。这团黑气像旋风一样转动,从山谷到空中,又从空中转到地面。在地面上滚动了几下,顿时消失了。一个金盔金甲手执金鞭的天神站在众人面前,凶狠地说:

"我是山神,这儿的山归我管辖,你们乱取山石盖房是违犯天条的。"王员外见状,立马跪下央告说:"小民不懂天上规矩,万望大仙恕罪,大仙一路劳累,请先用饭吧!"说完,又让家人端出了酒肉饭菜。山神也不推辞,大吃大喝一顿,然后嘴巴一抹,也不见了。

人们正准备干活,忽然乌云遮日,一阵暴雨袭来,人们纷纷躲避。一会儿,云开雾散,红日当空,一位大仙降到众人面前,凶狠地说:"我是山神,这儿的山归我管辖,你们乱取山石盖房是违犯天条的。"王员外见状,又是赶忙跪下求告说:"小民不懂天上规矩,万望大仙恕罪,大仙一路劳累,请先用饭吧!"说完,又让家人端出了酒肉饭菜。山神也不推辞,大吃大喝一顿,嘴巴一抹,也不见了。

人们又准备干活时,忽然飞沙走石,狂风大作,人们眼睛被风刮得睁不开,无法干活。一会儿,风和日丽,春风杨柳,又有一群天神降到地面。领头的对王员外说:"我们是四方游神,奉玉帝旨意,巡游寰宇,你家把房子盖到这儿,挡了我们的去路,理应马上拆除。"他的话还没说完,又有神仙降下来,对王员外说:"我们是日月星官,这半月不宜修建住宅。"王员外心中有数,一边赔礼道歉,一边让人大摆宴席。

众神见他殷勤小心,不好再说什么,就客客气气坐下吃喝起来。神仙们肚子大,一会工夫,就把王员外准备下的东西全部吃完了。人们看着,有的摇头,有的叹气,王员外一家也低声抽泣。

众位神仙吃饱喝足,正准备开路时,只见天空出现一朵五色彩云,一位老道披发执鞭从天而降,两个童子紧随左右。众神一看是姜太公驾临,慌忙跑出屋外跪下迎接。姜太公见此景象,大声喝道:"你们这群毛神,不好好掌管乾坤,下界搅混,鱼肉百姓,该当何罪?"众神都知道姜太公打神鞭的厉害,哪敢言语,只是一个劲地磕头。姜太公见众百姓悲伤的样子,说:"今天,有我做主,你们现在就开始立柱扶梁,我倒要看一看谁敢上前阻挡。"又回过头对众神说:"你们这群毛神,还不快滚!"后来,人们起房盖屋时,就供起了姜太公的神位,两边贴上吉庆的对联。此后相沿成习。

过肆筵糊水道

"过肆筵糊水道",典出五台。肆筵就是设宴。这个风俗来源于一个民间传说。从前有户人家给儿子娶媳妇,来的客人多,摆的席面也多,派头挺大。太阳落山时,花轿进了村。霎时,鞭炮齐鸣,乐声四起,锅碗瓢盆响得欢,一片热闹景象。恰好这个时候,村子外面毛鬼神领着几位散仙云游路过这里,听见这乐声,闻见这饭香,引起了好奇心,便停了下来。一位仙家闻了闻飘出来的饭菜香味,惊奇地问道:"这是什么味儿,竟这样香?"另一位仙家跟着点了点头,捋了捋雪白的长髯说:"这是连天国也没有的异香啊!平时我们吃惯了鲜桃鲜果,现在如果能品尝一下这人间美味,也不枉云游一遭。诸位也有同感吧?"诸神听了,纷纷点头称是。毛鬼神一听大家想吃,便拍拍胸脯说道:"诸位仙长若有此意,在下愿效犬马之劳。"众神见他这样说,正中下怀,便答道:"那么就有劳你奔波了。"毛鬼神让众位散仙等着,自己循着鼓乐声向娶媳妇的这户人家走去。众仙坐在五道庙旁的石条上等候。

毛鬼神走到这户人家大门前借着月光一看,大门关着。想推,又怕弄出响声,被人发现。怎么办呢?他忽然看见有一个水道口,便俯下身子,从水道口钻进了院里。这当儿,院子里特别热闹。客人们在里三层外三层地看新媳妇,鼓乐面前垒着旺火、起劲地吹着,安席的大声吆喝该谁坐这位,该谁坐那位。厨房里更是忙得不可开交,蒸汽弥漫,隔两步便谁也难看清谁。忙乱之中,客人们纷纷入席。厨子们忙着挖菜出糕。端盘的腿儿飞快,一走出厨房就响亮地呼喊开了:"来了!来了!菜来了!"客人们喝酒的喝酒吃菜的吃菜,有的则行开了酒令。

毛鬼神一见这阵势,早耐不住了,便拿了个盘撩腿走进厨房。厨子看不清他的脸面,顺手便将饭菜碟子放在他的盘里。毛鬼神端着盘边向厨房外边走边学着高声喊道:"来了!菜上来了!"嘴里这样喊着,却趁人们不注意,端着盘从水道里爬出去了。接着,毛鬼神又用同样的办法将酒、馍馍、糕端了出去。

这下可坏事了！安席的看见还有几张桌上没端上酒菜，着了急，便进厨房催促。厨子们说："你们刚才已经全端出去了，还要什么？"安席的一听，火气来了，粗声粗气地骂道："你们厨房是咋搞的，是不是想趁机捞油水？"

厨子们一听，气不打一处来："我们忙里忙外整整忙了一天，落不下个好不说，反倒说我们偷了东西！"便脸红脖子粗地与安席的顶撞起来。吵闹声越来越高，东家听见，慌忙跑出来规劝，待弄清原委，便赔笑道："没什么，没什么！许是大家记错了，说不定原来就不够数，再去拿上些，炒几盘不就行了吗？"这才将一场风波压了下去。

此时，五道庙那边，众位神仙正悠然自得地品酒就菜吃糕。大家连连赞道："哈哈！味道的确不错！"待吃喝完毕，便驾着轻云飘飘而去。

第二天，新郎的弟弟开门扫院，发现水道口有一个打碎的碟子，便喊家里人出来。家里人见了这种情形，迷惑不解，便分头去找，看看还能发现些什么痕迹。找着找着，突然又听见新郎的弟弟叫道："爹爹，快来这儿！"新郎的父亲赶忙过去，一看，惊呆了！原来五道庙旁放着几个酒盅和几个用过的碟子、碗盏。众人觉得奇怪，这些东西怎样从厨房里弄出来的，而且神不知鬼不觉？细想，一定不是凡人干的，便猜着是毛鬼神来过，因为大家都知道毛鬼神又馋又鬼。

这事传出去后，人们凡办肆筵，总不忘记用黄纸封住水道口，提防毛鬼神再钻进来偷东西。有的还用一根红线在锅边缠一圈，在烟囱上也缠一圈，据说，毛鬼神见了红线就不敢轻易来了。

打"龙眼纸"

"二月二，打龙眼纸"，典出清朝时傅山在西村的故事。这是农村预防冰雹的方法，流行于太原市尖草坪的西村、兰村、镇城、柏板一带。

清朝康熙年间的时候,有一次傅山回村把前半年找他求雨的三位老者找来,教给了他们打"龙眼纸"的方法,以预防冰雹的袭击。在农历二月二的前一天,村里要公推三个姓氏不同、德高望重的人,准备大红公鸡一只、锤子一把、凿子一个、宣纸一百张,然后到全村人经常聚集的村东石碾旁,把一百张宣纸摞在一起放在石碾中间的眼孔上。等到后半夜天快亮,大公鸡第一次打鸣的时候,打鸣声"咕咕咪"一响起就举锤,在声音还未响完前,锤子就打在凿子上,凿子把一百张宣纸打透,这样每张纸上都有了一个眼孔。这样的纸就叫"龙眼纸"。"龙眼纸"做好后,要在二月二这一天发给众人。等到夏天下冰雹时,拿出"龙眼纸"在庭院里焚烧祭天,冰雹就会散去,避免农作物遭受冰雹灾害。直到中华人民共和国成立初期,西村一直有人在二月二打"龙眼纸"预防冰雹。

说来也怪。多少年来,相距西村二里地的兰村、镇城,尤其是柏板,经常遭受冰雹灾害。而西村却很少冰雹袭击。即使有冰雹,也不会造成灾害。

二月二,吃泊汤子泡枣山

"二月二,吃泊汤子泡枣山",典出远古时期尧王的故事,是浮山民间的生活习俗。临汾市浮山县的人通常也过"二月二",也有"二月二龙抬头"的说法,但他们不像蒲县人一样吃那种"夹豆和儿"(玉米面夹豆发糕),也不像运城人一样吃麻花,他们吃的是"泊汤子泡枣山"。

上古的时候,平阳一带是尧王建都的地方。可后来,不知为什么,就像有人把天捅了许多大窟窿似的,天河里的水"哗哗哗"地就是往下直倒,一连下了七七四十九天,房倒屋塌,田园淹没,水患成灾,平阳一带几乎可以说是成为泽国了。这时,有人提议将尧都迁往别处,尧王却说:"都城好迁,可我不能撇下老百姓不管呀!我的意见还是就近避灾为好。"

后来，尧王便与那些文武大臣和当地的老百姓，登上木筏，向东南方向匆匆而去，并带头向高山头上爬去。但是，水势却还是有增无减，人上一截山，水漫一段坡，随着洪水的不断上涨，周围好多山岭都被大水吞没了，偏偏就只有尧王所在的这座小山水却淹不着，似乎这山在随着水位的变化而起浮。

尧王自己觉得奇怪，那些跟他上了山的大臣和百姓更是疑惑不解。看看这山，也没有什么特殊的地方嘛！只是在靠近山顶的地方有一棵镢把粗的小枣树比较惹人注目，有人过去蹬了几下，只见枣儿哗哗落，不见树上枣儿少。于是，在场的都有份儿，人人都以枣当饭，饱餐了一顿。正月里连阴下大雨，二月二红枣挂满树，这种反常现象把人弄得更加稀里糊涂。就在这时，强烈的地震发生了，人们被震得倒下一片，寻思着天是不是要塌下来了。地震过后，这座山上的一切依然如故，周围的水势似乎比原先来得更猛烈，这里的山头却只管随水上浮。不知谁家的小孩儿向靠山根的水面指了指，叫喊："快看！快看！"人们才发现山根周围有许多小白龙在一拱一拱地往起抬龙头，而且是抬一下龙头，这山往上浮一点。

这时，大家才恍然大悟，是尧王爱民如子的圣德感动了天地，龙王才派来这么多龙子龙孙在此护驾，于是，尧王便将此地命名为"浮山"了。

浮山人为了永远不忘尧王爱民如子的圣德，记住了在山上吃的那顿枣餐，每年过年时，都要蒸一种叫作"枣山"的花馍，供在灶王爷面前，祈求灶王爷上天多为尧王美言几句。之后，便有意将这"枣山"馍风干，专门等到二月二龙抬头这天，做其子汤（面条汤），泡上枣山馍吃。他们还说，这汤就是当年的洪水，其子就是那些小白龙，枣山就是当年浮在水面上的那座山，因此起名叫作"泊汤子泡枣山"。

盖房中檩披红布

"盖房中檩披红布"，典出岚县的民间传说，是岚县农民盖房立架时,给中檩上披块红布的风俗习惯。

这个习俗来自一个传说。很早以前,有个举子叫傅兴汉,上京赶考,没有得中,盘缠也花了个光。吃饭没银,住店没钱,只好在城外荒坡野地过夜,挨家挨户乞讨混日子。有一天,他来到城外,见不远处有一棵两个人拉起手来也抱不住的大榆树,树的阴凉也有半亩地大。傅举子又饥又渴,又乏又热,心想:这前不着村,后不着店,倒不如先在这里歇歇。

于是他背靠树干坐下,双手一兜后脑勺,慢慢地睡着了。忽然,他睡梦中听见有人叫他,揉眼一看,原来是一个十七八岁、毛眉毛眼、有红是白的漂亮女子,正笑吟吟地站在树下。

这女子对他说:"树下阴冷,一旦风寒……"

"是呀,"傅举子说着很快站起来,觉得身上发冷,便问道:"你是哪村的?叫甚名字?来这里作甚?"

女子说:"我家住在卧虎城枣糕庄,母亲死得早,我跟爹卖割糕过日子。前不多时,俺爹也病死了,现在我孤身一人,上无依,下无靠,还是以卖割糕糊口,每天来回在这歇歇。今日见你睡在树下,怕你伤风受寒,才把你叫醒。赶早回家吧。"

傅举子听罢,连忙道谢,立时眼泪汪汪地说:"我现在无家可归,赶京应试,没有考中,盘费花尽,如今连个走处也没有了。"女子见他也是个落难的人,就叫他到她家暂住一夜。傅举子没办法,只得跟着她走。

傅举子在女子家一连住了几天,白天读书,晚上帮女子做糕,有空还教女子识几个字。时间一长,两人相互有了好感。于是,请老榆树做媒,拜了天地。

成婚后,夫妻俩恩恩爱爱,妻子操持家务,丈夫卖字画,日子慢慢地好起来了。

却说当朝皇帝正修一座行宫,要寻一根又粗又长的榆树做独檩。听说这里有棵大榆树,就派人来砍。木工们锯条拉断十几根,斧头卷了几十把,白天锯开,黑夜又长住了。人们很奇怪,监工只好向上禀报。皇帝一听就恼火了,决心要砍倒这棵大树。随即传下旨意,贴出皇榜,谁要能砍倒大榆树赏银万两,封进宝状元。

这一天,傅举子见城门口围着一群人,他也挤进去,仔细一看,原来正是砍树皇榜。他回家就把这事告诉了妻子,妻子听后,默不作声。

因为砍不倒榆树,皇帝杀了好几个木匠,傅举子又把这消息说给妻子。妻子偷偷告诉他:"这树是棵神树,要把榆树砍,需要摆香案。每月二十三,时辰不能变。鸡叫头一遍,先烧一炷香;鸡叫第二遍,纸钱烧三串;鸡叫第三遍,三份大供献。砍树不用斧,人推根就断。"

妻子一说,傅举子愣怔了。原来他的妻子就是这棵大榆树修行的树仙,由于她想过人间烟火生活,看到傅兴汉的境况发了善心,做了他的妻子。经过一段生活,觉得这穷举子敦实厚道,因此才把砍树秘诀一五一十地告诉了他。

农历七月二十二,傅举子来到京城,双手揭下皇榜。两个看榜的差役把他带进皇宫。皇上给了他二十个木工去砍树。

第二天,正好是七月二十三。头鸡叫,傅举子带着木工又烧香又磕头,又烧纸钱又供献,然后带着人们把榆树推倒了。

皇上知道后,很高兴,当面赏了他一万两银子,封了个进宝状元,又把一个干女儿许给为妻。从此,傅兴汉在京城过上了驸马的生活,把家里的事忘得干干净净。

大榆树成了独檩。上梁的这一天,独檩像被吸住一样,多少人也抬不动,皇上犯了愁。晚上梦见一个仙女对他说:"要想独檩梁上架,傅状元人皮搭在上。"醒来后立即传来傅兴汉,对他说:"今日上独檩,全靠你用心,独檩上不去,就剥你的皮。"傅兴汉费尽九牛二虎之力,独檩还是不离地。天子无戏言,圣旨不可违。武士们立即剥下傅兴汉的人皮,搭在独檩上。独檩一下子就被抬了起来,架在了柱子上。

从此,人们在盖房立架时,就把兽皮披在中檩上。后来,人们嫌兽皮血淋淋的,又改用红布。上完檩,红布就送给木匠。木匠在披红布的中檩上要用斧头打三下,以"一斧镇百灵",来告诫那些负心的人。

仓谷爷爷

"仓谷爷爷",典出翼城,是一种敬献五谷神,祈求五谷丰登的民间传统风俗。在临汾市翼城一带,每年农历正月二十,家家户户都摊卷卷、添仓、献仓谷爷。仓谷爷就是五谷神。卷卷是一种带馅的面食。做卷卷时,先把白面兑上水,拌成稀糊糊,在烙馍的鏊里摊成一个一个薄薄的软饼饼,再把调好的熟馅,均匀地摊在软饼上,一卷就成了。卷卷有六七寸长,比大拇指稍粗一点。因为皮儿和馅儿都是熟的,卷好就能吃。在鏊里用油煎一下,就变得黄灿灿、软溜溜、香喷喷的,再蘸上油烧辣椒,掺上米醋,就更可口了。

传说仓谷爷出生在二峰山下弃里村。古时候,这村里有个聪明美丽的姑娘姜嫄。有一天,姜嫄到村外玩耍后回家,看见村口有个大脚印,她很好奇,用自己的脚一量,只能达到大脚印的大拇指跟前。说来奇怪,自从姜嫄踩过大脚印后,肚子一天一天大起来,开始还能遮盖,时间一长,全村人都知道了,说她不正经。姜嫄忍着委屈,熬到瓜熟蒂落,却生了个光溜溜的肉蛋蛋。姜嫄怕人看见,趁天黑把肉蛋蛋丢弃到村边的小沟里。没想到,小沟里的过往野兽根本不伤害他,两天过去了,肉蛋蛋依然完好无损。姜嫄就又抱起他,计划再把他丢弃到远一点的山林里。可是山林有许多人在砍木材,姜嫄又返回来。村边有个水池,水池的水冻得硬邦邦的,姜嫄狠了狠心,就把他丢弃在冰凌上。谁知姜嫄才走出几丈远,呼——呼——呼,不知从哪儿飞来一群大鸟儿,那些鸟围成一个圆圈,用翅膀把肉蛋蛋轻轻托起,那情景好像一个毛茸茸的鸟窝里放着一个圆光光的肉蛋蛋。

这下可把姜嫄吓坏了,她怕鸟儿把肉蛋蛋吃了,急忙连喊带叫

地冲过去。受惊吓的鸟儿一眨眼都没影了。只听见"嘣"的一声，肉蛋蛋裂开一条缝，姜嫄弯腰一看，呀！里面出来一个又白又胖的小子，晃着腿直哭。她又惊又喜，赶紧把这小子揣在怀里，用衣服裹得严严的。回到家，看着可爱的胖小子，越想越后悔，要不是那群鸟，这孩子早没命了，便给孩子起名叫"弃"。

这个"弃"，从小就有志气，喜欢庄稼活儿。长大后用木头和石头制造农具，教乡亲们耕田种地。人们都很感谢他，尊称他为后稷。后稷死后，为了纪念他，人们把他的村子改名叫弃里村。直到现在，翼城叫弃儿的还很多，就是希望能像"弃"一样有出息。后来，人们就世世代代地敬献五谷神（翼城叫仓谷爷），就是后稷。据说正月二十是他的生日，因此，正月二十摊卷卷、添仓、献仓谷爷的风俗，就一代一代流传了下来。

蛤蟆衣

"蛤蟆衣"，是泽州市一带小孩们经常穿的一种衣服。这种衣服是用一块整布，剜下领口，配上两只袖子，在背后的开口处缀上几个布祥，孩子们穿上了，虎虎有生气，人们叫它蛤蟆衣。

在古代泽州城，也就是现在晋城市城区文化馆的地方，有一座小庙，叫静乐宫，当地人称南堂，里面供奉着四爷、四奶奶，是泽州人祈福求子的地方，据当地老百姓说，这里的神仙特别灵验。

很久以前，在白水河畔的一个村庄里，住着一对年轻善良的夫妻，丈夫勤劳朴实，人尊刘哥；妻子心灵手巧，人称巧嫂。两人年近四十，膝下无子，便去静乐宫降香求子。求子回来，路过一条清凌凌的小溪，见到一只活灵灵的小蛤蟆。巧嫂情不自禁地向刘哥说："快！快瞧瞧那小蛤蟆多机灵！咱们能生个那样的孩子多好啊！"说也奇怪，回去不久，巧嫂就真的怀孕了。又过了几个月，生下了一个蛤蟆样的男孩，两口子高兴得合不拢嘴。为了孩子的健康成长，两口子给孩子起名叫小蛤蟆。

小蛤蟆天资聪颖，天生又是个念书的材料，能识文断字，在当地很是有名，可惜是个蛤蟆相，不能进京赴考。有位人称"赛天仙"的小姐，得知小蛤蟆的事情后，非常同情，又非常欣赏小蛤蟆的为人，就想嫁给小蛤蟆，但小姐的爹爹李员外嫌小蛤蟆长得丑，不同意，又不好明说，就给小蛤蟆出难题，向小蛤蟆要磨盘粗的大虾、碾盘大的团鱼，并要小蛤蟆金砖铺地，从他家铺到她家。李员外想，这下可难住这个穷小子了。没想到，这事不但没有难住小蛤蟆，还为姑娘和小伙子的美好姻缘提供了机遇。

李员外将自己要的条件，让媒人告诉了小蛤蟆家里。小蛤蟆的父母一听，心里凉了半截。自家小家小户，去哪里满足人家李员外提的条件呢？完不成，不是难为孩子吗？父母亲将李员外提的条件告诉小蛤蟆。小蛤蟆听了暗自发笑，说了一句："我自有主意。"他请父亲买来三窑青砖，用泥捏了磨盘粗的对虾和碾盘大的团鱼，吹了一口气，对虾、团鱼成了真的，泥土烧的青砖变成了金的。李员外知道了，又惊又喜，立刻将女儿送到刘家门上，与小蛤蟆成亲。

小蛤蟆与李小姐的喜事办得非常热闹，周围的人都来道贺。喜事办过后，入了洞房，已是半夜时分。小蛤蟆脱去衣服，李小姐眼前忽然一亮，小蛤蟆变成了一个美男子，吓得李小姐一下子跌倒在地上，连声喊道："妖怪，妖怪。"小蛤蟆急忙解释说："我是丹河蛤蟆仙的三儿子，因被刘哥夫妇助人为乐的事感动，特来投胎，为他二老养老送终。"这件事，被在窗外偷听的伙伴们知道了，一传十，十传百，泽州城里里外外的乡亲们无人不知，无人不晓。后来，人们就开始做蛤蟆衣，让自己的孩子穿上，一心希望自己的孩子长大，像小蛤蟆一样聪明伶俐，有德有才。蛤蟆衣就这样兴了起来，一直传到现在。

河东"抢亲戚"

"三月三,河东抢亲戚",典出临汾市洪洞,是一个延续了四千多年的民间习俗。现已被列入国家级非物质文化遗产保护名录。

汾河是山西的母亲河,蜿蜒穿过洪洞,河东有一个村叫"羊獬",在河西有一地叫"历山",两者距离三四十公里。羊獬村原名周府村,有一天这里出生了一只独角羊——"獬",这只神兽能辨善恶。定都平阳(今山西临汾)的尧王带着怀孕的妻子和大女儿娥皇来看稀罕,不料妻子在此分娩了一个女孩。这个女孩儿坠地能坐,三日能行,五日能言,满月善针织,百日通天文地理,被起名叫"女英"。尧觉得这个地方吉祥,便迁居此地,改村名为"羊獬"。

舜本是洪洞诸冯人,出生后母亲去世。其继母处处刁难他,舜被逐出家门,到了历山,在此耕种。尧王访贤,在历山见到舜用黄牛和黑牛犁田,舜舍不得鞭打牛,就在牛后面挂一个簸箕,牛走得慢了就敲簸箕,这样两头牛都以为鞭打对方而各自惕厉(据说"威风锣鼓"就从此起源)。尧王觉得舜能够恩及牲畜,一定会对百姓有仁爱之心,便选择舜做了自己的接班人,并把娥皇、女英嫁给了舜。从此,羊獬和历山就成了两个女儿的娘家和婆家了。

羊獬人自认是尧的后代,根据辈分称呼娥皇、女英为"姑姑"。历山以及其他地方人则称她们为"娘娘"(这里的"娘娘"不是皇妃的意思,而是对奶奶的称呼)。

当年三月三正值清明时节,二女要回娘家扫墓祭祖,住到尧王生日四月二十八给父亲做寿后再返回历山。因为这时历山地区即将开始夏收,她们要回来与百姓一道参加夏收。娥皇、女英关心民间疾苦,和百姓同甘共苦,平易近人,深受百姓的爱戴。所以每次住娘家、回婆家时,两地百姓都要自发地聚集在一起,争相迎送。羊獬、洪洞两地相距70里。在当时交通不便的情况下,参加迎送的老老少少都是凭借一双脚板走下来的。故此,为了赶上正日子,迎送的人们往往要提前一天出发,浩浩荡荡渡过汾河。这样的省亲安排从尧舜时代一直延续到如今。

每年两地的老百姓都会抬着两位女子的塑像,按照固定的时间,接送她们往返于娘家和婆家,四千多年来从未间断。

年年三月三尧女省亲,接亲、送亲的队伍浩浩荡荡,绵延数里,羊獬的百姓会设香案送两位"姑姑",历山的百姓则家家摆酒设宴,沿途招待接送姑姑的"亲戚"。

黑色孝服

"黑色孝服",典出春秋时期的晋国。古礼认为,人去世后所进行的丧礼属于凶礼。死者的亲属按照与死者的关系亲疏远近而穿不同孝服,一般用白色。

公元前628年,"春秋五霸"之一的晋文公去世。其子晋襄公身穿白色孝服,腰系白色麻绳,准备安葬晋文公。这时,突然战事来临,秦国的军队打入晋国来了。

晋国君臣对秦国乘人之危的行动顿足捶胸,咬牙切齿,摩拳擦掌,发誓要给秦国一个教训。

然而,晋文公新丧,新君晋襄公还穿着孝服,这样指挥打仗,不仅不吉利,而且不伦不类。于是,晋襄公下令染黑孝服,带兵出征。晋军上下同仇敌忾,在崤山设伏,大获全胜。为了宣扬武功,晋襄公干脆就穿着染黑的孝服,给晋文公举行了葬礼。用白色作为孝服,象征死亡,表达悲伤,恐怕是最恰当不过的了。然而,崤山之战的胜利,令晋国的丧葬习俗为之一变。晋国人从此后穿黑色孝服成为惯例了。现在办丧事用黑纱的习俗可能也是由此而来的。

黑塔造醋

黑塔造醋,典出运城。最早醋被称为醯或酢,山西是酿醋的发祥地,山西人又爱食用醋,故外地人称山西人为老醯儿(老西儿)。又因为那时生产的酸都带有苦味,而又是用酒糟酿制而成,故又把醋称为苦酒。

传说,在黄帝时代的山西,有个叫杜康的人,他勤奋好学,经过悉心研究,终于酿造成功了酒,还被黄帝任命为管理膳食的官——酒泉太守。后来不知什么原因,杜康携儿子黑塔及一家老少从运城移居到江苏镇江,在镇江城外的小鱼港开设了一家酿酒的糟坊。起初他们把酿酒后的酒糟都当作废物扔掉了,黑塔觉得非常可惜,心想,如果能把酒糟也利用起来,变废为宝,再造出一些有用的东西,那该多好啊!

黑塔是个敢想敢做又肯动脑子的人,他经过不知多少次的实验,失败,再实验……最终悟出了一些酿醋的原理和经验。一天,他清洗了三个大缸,各装了大半缸酒糟,又到江边挑了三担"龙窝"水倒在了缸里,以后每天定时用扁担进行搅拌。转眼二十一天过去了。那天黑塔起床后,觉得全身无力,嘴里无味,饭也不想吃,就跑到酒坊捧起一坛酒,咕嘟咕嘟喝了个够。喝罢酒,他感到头重脚轻,天旋地转,走起路来直打晃,就回房内倒头睡起觉来。那时正值盛夏,天气闷热,忽然天上乌云翻滚,暴雨将至。随着一声惊雷,一位白发苍苍的老者出现在他面前,笑眯眯地说:"黑塔,听说你造出了调味浆,能弄点给我尝尝吗?"黑塔不知老人说的调味浆是什么,便说:"老人家,我哪有什么调味浆,你这不是在为难我吗?"老人指了指屋外的三个大缸说:"你那三大缸酒糟已经发酵二十一天了,今天酉时就可以饮用了,那就是最好的调味浆。"紧接着又是一声惊雷响起,老人转眼不见了。

这时黑塔还未完全清醒,只觉得全身烦热,口干舌燥,恨不得马上喝上一顿井水以解渴。他跑到大缸前,从未闻过的一股香味扑鼻而来,便迫不及待,双手捧起大缸内的液汁喝起来。只觉得香喷喷、甜滋滋、酸溜溜的,非常好喝。喝着喝着,酒也醒了,身体舒坦多了。他急忙跑去告诉父亲,杜康听了也感到神奇,尝了尝也觉得味道鲜美。乡亲们听说了,也纷纷过来品尝购买。调味浆的需求也越来越大,那也该有个专门的名字才好,黑塔左思右想,突然想起曾有仙人指点二十一日酉时发酵成功,"二十一日"加上"酉"字不就是个"醋"字了吗,那就干脆叫"醋"吧!醋的名字就这样叫开了。从此以后,杜康造酒,黑塔造醋,生意越做越好,名气越传越广。

泼旺火

"泼旺火",典出岢岚,指的是在喜庆的日子里,人们身披寓意吉祥的花色布料,不住地往门前燃烧着的炭火堆里泼油,使其越烧越旺,这就叫作泼旺火。

泼旺火这个风俗的来由,还有着一段有趣的传说。相传在古代,有一对年过半百的老夫妻,他们膝下只有一个儿子,儿子成亲时,由于家境贫寒,媳妇只得草草过门。为了这事,一家人心头挽了个疙瘩,整日里闷闷不乐,夜晚睡觉懒得点灯,白天也无心下地干活儿,日子过得越来越清苦。就这样过了六七年,儿媳妇一直没有孩子,可急坏了二老和他们的儿子,到处求神拜佛、烧香磕头。

有天晚上,老人做了一个梦,梦见他又重新为儿子择日成亲。成亲那天,儿媳妇下了花轿,进院的时候,忽然门前的两堆柴火着了火,而且不住地有人往里泼油,火越烧越旺,烧着烧着,忽然从火堆里跑出一群穿着红裹肚肚兜的胖娃娃……

老人乐了,乐得合不拢嘴。第二天,老人就照着梦里的样子做了。从这以后,全家人都相信自家将要有个能继香火的后代了,所以紧锁的眉头放开了,荒了的土地下种了,一家人和和美美、相亲相爱,两年光景,日子过得就像门前的旺火那样红火。

说也奇怪,就在这时,儿媳妇生了个又胖又大的孙子。这件事很快就传开了,许多人家都照着这种做法,在给儿女成亲的时候,无论怎样穷,也要在门前垒个大火笼。这个风俗一直传到今天,它预示着自己的后代像那熊熊火焰一样生命旺盛。所以到现在,凡

是在吉庆的日子里,每家都要点火笼,而且要往里面泼油,让火笼里的火烧得旺旺的。人们都盼望着自家的火笼烧得又红又旺,今后的日子就越过越富裕。

见了即骂,遇着就打

"见了即骂,遇着就打",是襄垣和黎城一带的民间风俗。但这个"骂"不是真骂,"打"也并非真打,而是"诨骂谑打",双方是不许翻脸的,不但不翻脸,还会更加亲热。如果是在外地遇着了,一听口音,就像遇见了亲人,即使不认识,叫一声"干儿""外甥"之后,立刻成为朋友。

襄垣和黎城的这种特殊的"关系",有一个传奇的故事。从前,在襄垣北关村东厢坊的"小店院",住着一对王姓夫妇,他们没有儿子,只有一个十二岁聪明伶俐的女儿,长得如花似玉,王氏夫妇爱如珍宝,但因为没有儿子,这成了他们夫妇俩的一块心病,所以王氏夫妇每天求神拜佛,希望能得到一个儿子,以续香火。

襄垣和黎城交界处有一座大山叫东顶山(黎城人叫广志山),山顶上有玉皇殿,当地人称为"老爷庙"。半山腰有娲皇庙,供的是女娲娘娘。女娲娘娘管着人间生儿育女,所以来这里求子的人特别多,也特别灵。王氏就决定到东顶山上的娲皇庙求子。这天,王氏一大早起来,穿戴整齐准备起身,十二岁的女儿也嚷着跟她一齐去。东顶山上原有个风俗,即未出嫁的女孩是不准上山的。所以王氏坚决不让女儿同去,她便一个人上路了。

来到东顶山娲皇庙已是正午时分,王氏进完香许过愿,回身一看,只见女儿站在身后,原来女儿也偷偷跟来了,王氏又急又气,叫了一声"小奶奶哎",抬起手就要打,不料手还没落下,女儿已跌倒在地气绝身亡了。

王氏一看女儿死去,急得大哭起来,惊动了山上的人。这时,庙中的老道人走了过来,把小女孩的尸身扶坐在女娲神像身边的座椅上,一边倒身下跪,一边说道:"小奶奶大驾归临,在下等候多时了。"人们正要问是怎么回事,道人说:"昨夜娘娘曾托梦于我,说'明日午时小奶奶要来本庙即位,可为她塑身,置于我身旁',现在正是午时,又应了其母'小奶奶'谶语,不是小奶奶是谁?赶快为其包骨塑身吧。"

女儿死去,王氏悲痛欲绝,听道人这一说,又似信非信,只得由着众人。于是,大家七手八脚将女儿用白绫包身,用泥土封塑后,放置在女娲娘娘神像一侧。从此,娲皇庙里就多了一位"襄垣小奶奶"的神像。

王氏当天回到家里,夜里便做一梦,梦见女儿华冠丽服飘然而来。王氏止住大哭,女儿说:"母亲不必悲伤,我本是玉帝贴身侍妾,因触犯宫规,被贬到下界托生,今大限已满,蒙玉帝重新召回。玉帝已封我为'小奶奶',专管人间儿童聪明智慧。可告知四方人们,每年四月十八,凡十二岁儿童,不分男女,都要来东顶山娲皇庙'开锁',以求智慧。"说罢飘然而去。

王氏醒来,心中释然,于是遍告四邻八方,一传十,十传百,人们都来东顶山娲皇庙拜"小奶奶"给孩子"开锁"。"开锁"之俗便开始兴盛、流传开来,四月十八遂成了东顶山娲皇庙的庙会,"忌女孩上山"的风俗也被打破了。

因为襄垣的闺女嫁的是黎城的"老爷",成了黎城的"小奶奶",所以襄垣和黎城成了"亲家",也就有了"外甥""小舅"的称呼和"没大没小"的打闹。

每年四月十八日前,北关王家还要到东顶山给"小奶奶"换新衣、新鞋,年年如此,从不间断。

拉洋片

"拉洋片",微电影的"鼻祖",起源于唐代时的并州,以其短小精炼、灵活有趣的表演形式,曾广泛流行于清末民国时期。传说唐

高祖李渊在太原起兵时，军师袁天罡、李淳风曾为他画出了行军沿途的山川地理、风景人物的图片，为了便于携带、查阅，把图片放在了特制的木箱里，可以用绳子将一幅幅图片拉上来、放下去，有人称为"十样景"，由此后人便尊奉袁、李为拉洋片的祖师爷。拉洋片属江湖"八大行当"中的"挂"行，也称拉大片、西洋景或西湖景。拉洋片只有一个艺人，他的主要行头就是一个外漆美丽神话图案的大箱柜，箱柜前面凿一溜圆孔形或六棱形的小窗眼，直径二寸许，依箱体大小排列四至六个不等。小窗眼嵌块凸透镜，外遮布帘。箱柜里特制了一组组能上下升降、左右推拉的画框，画框上人物山水、花鸟鱼虫等图画丰富多彩，多数是故事情节，还有照明灯具辅助。箱柜外侧则支一多层木架，吊挂着锣鼓镲钹、槌梆钟铃等敲打乐器，分别以线绳系在拉洋片的艺人手上。

黎侯虎

"黎侯虎"，典出长治市黎城，是黎城县民间用布艺、草编、刺绣、剪纸、书画等多种艺术形式做成的民间虎形的独特造型。在当地民间有用虎赐福、镇宅、生财的民间风俗。黎侯虎被誉为"中国第一虎"。它是古黎国的图腾经三千年演变发展而来的一个文化符号。

长治在春秋时为古黎国，那个时候毒虫狼豹很多，经常给老百姓造成伤害，尤其是儿童。传说有一位仙人看到这种情况，便送给当地百姓一只神虎，从此百害皆无。于是，就留下了用布老虎镇邪的习俗。年幼孩子的睡床边，放一只布老虎，可以使孩子不受惊吓，睡得安稳。孩子过满月时，姥姥送虎帽，姑姑送虎鞋，用红布做面料，前脸制成一幅粗犷的虎头图案，虎耳高竖，以金、黄、黑、白等色线勾出"王"字额、虎眼、虎牙、虎须，栩栩如生，是民间避邪之物、镇宅之宝，寄寓保佑婴儿健康成长。

说起"黎侯虎"，还有一段美丽的传说：相传很久很久以前，在黎城一座大山里,住着一对年轻夫妻,男的叫张哥,女的叫李妹。张哥身强体壮,李妹天生丽质,夫妻两人恩恩爱爱,男耕女织,丰衣足食。不到两年他们又生了一个胖儿子,取名小宝,小日子越过越红火。没想到天有不测风云,不知从何方来了一个山妖,相中了这块风水宝地,带领一群蛇蝎毒虫驻扎下来。从此山妖兴风作浪,天灾人祸接踵而来,人们养猪猪死,养鸡鸡瘟,生活相当艰难。有一天,山妖巡山,看见了李妹,见李妹身如杨柳,面若桃花,感叹道:这样的美人儿,只应天上有,如何失落在民间?若能与她结为夫妻,岂不胜过神仙!白天,山妖变成人形,趁张哥下地干活之际,便来勾引李妹,李妹不想理它,一口回绝。山妖再三引诱李妹不成,恼羞成怒,威胁说:"你要不答应我的要求,我让你的儿子半死不活,让你的张郎活不如死,你若心疼他们,就答应嫁给我。"说完化作一股黑风散去。第二天,山妖调集满山遍野的毒虫蛇蝎向张哥家进攻。张哥和儿子小宝被毒虫咬得遍体鳞伤。正当此时,吕洞宾云游路过此地,看到邪气云集,毒雾弥漫,就念起了咒语。刹那间,烟消云散,毒虫无影无踪。接着吕洞宾变成游方道士,手持拂尘,来到张哥家,从随身葫芦里倒出二粒仙丹,给张哥父子服下。二人服下仙丹,顿觉神清气爽,身上毒患全消。一家人高兴之余,急忙拜谢救命之恩。只见吕洞宾开口说:"山妖所为,我已知晓,我送你们神物一只,可保你家人宅平安。"说话间取出一只金虎,送给张哥,然后化作清风而去。从此,张哥人宅平安,家境兴旺。四邻八村乡亲知道这件事后,为求得人宅平安,纷纷仿制各种老虎。因为用金、银、铜不便制作,而且代价挺大,他们就用红、黄布采缝制作。除了布老虎外,还有小孩穿的虎头鞋、虎头帽。

还有一个故事说,在三千多年前,纣王无道,商朝气数已尽,日益强大的西伯侯周文王要举兵灭商。战前,他们经过一番军事分析,认为距离商都不远的黎侯国(今山西省黎城县)军事力量强盛,与商朝的关系密切——灭商之前不把黎侯国灭掉,后患无穷。

于是以周文王为帅出兵攻打黎侯国,可久攻不下,伤亡惨重。

进退两难之时,周军中有一谋士献计说:"大王,我们不能得胜的原因是黎侯国有一块上天赐给的镇国之宝,叫玉石虎。如果能将其盗来,我们就能得胜。"于是周文王派人潜入黎侯国,盗走了玉石虎。果然,盗走玉石虎没有几天,周文王的军队就将黎侯国城门攻克,灭掉了黎侯国。

黎侯国被灭掉没过多久,周文王与那位献计的谋士相继病逝。传说是他们违背了天意,又残杀了众多的黎民百姓,他们的死是上天的惩罚。为此,周文王的儿子周武王继位后不仅将盗走的那块玉石虎归还给黎侯国,还将逃往他国避难的黎侯国君请回来,帮助他重新恢复了黎侯国。

传说黎侯国国君死后,那块镇国之宝玉石虎也随葬。后来人们为了纪念那块玉石虎和黎侯国国君,便纷纷用不同材料制作成老虎图形,取名为黎侯虎或黎国虎,来作为"镇宅之宝""避邪之物"。几千年来,黎侯虎逐步演变成集布艺、草编、刺绣、剪纸、书画等多种艺术形式于一身的独特造型,在民间有赐福、镇宅、生财等文化内涵,被誉为"中国第一虎"。

六月六,吃煎馍

"六月六,吃煎馍",是晋南一带的民间习俗,这和女娲娘娘补天的神话传说有关。传说古时候有一天,忽然雷声大作,乌云密布,浓烟滚滚,遮天蔽日。霎时间天摇地动,山崩地裂,海水澎湃,在大地上泛滥起来,鱼鳖海怪、龙蛇蛟蟒纷纷作祟。人们惊恐万状之际,从天空又发出了一阵巨响,把人们的耳朵都震聋了。霎时间,火光冲天,雷电交加,烟雾腾腾,还夹杂着股股彩色泥浆,从四面八方倾泻下来。人们向东躲藏,东面下着种种怪雨,人们向西躲藏,西面泥石滚滚。人们对这种怪现象迷惑不解,有的说是天塌了,有的说是地崩了,一时又想不出活路,就呼天喊地,号啕大哭。就在这绝望的时刻,披头散发,身披兽皮,腰系树叶,赤着脚板的女神——女娲娘娘来了,只见她站在云端,用两根炼石的火筷子,把云雾拨开了,露出一片光明来,接着把炼好的五色石用火筷子夹起来,补到天上去。云雾渐渐消散了,响声慢慢平息了,还有一些飞禽走兽、鱼鳖海怪、龙蛇蛟蟒在横冲直撞,威胁着人们的生命安全。人们在天地大定以后,向站在五彩云端的女娲娘娘祈求生路。

女娲脸上堆满了慈祥的笑容,走下云层,挥动火筷子,刺死了这些恶魔,把一只大鳖的四个蹄子割了下来,顶在天的四方,成为顶天立地的四根柱子。从那时起,人们知道了女娲娘娘炼石补天,搭救生灵。不过最初的天是圆的,地是方的,所以用四个鳖腿撑着。中国地势西北高、东南低,就是那时塌下的天堆起来的。六月六摊煎馍,馍里夹椒叶表示彩色,就是象征女娲炼五色石补天的,下面支着四条腿,表示用鳖腿立极的意思。吃煎馍这是为了纪念女娲的功绩。

六月六,晒皮肉

"六月六,晒皮肉",是晋南一带的民间风俗。每到农历六月六,人们便把自己的皮大衣、皮套子、毛衣之类的物品拿到太阳底下去晒。据说这类物品在六月六晒一晒,不生虫,不反潮。

传说,在好多年以前,绛县有一任县官叫刘大发,视财如命,贪得无厌。过去,皇帝向人们征收皇税时,大发总要在一两银子的税收中加几钱,填补自己的腰包。绛县从来就是十年九旱的穷地方,皇税本来就重,大发还要在中间揩油水,百姓交不起税,怨声载道,叫苦连天,很多人携妻带子流落他乡。

县城里住着一个叫李秀峰的穷秀才。此人很有才识,只是家中孤儿寡母,从无存过隔宿粮,无钱供他深造。大发的做法激起秀峰的极大愤慨,决心上书控诉大发的罪行。

那时三个县为一州,绛县和曲沃、新绛属一个州管辖。州府在新绛县,要控诉县官必须到州官那里告状。秀峰沿途乞讨来到新绛,递上控诉书。州官王大人扫了秀峰一眼,冷冷地说:"回去吧!我们派人下去查访。"两个月过去了,没听到王大人下来查访的消息,刘大发更是为所欲为,亲自下乡征税。交不起的,轻者抓来坐牢;重者打个半死,还得扫地出门。他们来到秀峰家,二话没说,一阵拳打脚踢。母子二人被推出屋门,门上贴了封条。大发抖动着纱帽翅,洋洋得意地说:"有本事告去呀!看你能把我怎样?"秀峰更是义愤填膺,三番五次到州府上书。王大人无奈,只好传大发过堂。大堂上,刘大发大摇大摆,一口否认自己增加税收。秀峰刚要开口,王大人一声"退堂"便走了,连着过了三次堂,都这样毫无效果。秀峰一打听,才知道刘大发的姐姐是王大人的二房太太。在州府看来是讨不到公道了,秀峰准备到京城告状,只是没有州官手令,京城不会受理此案。再说京城千里迢迢没有路费怎么行。他思来想去,突然心生一计,召集左邻右舍的穷哥们,这个凑一文,那个凑三文。凑足一两纹银之后,秀峰到饭馆要了几样上等好菜,托人去请刘大发。刘大发在堂上虽然硬,是仗着姐夫为官。其实他也是做贼心虚,内心忐忑。现在见秀峰来请,不知他葫芦里卖的啥药,决定赴约看个究竟。席宴上秀峰只字不提告状之事,连连劝酒敬菜。末了,他才表示出万分后悔的样子说:"我悔不该到州府去告刘大人。既然一碗水已经泼到地上,后悔也来不及了。现在就是我不告你,好多知底细的人还要告,王大人再压,纸里总是包不住火,迟早告到京城。到那时候,你丢官破财蛋打鸡飞。"大发一时没了主意,连连说:"唉!这个,这个……"秀峰趁机说:"依我之见,你不要承认那么多,只承认一两税里加一个麻钱就行。当官的常在河边走,哪能不湿鞋。王大人是你姐夫,我不追告,他不办你,便可一了百了,这不是两全其美吗?"大发虽然贪财贪得无厌,但却是个一根筋的人,再加上他本身就底虚,只怕把事情闹大,如今秀峰找上门和好,自然应允。

次日,又去过堂,秀峰约了王秀才同去。大堂之上,大发说:"私吞皇税之事确实有,只不过是一两白银里,我只加了一个麻钱。"王大人心中骂道:"笨蛋。"当即将惊堂木一拍,吼道:"胡说!"

大发道:"大人,我不敢胡说,这是真事。"秀峰当即接道:"大人,大发所供与我状述相符,你还有什么可说的吗?"王秀才立刻递上一张纸,让大发画了押。秀峰又说道:"大人,有少便会多,私吞皇税,该当何罪?"王秀才接着道:"大人,口供俱全,你还有什么可说的吗?"王大人支支吾吾,低声说:"根据王法该剥皮之罪,不过……"秀峰立刻接道:"大人为一州之长,深知王法的威严。我想,大人是不会庇护小舅子目无王法的。"王大人万般无奈,只好传令剥大发的皮。这时候,刘大发是后悔万分,却也是哑巴吃黄连,来不及了。

大发的皮被剥之后,贴到新绛城外的墙上去晒。从此,各处县官也把盘剥百姓的行为收敛了一些。剥皮的当天,恰巧是六月六,说来也怪,凡属皮货之类的物品在这一天晒一晒的确不生虫不反潮。人们也为了纪念根除贪官这一喜庆之日,一年一度的这天便把自己的皮货拿到太阳底下晒,一直流传到今天。

六月六,走麦罢

"六月六,走麦罢",是晋南特有的风俗习惯。每当农历六月初六,人们经过紧张劳动,把麦子都收回了家。这时,新婚夫妇挎上用新麦面做的几斤重的大月形角子馍,再带上其他礼物,一起去女方家去。他们中有的肩并肩徒步而行,有的夫妻俩骑着自行车一溜风往前奔。沿途欢歌笑语,人来车往,充满快乐的气氛。

传说在春秋战国时,晋国正卿狐偃因是晋文公的舅父而自恃高贵,刚愎自用,气死了亲家赵衰。赵衰是跟随晋文公多年的功臣,有"以德让贤"的美名。人虽已安葬,可他的儿子即狐偃的女婿,一直难平心中怨愤,想替父亲出出这口气。恰巧这一年晋国遭灾,狐偃出去放粮,说定六月六日回家过寿,他的女婿就决定乘祝寿之际,刺杀丈人,为父报仇。细心的女儿探知此事后,连忙赶回娘家报了信。狐偃放粮期间，亲眼看见了民间疾苦，后悔自己以前没有听取亲家的忠告，内心受到谴责。他得知女婿要刺杀自己的消息后，不但没有责怪，还主动给女婿赔罪道歉，和解了双方的矛盾。这以后的每年六月六，他都要把女儿女婿接回家来，合家团聚。这事传到民间，百姓争相仿效，逐渐形成了"六月六，走麦罢"的习俗。

六月六，姥姥送面羊

"六月六，姥姥送面羊"，典出上党地区。"上党"是古时候长治的雅称。在上党地区，每年农历六月初六这一天，姥姥家都要选上等白面或是白玉茭面，蒸上一份面羊送给外孙吃。一份面羊十五只，其中一只大羊，十四只小羊，有站羊、卧羊，形态各异。

传说上古时，炎帝神农氏在上党尝百草、识五谷、传农耕时，先让羊尝，羊食之无碍，炎帝才颁令播种。因此羊对人类贡献很大，被列为图腾、奉为神明，成为儿童成长的保护神。后来，姥姥家为护育外孙健康成长，就以蒸"面羊"代替活羊的方式送给外孙。送面羊的规矩很讲究，小儿做满月时，姥姥（或娘舅）家除送帽子、鞋、衣服、银器首饰、大小被子外，还得蒸一份"面羊"。一份"面羊"五个，取小儿与羊为伍之意。大羊头下戴面锁一把，三枚古铜钱串红线套在大羊脖颈上，另捏拴羊石一块，意在将羊与孩子统统拴住好养。当小儿长到十五岁时，叫"圆十五"，也叫"开锁"，姥姥家送的面羊必须是十五只，就是文章开头说的一只大羊、十四只小羊，这次的"面羊"和以往的不同，大羊头下无面锁，也无拴羊石，意在孩子已长大，可让他自由到社会上闯荡了。

相传很早以前，上党壶关鹅屋山下住着一对勤劳夫妻，四十多岁才生养了一个小男孩，夫妻俩对孩子娇生惯养，谁知孩子长大后对父母养育之恩全然不当回事，成了一个忤逆之子。夫妻俩没办法，只好去找孩子的姥姥和舅舅商量如何管教。

孩子的舅舅是个放羊的,听说外甥忤逆不孝很生气,决定把外甥接过来严加管教。外甥跟随舅舅放羊,看到小羊羔都是跪着吃奶,随口问舅舅是怎么回事。舅舅告诉他:"大羊生小羊羔不容易呀!大羊怀了小羊,肚子再大再累也得上山下坡吃草。生下小羊后,用奶水一口一口把它养大。小羊羔跪下吃奶是为了报答大羊的养育之恩呀。这叫'羊羔跪乳'。"

又一天甥舅二人在山坡放羊,太阳像火烤一样,小外甥看见许多飞鸟躲进树林避暑,只有几只小乌鸦在烈日下觅食,便问舅舅:这几只小乌鸦怎么就不怕热?舅舅说:"小乌鸦也怕热,可是老乌鸦老了,飞不动了,再热的天它也得寻找食物喂养妈妈,不然老乌鸦就要饿死。这叫'乌鸦反哺',小乌鸦报恩哩。"小外甥听了低着头,红着脸不吭声。

舅舅看见小外甥低头不语,而且还哭丧着脸,于是语重心长地说:"孩子呀!乌鸦有'反哺'报恩,羊羔有'跪乳'报恩,就连小牛犊也有'碰母'报恩。禽兽都知道长大就要报恩,难道父母养大你,你就不知孝敬父母吗?再要忤逆,你就连禽兽也不如了……"小外甥听到这里,"哇"的一声,跪在舅舅面前,痛哭流涕地承认错误,后悔对父母的不孝。舅舅说:"知错认错改错就好,从今后要孝敬父母,再不做忤逆之人。"小外甥叩别舅舅、姥姥,决心回家做个孝顺的儿子。舅舅怕他回家后变了卦,就送给他一只小羊羔做伴。这天正是农历六月初六。

小外甥回家路上,见小羊羔一直在不断地"妈(咩)——妈(咩)"回头叫喊,惭愧地流下了眼泪。打这以后,他就成了一个孝顺父母的人。这件事在上党流传开了,随着也成了民间一种风俗,每年农历六月初六姥姥(娘舅)家要给小外甥送羊,希望外甥孝顺父母。但活羊、真羊不是家家都有,于是就用白玉荽面或白面蒸成面羊来代替,一直传承到如今。

麻衣仙姑求子

"麻衣仙姑求子",典出吕梁市文水县桑村,有"一村两神话"的说法。这个普通的小村庄,也因一个古老的神话传说而闻名遐迩,因一座香火鼎盛的寺庙而繁盛古今。

相传很久以前,有一个勤劳善良的农家姑娘叫灵巧,由于遭到继母虐待,终日纺线劳作,"练"就了一身纺棉绝技——无论继母给她多少棉花,她都能按时纺成棉纱。继母跟踪探秘,发现灵巧在一片麻地里将棉花撕碎,一绺一绺挂在麻枝杈上,到傍晚时棉花就变成了棉纱。贪得无厌的继母认定此女非妖即怪,就将她许配给了一家财主。成亲之日,灵巧巧妙逃脱,躲到麻地里。财主找不到灵巧,雇人把麻割光。灵巧无处藏身,手挽一株麻秆飘然而去……

灵巧腾云驾雾,来到了一个山清水秀的去处——现在汾阳市的郝家庄黄芦岭石室山灵泉洞。灵巧在此苦修三载,终于成仙,被玉帝封为麻衣仙姑。据《汾州府志》记载:汾阳西去四十里有石室山,山上有"空王佛洞""麻姑洞",人称之为西岩;介休绵山抱腹寺,人称之为东岩。

灵巧成仙以后,洞中涌出一股泉水,并有五彩飞蛾飞绕其上。一天,桑村一个货郎路经此地,见到一个玉质仙颜的红衣少女,红衣少女对他说:"我们是老乡,我是麻衣仙姑。听说咱们那里久旱无雨,你就让咱村的人来接我吧。"正当货郎疑惑之际,少女已不见踪迹。

后来,货郎把自己的见闻说给乡亲们,乡亲们盼雨心切,急忙组织人马,到石室山接仙姑回家。回到桑村,掀起轿帘,发现仙姑竟变成了一个瓷水瓶,当即普降甘霖。此后,人们亲切地将祈雨称为"接姑姑",代代相传。为了表达对麻衣仙姑的崇拜和感激,桑村人甚至给她修建了庙宇,塑起了神像,终年供奉。

据碑文记载,唐代时桑村就有了麻衣仙姑庙,现存庙宇修建于明代永乐年间(1421年)。后来清代乾隆四十年(1775年)、民国十年(1921年)曾两次修缮。1996年由李增虎等人多方集资,再次重修,1999年竣工,是文水境内保存最为完好的古庙。每逢农历七月廿六麻衣仙姑诞辰之日,桑村人便会赶会唱戏。从桑村嫁出去的姑娘,不论老少,都要回娘家给仙姑过生日。这一传统习俗,一直延续至今。

据说,在汾阳西北山区,还有一种向麻衣仙姑求子的风俗。人们将供品花馍和从灵泉洞打来的两桶清水摆在仙姑隐身的洞口,把脸盆、镜子、毛巾、木梳等洗漱用具放进洞口的石缝中,然后上香祷告,祈福求子。最后,把供过麻衣仙姑的那两桶清水带回家喝掉,求子的媳妇就会怀孕,十分灵验。

这两个神话故事,契合了人民群众希望生儿育女和五谷丰登的意愿,因而得以世代流传。

卖豆腐敲梆子

"卖豆腐敲梆子",是长治市潞城的风俗习惯。在上党一带,卖豆腐一般都是大声吆喝:"豆——腐——喽。"而在潞城,卖豆腐是要敲梆子的。这种习俗的形成,有这样一个故事。相传在很早以前,一个卖豆腐的从官府门前路过,他一边走,一边吆喝:"豆腐喽!"声音传进府里,把正在审案的知府吓了一跳。原来,他把"豆腐"错听成"斗府"了。他想:莫不是有人想造反?于是,他让几个当差的把卖豆腐的带入堂内,二话不说,就重重地打了四十大板,打得卖豆腐的直喊冤枉。

知府问:"你为什么造反?"卖豆腐的忙说:"老爷,小人一向安分守己,哪敢造反呀?""胡说!"知府把惊堂木一拍,吼道:"那你为何要'斗府'?"

"斗府"?卖豆腐的想了想,才明白知府是听错了,说道:"老爷,你弄错了,小人不是要'斗府',小人是卖豆腐的,就是吃的那种

— 35 —

豆腐。"

这时,知府老爷才恍然大悟,忙对卖豆腐的说:"起来,起来,没你的事了。"然后低下了头,挥了挥手说:"退堂,退堂。"

卖豆腐的说了声:"谢老爷!"站起来,转身就往外走。还没走到大门口,就又听知府一声大喊:"卖豆腐的回来。"卖豆腐的一听忙转身走到知府面前,重新跪在地上说:"老爷,小人又犯罪了?"

知府说:"我得给你改改规矩,你的那叫喊声,怪吓人的。"这时,门外突然响起"梆、梆、梆"的敲梆声。知府问:"外边什么人在敲梆子?"

当差的说:"老爷,是一个卖油的。"说罢,他见老爷在沉思,就悄悄地走到老爷跟前轻声说:"老爷,何不让这卖豆腐的也敲梆子?"

当差的这么一说,知府豁然开朗,忙让当差的把卖油的带上堂来。

知府问:"你是卖油的?"

"是的,老爷。"

"把你这个梆子给了这个卖豆腐的用。"

"那我卖油怎么办?"

"你重做个大的。"

知府又对卖豆腐的说:"你以后不用喊了,改敲梆子吧。"

知府这么一说,卖豆腐的当然愿意,因为他再也不用口干舌燥地吆喝了。从此以后,卖豆腐的就敲起了梆子。

妻大夫一岁、男等女送和女戴眼纱

"妻大夫一岁、男等女送和女戴眼纱",这是山阴县一些地方男婚女嫁时的习俗。民间传说,明代的王家屏(祖籍太原,明初迁至山阴)幼年家境贫寒,父母都给村里的李财主当长工。比他大一岁的财主家的小姐看上了他的品行,悄悄与他相爱了。李财主知道这事后,大发雷霆,把女儿痛骂一顿,不许女儿再与王家屏来往。这时,邻村不少青年爱慕李小姐的美貌,纷纷登门求婚。谁知李小姐感情专一,非嫁给王家屏不可。她一面督促王家屏发奋读书,赴京赶考,一面想方设法对付来自家庭等各方面的压力。后来干脆往眼睛上戴一条眼纱装成盲人,拒绝求婚的人。

三年之后,王家屏赴京赶考,终于金榜题名,衣锦还乡。李财主这时一反常态,亲自登门求亲。王家屏心里虽然怨恨李财主的势利,但心里时刻惦记着李小姐的情意,也不嫌弃李小姐比他大一岁,便当即定下了迎娶的日子。李财主诡诈多疑,唯恐王家屏变卦。结婚那天,早早雇了花轿将李小姐主动送到王家屏家里。李小姐早知道咋回事,仍然装成盲人,用纱巾蒙着眼睛,以假隐真,想试试及第后的王家屏是否情笃意诚,非等洞房花烛之夜,新郎亲自为她摘去眼纱。经过曲折和磨难,王家屏与李小姐这对有情人终成眷属。自那以后,这一带的人们纷纷效仿,就形成了婚姻嫁娶时妻大夫一岁、男等女送和女戴眼纱的习俗。

扫天媳妇

"扫天媳妇",又名"扫天婆""扫娘娘",典出高平一带的民间故事,是当地一种特别的民间风俗。

这是一个很久以前的传说故事,每逢秋季庄稼成熟时,不需要太多的雨水了,但秋雨一直在下,一下六七天,甚至十几天,成熟的粮食收不到家,收到家的打不了出了芽,甚至眼看着粮食吃都吃不上(当时没法加工),给人们生活带来不便。老百姓急得没办法时,就有人想出了用纸糊一个女人,称"扫天媳妇",手里拿些笤帚圪毛代表扫,将纸人挂在窗上或行人多的高墙上,每天早晚嘴里念叨着:"小勺小勺圪挖挖,三天晴得习寡寡。"几天后,雨就不下了。这就是"扫天媳妇"的来历。

后来,人们就把一个妇女双手张开,似乎正在左右同时打扫的形象作为传统的剪纸纹样，在民间流传开来。

扫帚辟邪

"扫帚辟邪"，典出赵匡胤在乐平县的故事。乐平县，也就是现在的昔阳县。这里有一种习俗，无论谁家娶媳妇，三天内晚上不关大门，门口还要竖放一把扫帚。传说这一习俗是从唐朝末年赵匡胤在鸿门寺学艺时流传下来的。

赵匡胤在乐平鸿门寺拜师学艺时，常听僧人们说早年秦始皇攻打赵国国都邯郸，在返回咸阳时，曾留下四个秦宫的遗址。就想去看一看。

一天，师父不在，赵匡胤信步走出寺门，一路上逢人便打听，不多时就找到了这四个秦宫的所在地。只见赵、耿、王、蒋四个秦宫气势恢宏，各不相同，蕴含了当年大秦后宫的雅韵风情。转悠多时，才觉得天色已晚，急忙转身往回返，但是，由于天色昏暗，再加上地形不熟，走错了方向。走着走着，看见远处隐隐约约有一个村落，他就朝着灯亮的地方跌跌撞撞地奔去。不一会儿进了村，见有一人家张灯结彩，宾客进进出出，喜气洋洋，正在娶媳妇办喜事。赵匡胤上前冲着一位老者深施一礼，道："敢问老人家鸿门寺离此还有多远，如何去得？"

那老者见来人身长丈二，赤面朗目，一表人才，回礼说道："这位壮士不是本地人哇？这里是田川，你走反了，离鸿门寺尚有一些路程，现时天色已晚，只怕你此去又要走错路径。正巧今日小二完婚，你今夜就住在我家，算我老汉添了一位贵宾，明日一早再走，你看如何？"赵匡胤见老汉热情挽留，也就依从下来，吃过晚饭就睡下了。

约莫二更时分，听见院里有人走动，赵匡胤觉得奇怪，走出来一看，但见大门敞开，灯笼高挂，院中央摆着一桌酒席，老汉夫妇走来走去，不知忙些什么，就立在屋檐之下看着他们。

老汉问道:"壮士还未歇息?"

赵匡胤道:"听得院内有人走动,不知是二位老人家,敢问你们这般时候还在忙碌什么?莫不是还有远客未到,准备迎接?"

老汉说:"壮士初来乍到,有所不知,这些酒菜是给神道安排的,并非为客人准备。近年来,在我们这里,但凡谁家娶媳妇,第一天夜里都要为神道安排酒宴,不然的话,就不得安宁。壮士快请回去歇息哇,时候已经不早了,估计他们就快来啦。"

老两口安排好酒席,回屋睡觉了,赵匡胤也回到自己睡觉的那间屋里,但却没有把门关紧,心想竟有这等怪事,今夜我倒要看看这神道是什么样子。

不一会,院里有了动静。赵匡胤艺高胆大,什么也不怕,他隔着门缝往外一看,只见几个黑影从大门一闪而入,然后坐在桌旁,尽情地吃喝起来。赵匡胤看得明白,心想管他是人是鬼,今夜我倒要抓几个问问,看他们是哪路神仙。遂一手抓起门后竖着的扫帚,开门跳在院中,朝着这几个黑影劈头盖脸打了下去,这几个黑影被打得满地乱滚,叫苦连天,急呼"救命"。赵匡胤上前抓起一个,提在灯下一看,哪里是什么神道,分明是一群市井无赖,是他们在装神弄鬼。那几个无赖被赵匡胤一顿扫帚打得鼻青脸肿,摸不着头脑,辨不清方向,黑暗中只看到一把扫帚飞舞,慌忙夺门而逃。

赵匡胤用扫帚打走"鬼神",被屋里的老两口看得一清二楚。从此,在当地一传十、十传百地传开了,说那年轻人一定是神仙,专门来人间降伏那些坏鬼的。

于是,以后谁家娶媳妇,刚结婚的头三天夜里,都要敞开大门,竖放一把扫帚,以为这样就会得到神仙的护佑,驱走鬼神,久而久之,在当地就形成了扫帚避邪的习俗,一直延续到现在。

杀　猪

"杀猪",典出绛县一带的民间故事,是运城一带传统的民间风俗。在很早很早以前,绛县里册峪的后山里住着一户人家,儿子叫李七。李家世世代代居住在山里,靠打猎、开荒种地为生。山里地多草也多,李七家几乎把家畜都喂全了,什么狗呀、鸡呀、猪呀、羊呀、牛呀,等等,几乎把能喂到的家畜都喂上了。山里人少,李七喂养这些家畜,图的就是个红火。

这一年冬天,大雪下得接连不断,没完没了,山里到处严严实实,哪儿都是雪。快要过年了,李七想出去打猎,给家里添点肉吃,可是大雪封路,父母妻子怕有危险,死活不让李七出门。再有三天就要过年了,家里连点肉星子也没,这可真急坏了李七,怎么办?李七一夜没睡好觉,左思右想,只有把家畜杀一个过年了。李七一大早,提了把刀向牛圈走去。

黄牛一见李七手里拿着刀子,心里顿时明白了几分,眼泪唰地一下子流了出来,哀求说:"主人,请你不要杀我,我对你还有用哩。"李七说:"你说说你有何用?"黄牛说:"我会给你耕地、拉车,你把我杀了谁来给你耕地拉车呀!"李七一听觉得黄牛说得有理,就转过身子走向了羊圈。

羊一看李七手里拿着刀子走来,吓得瑟瑟发抖,马上哀求道:"主人,请你不要杀我,我对你还有用哩。"李七说:"你有用?你说说有啥用?"羊说:"我的毛剪下来纺成线可给你织衣服穿,奶下来可给你的孩子吃。你说说难道我没用吗?"李七一听,觉得羊说得也在理,就转过身子走向了鸡窝。

公鸡母鸡们一看李七手里拿着刀子走来,早已缩成一团,一只当头的公鸡马上哀求道:"主人,请你不要杀我和我的全家。你想过没有,我们对你多有用啊!"李七说:"你说说你们有什么用?"那只公鸡马上接过话说:"每天天不亮我就早早醒来打鸣,把你叫醒,好让你早早起床到地里干活。还有母鸡,她们能下好多好多蛋供你全家吃,难道除了我们,还会有谁会打鸣下蛋吗?"李七觉得公鸡说得有理,家里可少不了它们,就转过身子走向卧在大门口的狗。

狗一见主人手里拿着刀子走过来,刚才的一幕幕又全看在眼里,心里马上明白了几分。不由得"汪汪"地叫了几声,马上委屈地说:"主人,请你不要杀我,我的用处最大了。"李七一听说:"你也有用?你给我说说。"狗说:"我给你家看门呀!我成年累月夜夜熬眼守门,你想过没有,没有我,你家东西要丢多少,有多少回是我的叫声和威力,吓跑了恶狼,吓走了盗贼,你家离开我可万万不行呀!"李七一听狗比谁说得都有理,比谁都有用,就转过身子向猪窝走去。

猪一看见李七走来,"哼哼"着过来等着喂食,见李七手里拿着刀子,心里才明白了几分。李七开口便问:"老猪哇,你说说你有何用,有用的话留你一条命,没用的话,杀了你,我们可好好过个年。"猪一听李七来了真格的,忙委屈地说:"主人,请你不要杀我,你想想我的用处有多大。我会干什么呢?是的,这辈子我从来没想过这个问题,我会干什么呢?你不要着急,让我好好想一想,我到底会干什么。"李七见猪光哼哼找不出自己有何用处,又想猪也实在无用,成年累月,不是吃就是睡,除了睡就是吃。李七二话没说,使劲一捅,把刀子捅向了猪的心口窝。从那以后,吃猪肉的习惯才在人间流传开来。

烧柏树枝

"烧柏树枝",典出九头鸟在丁村的传说,是襄汾丁村一带正月初一五更时分的民间习俗。

"九头鸟"是只怪鸟,浑身红色,身子周围长着九个头,飞起来像车轮一样在空中旋转前进,叫起来九个嘴巴轮流着叫,声音有高低快慢粗细各种号哭之声。每叫一声,要吐一滴血。这血要滴到谁家院子里,人溅上人死,畜溅上畜亡。因而人们对它恨之入骨,就想用各种办法驱除它。但是这种怪鸟性恶身懒,每年只在正月初一天不明时,才出窝来寻食。吃饱后,就成年在窝里睡懒觉。窝在哪里?谁也寻不着。

人们怕这个怪鸟经过自己院子的上空,所以在除夕之夜不敢睡着,要守岁。若听到这怪鸟的啼哭声,就放狗扑咬它,烧青枝爆发响声吓唬它。可是怪鸟高高在上,对地面上的犬吠、爆竹之声好像没听到一样,该怎样横行还是怎样横行,甚至变本加厉更加凶恶了。

后来,丁村有个人在守岁的时候,打了个盹。梦见一个白胡子老汉对他说:"要避九头鸟,柏树枝要多烧!"他刚想问老人叫什么名字,那个老人忽然变成一只喜鹊,身子扁扁地从门缝里挤出去飞走了。他急忙开门去撵,不小心绊了一跤,就一下子醒了,原来是一个梦。这个人开门出去,立在院子里细听,忽听到九头鸟的啼哭声由远到近向他院子上空飞来。这个人急了,忙叫起全村人,在各自的院子里,烧起了柏树枝。那柏树枝燃烧后的气味直冲云霄,就把九头鸟熏跑了。

丁村周围村庄的人,知道了烧柏树枝熏跑九头鸟的事,就在每年的除夕之夜,早早地准备好柏树枝,快到五更的时候,也不管有没有听到九头鸟的叫声,就一齐烧起来了。从此,这个风俗习惯越传越远。后来竟成了晋南一带的传统民俗,一直流传到中华人民共和国成立前夕。

屯留人爱喝大叶茶

"屯留人爱喝大叶茶",典出屯留霍壁村一带的民间故事。这种大叶茶叶大、梗粗,沏出来的水是酱紫色,不但色浓香醇,而且提神败火。这是安徽产的"霍王黄"大叶茶。

屯留县城,在很早以前叫霍壁村。这里山清水秀,村旁有一个湖泊,清澈见底。每逢夏季,红男绿女泛舟采莲,嬉戏于湖波之上,如入仙人之境。霍壁村的西头,垂柳傍岸,有一家祖传茶馆,由老夫妻俩经营。老汉姓张,为人厚道好客,客人们喝了茶水,有钱没钱都可以走,乡里后生都称他张爷爷。有一年夏天,正是白莲盛开的时候,从东面来了一个后生,红红的脸庞,身穿绛红绣龙袍,头戴卧龙方巾,手拉一匹绛红马,停在了门前,和那一湖白莲相映成趣。后生在垂柳下坐稳之后,张爷爷像变戏法一样,立刻沏上了一壶茶水,笑嘻嘻地说:"客官请用茶。"后生一看杯中有一块晶莹透明的琥珀,高兴地连用三杯之后,笑逐颜开,站起来连说:"好茶,好茶,不仅醇浓溢香,而且把长途跋涉的疲劳一扫而光。这茶水是茶好还是水好?"张爷爷笑吟吟地说:"你是外乡来的,不知俺这里的湖水好啊。"说着指了指莲花湖,"这湖水既醇甜,又清香,比那崂山的矿泉水还强呢。据说这是西天如来佛台下流出来,渗到这湖里的。用这里的水沏茶喝,舒筋活血,爽神开胃,解暑败火,还能消除疲劳。真是神水啊。"后生随着张爷爷的指点,朝湖水望去,只见湖水中红鱼戏白莲,绿柳系玉藕,涟漪轻浮,清凉幽静,真是胜似西湖三月景。后生观景多时,恋恋不舍地拉马告别了难忘的小茶馆。张爷爷去收拾茶具时,发现在后生就坐的椅子上有一个东西闪闪发光,拿起来一看,是方方的一块碧玉,上面正面刻着四个篆字"赤龙之宝",背面也有四个篆字"福泽黎民"。这一下可把张爷爷惊呆了:原来这是神灵之宝。他随后就追,但后生已经没有了踪影。原来来张爷爷茶馆的后生,正是东海龙王之子赤龙公子。那天为何匆匆离去?他要去参加王母娘娘十年一次邀集的蟠桃盛会。本来应邀的是他父亲老龙王,是他要父亲把他带去看看热闹。这一天各路神仙,高驾祥云,聚集在王母娘娘神宫。席面上大八珍、小八珍、野味海肴、仙桃仙果,样样俱全,丰盛非凡。小赤龙不大讲礼节,先端起玉盏喝了口茶,连说:"不好喝不好喝。"王母娘娘听见说茶不好喝,就有些不大高兴地说:"小小年纪懂得什么?这是下界杭州最好的龙井绿茶,有何不好?"小赤龙马上跪下奏道:"启禀王母,茶是好茶,但水不好。微臣知道下界有处好水,在山西地界上党盆地境内霍壁村。如果把那里的水取来沏茶,更能延年益寿。"王母听后,遂传法旨命小赤龙即刻取来。

小赤龙取水不大要紧,可给霍壁村带来一场灾难。这一天,霍壁村霎时狂风大作,乌云滚滚,电闪雷鸣,湖面上骤然两股锃光发亮的水柱钻入天空,转眼间满满的一湖清水不翼而飞,旋即露出湖底。从此,屯留境内连年大旱,害得百姓背井离乡,妻离子散,民不聊生。

再说霍壁村开茶馆的张爷爷,在大旱之年,把红脸后生遗失的"赤龙之宝"拿出来,带领乡亲们朝天跪拜。这一天小赤龙在龙宫突然心血来潮,感到民间有灾难,才想起自己把霍壁村的水吸干了。于是就把王母娘娘蟠桃会上剩下的水吸在肚里,浮驾彩云来到屯留。谁知小赤龙年轻,精力旺盛,超过霍壁村,到了西边的盘秀山,就把水吐在了盘秀山。这样一来,就从盘秀山顶的如来佛祖庙神座的下边渗出一股水,到山脚下冒出来八大七小十五个泉眼,喷吐浸溢,无法阻拦。小赤龙一着急,就地一滚躺在那里,用自己修长弯曲的身体,挡住了横流,使这股神水形成了纵贯屯留八十里的一条河流。在小赤龙身躯的映照下,这条河流的水成了浅绛色,所以叫绛河。又因为这股水是从小赤龙口里吐出来的,带有赤龙的唾液,所以水性硬,可以沏开叶大梗粗的大叶茶,既醇香味美,又提神健胃。这就是屯留人爱喝大叶茶的来历。

无醋不成宴

襄汾有句俗话叫"无醋不成宴",就像俗语"无酒不成宴"一样,是当地的一种民俗。襄汾,又叫汾城。在襄汾老百姓的饭桌上有一种特有的调味品,那就是汾城的米醋。汾城米醋又叫太平米醋,是中华醋之源。关于醋的来源,千百年来流传着这样一个故事,当时汾城生长着一种草叫"莶",因其味酸,尧王的妻子就用来调味,并取名叫"醯",即现在的醋。由于尧王的妻子大力提倡用"醯"来提味,于是有了专门的酿造作坊,后来,人们为了纪念尧帝的妻子便称她为"醋姑姑"。

汾城米醋承袭了千年古法,以小米配以大曲、豌豆、大麦芽、甜井水,经过8道工序精酿而成,具有风味独特、营养丰富、颜色米黄、香酸可口等特点。随着历史的发展,汾城的米醋一直延续至今,今天仍是人们饮食中不可缺少的调味品。

写"璧返"

"璧返",典出临汾市侯马一带。意思是娶媳妇嫁女,不收媒人的贺礼,但要在收礼单上写明:某媒人送礼若干,下面一定要写上"璧返"两个字。

故事说的是春秋时,晋献公的长子重耳,因为受到继母骊姬的陷害,不得不逃出晋国,过着艰苦的流亡生活。跟随他逃难的还有一些文臣武将。有一天,他们来到曹国,国君曹共公是个整天吃喝玩乐的昏君。他听说重耳等一帮"难民"来投奔,怕他们待在曹国不走,心里很讨厌,就传令不予接待。曹国有个大臣叫僖负羁,见曹共公不愿意接待重耳,就劝说道:"重耳是大国晋国的公子,很有贤德名声。他受人陷害逃难而来,应该帮助才对。"曹共公不耐烦地说:"我没工夫陪着他们,让他们快走好了。"僖负羁又说:"重耳是个不寻常的人物,他长有两个瞳子,而且肋骨是连在一起的,是个大富大贵的征兆。"曹共公一听,来了兴致:"眼睛里有两个瞳子,肋骨连在一起,这倒挺好玩。让他们先到馆舍,我也观赏观赏。"

就这样,重耳他们被安排到馆舍中,曹共公不见他们,只让人送给一些粗茶淡饭,然后就让他们洗澡。当他们脱了衣服洗澡的时候,曹共公领着他的爱妾、侍女一群人,突然闯进来,嘻嘻哈哈地挤在一起,指手画脚地看重耳连在一起的肋骨。重耳是个爱面子的大国公子,对曹共公这种不礼貌的举动很生气,但又很无奈。

僖负羁见曹共公这样对待重耳,心里很是不满意。回到家里唉声叹气。他的妻子吕氏问:"你的脸色很不好,是不是出了什么事情?"僖负羁就把晋公子重耳来曹国,曹共公起初不愿意接待,后来又对重耳不礼貌的行为说了一遍。吕氏道:"我今天到郊外采桑,看见晋公子一班人过来,个个都是英雄豪杰的气概。晋国现在已经乱得不可收拾了,重耳迟早要光复晋国。何况,重耳是个很有贤德的人,落难逃亡应该帮助啊。"

僖负羁说:"曹共公这种态度,晋公子不会在曹国久留的。我打算给他们送些吃的,再把咱家那副名贵的白玉璧送给他,好做路上的盘缠,你看怎样?"吕氏道:"帮助人就应尽全力,我哪在乎那一副白玉璧呢!"僖负羁听了妻子的话,很高兴,立刻准备了几盒食品,把白玉璧放到食品盒中。到了晚上,他来到重耳的住地,送上了食品盒。重耳发现盒中的玉璧后,急忙拿出来,恭恭敬敬地捧到僖负羁的面前说:"我是个逃亡在外的人,如果不是您说服曹共公,我们现在还在荒郊野外呢。送来这么多食品已经感激不尽了,这玉璧无论如何也不能收的。您对我的好处,日后必当报答。"僖负羁连忙说:"这是我的一点心意,曹共公不能容人,公子此去不知流落何方,没有盘缠怎么行呢?"

重耳道:"大丈夫四海为家,越是困难越能磨炼意志,我平白无故接受你如此贵重的东西,受之有愧。如果我现在就贪人财物,将来就是做了国君,也不是个好国君,要遭人骂的。所以我不能收呀。"

僖负羁敬佩地对重耳道:"公子在如此困难的时候,还能够不贪图别人的东西,志向远大啊!"

后来,重耳在秦国的帮助下,果然做了国君,这就是晋文公。晋文公励精图治,国家日益强盛,成了列国的盟主。

为了传承僖负羁自愿送璧、重耳主动退璧的美德,在晋国的故地侯马一带的婚嫁喜事中,就兴起了"璧返"的风俗,以表示对媒人的敬谢,并祝愿新婚夫妇要有重耳的志向。

写　礼

"写礼",典出临汾市隰县,起源于一千四百多年前的历史故事。北魏的时候,当时朝里的度支(财政部长)小老婆所生的儿子薛怀吉,远离京华,来到边远贫瘠的隰县当刺史。

这位庶出的少爷小时候少教失调,文不能兴邦、武不能定国,只会搜刮民脂民膏,做事可不行。每当遇上汇报工作,或是手下人请示问题,总是木木讷讷,半天说不出一句话来。他为了掩饰过错,吹嘘成绩,骗取皇帝信任,就收买下人。凡是同僚们家有男婚女嫁的喜事,他便成了红人,领上家眷,带着绸缎银两,送喜钱、讨喜酒,不但送事主家和新人礼物,见轿夫还送辛苦钱,见马夫也送草料钱,见来宾送见面钱,见人有礼,一心只求买得一个上下相安。为了写礼,有时就要花上成千累万。反正钱是万岁的,他不心疼。当然事主家也是极尽曲意奉承之能事。每每遇到朝廷来人,总是替他美言,使他免去一时之"难"。当时官场上就盛传着"刺史官写礼,多多益善;刺史官写礼,四季平安"的谚语。传说,写礼就是这样来的。

悬挂钟馗

悬挂钟馗画像,是山西很多地方的民俗。钟馗,古代传说中的故事人物,文人将他画成中国画,装裱成屏条悬挂于堂屋中,作为富豪之家的上等艺术品。民间则将钟馗画像制成木版画悬挂。迄今仍然如此。

传说,唐代开元年间,有个名叫钟馗的山西进士经过多年努力,上京赶考武举,本想高中后为民除害,但应试好多次,都是名落孙山。心寒的钟馗叹气道:"世上人间对我不公正,达不到我的心愿,我愿意到阴间消除恶鬼。"随即撞阶而死。

有一天,唐玄宗害疟疾,昏睡间见一小鬼偷了杨贵妃的紫香囊和玉笛,绕殿而逃。后面有一个大鬼追来,把他捉住吃掉了。那个大鬼头戴破帽,身穿蓝袍,腰系角带,脚穿朝靴,袒露左臂,犹如勇将。玄宗问:"你是谁?"答曰:"吾乃终南进士钟馗,尝应举不第,触阶而死,如今决心消灭天下妖孽。"玄宗醒来后,豁然痊愈,于是诏画工吴道子,告梦中所见钟馗形象,令其画。吴道子画毕呈上,玄宗赞叹说:"吾梦中所见,同图中钟馗无异,真乃神笔也!"从此,民间有了于春节将此画贴于门首的习惯。宋明以后,改端午节悬挂钟馗画像,用来"镇宅辟邪"。后来,便把钟馗附会成食鬼之神,俗称"判官""判子"。

舀饭勺子口朝下

"舀饭勺子口朝下",典出晋城市的民间故事,是晋城市沁河流域的传统民俗。人们每次用勺子舀饭后,必须将勺子口朝下扣到锅里。要是小孩不注意,将勺子口朝上放,大人就要训斥。如若客人不懂规矩将勺子放反,主人即使不说话,心里也会不高兴。这个习俗的形成,有这样一个故事。

很早很早以前,润城北边的沁河滩经河水冲淤,形成了一大片土地。一位勤劳朴实的老人带领儿子夏顶烈日、冬迎寒风,开垦出了一块块水浇地。老人家高兴得不得了,精耕细作费心思,地里的蔬菜绿油油、庄稼齐刷刷,谁见了谁眼馋。

一天,老人因拾掇猪圈出来得迟了些,远远看见一头大黄牛在他的地里吃庄稼。这还了得!老人急忙往地里跑。那牛见有人来,扭头就跑,老人随后就撵,撵到沁河边,牛直冲河里跑去。老人正纳闷,忽然眼前一亮,河中开出一条大道,砥洎城下的连山石上洞门大开,牛钻了进去,老人不由自主也跟了进去。

进到洞里,老人惊得目瞪口呆。只见那洞顶是金的,墙是金的,底下也是金的。一盘碾子在洞的中央,碾盘上金光闪闪,耀眼铮光,尽是些金米,金牛在不紧不慢地拉碾子。洞的一角,两位童颜鹤发、满面慈祥的老人,正在聚精会神下棋。老人缓了缓气,走过去拱手说:"老人家,您家的牛吃了我的庄稼。"老人还没说完,一位老汉抬头看了他一眼,十分和气地说:"请坐,请坐,待我俩下完这盘棋答复您,好吗?"老汉只好等着。

老人好奇地四处观看,洞壁上一面一个小平台,一个小平台上有一只银白色的鸽子,另一个平台上有一只金黄色的鸽子。两只鸽子"咕咕咕"叫着不停地旋转。下棋老人跟前的一盆花生芽,开出金闪闪的花朵,叶子由青变黄,由黄到落,花儿也含苞、开放、凋谢。老人身上一会儿热一会儿冷,心想:"莫非我生病了?"

老人正在寻思,棋下完了,两位老人笑容可掬地说:"实在对不起,我俩就这倔劲,非下完棋才能办其他事。给你两块布,你到泽州府当了,作为给您的赔偿,等我们有了钱再去赎回来。"老人不敢多嘴,背起布赶紧从洞里出来。扭头一看,沁河还是那条沁河,石头还是那些石头,只是来时的洞口不见了。回到村里一看,差点给惊死。怎么回事?原来自己家的房屋和人全没有了,同辈的人也不见了。他想去看看亲手开垦的土地,不想地里一个小伙正在满头大汗地干活。一看有点面熟,一问,竟然是自己的孙子。孙子说,他的爷爷早就不在人世了。事到如今,老人只好按两位老汉说的,背着布向泽州府走去。

穿过庄岭,来到樊山,背了一二十里,老人累得气喘吁吁,嗓中冒火,实在背不动了,就把一块布埋在一棵松树下,背着另一块去到泽州。黄花街的当铺掌柜一看说:"老人家,这布应该是两块儿,一块没法给你当。"老人一惊:"你咋知道是两块儿?"当铺掌柜没有吭气。老人只好说:"我这就去取。"当铺掌柜问:"你到哪里取?"老人答:"我把布埋在一棵松树下了。"当铺掌柜说:"找不着怎么办?"老人说:"咋能找不着?那棵松树,我把它的顶枝折断了,成了平顶松,还有找不着的?"当铺掌柜又说:"若都成了平顶松呢?"老人说:"您这不是说笑话吗,哪能呢?"说罢,老人急忙跑到樊山。到了樊山,老人一看,惊得大眼瞪小眼,嘴巴张得像个海碗。原来,满山的松树都成了平顶松。

看到满山的松树都成了平顶松,老人当下就返回当铺,问掌柜怎么办。当铺掌柜慢条斯理地说:"你去雇一百个人,挖山三尺,便可找到。"老人说:"天呀,我自己都没吃的,怎么雇得起那么多人?"

— 49 —

当铺掌柜说:"别愁,我给你一口锅、一把勺和一点粮食。饭熟后,用这把勺子一直舀,就会一直有。舀完饭,勺子只准口朝下扣着,千万不能口朝上放。"老人半信半疑,雇了一百个人,在山上挖土寻找那块布。说也奇怪,那口锅做的饭供一百来个人吃,顿顿舀不尽,天天吃不完。老人心中甚是高兴:"有仙人相助,何愁找不到布?"一百个人每天挖呀挖,挖了三七二十一天,没见动静。挖了六六三十六天,不见布的影子。老人有点着急。挖到七七四十九天,还是一无所有。一直挖到九九八十一天,老人一边给人舀饭,一边嘴里唠叨:"这究竟在哪里?甚时才能挖到?"想着说着,老人不由自主地把勺放到锅里。只听勺碰铁锅一声响,低头一看,勺子口朝天,老人急忙去拿,就在一瞬间,锅里的饭"嚯"的一声全没了。没有饭吃,一百号人不几天就饿死在山上。老人万分痛心,乡亲们无比心酸。为了悼念亡灵,老人从山下弄了些饭菜撒在了山坡上。

后来,人们一旦在田间吃饭,先要用筷子勺子把饭菜撒在地上一些,让饿鬼们先吃,称为撒孤魂,一直流传至今。舀饭勺子口朝下的习俗,也就一直流传了下来。

元村人过白事不请乐人

元村,指的是平陆县常乐镇的元里村。说过白事不请乐人,准确地说应该是元村柴家三门人过白事不请乐人。不过该村百分之八十的人都姓柴,而三门人又占整个柴姓的大多数,因此有元村人过事不请乐人的说法。

元村里的柴姓人是一家,共分三支:长门、二门和三门。大约在明朝后期的泰昌年间,运城中条山下的柴家窑村有一个叫柴正国的人,搬迁到了平陆县的元里村。经过多年的奋斗,柴姓人渐渐兴隆起来,该村的大户赵家和他们结了亲家。清朝乾隆年的后期,两亲家之间发生了一件大事:赵家由于家势渐衰,开始卖房卖地,柴家就以三千两银子将赵家位于槐树坟的一百多亩好地买了过来,那是该村最好的地。柴家三门的掌门人老举人柴从矩便让自家妹夫、也是赵家的管事人到山北解州去换了地契。过了一段时间柴家要种所买的地，赵家却不让种，还说他们未曾卖地。老举人让妹夫取来地契，打开一看，地契是新换的，但名字却还是赵家人的名字，这下可傻了眼！无奈，柴家人只有打官司了。这官司一打就是几年，还上诉到了省里。据说因为打官司写的草纸、状纸柴家就装满了一板箱，但案子还是迟迟不见着落。

这年省里巡抚大人下来巡查，赵家人就贿赂官府抢先见了巡抚，案子说不下个子丑寅卯，却说柴家人孝道很差，百姓口碑也不好。他们说柴家家里死了人，不守孝、不好好办丧事，而是一下子请了五班乐人，终日喧闹，吹吹打打，大肆铺排，不知他们是在过丧事还是在过喜事！后来巡抚大人就拿此事斥责老举人，老举人有口难辩，在巡抚面前失尽了颜面。从衙门回来后，老举人就发了狠心：又掏了一份钱将这一百多亩地买了回来，并且严肃地昭示全家，从今以后，不仅仅是他死了，而且是子子孙孙家里的白事，一律不得请乐人！

这件事过去了二百多年，柴家三门人也繁衍了九代，已有四百多口人，"过白事不请乐人"的家规也一直延续到了现在。

赵、原两姓不通婚

"赵、原两姓不通婚"，典出春秋时期赵氏孤儿的故事，是临汾市襄汾县赵康村一带的一种习俗，这个习俗已经延续了2600多年。

两千多年来，赵氏孤儿的故事早已远去，但由此形成并延续的民间习俗却世代相传，赵康村一带甚至唱戏不演《八义图》，永固村则不演《赵氏孤儿》，直到今天……

春秋时期，晋国大臣屠岸贾因与卿大夫赵盾不和，而且嫉妒赵盾的儿子赵朔是驸马，便巧施诡计让晋灵公听信谗言，杀害了赵盾家族三百六十多口人，仅赵盾的儿媳庄姬公主一人得免，在宫中生下一子。屠岸贾为斩草除根,搜查孤儿未得,便发布告示:三天之内若不交出孤儿,就将晋国一个月至半岁的婴儿全部杀尽,以绝后患。

程婴和公孙杵臼商议,为救赵氏孤儿赵武,程婴先将自家的婴儿交给公孙杵臼,然后去告发公孙杵臼匿藏了赵氏的孤儿。结果,程婴的亲儿被害,公孙杵臼被杀。在此后的十五年中,程婴忍着舍弃儿子的悲痛,背着卖友求荣的骂名,将赵氏孤儿藏于深山古洞之中养大。赵武长大后,程婴对他说明了真相。赵武最终亲手杀掉屠岸贾,报了冤仇。这个传说,主要流传在襄汾县赵康镇、汾城镇一带。赵康镇东汾阳村为赵盾故里,距该村二十多公里的永固镇永固村则为屠岸贾的家乡。

赵氏孤儿的故事年代已经极其久远了,但两千五百多年来,当地赵姓不与原姓通婚,已成赵姓的固定习俗,而且后代不得违反。原姓就是当年的屠岸氏后裔,因恐遭人唾弃,屠岸氏后裔改姓原。屠岸氏后裔随后渐渐迁往运城、河津及新绛一带,在本地居住的已是寥寥无几。赵氏后裔也渐渐分散到东汾阳村之外的赵雄村、赵康村、南赵村、北赵村、大赵村、小赵村等六个村子。这七个村子,赵姓人口都占村里一半以上。镇上集体活动,这七个村的人只要去,就会很自然地凑到一块儿。每年清明节,七个村的赵姓全族都会敲锣打鼓到赵盾墓上烧纸磕头、祭拜祖先,每次都是一跪一大片。外姓人这个时候偶尔也会参与进来,场面十分壮观。而距赵盾墓仅二三十米之远的程婴墓,每年清明节的时候,都会有来自安徽的程氏后裔祭祖。程氏后裔和赵氏后裔每次见面都分外亲切。

钟馗迎蝠(福)

"钟馗迎蝠(福)",典出钟馗的民间传说,是一幅高悬厅堂的画像。"钟馗迎蝠(福)"和"钟馗捉鬼"是民间广泛流行的两幅画像:一幅画像中的钟馗是一副凶相,是用来镇鬼驱魔的;另一幅画像中的钟馗长得却是一副善相,慈眉善目,一团和气,身边还有一只翻飞的蝙蝠。后一幅画像不是贴在门上,而是高悬厅堂,人称这幅画为"钟馗迎蝠(福)"。

"钟馗迎蝠(福)"有一段故事。自从钟馗被封为"驱魔大师"以后,他便带领三百阴兵来到人间捉拿恶鬼邪妖。这三百阴兵化为风云,跟随在钟馗的身后脚下。当他降落到柱死城中,只见那里有许多惨死的男女老少,有的没有鼻眼,有的缺胳膊少腿,有的被挖心剜肝。总之,这些人全都是被魔鬼摧残死的。钟馗看了,内心怒火顿起,恨得咬牙切齿,发誓要把天下的魔鬼斩尽杀绝。

当他路过通向人间的奈何桥时,遇见一个小鬼跪在桥头。钟馗便问:"大胆小鬼,竟敢拦路,你不睁眼看看我是何人!"他伸手去捉,那小鬼忽然飞起,钟馗手下的阴兵立刻形成一圈阴云将他团团围起。钟馗定睛一看,此鬼身有两翅,头如老鼠,与别的鬼长相完全不同。便问道:"你是何鬼?从实招来。"小鬼展开双翅说:"我乃田间老鼠,自此饮了奈何桥下的水,便长出两个翅膀,无处不可去。人们都叫我蝙蝠。我知道人间恶鬼邪妖藏身之地。大神如斩除魔鬼,我甘愿做个向导!"钟馗一听,高兴地说:"我正需要你,快前面带路!"

说时迟,那时快,只见钟馗向空中一举,便有一柄利剑在手;又一跺脚,一团风云簇拥而来。他在蝙蝠的引导下,向人间飘去。

蝙蝠把他引到一个地洞口,说:"这就是魔鬼的老巢,请大神征讨!"钟馗将手中剑一指,一道白光射入暗道,跟着一股阴云流向洞中。不久,只听洞中鬼哭狼嚎,跟着就有腥臭的黑水流泻出来……原来这些黑水是魔鬼的鲜血,洞中的魔鬼都被钟馗及阴兵斩尽杀绝。从此以后,天下太平,人民安居乐业。

人生礼仪

拜天地
婚　配
骡驮轿
吃喜头饭
厨师给新女婿敬酒
老人先吃头碗饭
男孩结婚捉"轿鸡"
偷富贵
……

拜天地

"拜天地",也称"拜堂""拜高堂""拜花堂"典出远古时期盘古的传说,是从唐宋时延续下来的婚礼仪式。过去举行婚礼时,新郎新娘参拜天地后,再拜祖先及男方父母、尊长。也有将拜天地、拜祖先及父母和夫妻对拜统称为拜堂的。新郎新娘叩拜天地,上午七点到下午一点左右举行。娶媳妇的人家在家堂前放置香烛,陈列祖先牌位或遗像。摆上粮斗,内装五谷杂粮、花生、红枣等,上面贴双喜字。拜堂前,燃烛焚香、鸣爆竹奏乐,然后礼生育唱,新郎新娘就位跪拜,一拜天地,二拜父母,三夫妻对拜。交拜后入洞房。近代以来婚礼中的跪拜礼改行鞠躬礼。

盘古是中国最古老的神,开天辟地、死后身化万物是他的主要功绩。传说开天辟地后,盘古已近老年,他一个人在世上转悠,觉着怪没意思。有一天,他闲得实在手痒,就坐在河边,把水和土搅在一起和成泥巴,然后,照着他在水里留下的影子捏泥人儿。

盘古是个巨人,高得跟天一样,他照自个样儿那么捏,过了几年,才捏到胸膛,就比山高得多了。没想到,来了一场大雨,把泥人全给冲散啦。盘古一看,捏大了不行,就捏小的,几把泥一个。他看那小人儿怪可爱,捏好后就拿到脸上亲,又吹气儿逗着耍。说来也奇怪,气一吹,泥人竟然活啦!盘古高兴极了,就不停手地一直捏,等到日头一晒干,一口气吹活一个。这下跟他耍笑的人越来越多了,有男有女,他快活得简直没法说。

世上一有男女,事情就复杂啦。两样人生活习性不一,就起头寻着结对对。但谁和谁结,都找盘古来帮忙。看着围在他跟前的人越来越多,一下把他给愁坏了。正在这当儿,几个人找他来断是非。盘古正在郁闷的时候,忽然看见了他用黑发编成的长腰带,就解下来,让女的搭在头上,捂住眼睛,随便指一个男的。刚好,腰带的另一头搭在左边一个男子肩上,女的也正好指着他,盘古就叫他俩在一起生活。可是,有的人不服气他的决定,说他们个头大,有主动选择的权利。盘古被吵得有些烦躁,就不耐烦地说:"你们再大,能大过天地吗?"那几个人一听,不知所云。原来他们不知道天地在哪儿。盘古朝上指一下天,又往下指了指地。这几个一看,天和地大得没边,吓得大叫一声,跑散了。那一男一女也当即攥住带子两头跪下去,望着天地磕头作揖,就这么成了婚。因为是攥着头发编的带子成了两口子,人们就把这种办法叫牵线或牵绳,也叫结发。后来,人们觉得经过天和地许可,就能结个好对对,就都照着去做,这个习俗就一直传了下来。

后来,人们觉得黑颜色的东西盖头不新鲜,才用红绸子顶替,把那方法也改叫成了牵红线。

婚　配

"婚配",典出远古时期女娲的故事。意思是婚姻配偶,男女结为夫妻。女娲最初造的人,是男女连在一起的,有两个身子两个头、四个胳膊四条腿,行动很不方便。两个头一个这样想、一个那样想,一个要往西、一个要往东,总是东拉西扯弄不到一块。更让女娲犯愁的是,男女连在一起没法儿生儿育女。女娲想了想,干脆把造的这种人撕成两半,然后再让撕开的两半配成对,好传宗接代。

女娲开始造人的时候用泥捏。后来,她嫌速度太慢,就从崖壁上拉下一条枯藤,伸入一个泥潭里,搅成了浑黄的泥浆,向地面使劲地甩,那点点泥巴落地全变成了人。现在女娲又要把这些人撕开,可就费劲了。她把这些人叫到一起,挨个儿撕开放好。撕着撕着就不耐烦了,左手扔,右手撂,由于两个手使的劲不一样,有的撂得远,有的扔得近。被撕开的两半都想找到原来的一半,可女娲近一半、远一半,东一半、西一半地乱撂,给"找伴儿"造成了许多麻烦。据说找"伴儿"就是因找那一半而来的。不信,你把伴字拆开看,是"人"的一"半"。

现在有人找伴儿容易,有人找伴儿难,就是因为这容易的一对,是女娲将撕开的两半撂得近;难找到伴侣的,是女娲把撕开的两半扔得太远。还有的终身打光棍,就是一辈子找不着那一半的缘故。还有找到的不是原来的一半,就糊糊涂涂结了婚,结果一辈子不合,也就产生了"离异"的说法。

骡驮轿

"骡驮轿",又名喜轿、花轿,典出平鲁,是流行于朔州市平鲁一带极具地方特色的民间婚俗迎娶工具。所谓"骡驮轿",指的是两头骡子一前一后驮着一乘花轿。这种交通形式实质上是坐轿,但这种轿不是前后二人或四人或八人抬着,而是前后各有一头骡子驾驮着轿杆而行,故称骡驮轿。这种轿比一般轿子略大,可坐二人。轿内备有寝具,可以躺卧,是适于长途旅行的一种交通工具。一般可日行百里。行途中有二人赶骡,一人徒步,一人骑驴。

这是汉代的一个传说。当时,有一户农家的儿子到了婚配年龄,与一户少数民族的姑娘情投意合,双方选定了完婚的吉日。这天新郎家按照汉族风俗一大早抬着花轿到女家迎亲,由于路程遥远,花轿到达女家时已是半前响了,如果再由人抬轿,恐怕会误了中午拜堂的时辰。女方父母认为骑骡子既能节省时间和脚力,又符合自家的身份和习惯,遂从自家畜棚里拉来两头骡子,用皮绳和长木杆将花轿架在中间,装饰一番,让女儿乘上到婆家完婚去。骡子不惧山高坡陡,且顺从人意。骡驮轿经过一番打扮,显得英武潇洒,为迎亲队伍增添了异样色彩,受到乡亲们格外赞誉。从此,骡驮轿成为平鲁当地婚俗的一种固定模式流传下来,出嫁女也以乘坐骡驮轿为一生的荣耀。

吃喜头饭

"吃喜头饭",典出代县,指的是新郎和新娘成婚前,必须到各自最亲近的亲戚家中去吃一顿便饭,这顿饭就是代县人所说的"喜头饭"。习俗规定,无论新郎还是新娘,喜头饭最好连续吃七家,如果实在没有七家亲戚可吃,最少也得吃三家。

过去代县人结婚前如果说要到亲戚家去吃饭,一般是等到两人结婚后,适逢亲戚家过庙会或办事宴的时候,这才有机会受邀去吃。平时不时不节的情况下,他们很少去端亲戚的碗。但是,发生在一对年轻夫妻身上的尴尬境遇,彻底改变了代县人以前的习惯。

有一年,一个姓刘的人为十六岁的儿子刘平娶了一个十五岁的媳妇。刘家为这么小的儿子娶妻并不稀罕。因为过去年轻人结婚的年龄都比较小,大多数男人不到十七八就要娶亲,姑娘们则不到十五六就要嫁人。有些姑娘甚至不到十三四就当了新娘。刘平结婚后,小两口不吵不闹,相敬如宾,刘平父母十分高兴,直盼着小两口赶紧生个孩子,好让他们享受天伦之乐。然而,一年多时间过去了,婆婆发现儿媳的肚子还是平平扁扁的,丝毫没有怀孕的迹象。老人试着从侧面问了儿子和媳妇,但两个人对老人的问话懵懵懂懂,毫无反应。

看到这种状况,老人一下子着急起来,怪老汉平时不跟孩子们说道这方面的事情。老汉说:"这不能怨我,谁家平时会谈论这类事情?"老汉想让老人去启发启发小夫妻。老人说这哪是当家人能够说的事情,她无法开口。左右都不行,老两口一时不知如何是好。

过了几天,老人想让刘老汉给自己妹妹家送几件衣服,刘老汉灵机一动,和老伴商量一番,决定让儿子把这些衣服送到姨母家去,并一再盼咐,无论如何要在姨母家吃一顿饭,顺便问姨母有什么盼咐的。

刘平到姨母家送上衣服后,也把父母盼咐的话告诉了姨母。

姨母是过来人,咋不知道姐姐的意图？便照姐姐的吩咐留下外甥吃饭。吃饭间,姨母和姨夫反复对外甥隐喻启发,可外甥就像个木头似的,任凭姨夫和姨母怎样启发,就是无法开窍。姨夫姨母与外甥毕竟隔着辈分,旁敲侧击说不清楚,也不便明着去说呀。刘平白白吃了一顿饭,脑袋一点窍也没开。姨母无奈,只好装了几个生瓜,让刘平带回去。刘平回到家中后,老人一见妹妹送的生瓜,就知道儿子白跑了一趟,很是惆怅。

又过了几天,老两口想起早已出嫁的女儿,决定让儿子去女儿家走一趟,想让女儿来开导开导这个死脑筋弟弟。儿子走时,老两口还是吩咐儿子,无论如何要在姐姐家吃一顿饭,顺便问姐姐有什么吩咐。

刘平到了姐姐家,把父母的吩咐如实告诉了姐姐。姐姐也是过来人,很快领会了父母的意图,趁吃饭时间,让丈夫夹说带逗地把男女之间的事情给弟弟开导了一番。经姐夫这么直白地一说,刘平还真明白了好多事理,懵懂的心窍竟豁然明朗起来。

刘平从姐姐家回去不久,老人就发现小两口有了明显变化,媳妇的肚子也渐渐鼓了起来。十个月之后,老两口如愿地抱上了孙子。刘家的变化传出去之后,有些儿子不开窍的当家人便纷纷来刘家取经。刘家老两口也不隐瞒,一五一十地把他们打发儿子到亲戚家吃饭的经验告诉了这些取经人。那些人细细一想,觉得刘家的办法确实很有道理,回去就照着尝试,一试还真的很灵验。于是,周边的人都纷纷效仿,每当子女结婚,也不管开窍不开窍,一结婚就打发他们到亲戚家去吃饭,竟都取得理想的效果。后来,有人发现婚后再让新人去亲戚家吃饭不免有些太晚,索性在他们结婚前就让他们到各自的亲戚家去吃饭,结果,取得的效果更为突出。于是,大家又纷纷效仿。从此,婚前到亲戚家吃饭就成了代县准新郎准新娘的必修课。

再后来,人们担心一两家亲戚无法完成开导新人的任务,就把婚前吃饭的数量规定为七家,实在没有七家亲戚的,要求至少也要吃够三家。这样就从数量上保证了新人接受婚前教育的质量。民间为了强调这一过程的重要性，还特地把这个过程作为婚礼的特殊仪程增加在婚俗里，把这顿饭称为"喜头饭"，把这个仪程定为"吃喜头饭"，并一直沿袭至今。

厨师给新女婿敬酒

代县有个独特的习俗，新女婿第一次到岳父家中赴宴时，当菜肴上齐，酒过三巡之后，厨师会再炒一个拿手菜，再斟三杯酒，然后恭恭敬敬地去给新女婿加菜、敬酒。这个习俗来源于春秋时期。

传说，春秋末期，代县属于当时晋国的赵家势力范围，而雁门关以北的广大区域则属于当时的代国管辖。赵简子执政期间，为了与自己的邻国搞好关系，就把自己的女儿嫁给了代国国王，赵、代两家从此结成了儿女亲家。赵家有了代国这家亲戚后，北方一线就平安了许多。到了赵襄子执政时期，赵家向外扩张的野心日益膨胀。然而，他无论向东还是向南、向西，韩、魏、楚、燕等对手都不是好惹的主儿。于是，他就把贪婪的目光投向了自己姐夫的领地。

当时的代国包括大同盆地及蔚县以北的大片区域，沃野千里，草原茂盛，更有名声显赫的代马这一独特战略资源。赵家如果吞并了代国，不仅可以扩大自己的领土，而且可以拥有更多的战略资源。赵襄子早就对代国垂涎三尺，只是无从下手。最初，他邀请姐夫到晋阳来做客。代王知道赵襄子的为人，一直不敢轻易前往。后来，赵襄子借故到雁门关狩猎，特邀姐夫前来品尝野味。代王本不想去，但代王夫人已有很多年没见过弟弟了，很想去见弟弟一面，于是就恳求丈夫共同前往。代王挨不过夫人的恳求，只好答应了赵襄子的邀请。为了安全起见，代王要求赵襄子把宴席设置在代国与晋国交界的草垛山上。他所以这样安排，是考虑到对方一旦对自己图谋不轨时，代国一侧的人马可以迅速照应。

赵襄子同意了代王的要求，就在雁门关东面的草垛山上搭起一片帐篷,请名厨做好美食、备好美酒,专等代王前来赴宴。

草垛山坐落在晋国和代国之间,山的南面属于晋国,山的北面属于代国。代王在山北面布置好代国的接应队伍,又在山上也布置好自己的众多侍卫后,这才走进帐篷,入席就座。赵襄子热情地接待姐夫。为了让姐夫放心,还命令自己的侍卫都解除兵器。一看这情况,代王也就放心了许多,开怀畅饮起来。喝完第一杯后,赵襄子命厨师再给代王斟酒。厨师顺从地跪到代王面前,用铜斗舀起美酒,恭恭敬敬地斟到代王面前的酒杯里。然而,就在铜斗离开酒杯的一瞬间,厨师挥起铜斗,狠狠地向代王头部击去,代王猝不及防,当即毙命。

代王既死,代国的大片领土顺理成章地归到了小舅子名下。赵家因为扩展了自家的领土,又拥有了天下有名的代马,实力大增,不久就与韩、魏两家瓜分了晋国,建立了自家的政权——赵国。赵家是得利了,可苦了代县的厨师,自从帮赵襄子杀死代王后,一个助逆杀人的恶名便永远地背在了自己身上,厨师一下子成了杀人凶手的代名词,遭到了千人万人的唾骂。特别是新女婿们,以后一见到厨师就吓得浑身直哆嗦。

多少年过去了,代县厨师尽管没有再去杀人,但他们仍然背负着千古骂名,忍受着白眼和忌恨,仍然抬不起头来。为了改变这一现状,一个厨师决定用自己的实际行动来改变新女婿的看法。他的做法就是每当菜肴上齐后,他就再为新女婿炒一个拿手菜,也不再拿斗斟酒,而是端上三杯酒,恭恭敬敬地去给新女婿献菜、敬酒。最初的时候,新女婿们当然不会认可,有的甚至对厨师的殷勤加以讽刺。尽管如此,厨师并没有放弃,还是以自己赎罪的决心和恭敬的态度对待每一个新女婿。日久天长,厨师的行为终于赢得了新女婿和大家的认可,以后厨师再加菜敬酒时,新女婿们都能够坦然接受,有的还要赐给厨师一定的赏钱。自从这个厨师的行为获得大家的认可后,厨师在人们心目中的恶名逐渐有所改变。为了彻底消除人们对厨师的不利印象,厨师们就把给新女婿敬酒这一行为作为规矩,一代一代地传续下来,并最终变成代县的一个特殊习俗,一直延续至今。

老人先吃头碗饭

老人先吃头碗饭,由"老和尚吃头碗饭"的故事演变而来,典出襄垣,是一个尊敬长辈、勤俭持家的风俗。

清代康熙年间,山西襄垣有个将军庙,庙内住着八十多个和尚。

长老名叫德智,九十九岁,是个德高望重、闻名山西佛坛的高僧,享有吃小灶的待遇。

康熙九年(1670年),天下大旱,颗粒不收,百姓们把野菜、树皮都吃光了。

将军庙内的和尚因为朝廷拨饷,仍有小米可吃。一天早晨,做饭的和尚正给众僧盛米饭,突然发现锅内焖着一只小老鼠,顿时慌了手脚。

众和尚们阵阵喧哗,引起正在小灶吃素斋的长老诧异。他走进灶房一看,才知是饭里有耗子。长老用筷子挟起耗子,说:"我来吃头碗饭。"说罢便用手指将耗子身上的米粒刮下来吃了,然后又用勺子盛了满满一碗米饭,当着众僧之面吃了起来。众僧见长老如此,便硬着头皮吃起来。

不久,朝廷对佛地粮饷削减,将军庙里的和尚一人每天连三碗粥也供不上了。幸亏长老注意节粮,还发动众僧垦荒种地,才度过灾年。后来,晚辈们供老人先吃头碗饭,便成为尊敬之意,一直延传至今。

男孩结婚捉"轿鸡"

在晋南浮山一带,有一种捉"轿鸡"的风俗,就是在男孩子结婚的时候,捉一只黄色大母鸡,用彩绸捆住翅膀和双腿,由新郎带着去迎娶新娘,因过去娶媳妇都坐轿,故名"轿鸡"。

相传在很早以前,响水河畔住着一户靠打猎维生的人家,成年累月在山上打猎。有一次,这家的家长打猎回家,途经河湾时,恰有一群鸿雁排成人字从头顶掠过。他急忙举弓拉箭,向群雁射去,"嗖"的一声,一只雁应声翻落下来。就在这只雁中箭落地时,群雁中又飞出一只雁来,发出嗷嗷叫声,并在落雁的上空飞旋。落雁也伸颈对空惨叫,嗷嗷上下呼应。猎人拎起雁翅膀朝返家的路上走去,而那只离群的雁也跟着飞来,在他头顶上空时高时低地盘旋鸣叫。猎人回到自家院内,随手把那只受伤的雁放在阳台上,进屋吃饭去了。当他吃完饭出来时,只见那只离群的雁不知什么时候飞落下来,和受伤的雁脖子扭脖子地躺在了一起,已经都死去了。此情此景深深感动了猎人,他发誓今生再不打雁了,并小心地把两只雁皮完整地剥了下来,装上碎草,梳理了羽毛,使其有嘴有爪,并配上两只眼睛,看起来栩栩如生,然后恭恭敬敬地把它们悬挂在房梁上。从此,凡有来他家做客的亲友,他总是生动形象地讲述猎雁的经过。

过了些年,猎人的大儿子、二儿子结婚时,他分别把这两只鸿雁当成珍贵礼品赠送给女家,意思是让女方效法鸿雁的坚贞情操。当时村上有位有名望的长者,是猎人本族族长,认为这种办法很好,应当效法推广,并表示在他孙子结婚的时候,也要送只鸿雁。但到哪里去找呢?计划以黑鸡代之,所以命儿子去找黑鸡,自家没有,本村没有,邻近村子也没找下。长者问儿子有什么鸡,儿子说有黄鸡,老人在喜庆日子里不愿说不吉利的话,随口道:"应择其意,不择其色,况黄色乃金色也,更为吉利。"于是捉了只黄色大母鸡,赠送给女方。一家领了头,全村照着办,也就在周围传开了。从此以后,村上不管谁家娶媳妇,都要向女家送一只黄母鸡,渐渐形成了风俗。就这样代代相传,一直传到了现在。

偷富贵

"偷富贵",典出阳城,这是阳城及其周围地区,新婚夫妇第一次回娘家,也就是"回门"时要在娘家拿一样东西的习俗。

相传,从前,有一个孤儿,他叫富贵却不富贵,虽然心灵手巧,为人厚道,但家中一贫如洗,只得靠给别人种田维生,是有名的庄稼好手。有年秋天的一个夜里,明月高照,大地一片银白,富贵在山上给东家看秋,孤身一人坐在地头塄上,望着圆圆的一轮明月,想着心事,正感寂寞,突然,一阵清风吹来,玉茭地里飒飒声响。富贵以为是獾来吃玉茭,猫着腰顺垄远远望去,月光下,隐隐见一只狐狸从远处跑来,在玉茭地里打了个滚儿,变成了一位漂亮的姑娘,只见她捡起地上的狐狸皮,藏在塄后的石头旮旯里。

富贵心想:"近来村里传说,常有狐仙出没,果有此事。我妈在世时常说,遇上狐仙,运气要变,我看她来此做啥。"那狐仙朝他走了过来,富贵装着没看见,口里哼着小曲,抬头望着月亮。狐仙慢慢走到富贵身旁,低头问道:"这位大哥,你一人在此,不觉孤单吗?"富贵回头一打量,只见狐仙在月光照射下,亭亭玉立,像一朵出水的荷花,不由得一愣。他立即站起来笑着答道:"我是孤儿,半夜独自在此看秋,怎能不孤单?"狐仙说:"我愿陪你,你喜欢吗?"富贵不由得点点头。原来,这只狐仙叫翠姐,今年一十八岁,与富贵同龄。因羡慕人间,过不惯狐仙生活,经常单独来仙游,她看中了富贵,借机找到这里。从此,翠姐每天晚上都来陪伴富贵看秋,只要翠姐一来,那獾呀、兔呀、圪灵虫呀,都不敢来糟蹋庄稼,就连地里的老鼠也跑得远远的。两人谈天说地,情投意合,如胶似漆,舍不得分离。翠姐几次想道出真情,又怕富贵知道自己是狐仙后不愿意相配;富贵明知翠姐是狐狸,却深深地爱上了她,见她不说,也不好意思点破,后来暗生一计,趁翠姐不注意,悄悄把翠姐的狐皮从地塄后的石头旮旯中取出,藏到一块大石板下面。翠姐来取狐皮,怎么也找不到,知道是富贵发现了自己的秘密,将狐皮藏了起来。翠姐没有了狐皮,不能复原,回不了家,只好找到富贵,求他交出狐皮。富贵趁机向翠姐说道:"想要狐皮不难,你得答应我一件事。"翠姐问:"什么事?"富贵说:"你……你……和我成婚,要不,我永远不还你。"一句话正合翠姐心意,不由得面红耳热,一头扑到富贵怀里,两人紧紧地拥抱在一起。

富贵与翠姐成婚后,住在富贵的草房内,过着清贫的农家生活。富贵下田种地,翠姐在家缝衣做饭,小夫妻恩恩爱爱,生活虽苦,心里却甜。一年过后,生了一个胖小子,小两口更是喜上眉梢,生活得更加有滋有味了。

一天,翠姐提出归还狐皮之事,说要回娘家看看老母。富贵见生米做成熟饭,就答应了翠姐的要求,从石板下取出狐皮交给翠姐。

小两口抱着孩子来到深山一个封闭着的洞口,翠姐在洞口用脚踩了三脚,用手拍了一下,洞口"哗啦"一声大开,露出青砖筒瓦一座大院子。富贵随着翠姐走入正庭,参见翠姐的两位老人。两位老人见到小外孙十分喜爱,轮着抱了又抱,亲了又亲。翠姐一头扑在母亲怀里,诉说了离别后的一切经过。母亲擦着女儿的眼泪说:"从你出走后,四处寻找不见,可把我想苦了。以后就住在这里吧。"翠姐摇头不语。一连住了几日,茶来饭去,美酒佳肴,山珍海味,应有尽有。翠姐告诉富贵说:"咱们走时,父亲要给你东西,你什么也不要拿,只要桌上放的小盒子就行了。"富贵默默记在心中。

一日,翠姐向二老提出回家之事,二老把富贵叫到跟前,取出很多金银财宝让富贵带回家,富贵说什么也不要,二老没法。翠姐的母亲说:"你们成婚后第一次来,按规矩得拿点金贵东西。你们想要什么,就随便拿吧。"富贵指着桌上的小盒说:"我只要这个东西。"二老没法,就把小盒送给富贵。小两口抱着孩子离开狐狸洞回到家中,富贵指着小盒说:"要这个东西有什么用?"翠姐:"你不知道,这是父亲的心爱之物,名叫百宝盒。想要什么东西,宝盒就会送来。"说罢,用手轻轻拍着宝盒说:"百宝盒,藏百宝,多余之物我不要,送我一院新房舍,遮风避寒住家小。"突然,富贵过去住的草房,一下子变成了崭新的瓦房。

忤逆坟

"忤逆坟",又称"忤逆墓",典出侯马,说的是元末明初侯马人王进的故事。忤逆坟位于侯马市东程王村西南六十米,修建年代早于金大定二十三年(1183年)。墓主王进是元末明初金沙村人。王进参加了明朝的军队,善骑射,因屡建战功,明太祖朱元璋晋升其为金带都指挥,后在征讨陈友谅的战斗中不幸阵亡,明太祖赐银首敕葬。

相传,当时紫金山脚下有个金沙村,村里王秀才四十一岁时妻子刘氏生育了王进。王秀才夫妻俩欣喜若狂,顶在头上怕摔着,捧在手里怕碰着,真是爱不释手。每日好吃好喝,好穿好戴,娇生惯养。王秀才熟读四书五经,满腹经纶,又写得一手好字。但儿子王进却与书墨无缘,秀才夫妇也只是一味地溺爱,丝毫不加管束,长到十几岁时还是胸无点墨,目不识丁,整天和一些地痞流氓厮混在一起,踢脚打拳,舞枪弄棒,偷鸡摸狗,酗酒闹事,扰得四邻不安,八舍不宁。如果有的人家不堪忍受,找上门来,秀才夫妇不但不管教自己的儿子,还指责人家招惹了王进。

在过去的年代,由于沿山一带读书识字的人少,王秀才自然就成了当地的香饽饽。谁家有红白大事,都会请他去当"账房"先生。秀才每去一家,必定带着王进。王进从会走路起,就像秀才的影子一样。这王进在吃饭上有个特殊的喜好,特别爱吃馄饨。无论哪家请王秀才,都特意做一些馄饨给王进吃。临走还要带上一些,让他回家煮着吃。有一次,王秀才去帮忙的这家因为忙乱忘记了包馄饨,这下子王进可就不干了,雷霆大怒地一连掀翻了三张桌子,杯盘碗筷摔了一地,把整个喜庆宴会搅了个一塌糊涂。王进十六岁时，一天邻村一家办喜事，赶着牛羊来接秀才，正赶上王进耍刀弄枪不在家，秀才左等右等没等上，就只好独自前往。王进回来一听说父亲自己去赴宴了，立刻怒从心起，拎起一把砍刀在磨刀石上"哧啦、哧啦"地磨起来。刘氏怎么解释王进也不听，恶狠狠地说："老家伙竟敢不带我，我让他知道我的厉害！"又对刘氏喝道："你要是再啰唆，我连你一起砍了！"吓得刘氏面如土色，战战兢兢躲到一旁，干看着不敢吭气了。正在这时，几个地痞来叫王进去喝酒，王进放下砍刀，咬牙切齿地说道："等我回来再和老东西算账。"

秀才在别人家办事，心里七上八下地不是个滋味，天刚黑就匆忙赶回家中。刘氏急忙把儿子的事情一五一十地告诉了秀才，秀才还不太相信。还是刘氏有主意，对秀才说："今晚你到别处去睡吧，要是没事呢，更好，要是真的动了刀子，可不是闹着玩的。"秀才想了想，觉得有道理，就到邻居家借宿去了。

刘氏知道王进不会善罢甘休，在炕上把秀才的被窝铺好，又找来一个大葫芦，里面装些红水水，放在枕头上盖好，就像秀才睡在那里一样。为了讨好儿子，刘氏又给王进做了一碗馄饨。心想，儿子回来吃到馄饨，也许就不闹了。

深夜，王进喝得醉醺醺地回来了，一脚将院门踢开，刘氏听到响动，赶忙去给儿子端馄饨。可王进去提了刀直冲到秀才房中，借着月光，看见秀才稳稳地睡在那里，不禁火冒三丈，由着酒劲儿，举起砍刀朝秀才的头就猛劈下去，只听"咔嚓"一声，血水迸出。王进扔下刀，转身就往外跑。恰巧刘氏端着馄饨走过来，王进一头撞倒了刘氏，碰翻了馄饨。王进一看是馄饨，在摔破的碗里捡了两个塞在嘴里，转身就朝门外逃去。

第二天秀才回来，老伴哭诉着昨晚发生的事。秀才一看被砍成两半的葫芦，顿时两眼发直，一下瘫倒在地上。从此卧病在床。刘氏请医寻药，百般调理，但是，秀才的病却越来越重，渐渐水米不进了。临死之前，秀才对刘氏说："这都是我娇惯纵容儿子应得的下场啊。事到如今，悔之晚矣！"说罢，两腿一伸，走了。

王进逃出家门,他那一伙狐朋狗友知道他杀了父亲,都吓得不敢和他接近。附近一带的乡邻,早都恨他恨得牙痒痒,不愿意理他。王进只得背井离乡,四处流浪,饱受风寒饥饿之苦。这时才想起家中的温暖,父母的恩情,痛恨自己以前的为非作歹,遂下决心改邪归正,重新做人。想到自己还会些枪棒,就决定去投军。一来可以弃恶从善,二来可以解决温饱。王进投军后作战英勇,屡立战功,后来官至都指挥。王进做官后派人回家乡打探消息,得到回报说秀才已死,刘氏不知去向。王进十分悲痛,只好慢慢派人寻找母亲的下落。原来秀才死后,刘氏无依无靠,只好每日沿街乞讨,流落他乡。此后,王进娶妻张氏,生了个小孩。王进外出征战,张氏在家料理家务。家里养了两头猪,张氏想找个女佣人,一为照看孩子,二为喂养两口猪。正巧刘氏前来讨饭,张氏见她可怜,就收留下她做了女佣人。刘氏照看孩子,想到自己也有儿子,却杀了父亲,逃跑在外,至今下落不明,不免暗自悲伤。张氏喂养的两口猪,有一只母猪下了一窝猪崽。这天刘氏喂猪看到一个猪崽拱到母猪怀里抢着吃奶。不由得触景生情,又想起自己那个不忠不孝的儿子王进,不由得一边敲着猪食槽,一边叫道:"咓咓咓,一群群,杀了老子吃馄饨。"自此以后,她每到喂猪的时候,就这样叫着,眼中掉下泪来。日久天长,张氏觉得奇怪,有心想问,又不知如何开口。

一天,王进从外面征战回来,夫妻闲谈中,张氏就把这件事讲出来。王进一听,大吃一惊,急忙来见刘氏,一看正是自己的母亲。王进慌忙跪倒在地,喊道:"母亲大人,不孝儿子王进在此!"刘氏定睛一看,果然是王进,母子抱头痛哭。王进将母亲接到厅堂,张氏出来见礼。母子重叙别情,当王进听到父亲因他而死,母亲流离失所,惭愧万分,拔出佩剑就要自刎。刘氏、张氏慌忙拦住。刘氏说:"我儿,你已经痛改前非成为新人。那时,我和你父亲,纵容娇惯你,也有教子无方、管训不严的过错啊!现如今,你正当青春年华,应当为国效力才是正理呀!"王进听后,哭着说:"孩儿忤逆不孝,害死父亲,使母亲流落街头,罪孽啊!将来我死后,你们就在我坟下挖一口井,用铁索将我的棺木倒悬井中,以赎我罪。"

后来,王进在一次战斗中壮烈捐躯。后人遵照遗嘱,建墓立碑。人们称它作"忤逆坟"。后来,"忤逆坟"的故事还被戏剧作家雷平良先生改编为蒲剧,在山西晋南一带广为流传。

新郎新娘交换礼物

新郎新娘交换礼物,这是结婚典礼时的一个经典仪式。交换什么礼物,随着时代的变迁而变化。中华人民共和国成立初期,交换手绢;扫盲时交换钢笔、笔记本儿;"文化大革命"时交换"语录本";现在时兴交换戒指。其实,起初新郎新娘交换的礼物是铜镜,这是个定规。

这是一个很久以前的故事。古时候,有个姓王的书生上京赶考,路过山东与河北交界处的四女寺时,正巧下了一场大雨,王相公便躲到四女寺大门下去避雨,一股狂风卷来,身后的大门"咣当"一声被刮开,王相公不禁打了个寒战,转身看时,寺内的殿堂亭楼破败不堪,院子里半人高的荒草被风吹得左摇右摆,啊!原来是一座破废的寺院。看看自己淋透的湿衣服,王相公就想到里面歇息片刻。刚迈步,突然头一晕,跌倒在地,随即一阵阵剧烈的头疼,浑身直发冷。在这当儿,从殿堂里面走出来一名女子,衣着打扮虽然平常,眉眼却好得出奇。看见王相公,她撩起拖地的裙角,轻飘飘走到王相公跟前,蹲下身,用手轻轻地抚摸了一下他的额头,她十分惊讶,"哎呀!相公,你病了!"王相公越发难受,艰难地点点头,又是一阵眩晕。恍惚中,相公已被那女子搀扶到一个幽静的住处,家中陈设虽然说不上富丽堂皇,倒也是要啥有啥,收拾得干净利落。王相公刚落座,那女子便要与他更衣。王相公觉得在一女子面前更衣,实在有点那个,那女子会意地轻轻转过身去,他急忙趁机更衣。系腰带时,那女子已转过脸来。刹那之间,那女子尖叫一声摁住太阳穴,王相公正要问其何故,她却说:"你快穿上外套吧。"他穿好外套又问她:"刚才你咋啦?"她略一打瞪,抿嘴一笑:"哦,没什么,不知为啥,我的头也疼了几下。"说着又是熬茶,又是给相公烤衣服。谈话中,王相公得知,姑娘名叫胡六妹,几个姐姐已出嫁。父母去世后,家中只剩下她独守闺房。"相公若不嫌弃,就在这里将息几日。"王相公见胡六妹如此美貌、大方、热情,有些昏昏然,便点头默许了。没几天的工夫,在胡六妹无微不至的关怀下,王相公的病情好转了过来。一天夜里,他看了一会儿书,把外衣脱掉,便上床歇息。半夜时分,突然听得窗外好像有人走动,"吱扭"一声,门轻轻打开了,他猛转头看,看见有个黑影急忙闪出去。王相公吓得浑身顿时起了一层鸡皮疙瘩,睡意完全消失,干脆起来,把灯点上,端灯朝门外照了照,看见没什么动静,就伏在案子上读起书来。

第二天,他向胡六妹谈起昨天夜里的事,胡六妹脸上飞过一丝红晕,笑声朗朗地说:"大门关得严严实实的,怎么会有人进来?大概是相公身体虚弱产生的一种幻觉。"王相公点点头说:"也许是吧。六妹,一病数日,考期已过,我也不打算进京了,今天就起程回家了。""相公执意要走,我不便强留,只是你得答应我一件事。""答应何事?请讲。""我要跟你走,可以吗?""这……""这什么?俺配不上你,对吧?""哪里,哪里,小生家贫如洗,又有高堂老母卧病在床……""俺不嫌嘛!"听胡六妹这样说,王相公高兴地答应了这门亲事。

不几天,他们便相携来到王相公家。老母亲听说儿子有了新媳妇心里很是高兴,忙叫儿子找阴阳先生挑选个好日子,以便早日完婚。

王相公来到阴阳先生家,还未开口说话,李先生就说:"哎呀!你面色不对呀!""面色不对?""是呀,似有妖气缠身。""什么妖气?"王相公真有点丈二和尚摸不着头脑。"怎么会有妖气呢?"接着李先生问他要与谁结婚,女方是哪里人氏,怎么相识的,等等。王相公就把巧遇胡六妹的事一五一十地说了一遍。李先生心里已明白了七八成,便道:"换衣服时,她一看你,头就疼,你内衣腰带上是不是有个古铜镜?""有啊!小时候我老生病,俺娘把俺记到二郎神的案下,十二岁赎身时,按照神爷的指点,让俺腰带上的铜镜不要离身,说这样就啥也不怕了。""那天半夜有人进了卧房,铜镜一直未离身子?""是的。不过,铜镜系在前面,原先侧身头朝里睡,听有人进门,转过身来,那人就闪走了。"李先生思忖道:"好了,完婚日子干脆定在本月初九吧,这个日子很好。婚礼时,男女互换礼物,到时你摘下铜镜先对着女的照一阵,如果没事,将铜镜交给她。她给你什么都可以。"初九结婚那天,前来贺喜看热闹的人真不少。拜罢天地,拜过高堂,负责司仪的人大声喊:"下一项,新郎新娘交换礼物。"王相公掏出预备好的铜镜,对着胡六妹照起来。只见胡六妹立刻顿足扭身尖叫起来,两个搀新媳妇的人以为新媳妇病了,不敢放手,胡六妹挣也挣不脱,跑也跑不了,尖叫扭摆了一阵儿,身子一软,瘫倒在了地上。两个搀新媳妇的人不知所措,却见新媳妇身子抽搐着,缩小着,顷刻之间,变成一只花狐狸。在场的人无不惊讶。这时,李先生让王相公给大伙儿讲了他和狐狸精认识的过程。然后说:"狐狸精本想在换衣服时吃掉他,因为看见这面照妖镜而未得手;夜间再去,仍未得手。今天原形毕露了。"从此以后,人们结婚时,为了防止妖怪侵入,就兴起了新郎新娘交换铜镜的规矩。到后来,虽然不是交换铜镜了,但交换礼物的习俗却一直延续了下来。

新媳妇进门,三天不论大小

"新媳妇进门,三天不论大小。"典出蒲州民间故事,是一个结婚闹新房的民间风俗。在山西的很多地方,民间有一种风俗习惯,婚后三天,宾客、乡邻、亲友不分辈分高低,男女老幼都可以汇聚新房参与逗闹新郎、新娘。人们认为,闹新房不仅能增添新婚的喜庆气氛,还能驱邪避恶,保佑新郎、新娘婚后吉祥如意,兴旺发达。就像俗语所说的那样:"不闹不发,越闹越发。"

相传,后周广顺年间,柴荣、赵匡胤、郑子明,都在周太祖郭威驾前为官。因为情投意合说得来,就结拜成了异性兄弟。

有一天,兄弟三人到蒲城县游玩,跑得又饿又渴、又热又累。忽然看见前边有一片西瓜地,西瓜长得又圆又大,就想弄几个吃,可是身上又没带钱。赵匡胤鬼点子多,唆使郑子明去偷。郑子明是个粗人,果然去弄了几个回来。兄弟三个吃得香甜正在得意,被看瓜园的女子发现了,吵闹着叫他们赔瓜钱。郑子明见是个年轻女子,就嬉皮笑脸耍起了无赖。女子很生气,两个人就动起手来。

原来,这女子名叫陶三春,是位武功很高的姑娘。郑子明哪里是她的对手,一连被摔了几个跟头,跌得鼻青脸肿。幸亏惊动了陶三春的父亲,才给郑子明解了围。

柴荣、赵匡胤看陶三春武功好,将来是用得着的人,就替郑子明求了这门亲事。

结婚这天,郑子明一肚子不高兴,求两位哥哥无论如何想法子教训一下陶三春,为他出出气。柴荣、赵匡胤也怕陶三春将来不听话,也想煞一下陶三春的锐气,便叫来几个兄弟,晚上在新房内摆了一桌酒席,以宴请郑子明夫妻为名,准备惩治陶三春。

陶三春看出了他们的用意,满不在乎地和他们一起吃喝。赵匡胤以敬酒为名,来抓陶三春胳膊,被陶三春打伤了手,坐在凳子上直喊疼。高怀亮上前抱腰,被陶三春踢伤了腿,躺在地上直哼哼。郑子明原就给打怕了,钻到桌子下面不敢出来。其他兄弟也都伤的伤、跑的跑。只有柴荣没有动手,坐在椅子上发愣。陶三春指着柴荣生气地问:"哥哥,兄弟们为啥到新房胡闹?"

柴荣干笑着说:"新媳妇进门,三天不论大小嘛!"

从此,"新媳妇进门,三天不论大小"这句俗话便盛行起来,闹新房的习俗也流传了下来。

新女婿"做贼"

新女婿"做贼",典出临汾市蒲县,是当地的民间风俗。据说,当地凡是结过婚的男人都做过"贼",就是在结婚娶亲那天去偷岳父家里的东西,而所偷的物品也就是一个碗和一双筷子。而岳父母,有时甚至故意在女婿吃饭的桌子上放一个新茶碗和一双筷子,等女婿走时"偷"。女婿如果忘了"偷",反而会被看成傻子。

这个风俗起源于五代时期的一个传说。五代时期,蒲县黑龙关东南方向五里地的寨子村出了一位女英雄刘金定。刘金定的父亲原是朝中的一位忠良,由于受奸臣陷害被贬回蒲县成了普通百姓。刘金定就在这个时候出生了。

刘金定生相奇丑,村里大人小孩谁见了都要笑话。距寨子村不远的高崖凹有个年轻人叫高宗保,由于家境贫寒一直没成家。听说丑陋的刘金定嫁不出去,就托人去说媒,刘金定的父亲满口答应。到了接亲那天,刘老汉摆了几桌酒席,可新女婿一上桌,刘老汉发现,高宗保的长相也不咋地,满脸疙瘩,和癞蛤蟆皮差不多,还是个秃头。

席毕,下起了瓢泼大雨,有人又调皮偷跑了高宗保的礼帽,高宗保趁人不注意,把院里一个喂鸡食的旧碗扣在头上就上马走了。

洞房中,揭开面纱后,刘金定看到眼前的高宗保眉清目秀,好一个俊俏男子!刘金定不敢相信自己的眼睛。高宗保一照镜子,自己也觉得蹊跷。刘金定问他发生了什么事,他说起自己顺手偷了刘家院里一个喂鸡食的旧碗,扣在头上的事。高宗保去院里将那碗拿回洞房,刘金定也没看出什么名堂,试探着扣在自己头上。待取下碗,又一奇迹出现:刘金定也变成了一位美貌佳人!

到了回门那天,小两口一同去看望刘老夫妇,刘老夫妇竟然都没认出是女儿和女婿。等说明事情原委以后,刘老汉高兴地直捋胡子:"嗯,俺女婿偷得好,偷得好!"

后来刘金定与高宗保招兵买马,并用计一举除掉了朝中奸臣,刘老汉和女婿一起到朝中做官,帮助朝廷重振纲纪。

后来,高宗保偷碗的故事一经传开,当地人们就都效仿起来,一来为了女儿女婿变得更漂亮,二来为了女儿女婿有个好前途。

夜里娶媳妇

　　夜里娶媳妇,是流行在晋城市高平的民俗习惯,外地人嘲笑这种乡俗是"偷媳妇"。殊不知,这种乡俗还有着这样的故事:

　　相传高平人以前也是白天娶媳妇,只是到了唐朝末年,有一天在高平县境内,一家娶媳妇的和一家出殡的在官道上相遇。一方是披红挂彩,吹吹打打,兴高采烈;另一方是披麻戴孝,哀乐鸣奏,哭哭啼啼。这两家队伍谁也不肯给对方让路,娶亲的怕误了拜天地,冲了运气;出殡的怕误了入土的时辰,坏了风水。你推他挤,打起架来,谁也不肯让谁。最后,双方拉拉扯扯到了县衙。县官听了双方诉讼,脑子一转,随即判道:出殡的身披重孝,肩拉灵棺,哭哭啼啼,实乃忠孝之举,理应先走。出殡的一听,急忙磕头谢恩,前面走了。县官随即又判道:娶亲的高高兴兴,对忠孝之人理应让先,就晚走吧。谁知这娶亲的和那出殡的憋着一股劲,看见出殡的人先走了,早就气傻了眼,对后面的判决听得糊里糊涂。打官司的人回到娶亲的人群那里,人们围上来问:官司打得怎么样?他没好气地说:糊涂官,短命官!娶媳妇还得到晚上。由于听话没听清,一条乡俗就这样误传下来,直到现在高平县有些地方还是夜晚娶媳妇。

　　还有一个故事,说的是远古时炎帝的女儿要出嫁到很远的地方(高平南城的朴村)。当时炎帝住在羊头山的高庙内,山太高路太陡不方便,所以就在邱村的炎帝大庙内出嫁女儿。村民们都不舍得炎帝的女儿嫁得那么远,但是又不敢违抗炎帝的命令,所以村民一边拖住迎亲队伍,一边聚在村中共商对策。眼看天色已晚,一人提议让炎帝的女儿在大庙住一晚,待到明天看看有没有什么好的办法,没想到此计让朴村娶亲的人给察觉了,在半夜里悄悄地把炎帝的女儿给抢走了。自此以后,高平人娶媳妇都改成了晚上,久而久之,就形成了当地的风俗习惯。

地方物产

板　枣
保德油枣
北滆老酒
草珍珠
党　参
定坤丹
腐干张
龟龄集酒
河东酒
恒山黄芪
……

板　枣

板枣,典出《稷山县志》,自汉唐时期留传至今,已有一千三百年以上的历史。因其果形侧面较扁,当地方言"扁"音为"板",故称"板枣",名列中国十大名枣之首,名气很大,品质极佳,堪称"中华枣中之王"。因其历史悠久,药用价值极高,成为历代皇室"贡品"。特点是枣大肥硕,色泽红艳,肉厚核小,质地细密,含糖分多,味道甘美,富有弹性,久储不干,享誉国内外。

传说,在很早很早以前,稷山县有个村庄,村名叫路村,位于吕梁山脚下。村里有个老实憨厚的青年小伙子,名叫板儿,父母早亡,家里很穷,靠上山打柴维持生活。一天,板儿拿着绳子、扁担、斧子上山去砍柴,当他爬上山顶的时候看见有两个人正坐在一块大青石上下棋。这两个人正是吕梁山的山神,一个吕大仙,一个梁大仙,住在吕梁山最南端的黄华峪口右主峰下的石山里。这些板儿当然不会知道的。他一个人常年在深山里打柴,觉得孤苦伶仃,今天能有两个人在山顶上下棋,真是不可多得,他便把绳担斧子扔在一旁,坐在大石头上,看起下棋来了。

这两个山神在这一盘棋的时间里,分吃了三颗板枣,并将枣核吐在身后地上,板儿便顺手从地上拣起,放在嘴里吞了这三个枣核。当这两个山神收拾棋子要走的时候,板儿才想起他还没有打下柴。当他转过身来拿绳、担和斧子的时候,发现他的绳和担早都腐烂了,斧把也腐烂了,斧头生了铁锈。板儿惊慌失措,不知如何是好。这两个山神看着板儿不解的样子,心里觉得好笑,告诉他说:他俩的一盘棋下了三年时间,他俩三年分吃三颗板枣,板儿吞了三颗板枣核就会力大无穷。如果把吕梁山上所有的树木捆成一捆还不够板儿一个人扛呢,以后再不用发愁日子难过了。板儿这才恍然大悟。这两个山神临走时还送给板儿一本书,并告诉他在最困难的时候翻看,自有妙用,但在平常是不能随便乱翻的。板儿得了仙书，喜出望外地回到家里。

三年来不住人的家，已经是破烂不堪了。板儿也顾不得收拾房子，怀着好奇心坐在灯下翻着书。他刚小声地念了"天兵天将……"几个字，顿时，赤面獠牙、身着盔甲、持枪握剑的天兵天将站得屋里、院里、房上到处都是，并大声喝道："叫俺有何事干？"原来这是一本调遣天兵天将的天书，板儿吃惊不小，急忙吸口气说："吕梁山上拔枣树。"天兵天将又吼道："拔下往哪里栽？"板儿回答道："陶村姚村胡家庄。"一霎时，天兵天将不见了。第二天，人们发现吕梁山上的大小枣树都不见了，陶村、姚村、胡家庄几个村的地里长满了枣树，结出了又饱又大的红枣儿。人们非常感激板儿，就称稷山枣为"板枣"。

在隋唐时期，稷山汾北沿河一带，也就是现在的稷峰镇、化峪镇约40多个村庄，就天然生长一种枣树，因其枣果形状扁平如板，被人称为板枣。这种板枣树抗冻耐旱，果味脆甜，又易于管理，当地农人遂喜种植。当时为节省耕地，枣树大多栽植在地畔、沟壑和崖边涧旁，因而种植面积并不大。

明代景泰四年（1453年），江西人贡士傅柔上任稷山知县。这是一位体恤民生、办事干练的好官。他一上任，就发现过去官府为完成本县赋税定额，将不少无人耕种的荒地也按人丁地亩强行摊派粮税，当地民众颇有怨言。于是，傅柔便详加查勘，据实奏请上峰批准，豁免稷山荒地粮三千九百六十多石，而且明文告示永不起征。鉴于这些荒地长期闲置无人耕种，傅柔便以县衙名义告知县民，在荒地广植枣树，谁种谁收，官府不再加征赋税。这一来，人们便踊跃种植枣树，纷纷称颂傅知县的惠民之德。

明代天顺三年（1459年），山东省沾化县人贡士张琦担任稷山知县。张琦来到稷山县以后，发现稷山板枣品质不错，但其甜度不及沾化的冬枣脆洌甜香，便决意从沾化引进冬枣树种加以改良。第一次，他派人从沾化县购得一批枣树苗，用大车千里奔波拉回稷山栽种，结果基本上都死光了。张琦和当地有经验的老农一起研讨，认为这是树苗水土不服所致，便又第二次到沾化县，挖出树苗连同树根母土，包在布袋里，用快马驮上，火速赶往稷山栽种，果然枣树成活率较高。俗话说："桃三杏四梨五年，枣树当年就卖钱。"第二年，移栽的枣树大多挂果。张琦这才发现，沾化冬枣尤喜在地质较肥沃的沙壤土中生长，对水的需求量也较大，特别是冬枣果实质脆皮薄，极易摔碎，保存期不长，所以不适宜在稷山引种。于是张琦又琢磨着另辟蹊径。经多方考察，他又决定从山东泰安一带引进有名的金丝小枣。这种枣树最喜在黏土、壤土中生长，而且抗旱、抗盐碱力强，果实皮薄、肉厚、色泽鲜红，过熟的枣果掰开时拉有黄丝，和稷山板枣生长的气候、土壤条件十分相似。于是张琦第三次亲自出马，到泰安县购买金丝小枣树苗，运回稷山。经当地勤劳聪明的枣农移栽和嫁接，终于使金丝小枣和稷山板枣成功实现优势互补、融合改良。老百姓对张知县三度引进外地枣的惠民之举，口口相传，大加赞颂。

明代天顺八年(1464年)，张琦离任，由河南鹿邑县人贡士张谅接任稷山知县。他在职期间，"革弊除奸""敷德施恩""优礼文士"，重视农耕，特别是继续推行前任的治县方略，着力劝导乡民大力发展枣树，使板枣在汾北三十多个村庄栽植成园、连绵成林，成为稷山一大特有景观。张谅在稷山为官期间，"清介淡泊"，政绩卓著，后被擢升吉州知府。

保德油枣

保德油枣，出产于黄河流域的保德县沿黄河一带的丘陵沟壑中，迄今已有近四百年的栽培历史，以冯家川所产者为最佳，故流传着"口里猪，口外羊，冯家川的油枣寸半长"的谚语。特点是个大、皮薄、肉厚、核小、汁多、味甜、色泽深红，油光闪亮，干制的油枣富有弹性，用手掰开能拉出三到四厘米的油丝，耐贮耐运。历史记载，清代康熙皇帝出巡时路经保德县冯家川念盘儿，曾吃过这里一

棵老油枣树的红枣,夸赞枣儿油性大,称为"油枣",并留言:"一穷二白的保德州,唯有鲤鱼大油枣。"自此,保德油枣便成了"贡枣"。每到秋季收枣的时候,地方官就向老百姓征收鲜枣进京上贡。1975年在全国农业展览馆枣类展品中保德油枣名列第三,名列山西七大名枣(稷山板枣、保德油枣、运城相枣、交城骏枣、柳林木枣、太谷壶枣、临汾尧枣)之二。

北溟老酒

北溟老酒,典出"一代廉吏"于成龙。于成龙,字北溟,清代永宁州(今吕梁方山)人,是一个能文能武的干臣,不仅文采出众,一身武艺,而且酒量惊人,被"千古一帝"康熙誉为"天下廉吏第一"。于成龙爱酒嗜酒,自称"北溟酒徒",由他改进、创新的"北溟老酒"有"青菜老酒""清端酒""康熙御酒"之称。

于成龙没有出仕的时候,就十分好酒,读书授课之余,喜欢闲饮,时间长了于公跟着杏花村的酿酒师傅学了一手好的酿酒功夫,曾在永宁以卖酒补贴家用。今天仍然在市场上有售的"北溟老酒""清端酒",便是其在历史长河的延脉。传说他以嗜酒而知味,以知味而善酿,以善酿而兴家,以兴家而兼济天下。出仕时,他的养母李氏知他好酒,特意在他的行囊里放上了一大坛上好的陈年杏花村老白汾酒。在广西罗城时,于成龙一个人异乡生活,着实让他感到深深的寂寞。每晚,他必饮一壶汾酒。带的汾酒喝完了,只能喝当地的四文钱一壶的普通烧酒。手头钱紧的时候,每天就只喝半壶。最后连买半壶酒的钱也没有了,他就勉强戒酒。戒了酒又睡不着觉,那就写诗。"一夜一壶酒,床头已乏钱。强欲禁酷我,通宵竟不眠。"这首诗就是于成龙出仕后第一次与酒难以割舍的记载。史料还记载了他在罗城的另外一段诗酒生活,于成龙爱喝酒,尤其到了晚上,忙碌了一天就会乘这个时间喝上两盅。晚上饮酒时,不用下酒菜,连筷子也不用,拿出一本唐诗,一边念,一边喝。有时不念诗,自己拿纸笔写诗,边写边喝。有时候,想起了自己的身世、命运、故乡、亲人、朋友,忍不住悲从中来,就一边哭一边喝,喝到嘴里的,不知道是酒还是泪。再到往后于公任职四川合州,据传他喝了吕梁汾阳特产汾酒,那也是一身正气,断然拒绝了重庆府知府的不合理摊派。

于成龙曾就职于广西、四川、湖广、福建、直隶两江等地,为官二十多年,孤居异地,难免思亲念旧,因而常常借酒怀乡。然而于成龙为官清廉,俸禄微博,常因为囊中羞涩而没钱沽酒。曾有"半鸭于公过夜钱,五厘酒价何处沽?"(《于清端公政书》)的诗句流传。后有颇善酿酒技艺的老乡,在异地他乡慕名拜访于成龙,得知这一情况后,将杏花村的酿酒工艺倾囊相授。此后,于成龙在烦冗的政务之际,常常抽空亲自酿酒,并将南方酒系的风格不断融合、改良和创新,逐渐形成了入口甘美、清纯绵厚的特色佳酿,于成龙便以自己的字号"北溟"为酒命名,并自称"北溟酒徒"。北溟老酒成为廉吏于成龙繁杂公务之余的一大闲趣雅好,也成为他招待亲朋友客时的标配,故又称"青菜老酒"。于成龙升任直隶巡抚后,上书请求陛见未被批准,准备献给康熙的一坛亲酿因此封存。康熙二十年(1681年)二月,于成龙入京公干,再次请求陛见被允准,便将两年前的封坛老酒携带入京。康熙小酌后大赞不已,感叹于成龙为官清廉,酿酒不易,便称之为"清传千秋,御香万里"。康熙一语双关,"清"既指北溟老酒的清香甘醇,又指于成龙的清廉端正。于成龙认为自己的亲酿浊酒被康熙称为"御香",顿感隆恩浩荡,感激涕零。一个多月后,于成龙公干结束离京,康熙又送于成龙御茶、御马回赠。

六个月后,康熙到直隶雄县(今河北雄安区域)巡查灾情,于成龙前往行殿拜见时又奉上亲酿美酒。康熙再品北溟老酒后又大加赞赏,高兴之余不仅采纳了于成龙免除更多地区赋税的意见,还将多年多次驳回的"增加驿站工料"的上疏,也当场批准了。离别时,于成龙随员送驾,康熙在马上还没走到跪送的位置便勒缰止步。

君臣把酒话别,康熙之后才扬鞭而去,被传为佳话。

当年冬天,吴三桂的孙子兵败自杀,三藩之乱结束。于成龙被准归乡探亲。回到了阔别二十一年的老家,将改良的酿酒技术传给了家人,北溟老酒自此结束了漂泊旅程,在毗邻杏花村的山西方山县扎根,成为于氏的家传老酒。山西自此有了"肇端晋汾,源自名臣。清传千秋,御香万里"的北溟老酒。

于成龙去世后,满怀伤感的康熙重用于成龙的孙子于准,不仅逐步擢升为封疆大吏,而且多次召见。于准每次都将家传老酒奉上,与康熙共餐对饮。君臣二人常常在酒后追忆于成龙当年的故事,谈论做官治民的道理,北溟老酒的"御酒"之名自此流传。

草珍珠

"草珍珠",典出清徐,是清徐县马峪龙眼葡萄的美称。故事说的是,自李渊得天下后,清源醋和马峪葡萄便成了皇宫必不可少的贡品。从那时起,千余年来,马峪山乡流传了不少贡品葡萄的传说。

明朝末年,闯王李自成渡过黄河北进,大军一路势如破竹,直到交城。闯王和刘宗敏正商议怎样过清源城之际,忽然红娘子来报,高夫人高烧不退,连随军名医尚神仙也束手无策。

自高迎祥战死,闯王接过闯字大旗,高夫人便与闯王患难与共,特别是蛰居伏牛山时,高夫人和她的女兵营成了闯王的心理依托,高夫人冷静沉稳,红娘子勇猛无畏,"慧梅奇巧""慧英暴躁""慧剑痴憨"等都传为闯军佳话。如今,这只女兵的统帅——闯王夫人病重,使闯王不得不驻军交城,请医调治高夫人之病。

审不清病因,神仙也无法下手,交城名医请遍了,谁也不敢下药。无奈之下,闯王便出榜招医。谁料,榜文刚刚贴出,便有人揭榜。为谨慎起见,闯王亲自接见了这位揭榜之人。但见此人五十多岁的样子,矮矮胖胖,细皮嫩肉,问及高夫人病因,答曰:"不知。"问:"不知病因,何以揭榜?"此人答曰:"吾治病时,有白大仙附体,其时,吾即白大仙也,治病之后,白大仙已去,吾即吾也,岂能知之。"闯王这才明白,揭榜者乃巫医也。

俗话说,病急乱投医,在尚神仙也没有办法的情况下只好让此人医治。入夜,在高夫人卧榻前,此人装神弄鬼,口中念念有词,忽然,此人摔了一跤,起来之后,嗓音也变了,嘴里唱道:"内火焚心泄不通,高烧不退是其因,泄内五斤草珍珠,退外白酒擦全身。"唱完后,大叫一声:"吾神去也。"又一跤倒地。起来后问:"白大仙开的药方可记好?"慧梅便将四句唱词给他,他看后道:"五斤草珍珠银百两,我去备办,另备二斤烧酒,今夜即可治愈。"半信半疑的闯王付给他百两银子,命慧英、慧剑保护此人。第二天擦黑时,三人回来了,此人篮子里装有五斤红珍珠似的果品。时值初春,天尚寒冷,此人命将高夫人扶到院中,强食草珍珠,高夫人一气吃了二斤左右,回房后,冷得发抖。此人便命慧梅、慧剑用酒给高夫人全身按摩。

第二天,高夫人睡醒后,觉得神清气爽,高烧已退。闯王大喜之下,重赏巫医,并邀巫医随军服务,巫医笑道:"吾辈此术只能在这方圆五十里之内混饭,出此范围便不灵了。"闯王问:"此却为何?"巫医道:"草珍珠虽处处都有,但能清内火、健脾胃,就只有马峪山中有。"闯王只得放这姓罗的巫医出营。此后,闯王为念清源罗氏之恩,悄悄过了清源城。打下太原城后,方知巫医之术,那被视为珍品的草珍珠就是产于白石沟的龙眼葡萄。这龙眼葡萄香甜可口,清凉无比,实乃果中珍品。打下北京后,闯王也续前朝之规,到秋冬之际,定要和高夫人共食一次龙眼葡萄。

党　参

"党参",又名东党、台党、潞党、口党、西党、条党、白党、上党人参、防风党参、黄参、防党参、上党参、长命草、野山参、龙须草、狮头参等,具有补气养血、和脾胃、生津清肺的功能,为常用的传统补益药。古代以山西上党地区出产的党参为上品。上党，位于山西省东南部，是古时对长治的雅称。

　　古时传说，玉皇大帝去会西王母，行走在天际，一边领略山川河岳，一边手捋胡须，结果随手飘落的胡须落在下界，便长出"党参"这种东西，因此上古人就把它叫"龙须草"或"神仙草"。秦始皇统一中国后，把全国分为三十六个郡，山西沁河以东现在长治市、晋城市及晋中市的和顺县、榆社县、左权县一带就是那时的上党郡。相传在隋文帝时，上党郡的一户人家，每夜都听到宅后有人呼叫，但又始终不见其人。后来在离家一里多路的地方，发现一棵植物的枝叶不同寻常，于是向下挖掘，深达五尺，得见其整个根部，形如人体，还有四肢。自从此植物被挖出之后，那户人家就再也没有听到呼叫声了。此事传扬开去，人们认为这棵植物是得到"地之精灵"的"神草"。

　　传说吕洞宾和铁拐李二位神仙从中原来到太行山云游，看见四周犹如仙境一般，二仙赞叹不已。当他们走到平顺地界时，忽然看见了一头山猪在山坡上的土里乱拱，二仙童心未泯，想看个究竟，见山猪拱过的地方，黑土疏松，油光发亮，土里长着一种形似豆秧的东西。铁拐李把它放在口中，边嚼边跟着吕洞宾赶路。走过了一程，吕洞宾气喘吁吁，回头再看铁拐李，却神情如常，紧紧跟随。途中他们遇见一樵夫，樵夫说："这是一种神草，因出在上党郡，所以叫'党参'。"

　　传说在古时候，山里有一个姓高的大财主，开着一个名"济世堂"的中药铺，卖假药、劣药，坑害了一方百姓。当地有户贫苦人家，儿子名叫张郎，父子二人相依为命，母亲就是吃了"济世堂"的假药死的，还欠下了一笔药债。后来，张郎的父亲也得了重病，不得已又到"济世堂"赊了几服药吃，不想病却越发加重了。原来，医生在处方上开的"党参"抓药时被用别的草根代替了。张郎看出卖的药不可靠，就自己上山去找党参。

　　张郎背着背篓和挖锄在山里寻啊、找啊，到处是峭壁陡岩，冷风嗖嗖,黑雾漫漫,很是吓人。张郎又累又饿,终于倒在了一个岩洞里。模模糊糊中,他觉得好像是睡在花瓣铺的床上,软软和和的,非常舒适,面前还站着个年轻姑娘,面目俊秀,身材苗条,十分动人。姑娘问他到这里来干什么。他说了自己的苦处以后,姑娘告诉他说:"前面夹槽里有一大棵党参,你把它挖去栽在自己园里,再掐一片叶儿,给你父亲煎水喝,病就会好。"张郎醒了,原来是一场梦。这时候,天已亮了。他爬过悬崖,来到夹槽,果然发现了一棵党参。张郎小心地挖了起来,嘿,竟是一尺多长,且已成了人形,有胳膊有腿,有鼻子有眼,模样儿就像昨夜的姑娘。他双手连土捧起,理顺党参的藤秧,慢慢地放进背篓,一口气跑回了家。他把党参栽到菜园里,搭好藤架,然后掐了一片党参叶儿进屋给爹煎水喝,他爹的病一下子就好了。

此后,张郎天天给党参浇水,经常培土锄草,看得比什么都珍贵。终于有一天,党参架下走出了梦中的姑娘,并与张郎结成了夫妻,过起了幸福的生活。

世上没有不透风的墙,这件事后来被高财主知道了,他逼着张郎以菜园里的党参和他美貌的妻子还债。张郎自然不肯,财主就来抢。眨眼之间,党参不见了,张郎的妻子也不见了。财主恼羞成怒,就把张郎父子送到官府治罪。县官大笔一挥,竟判了张郎"私种毒药,窝藏民女"的罪名,戴上脚镣手铐,下了监牢。

党参姑娘回山以后,请动了山上百合、柴胡、天麻、牡丹、桔梗、沙参等百药之精,施展法术,杀了县官,宰了高财主,救出了张郎,夫妻双双回到了山上。后来张郎也化为一种药材,叫"黄花"。

定坤丹

定坤丹,也叫定坤丸,典出晋中市太谷,是著名的补血、养血、调经之药。"坤"是地的意思,"男人是天,女人是地",定坤丹得名于此。

清朝初年,乾隆皇帝为了皇祚永继,不影响皇族嗣衍,在乾隆四年(1739年)时,在太医院召集全国名医聚集京城编纂《医宗金鉴》之际,诏令将妇女郁血病的医治列为研究内容。当时以英谦为首的医学界巨匠荟萃,集思广益,很快拟就出一个处方,施以临床,果然功效显著。乾隆大喜,赏赐三百名医黄金万两、良田千顷,亲自赐名"定坤丹",意为"坤宫得到安定",同时将定坤丹列为"宫闱圣药",专供内廷使用。当时,有个监察御史孙廷夔,系山西太谷人,因母病求医,设法从太医院将定坤丹处方抄出,交其家庭药铺"保元堂"配制,仅供自家眷属服用,有时也馈赠亲友。当时社会有"孙氏定坤丹"之称,这是定坤丹从宫廷流入太谷之始。后来,定坤丹处方辗转机缘落入当时私人药店"广盛号"(即现在广誉远国药前身),作为商品制售。由于服之奇效,声名鹊起。

1900年,八国联军攻陷北京时,慈禧太后仓皇西行避乱,打扮成普通老太婆的样子,一路山高水低、风餐露宿,大受颠沛流离之苦。待行到山西太谷时,终于打熬不住,一时妇科病复发,腹痛难耐。幸亏当地县令进奉了定坤丹,慈禧太后服用后诸痛消失,如释重负,方可以继续西行。后来慈禧太后感念定坤丹的功德,留下御笔亲书"平安富贵"。

腐干张

清朝末年,太原城垣扩至原城墙之外,市场繁荣。当时馒头巷、帽儿巷、靴巷、麻绳巷、米市街、羊市街等以行业命名的街道接连出现。一些较大的手工作坊也逐渐扩大生产,开始向小规模的前店后厂形式转化发展。"大兴号"就在此时将其腐干、腐乳、腐酱生产扩大规模,被称为"太原三腐"。

那时,太原城内制作豆制品的字号众多,如"资诚号""世兴号"等。而"大兴号"以它的独特工艺和两百年的传统老汤在同行业中独占鳌头。"大兴号"的传人姓张,其先祖曾在明朝晋王府当过宫廷

厨师。明朝末年,晋王府没落,张御厨流落在外,就将晋王府中的腐干做法加以改进,开始以此为生。经几代人精研细琢,腐干和腐乳工艺日益精致,逐渐成为同行业之首。传至清朝末年,"大兴号"的腐干占据太原市场五成之多,被市人称为"腐干张"。

"腐干张"制作腐干,从选料到工艺,比其先祖更为讲究。选料上只用太原北郊的"龙眼"黄豆。去皮、浸泡,在水中浮起的不用。洗净后在一阶梯状的木器上淘洗,沉后的不用。老汤中又加入砂仁、豆蔻、八角、茴香、桂皮等十二种香料。老汤连用,但每晚必须将老汤中漂浮的浮油撇去,将老汤中上半部分尽数弃去,重新投料,重新熬汤。放料时,由"腐干张"自己包好,子时起床,看汤中成色,决定十二种香料配方。多少年如一日,从不改变。

"腐干张"年近古稀时,将作坊整个传与大儿子。只是每日夜间和出干时,仍坚持在旁。

八国联军侵入北京时,慈禧太后南逃。逃到太原时,山西巡抚毓贤献上"腐干张"的腐干切丝,配以香菜、葱丝、香油拌制的小菜。慈禧太后一见,不敢下筷,奇怪太原腐干为何跟京城腐干不一样,京城腐干外黑里白,太原腐干一色黑红。毓贤禀奏这是太原著名小吃,特为贡奉太后。慈禧太后尝后,赞不绝口,特命毓贤每日进贡一包。慈禧太后在太原二十余日,每日午饭必备此小菜。

八月中旬,慈禧太后继续南逃。已至晋祠,想起太原腐干,命李莲英带几包沿途食用。李莲英急命小太监飞马赶到"大兴号"索取。柜上卖得只剩下一包。新腐干还没有脱净水,还不能出干。小太监急得满头大汗,找来"腐干张"的大儿子,现时的少东家,让他赶快出干,赶上太后的午饭。少东家一看还差一个时辰,心想,这是太后点的,不敢怠慢。就吩咐伙计,开作坊出干。

"腐干张"听着院里动静,趿拉着鞋走了出来,一看时辰未到,伙计们就忙着准备出干,走到少东家跟前,二话没说,一个大耳刮子抡了过去。少东家捂着脸,指着小太监急忙对"腐干张"解释:"太后要的,反正也就是差一个时辰。"

"谁要的,差一个时辰也不行。""腐干张"黑着脸,拽过一把椅子,坐在了作坊前。

一个时辰后,"腐干张"说了一堆好话,又往小太监的腰里塞了些碎银子,将小太监送出大门。晚上,"腐干张"把大儿子叫进了卧室。看着坐在床前的儿子,伸出青筋暴露的大手,摸了摸儿子红肿的脸:"孩子,你要知道,少一个时辰,出来的腐干外皮虽黑,里面可还是白色呀。"可惜的是,"腐干张"的这门绝技后来失传了。

龟龄集酒

龟龄集酒,源自龟龄集"御用圣药",始创于明朝中叶,是明、清两代珍贵的"皇家至宝",距今已有近500年的历史。龟龄集酒以佳酿汾酒为底酒,加入龟龄集后经独特工艺酿造而成,既秉承了龟龄集处方严谨、制艺精湛的特点,又使中药有效成分更容易被人体吸收,从而达到促进人体新陈代谢、增强人体免疫力的功效,是抗衰老、健体魄、补虚养颜、延年益寿的高级滋补酒。

明朝中叶,嘉靖皇帝体弱多病且无后嗣,为挽救社稷,朝廷下令广招各地名医,征集长生不老医方以调养龙体,延续皇室血脉。时有邵元节、陶仲文两位著名方士总结多年行医心得,以《云笈七笺》中老君益寿散为基础,集纳众多滋补良药之所长,精心配伍、反复斟酌后制成益寿"仙丹"进献朝廷。嘉靖帝服用后果然身体日臻强健,至五十岁时甚至一连生下八个皇子、五位公主。于是龙颜大悦,遂将此丹奉为皇家至宝、御用圣药,并为之赐名"龟龄集",以示服之可与神龟齐龄。

此后,由龟龄集丹剂衍生出药酒,并在宫中广为流行。至明末清初,龟龄集药方流传宫外并辗转落户山西太谷后,山西人又将独特大曲工艺酿造的杏花村优质汾酒作为底酒,加入龟龄集后经长时间浸泡、勾储、调香,使龟龄集酒酒质纯正,融软、绵、甘、香、冽于一体,其口感和疗效功能相得益彰,将它誉为中国保健酒的创始鼻祖当之无愧。龟龄集酒和药流传宫外、落户山西太谷后，成为广盛药店的"镇店之宝"，支撑了它悠悠四百多年的经营盛世，堪称山西名产、晋商文化的代表。

1947年，粟裕将军带病赴前线指挥淮海战役之前，毛主席送给他的"锦囊妙计"之一便是龟龄集。粟裕将军后来回忆道："淮海战役打完了，龟龄集也吃完了，我的病也从此除了根。真是受益龟龄集不浅呀。"全国人大常委会副委员长、我国著名医学权威吴阶平先生1999年更是满怀深情地为龟龄集酒题写下"中华瑰宝、龟龄集酒"八个大字。

河东酒

河东酒，典出山西晋南地区。在山西西南部的河东地区，南北朝时期曾经出产过举世闻名的好酒，史称"河东酒"。北朝时，河东酒业发展较快，品质提升，其产品进入宫廷，成为朝廷的指定用酒，甚得皇室青睐。由于河东酒业贡送有限，所以只在极为隆重的场合，朝廷才向下属赏赐河东酒。魏孝文帝南线之时，派遣征虏将军刘藻统军先行，相约"与卿石头相见"，刘藻当场表示："不留贼虏而遗陛下，辄当酾曲阿之酒以待百官。"孝文帝笑着说："今未至曲阿，且以河东数石赐卿"，意思是说，现在还无法喝到南朝的曲阿酒，就先拿河东酒壮行吧。事见《魏书·刘藻传》（卷七〇）。另据《周书·韦夐传》记载，韦夐养高不仕，风范为世所称，周明帝为旨嘉奖，"敕有司曰给河东酒一斗，号之曰逍遥公"。受赐河东酒，这在当时属于最高规格的待遇。

恒山黄芪

恒山黄芪，又名正北芪、浑源黄芪、黄耆，补气"三兄弟"（人参、黄芪和党参）之一，是中药里首屈一指的补气药。黄芪入药已有悠久的历史,最早可以追溯到汉代以前,有"一药多能"的美誉。

浑源生产黄芪历史悠久。明成化(1465—1487年)本《山西通志》记载:"大同府主产黄芪。"《浑源县志》记载:浑源县早在一千五百年前的北魏时期已有黄芪生产。因黄芪产自北方,也称作"北芪"。早在一千五百多年前的北魏时期,恒山上便有了采刨黄芪入药的历史。从清代起浑源黄芪作为贡品进贡朝廷。中国药典也阐明黄芪产地位于浑源,因此浑源也被誉为"正北芪之乡"。

我国著名学者、新文化运动代表人物之一胡适对黄芪非常推崇。1920年,胡适得了消渴症,也就是西医说的糖尿病,不仅胸痹还伴有水肿。一朋友建议他服中药试试。胡适认为"中医无科学系统,殊难信用"。经友人一再劝说,胡适才勉强答应试试。于是求医于北京名医陆仲安(人称"陆黄芪")。陆给胡适开了黄芪汤,胡适服药后病好了。后来,胡适的朋友马幼渔(时任北大国文系主任)的弟弟得了水肿病,腿肿得很厉害,眼睛睁不开,找了很多医生看都没有效果。胡适推荐找陆仲安看病。陆仍用黄芪,不出百日也治好了。

从此胡适改变了对中医的看法,尤其喜欢黄芪,劳累的时候,经常用黄芪泡水,代茶饮用,感觉精力倍增。他还把这个诀窍告诉北大的其他老教授,并到处呼吁要研究黄芪这个药。这在当时成为轰动全国的新闻,对当年国民政府停止执行废除中医的法令起了很大的作用。

鸿茅酒

鸿茅酒,典出榆次,其最早的酿制者是晋中市榆次区王家堡商人王天吉,始创于清朝乾隆四年(1739年),精选上乘药材人参、麝香、豹骨、红花、砂仁、山芋、熟地等六十多味为原料,用陈酿高粱酒加糖溶化,经蒸煮浸提精制而成。鸿茅药酒,具有祛风除湿,补气通络,舒筋活血,健脾温肾功效,用于风寒湿痹,筋骨疼痛,脾胃虚寒，肾亏腰酸及妇女气虚血亏等症。

故事说的是北魏孝文帝元宏爱女得重病，御医束手无策。于是出榜招贤，一鹤发老者指点说：在代郡参合陂有一药泉，可疗公主之疾，但须皇帝亲自前往取水。于是孝文帝北行千里寻访药泉，数日不得。时值七月，烈日当空，人困马乏，孝文帝行至一谷底，胯下宝马突然一阵嘶鸣，奋蹄急刨，遂有清泉涌出。孝文帝大喜，遂取水返宫，公主成功得救。后来，孝文帝率百官携爱女，再次来到"马刨之泉"处，赐之名为"天泉"，并在此建营作坊，以此水为原料，酿制传世美酒，以供宫廷皇室世代享用。

时世更替，到了清乾隆四年（1739年），山西人王天吉经商路过察哈尔营（现内蒙古凉城厂汉营），见这里水土肥美，花香草茂，风景秀丽，牛羊成群，于是雇工开荒种粮，开办粉坊和缸坊（酿酒作坊），字号名为"隆盛永"。由于该地气候寒冷，草地潮湿，人们多患有风寒湿痹、筋骨疼痛、四肢僵硬、行动不便之症。王天吉颇懂医道，就用发热祛风、舒筋活血、健脾补肾的中草药泡制成药酒，供患者服用，治愈许多人，逐渐驰名四方。据《绥远省志》载："厂汉营所产之酒，堪为著名，色红味美，价值昂贵，究其所以为贵者，因其能治疾病耳。至于制法，当地人秘而不传，盖恐外人之仿制故也。"

鸿茅酒的取名有一段传说。清代乾隆皇帝到凉城岱海巡游，见这里茅草茂盛，风景优美，就在清澈温泉里洗澡，这时空中飞来一对鸿雁，高声鸣叫，恰似招呼欢迎之意。后人为此曾将县名改为"鸿召县"，岱海改为"鸿召池"。隆盛永缸坊就在岱海南岸。鸿茅酒最初定名"旋鸿牌药酒"，后改为"鸿茅酒"。现为区别于其他酒类，表明功效，又加"祛风"二字，故又名"鸿茅祛风酒"。

虎头鞋

"虎头鞋"，又称猫头鞋，典出山西民间传说，起源于黄河岸边一段有趣的故事。因童鞋鞋头呈虎头模样，故称。

传说黄河岸边有个姓石的船工,他乐于助人,为两岸人摆渡过河从不要钱。有一天,一位老奶奶冒雨过河请人为即将临产的儿媳接生。谁知她刚走到河边,风一刮,雨一淋,头像炸开似的疼。姓石的船工看见了,就将老奶奶搀到屋里休息,自己替老奶奶去请了接生婆并送到家中。雨过天晴,老奶奶的儿媳生了一个大胖小子。老奶奶千恩万谢,送了一张画给船工。画上画的是一个正在绣虎头鞋的俊俏姑娘,船工看了很喜欢,就将画贴到了自己的茅屋里。

从那以后,船工收船回到家里,总有一位漂亮的姑娘做好饭菜等他。原来,姑娘是天帝的女儿,天帝派她下凡与船工结为夫妻。过了几年,他们添了儿子,取名石虎。

几年过去了,人们都知道了船工娶画上的美女结为妻子的事。这天,县官来到渡口,见船工的妻子貌美,想霸占为妾。船工的妻子见县官起了歹意,便收了凡身,回到画上。县官抢走了画并把画贴在了床头。可是,不管县官怎样甜言蜜语,画上的美人就是不下来。

小虎在家一直哭着要妈妈,送画的老奶奶告诉船工,让小虎的姑姑做双虎头鞋,小虎穿上它,就一定能够找到妈妈。按照老奶奶的嘱咐,小虎的姑姑连夜做好了虎头鞋。小虎穿上一试,身轻如燕,立刻向县衙飞去。小虎见了县官,虎头鞋变成了老虎,咬死了县官。船工的妻子见小虎来救她,赶忙从画上跳下来,带着小虎高高兴兴地回家了。

人们认为虎头鞋能除恶魔保平安,因此都要给孩子做虎头鞋穿。在大同,虎头鞋又被称之为"赶嘴儿鞋",是孩子"过百岁"时,姥姥、奶奶要给孩子各做一双老虎鞋,在坐席之前必须送到,所以叫"赶嘴儿鞋",用来祈求小儿健康幸福,意思是表示这孩子有"食禄",绝不缺吃的,必走富贵之路。孩子出生满月后,要连续穿红、蓝、紫三双不同颜色的虎头鞋,并保留让姑姑做三双不同颜色的虎头鞋送侄儿的风俗。当地的俗话说"头双蓝,二双红,三双紫落成"。头双蓝,取谐音"拦",即拦住生命,不会夭折;二双红,是说红色能辟邪,意思是可以免灾去祸;三双紫落成,取其谐音"子",意思说儿子落在自己家中长大成人。另外,鞋底上多打有九颗圆孔,意为"九子落成",再加上绣有百兽之王的虎头,自然是辟邪威力无比,更能保佑吉祥平安,使婴儿健康成长。

来福醋

来福醋,又名老陈醋,典出山西晋中,由明末清初介休(今山西晋中介休市)人王来福首创。王来福起先以卖草料为生,后来和兄弟一起开办了名为"通德如"的酿醋作坊,酿出的醋绵酸、味香、色美,深受人们的欢迎,并销往大同、临汾、运城以及陕西省的西安、咸阳等地,"通德如"名声大振。王来福的贡献,一是发明了"熏制法"。山西醋的原始色泽为白色或黄酱色,王来福将发酵好的醋糟用炉火熏烤,使其成为焦糖色,再淋制成酱色。二是发明并应用了"夏伏晒,冬捞冰"的"隔年陈酿"工艺。三是继承汾酒酿造技术,大胆选用当地最好的高粱做原料试酿高粱醋,经过实践终于总结出一套用高粱酿醋的方法。这些精湛工艺技术,至今仍是制作山西老陈醋的关键,也使山西老陈醋在漫长的岁月里得到了发展,并成为我国四大名醋之首(四大名醋:山西老陈醋、四川保宁醋、福建红曲醋和江苏镇江香醋)。

清朝初年的顺治年间,介休县城草市巷五岳庙对门有个"王记醋庄",这家醋庄是王家兄弟俩和老大的盟弟合伙开的。王家老大只有一根独苗,名叫王来福。来福从小就脑子好用,好学好问,什么事情只要大人一点化就通了。老大和其盟弟是生死之交,可和胞弟却常常因为醋庄的分红不均,整天骂天抢地,摔盆子捣碗的。因此,老大病重的时候,就把孤子王来福托付给了盟弟。后来,老大去世,老二一心想独霸家产,就处处刁难亲侄儿。老大的盟弟看不惯,干脆领着王来福回到自己的老家——清徐县城,另开了一座醋坊谋生。后来他又把自己的独生女许配给王来福,还把一手做醋的技艺全部传授给了王来福夫妇。过了几年,岳父、岳母先后去世了,王来福就继承了岳父的家业,和婆姨一起开了个"来福醋坊",继承沿袭了父辈做醋的经验。又经过几年的摸索,他用当地出产的优质高粱做原料,以大麦、豌豆制成的大曲做发酵剂,改"白醋"为"熏醋",又用"三伏暴晒、三九捞冰"的办法,制出了又酸又香又绵的似茄子黑色的陈醋,醋坊的买卖从此更兴隆起来。

有一年,朝里有位钦差大臣到清徐,吃了王来福酿制的醋,连连称赞,县令便送给他一些带回京城。钦差回京复命,把醋献给了顺治皇帝。顺治帝赐宴钦差时,同众臣一起品尝了从清徐带回的醋,都说好。顺治帝即兴写下"山西老陈醋"五个大字,命人送达清徐县,并命王来福进京,专为御膳坊制醋。王来福进京见驾跪奏:"醋绝有三——水质、原料、工艺。晋水制醋最宜,愿回清徐专为皇上制作。"于是,顺治帝封他为"九品宫膳作师"。从此,"山西老陈醋"牌子被挂在了美和居酿醋作坊,作坊名声大振,生意很快扩展到全国各地,而"老陈醋"也成了山西醋的统称。

梨花春

梨花春,指梨花春酒,典出应州,因以梨花开时酿成,故有"塞上明珠"之称,已有千余年的悠久历史。唐代大诗人白居易《杭州春望》诗:"红袖织绫夸柿蒂,青旗沽酒趁梨花。"自注:"其(杭州)俗酿酒,趁梨花时熟,号为'梨花春'。"应州,位于山西北部,以龙首、雁门二山南北相应,故名应州。民国元年(1912年)五月改为应县。

应县,历史上曾先后是匈奴、鲜卑、突厥、沙陀、契丹、女真、蒙古等少数民族往来活动的地域,是典型的多民族文化融合地区。辽朝建国后,在应州设置官吏,征收租税。来自"市井、商贾"的部分税归当地官府,来自"酒税、课纳"的部分税归朝廷。这说明酿酒已成为辽时的一大产业。公元982年,萧太后临朝摄政。公元986年,她带领大军击败争夺燕云十六州的三路宋军。次年,萧太后回乡省亲,州官献上城内霍家酒坊生产的上等好酒,太后品饮后,只觉得香沁五内,飘飘欲仙,连连夸赞:"真乃好酒!"州官奏道:"此酒用金凤井水、东乡优质高粱、南乡上等大麦,由霍家酒坊霍老二师傅酿造而成,请太后赐名!"太后闻言,瞻顾左右,见佛宫寺梨花开放,雪白灿烂,生机盎然,随即景命名:"此乃我大辽国酒,酒名'梨花春'。"自此,"梨花春"成为皇家贡酒,千余年来世代相传,久盛不衰。"梨花春"也从此成为皇家贡酒。

临猗酱玉瓜

临猗酱玉瓜,又名地黄瓜、王瓜,是创制于临猗县临晋镇的传统名产品,省级非物质文化遗产,已有百余年的制作历史。山西做酱历史悠久。太原的府酱(又称腐酱)、曲沃的面酱、襄垣的黑酱,均负盛名。民国四年(1915年)曾与汾酒一起参加巴拿马赛会,荣获银质奖章,因而又称"金奖酱玉瓜",是源远流长的中华老字号产品。临猗酱玉瓜于1981年获得"山西省优质产品"称号。近年来已远销日本及东南亚各国,享誉国内外。特点是色泽黑亮、酱香扑鼻、咸中带甜、清脆爽口。

相传,在元朝年间,临猗县在临晋古镇为八仙之一的吕洞宾建起一座庙宇。一天,吕洞宾化身为一位老人,穿着破烂衣裳,一进庙就被轰出庙门。老人出庙后,顺手用瓜皮在庙墙上留诗一首,名曰《瓜皮诗》:"一碟玉瓜四邻香,酱菜类中添彩光,世人能吃玉瓜菜,不枉人间走一趟。"当众人得知被赶走的老人正是吕洞宾时,急忙四下寻找,而未能找到,却见墙上的《瓜皮诗》好久未干。第二年,此地便长出一种瓜,取名为"玉瓜"。为了使玉瓜常年存放,当地百姓精心腌制,形成现在的酱玉瓜。史料记载,酱玉瓜实际问世于1906年。最早酱制此品的是临晋镇东关酱菜园人,由于风味出众,故广为流传。制作这种酱菜的原料是玉瓜,又称地黄瓜。玉瓜的外表和黄瓜差不多,色泽微黄,皮细肉厚,瓜肉色白,脆嫩清甜,每条重1公斤左右。据传说,这种瓜是汉代张骞出使西域时带回来的。后来人们为了将当地的玉瓜常年存放,就精心腌制,形成了现在的酱玉瓜。

酱玉瓜的传统做法始于明清时期。早期的老字号作坊有敬义通和森茂源两大字号,出名挂牌的师傅有许敬儒、陈海山两位大师。两大作坊在酱玉瓜的选料、配料、腌制、酱汁上非常讲究,切菜的工具全部用石器或竹刀,坚决杜绝用金属器皿,以防止菜发生质变。腌制酱汁的器物全部用瓷器,纯手工制作。清代时期,酱玉瓜非常走俏,成为海内外盛名的中华特产。当时生产的酱玉瓜上贡皇宫,深受皇帝称赞。1952年,国营临晋副食厂成立,访问、聘任老艺人、老师傅,开始恢复酱玉瓜的生产,同时恢复1906年创立的"猗香苑"酱玉瓜品牌。1998年随着国营企业改制,国营副食厂改制为临晋东晟酱园。2003年,临晋东晟酱园由原址迁建于临晋镇东环路,同时开始了新技术的研制开发,其产品也由原来的单一产品发展到现在的酱汁笋片、酱香椿芽、酱八宝等十多个系列,产品绵香可口、风味独特,堪称酱菜中之上乘精品,受到国内外客商的青睐。2010年临晋"酱玉瓜"被列入山西省非物质文化遗产保护名录。

蔺泉香

蔺泉香,典出临汾市安泽,是一种配制滋补酒,注册商标"蔺泉"牌、"长城"牌,特点是酒香和谐幽雅、醇厚柔和、诸味协调,饮后余香悦人,具有补气祛湿、活血降压、减肥健美等功效。据和川龙泉寺碑文记载,和川村在清代康熙十三年(1674年)就有酿酒生产。光绪八年(1882年)安泽县有"天和荣"和"增盛衡"两家烧锅常年烧酒。解放后"天和荣""增盛衡"合并,改建成安泽县和川酒厂。相传这一带曾是战国时期赵国名相蔺相如的故里。蔺相如陵墓也在安泽境内。陵墓四周群山环抱,绿树蔽荫,涌泉如注。山间泉水叮咚，汇成一条溪流，名曰蔺泉。和川酒厂以蔺泉水为酿造之水，又用蔺河两岸所产的谷物为酿造原料，故取名为"蔺泉香"。

两千多年前的战国时期，齐、楚、燕、韩、赵、魏、秦，七雄并立，互争霸业。当时秦国依仗势力经常侵略赵国。现在的安泽县就是当初的赵国领地。当赵国临难，急需贤才出使秦国的万分危急时刻，有位大臣推荐了自己的舍人，说他智勇双全，定能担当出使秦国的重任。这位舍人就是蔺相如。相如机智、勇敢，先后两次出使秦国，实现"完璧归赵"的功绩，从而大显了国威，镇住了强秦。他急国家之急，而不记私仇，为赵国作出了巨大贡献，被赵王封为赵国最高官员。此后，他又为老百姓做了许多好事。

相传李子坪一带常年干旱，吃水如油，百姓生活艰难。有一次，蔺相如路经此地，在一个农夫家做客，只见农夫满脸愁云，便问何故。农夫说："你们来这么多人，我们不怕你们吃，只是供不起你们喝水。"相如听后，便派人多次在李子坪一带挖泉找水，都没有找到。黎民百姓吃尽苦头，无法生活下去，于是背井离乡，迁居他方。蔺相如目睹此景，心想作为国家官员不能为百姓解除苦难，深感痛心，更觉得对不起乡亲父老。于是，便对左右说："我身为朝中大臣，活着不能为民解愁，死后也难消我心中之忧。等我亡故之后，就将我埋在李子坪一带吧。"

蔺相如死后，人们按他的遗嘱将他埋在了李子坪。说也奇怪，不久从他的坟旁脚下流出了一股泉水，终年不断。百姓重新返回家园。为了纪念蔺相如，人们把这股泉水起名为"蔺泉"，把这条长约二十八公里的河流，起名叫"蔺河"。这条河进入和川后汇入沁河，沁河流过府城，顺南而下直奔黄河。

蔺河水又清又甜为民造福，和川酒厂用这股泉水制出的酒味香色正，畅销海内外，因此得名"蔺泉香"。

"零旦"葡萄

"零担"葡萄,典出清源。故事发生在战国时期。智伯水淹晋阳城后,赵氏家族转居白石河畔。而白石河源于白石山,每逢大雨,山洪暴发,赵氏家族为防水淹之灾,便在山口呈人字形筑堤坝,以阻洪水。几百年后,这条人字形防洪堤坝不断加固,以山口拱拢堰为点,一条向东,一条向南,将白石河拒于城外。而这个赵氏族居之地,也逐渐聚为这一带的中心城镇,因靠堤堰大梗,民众居于梗之阳,名曰梗阳。又因白石河分西北两支包围梗阳城,城内泉水汩汩不断,湖泊几乎占据半个城池,且清清泉水长年累月东流,又有人称之为清源。而赵家所居之地便被称作赵王街,一直沿用至今。

清源边山一带自有了"鸡心"和"龙眼"葡萄后,虽然四处移植,但收效不佳。一棵葡萄树多则长三两串,少则一串也不结,而且很难成活。直到唐代贞观末年,赵王街赵员外的妻子以泪浇活葡萄,长出了"零旦",马峪葡萄才真正成了名产。

赵员外名宝年,娶白石口村石娇为妻。石娇小字"灵旦",生得千娇百媚,姿容绝世。夫妻恩恩爱爱地过了二十多年,两个儿也都谋取了官职,却不料赵员外老起少心,接来了太原名妓"旦旦",整日沉迷酒色,不理家务。石娇规劝赵员外,赵员外非但不听,反斥石娇心胸窄小不能容人。而这"旦旦"却十分柔顺,哄得赵员外晕头转向。

赵员外专宠"旦旦",石娇知道自己难以规劝,便捎信让儿子回来,想母子合力使赵员外回心转意,驱逐"旦旦",重振家风。谁料这"旦旦"相当乖巧,早已买通石娇身边丫鬟,石娇刚给儿子捎信,"旦旦"便已知晓。她思量半晌只有以退为进,才可避开石娇纠缠。于是,"旦旦"提出要离开赵家,赵员外神魂颠倒之际,闻听此言,便细问因由,待知晓石娇举动后,不由大怒,想将石娇休回,可又怕两个儿子回来争闹,思前想后,留下一封信,带了"旦旦"悄悄走了。

石娇几日不见丈夫,就到"旦旦"房间寻找,方知员外已携"旦旦"出走。在"旦旦"的桌上,她拆开了员外留言:"吾久知汝情,实难还汝心,余年她相待,请勿再追寻。"石娇正没奈何,捎信人已回,说两公子因东征事宜征办粮饷,暂难回家,请暂忍一时。

丈夫的绝情出走和儿子的托词伤透了石娇的心。石娇强忍悲声,交代了管家几句便一人出门,消失在西山葡萄园里。

十天后,赵氏家人从葡萄树下找到了石娇。石娇已经死了。看得出,她是在葡萄架下流泪而死的。伤心的泪水将脚下湿了一片,附近的几株葡萄也被泪水浇湿了。秋风过后,这几株被泪水浇湿的葡萄树结的那几串葡萄一粒粒地往下掉,一串只稀稀落落地剩了二十多颗。摘其颗粒食之,其酸无比。人们说,这葡萄是赵夫人泪水浇酸的。后来,因赵夫人的小字谐音又加上这种葡萄稀稀落落,便叫作"零旦"。"灵旦"虽伤心而死,可葬礼十分隆重。两位公子知母亲死因,又找不到父亲,便留一位持家,一位仍出官场。后两位公子皆子孙满堂,多福多寿。

说怪也怪,葡萄园里自有了"零旦","龙眼""鸡心"的长势也旺了。久而久之,马峪一带的葡萄园里都或多或少栽上几株"零旦"。几十年后,清源城有了全国第一家醋坊。人们传说,这是"灵旦"伤心不止,泡酸了葡萄也泡酸了水。

龙眼葡萄

"龙眼葡萄",典出清源。在清徐,自古就传下来一句话:"清源城里三件宝,青菜、粉渣、浆葡萄。"这三件宝中的"浆葡萄"便是产于马峪一带的龙眼葡萄。

龙眼葡萄之所以叫"龙眼",有一个美丽的传说,这和东木庄的河神有着一定的关系。却说李渊从太原起兵南下,直取西京长安。虽然稳稳地夺得了江山,但太原之地却接连遭到突厥兵的侵扰,土地荒芜,瘟疫流行。李世民知道后,便日夜焚香祷告,求助于上苍。

玉皇大帝得知此事后,感念李世民一片赤诚,便派赤龙秃尾下凡,救黎民于水火。当赤龙秃尾奉令离开天庭下降到汾河之畔时,还未施法,便被一阵悠扬的琴声所吸引。赤龙秃尾久居天庭,素喜音乐,闻听琴声,凝神细听之下渐渐被琴声所染,不由随着琴音或喜或悲,竟然将此行的目的忘记了。赤龙秃尾寻琴音至一茅屋,见一老翁正襟危坐,听一少女抚琴。一曲终了,老翁笑道:"汝指法灵巧,已得吾真传,但虽得琴技,却不知琴理。"

少女问:"何为琴技?"

老者道:"以指拨弦,能抒心中之音,是为琴技。"

少女又问:"何为琴理?"

老者道:"琴者,禁也。可以禁止淫邪,使归于正。昔伏羲作琴,长三尺六寸六分,象三百六十六日也,广六寸,象六合也……"

赤龙秃尾细听之下,不禁咋舌,这小小的一架琴,竟能包罗万象,其中隐藏着这么多的道理。不由得就有了学琴的念头。赤龙秃尾一念既生,再也不能遏止。摇身一变,化作一青年男子,拜老者为师,日日学琴。

赤龙秃尾琴技日进,不几日便可与女子并驾齐驱了。秃尾正觉得意,忽然狂风大作,天空乌云翻滚,茅屋上空连响几声霹雳。秃尾闻声一惊,一腔痴念顿时化作冷汗,他也顾不得惊世骇俗,将琴一放,化阵轻风升腾空中。原来玉帝知他不尊法旨,派六丁神将擒他回天宫。赤龙秃尾知道自己已犯天律,不可饶恕,默然一阵,趁六丁神将不注意,抠出双目抛向西山,将身化作一大木,直摔向东山,六丁神将已知其意,不好阻拦,长叹一声,回奏玉帝去了。秃尾以身摔向太行山,自然随着一场大雨,大雨过后,汾河河水暴涨,水中漂浮着一条长三丈六尺、粗三尺六寸的大木,沿河村庄见有这么一条大木,追赶着打捞,但无论怎样使巧,也拉不到岸边。到王答时,被王答人拴住了,但拉来拉去,直到西谷东木庄,方被两村人拉上岸。两村人欲从中分开,大锯下去,木身却渗出了血水,两村人惊惧异常,不敢再动。当夜两村人同时梦到一条龙,言说此木乃他的身体。欲以此身灵气泡水洗去瘟疫。第二日，两村人计议，将此木雕为河神像，供在东木庄。因为此木是王答人一路追踪打捞，所以庙成时，先由王答人抬回村中供奉三天，以求河神保佑。

东木庄河神庙成于六月十八，每年此时，王答人敲锣打鼓，派八抬大轿将河神抬回王答，并唱大戏三天。三天后，东木庄派人接回。至今，清源各地六月二十四给河神过生日，唯有王答河神的生日是六月十八。

秃尾的双目抛往白石沟迎南风村坪儿里，一阵清风细雨过后，坪儿里长出两株葡萄树，这两株葡萄树结出一串串圆圆的葡萄，秋风过后，粉红中透明，似几百颗龙目聚在一起的果实，鲜艳而水灵。吃了甘甜可口，有健胃去火之功。熟透时，糖分饱满，能拉出一条条细细的糖丝。最为可贵的是，此品种利于储放，又是边山一带的救命食物。这葡萄味纯、皮脆、耐储存的优点一被人们知道，家家争着移植。但是，无论你怎么下辛苦，长出的果实总不如迎南风坪里的葡萄可口。后来，边山一带的人们梦到了六丁神将，才知道葡萄是赤龙为驱除这一带瘟疫用自己的眼睛化的，便起名为"龙眼"，并在边山一带建起了赤龙庙，四时享祭。

平定砂锅

阳泉市平定县是砂器之乡，"耕陶为业"历史悠久。平定出产砂器已有两千多年的历史。到清朝时，平定砂货更是名声远扬。平定砂货"烧饭不变色，煎药不变性，炖肉不变味"，具有造型优美、壁薄体轻、内外光洁、皮薄均匀、耐酸耐碱、轻巧耐用、价格低廉的特点。

砂器被人们用来熬药，是因为砂器有熬药不变性的特点，也就是说砂器不会与药物发生反应，能够完好地发挥出药物的本性。曾经给康熙皇帝诊病的御医曾特别要求，一定要用平定砂锅来熬药。传说，有一次康熙皇帝生病后，御医把脉开方，并特别叮嘱熬药一定要用山西平定的砂锅才行。可当时宫中没有，耽搁了皇帝的病就要掉脑袋，于是宫里只好派人星夜兼程赶到山西平定采买砂锅用来煎药。过了几天，康熙的病痊愈了，身体康复了，龙颜大悦。康熙皇帝得知砂锅的事情后，觉得这砂锅可是不一般，加上大病初愈，心情十分好，于是大笔一挥，便在熬药的砂锅上写了一个"龙"字。这就是后来被传为煎药神器的"龙字壶"。康熙的御笔，使平定砂锅及其他砂货身价倍增，京师客商纷至沓来，遂成了京晋冀一带红极一时的抢手货。再后来，民间就有了"黄瓜干上贡品，龙字砂壶悦帝心"之说。一个时期，平定砂器还与浑源砂器、宜兴紫砂陶齐名，史称"三鼎甲"。

平陆百合

平陆种植百合历史悠久，明朝万历年间杜马一带的百合就列为皇宫贡品，到清朝康熙十八年（1679年），杜马百合被列入全国《名产录》，驰名中外，被人们称为"中条参"。平陆百合荣获农业部地理标志认证和中国名优产品称号。

传说，隋朝仁寿年间，李渊遭到朝中谗言陷害被贬，于是携带家眷离开都城前往山西。朝中奸人闻知，派军中高手扮作响马贼，藏于李渊必经之地的丛林中。李渊半路遭到奸人追杀，携家眷逃到中条山之阳的杜马塬。李渊的夫人虽说从小非同一般女子，见识超群，但当时李世民、李玄霸都尚年幼，半路又遭遇高手截杀，长时间的惊吓使李夫人心神不齐，昏迷不醒。一位老中医看到这情况，就用当地野生的百合熬成汤给李夫人服用。一天过后，李夫人慢慢清醒，几天后面色红润，食欲有加，身体大为好转。

唐贞观十一年（637年），唐太宗李世民出游陕州，想起当年遇难的事情，还特意到大阳县（也就是现在的平陆县）故地重游。他品尝了当地的百合后，将其定为皇家贡品。明代万历年间，平陆百姓开始大量栽培种植百合，直到清代平陆百合都属于当地特产，为皇家享用,均被记入县志。

1935年1月8日鲁迅先生在他的日记中写道:"下午得王冶秋从山西运城寄赠之糟蛋十枚、百合八个。"鲁迅长期患有肺结核,晚年愈加严重,故王冶秋(中华人民共和国成立后曾任国家文物局局长)特选当地上好的百合,千里迢迢寄往上海,给鲁迅先生补养治病。日记中提到的百合,就是有"中条人参"美誉的平陆百合。

平顺大红袍花椒

平顺大红袍花椒,人称"十里香",距今已有上千年的历史,元、明年间曾被作为贡品,有御赐的"一品椒蕊"的称号。1993年获山西省农业食品博览会金奖,1994年又获全国名特优新林业产品博览会花椒唯一金奖,平顺被民政部命名为"中国大红袍花椒之乡"。

平顺是全国最早栽培花椒的地区,唐代时就开始种植。相传当年唐太宗李世民在太行山和隋朝征剿大军遭遇,慌乱之中,不慎与队伍失散,孤身一人沿漳河而下。

一天,他走到平顺境内,因连日征战劳顿,身心倦怠,疲惫无力。这时,附近恰好有一个山洞,便走了进去。山洞阴冷潮湿,李世民被冻得瑟瑟发抖,依壁而卧。蒙眬睡梦间,他梦见一位仙人在他身上盖了一件大红色的披风,又往他嘴里塞了几粒野果子。李世民顿时觉得口中生津,周身发暖,寒意全无。一觉醒来,神采奕奕、容光焕发,鞍马劳顿一扫而光。

回想起方才的梦境,李世民四下寻觅一番,只见洞外不远处有一棵花椒树,枝繁叶茂,果实累累,殷红一团,煞是喜人。他脱口而出:"如此大红袍,真乃神物也。"

平顺大红袍花椒从此得名,开始广泛被人们栽种。

平遥牛肉

平遥牛肉,山西省平遥县特产,中国国家地理标志产品。平遥牛肉久负盛名,清代时已誉满三晋。清嘉庆年间,邑人雷金宁及其子孙三代,在城内文庙街设有兴盛雷牛肉店,长达百余年。到光绪末年,又有任大才与其子任仰文在城内西大街设立自力成牛肉铺,所制牛肉可与兴盛雷牛肉相媲美,均为正宗产品。

那还是在西汉的时候,平遥出现了"先腌后煮"的技艺。西汉时期,平遥的农业耕种本已发达,代王建都后,尤倡耕种。种田多用牛耕,故平遥"卖剑买牛,卖刀买犊"的社会习俗一直流传下来。魏始光初年(424年)夏,大夏兵攻打平遥。平遥城东郊的西郭村有个叫韩林的老汉,逃难前忍痛把牛宰杀,把肉放于缸中,为防止腐烂,情急之时用腌菜的办法将牛肉用盐水浸上掩藏后,匆匆逃往南山。十几天后乱兵退去,韩老汉返回家中,发现牛肉果然没有腐臭,赶忙生火支锅卤煮。他发现经盐水腌泡后的牛肉,比原先直接上火煮熟效果大为不同,不仅色泽鲜红、味道醇厚,而且先前那种枯柴难嚼的状况有所改善,变得绵软可口了。从此,平遥牛肉便进入了先腌后煮的"煮前腌肉"技术改进阶段。唐宋时,进入了"煮前腌肉"和"老汤煮肉"的技术改进阶段。平遥牛肉在"腌"字上的技术改进,主要在魏晋南北朝和唐代中期,"卤"字上的工艺演变则主要在宋代。从唐末到北宋,平遥牛肉先后积累了"老汤煮肉""沸煮温炖"的卤肉技术,进入了"急火温炖"的第二个技术改进阶段。到宋代中期,加工技术上的更趋完美,使平遥牛肉呈驰名外销之势。大约到了明代中叶,卤煮工艺中,出现了急火煮、慢火炖、熄火焖的煮、炖、焖三种工艺,牛肉产品品质大大改善,驰名外销之势更加强劲,基本确立了"誉满三晋"的地位。清光绪二十六年(1900年),八国联军侵犯北京,光绪皇帝与慈禧太后仓皇出逃西安,途经平遥,驾幸赵举人家过夜。晚饭时,平遥知县沈士荣为博慈禧欢心,精心

奉上一百零八种当地小吃招待。慈禧不屑一顾，挑拣品尝了几口，连连摇头。当御筷夹到薄如纸厚的平遥牛肉时，慈禧太后一连吃了几口，连连点头不止。从此，平遥牛肉成了皇家贡品，名声大振。随着社会需求量的猛增，一批批牛肉加工作坊、店铺在平遥涌现、发展起来，其中规模较大、名气较高的有"隆盛旺""兴盛雷""自力成"等老字号。

平遥漆艺

"平遥漆艺"，指的是推光漆器的手工推光和描金彩绘的精湛技艺。平遥推光漆所用生漆来自中国特有的一种漆树的汁液，制作漆器的抛光过程完全是用手掌推出来的，故名推光漆。推光漆与平遥古城墙、平遥牛肉并称为"平遥三绝"。2006年5月20日，平遥漆艺被列入第一批国家级非物质文化遗产。

贞观九年（635年），唐太宗李世民巡游到交城玄中寺，看到寺内雕梁画栋，佛桌座椅等漆器制品奇巧别致，于是便跟寺里人打听是哪里的匠人做的。寺里人告诉李世民这些漆艺制品都是附近平遥城的木工和漆工做出来的。平遥漆艺的精美给李世民留下了深刻印象。

贞观十二年（638年），李世民答应把宗室女文成公主嫁给吐蕃的松赞干布，并赐给文成公主历算、经典三百卷，各种手工技艺六十种，能治四百零四种病的药材，百种药方、针灸医术和四种炮制医药的方法等。这些手工技艺中便有平遥漆器，当时有木工、漆工三十多人随文成公主入藏，参与修建了西藏的寺庙和宫殿。

从此，推光漆这项散落在民间的技艺受到了皇家青睐，并跻身中国四大名漆之列。现在中国工艺美术馆珍藏部收藏的三件漆器珍品中，有两件大型屏风为平遥推光漆器。还有很多平遥推光漆珍品被陈列在人民大会堂山西厅、钓鱼台国宾馆、北海公园仿膳饭庄、昆明世界园艺博览园、山西省政府渊谊堂、晋祠宾馆等处。

蒲州柿饼

　　蒲州柿饼,产于永济蒲州、韩阳一带。永济古称蒲坂,亦称蒲州,有舜都之说,栽培柿树历史悠久,品种资源丰富,素有柿乡之称。早在一千五百多年以前,这里的柿树就已"遮断青山锁白云"了。品种主要有青柿、猪头柿、板柿、片心柿、盖柿、黄柿、桔蜜柿、艳果柿、暑黄柿、牛心柿、小绵柿等,其中以青柿为最佳。用青柿加工成的柿饼,汁多无核,肉细绵软,饼霜白净,入口甘甜;将柿饼掰开,可拉出四百毫米长的油丝;把柿饼放在杯中,用开水冲沏,片刻可溶为汤汁。因含有丰富的葡萄糖、果糖、维生素及钙、磷、铁等多种营养成分,因而有"铁杆庄稼""木本粮食"的美誉。蒲州柿饼个大,经过加工,甚至可以在饼身上雕刻各种图案和花纹;从唐宋到明清,一直是向皇宫进贡的珍品,素有"天下第一"的美称。1981年曾荣获巴拿马"万国博览会"一等金牌奖。

　　有这样一个故事。永济黄河岸边有普救寺、万固寺、栖岩寺等大小寺院几十个,从古至今,大和尚、小和尚成千上万。万固寺的住持实空大师,是当地有名的好和尚。这个人面冷心慈,他的两只大眼睛仿佛有一股寒气,令人生畏,其实心地很善良,凡有人遇到难处,他都会出手相助。

　　有一年,当朝皇帝六十大寿,各地的官员都在挖空心思地想送些奇珍异宝、地方特产。当时,蒲州是府衙,知府大人是刘兴元,他想来想去,不知该给皇帝献什么礼物。他把蒲州整个走了一遍,觉得黄河好,总不能打一桶黄河水做礼物吧;觉得中条山好,总不能搬一块山中的石头做礼物吧。想来想去,想不出名堂,不知该给皇帝献什么礼物。

　　刘兴元想不出办法时,却想到了实空和尚,他便让差役把实空大师请到府衙,把向皇帝六十大寿献礼的事说了一遍,要实空给他出个主意。实空想了一会儿说:"我有个办法,但不知皇帝哪一天六十大寿,看时间能否办到。"刘兴元说:"皇帝十月二十日大寿,现在是八月三十日,还有五十天。"实空说:"时间够了。"

实空要做什么礼物呢?原来,他想到了柿子。在万固寺的周围,几乎全是柿树,在南边的中条山上,山沟山峰山涧山坡,全是柿树,有人栽的,也有自然生长的;在北边的涑水河谷,更是一片柿林,向东向西,或者沙石滩,或者黄土垣,也长着柿树;就是万固寺内,不但院中有柿树,连万固寺的宝塔尖上也长了一棵柿树。每年秋天,柿子熟了,总是卖不出去,有时卖出去了,价格又低得可怜。所以,一到冬季,人们常常把柿树砍了,用来做柴烧。因此,实空就想借皇帝生日,为柿子做篇好文章。

实空精心挑选了二十一个又大又圆的青柿子,然后把皮削掉、晒软。等到柿皮有弹性后,把其中一个的柿蒂去掉,把其余二十个软柿子一点一点全从这一个大青柿的柿蒂处塞进去。大青柿就变成一个大碗那么大的一个特大的柿饼子。再搁两天之后,大柿饼出霜,像在表皮撒了一片白粉,十分好看。刘兴元一见,十分高兴,认为这是天下最大的一个柿饼,象征皇帝会长寿,便立即专程赴京,送给皇帝。皇帝一见大喜,在六十大寿这一天,把全体大臣召集起来,当着大家面把大柿饼切开,让每个大臣一人吃一口。大臣们吃了纷纷叫好,说是又香又甜,是天下第一好柿饼。从此,蒲州柿饼出了名,全国各地客商纷纷前来抢购。

沁水黄小米

沁水黄小米,又名"沁水黄",典出沁水,因米粒色泽金黄,粒大均匀,营养价值超过粳米,在2003年被中国绿色食品发展中心认证为"绿色食品",2005年注册商标被列为"山西省著名商标"。

故事发生在清朝。《康熙字典》的总阅官、清朝大臣陈廷敬是康熙皇帝的老师,康熙皇帝为了表达对老师母亲的尊敬,曾前往陈廷敬的老家探望,时值酷暑,陈廷敬的母亲曾用小米粥款待了康熙帝,康熙帝看到小米色泽金黄、颗粒饱满,米饭食之香味浓郁,软而不黏结,龙颜大悦。饭后,康熙帝在山庄门口一棵奇特的大白松下乘凉,看到一首打油诗:"舜王耕历山,悠悠五千载。天下稻花扬,唯有沁水香。"康熙帝就指定要带沁水黄小米回宫食用,并提笔在大白松树根部的石壁上挥毫写下了"玉质龙鳞"四个大字,现碑文尚存。从此,"沁水黄小米"就成了宫廷贡品。

沁州黄小米

沁州黄小米,又名"檀山皇",典出长治市沁源县檀山村,以形如金珠、香甜可口而闻名。它与山东金乡县的马坡金谷小米、章丘县的龙山小米,河北蔚县的桃花米,并称为我国"四大名米"。史料记载,从明朝嘉靖年间起,檀山凤凰台附近"九亩三分地"出产的糙谷米已经成为宫廷贡品,并曾在光绪年间与1919年分别荣获印度、巴拿马国际食品博览会金奖,并享有"全国最佳小米"称号。

在很久以前,沁州檀山岭的一座古庙里,有一位修行多年的长老,在石厚土薄的土地里培植出一种谷种,起名叫"爬坡糙"。用这种谷子碾出的小米,色质金黄,圆润透亮,吃起来香甜味美,松软可口。寺内僧人体弱卧床,不思饮食者,用米汤喂养,即可恢复健康。明代嘉靖年间,檀山寺僧有一家亲戚住在京城,这位僧人托人给捎去黄米一斗,并说明此米有调养、复壮的功用。此时正值朝中皇后生子,因失血过多,诸食不下,病势日重。一天,昏昏沉沉的皇后突然口喊要喝"黄金汤"。满宫侍女、太监急得团团转,不知哪里有"黄金汤"。这一天,正好得到黄米的那家婆母为分娩的儿媳煮熬了一碗黄米汤,端着朝隔街的产房送去。她走在街上,被几个太监碰上,不由分说,用高价强买米汤而去。说来也巧,皇后喝了这碗米汤后,便睁开了眼。于是,皇帝命老妇带黄米进宫,做汤侍养皇后。一个月后,皇后康复。于是,世宗发旨沁州,年年进贡黄米,并命名此米为"沁州黄"。明朝末年,战乱频仍,黄米一事暂被皇帝遗忘。到清朝康熙年间,在朝的刑部尚书吴琠,献米给康熙帝,他说:"此米是沁州一宝,食此可强壮身体,延年益寿。"康熙皇帝食后觉得元气大增,精神焕发。于是沁州黄小米被列为贡品,年年由专人护送直入皇宫。

清徐鸡心葡萄

"清徐鸡心葡萄",典出清徐的民间故事。故事说的是,梗阳清徐马峪村一个女子叫袁香男,因为出生后身上自带着一股芳香,所以有算命者断言:"此女日后必是异人。"

汉武帝天汉元年秋九月,香男跟着父亲进城以兽皮换米,路过一家私塾时,忽然听到里面传出琅琅的读书声,便停步不前,随即从父亲手中抢过一张狐皮奔入私塾,对先生说:"你要是教我一百个字,我就把这张皮子送给你。"先生见她丽质天生、芳香沁人,惜才爱志之意油然而生,便笑着说:"好学者便有大德,还分什么男女?你只要诚心,只管叫声先生便绰绰有余,休说什么皮不皮的……"于是,老先生当即请进香男的父亲,当面说清不收学费,破例收她入学。父亲一向对女儿是百依百顺,也就答应了。不料香男初入学,智力便胜过那些男孩,诗、经、礼、易,一点就通。那些男生见她是个女的,而且美貌过人,也难免对她挤眉眼、装怪相,香男气不过,读了两年,便谢过先生,回到村中,当时她十三岁。

香男辞学归来,母亲便急急忙忙教她穿针走线的本领。她却摇头说道:"不!"不就不吧,论理,那个时候好闺女家,就该在闺房中规规矩矩坐着才是,她却整天在山野中乱跑,把那些野杏野桃移植在家门两侧。说来也怪,经她之手所移植的苗木,竟无一株枯死。不到三年,香男家的门前便变成了小小果园。

十六岁那年,香男路遇一位白发老妪,此老妪满不高兴地指责她说:"你闺女家,不在家中做点针线,就知道像野鹿一样地乱跑,真是个野闺女!长这么大,也不知羞……"那香男睁圆眼,跺着脚,

指着老妪鼻子说:"白毛儿老婆,做点针线活有什么难的呢？你等我做出来,好好看看。"停了停又说:"光做点针线也算个人呀？呸!"说罢,香男奔回家中,找白绢,寻彩线,一口气绣了九天九夜,竟绣出一幅色彩鲜艳的《马峪花果园》来。看上去,那图中所绣的山,依旧是马峪的山;所绣的水,仍然是马峪的水。只不过她把那荒草蔽野的穷山坡,绣成了花木满山、硕果满枝的天上人间。

《马峪花果园》一出世,便惊动方圆百里,人们奔走相告,大加渲染说:"马峪村有仙女出世,身带芳香,美貌非常,绣出一幅图来更是世上少有,看一眼亦能多吃几碗饭。"这一来,马峪村顿时热闹起来。每天足有上百人前来看画,紧接着提亲的也相继而至。香男的父母忙忙碌碌连水都供应不迭,只好央告女儿说:"好闺女,你快拿个主意吧,到底要嫁哪一家？"香男道:"嫁谁不嫁谁,我知道呀？你把他们的心肝挖出来,是红是黑,让我看一看!"

再说梗阳城内有三个富豪子弟,名叫张霸奉、王大龙和赵顶金。年幼时他们曾与香男在私塾中一起读过书,这时也来登门求婚。因为是同窗,香男急忙以礼相陪,笑眯眯问道:"三位家资万贯,怎样也来我这寒舍茅棚凑热闹？"那位名叫张霸奉的说:"实为玉肌花貌而来。"香男听罢,便笑得前仰后合,道:"好一个玉肌花貌。就算是这样,那你们以什么做聘礼呢？"张霸奉抢着说:"家有铜钱一万万。"王大龙更不相让,争着道:"家有白银一担担。"赵顶金却不慌不忙地说:"家有黄金一罐罐!"香男暗道:"他三个从小就挤眉弄眼欺负人,到大了也不是什么好东西。倒不如难他们一难,叫他们乖乖儿地回去吧!"于是便说:"不要铜钱一万万,不要白银一担担,不要黄金一罐罐,要只要,藤牵藤的果树爬蔓蔓,枝连枝的果果一串串。取来此树便成亲,取不来时白操心。"那张霸奉想了又想,噘着嘴说:"这不是成心为难人吗？"说罢就上前要拉香男,耍无礼。香男闪身一躲,顺手操起一把菜刀,对准张霸奉的面门晃了几晃,怒斥道:"你像腊月里生的娃娃,动(冻)手动(冻)脚地,像什么话! 我看你是活够了,惹得姑奶奶生了气,一刀把你这猪头切下来,扔到门外喂了狗!"直吓得三个家伙抱着脑袋,屁滚尿流,赶快就跑,口中还说:"嘿呀呀,真怕人!"

  本村有个青年叫武平虎,是个血气方刚的猎人。他父母早亡,孤苦伶仃,身边只有一只黑羽毛的公鸡同他做伴。平虎从小就对香男怀有一种特殊感情,香男的人影儿早已在他的脑海中扎了根。然而,他觉得自己一贫如洗,娶不起香男,只是在香男满山乱跑时,他就会暗中跟着,做她的保护神。这一回,他听说香男想要藤牵藤的果果树,便来找香男说:"你要的这东西古林中有,明天我就给你去找。"香男听罢笑弯了腰,说:"你呀你,可真是个好人,就是太傻些。那些话,原来是我编来骗人的,本来就不可能有,你还找什么?"平虎道:"不管怎样,我也要找。"说着,抬腿出门,高高兴兴地去了。

  他回家炒了一袋豆子,背弓插箭,让大黑公鸡蹲在肩头,天明上路,顺着白石沟进入了古林。古林中松柏蔽日,藤蒿互缠,毒蛇乱窜,猿啼虎啸,真是可怕。平虎却高唱着"为采鲜花胆无边,不怕地来不怕天!敢上高山擒虎豹,敢下大海去捉鳖"的山歌,挺胸而进,尽管他打死过三只虎、杀死过五只豹,还射死过九只狼,寻找了九九八十一天,却难以找到藤牵藤的果果树。一天,平虎耳听得虎啸震天,怒吼不断,便挽弓搭箭,向虎声怒吼的地方寻去,但是,当他看见猛虎时,却被出现在面前的场面惊呆了。在一片平坦的草地上,有位头发雪白、满面铁青的老人,正在笑哈哈地挑逗着猛虎玩耍。那老人腾飞跳跃,敏捷如猴,时不时还伸过手去摸一摸老虎的屁股。惹得那猛虎摇头甩尾,恨不得一口将他吞下。可是,扑来跳去,却很难伤着老人的一点皮毛。突然,草丛中又蹿出一条巨蟒,对着老人的脚后跟便要下口。平虎救人心切,张弓一箭,射入巨蟒喉咙,巨蟒身子曲了几曲,即刻死去。老人耳听身后有些响声,连忙朝猛虎猛击一掌,将它打昏在老松树下,回头看时,巨蟒已死。又见平虎挽弓叉腿,站在面前,便摇头说道:"你这娃娃尽管闲事,不该不该,造孽造孽。"说着,看了看死了的巨蟒,接着又说:"也罢,既然我老而不死,就得说句人话。你娃能来到这里,就非等闲之辈。有什么事情要做,说出来让我听听,也许对你没有害处。"平虎见老人相貌奇异,便以为遇上了神仙,连忙下跪拜道:"神仙在上,我平虎舍生忘死来到深山,是为一个心爱的姑娘寻找藤牵藤的果树爬蔓蔓、枝连枝的果果一串串,这么一种树,可是总也找不到它,万望神仙指点。"老人听罢,朝天大笑道:"什么神仙,神仙是我老汉的万辈重孙……我姓张名腾,是当今大探险家张骞的堂兄,原也做过京官,只因跟皇帝老儿生了一阵子气,便潜入深山。你说的那种树,本来出自波斯,那年我弟兄出使西域,从波斯国带回来几粒种子,把它种在汉武帝的御花园内,名叫葡萄,那是御用之物,除过皇宫中人,谁也见不到。你那心爱之人什么东西不好要,干吗非要这种物件?这不是成心给你出难题吗?"说完,纵身跃入树丛,随即抛出一块鸡蛋大的钻石,说:"这东西价值连城,拿回去,和你那心爱之人成亲去吧!唉唉,你这箭可坑死我了。"说着,他就消失在深山老林之中。平虎捡起钻石,本来想找到老人,将钻石交还给他,谁知找来找去,却迷失了方向,他在大森林里转来转去竟鬼使神差地转回了马峪村。

　　回村后,平虎当即找到香男,便把所见所闻告给她,只是不提老人让他回来成亲一事,香男听完后,高高兴兴拍手笑道:"平虎哥,这么说,藤缠藤的树,世界上还真有呢!那么明天咱们偷偷儿动身吧,不要给人看见。"平虎问:"去哪儿呢?""去朝廷的御花园呀。到了御花园,见到皇上,咱们死皮赖脸地讨几粒葡萄种儿,带回来,种在咱们马峪山上,你说好不好呢?""好是好,"平虎嘴上说着,心里却也犯着嘀咕:"只是咱们走后,你的爹妈不见了你怎么办?再说,你还是个女的,又没有钱,还不知朝廷在哪里……"香男一听可真发了脾气,连声说:"小燕儿长大了都会出窝,我走了爹妈找我不找我,于你有啥事?一说就是女的,女的怎么了?不是人?没有钱不会把你那宝贝石头蛋送当铺里去吗?去京城寻不见路,又不是没有嘴,不会问人吗?我看你呀,总做不成大事。去吧!明天一早,乖乖儿地在山神庙门口等着我。"说完,一把将平虎推出门去。

— 113 —

第二天日刚出头,平虎带着公鸡,便乖乖来到山神庙前。不一会儿,就见一位公子摇着扇子,信步走来,走近了,才看清,原来竟是香男。平虎心中好不喜欢,按照香男的主意,他二人抄着小路来到梗阳当铺。香男让平虎取出钻石,"叮当"放在柜台上,说道:"要当钱!"那掌柜漫不经心地把钻石拿在手中,看了一会儿后,突然浑身颤抖得说话都不利落了。"公子爷,这可万万使不得,你这宝物,除当今皇上外,谁也买它不起,我这小小当铺,实实不敢承当,求二位还是将宝物收起,行个好,积个德,让我这小小当铺开几天吧!至于钱呢,二位手头不便尽管吩咐。"香男淡淡一笑,让平虎收起钻石,说道:"只借你纹银百两,可以立个字据。"掌柜一听,宛如判了死罪的人犯获得了赦免书那样,顿时脸上露出笑容说:"只需百两吗?就是千两,小铺中也可以筹措,二位只管去用。至于字据呢?小老儿万万不敢要求,只是二位办完事后,请到寒舍一坐,给小老儿个面子,倒是万幸。"说着,封好百两纹银,交在平虎之手,香男只道一声:"改日定要登门拜望。"遂阔步出门。

香男让平虎将钻石慎重收好,在梗阳打听了去京城的道路。匆匆取道而行。

他二人晓行夜宿历尽千辛万苦,终于来到京都长安。香男无心观看京都风景,同平虎一直找至午朝门外,只见汉帝皇宫雄伟壮丽,守卫森严,庶民百姓怎能随便出入?尽管香男的主意多,仍无法进入皇宫。只好同平虎商议说:"咱们倒不如把你那钻石献给皇上,要不,想进皇宫可比登天还难哪。"平虎说:"只要你舍得你就献。"商量已定,径直到午朝门口,御林军呵斥说:"咄,你俩想找死呀?"香男怒道:"我们要给皇上献宝,也算死罪呀?"吵闹之际,正巧赶上骠骑大将军专邑上朝来到。便问道:"何故争吵?"香男抢着说:"我们要给皇上献宝,他们不让进去!"专邑说:"取宝来看。"平虎正要从怀中取钻石,香男却拦住,说:"不见皇上,决不露宝。"那专邑本是山西朔县人,早已听清了他二人的山西口音,看在老乡份上,也不计较香男态度好坏,并且担着"私带庶人入宫"的风险,沉着脸,朝御林军怒道:"尔等拒献宝人于门外,真可谓对皇上一片忠心也。"御林军们埋着头,连称:"不敢。"

待专邑奏明汉武帝,香男、平虎来到金殿,参见已毕,献上钻石。汉武帝接宝在手,仔细一看,不由龙心大喜,当即要赐他们黄金千两、良田万顷,香男却摇头再三,道:"黄金太多,只在百两;至于良田,你把这赐给我们,让百姓拿啥过日子呀?"直说得汉武帝面红耳赤,心中想道:可能,他们是想要官。便说:"赐尔等二品俸禄,入礼部任职。"香男此时只好露出真相,说:"小人乃一女子,为了路途上行动方便而女扮男装,望圣上恕罪。"汉武帝笑道:"寡人初见你走上金殿,便觉芬芳扑鼻,又见你天姿国色,心中有疑,也罢,恕你无罪,将你赐给东宫太子,自有荣华享受。"香男却连眉也不皱,一口咬定说:"皇上开恩,小女子早已婚配,实难从命。"汉武帝问:"你丈夫是谁?"她便指了指平虎。汉武帝心想:这女子好生奇怪,这也不成,那也不要,究竟想要何物? 等他问来问去,原来香男只要几粒葡萄种子,汉武帝作难地说:"你等既然进宝与寡人,就该与寡人共享荣华,何况葡萄本是御用之物,怎能随便传入民间?"汉武帝想了想说:"是了,你俩既爱葡萄,寡人便让你们掌管御花园农事,赐二品俸禄。"说罢汉武帝退朝走了。

平虎官服加身,连路也不会走了,看了看左右无人,偷偷对香男说:"你几时嫁我来着? 连皇上你也敢骗吗?"香男却道:"不骗怎么着? 难道把我送给太子,你心中就好受?"

在御花园住了半月后,香男和平虎已经能从午朝门出入,但是那葡萄种子却很难携带出宫。一天,御花园中葡萄成熟,眼看着宫娥们忙着采摘,香男心中好不是滋味。忽然眉头一皱,计上心来,便让平虎把公鸡留下,身带黄金百两,先混出去,在东门外等她。而后,她偷偷取过一串葡萄,丢在地上,叫平虎的公鸡吃了又吃,等它吃够时,却一棒将它击死,随即提起死鸡,佯怒将它扔出午朝门外。就这样,香男、平虎放下朝廷的二品待遇,风尘仆仆地奔向回家之路。

路过梗阳,香男、平虎取出黄金百两,交给当铺掌柜,算是谢恩之意。回村后,他们从鸡腹中掏出葡萄种子来,分别种在各家各户的门口。过了三年,那些青枝绿叶的葡萄树开花结果了,因为葡萄种子是从鸡腹中掏出的,这些果实的形状也像鸡的心脏,所以取名"鸡心葡萄"。

据说,后来汉武帝得知香男夫妇带着葡萄种子逃回家乡,不但没有治罪,而且御书"义在桑梓"四字,悬挂在平虎和香男的家门口。

戎子葡萄酒

戎子葡萄酒,典出临汾市乡宁。早在两千七百年前,在乡宁的北塬,春秋时的游牧民族狄戎部落首领狐突之女戎子发明和创制了葡萄酒。当时戎子出嫁前曾在北塬采摘葛藟(葡萄的古称),酿造缇齐(葡萄酒的古称),并留下了"点兵点将,合藟上坑,有钱喝酒,没钱跟走"的酒谣,还留下了当年造酒的压榨工具合藟床,以及贮藏葛藟的"袋状坑"和发酵使用的"温水罐罐"。

故事发生在乡宁的北塬。那是初秋的时候,葛藟成熟,一串串水灵灵的葛藟黑里透红,满山飘香。大戎子常常领着小戎子,背着皮囊,挎上背篓,到处采摘食用葛藟,有时忘了吃饭,有时忘了回家。哥哥狐毛、弟弟狐偃,也常被父亲狐突打发到山里寻找她俩。有一次她俩跑得很远很远,过了云丘山,来到了高岭凹。这里葛藟结得很繁,姐妹俩摘采了很多很多,装满了皮囊,装满了背篓,还是盛不下,拿不走。这怎么办呢?眼看着太阳就要落山了,摘采下的这么多的葛藟怎么能拿回去呢?扔了,太可惜了。那是钻进树林里一点一点摘下的呀!还是戎子想出了办法。俩人用片状石头在地上挖了坑,把葛藟放了进去。小戎子提出她背不动那装满葛藟的皮囊了,戎子也把皮囊放进坑里,然后找了块石板把坑口盖好,用土埋严,并做了记号,等过几天再来拿取。过了一段时间,天气渐凉,树林纷纷落叶,他们住的寨子附近已经找不到葛藟了。大小戎子想起了她们埋在山里的葛藟，便再次来到高岭凹埋葛藟的地方。刨过浮土，取开石板，顿觉香味扑鼻，但放在坑里的葛藟已经化汁渗入土中，只剩下皮和籽了。她们赶紧拿出皮囊察看，囊中葛藟已经化作水状，姐妹俩一一试着喝了一口，只觉得甜中有酸，酸中有甜，余味略涩，十分爽口，味道比直接食用葛藟要好得多。不一会儿，姐妹俩肚里发热，脸上发红，两腮流露出妙龄少女特有的美丽。二人赶紧背上皮囊，决定把这醇香满口的葛藟子汁拿回去让父母和哥哥弟弟们品尝。

这皮囊中的葛藟子汁就是最早的葡萄酒，当时，人们给它起了一个很好听的名字——缇齐。回家后，戎子在父亲狐突的支持帮助下，发明了压榨葛藟的合藟床子、储藏葛藟的袋装坑、发酵缇齐的温水罐罐等工具，形成了采摘、贮藏、破碎、发酵一条龙的人工酿造葡萄酒的方法和技术。后来，随着晋狄和亲，戎子下嫁，把做葡萄酒的技术传到了晋国。晋国为了大量生产葡萄酒，还专门从晋都到南屈修了运送葛藟的官道，以保证葡萄酒的生产。晋国用批量生产的葡萄酒，进贡周天子，宴请百官，犒劳诸侯。

桑落酒

桑落酒，典出运城市永济，是我国传统的历史名酒，距今已有一千六百年的历史。

在北魏时期，河东的桑落酒是朝中权贵心目中最好的酒。《周书·韦复传》记载："（明）帝大悦，敕有司日给河东酒一斗，号之曰逍遥公。"这就是说，河东酒已经成为当时的名牌，如同现在说"山西醋"一样，只要是河东之酒，必是上乘佳酿。到了唐代，桑落明确地成为宫廷用酒，所以，《旧唐书·职官志》记载道："若应进者，则供春暴、秋清、酴醾、桑落等酒。"

魏晋以来，足以影响天下风物的文士也喜饮桑落酒。大诗人庾信曾在多首诗作中推崇桑落酒："愁人坐狭邪，喜得送流霞。跂窗催酒熟,停杯待菊花。"(《卫王赠桑落酒奉答》)"蒲城桑叶落,灞岸菊花秋。愿持河朔饮,分劝东陵侯。"(《就蒲州使君乞酒》)"秋桑几过落,春蚁未曾开。只言千日饮,旧逐中山来。"(《蒲州刺史中山公许乞酒一车未送》)

在庾信的这些佳句中,"桑落"和"菊花"在当时为酒的代称。蒲州在今山西省永济市,古时属河东,在此代指桑落酒的产地河东。"秋桑几过落",就是指桑落酒。而"只言千日饮,旧逐中山来"则是用典,指中山人狄希酿制的千日酒。诗人来到河东蒲州,一定要喝当地最好的酒,那就是河东桑落酒,如同今日来到汾阳,一定要喝杏花村的汾酒和竹叶青酒一样。其实,汾阳就在河东地区的北端,只是在汾酒名扬天下之前,从地名上讲,河东的知名度更高,范围也更广,所以,包括汾阳清酒和桑落在内的好酒,也被人们称作河东酒。当然,在古代,河东酒也并非全部产自汾阳,但汾阳所酿之酒,却是河东地区最好、最有名的美酒。换句话说,天下美酒在河东,河东美酒在汾阳。

商间南瓜

商间南瓜,典出太原市三给村。在太原市的西山脚下,三给村村南有块地叫商间地,这里长出的南瓜特别好吃,故名。相传北宋年间,一次,皇上出外巡游,暮投三给村。消息传来,全村人又惊又喜:"呀!皇上来了,给皇上吃甚呢?"老年人想出个主意:"人家皇上每天吃山珍海味,咱们送上白面大米怕也不稀罕,还是送上本地特产为好。"于是族长就把商间地的南瓜做成小米稀饭送上去。族长下跪道:"皇上,本地贫穷,无啥好东西孝敬您,只把本地特产奉上,请皇上尝尝。"那皇上冷冷地说:"朕知道了。"众人退下后,皇上端起碗来品尝,没想到这稀饭香气四溢,南瓜又甜、又绵、又腻,还留着一丝花蜜的清香。第二天,皇上要离开了,走时,他特别嘱咐带些南瓜回京城。回京后,皇上设南瓜宴宴请群臣,席间群臣们盛赞三给的南瓜。从此,三给南瓜名扬天下。

三郝瓜

三郝瓜,因产于榆次潇河南岸的东郝、西郝、中郝三个村而得名,人称"蜜罐子""冰糖罐"。在榆次方言中"郝""合"同音,也称"三合"西瓜。它最大的特点是,将瓜切成两半,瓜瓤即能凸起,瓜皮不能闭合,盛夏酷暑,切开的瓜放置两天而不烂。而且是瓤脆泽丰,甘甜可口。据《榆次史法》记载:进贡皇宫"三郝瓜"前后达一百七十六年之久。故"三郝瓜"闻名天下。清末大学者王平格(榆次西长寿人)曾为"三郝瓜"题诗云:"一股清味酿瓜园,不敢先尝奉至尊,幸得升平安树艺,甘分滁沥是君恩。"

清朝初年,京城前门外有一家古玩珠宝店叫益善堂,在京师颇有名气。

这天掌柜刚来到前面,正好从外面来了主仆二人,掌柜打量这位主人,五十上下年纪,颇有风度,一口流利的北京话,掌柜连忙站起来打招呼。

"听口音,掌柜该是'老西'吧?贵姓?"

掌柜欠身答道:"不错,在下确是山西太原府榆次县西郝村人,赵姓。客官真好耳朵,一听便中的,想来客官也是同行吧?敢问尊姓大名?"

这位主人自称姓秦名益,表字子谦,据他说是明末女将秦良玉的远方族弟。

赵掌柜一听,连忙让到内室落座,彼此谈得甚是投机。从此两人开始有了交往。起初他们只谈古玩鉴赏,不久秦子谦渐渐提到太原府十县反清复明的活动。

赵掌柜语重心长地说:"子谦兄,依弟看,你虽是明将族弟,意在复辟,但自古天下有德者居之,无德者失之。当今圣上雄才大略,威加海内,子谦兄何必逆天行事呢!那太原府十县随着顾炎武、傅山以及敝邑王介石相继下世,结社者已都星散,就连王介石的儿子王系不也做了大清的官?自其而下,更不足道也。"

"贰臣!隐于商贾之间,苦恨力不从心耳!"秦益言罢拂袖而去。

赵掌柜看着他主仆二人的背影长叹一声。

再说益善堂的赵掌柜自那日与秦益不欢而别以后,心中不免后悔。不料,一年以后的一天,秦子谦主仆竟又出现在益善堂。秦子谦道:"一别年余,甚是惦记,昨日从外地归来,买了几个西瓜,请掌柜品尝。"

赵掌柜轻轻用手一拍西瓜,说:"子谦兄不光是古玩鉴赏行家,更是挑此隔皮货的里手,不瞒子谦兄,此瓜名叫三郝瓜,是我家乡特产,想不到它也行销京师了。"

"它与众不同之处在于,外形瓜体端正,碧绿生光,皮厚实而易存放。三郝村依沟壑,隔河畔,多沙田,昼夜之间便有夏秋之别,因此种瓜得天独厚。每年瓜子从忻州订,瓜肥多用北路胡油糁,十分讲究。此瓜用刀切开,瓤儿膨胀隆起,再不可合,说到瓜瓤,汁甘味佳,从中心到挨皮处一样甘美。子谦兄若不信,可当面一试。"

赵掌柜说罢,取刀切开。秦益主仆看后,果如所言,心中暗暗佩服这位古董商。

秦益接着取出一串朝珠,说:"近日挚友赠子谦一串珠子,子谦想交掌柜珍藏,若掌柜有急,带上此珠入宫必会有内宫人接见。"

赵掌柜把秦益送走后,仔细端详这串朝珠,忽然发现一颗珠子上刻有4个小小的铁线篆字"康熙御制"。赵掌柜不由"啊——"了一声,这秦益秦子谦确是有些来得蹊跷,他怎么能得到这御用之物!莫非他就是当今圣上康熙帝!

康熙四十二年(1703年)的一天,新上任的榆次县令祖良材,率领县衙官员从城外将巡抚一行迎入县署衙门。他是监生出身,老于世故,对巡抚噶礼并不生疏,但今天,祖知县却发现巡抚大人身边多了一位陌生的随员。

这时,大堂已摆好数十枚西瓜,祖知县连忙亲自操刀切成莲花瓣,掬入盘中,首先献给噶礼。可噶礼则又将西瓜盘捧在随员面前,那随员也没谦让,掰了一瓣便品尝起来。

祖知县一边依次献瓜,却也察言观色,觉得这位随员恐非等闲之辈。

"人道哈密瓜为瓜中佼佼,如今尝此西瓜,当不在其下了。"随员一连尝了五瓣,啧啧称誉起这桌上的西瓜。接着他又顺手取过文房四宝,挥笔在四尺宣纸上写起来。

噶礼等那随员搁下笔,才凑了过去。自然祖知县和主簿也围了过去。扳着脑袋左看右看,四尺宣纸上写了两行大字:"剧暑悲难渡,清秋喜却回。"旁题"康熙四十二年",但下面没有落款署名。

众官员看毕,噶礼亲手将纸叠起来装入牛皮袋中。祖知县有些纳闷,联语意在夸瓜,为何不当面交他存放呢?

午宴后,噶礼陪同这位随员来到祖知县的书房里,那随员又问:"三合瓜?何以命名为三合瓜呢?"

原来榆次西瓜,可谓名闻三晋。不过在榆邑所产西瓜中则首推洞涡河畔的三郝瓜,此三村西瓜得地利、占天时,瓜农勤于种植,瓜艺独绝。当地村民也称三郝瓜为三合瓜。

当日下午,噶礼一行动身回太原,临行前,给祖知县留下了一个描金木匣,上面有巡抚的护封,令他五日之后当众启封。

祖知县等一班人送别噶礼一行时,竟不见那位随员,但他也不便擅自打听,心中好生纳闷。

转眼五日过去了,祖县令当着县衙一班官员在大堂启封木匣。首先扑入眼帘的是一轴黄绢圣旨,众官员急忙正冠抚袖下跪,连呼:"万岁,谢主隆恩!"祖知县更失声呼叫:"啊,万岁,卑职罪该万死!"

原来圣旨是令"榆次县三郝村于康熙四十三年起,瓜熟之日,及时向京师贡瓜六百四十枚,年赐纹银三十两,以资树艺之劳,钦此。"

祖知县宣读圣旨毕,少不了又一次谢主隆恩。小心翼翼地将

三十两纹银从匣内取出后,匣内还有一个牛皮纸袋,从袋中取出一纸,原来竟是那位"随员"题写的联语,展开一看,在"康熙四十二年"题字下盖了一个"御制"的红印。

祖知县看罢大喜,对众官员道:"寰翰难邀,祖某当恭记得敬悬于大堂。"

贡瓜的告示很快便在榆次城乡张贴出来了,一时间向皇帝贡瓜成了人们议论的新议题,其中议论最热烈的当然要数三郝村。

转眼就又到了第二年的入伏了。三郝村里设立了"贡瓜公署",三日后京官要来"看瓜"。村民要衣履整齐到官道口跪接京官,还要为京官唱戏助兴。

三日后,京官由省、县官员陪同,进村里在戏台前的凉台上看了一阵子戏,吃了个酒足饭饱,京官在众官员的护送下回京交令。

这第一年的结果先是"奉巡抚大人之命,取样瓜六十枚",巡抚大人看过样瓜后,"又选了六百四十个贡瓜,然后再选二百个上好西瓜孝敬巡抚大人"。而且,这些瓜都在西瓜上加盖了瓜农的手记。更要命的是在出售西瓜的大好季节,官府的人员把往年的买瓜客人都赶走了,瓜农几乎都没有了收入。

此事又过了九十个年头,到了嘉庆三年(1798年)的时候,皇帝下诏三郝村贡瓜减半,诏书严禁各级官吏和关卡盘剥,但仍是有禁不止,三郝村村农除三百贡瓜外,附贡西瓜逐年剧增,到同治末年,上缴上级官吏和各个关卡的"礼品瓜"已增加到贡瓜的四倍还多。

光绪初年时,山西连续三年大旱,瓜农们推举本村的赵监生上书官府,把多年贡瓜之苦归结为"贡瓜十累"。事情很快传到时任山西巡抚的曾国荃的耳朵里。曾巡抚对山西连年大旱也颇伤脑筋,他清楚地记得当年太平天国就是因为广西旱灾发起的!更何况并州民性强悍,逢此大旱连年,倘一不慎便会酿成饥民造反。权衡利弊,他最后还是硬着头皮向慈禧太后和光绪皇帝写了奏折:

"……晋省连年大旱,赤地千里,尤其在太原府十县村落萧条,物产凋敝。榆次一邑,正赋犹太多缺额,收成无首,民多饥色,路有饿殍,更有少数刁民伺机煽动,虽无碍大局,但亦不可不防,臣熟谙太后仁慈、圣上宽厚,必念民困未纾,物罗维艰,兹奏请三郝贡瓜,如数豁免,恭请圣裁……"

事情延至光绪六年(1880年),永远豁免三郝村民贡瓜的告示终于在榆次城乡张贴了。三郝村贡瓜故事也算是有了一个历史的定格。

寺底砂锅

寺底砂锅,是太原市晋源区一种手工业产品。寺底村位于蒙山开化寺东南,因山上有开化寺得名。寺底砂锅的特点是:结实耐用,冷不易爆裂,价格低廉,用它熬粥炖肉,味道鲜美,储存期间色味不变;用它煎熬中药,能保全其药味、药性;中秋节打月饼,将它烧红,扣在炉月饼的铁鏊子上,烧出的月饼上下受热均匀,两面都是金黄色,可避免将月饼烧焦……

传说北汉末年,开化寺下的寺底村住着一户姓贾的人家,因兵荒马乱,男子为躲拉壮丁逃避他乡,家中留下妻子、老母和五六岁的一个男孩贾宝良。十年的光阴,贾氏媳妇因常年劳累,加上挂念丈夫,患病在身,此时贾宝良已长成了十七八岁的小伙子。贾宝良深受母亲的影响,勤劳善良,心灵手巧。每天上山砍柴,下地种田,回到家里给母亲做饭、煎药,抽空还到开化寺中烧香叩头,求佛祖保佑母亲身体早早康复,照顾母亲称得上是无微不至,可是三个多月过去了,仍不见母亲的病情好转,宝良因此愁得吃不下饭、睡不好觉。

有一天宝良上山砍柴回来,烧好饭后,像往常一样拿起从邻居家借来的陶罐为母亲熬药,也许是太累了,一不留神,陶药罐掉在地上摔碎了。宝良一看陶药罐碎了,赶忙收拾起碎片,贾氏看到这情形,赶忙安慰儿子:"不要紧,我们攒了钱买一个还邻居就是了。"要知道,这陶罐是附近冶峪窑生产的瓷器,黑如墨、亮如镜、声如

磬、质如玉,宝良家里贫穷,买不起。好在当地有个习俗,药罐只借不还,哪家人生病了,只管向前一家病好的人家去借,用完后自己放着,因为送还药罐,主人家会不高兴,认为是送病痛上门来了。

第二天,宝良仍旧起早上山砍柴。太阳一竿子高时,已挑了一担柴从蒙山上下来。因时间还早,宝良就把柴担放在开化寺门外,走进开化寺大殿,长跪在佛像前祷告。在旁边打坐的长老看到宝良面带愁容,就问道:"年轻人,近几个月见你经常上开化寺来,有何烦恼事情,说出来,或许我可以帮你。"宝良把母亲生病的事细说了一番:"母亲生病三个月了。家中贫困。每天砍柴卖钱请大夫看病,昨天还把向邻居借来的陶罐给打碎了,正打算每天多砍点柴,换点钱来买陶罐,为母亲煎药治病。"

长老听了称赞说:"你有此孝心,何愁你母亲病不除,至于煎药药罐嘛,你随我来。"说着领他出得殿来,进了一间耳房,指着一摞锅样的东西说:"这些锅是我们开化寺院就地取材,烧制出来做饭、煎药用的。开化沟的坩泥土,土质甚好,粉碎后,用细筛筛过,和成泥,加工成锅胎,晾干后,放入火炉烘烧,就可烧制成砂锅,你不妨回去一试。"宝良听完如获至宝,非常高兴。

贾宝良谢过长老,飞也似的下山去。回到家中,放下柴担,担了副箩筐,去开化沟里取回坩泥土,依照长老吩咐的做法,和泥、制锅胎、晾晒、烘烧,试着烧制了几个,居然成功了。

晚上,贾宝良用烧制出的砂锅为母亲煎药,母亲边喝药,边看儿子烧制的砂锅,连连称好。说来也奇,一个月后,贾氏的病好了。

后来,贾宝良把砂锅的烧制方法教给村里的人们,寺底村的人们都开始烧制砂锅。他又用坩泥土加工并烧制成壶、盆、坛等器物,并且开了专门烧制砂锅的作坊。附近各地的推车商贩看到寺底村的砂锅结实耐用,价格便宜,都来争相购买,再贩到外地。贾宝良也因此挣了钱,生活变得殷实起来。到了明清时候,寺底砂锅远销晋中、雁北各县,逐渐成为寻常百姓家的必备生活用品。

台　蘑

"台蘑",又名天花菜,典出忻州市五台山,是"五台山蘑菇"的简称,是一种营养极高的食用菌类作物。元代吴瑞《日用本草》记载说:天花菜出自山西五台山,形如松花而大,香气如簟,白色,食之甚美。唐宋时就被选做宫廷菜,是山西传统的著名特产。

这是一个古老的传说,说是在很久以前,五台山一带炎热干旱,寸草不生。在此传教的文殊菩萨为了改变这里的气候,从东海龙王那里借来了歇龙石,五台山变成了一座清凉山。此后东海龙王之女白灵公主也来此布施甘露,遍撒物种,使清凉山万物萌生,百畜繁衍,成了一个天然牧场。龙王发现后,大为恼怒,令火神捉拿公主,烧尽万物。为护性灵,白灵公主遂化作滔滔甘露,撒遍五台山,打败了凶恶的火神。自此后,这一带便开始长出一个个雨伞似的白色环带,它是由一朵朵鲜嫩而肥大的蘑菇连接而成,采不尽、挖不完,采了又长,逐渐成了五台山的一大奇观。

太谷壶瓶枣

太谷壶瓶枣,产于晋中市太谷区,个大、皮薄、肉厚、风味甘美,曾荣获"十大名枣"称号,太谷县也被誉为"中国枣乡"。在太谷有"每日三颗壶瓶枣,身体强健不服老"的说法。

壶瓶枣的由来,有这样一个神奇的传说,还和孙悟空、猪八戒有关。当年唐僧师徒去西天取经路过五庄观,因悟空偷吃人参果、推倒人参果树惹下大祸。幸亏菩萨净瓶圣水把果树救活,才把这一场祸难免掉。悟空和五庄观镇元子结为异性弟兄,于是商量要开个人参果会。

晚上睡觉的时候,猪八戒在脑子里就打起了小九九,心想:上次偷吃人参果没吃个滋味,明天的"人参果会",又是师傅,又是菩萨,也不知道有我老猪的份儿没有,我得去再偷吃一个。半夜,猪八戒偷偷跑到果园去偷果,拿金剂子有模有样学着师兄的样子打一个下来,不想这个人参果因为有福缘吸了净瓶圣水的灵气,有了灵性,看到长嘴大耳的和尚又来偷嘴,吓得一溜烟就跑。八戒一看火了,小样的,好赖我也是堂堂天蓬元帅,西天路上保护唐僧的二徒弟,怎么就能让你刚刚成妖的果子精跑出爷我的佛手。随后也动用土遁法追赶而去,人参果在前跑,八戒后面追,眼看就要追上了,人参果吓得直溜地窜出土面,往前继续跑,八戒也窜了出来,边跑边嚷叫道:"小子你跑不了了,让你猪爷爷乖乖地吃了你。"眼看越来越近,就要追上了。前面正好有一户人家,人参果急忙跑了进去,八戒也跟了进去,不想这家是个屠户,八戒偷偷往里一看正好杀猪,那刀往下一砍,斗大的猪头就掉了下来。我的娘呀,八戒吓得屁滚尿流就往回跑,心想可不能因为偷果子把我的老命丢在这里。人参一看大耳和尚被吓跑了,心想我可不能离土太久,太久了就会死翘翘,这里的土质不错,还有个免费的保镖,就住在这里吧,想着想着就跳到土里生根发芽,长成了一棵大树,树上结满了一片片的果子,因为土壤里长年有猪血渗漏,被果子吸收,果子就变成黑红红的。

屠夫媳妇在正堂里正给送子娘娘烧香,希望能求个宝宝,在眼角里看到一个猪头在门口一晃,一个胖娃娃在自己院里变成了棵树,树上结满了红红的果,就跑出来看,看到鲜脆欲滴的壶果缀满枝头,就摘下来吃,这果皮薄、肉厚,风味甘美。到了来年屠夫媳妇也怀孕了,生了个大胖小子。邻村上下听说了都来求果,不想也都怀孕了。当时这果树没名字,大家就给它取名叫枣儿(早儿)树。因为果子长得像家里的壶,就叫成了壶瓶枣。老年人过来求上枣核回家种上,也都能成活结果,每天吃几颗,你还别说,越活越年轻。

从此壶瓶枣就在这片土地上越种越多,这里的人也多了起来,有了城,也就是现在的太谷。

在太谷,还有一个孙膑借枣伏兵的故事。在壶瓶枣原产地里美庄村村南的二佛山上,遗存有战国时期的点将台,孙膑借枣伏兵的传说在当地民间流传着。相传当时阳邑(时为太谷县治所在地)一带是古战场,孙膑、庞涓的马陵之战就发生在这里。当时正值秋天,里美庄一带红枣满坡,孙膑看中了枣儿可顶战士粮,采取减灶计迷惑庞涓,最终将庞部诱进包围圈,置于死地。

田善友小米

田善友小米,盛产于绵山一带,已有千年的历史。民谣说:"佛爷山下矿泉水,冀家庄村的小米,熬的米粥实在美,喝上一碗粘住嘴。"

田善友,又名田志超,清徐徐沟镇西楚王村人,时人尊称"佛师",曾在冀家庄村东光岩寺讲经说法。唐代贞观年时,唐太宗李世民求雨有应,赐号"空王佛"。相传田志超初到绵山,在冀家庄村东光岩寺讲经说法时,看到村里的男女老幼都在地里忙着间谷子(整苗拔草),便带上众僧人出寺院下了圪堆头帮助乡民间谷子。由于田志超是仙人,法力无边,一会就将几百亩谷子全部间完,大家都称田志超为"田善友"。秋后人们用小米熬粥,觉得香甜可口,人们便称兴地村小米为"香米"。此后,凡是田志超活佛间过谷子的土地,种植谷子碾下的小米,熬的米粥香甜,后人称为"田善友"小米。民间遂流传有"兴(溪)地的水,圣乳泉的水,熬下的稀稀(粥)实在美"的美誉。

相传,1900年八国联军攻占北京后,慈禧太后从北京城逃往西安途中,路经介休张兰镇住宿后,沿着绵山脚下黄土大道乘马车到了兴地村回銮寺。慈禧太后童年爱喝小米粥,介休县地方官员送小米粥给皇太后喝。慈禧太后喝小米粥后大加赞美,这样"田善友"小米便成了向皇帝进贡的珍品。

铜火锅

铜火锅,典出东汉时的大同,是用上乘黄铜制作,上锅下灶,中间通风。火锅内里涂锡,既防锈,又可保持食物原有味道。大同生产铜器始于春秋时期,距今已有两千七百多年的历史。曾有"五台山上拜佛,大同城里买铜"的说法。

明朝开国皇帝朱元璋的第十三子朱桂,被封到大同当藩王。每日宴饮无度。在一个寒冬的长宴上,凉酒冷菜引起了朱桂的烦恼,遂信手拾起席间的酒杯砸向庭中铜鼎,酒杯滚到了一位臣子的脚旁。这位臣子想到,鼎下的积炭、鼎内的沸汤若能巧妙地结合在一起,搬到藩王席上,一定会是妙不可言。于是招来能工巧匠,精心研制出火与锅的结合体——火锅。这位大臣就把这种火锅献给了朱桂。在后来的一次宴席上,看到热汤沸腾的火锅端到了桌上,珍肴野味尒进锅内,藩王朱桂高兴极了,竟然忘乎所以地说了一句:"神仙不如我也!"这位臣子由于奉献火锅有功,当场被加官三级。这以后,涮羊肉作为特殊的食用方法,大约于1902年才传入北京,1914年东来顺创办后,涮羊肉便开始誉满全国,名闻世界了。

山西民间刺绣

山西民间刺绣,典出春秋时期的晋国,题材广泛,内容丰富,有着自己独特的艺术风格。《诗经·唐风·扬之水》中有:"素衣朱绣。"这首诗讲的是公元前745年发生在晋国的一段历史,具体在今曲沃一带。从诗句中可以知道,在当时刺绣已在晋国人的衣着中出现,不过当时仅限王公贵族使用。

史料记载,刺绣进入山西普通百姓的生活,是从晋国女子的绣鞋开始的。公元前677年晋献公当了国君后开疆拓土,史称其"并国十七,服国三十八"。为了让全国百姓永远记住他的文治武功,他下令宫中所有女子的鞋面上必须绣上钦定的十种花果纹样。同时，晋献公还下令全国平民女子出嫁时必须以这种绣了纹样的"十果鞋"作为大婚礼鞋，以便世世代代都记住他的赫赫功绩。当时称此种图案的绣花女鞋为"晋国鞋"。从此晋国的刺绣工艺也从绣花鞋延伸到绣花衣以及其他用品上。至今晋南一些地方还把绣花鞋称为"晋国鞋""十果鞋"。

也许是沿袭了晋献公这种贴近生活的想法，此后山西的刺绣作品充满了人间烟火味和实用性。

绣花鞋风行三百年后，被后世称为"后圣"的山西籍思想家荀子写了一篇《针赋》，记录了推广用铁针刺绣的绣花工艺，并以哲学家的角度赞扬了绣花针，认为铁针不仅能在鞋上绣花，还能"下覆百姓，上饰帝王"，有利于社会繁荣和稳定。这番言论使山西的刺绣文化有了更为蓬勃的发展。

万荣三白瓜

三白瓜，又名三白西瓜，山西省万荣县南张乡、通化镇传统特产。据史载，三白西瓜自唐五代以来就有栽培，距今已有近千年的历史，它以皮如玉、瓤如脂、籽如珠而冠名"三白"。白西瓜在外地已不见种植，独在广宗和运城地区传承种植至今，加之优越的气候环境与独特的土壤条件，成为当地的一大特产。明清时期曾定为贡品，有"瓜中之王"的美称。

在万荣县南张乡有这样一棵灵瓜，距今已有三千多年。与人参果不同的是它年年开花、年年结果、年年可供人品尝，食者美颜驻容，抗衰益寿。因其白皮、白瓤、白籽，名曰"三白瓜"。

说起三白瓜的起源，还有一段历史传说。相传，姜太公奉周文王之命在河东峨眉岭台地孙庄一带练兵。当时正值酷夏时节，姜太公练兵心切，将士得不到充分的休息与调养，病倒十之七八。太公心急如焚。恍惚间，忽见一位天仙般妙龄女子，怀抱一白色瓜，款款步入军营,朗声道:"我有一瓜,可分与将士们食之。"言毕,腾云而去。姜太公急忙追上去,已经不见了踪影,只见几车圆溜溜的白色大瓜正停放在军营外。姜太公遂命将士们分食。将士们吃了此瓜,顿感神清气爽,不几日,便个个精神抖擞,疾病全无。姜太公大喜,随即将此事奏报周文王。周文王见此瓜白皮白瓤白籽,便赐名"三白瓜"。腾云远去的女子是此地的后土娘娘,人们为了纪念她的恩德,特地在孙庄建立了一座后土庙。同时,把食瓜所得种子悉数种下,竟然也结出了圆滚滚的三白瓜。从此,孙庄、万荣庄、西苏冯一代的百姓家家种瓜,代代相传。这个古老的西瓜品种和那个美丽的传说,一直穿越数千年的时光隧道,延续至今。

王过酥梨

王过酥梨,出产于运城盐湖区王过村,是运城十大特产之一。由于"小气候"特殊,王过酥梨果实大、色泽金黄、皮薄肉嫩、汁多味甜、酥爽可口,为梨中上品。曾荣获中国农博会金奖、山西省优质水果展评会金奖,被北京国际农博会认定为名牌产品。

关于王过酥梨有一个美丽的传说。相传当年刘秀曾休息于王过护钟柏下,浓荫作风,顿觉身清气爽,曾感慨:"王之天伞矣!"朦胧中有一老者叩拜说:"老身柏仙,吾王圣明,此乃宝地,万无忽视,振兴汉宝,木上取利,娘娘有助,百姓出力。"说完化为轻烟而去。刘秀惊醒,原来是南柯一梦,知是柏仙点化,便到娘娘庙前进香,求得一方:"振兴汉宝,木上取利,繁衍成气。"此刻,贡桌上一个酥梨自动滚出贡盘落到刘秀身边。刘秀悟道"木上取利为梨,既于社稷有关,不可忽视"。于是立召村民,予以警示,先敬古柏,继而亲手栽树。这才有了王过酥梨的问世。

午城玉屏酒

午城玉屏酒,典出隰县,是传统历史名酒,已有三百多年的历史。特点是酒体清澈明亮,色泽晶莹正黄,软绵爽甜、甘润爽洌、回味悠长、醇美适口,有药物之芳香和白酒之醇香,具有独特风味,被广大消费者称颂为"小竹叶青",是四季皆宜的上等饮料酒。玉屏酒,参照我国古典医药名方《玉屏风散》,选用参、芪、术、檀等十五味名贵药材加糖调制精心配制而成,故名玉屏酒。

传说,隰县千家庄有个尧都养马场,每年所养马匹均为王所用。场主李宝泰心地慈善,看到乡亲们辛苦一年,到头来还是食不饱腹,便常施舍一些钱财给乡亲们。有一年,在前往尧都送马的途中,不幸碰上了一伙蒙面强盗,把李宝泰养的马劫走了大部分不说,还把随行的伙计打得死的死、伤的伤,李宝泰命大才得以逃脱。回来后,他安顿了伙计便去县衙门报案。谁知,县太爷早和这伙强盗有勾结,不分青红皂白便给李宝泰定了个杀头罪。在押送途中,乡亲们哭声震天。恰巧,八仙中的何仙姑云游至此,见此情此景,也感动得流下了眼泪。奇怪的是,这眼泪竟然化成了一条条溪水。后来,在仙姑的帮助下,贪官、强盗都得到了应有的惩罚。老百姓一齐跪望着仙姑携荷花悠悠驾云而去。李宝泰和众位乡亲为了永记仙姑的恩情,在溪水流淌处开凿了一口井,取名"仙姑井",乡亲们用井水酿成的美酒,特别香醇浓郁。

隰州金梨

隰州金梨,是隰县梨的总称,以出产于城南乡蓬门村者为最。特点是肉厚汁多,香甜味美,营养丰富,含糖量高。当地有"蓬门金梨甲隰州,隰州金梨闻天下"的说法。1999年,隰县被农业部命名为"中国金梨之乡"。

隰州金梨的故乡是蓬门村。春秋时,隰州叫蒲邑,是晋献公之子重耳的封地。公元前656年骊姬之乱,重耳一路逃亡准备到黄河对岸狄国去避难,在西出蒲邑的古道上,一日来到一个叫路家峪的村子,重耳跟随从与一个驮梨的老农相遇。梨农见面前这位贵人咳嗽不止,心生怜悯,告诉重耳说:"不用求医,不用吃药,用梨加上蜂蜜和花椒蒸熟,食之可治咳嗽。"说着,从驮篓里拿出几颗山梨说:"你且拿去试试,管用。"重耳吃了山梨,顿觉清新目明,接着又连吃三天,咳嗽果然好了。重耳说:"假如有一天我做了君主,一定要分封这梨。"20年后,作为晋文公的重耳旧病复发。一咳嗽,让重耳想起了他曾经的封地蒲邑,以及蒲邑梨和分封山梨的承诺。当即派人去蒲邑采梨食用,并下诏把蒲邑产梨的西川赐名为"蓬门",意思是梨蓬勃生长的地方,天下梨第一门户。把蒲邑的梨赐名为"金梨",金,晋也,意思是像金子一样金贵。还把蒲邑金梨作为贡品,让每年进贡皇宫。

西晋时,隰州也不叫隰州,而叫蒲子。公元304年,在离石起兵做了汉王的刘渊迁都蒲子,并在这里称帝。刘渊是匈奴人,匈奴人是没有见过梨子的。他在这里不仅见到了梨树,更让他惊喜的是,头一回尝到了汁多味醇的大金梨,还治好了母亲的咳嗽。

红军东征时,著名的"蓬门整编"就发生在蓬门村口的一棵大金梨树下。纪律严明的红军战士也因不白吃一个蓬门金梨而被传为佳话。

杏花村汾酒

杏花村汾酒,典出吕梁市汾阳。根据已发掘的考古文物,杏花村汾酒的酿酒史可上燿(同"耀",《说文》:"照也。")到四千多年前的龙山文化时期。魏晋南北朝时期,北齐武成帝高湛特意写信给皇侄、河南康舒王高孝瑜,向他推荐汾酒,可见当时汾酒享有极高的声誉。到了唐代,杏花村酿酒业空前繁荣,有酒坊七十多家。大诗人杜牧在《清明》中写道："清明时节雨纷纷……"这首诗更是使汾酒家喻户晓,盛名不衰。宋代《北山酒经》记载的"唐时汾州产干酿酒",《酒名记》中的"宋代汾州甘露堂最有名",说的都是汾酒。明末农民起义军李自成进军北京,路经杏花村畅饮汾酒,赞誉其为"尽善尽美"。清代李汝珍在《镜花缘》中列出了五十余种全国各地名酒,汾酒名列第一。

很早以前,吕梁山脚下有个红杏簇拥的小村庄,名叫"杏花坞"。杏花坞的人大都以酿酒为生,世代相传。

有一年冬天,北风呼啸,雪花飞扬。从村外来了一个衣衫褴褛的老道士,直奔一家酒店。店主人见他衣不蔽体,浑身发抖,没等他开口,就舀了一大碗酒给他喝。那老道士接过酒来,一口气就喝干了。喝罢,感激地点头笑了笑,抬脚就走。店主人的儿子见那老道分文未给,十分恼火,便追上去讨要酒钱。店主人忙将儿子拉回来说:"你看他衣不蔽体,哪有钱付给我们?算了,让他走吧!"

第二天,大雪继续下个不停,路上行人很少。店主人正在家里闷坐,忽听门外有断断续续的叩门声。店主人开门望去,见一位白衣白冠白发白须的"雪人"跟跟跄跄地闯了进来,仔细一看,才认出还是昨天那个老道。店主人急忙扶住他,见他身子都快冻僵了,就将他扶进店里,吩咐老伴快去烫酒热菜。吃罢酒菜,老道身上暖和多了。他道了谢,起身就出门了。

第三天,老道又到店里,一口气喝了三大碗酒,烂醉如泥。店主人喊来儿子,把他搀扶上炕,端汤喂水,一直守候在他身旁。老道醒来之后,十分感激。店主人怕他摔倒,双手搀他出了店门。经过门前的水井时,老道问:"做酒就用这井里的水吗?"店主人点头说:"是。"一阵冷风吹来,老道酒气上涌,随着响亮的嗝声,一股白色的酒气从他的口中直冲井底,霎时,就见井水涌动,一股股酒香从井里飘散开来,这口井里的水就变成了芬芳郁冽的美酒。

消息传开后,人们纷纷赶来观看,都说这是一口神井,方知那老道是仙人下凡。从此,用这口井里的水酿出来的酒,别具风格,香绵可口。于是，乡亲们取名"杏花村汾酒"。

雁同府黄酒

雁同府黄酒，典出北魏道武帝拓跋珪的故事，至今已有一千六百年的历史。雁同，指雁北地区和大同市。1993年7月10日，雁北地区和大同市合并，成立了新的大同市。雁同府黄酒的特点是色泽金黄，口感醇厚自然，鲜甜爽口，营养特殊丰富，有"厚德真味，养人养心"之誉。

雁同府黄酒创制于魏晋南北朝时期，当时鲜卑族道武帝拓跋珪南征北战，建立北魏王朝于公元398年定都平城（今山西大同）。由于鲜卑族起源北方游牧民族，过惯马上生活，贵族、士绅闲时更喜车马出游，加之笃信佛教，一次道武帝出游大同以东一百六十里的皇家寺庙——天镇盆山寺（今盘山寺原名，清朝县令张仿觉盆山寺所处地形犹如盘子，因而更名盘山寺），归途，西行两里，见一村落，正值村中酿酒缸坊开坛，金波飘香，四散开来，引得皇家车马不肯前行。道武帝差人循酒香而去，果不其然，得见"雁同府酒坊"。当时老掌柜金元三又惊又喜，献出陈年老酒。道武帝饮后顿觉鲜甜爽口、香醇绵柔、回味悠长，片刻浑身放松，飘飘欲仙，龙颜大悦。遂拨款令金元三建窖增酿，四季供奉宫廷。值此，雁同府黄酒被选定为皇家贡酒。北魏经太武帝拓跋焘、孝文帝拓跋宏多年经营、征战，后迁都洛阳，到公元557年废西魏建北周长达160年王权统治，雁同府黄酒作为皇家之饮品，如影随形而声名远播。

隋唐时，李世民生母窦氏为鲜卑族人，她自小在北周的宫中长大，以贤淑温婉的性格、高超的政治觉悟和文化修养为世人所称道，言传身教之间，李世民的心性也倍受影响。窦氏对雁同府黄酒情有独钟，赞赏有加，视其为强身健体、延年益寿的良方。唐朝时期雁同府黄酒获准自由买卖，昔日的贡品得以进入寻常百姓家，酒坊生意更为火爆，曾盛极一时。相传，当时雁同府酒坊周围，南来北往，酒商云集，好酒文人饮后颂酒之句连连，盛传就有"大唐隔壁千家醉，迎风开坛八里香"的佳句。时任县令李文卓依此联把雁同府酒坊所处的村落命名为"唐八里"（村名一直被沿用至今）。

羊羔酒

羊羔酒，又名羊羔美酒、羊羔儿酒、羊酒，典出明代冯时化《酒史》中的记载："羊羔酒出汾州孝义县。"《山西通志》："（孝义）酒之名色甚多，其羊羔儿名重海内。"羊羔酒起源于汉魏，兴盛于唐宋，元时畅销海外，始饮于宫廷，皇家曾封"世袭御酒"，是中华传统名酒，因其"色泽白莹，入口绵甘"，如羊羔之味甘色美，故名。

羊羔酒，是在独特的酿造工艺中添加了羔羊肉发酵而成的黄酒，用羊肉切碎片、杏仁加水煮烂，倒入装有糯米饭的罐中，再加入木香、酒曲，搅拌均匀，加盖密封发酵10天酿造而成，具有大补元气，健胃益肾功效。适用于病后衰弱，脾胃虚寒，食欲不振，腰膝酸软等。唐代羊羔美酒作为贡品进入宫廷，供皇帝享用，唐玄宗李隆基给杨贵妃过二十岁生日时，从"沉香亭"贡酒中特意为杨贵妃选中了"羊羔美酒"以示祝贺。贵妃醉酒后，翩翩起舞，跳起了"霓裳羽衣舞"，玄宗酒兴中拍击奏乐。唐太宗李世民也曾封羊羔美酒为御酒。宋朝大文豪苏东坡在同客人畅饮羊羔美酒时，挥笔写下了"试开云梦羊羔酒，快泻钱唐药王船"的精美诗句。明代医药学家李时珍在名著《本草纲目》中记载："羊羔美酒健脾胃、益腰身、大补元气。"是滋补保健用品。清朝学者李汝珍在《镜花缘》中记载羊羔美酒系栾城所产，并将羊羔美酒列为当时55种名酒之一。后来，由于种种原因，羊羔美酒曾一度失传。

阳高杏脯

阳高杏脯，又名王官屯杏脯，是产于大同市阳高县的传统名吃,畅销国内外,被国际市场誉为"中国名贵小食品"。阳高山区所产的杏十分有名,个大、味甜、核小、色鲜,以优质杏为原料而成的杏脯自与别处不同。杏脯又可分为黄杏脯和青杏脯两种:青杏脯,色泽碧绿如宝石,令人赏心悦目,其肉质脆嫩,酸甜适口,带有青杏的清香;黄杏脯,色泽金黄透明,肉质柔软,酸甜可口,为果脯中之佳品。杏脯块形整齐,肉厚纯净,色泽鲜艳,百吃不厌,具有生津止渴,去冷热毒等功效。

阳高杏脯生产于王官屯乡,故又称"王官屯杏脯"。王官屯种杏树、出杏脯,还有个传说。王官屯原来不叫此名,而叫"王官人"屯,后来人们为了顺口,便省去了"人"字。相传,在三百年前,这里出了个家贫好学的王姓年轻人,乡里百姓有感于他人穷有志,便纷纷资助他。他也越发刻苦攻读,终于中了举人,并在外地做了官。当他衣锦还乡、荣归故里时,人们尊称他为王官人。当他看到故乡还是那样贫困,满山遍野仍是黄土风沙,百姓仍在饥寒交迫的困境中度日时,心里十分难过,为了报答乡亲们,他认为家乡的出路就是广种杏树,于是便写下了《劝种杏树歌》:"众乡亲,听我说,故里怎把穷皮剥?采凉山,水如金,种子一斗收八升;采凉山,气候寒,辛勤躬,霜冻完;采凉山,土地薄,种满坡坡难吃上窝窝,种满沟沟难喝碗糊糊。播下汗水收泪珠,莫若多栽摇钱树。君不见,谁家有杏林,不愁饿扁肚?谁家多杏林,尽过好光景!""王官人"除了宣传,还在几个村落设立了粥市,任凭穷人食粥,自己分文不取,只有一个要求:凡食粥者,须将几粒杏核种到指定地点。后人为了纪念这位王官人,就把他的故乡称为"王官人屯。"就这样,当地老百姓因种杏树得到了实惠,现在的杏乡,已是杏树遍地。

榆次堡子酒

榆次堡子酒,典出榆次。《榆次县志》记载:"烧酒性香烈,行销远近,以产高家堡、乔家堡者为最,人称堡子酒。"因慈禧太后曾饮此酒,故称为御酒。民国四年(1915年),堡子酒在巴拿马国际赛酒会上获得一等奖。它的特点是色泽晶莹、清香味正、醇醪馥郁、绵甜可口,具有独特的风味。

榆次市古代时属"太原府"管辖,明代就已有酿酒业。明代时高家堡、乔家堡有酿酒作坊8家,常年生产堡子酒。清代庚子事变(1900年),慈禧太后一行逃往西安,途经榆次时,曾饮堡子酒,赞不绝口,"堡子酒"遂被列入御酒之列。传说慈禧回京后,念念不忘堡子酒,曾为设在前门大街的"堡子酒馆"亲书匾额。

"长升源"黄酒

"长升源"原名"聚升源",位于平遥古城中心的市楼南侧。光绪年间,慈禧太后与光绪皇帝西行时路经平遥,慈禧太后饮过"聚升源"的黄酒后,大加赞赏,赐名"长升源"。

其实,平遥黄酒早在明朝崇祯年间就已创出了品牌,当时平遥城内有个叫赵聚贤的举子,家道殷实,广置良田,喜与文人墨客在家聚会,所谓"谈笑有鸿儒,往来无白丁"。这年,因秋种违时,赵举人便将所有的秋地全种上了糜子,结果糜子大丰收,粮仓堆得满满的。但是问题也随之而来,糜子太多,没法处理,四处兜售,即使价格压至最低,也还是卖不出去。赵举人犯愁了,情急之下,只好将全部糜子研成糯米,又将糯米加工成黄酒。经过苦心寻找配制秘方,黄酒终于酿制成功。他将酿好的黄酒装瓮下窖,两年后打开,异香扑鼻。除了招待友人和自家饮用外,仍有剩余,经友人建议,赵聚贤决定开一家店铺出售黄酒。在取店名时,赵聚贤颇费脑筋,最后取了个"聚升源"的店名,以求顾客盈门,生意兴隆,步步高升,源远流长。赵聚贤的黄酒货真价实,保存时间长,入口香、甜、绵,深受顾客喜爱,他的生意越做越红火。赵家尽管几易掌柜,大师傅不断变更,但始终保持赵聚源提出的"严求其质,微求其利"的原则,经营多年而招牌不倒。时间长了,竟有人将"若要富,开久铺

的俗语演变成了"若要富,开酒铺"。1950年后,"长升源"黄酒被统购统销,失去了市场,逐渐销声匿迹。直至改革的春风吹遍神州时,"长升源"黄酒才又重新走入人们的生活。目前,"长升源"这个老字号由第六代传人郭怀仁先生经营。

长子石门沟小米

长子石门沟小米,又名神农米,是山西传统名米。据湖北神农架地区发现的被称为中华民族创世史诗的《黑暗传》记载:"神农上了羊头山,仔细找、仔细看,找到粟粒有一颗,寄到枣树上,忙去开荒田,八种才能成粟谷,后人才有小米饭。"《潞州志》记载:"上古神农尝百草至羊头山得黍。"黍碾成的米叫"黄米",又称"软米""小米""黄米",都是数千年长子民间的主要食物。由于"神农米"原产自长子风婆山下石门沟,故称之为"石门沟小米"。

在很久很久以前,风婆山石门沟是一片洼地,一年四季绿草丛生,清水潺流。这里种植的谷子碾出米来,色艳味香,祖祖辈辈养育着石门沟村的百姓。村里有一户人家,婆婆风风火火,泼辣,就是有点刁。媳妇安分守己,勤劳持家,与人为善。婆媳之间,和睦相处,日子过得倒也舒畅。后来媳妇娘家的弟媳妇生了孩子,身虚体弱,需要喝米汤水养身下奶,她的母亲就托人捎话,让闺女送点小米。媳妇听说后就三天两头回娘家送米。后来婆婆发现媳妇每回一次娘家,就提一小口袋东西,她不知道装的是什么。于是婆婆要捉贼见赃,惩罚媳妇。一天,媳妇刚出村,婆婆就悄悄地跟在她的后面,走到洼地时,婆婆突然扑过去要抓住她的儿媳妇。媳妇听见后边有动静,回头一看,见婆婆张牙舞爪地向她扑来,吓得她"娘呀"一声昏倒在地上。就在这紧要关头,突然一阵狂风刮了过来,雷鸣电闪乌云滚滚从天而降,只听婆婆大叫一声不见人形。风停天晴时,媳妇慢慢苏醒过来,发现婆婆不见了,洼地变成了一座高山。后来村里人说,这是上天对风婆子的惩罚,将她压在了乌石下面，所以老百姓就把这座大山叫成"风婆山"。从此，这石门沟的媳妇们回娘家带小米走亲戚，婆婆们也不敢管了，生怕落个风婆子的下场。

还有一个传说，是说远古的时候，神农（即炎帝）率领他的部落由陕西姜水流域游牧到太行山西麓，居住在长子县、长治县、高平市交接处的羊头山上。在这里他遍尝百草，喜得嘉禾，开辟了"五谷畦"，挖井引泉，教民农耕，培育粮种，完成了人类从采集渔猎到农耕，从游牧到定居这一重大历史转变，为人类进步作出了重大贡献。谷子就是炎帝用狗尾巴草培养而成的禾黍。谷种培育成后，炎帝每年春天要沿羊头山、发鸠山一带撒播。由于风婆山下石门沟的水土优质，气候适度，所以长出的谷子碾出的小米颜色金黄，晶莹明亮，颗粒饱满圆润，味道香甜软绵，故成为长子县谷类中的精品，所以民间百姓称为"神农米"。据史料记载，石门沟小米曾在清代和沁县小米"沁州黄"一样，同为进贡皇宫之品，受到过康熙皇帝的赏赐。

中阳剪纸

中阳剪纸，起源于汉代时期，主要分布于中阳县境内的南川河流域、刘家坪地区和西山边远山区。南川河流域的民俗剪纸风格细腻、古朴典雅，在中阳剪纸中占据主流地位。刘家坪的剪纸风格淳朴、刚健。西山边远地区的剪纸风格粗犷、雄浑。后二者与南川河流域剪纸的主流风格相依相存，特点是形式饱满、生动传神、夸张变形、独具特色。中阳剪纸现已入选国家首批非物质文化遗产保护项目名录。

很久以前，一个村庄里住着几十户人家，有不少小媳妇。大家和睦相处，经常聚在一起做针指（方言，针线活的意思），绣花裁衣，相互切磋。其中有一媳妇心灵手巧，裁剪的衣服十分得体合身，绣出的花和真的一样，颇受众人喜爱。人们喜欢她，经常向她请教学习,小媳妇成了人们心目中的明星。

  当时村里有一害,最令人头疼,那就是经常蜇人的蝎子。蝎子常常爬上人家的窗台、炕头,一不小心就被它蜇着,疼得要命,闹得大人小孩惶恐不安。村上人请来巫师治害。巫师说:"山里有个蝎子精,生了许许多多蝎子,为害乡里。要治住蝎子,必须除掉蝎子精。"于是向村民们索要很多钱财,排起香案,打起神鼓,口中念着谁也听不懂的咒语,念了一天一夜,最后说:"蝎子精已经逃走了,可以放心了。"巫师揣着鼓鼓囊囊的口袋走了。但村中的蝎子仍然屡见不鲜,不时有人被蜇,人们这才发现巫师是骗人的。人们对着经常出现的蝎子,感到无可奈何。

  三月,春风送暖,杨柳新绿。巧媳妇和几个妇女在家做针指,突然发现屋顶上有几只手指长的蝎子,妇女们吓得叫起来。这时巧媳妇说:"不要慌,咱们整治一下这些坏东西。"屋顶很高,如何能够到呢?巧媳妇看到院子里柔条初叶的柳树说:"有了。"于是出去折了一枝,回来对着蝎子一阵抽打,几个蝎子全被柳条抽死了。之后来她把柳条插在门上以备后用。结果她家多日不见蝎子。常到她家来的几个妇女也学着用柳条抽蝎子,并把柳条插在门上,果然奏效。于是传扬开来,全村都仿效,家家门上插柳条以避蝎子。柳条仿佛成了蝎子的镇物。有一首民歌为证:杨柳嫩条真不赖,蝎子刷到大门外。安安稳稳炕头睡,孩子大人不受害。

  由于家家折柳,天天折柳,使得柳树枝条稀疏,渐渐无枝可折。还是巧媳妇有主意。她想到:"如此折下去,柳树必然精光不能生长,用什么可以代替柳条呢?"她不断地琢磨着,忽然看到门上残剩的春联,她想:"传说中'年'是吃人魔鬼,专在冬春之季伤人。人们在门上贴上春联,就把魔鬼驱逐了。如果用绿色纸张剪成柳条形状,裁出细叶,贴在门上,是不是也可驱赶蝎子?"于是大胆地尝试着用绿纸把柳条剪出来,贴在自家门上。她心灵手巧,剪出来的柳枝细叶和真的一模一样,贴在门上非常好看,引来人们的观赏赞美。许多妇女来求她剪柳条,并向她学习剪纸技巧。巧媳妇毫无保留地

教给她们。从此家家门上贴上纸剪柳条,不仅为柳树彻底减负,还成为门前的一个装饰。接着,巧媳妇不断琢磨,又剪出了锥子剪子一类的器械,把它们贴在窗上,既可震慑蝎子,又能美化居室。人们更感其巧,纷纷仿效。为了对蝎子早做防范,过惊蛰就把锥剪等剪纸贴在窗上,不几年,约定俗成,二月二就成了贴窗花的日子。后来,巧媳妇又剪出了公鸡、飞燕、牡丹、荷花,又独出心裁地剪出黑云子、黄云子,在剪纸中蕴含了丰富、深厚的文化内涵。妇女们爱之羡之,登门求教者甚多,巧媳妇耐心帮教。于是剪纸艺术就兴了起来,经过千百年来的传承、发展、出新,剪纸艺术遍布中阳各地,享誉国内外。

竹叶青酒

竹叶青酒,典出汾阳杏花村,山西省传统名酒,也是目前唯一具有保健功能的中国名酒,为中国驰名商标和中国名牌产品,距今已有一千五百年的成名史。

传说很久以前,山西酒行每年都要举行一次酒会。逢酒会这天,大小酒坊的东家都要把自己作坊里当年酿造的新酒抬一坛到酒会上,由酒会会长主持,让众人品尝,排出名次来。

当时有家酒坊,虽说是祖传几代的老作坊,可年年酿出的酒总不见有多少起色,每逢酒会评比,总是名落孙山。

这一年,又要开酒会了,东家只好吩咐两个伙计备好一坛新酒抬去应景。东家自己先走一步,让伙计们随后赶来。这两个送酒的伙计早就摸透了东家的心思,知道自家的酒不好,不愿提早送到酒会上露丑现眼,所以,直磨蹭到日上三竿,才抬上酒坛子出门上路。

这天天气特别热,伙计俩走得又热又渴,到了正午,恰巧来到一片竹林,二人商量决定先在竹林里凉快凉快,找些水喝。可是左找右找也找不到水源,伙计俩只得打自家酒的主意,用竹叶捻成两个小酒杯,偷喝坛中的酒,不知不觉就喝去了小半坛。二人只得硬着头皮抬着多半坛酒继续赶路。

走不多远,伙计俩又经过一片竹林,遇见一处小水洼,恰好在竹林的几块巨石中间,上面飘着一层竹叶,将洼中的水映得晶莹碧绿,甚是惹人喜爱。伙计俩赶紧把酒坛子放下,往坛里加水。说也奇怪,别看这小水洼不大,可是不管他俩怎么舀,洼里的水总不见少,不一会,就把坛子灌满了。俩人看看时候不早了,急忙抬起酒坛子上路,将掺了水的酒送到评比大会。

酒会上,酒会会长和各家酒坊东家推杯换盏,品尝各家的新酒。眼看快要品尝完了,只见这伙计俩满头大汗地抬着坛子走进会场。东家揭开坛盖,舀了一碗酒,恭恭敬敬地捧到酒会会长面前。

"唔?"酒会会长抿了抿嘴,本想取笑一番,看了看酒东家,作罢了。又瞅了瞅碗里的酒,半晌才对众酒坊东家说:"来来来,大家都尝尝!"这碗酒在众东家手中传来传去,大家直呼:"好酒,好酒!"

东家不知是怎么回事,朝坛里一瞧,这才发觉酒色绿晶晶、青澄澄,还有一股说不出的香气直冲嗓子眼!

不用细说,这年酒会上,这伙计俩送去的酒,名列榜首!

在回酒坊的路上,伙计俩把酒坛里加泉水的事,一五一十地对东家说了。东家亲自去看了那片竹林,又亲口尝了那湾泉水,知道酒会上品尝的好酒,与这浸满竹叶、又清又甜的泉水是分不开的。于是,他就买下了那块地皮,将酒坊迁去,在那小水湾上打了一眼井,又从酿造技艺上努力改进,在酿好的酒中加入新鲜的竹叶,终于酿出了别有色味、名驰天下的好酒,取名"竹叶青"。

明朝灭亡后,傅山先生流寓十余年,倡导反清复明,而汾阳则是他较常寓居和活动的地方。日子久了,傅山就和杏花村的一些酒工成了好朋友,并与竹叶青结下了一段不解之缘。

竹叶青本是佐以药材延年保健的酒,傅山利用自己在中医学方面的渊博知识和丰富经验,精心研究竹叶青酒的配制良方,研究如何搭配中药材才能更好发挥疗效,研究如何浸泡药力才能溶入酒中。最后,经傅山先生潜心改良后的配制工艺酿出的酒不仅味道芳醇爽口,色泽金黄微翠,而且对经络等方面的疾病还有很好的治疗功效。竹叶青酒自此更是声誉倍增,到杏花村品尝美酒的人更络绎不绝。而经傅山先生改进的这个配方,对今天竹叶青酒的配制也产生着重要的影响。

其后有一年,傅山与好友在杏花村申明亭饮酒。席间,大家盛赞经其指点过的竹叶青酒是酒中珍品。因为傅山先生书法造诣颇高,被时人尊为"清初第一写家",友人便乘兴劝他为杏花村美酒题词赋诗,留下墨宝。傅山沉吟片刻,挥毫写下"得造花香"四个大字。杏花村人将这四个大字刻在石碑上。至今该石刻仍保存在汾酒集团的杏花园中。

美食名吃

安泽火腿
八宝蒸饺
八　姑
百花梢卖
半疙瘩
半炉鸡
拌曲妈菜
焙面娃娃
炒　恶
打卤豆腐脑
……

安泽火腿

安泽火腿,典出安泽,山西传统名食,已有三百多年的生产历史。据《安泽县志》载:"安泽火腿溯源金华为嫡宗,独为北国第一家……金华火腿外,以安泽火腿为最,亦土产中之绝佳者……宦游他处者,每购以馈亲友焉。"特点是红白相间,香味浓烈,久贮不腐。

据说在明朝末年,一位浙江金华人到岳阳县(即今安泽县)当县令。这位远离家乡的县太爷时常思念脍炙人口的金华火腿,但是岳阳县境内山峦起伏、沟壑纵横、地广人稀、交通闭塞,浙江与山西远距数千里,总不能使其如愿。后来他想出一个办法:从家乡请来一位制作金华火腿的师傅,按照金华火腿的传统加工技艺,在岳阳做起"金华火腿"来。几经尝试,火腿做成后,县太爷一尝,连声叫好。县太爷如愿以偿,而"金华火腿"也就在这里流传开来,从此就安了家。到了清代时,岳阳火腿已远销到北京等地,被当作火腿中的上品。到了公元1914年时,岳阳县改称为安泽县,岳阳火腿也就随之改为"安泽火腿"。安泽火腿虽美,但其生产并不是一帆风顺的。到民国年间,由于税重如山,运费日贵,产销日趋下降。抗日战争时期,终于全部停产。中华人民共和国成立后安泽火腿才恢复生产。安泽火腿的做法,虽然源于金华火腿,但从原料、加工、调味,都已经结合了本地情况,加上水质、口感的不同,已经有了自己的独到之处。

八宝蒸饺

八宝蒸饺,典出唐代郭子仪的故事。传说唐代中兴名将郭子仪因平定安史之乱立有奇功重勋,因此他和他的八个儿子都受到了朝廷的重用,唐皇还把自己的女儿升平公主下嫁给郭子仪的六子郭暧为妻。有一天,郭老元帅过寿,儿子、晚辈成双成对前来祝寿,唯独六儿媳拒不向老寿星跪拜！平时窝了一肚子气的郭暧质问媳妇:"你见了爹爹为何不跪！"升平公主双手把腰一叉道:"我为君来他为臣,君怎能跪于臣子前！"郭暧气得七窍生烟,骂道:"如果不是爹爹拼命保江山,哪能有你这个'君'！"升平指着丈夫的鼻子道:"你犯了欺君之罪,理当处斩！"郭暧气愤至极,抬手打了升平公主一记耳光,还欲伸手再打时,被郭子仪挡住了。升平公主挨了打,便跑回宫向父皇哭诉委屈,要父皇斩杀欺君犯上的郭子仪全家。唐皇问明情况后,呵呵大笑道:"这就是孩儿你的不对了！别说郭爱卿曾与为父并肩平过安史叛军,屡立战功,保住唐室江山,就说你嫁与他家为小辈,也该给公爹拜寿行大礼啊！你这样小小年纪就闹得合家不和可不对哇！你给朕快快回去,给公爹拜寿赔罪！"升平心中动了,但脸面上下不来,仍站着不动。这时郭子仪推着被捆绑的郭暧前来认罪来了。唐皇又是呵呵大笑,不但亲手为驸马郭暧解绑,还称赞他忠孝双全、英武无比,当场给他连升三级,让他引升平公主回家给公爹拜寿。升平公主见父皇给丈夫连升三级,又与公爹手拉着手异常亲热,君臣非常和美,想到自己的所作所为的确不对,便向郭子仪跪下认了错,随同郭暧回府了。

郭子仪回府后,为感谢皇恩,并嘉奖升平公主认错知改,特命家厨以鱿鱼、海参、木耳、虾米、鸡肉、干贝、蘑菇、玉兰片八味作馅包成饺子,开了一席"饺子宴"。席间郭子仪对夫人说:"咱家将门八子,均卓有功勋,堪称'八宝',今日这饺子包了八种珍贵菜肴,可谓'八宝'入饺,咱们就称它'八宝蒸饺'吧！"八宝蒸饺由此得名,并在西北地区流传至今。

八　姑

八姑,又叫拔姑、剔尖、剔八姑、八姑面,典出唐太宗李世民在山西的传说。

唐太宗李世民，唐朝第二位皇帝，世称"太原公子"。拨姑，最经典的吃法是红面(高粱面)剔拨姑，最关键的制作技巧在于和面。需要注意的是，现在流传的山西四大面食之一的"剔尖"和"剔拨姑"并不是同一种面食，"剔尖"是由"剔拨姑"演变而来的，制作方法上有类似之处。而变尖、拨鱼、转盘剔尖等，则是由剔尖发展演变而来的，都是山西人讲究的面食。

故事发生在唐朝贞观十五年(641年)，当时山西、陕西周边连年旱灾，田地一片荒芜，百姓生活在水深火热中，急得李世民寝食难安，朝中大臣四处访贤，丞相魏徵听说山西定阳的绵山上有一位得道高僧田善友，救苦救难，慈悲为本，在当地颇有名望。于是，李世民下旨，令地方官召集民众面向绵山求神祈雨，果然大雨倾盆，救活了庄稼，济助了万民。李世民为报田善友救民之恩，于是特带领满朝文武到绵山朝圣。叔妹世姑随同前往，不料世姑见绵山宛若仙境，即拜绵山圣母为师，不愿再返长安。世姑在绵山一边诵经修行，一边上山采药为乡民看病。

世姑从小居住在皇宫，从来没有到过厨房，更不用说做饭了。到了绵山后，开始学习做饭。有一天，她为冀家庄的一位婆婆配药，中午做饭和面时，面干了加水，水多了加面，最后和成了稀糊糊面，她是左看右看，不知如何是好。由于无法下锅，她便顺手拿了一只筷子向锅里拨面。可怎么拨也拨不断面，结果拨成了粗细不匀的长条面，面到了锅里还挺好看。吃饭的时候，老婆婆顺口问了一声："孩子，这叫什么呢?"当时世姑心慌窘迫，怕露出破绽将"这"字故意"误"听为"你"字，此时她已经身入空门，又不愿再说真名，就顺口把乳名说了出来："叫八姑"。从此，介休便有了"八姑"(拨姑)这种面食，沿袭至今。

后来，"拨姑"经过当地人的改良和发明，又衍生出了"刀拨姑""碗拨姑""盆拨姑"等。"刀拨姑"是把和好的面放在刀上，把面按得厚薄均匀，用筷子拨到粗细匀称，拨到锅里煮熟即成。"碗拨姑"顾名思义当然是把面放到碗里，用筷子拨。"盆盆鸽"(音苍，通"铛"，

金属撞击声)则是用炒菜的铁匙一铲一铲鸹的,类似于很多地方叫剔尖的面食。

百花稍卖

百花稍卖,典出三晋,又名稍梅、烧卖、肖米、稍麦、鬼蓬头,是一种以烫面为皮,裹上馅,上笼蒸熟的面食小吃,现已流传全国各地。比如浮山的烧卖,早在清朝时就在京城设店(都一处)经营,久负盛名。因其顶端蓬松数折如花的形状,形如梅花而得名。稍梅的制作工艺很是复杂,技术难度较大,打花要用特制的擀面杖,山西人称之为"枣锤",专门用来打制稍梅皮的边花。褶子打得越多,稍梅花牙就越美。好的稍梅皮薄如纸,圆如盘,边花多,挑成的稍梅馅大、香醇、利口,放在笼里,犹如朵朵梅花。师傅们说:"稍梅好吃难和面,皮薄包馅打花难。"

稍梅原来是山西农村有钱人用作喜庆筵席的点心,北京的稍麦就源于此。北京的前门大街有一家历史悠久的"都一处"烧麦馆。传说在清朝的乾隆年间,万岁爷外出私访,来到前门大街,时已夜深。皇帝因饥渴来到一家小酒店。店主端来一壶酒和一盘"烧麦"。乾隆觉得味道极其鲜美,龙颜大悦。几天后,御赐给小酒店的老板一块"虎头匾",上写三个遒劲的大字"都一处",意思是说夜深而仍待客者唯此一处的意思。"都一处"烧卖顿时风靡全城。当年给乾隆皇帝端酒送菜的王老板就是山西人,他得以出名的"烧卖"就是山西的"稍梅",取其形状犹如一朵雪梅舒瓣盛开的意思。传到北京后,由于口音变异叫为"烧卖"。

在清朝庚子年间,八国联军入侵北京,慈禧太后从京城逃亡西安路经大同时,大同府官员们在凤临阁备宴迎接太后一行。凤临阁的厨师们想:太后对普通饭食已经吃腻了,如何能讨得太后欢心呢?他们选用猪、牛、羊、鸡、鱼、虾、鸭、蟹、海参等九种原料,分别制成了九种烧卖(稍梅)馅,又精心设计出梅花、牡丹、秋菊、月季、玫瑰、荷花等九种花瓣作为烧卖的造型。这样厨师们制作了九笼不同馅心、味道各异、形态有别的烧卖，让太后品尝。太后品尝后非常高兴，随口说："这么多花式形态的烧卖，真可谓是百花烧麦。"圣言一出，天下闻知，从此大同凤临阁的百花稍卖便名扬海内外。

半疙瘩

半疙瘩，原名"酥丝饼"，长治市襄垣地方风味小吃，是取发酵面肥掺入干面粉加碱液揉匀扎透，制成椭圆形饼子胚，一切为二，放在鏊上用炭火烙烤而成的烧饼，因是半个饼子，故称"半疙瘩"。特点是色泽金黄，酥脆干香，食后余香，魅力无穷。

这是刘秀在山西的一个故事。王莽篡汉，汉室后裔刘秀举兵反莽。但在准备攻打宛城的时候，遭到王莽的大将甄邱赐率领的主力军阻击。一场鏖战，刘秀败退，单骑逃走，沿路讨饭逃到襄垣史北村躲避。这一天饥饿难忍的刘秀昏倒在地。小贩郭师傅见之可怜，就将刚出炉的"酥丝烧饼"掰了半个递给刘秀吃。刘秀饥不择食，狼吞虎咽地吃了个精光，吃罢后跪在地上给郭师傅叩了个头，拜了三拜，并说："我若有出头之日，定会重谢！"起身扬长而去。众人还以为他是饿昏了头脑，在说胡话。后来刘秀得了天下，坐了皇座龙椅，每天山珍海味，总觉索然无味。一天突然想起落难时在襄垣史北村吃的那半个"酥丝烧饼"，于是派人把郭师傅请到京都款待。郭师傅便把"酥丝烧饼"的制作方法传授给御膳房。刘秀吃着酥香可口的烧饼说："味道差不多，怎么形状不一样？"郭师傅说："当年我是将一个饼子掰了半个给你吃。"刘秀说："半个烧饼救了我一条命，否则我哪有今天，我看你不如把它一切为二，称之'半疙瘩'。"郭师傅回到家乡后，就把原来圆形的"酥丝烧饼"在做法上多了一道切的工序。为遵皇上的口谕，就将酥丝烧饼改叫"半疙瘩"，一直流传到现在。

半炉鸡

半炉鸡,典出太原,是采用清烩法烹制的风味名菜,民谚有"太原府的半炉鸡,太后吃得称佳品"。一是说太原府半炉鸡的味道美,二是说"饱时蜜不甜,饿时糠如蜜"的道理。半炉鸡特点是色黄悦目,肉质鲜美,烟熏味中带有瓜片茶叶之清香,风味独特。

故事说的是清朝光绪二十六年(1900年),八国联军攻占了北京城,慈禧太后与光绪皇帝惊慌不已,他们连夜出逃。几天以后,他们一行人马逃到山西太原。当他们来到太原府时,已是午夜时分。太原府中的厨师们早已躺下休息进入梦乡了。睡梦中听说太后驾到,他们赶忙起床。但是,当时厨房里的食物所剩无几,只有半只熏鸡和半只白鸡,以及一些冬笋、干黄瓜之类。厨师们为了应急,忙将这些剩菜清洗干净,混合在一起放在锅中煮,做成了一大锅烩菜,因这种烩菜的主要原料是半只母鸡,所以人们便将此菜取名为"半炉鸡"。俗话说"饥不择食",这话一点不错。慈禧一行一路奔波,早已饥饿难忍。见到饭菜,因为又饥又渴,便不管三七二十一,大口大口地吃个没完。不一会,一大锅杂烩全都吃得精光。慈禧脸上露出了丝丝微笑,还连声称赞:"好吃!好吃!味道甚佳!"后来人们根据慈禧出逃的情景精心设计,精心制作出"半炉鸡",经过不断改进、做法不断翻新,并流传各地,受到广泛欢迎。

拌曲妈菜

拌曲妈菜,典出晋中,传世千年。曲妈菜,又名苣荬菜、苦菜、侵麻菜、曲菜,菊科植物,多年生,草本,生于田间路旁。

相传在唐朝年间,李世民率军东征,走到唐王山一带被敌军围困,双方相持不下。这时,唐朝的援兵还没有赶到,粮草也没有了,形势十分危急。李世民便命秦琼等人带领士兵下山弄些粮食回

来。可老百姓家也没有粮食吃,没有办法,秦琼只好率兵回营。在回来的时候,遇见一个老太太在地里挖野菜,秦琼随口问道:"老妈妈,你挖野菜做什么?"老妈妈回答说:"吃呀!"秦琼问:"这野菜能吃吗?"老妈妈说:"我们没有粮食吃,就用它来顶饿充饥。这野菜虽然苦点,还是能吃的。"说完,老太太把野菜拿出来让大家认一认,告知他们什么样的野菜能吃,什么样的野菜不能吃。秦琼知道了野菜也可以吃,就命士兵照着老妈妈的说法挖了些野菜,回去交给了李世民。在那个时候,到处都是荒草地,野菜有的是。李世民命令全军挖野菜充饥,终于等来了援军,打败了敌军。奇怪的是,李世民以前有浮肿病,但吃了野菜后,浮肿病也好了。等到得胜班师后,李世民又命秦琼去寻找那个挖野菜的老妈妈。当秦琼来到唐王山附近的一个村里(现在的曲八里村),有人告诉秦琼说,那位老妈妈姓曲,已经去世了。秦琼回去后,把事情告诉了李世民。李世民念及曲妈妈的功劳,便传令在这个村附近为曲妈妈修坟立碑,李世民还把这种能吃的野菜叫"曲妈菜"。这种"曲妈菜"的叫法在晋中地区一直流传。抗战时期,也有老百姓叫它"革命菜"。

焙面娃娃

"焙面娃娃",是晋城市阳城县一种独特的汉族面塑艺术,它伴随着当地的汉族民俗文化活动而产生,为阳城县所独有,是国家级非物质文化遗产保护项目。特点是看着美、闻着香、吃着脆、食欲强,是阳城最有特色的面食。面塑有生面塑、炸面塑、蒸面塑和焙面塑,焙面塑就是指焙面娃娃。

清朝光绪初年,北方连年大旱,灾情十分严重,近臣向小皇帝奏本说:"天下大旱,赤地千里,百姓饥饿,甚至闹到人吃人的地步。"不谙世事的小皇帝说:"只要朝廷有粮吃,民间人吃人怕甚。"慈禧听了以后很不高兴,遂传旨道:"让民间捏面娃娃食用,再不可人吃人造孽。"这道旨意传到阳城,荒灾大劫已过,十室九空,其时正逢农历七月十五中元节,幸存的百姓就焙制面娃娃做纪念,之后延续成俗。事实上,当地早已流行有七月十五蒸老娃和蒸面羊献地官爷的习俗,焙制娃娃恰巧与蒸老娃和蒸面羊献地官爷的习俗交合。

炒 恶

炒恶,最为典型的吕梁方山地方美食,是一种吕梁地区最独特的吃食,和"擦擦""合楞则"一样,以土豆为主要原料,是将土豆蒸熟,去皮,用河捞床子挤压成细条,再往里加入土豆淀粉,和少许蒸熟后的胡萝卜泥,揉和匀了,擀成厚饼状,上锅蒸熟,晾凉后,半透明状夹带着星星点点的红色,煞是好看。特点是口感筋道爽滑,有韧劲,口感像魔芋。"恶"在吕梁,是"厉害""棒""有法子"的意思。

方山种植山药蛋历史已久。相传,清朝康乾盛世之际,永宁人民也过上了衣食丰足的日子。有一方山老农,种了一辈子山药蛋,也吃了一辈山药蛋。什么煮着吃、蒸着吃、烧着吃,都吃了个遍。可能是吃腻了,也可能是对山药蛋有了感情,他就思谋着用一种全新的方法来吃山药蛋。老农先把山药去了皮,然后在自己特制的擦则上把它磨成糊糊,再用笼布包住拧干水分,然后摊在蒸笼上蒸熟食用,可品相、味道并不如意。不知经过了多少次的试验,他发现从山药蛋糊糊上拧下的水里,总会沉淀下白色粉末,他就想,既然它是从山药蛋中来的,那肯定就是山药蛋的精华了。有一天,他在拧了水的山药蛋糊糊里加入了这种白色粉末,待蒸熟后,意想不到的结果出现了,山药蛋糊糊被蒸成了灰白之色,紧紧粘在一起,不像从前一样松、碎了。他把家中仅有的几样调料,醋啊、盐啊、葱啊、辣子啊什么的调成佐料,蘸着吃,感觉坚韧滑溜甚是可口。欣喜之余,他觉得应该也让乡亲们尝一尝。乡亲们吃了以后,称赞之余又觉得很新奇,于是便询问它的来源。等老农一番讲述后,乡亲们众口同声地说,你真"恶","恶嘞"。就这样一传十,十传百,方山老农发明的这一吃食,就被方山人民冠以"恶"之名了。

打卤豆腐脑

打卤豆腐脑,典出榆次,地方传统特色小吃,山西各地均有,尤以榆次别具特色,以材料和"打卤"见长。豆腐脑的最大特点是豆腐的细嫩,故称豆腐中的脑,因此要掌握点卤的技巧。要求熬浆时用微火,不能溢锅,使豆腐脑不糊、不苦、不涩;勾卤时用急火,一开锅就行。卤的烹制要用鲜羊肉片和好口蘑汤,火候要掌握好,不能用炖肉的技法熬卤,才能保持卤的新鲜。

清朝年间,榆次小东关有个叫白海马的人,以制作豆腐脑闻名四方。他做的豆腐脑由"三锅"组成:大铜锅里,是以上好的粉条、黄豆、淀粉及各种调料煮沸制成的卤汁,出售时,将铜锅架在笼圈套盆里,下置木炭火盆,保持锅内温度;小火锅里炖着丸子、猪肉片、油炸豆腐条等;另一个直径尺余的大砂锅,俗称"皮锅",内盛豆腐脑。吃的时候,先将大锅里的卤汁舀一勺盛入碗底,再把豆腐脑放在卤汁上,最后把丸子、肉片、油炸豆腐条放在最上面,滴几滴香油,真是鲜嫩可口、香气四溢,再配以蒸馍、饼子,吃完后是浑身暖烘烘的,令人回味不已。

刀削面

刀削面,又名削面、砍面,典出山西,起源于元代的沁源民间,后流传于晋中平遥、介休、汾阳、孝义及长治的沁县、襄垣、武乡一带,是山西最有代表性的面条,堪称天下一绝,也是山西名声最大、影响最广的面食。因制作时全凭刀削,因此称为"刀削面"。刀削面以内虚外筋、柔软光滑、易于消化,与抻面、拨鱼、刀拨面并称为山西四大面食,是中国的"面食之王"。刀削面的面叶,中间厚四边薄;棱锋分明,形似柳叶;柔中有硬,软中有韧。入口外滑内筋,软而不黏,越嚼越香,浇卤、炒或凉拌,均有独特风味。

宋朝末年，蒙古大汗忽必烈率领蒙古大军渡过黄河，一路杀进中原，建立了元朝。忽必烈手下一名骁勇善战的大将叫忽尔赤，跟着忽必烈南征北战，立下了汗马功劳。蒙古大军进军到中原后，忽必烈就命令忽尔赤带领军队马不停蹄立刻向山西进发。忽尔赤领到军令后，立刻带着军队从洛阳向西，闯过潼关，过了风陵渡，沿汾河一直向北，像一把尖刀直插山西腹地并州，就是今天的太原。

忽尔赤的军队每到一地都烧杀抢掠，弄得老百姓怨声载道，暗地里都在寻找机会，想办法要教训教训他们。

这年夏天，忽尔赤带领军队攻城略地，很快就打到了并州。到了并州，忽尔赤觉得万事大吉了。他没想到，这时候当地的老百姓已经准备造反了。并州的知府衙门里有一个主簿，就是管账的小芝麻官，叫钱童，是个有血性的汉子。他看到元军杀人放火，逼得老百姓没了活路，就在暗中联络了一些人准备造反。他有个仆人叫李笑云，非常热心这件事，帮着钱童四处联络人。大家决定在农历的八月动手，哪一天没最后定下来。正好赶巧了，八月十四这天，忽尔赤心血来潮，觉得天下太平了，也应该享受享受了，提出要带着他手下的军官们到壶口去看黄河瀑布。忽尔赤没想到的是，他带着人这一走，给老百姓造反带来了好机会。

忽尔赤做梦都没想到老百姓会这么有血性，这么疾恶如仇。慌忙调集了在外面的军队，赶回并州镇压老百姓造反。造反是被镇压了，可元军也付出了很大的代价。他总结教训，认为老百姓所以造反，是因为手里有铁器。如果把老百姓手里的铁器都收上来，他们就是想造反没有武器也造不成。于是，他下命令把老百姓家里的所有铁器一律收缴销毁，特别是听说有人拎着菜刀杀元军，他就更是火冒三丈，于是就下了一道命令：老百姓每十家用一把菜刀，放在户长家里。谁用菜刀谁到户长家里取。私藏菜刀者，一律格杀勿论！

有一天，李笑云的母亲李大娘特意从面缸里把最后一点白面刮了出来，想做一顿面条吃，就叫李大爷到户长家去借菜刀。李大爷来到户长家，户长说："不凑巧了，菜刀刚叫虎子娘拿去切菜用了，你等她把菜刀用完送回来再用吧！"李大爷心想，那我得等到什么时候啊，干脆回家吧。李大爷从户长家里出来，往回走。菜刀没借到，李大爷越想越生气，嘴里一边大骂官军，一边用脚踢着路上的小石头，发泄心里的愤恨。没料到一脚踢出去，碰到路边的一个东西，把脚戳得生疼。真是人要走背运喝凉水都塞牙啊！李大爷蹲下来，看看到底是什么东西。一看，从地里露出一截铁片的头儿来。李大爷把土扒拉扒拉，把铁片从土里挖了出来。他想了想，把铁片拿回了家。

回家后，锅已经开了老半天了，全家人饿得不行了，都在等着吃面条。李大娘一看李大爷空手回来了，就问："菜刀呢？"李大爷回答说："叫虎子他娘拿去用了，咱们去晚了。"李大娘一听就急了，说："这面都和好了，没借来菜刀怎么做面条啊！"李大爷想起怀里的铁片，就取出来说："就用这个铁皮片凑合着用吧！"老妇人一看，铁片又薄又软，怎么能切面呢？不由地嘟哝着说："这样软的东西，哪能切面条。"李大爷说："切不动就砍，我还不信了，没有刀就吃不上面。"说完，他找来一块磨石，把铁片放到磨石上磨了起来。过了一会儿，铁片的一面磨出了利刃。李大爷拿来一根树枝试着削了几下，铁片的刃很快，把树枝都削断了。李大娘没明白怎么回事，问："你这是要干什么啊？"李大爷说："你就等着我给你做面条吧！"说着，李大爷把和好的面团拿在手上，然后对着锅，用铁片做成的刀把面团一片一片地"砍"进了锅里。面片落到开水里后很快就煮熟了，在锅里上下翻滚着。李大娘一看，高兴了，说："你这死老头子还真有两下子！"面片做好了，一家人高高兴兴地吃了一顿过去从来没有吃过的面片，口感、味道一点都不比面条差。

很快，李大爷发明的这种刀削面就在庄子里传开了。因为家家没有菜刀，所以这种刀削面的做法传播得很快，没多长时间，晋中地区的老百姓就都学会了做刀削面。因为它做法简单，好学，在元朝时就传遍了全国，成为许多饭庄、酒店的一道招徕顾客的名吃。直到今天,依然受到老百姓的喜爱,是真正的大众名吃。

灯笼麻花

灯笼麻花,永济地方特色美食,被誉为永济的一张面食名片。因其寓意红灯高照,日子红红火火,所以也成为现在走亲访友、逢年过节家庭待客必备之物,代代相传,至今已有100多年的历史。特点是金黄透明,绺头麻花像灯笼,伞形麻花似伞面。吃起来清脆可口,易消化,味道正,不涩不苦,不垫牙,无怪味,用火一点便燃,长期存放不霉不软,脆酥如初。

相传永济市下高市村臣门前堡曾经出过一个进士,这位进士姓张,少年时家境贫寒,但非常刻苦上进,教书先生非常喜爱他。每天在他读书做完功课时已是深夜,总要将他送到大门口,目送他回家。神奇的是,先生有一天深夜又目送这位学生回家时,忽然发现,在学生前方不远处有两只红色的灯笼,若隐若现地帮学生照亮着前行的路。先生知道学生家境贫寒,绝不可能有仆人来掌灯相接,唯一可以解释的是他苦读精神可嘉,感召红灯照路。虽然有些神秘的意味,但是先生从此对书生更是另眼相看,倾己所有,尽己所能,对他悉心教导。学生一次次参加考试,中了举人,又中了进士,被朝廷委以重任,此人便是明代礼科给事中张希夏。

话说张希夏一次回乡巡查,路过虞乡时,正逢集市,只见一男子摊铺前有很多人围观,走近一看原来是炸麻花的,仔细询问得知,这就是当地有名的灯笼麻花,有此手艺的是虞乡雷家庄村一任姓男子,此人世代以炸麻花为生,因其手艺精湛,面团经其手中一搓一捻一甩瞬间变成几股,面股在空中飞舞,形似灯笼,盘成的麻花下至锅中,膨胀松散又形如灯笼,故被当地人称为灯笼麻花。张希夏随手拿起一根咬了一口,香酥之间带有脆爽,甚是可口,又因灯笼麻花寓意吉祥,遂将其带入宫中,献给崇祯帝明思宗朱由检,皇帝品尝后赞不绝口。灯笼麻花因此闻名天下,流传至今。

繁峙疤饼

繁峙疤饼,又名"籽饼",典出《繁峙县志》,因其薄似铜钱,形如人们脸上的疤子而得名。那是在明代的正德年间,武宗皇帝出京巡视,路经繁峙,品尝疤饼后称赞道:"香甜可口,酥脆不腻。"当时,由于全国天花病泛滥,武宗曾下旨,让民间多做疤饼,代替人们脸上的疤子之意。后来,到了清朝,慈禧太后还把疤饼列为贡品。

福同惠南式细点

"福同惠",中华老字号企业和中国当代名商,是运城市福同惠食品有限公司的简称,"福同惠"是取"有福同享,共同受惠"的意思,其前身系运城市福同惠食品大楼。"福同惠"牌糕点在晋、秦、豫等地享有很高声誉,畅销华北、西北等地,称"山西八大名点"之一,有中国特色糕点美誉,已有二百多年的历史。特点是小巧玲珑,色泽鲜艳,软甜适度,入口香酥,绵面不韧,细而不腻。

乾隆五十九年(1794年),江苏吴江人吴耕耘被派到山西省河东道任"候补道台",可等了一年多,盘缠将尽,也未"候补"上,急得他寝食难安。这时,自幼学过糕点制作的随同厨师吕广福,建议试做江南风味糕点出售以补贴家用。吴耕耘一声长叹,说:"如今山穷水尽,那就不妨试一试吧!"当即和吴夫人等精选配料,精工细作,做糕点到街上叫卖,顿时被抢购一空。开市大吉,吴耕耘欢喜异常,决定弃官从商,又从苏州请来糕点名师,调整配方,创出既保留南方特色、又适合北方口味的"南式细点",深受河东人们喜爱。"南式细点"选料精良,配方考究,工艺独特;每斤四款十二块,象征一年四季十二个月,每块一个花色,代表一个美好祝愿。"南式细点"不仅造型逼真,且色鲜味美,闻则心旷神怡,尝则满口生香,很快就在河东一带流传开来。

中秋佳节，吴耕耘邀请大家一起赏月，欢叙一番之后，吴耕耘向大家施礼道："自小店开业以来，承蒙各位献力献策，生意蒸蒸日上，我十分感激，决定红利实行倒四六开，我得四成，你们得六成。"众人忙站起来说："不成！不成！大人是东家，本钱是您出的，心是您操的，何况夫人和小姐的功劳更大，理应您得大头才是！"双方你推我让，一时相持不下。吴夫人笑着劝道："大家别再推让了，就这么分吧，今后我们就是一家人了，各位师傅都为小店出了力，我们应该有福同享，共受其惠啊！"师傅们都十分感激。吴耕耘又说："如今生意兴隆，却还没有个招牌，该起个响亮的店名了。夫人刚才说咱们要'有福同享，共受其惠'，我看店名就叫'福同惠'吧！诸位以为如何？"大家一齐拍手叫好，异口同声地说："好！福同惠，福同惠！咱们都要同心同德，同苦同乐，方能同福同惠！"从此，"福同惠"的店名一直流传至今，历经二百多年。

为了让百姓都能吃到福同惠南式细点，吴耕耘决定拆整零售，任客挑选，让持一钱的百姓也能吃上南式细点，大年初一首位顾客馈赠细点一斤。百姓闻讯，购买者络绎不绝。据说，姚孟村人陈山，老母常年卧病，一心想尝"福同惠"点心。陈山家贫没钱买，便于除夕夜顶风冒雪步行十余里，到"福同惠"店外等了两三个时辰，得到一斤南式细点，老娘吃后，神清气爽，不几日，精神好转。这事一传十、十传百，人们都说"福同惠"细点是"福点"，能给人带来幸福和吉祥。久而久之，"福同惠"南式细点在河东一带名声大振，百姓婚丧寿诞、探亲访友、逢年过节、看望病人，都要选购"福同惠"南式细点，以期沾福受惠。

改革开放前，能吃上一包福同惠点心，单凭有钱，是不行的，还要有供应的票证，以至于"上门提亲，不提福同惠就是看不起人"。现在的福同惠在运城已经由单一的食品和物质现象，演变成了一种深刻的地域文化底蕴，成为运城的一张文化名片。

高平烧豆腐

高平烧豆腐,又名高平烧白起、烧白起肉,一种古老的饶有风趣的传统名吃,至今已有两千多年的历史。特点是皮黄肉白,松软筋道,辛辣鲜香,风味别具。烧豆腐实际是一种小型臭豆腐,"闻起来臭,吃起来香",在高平有着很深厚的群众基础。

相传烧豆腐与长平之战有关,战国末期的公元前262年至公元前260年,秦、赵两国在长平关(现高平市区西北部)展开了一场规模空前浩大的战争,即历史上记载的长平之战。历时三年多,最后赵军绝粮46天,暗相杀食,秦军用围而不攻的战略手段致赵军于死地。在这场战争中,粮食成为致命的"武器"。相传,考虑到受伤战士不能嚼食硬物,炊事人员便把豆子磨成豆浆。当到了最困难时期,赵军就只能用豆汤和野酸菜浆作食物了。把野酸菜浆掺到豆汤里充饥,炊事员肩挑掺杂的酸浆豆汤送到前线,激战一昼夜的士兵们没有顾上食用,次日清晨,奇迹出现了,酸浆豆汤变成了"菽饭",吃起来细滑无比,十分可口。

绝粮46天,赵军被饿降,白起一夜坑杀40万降卒。古史记述:"尸骨遍野,头骸似山,血流成川,积血三尺,崔嵬杰起。"当地百姓世代憎恨白起,为了祭奠被饿降遭坑杀的亡灵,当地百姓用菽饭作供菜,就把豆腐当成白起肉,用炉火烧烤,用豆腐渣和蒜泥生姜调和成"蘸头",表示把白起的脑浆捣成泥,与豆腐一起食用。可见其仇之深,其恨之深。

高平烧豆腐,是长平之战中上党民众"自愿走赵,不乐为秦"的历史产物,寄托着世世代代长平子民对坑杀赵兵的秦将白起的怨恨。也有诗云:"肩挑油灯漫街游,炉中黎起烧悲啼。来人传送长平史,不吃豆腐难慰藉。"

高平馔面

高平馔(zhuàn,音转,古同"撰")面,晋东南地区高平市一带的民间传统面食,制法同擀面相似,所不同的是制面团时要放碱和酵面,因此"馔面"也叫"碱面"。此面条煮熟后捞出,用冷水浸透,捋成小把,盘成形如妇女脑后的发髻,民间叫这种发式为"馔",故得名"馔面"。这是一种命名解释。高平馔面非常有名,有名在它的文化价值。"馔面"和"碱面"的发源地是由高平东周、西周、大周发祥的,在高平称为"三周馔",面食也因地名而著称于世,地名主要源于三国名将曹休功高封为"长平侯",其子曹肇、曹纂世袭封地故名。

清末民初,高平县城有一家富户娶媳妇,办喜事,特从饭馆里请了一位名厨掌勺,早晨吃的是老馍烩菜,下午要吃手工擀面条。因吃饭人多,必须早点和面擀面条。吃罢早饭,小徒弟就把面团和好,在和面团时,小徒弟把蒸老馍剩下的一块发面剂头也一同和到面团里,结果中午准备擀面时,师傅发现面团发了酵,一问小徒弟才知道是掺入了发面的原因。于是就放上碱面揉均匀擀切成了面条,一把一把地盘纂成圆形放入筛子里饧。下午煮食时,厨师发现面散汤清,味醇可口,浇上卤子都说好吃,富户财主还多赏了厨师三个铜板。从此,高平县城家家户户每逢操办红白喜事都要吃这种"馔面"。这正应了"无心做错即成错,错事做成好结果"那句老话。

圪搓猫耳

圪搓猫耳,又名圪坨儿、圪搓面、疙朵儿、辗疙瘩,典出金代元好问的故事。那是金代泰和五年(1205年)时,元好问来并州(太原)参加考试,走到阳曲的时候,他遇到一个打雁的人。那人说:

"我今早捕到一只雁,已经把它打死。另一只本已逃出罗网,竟悲鸣不肯去,后来撞到地上自杀了。"这一幕,让元好问心中有些感伤,他被大雁的深情打动,怀着难言的感慨向猎人买了这两只死雁,把它们合葬在汾水岸边,并堆起石头作标志,称之为"雁丘",他还亲自搓制了称作"圪搓猫耳"的面食作为祭品,并写了一首词,用的都是"摸鱼儿"的词牌,但是后来人更喜欢称它为"雁丘词",这就是千古传唱的《雁丘词》。站在雁丘,他黯然神伤,无限伤感于人世间那难以泯灭的一个个爱情故事。彼时他还是一个弱冠少年。

当时,这种面食流传于民间,被呼作圪搓面,制法是将面揪捏成小片,然后在面板上捻搓成形。圪搓面本是为祭雁而制,传至元代时骑马射猎者把这种面奉为捕获猎物之后吃的"庆功面",叫"马圪",还列入了御宴当中。明清时圪搓面已在山西民间普遍食用,并传播到陕冀鲁豫乃至江南一带。相传乾隆下江南时曾食之并夸赞,因其形似猫耳,呼为"猫耳朵"。

现在,丘为古迹,词亦流芳,圪搓面也因与双雁的关系,承载了人们对爱情的美好向往,成为传情之美食。

官　尝

官尝,典出上党地区,襄垣、武乡、沁县、沁源一带民间的夏令小吃,属于晋菜,历史悠久、文化底蕴深厚,口感爽滑、营养丰富,工艺精湛、老少皆宜。至今已有百余年的历史。

故事说的是有位礼部尚书名叫李执中,他是襄垣县人氏。有一年他奉旨回乡选贤举能,一路辛苦,舌干口渴,行至襄垣县西营村,见有摊贩在卖"黑皮麦团",于是他让随从买来了两碗充饥解渴,食后连声称赞,并另赠了几个小黄钱。他的随行人员告诉小贩:"这是当朝礼部尚书大人,是你们襄垣人,他多给了你几个钱,是赏赐你的,保证你的生意会兴隆发达。"小贩听了兴高采烈地说,我的黑皮麦团,当官的尝啦,明天就不叫黑皮麦团啦,改名叫"官尝"。于是次日他为了炫耀自己的制作质高味佳,就在摊前竖起了一块很大的招牌,上写"我的灌肠'官尝'也"。后来四邻八乡小贩们为了打品牌多赚钱,都把"黑皮麦团"的灌肠改称"官尝",遂有"西营官尝"流传至今。

郭杜林

郭杜林月饼,典出太原,此月饼纹路清晰、外观油亮,入口香馨、食之酥软,回味绵长,是晋式月饼的典型代表。在清朝初年的时候,太原城内有一家糕点铺,铺里有三位手艺高超的师傅,分别姓郭、杜、林。有一年中秋前夕,三个人在一起喝酒,越喝越起劲,最后都喝多了。结果因为喝酒误了时辰,使和好的饼面发酵了。他们为了避免东家的责怪,就急中生智想了一个办法,往发酵的面中掺和(huò,音获)生面,并加了一些碱面、油、糖等佐料,做成了一种包馅饼。没有想到的是,这批包馅饼的口味新鲜别致,出售后广受百姓好评,生意越来越好。从此,这种特殊技艺制作的包馅饼就在市场上流行开来,并成为太原、晋中一带独具特色的晋式月饼。后来,人们为了纪念这三位师傅,便把三人的姓氏"郭杜林"合称为月饼的名称。

到了光绪二十六年(1900年),慈禧太后沿着太原、晋中西逃时,双合成老铺曾将郭杜林月饼作为贡品。慈禧品尝后大加赞赏。从此,郭杜林月饼便有了"清廷贡品"的声誉。

崞阳麻叶

崞阳麻叶,又名原平麻叶,起源于原平市崞阳镇,忻州地区一种传统特色小吃。崞阳的麻叶酥、香、脆,外表香脆,内里柔软,还带有些甜味,是晋西北当地著名特产,至今已有上百年的历史。

崞阳麻叶手艺大致形成于清末,但由于战乱等缘故,到中华人民共和国成立初期几近失传。改革开放后,这一手艺才找到成长的土壤,20世纪90年代以后逐步成熟。麻叶曾是百姓生活中奢侈品的代名词。制作方法也比较复杂,必须选用精制面粉、发酵粉和糖剂,辅助油、盐、碱、矾等,加水按一定比例配制搅拌成松软面团,用刀雕切成约半两重的小面块,拉长两根扭两圈,圆圆的,粗细不等,放入油锅中炸到金黄色捞出即可食用。崞阳麻叶与当地风俗紧密相连。每当赶集或逛庙会路过小摊前,摊主总是笑眯眯地热情招呼:"老乡,正宗的崞阳麻叶,先尝后买,不好不要钱。""来,刚出锅的,给你家亲戚攒两串。"乡下人很朴实,没有贵重的礼物,登门拜访总会提溜两串麻叶,虽然油乎乎的,但足见其真情至诚。原平是个农业大县,很多山区"十年九旱",麻叶这一传统手艺成为当地专业户的主要经济来源。据他们讲,一年赶十来趟庙会,差不多净收入上万元,这比在当地务农强许多,做麻叶也成为当地农民致富的一个重要途径。

海烩猴头

海烩猴头,典出曲沃,是工艺复杂、历史悠久的高档名菜,因猴头菇和台蘑有"南菇北蘑""珍味双馨"之誉,在山西美食林中,此菜乃为款待中外嘉宾的"天厨珍膳,晋味奇品"。

1900年慈禧和光绪出逃西安,路经曲沃,下榻于史村高显公馆,由薛元等80多名厨师献艺,将"海烩猴头"列为"八珍"之首。它的技艺传于宫廷,猴头由乾隆时的黑龙江将军上贡转为晋贡(《御香缥缈录》)。民国年间,曲沃县"五福园"饭庄擅烹此菜,驰名各地。至今,海烩猴头与红焖猴头,仍为山西高档筵席风味。猴头味美,且对消化不良、胃溃疡、神经衰弱及胃癌等症食疗功效明显,山西民间亦有应用,如将猴头撕成薄片,伴以大同黄花、黄芪等,兑入配好的鸡汤,即成著名的猴头汤了。

和子饭

和子饭(huòzǐfàn),又名和和饭、活子饭、和则饭、混混饭、连米饭、米其、调和饭、菜饭、米羹等,是三晋南北皆有、流传最广泛的一种家常面食,它集面、菜、粥于一体,营养全面,口味丰富,有和胃暖身、易于消化的特点。

相传古时候,长治市壶关县五龙山下住着一齐姓人家,老两口领三个儿子勤劳开荒,养家糊口。几年后,儿子长大相继成家,父子兄弟、婆媳姑嫂和睦相处,就像在一口锅里吃饭一样,受到全村人的羡慕。农历四月十九是五龙山庙会,婆婆把三个媳妇叫到跟前说:"你们去赶赶会,顺便去庙里上炷香,祈求神灵保佑咱家平平安安,增丁添口。你们各自拿点面粉,中午我们自己做着吃。"大媳妇送来了白面,二媳妇送来了豆面,三媳妇送来了小粉面。三对小夫妻欢欢喜喜地赶会去了。中午,婆婆把三种面粉和在一起擀成薄薄的面片,折叠起来切成柳叶条,煮熟后浇上豆芽、豆腐、酸菜卤子,让老汉吃。老汉越吃越香,问老伴:"这是什么饭?这么好吃。"老伴儿笑着说:"这叫'三和面',是儿媳妇送来的三种面粉做成的。"老汉高兴地说:"真好吃,儿子听话,媳妇孝顺,全家和睦,以后迎亲待客就吃三和面吧。"

晚上媳妇们回到家,进门就问婆婆中午吃的什么饭。婆婆说:"我把你们送来的面粉和在一起,吃了顿三和面条。盆里还剩着三小把面条,你们各自取上一把,熬上些小米稀粥,煮上些大豆、山药蛋、老南瓜、干豆角、红萝卜,滚好后下入面条,烹上葱花、蒜片,放上调味品,调和在一起,喝上顿'全家福'和子饭吧!"

就这样,"三和面""和子饭"在上党出世了。天长日久,这种吃法,特别是和子饭传遍了三晋大地。不过,名称不同,投料各有所好。其基本组合为小米、薯类、蔬菜和各种面制食物。由于地域差异,各地和子饭的制作方法、辅料配备又各具特色。有以小米为主,加煮红薯、山药蛋、黄豆、糊面的,也有米面各半,加煮南瓜、白菜、拌面的,还有米少面多,加煮大量萝卜条的。层次低的叫"糊面和和饭",中等的叫"和子饭",高档的称"流尖菜稀粥"。其中,和子饭以加入的辅料不同而种类最多。和子饭之所以流行,受到人们的青睐:一是因为其所需的原料只有小米、山药、莜面、水,这些原料都是当地特产,价格便宜;二是和子饭经群众长期食用,证明其营养价值高,有利于身体健康;三是和子饭稠稀适度,不加调味品,吃起来清淡、香甜,不论吃荤、素的人,都会刺激胃口,增加食欲。

河东饭

河东饭,是栗子的别称,也叫"得胜果",典出北宋陶穀《清异录·河东饭》:"晋王尝穷追汴师,粮运不继,蒸栗以食,军中遂呼栗为河东饭。"

相传唐末晋王李克用任河东节度使(其辖地大部分在今山西省境内)时,在一次率军追杀敌军的途中,军粮一时未能得到补充,民众告知可以取当地野生栗子代粮。晋王即令军士速取野栗,蒸熟饱食后,继续奋勇追敌,终于取得最后胜利。由于板栗可作为战时及荒时的应急粮食,故有"铁杆庄稼"的美誉。事后,晋王之军中称栗子为"河东饭",而晋王则更欣喜地称栗子为"得胜果"。

河津油酥饼子

河津的油酥饼,吃的时候两手捧着。这种吃法,取决于它的特点。河津油酥饼,号称千层饼,虽无一千层,但层次确实很多,薄如蝉翼,外酥脆而内绵软,吃的时候,如不用手捧着,搭口一咬,饼屑便如天女散花,纷纷落掉,手中只能留一片薄薄内核,不禁大为扫兴,这就是吃油酥饼必须两手捧着的缘故。

油酥饼子什么时候形成?什么时候出名?已不可考。据说早先河津城内有一家烧饼铺,处在十字路口,招待八方客人。这一天日色将暮,掌柜的关门熄火,正要休息。忽然一阵敲门声,掌柜的开门一看,是一位五十多岁的汉子,要买烧饼。掌柜的说:"不巧得很,今天饼完面尽,打发不了你这个买主。"这个汉子听说没了饼子,顿时两眼含泪,长叹一声,然后像是哀求地说,他家住在南坡上,离城三十多里,家有八十老母,染病多日,水米不曾入口,眼看着不久于人世,今天忽然说要吃饼子,为满足她最后的要求,特地前来购买,不想来时已晚。老母只能在盼望中去世了。说到此处,潸然泪下。掌柜的为这一汉子的孝心所感动,慷慨地说:"你不要难过,我马上给你做几个!"说了大话又犯了难。因为打饼子要起面,发面最少也得三个时辰,相当于现在五六个钟头。这人如何等得!思谋再三,计上心来,逐取来白面一斤,用一勺开水一烫,然后用温开水加少量碱面把面和好,在案上擀薄,撒上油、盐、葱花、胡椒、小茴香,边拉边卷,生怕这死面饼子厚了难熟,因而把面拉得比纸还薄。卷好后,再擀成圆形,放在鏊上烙至微黄色,然后,放入炉内烤,无奈人急火慢,几经翻看,方才烤好。那一汉子,拿着饼子,千恩万谢,疾步而去。过了几天,那汉子又来到烧饼铺,拿着一篮子鸡蛋,来谢掌柜的。说他母亲吃了那晚拿回去的饼子,病势大减,特来感谢,并要再买几个回去。掌柜的即照着那一晚的样子,如法炮制,多做了一些,除了那汉子买的以外,还留了几个自己尝,果然香脆可口,遂起名油酥饼。凡吃过这种饼子的人无不交口称赞,后来就专做起这种饼子。自后,凡探望病人,馈赠亲友,都以油酥饼为重礼。

河　漏

　　河漏面,又名河捞、疙豆、河漏子、饸饹等,北方面食三绝之一,与北京抻面、山西刀削面齐名,是城乡人民最喜爱吃的面食。传说,康熙皇帝不仅给闻喜煮饼赐过名,还给山西的饸饹面改过字。

有一年,康熙皇帝突然搞了一次"全国饮食摸底工程",派专人对全国风味小吃进行统计上报,"河漏"也被作为其中一种风味食品上报了朝廷。一天,康熙看到"河漏",因其名字古怪而引起注意,随命人做好食之,吃后对其独特的风味赞不绝口。

那么"河漏"这个名又是如何来的呢?传说这与北齐开国皇帝高洋有关。高洋在太原称帝后,他儿子要过生日,便邀请王公大臣们来赴汤饼宴。可是汤饼做起来太慢,人多了做不出来啊。这御厨想了个办法,把面放于床洞上压,效果出奇地好。这个压河漏面的"床",不同于我们现代睡觉的床,而是一种四腿架空的物件。山西现在一些地方仍然把小凳子叫小床床,这里的床就类似于古代说的"床"。据说李白诗句"床前明月光"的"床",指的也是这样的小凳子。

汉代时,家家都有一种叫"火炉床"的物件,估计当时这位厨师灵机一动,把这种"火炉床"当成压面工具了,后来就有了"河漏床"这种加工面食的工具。一开始,这种加工工艺做出来的面叫"促律忽塔",完全是根据压面时发出的声响而起的名,后来因架床于锅,如同面漏入河中,便叫了"河漏",也有叫"河捞"的。

又经过一千多年,直到康熙皇帝发现这个面的名字特殊,生出好奇心。又因这面的名字"河漏"的谐音与治理河道不协调,才挥笔把"河漏"改成了"饸饹"。

河曲酸粥

河曲酸粥,典出《河曲县志》,河曲特色风味小吃,在晋北各地乃至山西许多地方都有影响,千百年来已成为山西民间饮食文化中极有特色的民间食俗之一。河曲酸米饭,分为酸粥、酸捞饭、酸稀饭三种做法。这里的"酸",不是指山西醋的酸味,更不是食物发馊后散发出的酸臭味,而是经过当地百姓精心制作的一种天然发酵后散发出的酸味。

故事发生在北宋年间,当时辽兵经常入侵河曲。一次,老百姓正在淘米准备做饭,忽有辽兵来袭,男女老少丢下尚泡在水中的糜米尽皆出逃。几天后兵退还家,发现浸泡在水中的糜米已经发酵变酸,想丢掉又舍不得,将就煮熟,权且充饥。出人意料的是,做出的酸米饭精气凝聚、黄亮坚韧、异香袭人、酸爽可口,色、香、味俱全,从此后,酸米饭便载入了河曲传统饮食文化的史册,世代相传,延续至今。

还有一种说法,说河曲酸粥起源于明末李闯王进京。相传的由来纯属一种偶然,李自成起义大军进京路过此地,当时老百姓皆大欢喜,家家户户泡米为大军士卒准备饭菜,谁知由于情况有变,大军临时改变路线,绕道而过,可老百姓泡的米太多,一时半会儿吃不完,放的时间长了就会发酸,老百姓也舍不得扔掉,就用发了酸的米煮粥吃,谁知意外地发现,这用发酸的米煮成的粥并没有影响其食用价值。后来人们便故意将米泡酸做粥食用,慢慢地发现这种酸粥能开胃健脾、护肤美容,妙不可言。难怪这一带的妇女即使不用化妆品,皮肤也白嫩细腻。

现在,这些故事仍然被当地人流传着,酸米饭也被当地人继承了下来,任凭外乡人多么地不理解,他们却深知酸饭对身体的益处。

黑圪条

黑圪条,典出泽州,是用红面包住白面或白面包住红面,或混合搅拌和成面团,用手工擀制成大片,再切成8寸长,韭叶宽,或裙带宽的条,下锅煮熟的一种面食,是长治地区流行的一种黑色面条。因煮熟的面条呈黑红色,故得名"黑圪条"。黑圪条的主要原料是高粱面,做时再掺些白面和豆面更好。黑圪条起源于清朝光绪年间,当时泽州地区常闹灾荒,老百姓为了活命,只好将高粱米碾成面粉挞捞成糊糊浇上浆水菜喝。泽州凤台一家姓赵的人家,娶了一房儿媳,五天后要到厨房做饭,婆婆让她做糊糊饭喝。她在挠捞高粱面时，一不小心，把豆面打了进去，她只好将错就错地继续挠捞，结果成了稠糊状。新媳妇怕受公婆的气，就偷偷抓了两把白面放进糊面里，揉搓成硬面团，用擀杖擀成大片，切成裙带宽的面条下入开水锅里煮熟，连汤带水捞到碗里，浇上浆水菜端给公婆吃。公婆用筷子一搅见是黑面条，就问她是怎么回事，新媳妇只好照实说了。公婆吃着韧滑利口、酸香开胃的面条，边吃边说："这黑圪条怪好吃哪。"从此，"黑圪条"的吃法在上党一带民间就传开了，而且小摊贩也把黑圪条搬到市场销售，受到食客的赞扬。

红脸烧饼

红脸烧饼，又名关公脸烧饼，是襄垣传统特色名吃，距今已有一千七百多年的历史。特点是松软酥香，老少皆宜。

故事发生在东汉末年，山西解州出生的关云长因路见不平，失手打死恶棍，怕吃官司，逃往河北涿州。关云长中途路过襄垣县虒亭镇，走得又累又饿，正好看见一家烧饼铺，赶快上前，也不多说，便一口气吃了十个。算账时关云长才说身上没钱，让店主给他记上账，日后一定归还。店主宋二吾不干，扯住关云长的衣领不让他走。三推两搡，关云长也恼羞成怒，二人便厮打起来。这宋二吾咽不下这口气，恨死了这个"红脸大汉"。怎么出这口气呢？他还真有主意——将烧饼的正面抹上一层糖色，烤出的烧饼即成枣红色，意思是要把这个红脸大汉放在火炉上烤。平常他做的烧饼可不是这样的，改了之后，老顾客就问他，为什么烧饼改样啦？这烧饼叫什么名啊？他就把自己碰到的窝心事给人家学说一遍。别说，改过之后的烧饼还真比原来的好吃，再加上有这么个故事，买这种烧饼的人还真多。既然这烧饼打开了销路，总得有个名儿啊？他便给这烧饼取名叫"红脸烧饼"。

后来，刘、关、张桃园三结义，虎牢关三英战吕布，关云长过五关斩六将……最终夺得了三分天下。这时关云长留守荆州，有一天闲来无事，忽然想起早年间在襄垣赊饼打人之事，非常过意不去，赶紧派人持重金，千里迢迢前来还账，承认过失，赔礼道歉。他可不知道自己那张"脸"已经让人在火上烤了多少年了。当宋二吾见到荆州来的特使，得知赠金之人就是斩义丑、劈颜良、威震华夏的关云长时，多年的怨气顿时变成一腔敬慕。他用这笔赠金修了一座五开间高大的店堂，请人书写了一块匾额"宁记关公脸烧饼铺"。后来，关云长大意失荆州、走麦城，死后被列入神位，各地都建了祭祀关帝的庙。襄垣人怕惊动了神灵，就又把"关公脸烧饼"改为"红脸烧饼"了。

红焖鸡

红焖鸡，又名昏焖鸡，典出静乐，是清代嘉庆年间静乐民间厨师宋维祥创制的佳肴，至今已有二百多年的历史。因其风味独特，已成为静乐及晋北地区流传的传统佳肴。特点是菜色黄红，异香扑鼻，油多而不腻，酥香适口，食后余香绵绵。

清朝时，静乐县有一个历史文化名人李銮宣，他一生为官，政绩斐然，又博学多才，诗名远扬。这位"龙大人"，因在宫中停留多年，故御膳佳肴多有享受。又因多次升迁，外出巡视，游历了半个中国，故各地名食多有品尝。嘉庆八年（1803年），他被弹劾罢官，流放新疆乌鲁木齐一带。嘉庆十四年（1809年），因其父亡，被赦返家守孝。在守孝期间，他重登名胜天柱山、太子寺，漫游于汾河、碾河之间，写下了不少诗篇。有一天，他偶然来到西关的"福林泉园"饭店，遇到从小认识的宋维祥厨师，两人叙谈阔别之情，闲聊乡土风俗，自然有说不完的话。李銮宣对故友讲述了他多年宦游的经历，也说到罢官之后不能为国效忠、无所事事的苦闷心情，不知不觉时间就到了午饭时分，宋师傅端上来他精心烹调的几样菜肴，用来款待多年未见的老友，其中有一盘鸡块，颜色黄红，异香扑鼻。二人开怀对酌，"龙大人"吃着鸡肉大加称赞，并问这道菜叫什么名字,宋维祥笑着说:"这是我最近琢磨出来的一道菜,还没有起名儿呢!我看你终日昏昏不乐,就叫作昏焖鸡吧!"李銮宣连声说:"如此美味,不虚此名,应该叫红焖鸡才好。"这时,李銮宣也来了兴致,向宋维祥回敬了三杯酒,并索取笔墨写下了"民间美味红焖鸡"七个字。从此,"福林泉园"生意兴隆,顾客盈门。嘉庆二十二年(1817年),"龙大人"又复起用,并把红焖鸡的制作方法带入京城,得到了官僚士大夫的啧啧称赞。红焖鸡从此在京城及全国各地流传开来,成为享誉全国的一道佳肴。

泓芝驿糖豆角

泓芝驿糖豆角,典出运城,山西历史名特产品,相传起源于秦代,明末清初进入鼎盛时期,距今已有两千年的历史。糖豆角用精细面粉做成外壳,形似豆角,蜡黄透亮,十分好看,造型奇特,长不过五分,内灌蜂蜜,咬破后蜜汁四流,甘甜无比。它的神秘之处在于,不到豆角大小的外壳内,是如何把蜜汁包进去还不外流。它的形状似豆角,内灌蜂蜜汁,故称"蜜汁豆角"或"糖豆角"。特点是色泽浅黄、蜜汁饱满、香甜可口,易于保存,有润肺、健胃之功效。

传说在很早很早以前,峨眉岭下、涑水河畔住着一对年轻的夫妻,男的叫洪生,女的叫灵芝。夫妻俩心地善良,待人厚道。两人造路(方言,在路边)开一小店,买卖十分兴隆。店中生产的糕点"糖豆角"更为绝妙,形似豆角,蜡黄透亮,咬破面皮,蜜汁便顺嘴流下,吃上一颗甜透五脏六腑。先不说过路客人在店中小歇进餐,必买一斤细细品尝,就是本地乡邻逢年过节,待客访友,也要专程到店中买上一斤,作为礼品。

有一年,皇帝从北京巡游长安,路过此地,当地官府慌忙接驾,免不了奉上本地特产"糖豆角"。皇帝一吃大为赞赏,一定要洪生随驾进宫,专做"糖豆角"。洪生慌忙禀告:"启禀万岁,做'糖豆角'的水,是我们夫妻每逢下雨,冒雨捧盆所接,然后埋于地下,等到地下水气透过罐壁与雨水结合方能使用。除本地水土外,其他地方的水土蜜灌不进去,做不出这样绝妙的东西,如万岁想吃,我们可每年按数上贡。此事还望万岁三思。"谁知皇帝不予应允。洪生知道此去皇宫,做不出"糖豆角",定死无疑,便含泪告别灵芝:"我走后,你在家中勤注意察看后院绿草,如绿草变红,我便有不测,你立即骑上家中白马赶往京城,前来搬尸。"说罢俩人抱头痛哭不已。

有一天,后院白马突然长嘶不已,连蹦带跳,崩断缰绳,跑到前院又踢又咬,吓得周围的人慌忙逃窜。灵芝这时发现白马口中含一把青草,已成暗红色,急忙来到后院观看,只见棵棵青草已成为暗红色,情知大事不好,急忙骑上白马向京城飞奔。

灵芝骑着白马日夜兼程来到京城,只见大街小巷贴满告示,原来是洪生来到宫中,虽然费尽心机,还是做不出原来的"糖豆角"。所做的"糖豆角"粗看同原来是一般无二,细看豆角只是蜡黄并不透亮,咬破面皮乃是空壳,蜜汁根本就没灌进去。皇上大怒,判他欺君罔上,定于今日午时三刻开刀问斩。灵芝一看时辰快到,慌忙打马直奔刑场。一步来迟,夫妻未见,只有洪生尸体暴于荒郊。洪生虽然头身分家,但满腔鲜血一滴未流。灵芝痛不欲生,将尸体抱上马,便打道赶回乡里。

灵芝千里迢迢搬回尸体,她所骑白马因千里未曾停蹄,到家后口吐白沫,即刻死去。灵芝看着死不复生的夫君,禁不住放声痛悲。哭一声天昏地暗,哭两声电闪雷鸣,哭三声天崩地裂。顷刻间,她的小店前院后院已成为一片深潭。洪生的满腔热血,从脖颈喷涌而出流入潭内,这就是人们日后所说的"泓池"。

此时只听灵芝大叫一声:"洪郎,为妻跟你来了。"转身投入池水。久而久之,池外长出了一种暗红色的嫩草,人们都说这是灵芝的化身,就唤作"芝草"。说也奇怪,无论再病重的骡马,只要饮了泓池的水,吃了池边的芝草,立即能起死回生,比灵芝草还要灵验。人们都说这是洪生和灵芝不忘白马的功劳,故而拯救病马。洪生和灵芝死后,人们为了不使他们的绝妙手艺"糖豆角"失传,就用泓

池的水试做"糖豆角",果然做出来面皮蜡黄透亮,咬破面皮蜜汁四流,再也不用盆接雨水、埋罐合水了。从此,"糖豆角"便成了当地的风味名产。

壶关羊汤

壶关羊汤,上党著名的传统风味名吃,山西三大羊汤(壶关羊汤、北路雁同一带的羊杂割汤、南路运城一带的羊汤泡馍)之一。特点是汤鲜味浓,嚼香肉嫩,发汗驱寒,营养丰富。

那是东汉末年的时候,杰出的政治家、军事家曹操,为争夺天下,亲自率领人马北上远征。行至太行山鹅屋岭,山高坡陡,地势险要,人烟稀少,行军几日兵困马乏,缺粮少水,难以前进。眼看着战士们陆续减少,急得曹操整日唉声叹气。忽一日在半山腰看见一个牧童在放一只羊。曹操命令卫士将牧童请来问话。牧童一见曹操气度不凡,威风凛凛,问:"叫我何事?"曹操说:"我军将士几日水米未沾,想借用你这只羊,宰杀了供士兵充饥,日后吾夺得天下,必以重金酬谢。"牧童说:"一只羊怎能供你几万人食用,你看前边山上有那么多山羊,足够你的士兵饱餐一顿。"曹操顺牧童手指的方向,见一片白茫茫的山羊在吃青草,顿时喜出望外,下马大礼参拜牧童,回头一看,已不见牧童。原来牧童是太白金星所化,他去蓬莱路过太行山,看见曹操要遇大难,前来相助。曹操看见空中有红云一朵向东而去,跪拜说:"天助我也!"于是命令将所有的山羊杀掉,取山沟里的水炖羊肉吃,并且将内脏也煮成汤喝。将士们大饱口福,精神振奋,一口气登上了太行山。当地人民为了纪念曹操的北上远征,每到立秋之后,家家户户都要炖羊肉、熬羊汤、煮饺子、炸丸子、喝羊汤。年复一年,这种吃法一直流传至今。

黄花素鱼翅

黄花素鱼翅,典出大同,一道地方风味美食,此菜以黄花菜、水发香菇为主料,配以玉兰片等精制而成。黄花颜色金黄,角长肉厚,个大整齐,脆嫩多油,久煮不烂,用它烹制的菜肴,是喜庆佳宴上的素食上品。

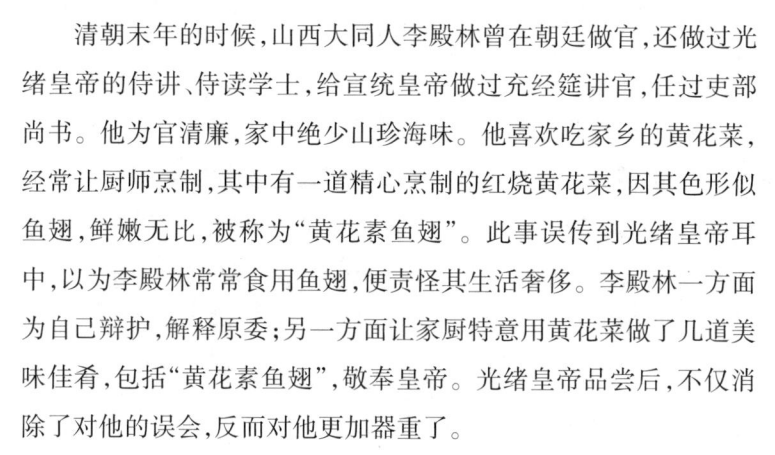

清朝末年的时候,山西大同人李殿林曾在朝廷做官,还做过光绪皇帝的侍讲、侍读学士,给宣统皇帝做过充经筵讲官,任过吏部尚书。他为官清廉,家中绝少山珍海味。他喜欢吃家乡的黄花菜,经常让厨师烹制,其中有一道精心烹制的红烧黄花菜,因其色形似鱼翅,鲜嫩无比,被称为"黄花素鱼翅"。此事误传到光绪皇帝耳中,以为李殿林常常食用鱼翅,便责怪其生活奢侈。李殿林一方面为自己辩护,解释原委;另一方面让家厨特意用黄花菜做了几道美味佳肴,包括"黄花素鱼翅",敬奉皇帝。光绪皇帝品尝后,不仅消除了对他的误会,反而对他更加器重了。

黄芪甲鱼汤

黄芪甲鱼汤,典出沁县,地方风味珍品佳肴,是选用漳河甲鱼和恒山黄芪为主料合烹的一道滋补汤菜,因清朝宰相吴琠病时曾喝过"甲鱼汤",故亦称"甲第魁元汤"。

相传清代大学士吴琠,有一年要回老家山西沁州(现沁县)探亲祭祖。消息传到沁州,乡亲们高兴地奔走相告,家家户户张灯结彩欢迎这位满腹才华的大学士。吴琠走村住店,和家乡人非常亲热。一天,走到漳源村时,吴琠忽然觉得头昏眼花,精疲力竭,只好住进一家小客店休息。客店掌柜知道是吴阁老到了,沏茶倒水忙个不停,不一会儿小店挤满了人,都来看望这位国家的名臣,但是阁老身体不舒服,勉强打起精神跟大家说话。乡亲们看吴阁老身体不佳,都回家取来好吃的让阁老品尝。这时,有一个青年提着一只老鳖说:"我刚才在漳河里捉了一只王八,就送给阁老补补身子吧!"于是,小店掌柜让厨师做成五花汤端给阁老喝。吴阁老一见碗里的鳖肉、黄芪、野生蘑菇、红萝卜块、绿色菠菜,便问这是什么汤,厨师说:"你老是才华满腹,文章天下第一,就叫'甲第魁元汤'吧。"吴阁老高兴地喝完汤以后,顿觉精神振奋,脑清目明,才得以回乡祭祖。

稷山麻花

稷山麻花,运城的传统风味小吃,始创于隋朝开皇年间,原为宫廷食品,清朝乾隆年间由一位商人把制法带回家乡运城,后经不断改进一直流传至今,已有一千四百多年的历史,有"中华一绝"之美誉。特点是色泽金黄,圆润透亮,酥脆适口,油而不腻,百食不厌。

南北朝时,西魏大统四年(538年),河东行台王思政上表始建玉璧城。中国历史上,著名的玉璧城曾发生过两次大战。东魏的高欢政权,于公元542年和546年,两次攻打西魏的宇文泰政权,都以高欢失败而告终。明代御史宋仪望曾写诗云:"轺车转入稷山城,城畔犹传玉璧营;战骨只留荒冢土,萧萧落水尽悲声。"此地汾河南的玉璧城周围为战地兵营,因战乱灾荒,在这里生息的民众,虽草木茂盛,但野兽出没,毒蝎横行,凡中毒者,十有八亡。人们为了诅咒蝎毒,就在每年的农历二月初二这一天,祈望龙王抬头来兴云化雨,威震百虫。家家户户把和好的面拉成长条,扭作毒蝎的尾巴形状,祭献龙王,然后用油炸了后吃掉,称之为"咬蝎尾",预祝家人一年平安无事。久而久之,这种起初只有一股的油炸的"蝎尾",演变成今天的两股、三股的稷山麻花。由于麻花有诅咒毒蝎、祈福求安的吉祥色彩,又兼之好看、好吃,就成了人们逢年过节、走亲访友的珍贵礼品了。

还有许多传说。稷山翟店老街一位黄姓人开的"品香斋"麻花店,其麻花精细小巧,状如双龙盘绕,色泽金黄油亮,味道酥香脆爽,每天门庭若市,顾客盈门。其西位村的亲家宁氏在长安及兰州经商,便差人返乡学得手艺,在长安、兰州开辟"品香斋"稷山麻花连锁店,轰动一时。

唐朝中期著名政治家、宰相裴耀卿,是稷山人。唐开元初年,玄宗升耀卿为长安令,后任济、宣、冀三州刺史,升任户部侍郎,调任京兆尹、侍中,升为尚书左丞相,封为赵成侯。他在做州官和担负朝政理事时,还不忘将家乡的稷山麻花和稷山板枣两大地方传统名特产介绍给朝中,使稷山麻花、板枣得以成为宫廷佳品。

元世祖时监察御史姚天福,稷山南阳人。他升任刑部尚书后,在江浙一带任扬州路总管,吃到家乡稷山小麻花,赞不绝口,力荐让元世祖忽必烈品尝。稷山麻花从此受到皇亲国戚的青睐。

明朝皇帝朱元璋,曾在稷山佛峪口一带屯粮练兵,登基后始终不忘稷山一带享有盛名的麻花,常食不厌。

清代大学士、一代文豪纪晓岚曾对推介稷山麻花作过历史性的贡献。纪晓岚的岳父马永图,敕封儒林郎,曾任四川江津、山西稷山、山东城武知县和内阁中书。马永图生有四女,次女嫁于纪晓岚。纪晓岚常吃到岳父带给他的稷山麻花和稷山板枣,细细品味,感悟许多,撰文称颂。乾隆皇帝江南出巡,纪晓岚向皇上介绍地方名吃稷山麻花,乾隆皇帝亲口品尝,称道:"形如绳头,香酥可口,出类拔萃,别具风味。"由此,稷山麻花被列为朝廷御餐食品,地方年年进贡。稷山麻花随之名声大振,传名后世。

剪刀面

剪刀面,典出太原,因制面工具用剪刀而名,又因剪出的面条呈鱼形,亦叫剪鱼子,其制法起源于隋末,因出自唐太宗李世民而流传于世,已有千余年的历史。

民间相传,太原公子李世民读书练武、聚才谋义,武士彟慕名拜访。时值晌午,李世民私留书房用餐。正在裁衣的长孙氏来不及备饭,急忙之中和好面团用剪刀细细剪下,煮后呈食。武士彟叹曰:纷乱当世,公子大略;面如天下,亦当速剪。后来李世民父子起兵大唐故地晋阳,以"剪面"之势攻取长安,统一了山河。

还有一个传说,说在很久很久以前,黄河东岸的渡口住着一户人家,男的是个能工巧匠,人称十二能;女的心灵手巧,人称巧媳妇。夫妻二人老实忠厚,邻里和睦,膝下有一个聪明伶俐的女儿,年方十六岁,取名巧姑。巧姑从小在父母的严教熏陶下,学得一手剪纸花的绝技。她剪出的鸟兽花草、锦绣山河精美绝伦,特别是十二生肖剪得更是精致,如:玉鼠娶亲、犀牛望月、嫦娥奔月、龙凤呈祥、银蛇出洞、八马骏画、十羊九牧、群猴捞月、金鸡报晓、天狗吞月等纸花形象逼真、栩栩如生。父母视她如掌上明珠,爱屋及乌。可是好景不长,好花不圆,巧媳妇和十二能先后得病死了。

这突如其来的灾难降在了一个十六岁的姑娘头上,真乃让人心酸。实在无奈,街坊邻居们为巧姑找了一家富户子弟,张罗着把她嫁过去了。过门三天后新媳妇下厨房做饭,这是黄河岸边祖传的规矩。婆婆要考验新媳妇的手艺,就让她做"手擀面条"让全家人吃。这一下可难住了巧姑,因为她在家里娇生惯养长大的,母亲没有教会她厨房的本领,所以最终做出的面条厚薄不均、粗细不匀,而且吃起来少盐缺醋、没滋没味,被婆婆骂了个狗血喷头,吓得巧姑泪水只好往肚里咽。好心的邻居大娘、大婶们来到了她家,说了婆婆,又说媳妇,并不断来到厨房教巧姑做面条的手艺。巧姑为了感谢大娘、大婶的好意就不断地剪些纸花送给她们。婆婆见了就生气地说:"你天天剪花呀!剪鸟呀!有什么用,有本事剪出碗面条让我尝尝。"骂者无心,听者有意,一个"剪"字,提醒了巧姑。于是她下到厨房挖了两碗白面粉,用适量的水和成面团,稍饧后,揉成圆锥形,一手持面团,一手拿剪子麻利地由右向左一条条地剪入开水锅里煮制,真是:"剪不离面赛闪电,面团围着剪刀转。根根落入鸡汤里,恰似银鱼白浪翻。陈醋肉酱浇热面,过瘾辣子加葱蒜。好吃不怕大肚汉,胜似神仙过大年。"等面条煮熟捞入碗里,再配上绿豆芽和红萝卜丝,浇上肉酱,趁热端给公婆吃。公婆一见巧姑端来两碗两头尖尖中间胖、一条不足三寸长的面条,婆婆惊喜地问这是什么面,巧姑说:"这是我用剪刀做的'剪刀面',您二老尝尝看好吃不好吃?"公婆一尝,拍桌叫好,筋道滑利,香气扑鼻。婆婆笑了,巧姑乐了,一碗剪刀面消除了婆媳之间的隔阂。不久,黄河河东晋南一带的主妇们听说有了"剪刀面",纷纷前往渡口找巧姑学艺。

绛州麻特

绛州麻特,新绛县传统风味小吃。新绛县古称绛州,麻特是晋南农村人对麻花的特称。绛州麻特独到的特色在于,它比不上麻花的酥无筋骨,但它却皮脆劲三分,味醇香满口。特点是脆而不酥,保持了食材一定的劲道,不仅适合零吃,而且在用于泡汤、涮锅和炒菜时,不嫩不化,越嚼越香。

绛州麻特起源于新绛县文侯村。相传战国时称雄中原的一代霸主魏文侯魏斯,为纪念其先祖晋国卿魏绛执法严正,特别是实施"和戎之策",开汉族团结少数民族先河之伟绩,令宫廷御厨做五色油食献贡。御厨以文侯家乡当地旱垣小麦为主料,醇窝起面,配以鸡蛋、椒叶和芝麻诸味,仿结绳而搓,似粗麻聚力。入热油烹之,形若双龙盘柱,状似五龙欲腾。魏文侯闻之醇香扑鼻,食之香脆筋道,大喜曰:"面以麻拧之,族以和融之,天下特平也!"("特"在本地方言中是"大"和"特别"之意),并赐"麻特"美名传与家乡父老。麻特美食遂即流传三晋汾南一带民间。

交里桥饸饹面

交里桥饸饹面,又名曲沃饸饹面、河捞面、饸饹、曲沃、绛县、翼城、垣曲一带的著名风味食品,流传甚广,相传已有五百多年的历史,尤以交里桥的最为驰名。因其工艺地道、用料考究、香味四溢、口感爽利,因而深受人们的青睐。

故事发生在明朝末年,李自成率兵途经曲沃交里桥畔北端的关公庙,饥肠辘辘,命炊事兵支起行军锅,架火做饭,炊事兵用带眼的葫芦瓢作为工具,将柔软的白面团顺眼挤出,在汹涌滚烫的开水锅内,上下翻腾四处飘动,当时闯王就站在庙宇东侧的浍河之滨凝望澎湃的河水,猛回头时触景生情,将锅内的开水翻腾同河里浪花汹涌结为一体,脱口而出:"河捞面做好了吗?""河捞面"由此得名。后被人们改为"饸饹面"。

介休贯馅糖

贯馅糖,又名"灌馅糖",是用糖稀、清红丝、核桃仁、绵白糖、桂花、玫瑰、芝麻做成的季节性产品,一般在立冬以后开始制作,来年元宵节停产。后来又加入了橘汁、香蕉油,所以味道更美,营养丰富,与浙江名产"寸绵糖"齐名,是介休独有的风味食品,为介休八珍之一,位列山西十大特色食品,早在明末清初就已经畅销全国,已有一千多年的历史。特点是皮薄馅香,食之酥脆、绵甜。故而有"平遥的牛肉,太谷的饼,介休的贯馅糖甜死个人"一说。

清朝的时候,康熙皇帝到五台山朝拜。下山,微服私行,驾幸长安,一睹昭陵遗风。途中路过小城镇介休,见集市上有卖粞糖寸条的,吃着非常甜脆,随口说了声"贯馅岂不更好"!自此,精明的小城人将粞糖寸条灌馅,称作贯馅糖。这就是介休特产贯馅糖的起源传说。

后来,八国联军进攻中国,北京沦陷,慈禧太后和光绪皇帝逃往西安途中,住在小城顺城关楼子车门,知县和士绅们,把贯馅糖献给慈禧品尝,慈禧吃后十分高兴,把其余的赏赐给随从官员,那些官员们是人人咂嘴称赞。慈禧和光绪皇帝立即传下口谕,从今以后贯馅糖作为贡品,冬至送到京师。

贯馅糖早在明清时代,就是馈赠长辈亲友的营养食品。旧时每年入冬,小城的一些富裕人家就要给出嫁的闺女家送黄酒、鸡蛋,而女婿则要回赠牛骨髓和贯馅糖给岳父家,以示孝敬。

金花白玉

金花白玉,典出芮城风陵渡,是传统风味美食。

清朝时,慈禧太后的车队驾临蒲州府,要过风陵渡,盛情款待的宴席自然少不了黄河鲤鱼。当一道金黄色的"菊花鲤鱼"敬献到老佛爷面前时,老佛爷高兴之余却故意说道:"报上菜名来!"旁边蒲州府的官员着实聪明,随口献媚道:"这道菜叫金花白玉,预祝老佛爷和万岁爷福星高照,国运昌盛,金玉满堂!"一番拍马屁的话,说得慈禧太后心花怒放。

晋城大烩菜

晋城大烩菜,又名杂烩菜,典出梁兴的民间传说。相传,宋、金对垒时期,周村人梁兴联合晋城、高平、阳城、陵川、沁水等太行山区民众,揭竿而起,组织了太行忠义社,依托太行山险峻的地形,筑寨建堡,与金兵展开了长期的周旋。一次,忠义社打了胜仗之后,准备了丰盛的酒菜犒劳将士。不料这时突然从京师传来消息说,抗金元帅岳飞被秦桧以"莫须有"的罪名杀害于风波亭。一时间,整个山寨充满了痛哭声和咒骂声,恨不能将秦桧碎尸万段。做好的一盘盘菜肴放凉了,也无人动一筷子。梁兴见众将士哀伤过度,一整天也未吃饭,就让厨师把菜一起倒入大锅中,重新加热,每人一碗。他见大家迟迟不动筷子,就夹起一个肉丸说:"岳元帅精忠报国,反遭奸人陷害,今天,山寨中做了一道'炸桧菜',让咱们把秦桧生吞活剥。"说完,一下把肉丸咽了下去。一位首领也站起来,义愤填膺地说:"这豆腐就是秦桧的肉,粉条就是秦桧的肠,弟兄们,咱们一起将秦桧这贼吃下去,替岳元帅报仇!"于是,众将士一齐响应,纷纷拿起筷子,将一碗碗烩菜吃了个精光。很快,这件事传到民间。人们出于对秦桧的愤恨,纷纷做起"炸桧菜"吃。由于它是将各种杂七杂八的菜烩在一起做成的,所以人们就将它叫作"大烩菜"。

晋南绿豆糕

绿豆糕,也叫晋南绿豆糕、绿豆饼,晋南乃至山西的特色小吃、传统糕点,因为口感较好,所以在山西当地有"糕点之王"的美称和夏日消暑"第一糕"的说法,曾被作为宫廷糕点。晋南绿豆糕以南耀离绿豆饼为最,有"不敢说天下第一,敢说吃完叫绝"的说法。特点是成品呈浅黄色,无壳、无粒、无杂质,松软可口,饼皮由多重薄皮叠成,色、香、味俱佳。食时起酥、绵软、润滑,甜而不腻,凉爽适口。

传说很早以前,在一个兵荒马乱民不聊生的年代,有个山东人李壮,他的妻子叫东亮,年轻美丽又聪明。夫妻二人到处谋生,走到山西盐池附近时,听说那里需要挖盐的苦力,李壮夫妇就决定留在这里工作。李壮是个勤快人,每天天不亮就出发,天黑才回来。就这样早出晚归,虽说他很有力气,但也经不住长期的超体力劳动,每天都筋疲力尽而归。妻子很心疼,于是就想办法,给丈夫补充营养。在炎热的夏季,妻子总是熬一大锅绿豆汤,既解渴,还能防止中暑。时间长了,熬汤剩下的绿豆扔了太可惜,于是东亮就想这绿豆可以给丈夫补充营养,但怎样才能把绿豆做成食品吃呢?冬天的时候买下好多柿饼,还没有吃完。经过考虑,东亮终于想出一个两全齐美的办法。她将煮熟的绿豆去皮,用手掌拍成面,将柿饼去核用刀切成块,一层绿豆面,一层柿饼块,装入盒中,用锅蒸了蒸,然后放置于水瓮中冰。第二天拿出来用盐水一浸,倒出来切上好大一块让丈夫带到盐池去。丈夫吃了连连夸奖好吃,可是几天下来，丈夫发现这好吃的东西却不经饿呀。

一时间东亮也想不出好办法来，有一天，东亮跟丈夫去盐池，看见一个赶车驮盐的车夫正在喂牲口。她仔细一看，那牲口吃的竟是豌豆。出于好奇，她去问车夫，为什么喂豌豆。车夫告诉她，这牲口吃了豌豆劲大，再高的坡都能爬上去。回后，东亮买了一些豌豆，将豌豆煮熟去皮仍像用绿豆掺柿饼的办法炮制好，让丈夫李壮带到盐池去吃。

没想到，丈夫回来后就对她讲，今天你用什么好东西做的点心，不但好吃，而且耐饱，干起活儿力气增强了不少，妻子说不好意思说，李壮说有什么不好意思，就实话实说，妻子就说用豌豆。李壮不由说了声："嗨，原来是这么回事。"一个月过去了，盐工们发现李壮干活不累，都觉得奇怪，这家伙吃了什么好东西这么劲大，就问他，豪爽的李壮亮出用豌豆做成的东西让大家分享，果然大家力气猛增，铲盐速度加快了不少，大家都问李壮，这好东西是什么做的，李壮就一五一十把妻子怎样去做告诉大家，有个上年纪的老盐工说干脆把好东西叫作"东亮糕"吧，也有的说叫"绿豆糕""李壮糕""豌豆糕""盐工糕"的，七嘴八舌。后来，绿豆糕就成了盐工的专用食品，慢慢地越传越远，直到成了现在的一道名吃。

开花馍

开花馍，又名笼饼、白银如意，典出朱元璋在山西逃荒时的故事。《随园食单》中有"千层馒头"；《清稗类钞》中有"山药馒头，荞麦馒头"；《晋书·何曾传》中有："蒸饼上不坼作十字不食。"宋代高承《事物纪原》中有："秦汉逮今，世所食，初有饼、胡饼、蒸饼、汤饼之四品。惟蒸饼至晋何曾所食，非作十字坼，则不下箸，方一见于此。以是推之，当出自于汉、魏以来也。"因此可看出，馒头的种类很多，何曾所说的"不坼作十字不食"，意思就是"不开花者不食"，指的就是开花馒头。早在汉魏时，山西就已经有了开花馒头。

明太祖朱元璋小时候家境贫寒，跟随母亲从安徽逃荒来到山西长子县慈林山地带。他在人们称之为"白眼狼"的白员外家当仆役时，经常帮厨房马师傅之女马秀英烧火打杂。时间长了，俩人相互有了好感，马秀英还时常偷偷地取点好吃的给朱元璋。朱元璋最喜欢吃的就是那个开花馍。后来朱元璋约马秀英一同参加了郭子兴的部队，马秀英成了一名随军炊厨，朱元璋成了一名能征善战的勇士。每当朱元璋打胜仗回来，马秀英就亲自蒸上开花馍慰劳朱元璋。经过多年征战，朱元璋统一天下后，大宴群臣，曾下旨让御膳房做开花馍，但是厨师们却都不会做，被朱元璋臭骂了一顿。无奈只得请出娘娘马秀英指教，朱元璋才吃到了可口的开花馍。朱元璋之子朱模在潞州皇城居住时，也喜欢吃开花馍。不过那个时候的开花馍可不是今天用精面粉做的，而是用白玉茭面做的，当时潞州民间百姓也称之为"点心"，因为蒸出的开花馍顶部要用红色素点一红点，故为点心。中华人民共和国成立后长治地区因为白玉茭产量低，逐步被淘汰，所以蒸开花馍用精致的上白面粉代替了白玉茭面。蒸开花馍技术性较高，如果选不好料，硬度不到，火力不达，蒸出的蒸馍开不了花，则为失败，开花者才为成功。要成功，必须是水少、酵少、干粉多、白糖多、坯面硬、火力大，蒸出的馍才开花。

砍三刀

砍三刀，是始创于襄垣的风味食品，因炸制时，为使麻油渗入其中，要在上面砍三刀，故称"砍三刀"。又因其吃起来油香四溢，故又称"油布袋"。这种油炸食品中的冷门面食，后来流传于山西太行山区、五台山以及河北的平山、井陉一带，至今已有三百多年的历史。

在周朝的时候，有一天，周文王正在吃饭，有人来报密须国无

故攻打阮国。当时,周文王吃的正是这种黍米面团子,文王一怒拔出佩剑在面团上砍了一刀,立刻整军经武,出兵阻挡,巩固了阮国和周国的国防,保护了人民安居乐业的福祉。无独有偶,一日周武王在吃饭,有人来报殷纣王杀了自己的哥哥伯邑考,并剁成肉泥蒸成馒头强逼囚在狱中的父王吃,也挥剑砍在吃的黍米面上,决定出兵攻打殷纣王。周文王和儿子周武王分别一怒各砍一刀,使得天下人民得到了安定,后人为了追念他们父子砍两刀的功绩,并希望再有一个圣贤明君也能再砍一刀,让天下人民永享太平,故而将这种油炸黍米团子叫成"砍三刀"。

岚县圪坨

岚县圪坨,又名圪坨、圪窝、圪垴、圪垛、麻食、猫耳朵,是古城岚州特有的一种风味小吃,因汤浓面筋、形制独特而极受岚县人民的喜爱。现在圪坨汤的身价已倍增,成为岚县人逢年过节、红白大事、招待亲友、抚养病人、女人坐月子的必备佳品,是将山西面食文化向精细发展的最具代表性的风味美食。

很早以前,圪坨村有一户人家,媳妇叫巧巧,精明能干,遇事爱动脑子。巧巧的婆婆是个又凶又恶的人,人称恶老婆。恶老婆对巧巧总是事事为难,不论做什么,总要说三道四地数说个没完。尽管如此,巧巧对婆婆仍很孝顺。

有一回,恶老婆生闲气得了肚痛病。一天,她在找医生看病前对巧巧说:"你中午给我做一顿从来没吃过的改样饭。"巧巧小心地服侍婆婆走后,心里却发了愁,她想:吃莜面,婆婆肚子不好;吃白面,又没啦个新花样,怎么办呢?正在巧巧发愁的时候,院里的黑狗突然把门掀开,巧巧一看,门转芯已被狗掀得脱了窝。这一下启发了她,巧巧赶紧和起面,拿起筷子,在手心里试着空捻了几下,觉得很顺手。她把和好的面,切成小指头大小的小块块,一块块地捻起来。烩好菜,男人回来了,巧巧让男人拉风箱烧火,自己煮圪坨。

男人从来没有见过这样的饭,端起来就吃,边吃边夸:"真好吃,你真会做,这是怎么做的?"巧巧把刚才狗掀门、门转芯脱窝点醒了她,才做得忔坨一事说了。这时婆婆也回来了,巧巧把饭端到婆婆手里,婆婆板着脸吃起来。吃着吃着,婆婆的脸慢慢地由阴转晴,破例地笑着说了句:"好吃,好吃。"

从此以后,巧巧每天给婆婆捻忔坨,今天配羊肉,明天加蘑菇,忔坨越做越精,越做味道越香,婆婆的胃病也治好了。以后婆婆再也没有刁难巧巧的生活。后来,巧巧把这"忔坨汤"治病的方法教给了大家。从那时起人们就学会了做忔坨汤。

还有个故事,说唐代尉迟恭被贬岚州牧马时就十分喜食忔坨汤,他每天背石垒石塔回家后,总要吃一顿忔坨汤。传说,岚县忔坨最早来源北魏尔朱荣氏,尔朱荣氏平定六镇叛乱后,把女儿嫁给魏孝庄帝,不过他还不满足于当太师,总是妄想着君临天下,只是苦于找不到恰当的借口,民间流传农历二月二龙抬头,尔朱荣心生一计,遂令秀容城家家户户将面制成龙眼状,暗含"真龙天子,龙眼大开"。此后,忔坨一直流传至今,成为招待亲友来宾的首选。

灵丘熏鸡

灵丘熏鸡,灵丘传统特色名菜,被称为山西"四大名熏"(熏鸡、熏肉、熏醋、熏鸽)之一,已有二百九十多年的历史。特点是造型美观,色泽金黄,味香鲜嫩,酥烂爽口。

清朝雍正年间,朝廷派一位官吏到灵丘县做官,由厨师李进才、李有才兄弟二人服侍,兄弟俩最拿手的就是制作熏鸡。后来这位官吏告老还乡后,李氏兄弟就在灵丘县城里住了下来,他们开了一家饭馆,专制熏鸡出售。饭馆以后又传给了李玉成。到了清朝末年,李玉成之子李运继承了父亲的传统技艺,在吸收前人经验的同时,自己又苦心研究,摸索出一套独特的制作工艺,使他的熏鸡制作技艺达到了炉火纯青的地步。由于他在烹制加工时又加入了多种中药，所以这种熏鸡具有益脾健胃、补虚理气、消食健脾、固精养神的效用，很受百姓的欢迎。

灵石骨累

灵石骨累，是最具代表性的灵石风味食品之一，酥软可口，营养丰富，是广受人们赞誉的美味佳肴。骨累，过去是用红面、杂面、玉米面等粗粉制成，现在大都用白面或少兑一点玉米面或米面而制作，有菜骨累、肉骨累之分。菜骨累较为普遍，品种也较多，有洋槐花、榆钱钱、扫帚苗、苣荬等野菜骨累，也有山药蛋、茴子白、红白萝卜、豆角、白菜、小葱、酸菜等蔬菜骨累，所用菜种不同，其口味也各不相同。肉骨累的制作与菜骨累稍有差别，先把猪肉切成黄豆大的小丁，用鸡蛋粉面搅拌后下油锅炸，炸出的肉丁再用白面筛裹后上笼蒸，蒸熟再加葱蒜佐料用油炒出，便成香味四溢、引人垂涎欲滴的佳食。

清光绪二十六年（1900年）十一月初六日，慈禧与光绪皇帝西行西安路经灵石，在两渡官宦世家何府，吃到骨累与和和饭时，胃口大开，赞不绝口。临行时叮嘱李莲英，记下用料和全部制作过程带回宫内。相传慈禧返回京城后，便经常让厨师给她做灵石骨累与和和饭吃。从此，慈禧喜欢吃灵石骨累、和和饭的趣闻，便在民间广为流传。

柳林碗秃

柳林碗秃，又名柳林碗脱、柳林碗团，吕梁地区的特色小吃，以香辣著称，极富个性。碗秃流传于离石、临县、中阳、柳林等地，但以柳林为正宗。碗秃，又名碗脱、碗团，在柳林方言中，"团""脱""秃"音相似，故有多名，但人们大多喜欢碗团这个名字，用圆圆的碗蒸出圆圆的碗团，象征团团圆圆。柳林碗秃的三个叫法，都是形象命名法。"碗脱"是蒸熟晾凉从碗里"脱"下时的形象叫法,是动词法。"碗团"是古法熬制时将熬熟的面糊舀进碗内时成团状的称谓,是形容法。"碗秃"则是蒸熟晾凉取下后有光滑锃亮的效果,像秃顶一样,是比喻法。三个名字,各有风采。碗秃是柳林人喜爱的典型面食之一。柳林碗秃,与徐沟灌肠、平遥碗脱、保德碗坨蒸制法基本相同,风味的不同是因面的不同和蘸料的不同而不同。区别在蘸料上,徐沟灌肠浇的是卤汁,保德碗坨浇的是蒜泥汁。与平遥碗脱的不同在于用面。平遥碗脱是用白面蒸制,另有风味。柳林碗秃也用蒸制法,在荞麦面里放入适量的盐和姜粉,用凉水先和成硬面团,然后逐渐加入凉水,揉搓面团,使其稀释,变成稠糊浆。面糊调好后,舀进碗里即可上锅蒸制。蒸碗秃用的碗以浅底的小碗为宜,面糊入碗前,先将碗蒸热,用湿布擦去水汽,每碗只盛八成满,以武火蒸20分钟即熟。蒸熟下笼后,用筷子朝一个方向飞速搅动,并使其摊贴至碗口边沿,使碗内面糊成凹状。搅完置阴凉处冷却即成碗秃。碗秃的另一种做法是熬煮法,比较原始,是把熬煮熟的荞面糊糊舀在碗内,晾凉即成。蒸法是"进化"了的做法,适合批量生产。碗秃的食法不仅可以凉食,也可热食。凉食时切条、割块、就碗、扎食不拘。吃时调蒜泥汁、陈醋、香油配姜末,当然辣椒是少不了的。柳林碗秃所配的辣椒很有讲究,是把麻油烧热后,放入葱花少许,待葱花炸至发黄时,倒入辣椒面翻炒至深红色。辣椒要用头茬椒,头茬椒肉厚,辣味纯正,香辣无比。

西晋初年,匈奴人内迁,但遭到统治者的残酷剥削和压迫,西晋统治者不但要他们纳税,而且强迫他们当兵,甚至将他们掠夺为奴婢。不少人陷于破产的境地,沦为流民,不得已奋起抗争。眼看西晋统治摇摇欲坠,匈奴贵族刘渊,利用各族人民对西晋的怨恨,打起了反晋旗号,顺应民心,从离石派大将石勒统领三军发兵进攻西晋都城洛阳,营地扎在柳林三郎堡。由于石勒当过农民,曾被西晋官僚司马腾作为奴隶出卖,参加过农民起义,因此对下层人民十分了解同情。石勒来柳林后,治军严谨,士兵秋毫无犯,深受当地群众的欢迎。由于当时战乱频繁,加上自然灾害严重,当地群众苦不堪言,石勒的军粮也眼看着成了大问题。石勒派出军士四出购买军粮,但购得数量甚小,也只不过是些荞麦。以前军士吃饭干稀配合,因军粮紧缺,就把干饭改稀饭,把荞麦磨碎后熬粥喝。一次几个军士外出,误了饭时,回来后,荞面粥已凝结成块,用手压压,干硬干硬的,几个士兵就把碗内的凉荞面块用手扒了下来抓而食之,吃起来坚韧韧的。于是,有个士兵提议切块吃,他们就把荞面块切成条,随便洒了些盐,大吃起来,感觉不错,他们又把切成长条的荞面撒了一些调料,并调以枣醋、蒜泥,给石勒端去。石勒吃后,大加赞赏,并让厨房试做。次日厨房做好,让军上饱餐一顿,军士吃后精神大振。当地百姓闻讯后,去军营观看,军士就让百姓尝新。百姓尝后,甚感新奇,就模仿着去做,从此就传开了。

六味斋酱肉

六味斋酱肉,三晋名吃,创始于清朝乾隆三年(1738年),曾作为皇宫贡品享誉京师。特点是肥而不腻,瘦而不柴,色泽鲜亮,味道甘美。

六味斋酱肉起源于清朝乾隆年间的北京城。当时,一个山东人和一个山西人上京赶考,结果名落孙山,盘缠也已用得差不多了,于是二人合计做买卖,就在西单牌楼附近开设了一家熟肉店。此店由于味好量足,买卖越做越红火。一天夜里,两人边守灶煮肉,边喝酒聊天,由于生意好,两人高兴,就多喝了点,不知不觉竟睡着了。当他们醒来时,肉已塌烂锅中,起出锅来,肉已软烂如泥,看着已成了"汁"的肉汤,他们想了一个办法,将"肉汁"涂到肉上,然后绷好放到盘子里放凉后出售。人们吃后,反觉得肉味更加鲜美,从此,一传十,十传百,购买者越来越多,生意更加兴隆。两位掌柜就把这种煮肉的方法固定下来,酱肉由此而来。有一天,一位刑部大官路经此地,远远地就被一股飘香的肉味吸引了,走进店铺后,觉得店铺的酱肉色、香、味极美,就买了一块带回家。回家吃了以后,觉得香嫩熟烂,肥而不腻,瘦而不柴,不由得大呼"过瘾"。后来,酱肘子之名传到宫里,得到了乾隆皇帝的赞赏。到慈禧太后时,这位"老佛爷"为能经常吃到鲜美的酱肘子,赐给送肘人腰牌一块,作为进宫的通行证,酱肘子遂成为皇宫御用食品。从此,身价倍增。

六味斋酱肉之所以美味独存,就在于它自开宗立派到如今的二百八十余年来,一直保持着独有的以手工技艺为基础的加工方法。从选料、分割,到加入多种药材和调味料,六味斋酱肉制品经卤制、酱制、刷酱而成。装锅时,层次、顺序都有严格要求;煮制时,武火、文火要把握适度,要"一闻二看三摸四听":一闻肉的气味,二看肉的色泽,三摸肉的软硬,四听汤的浓度。因为煮制过程中严禁掀锅盖,所以要"听汤"。酱汁是卤制酱肉的老汤经滤渣熬制而成,不添加任何添加剂和人工合成制剂。刷酱是六味斋酱肉加工所独有的特制工艺,刷酱是为了保护肉皮,使外形美观,还可以改善口感。

龙凤面

龙凤面,又名翠翠面、染亲面,典出运城市永济,至今已近四百年的历史。特点是半白半绿,白中透绿,绿中显白,香嫩适口,风味独特。吃龙凤面有三忌,一是忌放醋。山西人唯有吃此面不放醋。据说吃龙凤面是祝贺青年男女恩爱幸福,不放醋是祝愿新人之间忠诚相爱,不生醋意。二是忌放姜。"姜"与"僵"谐音,意为祝愿新婚夫妇百年好合,永不闹僵。三是忌放蒜。意为祝愿新人永远相亲相爱,白头偕老,彼此间不许计较和算账。

龙凤面起源于明朝天启年间,当时陕西大旱,饥民流离失所,熹宗朱由校于天启四年(1624年)为了解大西北连年旱情,微服出访各地。皇上路过山西永济县境内的西峨眉岭,在牛家坟小住。

村姑敬献"翠翠面"两碗，皇上吃后大加赞赏。后来朱由校回京，命人专程去接村姑，册封为贵妃娘娘，并封永济"翠翠面"为"龙凤面"。从此，"龙凤面"美名天下扬。当地人为女儿定亲的大喜日子，有亲朋好友来吃"龙凤面"的风俗，以示龙凤呈祥，吉祥如意，大吉大利。

还有一种说法，说是明朝天启四年（1624年），熹宗皇帝微服私访，经潼关合阳渡河回京，在黄河东岸吴王渡登岸，主仆二人行至中午，饥肠辘辘，便走进一户人家。这户人家只有母女二人，已做好"染亲面"，见有客人，母亲吩咐女儿将面端上。熹宗皇帝见姑娘把白面和绿面压在一块儿而成的双层面条煞是新鲜，又见姑娘容貌姣美，就和姑娘攀谈起来，想选为宫妃。其母听到，便责怪熹宗轻薄，熹宗无奈只好实言，以金印为证，当即封姑娘为贵妃。从此，"染亲面"就改为"龙凤面"，成为宫廷食品。这段佳话流传至今，当地仍有把吃不吃"龙凤面"作为青年男女是否允婚的风俗。

龙须拉面

龙须拉面，又名甩面、扯面、抻面，有大拉面、小拉面、龙须面、空心面之分，典出太原，是我国北方传统风味筵席面点品种之一，至今已有一千三百多年的历史。由于抻面时的姿势动作劲疾而又潇洒，有气壮山河之概，抻出的面细如发丝，犹如交织在一起的龙须，入口香软可口，故名龙须面。传说"龙须"是古代皇帝赐名，可能因为这种拉面细如须发、不绝如缕的原因。

龙须拉面的源头始于唐朝的小拉面。《新唐书·王皇后传》记有唐玄宗王皇后说"陛下独不念阿忠脱紫半臂易斗面，为生日汤饼耶"。这种生日汤饼，已可"举箸食"（刘禹锡《赠进士张盥》），是和软面团，用刀切条，将条拉细、拉长后落锅煮熟食用，民间至今保留此法，称之为小拉面。王皇后为李隆基做生日汤饼的故事，发生在李隆基任潞州别驾的时候，可见唐代至少太原、长治等山

西地区已将小拉面作为生日长寿面而制作和食用了。后来,这一拉面技艺随着太原玄中寺的净土宗东传日本,形成日本拉面技术的基础。到了宋代,赵光义铲平晋阳东北系舟山,意欲拔掉"龙角"。第二年太原百姓将二月初的中和节改为"龙头节",并固定在二月初二以作纪念。此日,百姓多吃拉面,意思是你拔我"龙角",我挑你"龙筋"、吃你"龙须",以示愤恨。自此,拉面又被称为龙须面。黄庭坚曾作诗"汤饼一杯银丝乱,牵丝如缕玉簪横"。元代时,马可·波罗三访太原,将这种拉面技术带回意大利,形成影响西方面食技术和饮食文化的意大利通心粉面食。

小拉面何时发展成大把拉面,暂不可考,但明人宋诩《宋氏养生部》记载:"用少盐入水和面,一斤为率。既匀,沃香油少许……渐以两手缠络于直指、将指、无名指之间,为细条,先作沸汤,随拉随煮。"可见山西明代时已有大拉面制作技术。清道光年间,山西稷山县马金定兄弟,千里迢迢去陕西岐山做挂面生意,字号"顺天成",直到今天,岐山挂面还沿用这个老字号。这种挂面起初就是将面拉好后,挂在线上晒干销售,是面作为半成品销售的典范。

清朝末年,拉面已成为山、陕面食制作的成熟技术。清末薛宝展著的《素食说略》中说,在山、陕流行一种"桢条面":"以水和面、入盐、清油揉匀,覆以湿布,俟其软和,扯开细煮之,名为桢条面。做法以山西太原、平定州、陕西朝邑、同州为最。"这种桢面条,即山西拉面,也称龙须面,在清代还进入宫廷。《清稗类钞》《中国历代御膳大观》中记载,内廷大宴之一、清朝帝王的寿诞宴——万寿宴,以及满汉全席第一宴的蒙古亲藩宴,都以龙须面作为御宴的重要膳食。

潞城甩饼

潞城甩饼,又名驴油甩饼,典出潞城,是上党地区独有的一种民间小吃。

故事发生在唐明皇李隆基任潞州别驾的时候。有一次他微服私访至潞城县南门口,突然下起了大雨,主仆二人走进城南一家拉面火烧铺落脚用膳,想借打尖避雨,吃上碗拉面。结果店伙计秦亨早晨和面时放多了水,晃条时面提不住,不小心又把面团掉进了油盆里,拉面是吃不成了。店主董芳不想失去生意,灵机一动,就与客人商量说:"今日没有拉面,吃饼可否?"客人饥肠辘辘,只好同意。只见董芳把掉到油盆里的面团赶紧拿出来,放在案板上擀成圆饼,撒上椒盐面,两边一叠盘成圆形用擀面杖擀饼。由于和面时伤了水,在擀饼片时,面团有收缩性,所以董芳就擀一擀,甩一甩,待饼片甩得厚薄均匀立刻放在打火烧的鏊上烙制。但饼片一上热鏊,因皮薄表层立即鼓了起来,他急中生智,用手指将鼓的地方捅了一个窟窿,顿时洞开气跑,而董芳的手指也烫疼了,不由得在葱花盆里蘸了一下,手上带出了葱花,他随手把葱花甩在饼上,翻了个盖即刻端给客人吃。李隆基边吃边问:"这叫什么饼啊?又薄又软,又焦又香,挺好吃的。"董芳一时语塞,支支吾吾答不上来。李隆基就说:"我看你的饼是甩圆的,就叫'甩饼'吧。"后来李隆基做了皇帝来潞州视察,府衙设宴招待他,李隆基一看没有"甩饼",就派府衙快马到潞城城南饭店取来甩饼助兴。这时经营甩饼的董芳才知道,前几年第一次吃甩饼的客人原来是唐明皇。于是他就写了一块"甩饼店"的招牌挂在店门外。人们一传十,十传百,到"甩饼店"吃皇帝吃过的"甩饼"的人越来越多,后来甩饼卷入腊驴肉,称为驴肉甩饼,深受百姓喜爱。民谚有"要想真解馋,咱到甩饼摊,饱饱吃一顿,如同小过年"。

吕梁油锄片

吕梁油锄片,又名杂酥烙饼、临县饼子、锄片、锄片饼,临县四大名吃(另三种是辣油碗脱、临县大烩菜、三交火烧)之一。它的起源最早可追溯到清朝道光年间,是一种看其形听其名全是出自民

间的特色食品。因其油饼样子酷似农民锄地用的铁锄片,呈半圆形,故名锄片饼。吃起来"里酥外脆,黄呈两面,油而不腻,形似锄片"。距今已有一百八十年的历史。

清朝道光二十一年(1841年),江苏省甘泉进士黄廷范莅临临县任知县,来时还带有一本清代大诗人袁枚的《随园食谱》。上任后,吃了几次临县的发面饼子"国图",认为有必要对它进行改造,遂邀请临县知名厨师汇聚县衙,让厨师们模仿《随园食谱》中的烧饼制法对"国图"进行改造。《随园食谱》中的烧饼制法以香甜两面黄、外扣芝麻内插酥为特点。知县要求既师承江南古法,又掺进北方风味。众厨师听完知县的要求后,都面有难色。一位姓周的老厨师细细思量,慢慢琢磨,终于想出了办法。他说:咱们临县的香草莫过于磨合,油香莫过于黄芥,以禾油擦酥再加磨合少许,清香美味,油而不腻。临县世代以农为本,咱将"国图"一切两半,形似耕作之锄,再将饼子的两面烤黄,象征黄土,风味独特,既有地方特色,又兼有江苏"两面黄""内插酥"的特点。众厨师听后无不拍手称好,黄知县也频频点头,并让周厨师带领众厨创制此饼。周厨师与众厨师精心配合,经过数十次的试制,新型油饼问世了。黄知县吃后,连连称赞,一看油饼的形状,随口说:"此饼就叫'油锄片'吧。"城内百姓得知周厨师创制出油锄片的消息后,奔走相告,纷纷前来索购,一时传为美谈。此后,饼铺看到油锄片如此诱人,就纷纷学习仿制,一直流传至今。

孟封饼

孟封饼,又名锅块,典出《清徐县志》:"清徐有孟封饼,食之香、酥、甜、软,被人们称为饼中佳肴。"名声远扬京都,驰名三晋,特点是色泽金红,口感绵甜,冷热皆宜。孟封饼创制于清朝光绪十年(1884年),距今已有一百三十多年的历史。

当时,孟封镇里旺村有一家姓冯的财主,雇用孟封村厨艺颇佳的厨师赵晋山给他家做饭。当年腊月,冯财主提出要求:月内饭食要顿顿变样,每天不吃重样饭。赵晋山尽管手艺高,但几十天来也是技穷艺尽。有一天,赵晋山在厨房正苦思冥想着变什么花样,不慎碰翻了面案旁的油篓,着急之下赶忙把油收到面缸中,又怕财主责怪,就把面也倒进面缸中,加糖后揉面准备制饼,不料油太多面太稀,无法成饼状,赵厨师急得满头大汗,只好勉强用铲子铲块放在鏊上,再扣上扣锅烤熟。恰巧财主来厨房察看,一见是几块做成的疙瘩,很是生气,瞪着眼问:"做的这是甚?"赵厨师急中生智地说:"这是为您特制的锅块,好吃极了,您先尝尝。"财主一尝,又酥又脆,又甜又香,十分可口,马上转怒为喜,要求继续烤制。这就是孟封饼制作的开始。

赵晋山从此因祸得福,回到孟封后反复试验,确定最佳配方为四油四糖,即一斤面配四两油四两糖,这样烧出的锅块色、香、味皆佳。后来赵晋山向鹅池村的王富长借钱二百元,开设了"昌发祥"饼铺,主要经营孟封饼,当时叫"孟封锅块"。由于风味别具,芳香可口,在当时可称得上非常高档的食品,故而来往客商必携带而去,为称呼顺口简单,又因是在孟封买的,所以就把它叫成"孟封饼"了。

光绪二十六年(1900年)时,慈禧太后逃难路经徐沟,吃的就是风味独特、香酥甜美的孟封锅块。年长日久,人们为称呼顺口方便,就渐渐叫成"孟封饼",而不叫锅块了。

孟门熬

孟门熬,又名"豆腐熬饼子",孟门古镇传统小吃,是明朝末年李自成起义时孟门人为纪念灵显将军的"救命汤"。为了纪念灵显将军的恩德,孟门人民在黄河岸边盖起灵显将军庙,并持"熬"与香火上供。孟门熬也就由昔日的"救命汤"进化为今日的待客佳品。

那是明朝末年的时候,陕北李自成揭竿起义,而孟门距李自成

的老家陕西米脂只有百十里,消息传来,孟门的很多人们也纷纷投到李闯王帐下。他们强悍矫健,勇猛异常,能征惯战,杀得明军闻风丧胆。战报传到京城,崇祯帝龙颜大怒,视定胡(定胡,郡县名,在今柳林孟门,金代撤县,因此明代仍惯称其为"定胡")为"闯贼窝",于是钦命一名武将带兵剿灭。将军率领军队到达孟门后,发现身强力壮的人都已投奔了闯王,村庄里十室九空,不但找不到人,连可以吃的东西都找不到,人们把各种粮食都制成面粉,煎成饼,随身做了干粮。后来搜到一些妇孺老叟,人们跪地求饶,恳请灵显将军宽恕这方人,头都磕出了血。人们又用豆粉汤熬煎饼为官兵煮饭吃,没有蔬菜,就加点鲜芫荽当菜。一边看着老百姓孤苦伶仃的样子,一边看着兵士们狼吞虎咽的样子,这位将军动了恻隐之心。他思前想后,给崇祯帝写了一道奏章,其中对孟门人大加褒扬,尤其借豆汤熬饼子一事,在"熬"字上大做文章,苦谏朝廷赦免这方人之"罪"。这位将军把奏章托付给副将之后,就拔剑自刎,以一人之命赎救了孟门百姓。后来,副将带着这位将军的首级和奏章回朝交旨,从此朝廷再没派人来此剿杀百姓。为了纪念这位将军的大恩大德,孟门人民在黄河岸边的前冯家沟村盖起一座祠庙,尊奉其为"灵显将军",庙名"将军庙"。孟门百姓经常将"熬"与香火供于此。

面麻片

面麻片,典出忻州市代县,当时,主营"代州麻片"的商铺除江苏斋外,还有聚星瑞、兴盛斋、富成斋、天兴昌、巨盛斋、福盛魁、同兴隆、广兴德等十多家,因此有"十里香麻片一条街"的说法,生产规模之大实为罕见。

明清时期,代州城一派繁荣景象,店铺鳞次栉比,商贾南来北往,车水马龙,非常热闹。在城中央高高的鼓楼下,有一家糕点铺,字号"江苏斋",店主是一位年轻英俊的江苏籍后生。他为人厚道,没有奸商习气。有那么一天，一阵清风从鼓楼门洞吹过，点点芝麻飘落在正要烤制的糕点上。店主抬头一瞧，一位仙女般的小姐，从眼前飘然而过，但是，她却在店门前留下一只精致玲珑的竹篮。这店主忙捡起来一看，篮中盛满了芝麻，中间夹着一份函笺，他展开函笺一瞧，原来画着麻片的制作图形、工艺流程和配料的方剂。聪明的店主"照葫芦画瓢"，果然烤制出色、形、味俱佳的代州麻片。于是后人尊称这位给人送来美食的小姐为"麻片仙子"。其实真正的麻片仙子应该是勤劳智慧、默默劳作的人民群众，那段传说中的"仙子"是他们的化身。据史料载，在明清时代，代县麻片便以片薄、质脆、香甜可口的特点驰誉全国。当时各地虽有制作，但厚度、脆酥、口感等方面是难与代县麻片媲美的。

娘娘爱

娘娘爱，又名"莲蓬砂锅鸡"，由童子鸡、草鱼等主料烹制而成，典出慈禧太后在山西的故事。特点是肉嫩汤鲜，营养丰富。

清朝光绪二十六年（1900年），八国联军占领了北京城，慈禧太后与光绪皇帝连夜出逃西安。当他们行至曲沃县史村时，饥饿难当，慈禧太后便提出要吃当地的小吃。随行人员当即征调当地厨师为太后做吃的。不一会儿，有人上前禀报说，此地有位颇有名望的中年妇女，是个尽人皆知的大好人，她心地善良，乐于助人，常为周围的乡亲们办好事，当地人都尊敬地称她为"娘娘"。听说慈禧路过此地，并要吃当地的小吃时，"娘娘"便吩咐厨师将自己最爱吃的"莲蓬砂锅鸡"献给皇太后。慈禧吃了她送来的鸡，非常满意，又听了这位乡间妇女的事迹，太后更是感动不已，临上路时送了"娘娘"一些银两。"娘娘"便将这些银两一部分给厨师，另一部分分给了当地的穷人，并为大家修桥补路，为老人治病，办了许多有益的事，而她自己一文钱也没有留下。后来，人们为纪念和颂扬"娘娘"的功德和人品，将"莲蓬砂锅鸡"这道菜改名为"娘娘爱"。

如今,娘娘已难寻芳踪,但这道"娘娘爱"给人留下的美好传说和美妙味道,已经足够让世人感恩这位"娘娘"了。

牛腰饼

牛腰饼,典出应县、平遥,一种传统油炸面食。两地牛腰饼名同、味近、形似,堪称山西面食双骄,而且是各有特点,有口皆碑,久负盛名。特点是成品呈咖啡色,松软甜润,食之不腻,越嚼越香。

清朝中期的时候,应县城内有一个叫于义的饭店掌柜,他自开张以来生意就很不景气,因此心里非常着急。一天他做面饼时,由于心不在焉,竟然不慎把半碗糖稀稀碰翻在面案上,无奈之中,他就把小麦面粉撒在糖稀上,然后和成面团,但和起来,无法蒸,也不好烤。他便试着把面团捏成一个一个像"牛腰子"一样的小饼,放入炸麻花的油锅里炸制,然后捞出来尝了尝,感到味道甜润,越嚼越香,别有一番风味。而且这东西不细看还真会把它当作牛腰子呢,颜色很像煮熟的牛腰子。于是他又如法炮制,在饭铺外面让过路人免费品尝,招徕生意,结果人们品尝后都异口同声地叫好,有的还说不是牛腰子却比牛腰子好吃。自此,于义就专门做起了这种食品,他的饭铺也就因此兴旺起来。

光绪二十六年(1900年)农历八月,应州知府得知光绪皇帝和慈禧太后住在怀仁城里,应县衙门特地把于义的牛腰饼带上,打轿到怀仁城里晋见太后和皇上。当他把盛牛腰饼的饭盒打开后,老佛爷还当真以为是牛腰子。等听完了应州衙门的奏报后,太后喜笑颜开地品尝了一个,这才知道味道甜润的牛腰饼原来是这么一回事。不由得啧啧称赞。民国初年,制作牛腰饼的技艺又传到了内蒙古、河北等省区和山西太原等地,代代相传至今。

沤酸菜

沤酸菜，就是酸菜，霍州人称为沤酸菜。它是在每年霜降前后，将盖菜、大头菜或胡萝卜等冬季菜洗净，擦成细丝，掺入切碎的菜叶，搅拌均匀纳入菜缸，捣实，用石块紧压，再加入洁净的冷水，加盖，让其发酵发酸，约半个月后即可食用。酸菜清淡脆香，老幼喜爱。酸菜炒豆腐，清淡可口，连皇家都喜欢食用。

相传，光绪二十六年（1900年）10月慈禧太后出逃西安，路经霍州时，知州李崇洸在州府公馆设宴招待。当"八珍""八烤""八汤"等佳肴摆上后，慈禧太后连筷子都没有动一下，便问知州李崇洸说："你们霍州有啥好吃的？"李崇洸立即让厨师杨再福制作拿手好菜。杨再福左思右想，也没有好的想法，情急之下，无可奈何地将存放了几天的沤酸菜拿出来，又取一块豆腐，南瓜拿来以其瓢为原料，加上蜂蜜、白糖，独出心裁地精心烹制出了一道酸菜炒豆腐。慈禧太后食用后，顿时感觉到神清气爽，拍手叫绝。慈禧太后接着又夹着品食，连连称赞说："这道菜极好！"命太监李莲英取银百两，赏给厨师杨再福。由于慈禧太后平日食用美味佳肴，对肥肉荤腥十分厌嫌，食用酸菜炒豆腐，清淡爽口，化腻去膻，消食开胃，食欲大增。由此，这个平民百姓食用的家常菜，一时名声大振，一跃登上了大雅之堂，成了招待贵宾不可缺少的佳肴。

漂抿曲

漂抿曲，又名小河捞，典出明末清初傅山《小河捞记》，是古州平定古老而典型的风味面食。漂抿曲既可作主食，亦可做汤面，既见于宴席，也是家庭常食。其主料为绿豆粉和白面，以八比二的比例配制而成。制作时双合面配好拌匀后，用冷水搅和，再经特制的抿曲床压制。抿曲压到沸水中立即漂起来，一根根清清爽爽，互不粘连却绕成一团。少时即熟，先把滚开的煮汤舀到已经下好佐料的碗里，再把熟抿曲捞进碗里，抿曲漂在碗里的面汤上了，所以才有了"漂抿曲"这一名称。俗话说"漂抿曲吃汤"，漂抿曲最讲究的是一碗鲜汤的调制，抿曲味道好不好，能否在碗里漂起来，这汤的制作最要紧。鲜汤的制作最见厨师的功力，葱丝、姜末、香菜、酱油、陈醋、胡椒粉、食盐、香油等各种调味品的比例在厨师的手下拿捏得恰到好处，抿曲捞进碗里，一瓢滚热的原汤趁势浇进去，抿曲就像在锅里时一样漂起来，绿色的芫荽和葱花从抿曲的边沿浮出来，衬托着泛绿的抿曲，看着都赏心悦目。明末清初的学界泰斗傅山先生曾在《小河捞记》中对漂抿曲大加赞赏。傅山先生曾发明了养生水和面代替普通的水和面，如：春用枸杞、桑葚之水，夏为黄耆、薏仁之水，秋用山药、百合之水，冬为地黄、当归之水，养生则用米脯之水，间或连翘、双花、公英、炭白芨等之水。由此形成了漂抿曲之博奥："贵在丝，精在飘，味在汤，养在面，左右相承，合四时生生不息。"漂抿曲以绿豆粉为主要原料，李时珍《本草纲目》中称绿豆为"食中要物，菜中佳品"，有清热解毒、明目降压之功效，加之傅山养生之水，豆面漂抿曲便成了一种养生美食。

平定"龙筋"黄瓜干

"龙筋"黄瓜干，平定县的传统名产，主产于后沟、河头两村，明代洪武年间（1368—1398年）开始生产，清朝时乾隆皇帝亲笔御批为"龙筋"，被指定为进献皇宫的贡品。这种黄瓜干，皮肉均翠绿可爱，表面光洁、无皱，食时清脆味甜、外韧内脆、清香可口，以清脆、爽口、香醇味厚、食用方便而受到人们的青睐。至今已有六百多年的历史。平定的黄瓜干和砂货、铁货享誉中外，古有"黄瓜干上贡品，龙字砂锅悦帝心"的美称。

康熙四十二年（1703年），康熙西巡，住柏井驿休憩，在食用此品后，对其称赞不已，此后黄瓜干就成了进贡的产品。到乾隆年间,有人专献此品于皇帝,乾隆皇帝又亲笔御批"龙筋"二字龙票,以示"龙筋"牌黄瓜干的独特,其中还提到了种植地的专属是平定州后沟、河头两村。从此,"龙筋"牌黄瓜干真正成为平定古州的一大名品,并进入美馔佳肴"宴席四干"的行列。

钱钱饭

钱钱饭,又名碾钱钱、铜钱饭、小米钱钱饭、黑豆钱钱饭,是盂县、临县等地流行的一种地方风味小吃。特点是营养丰富,易于消化,夏有止渴消暑作用,冬有保温驱寒功效。

那还是十六国时期,石勒与牧马元帅汲桑起兵反晋,汲桑兵败被杀,石勒因为兵败后军士伤亡严重,无奈领兵投降了汉王刘渊。汉王平时得知石勒善于用兵,英勇善战,遂亲自召见,盛情款待,封石勒为安东大将。石勒受封,统领大军,转战于并冀一带,与王弥、王波形成割据势力。光初二年(319年)称王建立后赵。光初十年(327年)石勒大败刘曜,刘曜带领残兵败将逃跑,石勒率领三军奋勇直追,追到离石西北(今临县境内),在紫金山间安营扎寨。这时,临县久旱,加之兵祸连年,百姓饥寒交迫,到光初十一年(328年),远近亢旱,赤地千里,石勒军士饥肠辘辘,无以为食。有的士兵偷窃、抢掠百姓财物。石勒整饬军纪,命士兵采集榆钱饱腹。把榆钱用水淘洗干净,掺小米熬成"钱钱饭"充饥。石勒还命士兵带上"钱钱饭"赈救灾民,使当地人度过了灾荒。后来百姓为纪念石勒赈救灾民,在紫山修建崇应侯庙,亦名石勒寺,俗称浮济大王庙。每逢祭祀,总要供奉"钱钱饭"。无榆钱季节,以黑豆捣扁而代之。后逐渐流传下来,延续至今。时至今日,临县一带还流传有民谚:"捣呀捣呀捣钱钱,捣来钱钱过大年。"意思是吃了钱钱饭,预示着来年盆满钵满,财源广进,年年有余。

沁县擦蝌蚪

擦蝌蚪，又名擦尖、擦面，因用擦子擦出的面在沸腾的锅中上下翻腾，犹如蝌蚪在池中嬉戏而得名。擦蝌蚪始创于宋代，兴盛于清朝，是沁县、武乡、襄垣、榆社等地民间的一种特色面食，并在山西、内蒙古、陕西、河北一带广泛流传，被称作"民间一绝""上党名吃"。特点是制法简单，操作方便，最适合人多的时候食用。

故事发生在很早很早以前，沁县华山脚下有一大户人家，娶进一房新媳妇，过门五天要下厨房做饭，公婆为了考验一下新媳妇的做饭手艺，便对她说："今天中午全家都吃'三和面饸饹'，你给老太爷另做一碗面条，因他年近百岁，牙齿也不好，不能吃硬的、长的、宽的、大的面条。"这一下难住了新媳妇，她想，老太爷只想吃软的、小的、短的、窄的，可这样的面条母亲没有教过我，我也没有见过。就在她边走边想时，发现当院有一只大鱼缸，缸里边养着很多的小金鱼和小青蛙，还有很多很多的小蝌蚪。新媳妇看罢，灵机一动，有了办法。她进厨房和好面，取了榜床架在开水锅上，取了一块面疙瘩往锅里擦。煮熟后捞入碗里，浇点豆腐卤汁送给老太爷吃。老太爷边吃边问："这是什么饭？又小、又短、又滑、又软，不嚼而化，真好吃！"新媳妇说："叫擦蝌蚪，是专为你老人家做的。"后来老太爷三天两头要吃新媳妇做的"擦蝌蚪"。天长日久，这种蝌蚪面食传遍了上党大地，成了粗粮细做的面食精品。

沁州干馍

沁州干馍，又名沁县干馍，是沁县地方传统风味名吃，名列沁县三宝（干馍、拨面、软米糕）之首，其形状为圆形，中空有心，以其脆而不硬、柔而不韧、嚼而不腻、香而不厌的特点，深受当地人们的喜爱。因唐高祖李渊取名"沁州干馍"，定为沁州独有食中佳品而闻名。距今已有一千四百多年的历史。

　　隋朝末年杨广荒淫无道,听信谗言将大臣李渊赶出长安贬为晋阳留守。李渊带领护卫五百多人,从长安前往晋阳,途中经过沁州,遭到杨广的截击。危急中李渊发现前面有一山岭,山上树木葱茏,绿草茵茵,便和随从一起钻了进去,从山上树林望下去,看见有一个小山村,这就是沁州月岭山下的徐村。

　　这时,杨广的追兵已有半数进入徐村,将村里的男女老少赶到村中的一个场上。然后命令手下挨家挨户搜查擒拿李渊。当时,村里有位爱打抱不平的好汉,姓徐,名懋公。听得所拿之人是自己仰慕已久的李渊时,便带领着他手下的几十名弟兄从家里背了几十袋白面,背了两个大铁锅和碗筷等炊具爬上了月岭山。

　　此时,杨广的兵马仍在围困着月岭山。村里的追兵也还在搜寻李渊。而躲在山上的李渊和部属经过几天急行,加之途中时有追兵干扰,早已是人困马乏,饥肠辘辘,正在为无锅煮饭而发愁。这时只见好汉领人带物前来相助,顿时喜在心中。便命手下即刻用来人所带的铁锅煮饭。由于来得匆忙,途中又遭伏兵袭击,待要取锅煮饭时,徐懋公才发现两口铁锅都被砸破了,饭碗也成了碎片。见此情景,聪明的徐懋公略一思索,对李渊说:"将军无须着急,请稍候片刻,自有好饭可食。"说完,徐懋公便给他的弟兄们分配了任务,有的捡柴,有的垒灶,最后将破锅架在简易火灶上,又将和好的面撕成小块,再用一截削去的树杆做擀面杖。然后在面块中包点咸盐和花椒面、食油,最后把面块擀成饼状,再转一圈靠在破锅的周围。没多久,李渊及其随从就吃上了喷香脆酥的干馍饼。饱食之后,李渊连称可口好吃,脱口问徐懋公:"请问壮士,如此可口之物该如何称呼?"徐懋公笑着说:"此物并非珍贵之食,只因将军初来此地,条件又受局限,草民不得不急中生智,出此下策,实不相瞒,这名字么……要不,将军乐意的话,就叫它个'沁州干馍'吧。"李渊听罢,上下左右,仔细打量了徐懋公一番,只见他虎背熊腰,浓眉俊眼,机智灵活,心想:"好汉啊好汉,如此智勇双全,心诚意真,若收他作麾下大将,定能为我建创大业作贡献。"就这样以干馍为食,稳定军心,在徐懋公的鼎力相助下,终于摆脱了杨广的追杀。

后来,徐懋公在晋阳、河南等地扫荡群雄,为唐朝的开国皇帝李渊立下了汗马功劳,成为开唐的第一功臣。

曲沃羊汤

曲沃羊汤,又名羊杂羹,俗名羊头菜,典出《曲沃县志》。曲沃被誉为杂割的故乡。对于羊汤,山西各地叫法不同,做法也有差异,名称还有羊杂割、羊杂烩、羊杂酪、羊汤、羊杂等说法,北路杂割以大同为代表,做法较简单,把"下水"切碎后与水一起放入锅内,随食随舀,不拘形式。太原一带的中路杂割以料全见长,熬煮时加了葱、姜及小料,有的还加了香菜、粉条、豆腐等,别有风味。最喷香的是以曲沃为代表的南路杂割,讲求一水熬煮,原汤原汁,羊骨也砸烂放入锅内,制作包括了清洗、熬煮、切配、兑汤等工序,制作比较精细。

相传,元世祖忽必烈由山西入主中原途经曲沃时,他的母亲因病驻留休息,诏请当地高显名医许国帧为母亲诊治。随后即留许国帧在身边为贴身御医,并将其母亲韩氏接往京城。许母善做菜肴,精于烹调,她看到蒙古人把羊肉吃掉后,下水全部丢弃,觉得非常可惜,就吩咐元军护卫将食用剩下的羊骨以及内脏认真淘洗加工后带回。她把羊骨剁断,和羊杂一起放入锅中熬制成一道汤菜,配上花椒、大葱、食盐、红辣椒等佐料,果然味鲜好吃。忽必烈母亲偶见品尝,连连称赞,并赐名"羊杂酪"。朝内上下品尝后也是赞不绝口,人们遂称其为"羊杂羹"。有诗为证:曲沃羊汤留美名,源于首都北京城;壮阳补肾真佳品,莫忘韩氏首创功。后来,韩氏回乡经过太原时,把羊汤的制法传到了太原,又改名"羊杂割",并根据当地人的口味添加了香菜和陈醋。路过平阳府(临汾)时,又按当地口味加入了粉条,有了"杂拉菜"的说法。回到曲沃后,韩氏又把羊汤制法传到了家乡,于是风靡全县,成了民间时令小吃。清代傅山在曲沃吃了羊汤后,受到启发,用羊肉、莲菜、山药并配以几味中药制成了"头脑",医治好了母亲虚弱的病体。县里乡亲们听到后,纷纷提罐去买羊头菜孝敬父母。从此,"羊杂汤"和"头脑"以其独特风味传遍了全国各地。

认一力饺子

认一力饺子,太原传统特色食品,十大名吃之一,由"中华老字号"认一力于1930年创制,素有"皮薄、边小、馅大、呈半月形、不开口、不露馅"的特点,久负盛名。旧时有"买东西到开化寺,吃饺子去认一力"的说法。

创建"认一力饺子馆"的安良田先生原来是个从事泥水活的回民,在苦于生存的奔走中,发现钟楼街与柳巷有名的老饭馆清和元、林香斋、德盛园、并盛园等经销的不是豫菜就是京鲁和本地菜,就清和元一家经营清真饭菜,还位处南仓僻巷,而桥头街是经销清真菜的空当,比邻闹市利于挂客,交通便利宜于进货,天时地利都不错,机不可失。安良田先生于1930年创建起"认一力饺子馆",虽名为饺子馆,但还经营喜庆宴席和传统的清真菜,有五六十种之多,但这都是陪衬。最突出的还属牛肉蒸饺,皮薄、馅大,肥而不腻、入口流汁、味道鲜美,食者无不叫好,即使是来吃宴席的也少不了上几盘牛肉蒸饺。之所以如此,就在于经营有方,独树一帜。业主从创业到鼎盛,在百余平方米的店堂空间中,精心安排生产、服务、账房等人员,有固定工、季节工共计二十来个人,各得其所,各使其能,一人多用,忙而不乱。

七七事变之后,百业受挫,认一力饺子馆也难逃厄运,随着业主出逃西安,部分人员也逃散,尽管还有个别人员支撑门面,却失去了往日的繁荣。业主本想在西安另起炉灶,哪知日军战火烧及西

安,难民成堆,背井离乡更难生存。1942年返回太原想复兴旧业,可太原已沦为日本帝国主义的殖民地,百般掳掠,民不聊生,生意更是难做。不少物品被日军霸为军用,牛就是其中之一,一般商贾很难买到,认一力饺子馆只好改用牛羊肉各半来做馅,尽管还坚持原有的做法,可由于原材料难以保证而且往往买不到,为了生存,业主不断调剂配料精制细作,尚能保住信誉,维持生计。

日军投降后,本想过太平日子,复兴生意,没想到内战又起,太原变成了囚笼,粮米贵如珠,饮食原料极度缺乏,饭店生意难做,认一力也不例外,还遭了一场火灾,尽管重建营业,但已困难重重苟延残喘,幸有密传的药料,蒸饺的口味尚不错,仍有信誉,太原市以至陕西仅此一家,独门生意,上门买卖,苦闯难关,终于熬到了太原解放。七十多年来,认一力以其货真价实、服务精到的经营,博得了太原人的信任,生意一直兴隆,经久不衰。

荣河油酥饼

荣河油酥饼,典出万荣县荣河,起源于唐宋年间,是传统小吃中的代表,经一代代厨师相传与改进而成。特点是层次分明,脆而不碎,油而不腻。

这是唐代的故事。唐代高僧玄奘法师从西天取回经后,便在大慈恩寺里废寝忘食地译经,以至损害了自己的健康。但他不顾这些,发愿要在自己坐化归佛前译出一些经卷,使中国的佛学得以发扬光大。因此,越在晚年,他越是勤奋地译经。案上译出的经卷高过他的身体时,他便把经卷搬到大雁塔上去妥为保存,然后继续伏案译经,昼夜不息。大慈恩寺本是唐高宗李治为其母后长孙太后修的"家庙",笃信佛教的武则天更是带头献出自己的脂粉钱及六宫亡故宫女的衣物,作为重修藏经大雁塔的资金,重建起了雄伟高耸的七层藏经大雁塔。这时候,在视朝理政上无所作为、怯弱无能的高宗李治,却偏偏爱到大慈恩寺里去随喜、游逛,以显示他的孝道和笃佛。

这天,唐高宗闲暇无事,便携群臣到大慈恩寺里来随喜,他先登上高耸的大雁塔,北望昭陵,以显他的孝心,然后到各殿里去礼佛、随喜。后来,他走进一间密室,见一位老僧正伏案译经,专心致志,连圣上到来都不知道!跟随进来的内侍正要喧嚷,高宗摇手制止住他,悄声问闻讯赶来的大慈恩寺住持窥基法师:"这位专心译经的老僧是谁?"窥基双手合十答道:"启奏圣上,此位就是恩师玄奘法师。"高宗"啊"了一声说:"玄奘法师我见过,那年还亲负砖石修筑大雁塔呢。不意今日竟憔悴得连朕也认不出来了!定是日夜译经过度操劳所致!"他让窥基多做些好的吃食,给玄奘补养身子。窥基指了玄奘案上高耸的经卷和一边放置的丰盛斋饭说:"师傅专心译经,往往忘了用食,斋饭已热过数次了,他还未顾上吃!"听到这里,高宗被玄奘百折不挠的毅力和一丝不苟的精神深深地感动了。他想:"法师译经,也像当年万里取经时那样百折不挠,孜孜不倦啊!但怎样才能让他吃到一种热冷都能吃的斋食呢?"高宗回宫后,便招来宫中御厨,命他们立即研制出一种热、冷吃了都无害的斋食,供奉玄奘法师。御厨领旨后,出于对玄奘法师的崇敬,千方百计地想办法,绞尽了脑汁,终于用清油制成一种名贵的"千层烙饼"。这种千层烙饼色泽金黄、层次鲜明,还特别像那叠放着的经卷。它脆而不碎,油而不腻,不论热吃冷食都香酥适口。高宗见状大喜,便在玄奘译经达千卷的那天,把一盒"千层烙饼"赏赐给玄奘法师。玄奘法师在译经过程中以这种千层油酥饼充饥,不但食欲大增,而且面色也渐渐红润起来,译经的工作效率大增。后来,这种千层油酥饼的由来和方法传到了民间,人们争相做出油酥饼,敬献玄奘法师和与他一起译经的众法师。但是,玄奘法师终因积劳成疾而与世长辞了。在举行遗体安葬仪式的那天,京城长安,以至方圆五百里内外的百姓人民都赶来送葬,人数达百余万。百余万人的手中都高擎着寓意千卷佛经的各种斋食,而其中最多的是千层油酥饼。此后,京都长安的众厨师,怀着对玄奘法师的崇敬之情,对千层油酥饼不断作精细改进,使它在色、形、味等方面都更加出色。

"三倒手"硬面馍

"三倒手"硬面馍,典出清代慈禧太后在山西临晋县的故事,一种特产面食小吃。"三倒手"硬面馍制作工艺复杂,系手工操作,须经过三次倒手,使面粉充分发酵,而达到了层次分明,圆润饱满,入口醇馨,味美香甜的最佳效果而得名。临晋县,即现在的临猗县临晋镇,古称桑泉。

说的是清朝光绪年的时候,八国联军入侵北京,慈禧仓皇西逃,行至临晋县城,已饥饿难耐。适逢谢氏一家"三倒手"馍铺的硬面馍刚出笼,慈禧尝后,连声称赞味道好。到长安后,心里还在想着"三倒手"硬面馍的口感筋道,便将其列为贡品享用。现在,谢氏"三倒手"馍铺已经传到谢斌手里,馍铺也从临晋迁至盐湖区,昔日的贡品进入了千家万户,"三倒手"硬面馍以它味美、口醇、色香而美名远扬。

上党佘汤

上党佘汤,又名川汤、传汤,典出长治,山西名小吃。特点是料鲜色艳,味美清香,素者不淡,荤者不腻。隋朝大业三年(607年),上党长子县慈林法兴寺几个老和尚,因常年行善,把身体累垮了,再加上年老体弱,几个老和尚就渐渐丧失了劳动能力。为了生活,老方丈只好让大家下山去周围的村落,比如色头村、东田良村、南张村、崔村等地的百姓家中化点食物,回寺院后将化来的食物掺和在一起,然后用慈林泉水,做成汤食分着吃。因为是一家一户化来的食物,大家就把这种汤食叫作"传汤"。后来厨师们因"传"与"佘"是谐音,所以用在烹饪上的术语,就用"佘"字代替了"传"字,故得名

"氽汤"。又因为佛教不吃荤,所以叫"素氽汤"。

清代乾隆年间,长子大北街有一位秀才冯士翘先生,琴棋书画样样精通,于是就经常有乡民请他去写字、画画,他也乐意常年游乡为民服务。有一天,冯士翘走到石哲村时,看见有户人家正在娶新媳妇,于是就过去凑热闹。主人一听冯士翘来了,赶紧把他请到上房入席。酒过三巡、菜过五味之后,客人们吃完最后上来的炒饼,按说应该散席了。可是这冯士翘却想喝碗清淡的汤,然而,此时厨房里却什么原料都没了。主人还是叫厨师去做。俗话说"巧妇难为无米之炊",做汤也一样,如果什么都没有,技术再好的厨师也做不出来。正在为难之际,大师傅一看还好,筛子里还剩下点边角料,于是忙让杂工把各种边角料洗干净弄好,再在碗里倒上点水和调味料,放进锅里滚了滚,就让传菜的把这碗汤给冯士翘端上去了。

而冯士翘一喝这胡乱做出来的汤,竟然感觉不错,清香鲜美,于是就问这是什么汤。大师傅不好意思地回答:"其实也没什么,只不过是把剩下的边角料攒到一起做的汤。如果先生觉得还入口的话,就给它取个名字吧!"思索片刻,冯士翘就让主人拿文房四宝,大笔一挥,写了首诗:"酒席过后一碗汤,肉丸素菜同锅装。虽然传得边角料,美味可口赛琼浆。"然后说:"那就叫'传汤'吧。"就这样,"传汤"问世了,很快就传遍上党,并且延续至今,长盛不衰。现在,长子县民间还流传着这样一首歌谣:"长子古有三件宝,炒饼、传汤、剃圪脑。"

上党烩扁食

上党烩扁食,典出上党,特点是主食汤汁兼有,醇香味美,咸酸带辣。扁食,即饺子。烩扁食是晋东南一带的传统吃法,形似汤饺,而味道和食感均胜于汤饺。过年吃饺子,是炎黄子孙祖祖辈辈传承下来的民俗文化,有着悠久的历史。尤其在北方,饺子作为面食之王,是必吃的开年饭。因而有民谚"初一饺子初二面,初三盒子围锅转"的说法。

相传,唐太宗李世民喜食丸子却怕油腻,遂令厨师在肉中夹菜,结果炸氽不能成形。后来,厨师灵机一动,用面皮包了馅再用水煮。结果,唐太宗吃过后大喜,连连称赞,问:"其为何物?"厨师回答说:"为烹时牢固,用面皮包丸,故叫'牢丸'。"这便是唐朝时的饺子。

上党拉面

上党拉面,又叫抻面、摔面、甩面、扯面,长治地区的面食一绝,品种多达几十个。特点是条长、细匀,若浇上煎肉片卤子,香而不腻,柔韧可口,有浓厚的乡土风味。1979年12月,襄垣县范锦华曾一把拉面拉出一点八米长的龙须面六万四千五百七十六根。拉面,唐代称"长命面"。据《猗觉寮杂记》载:"唐人生日多俱'汤饼'(面条),世所谓'长命面'者也。"史载唐明皇李隆基兼任潞州别驾时就喜欢吃"长命面"。当唐明皇登基后再次来潞州时,州衙为他祝寿设置的"千秋宴"上,专为他安排了上党"长命面"和他喜欢吃的"甩饼"。"长命面"就是现在的"长寿面",根长条细,柔软利口。在长治农村多称"扯面",简称"圪扯"。"扯"字的来历,明代宋诩《宋氏养生部》中记有:"撦面条。""撦"就是"扯"字的异体。又据清末陕西人薛宝辰所著《素食说略》记载,当时在山西、陕西一带流行一种"桢条面",以水和面,入盐、碱、清油揉匀,覆以湿布,候其融和,扯为细条,煮之,名为"桢条面"。其薄如韭菜,其细似挂面,可以制成扁条面、三楞面、空心面、酿馅面。扯成的面条可蒸、可煮、可烙、可炸。其做法和长治市的"烩面""油浸面"相同。

相传,襄垣县西营村一女子,因家境贫穷,十四岁嫁到王村一家富户为媳。五天后入厨,做出的饭菜半生不熟,稀汤寡水,少盐缺醋,没滋没味,更不会做"扯面""擦面""抿圪蚪",三天两头遭到公婆打骂。新媳妇一气之下跑到西营村一家饭店学厨。功夫不负有心人，三年的时间，学得一手烹调技能。回到婆家后大显身手，每天给公婆、丈夫改善生活。村里谁家办红白喜事她都主动到厨房掌勺，炒出的菜香、做出的饭美，扯面晃条的动作十分流利。她扯出的"裙带面""炉支面""空心面""酿馅面""香柱面""龙须面"粗细均匀，特别是条成入锅的动作，犹如"凤凰单展翅""白鲢入池塘"。后来人称她"女神厨"。

神池月饼

神池月饼，出产于忻州市神池县。神池县是山西省油料生产基地县，榨油业的历史悠久，至少始于明弘治年间（1488—1505年），距今已有五百多年历史。神池的月饼文化，是一种以胡油为基色，多种文化彼此交融相互渗透的地方特色食品。神池月饼的代表品牌"长祥圆月饼""战国月饼""家佳福月饼"等极富神韵和美誉度。长祥圆，寓意为长兴、祥和、圆缘，史载因清朝康熙皇帝品尝而得名。后来，神池月饼被认定为"山西名小吃""山西名点"，以其"皮酥馅香、口味浓郁、松软不腻、久存不变"的特色赢得了晋、陕、蒙古一带民众的喜爱。

清朝康熙三十六年农历二月二十四日（1697年3月15日），康熙第三次御驾亲征不服王化的噶尔丹，由大同、朔州一路行至神池义井屯，人困马乏，人马多而河水少，当地官员正在发愁的时候，河水骤溢，湛然清澈，人马饮后精神倍振。这一天恰逢集日，市井八方商贾云集、四方百姓熙熙攘攘。康熙乘兴御游了集市，发现赶集的商贾以香味诱人的月饼为干粮，甚感惊奇，便向周围问道："二月缘何有月饼？"接驾的地方官员奏曰：中秋时节，当地百姓用麦粉和地道的神池胡油和水为原料配以食糖、玫瑰、芝麻仁等制作月饼，然后贮存于瓷瓮中，以备时节之需，可存放数年而不变味。康熙听后触景生情，欣然御书了"塞上商贾、义井最佳"八字。吃饭的时候，康熙经不住月饼香味的诱惑，破例加餐"常香圆"月饼，并赞赏曰："晋、陕、蒙偏僻之地,出产如此香美月饼,京城焉有乎？实乃民风淳朴、民俗务俭、民德向善、民情厚道之造化也。西征路上吃到'常香圆'月饼,不仅令朕大饱口福,更有振奋士气、平定叛乱,创我大清'长祥圆'和谐盛世也。"消息传开,深明大义的神池百姓,为表达对征讨叛逆的支持,竞相拿出储存的月饼献于军中,犒劳将士。将士们挟"长祥圆"之瑞气,宣威噶尔丹,根绝了这股民族分裂势力,维护了祖国长久统一,促进了民族祥和团结,构建了黎民圆满幸福。后人将"常香圆"改名为"长祥圆"。后来神池月饼便开始闻名了。

神仙鸭子

神仙鸭子,又名清蒸鸭子,孔府宴四大件之一,有"上笼清蒸,插香计时,香尽鸭熟"之典,故而得名。此菜冠以"神仙"二字,相传原因有二:一是烹制此菜,用神仙盘子盛装,菜以器命名;二是此菜鸭肉软烂,味道醇浓,最宜老神仙(意指老年人)食用,故称神仙。

明代正德年间,孔繁坡在任山西同州知府时,曾有一段时期患了一场大病,治愈后仍食欲不振。看着主人日渐消瘦,府内的厨师怎么也想不出什么办法来,无奈只好到民间寻找烹调高手,可是找了好多厨师也想不出办法来。

有一天,府内来了一个专卖鸭子的贩子,声称自己不是厨子,但却有能"生蒸全鸭惊四座"的绝技,家厨们半信半疑地让这位鸭贩子入厨房试一试。

只见鸭贩子把他带来的鸭子宰杀、出骨,加调料入碗加盖,上笼蒸制,出笼后鸭子肉质酥烂,香气浓郁,其鲜美之香穿过厨房、走廊、厅堂,飘至孔繁坡屋里,果然让孔繁坡垂涎欲滴。

孔繁坡已经很久没有"吃"的感觉了,猛然间闻到如此香味,一下子就来了食欲,不由失声叫道:"此乃神仙赐来之气,馋死我也！"家厨们一听,兴奋极了,赶紧将鸭贩子做的生蒸全鸭端上来让孔繁坡品尝。

看样子这个鸭贩子没有吹牛。孔繁坡品尝了鸭子后,胃口大开,觉得此菜制法与众不同,便问出菜者为何人,家厨即把那鸭贩子叫来引见。

孔繁坡问鸭贩子:"此菜有何秘方?"鸭贩子说:"上笼清蒸,插香计时,香尽鸭熟。"意思是上笼蒸制以点香三炷烧尽为度,滋味之鲜美远胜于其他鸭菜。在工艺中又分为水焯、腌渍、煮煨、笼蒸、浇汤等程序,使硬嘴的鸭子肉烂脱骨,汤鲜味美,肥而不腻,恐怕真要引来神仙呢!

孔繁坡听后深感惊奇,连称"神仙鸭子",并留鸭贩子于府中专做此菜。"神仙鸭子"遂得其名,后成为脍炙人口的美味佳肴。

寿阳茶食

寿阳茶食,晋中地区的特色食品,兴于唐,盛于宋,指的是一种三四厘米厚、状如酥皮月饼的包馅点心,迄今已有一千二百多年的历史。特点是色泽黄褐,酥软甜香,久放不变质。

寿阳茶食起源于唐朝长庆二年(822年),时任兵部侍郎的大文豪韩愈赴镇州宣慰收服乱军,途经寿阳地界时,已是夜幕低垂,于是就近在太安驿歇息。由于韩愈长途跋涉,一路鞍马劳顿,进得驿站时已是饥渴交加,急令厨房摆饭。驿站厨师何曾见过如此大的官员,早已慌得手忙脚乱,在厨下搜肠刮肚,也想不出做啥吃的才好。此时驿丞再三催饭,厨师无奈,也算是急中生智,将中午烙饼所剩的面块擀开包上糖馅,用鏊精心烤制,随即端上。韩愈吃着可口,问驿丞这是什么点心,驿丞随机应变,称这是"专为大人饮茶而制"。韩愈闻听后脱口而出:"噢,茶食。"不由地大加称赞,还留诗一首"风光欲动别长安,春半城边特地寒。不见园花兼巷柳,马头唯有月团团。"如今,寿阳太安驿镇学校内,仍有此诗的碑铭,落款为"长安长庆二年文次寿阳驿"(韩愈谥号为"文",次为短时间逗留)。吃得茶食后,韩愈独身匹马,冒着危险,不费一兵一卒,化干戈为玉帛,停息镇州之乱,史称"勇夺全军帅"。于是这种包糖馅的面饼有了"茶食"之名。韩愈返京后,常思"茶食"味甘,便调厨入京,并向皇上及百官荐食。此后,"茶食"竟成了贡品,岁岁进奉。经千余年的演变和改进,寿阳"茶食"已成为深受当地人喜爱、几乎家家都会做的一种地域代表性食品了。

寿阳豆腐干

寿阳豆腐干,传统地方特色产品。特点是平整褐明,内显金黄,口感味实。豆腐干,俗称豆干、干子,豆腐的再加工制品,咸香爽口,硬中带韧,久放不坏,是佐酒下饭的最佳食品之一。有卤干、熏干、酱油干等,是宴席中拌凉菜、炒热菜的上乘原料。

清朝的时候,寿阳有父女俩,以每天街头卖豆腐为生。因为女儿天生漂亮貌美,时间久了也就被大家称为寿阳的"豆腐西施"。人们为了看一看美丽的"豆腐西施",每天买豆腐,络绎不绝,天天都能排成一条长队。时间一天天地过去,姑娘长大,父亲渐老。为了让女儿日后可以幸福,老父亲就决定在寿阳发出公告为女儿招亲,如果谁能将自家豆腐做了让女儿吃了满意,那么就将女儿许配给他为妻。

公告一出,全城骚动,前来挑战赢取姑娘芳心的人从未间断。但一连几天,无一人可以成功,大家纷纷议论谁会迎娶姑娘,谁能把豆腐变成美味打动姑娘的芳心,没有人知道!就当大家以为不会再有人的时候,一位身穿白衣、年纪相当的男子手拿着一个礼盒,走到姑娘身边,将自己手中的礼物送到姑娘的手上,姑娘打开便看见了一个精致的心形豆腐干,棕黄的表皮又亮又滑,里层保持了豆腐的洁白细腻,吃起来带有一股特殊的香气。一口,两口,姑娘吃罢豆腐干,然后转身便离开了。

后来人们知道了,那天的男子用一块自己精心制作的"爱心豆腐干"成功地打动了姑娘的芳心,迎娶女孩成为她的新郎!没有人知道他的"爱心干"是怎么制作的,也没有人知道为什么"豆腐西施"会感动。

经过几百年的流传,后人把当年的"爱心干"制作成了一道美食。男孩为了讨取女孩的芳心,就会赠送给她"爱心干";女孩为了表达对方是今生唯一,就会送给他"爱心干"。这种特色习俗一直到现在。

寿阳油柿子

寿阳油柿子,典出寿阳,一种具有独特地方风味的糕点名品。特点是中心开花,形如柿子,色泽金黄,酥香味甜。

油柿子起源于老寿星的传说。据说当年老寿星从寿阳黄岭壑出世以后,直到十二岁才会说话走路,家里人对他万般疼爱。那时的寿阳黄岭壑还没有现在那么深,所以天气也不是很冷,山上山下都长满了柿子树。柿子本是一种发热暖肚的吃食,吃上它既能顶饭热肚,又能壮身长寿。特别是柿子放软了以后,吃起来更是如同吮蜜吸糖,清凉爽心。这老寿星从小生在柿子堆里,偏偏就爱吃柿子,七天七夜不吃饭能行,一天不吃柿子就和爹妈哭闹,爹妈拗不过他,也就只好随他了。每年冬天,爹妈就把摘下的柿子用绳子串起来,放在空窑里,够老寿星吃一冬一春。说来也怪,那一串串的柿子放上一年,既不软,也不硬,还不烂。天长日久,老寿星由于久吃柿子,身体越来越壮,最后成了福寿无疆的不老翁。后来,老寿星得道成仙,云游四海,便不常回寿阳老家了。他这一走,也带走了灵气,寿阳的黄岭壑越拉越深,寿阳地面变成了春晚无花秋早霜重的高寒地带。气候变化影响了柿子树的成活,人们便把柿子迁到盂县、平山,百姓也再没有了供献老寿星的柿子。后来,有位老者想了个办法,让大伙用红粞和白面和起来,捏成柿子样儿,放进油锅里炸熟,用绳子串起来供献老寿星。直到现在,油柿子也是寿

阳人祭奠死者最高级的祭品,称作"大供"。渐渐地,寿阳油柿子名扬三晋。

苏三鱼

苏三鱼,是用鲜活鲤鱼和鲜猪肉为主料制作而成的山西名菜。特点是造型逼真,色泽鲜艳,香味扑鼻,酸甜可口。

这是发生在洪洞的故事。明朝正德年间,从小被人贩子卖入北京妓院的苏三结识了老实忠厚的王金龙,两人私订终身。王金龙应试走后,妓院老鸨将苏三卖给洪洞县的一个客商做妾,后遭客商的大老婆陷害,含冤入狱,坐牢待毙。这就是当时影响较大的冤案——"苏三冤案"。冤案发生不久,苏三原来的恋人王金龙做了八府巡按。有一次,他在太原办案时,偶尔发现了苏三案的原案卷,他当即取出仔细阅看,发现了不少问题。随即命洪洞县县衙起解苏三到省城复查。苏三被押解途中,经受了许多磨难,还有不少人对她冷眼相看。可当她与押送她的人一起走到洪洞城外的"三边路小客店"时,善良的店主却大不一样,对她热情相待,给她端来了茶水和美味的饭菜。苏三又饥又渴又累,在此饱餐了一顿,并好好地歇息了一番。数月之后,苏三的冤案平反了,苏三成了王金龙的夫人。"滴水之恩,当以涌泉相报",为了感谢店主的好心善待,苏三派人专程到那家小店,给店主送去三百两银子,以酬谢店主在自己最危难之时对她的热情款待。

后来小饭店开成了大饭庄,到了清代咸丰年间,饭庄里一个叫王兴的厨师看了戏剧《玉堂春》的演出,便根据苏三脖子上戴的鱼形枷锁,创制了一道美味可口的鱼肴——"苏三鱼"。王兴师傅去世后,其子王三继承父业,以名菜名肴吸引来往客商和游览者、寻宗认祖的旅行者。从此,店主与苏三的故事以及店主善待天下客的行为广为流传。

素氽汤

素氽汤,典出泽州,起源于清朝的泽州府(今晋城),特点是清香可口,味鲜不腻,风味独特。氽汤,氽是汤菜的主要做法,大多用于小型或者经过加工成片、丝、条和制成丸子的原料。氽汤有汤多而清鲜、菜香而脆嫩的特色。氽法一:是先将汤水用旺火煮沸,再投料下锅,加以调味,不勾汁,水一开即起锅。这种开水下锅的做法适于羊肉、猪肝、腰片、鸡片、里脊片、鱼虾片等,而鸡、羊、猪的肉丸,则宜在落开的水下锅,鱼丸子宜在温水下锅。氽法二:是先将料用沸水烫熟后捞出,放在盛器中,另将已调好味的、滚开的鲜汤,倒入盛器内一烫即成。这种氽法一般也称为汤泡或水泡。氽烫就是先用沸水煮一下再捞出来。

古时候,泽州府(今山西晋城)有一贪官,平时欺压百姓,搜刮民财,不仅贪污成性,而且是一个一毛不拔的铁公鸡。但这个官吏倒也是个孝顺的儿子。这一年的三月初三,是他母亲八十五岁寿辰,他想借祝寿的机会大捞一把。于是,就招来泽州府十几位名厨,为其母摆宴。其母一生吃素念经,贪官要求此宴要素菜素汤,不准用炮制的调料,但要有调料的味道。如果能够达到要求,就赏银十两,否则罚其白干活一年。在场的厨师面面相觑,暗自道:打铁靠钢,厨师靠汤,汤靠调料,调料靠炮制。明知这是有意坑人,但都是敢怒不敢言。眼看寿期临近,众厨师心急如焚。这时,有一个厨师急中生智,想了个对付贪官的办法。他事先把大料、花椒、茴香等调料炮制好,用毛巾浸泡汤内,然后取出毛巾烘干,来到贪官的家里。等到宴席上的菜全部上完后,最后做汤时,趁人不备之时,从肩上取下备好的毛巾,放入开水锅内,煮了一会,把毛巾取出,将其汤汁端上餐桌。人们食后,倍感汤汁味鲜、爽口,纷纷打听此汤的名字。厨师顺口道出:"素氽汤。"从此,氽汤扬名泽州,成为晋城人喜庆筵席必备的汤肴。

太谷饼

太谷饼,俗称甘饼、烧饼,是甜饼的意思,因产于晋中市太谷区而得名,是山西省传统名吃,至今已有四百年的历史。以其香、酥、绵、软而闻名全国,享有"糕点之王"的美称,是晋商饮食文化的典型代表。太谷饼是面制炉烤的实心饼。与众不同处,一是酥软至极,将鲜饼放不同器皿上,会随所放器皿的不同外形而弯曲;二是馨香诱人,甘凉爽口,令人回味不尽;三是稍嚼即化,余味绵绵,口感极好;四是易于贮藏,存放于适当之处,半年之内色、味如初。

明末清初的时候,太谷县城东南的沟子村,有一个挣了钱的人,有了钱以后,就开始挥霍起来。他的太太更是想着法子地"为难"用人,有时竟然半夜里爬起来闹着要吃饼子。这样一来,就闹得用人们不得不四处去买。好不容易买回来了,她又特别挑剔,不是嫌油腻难吃,吃了恶心,便是嫌干硬难嚼,难以下咽,只咬一口就扔了。甚至不依不饶地再让用人去买。可是,哪里才有合她心意、胃口的饼子呢?这可难坏了她家的用人。消息传到县城一家烧饼铺里,掌柜的为了做成这笔生意,特地让铺子里的老师傅设计出了一种甜饼。这种甜饼是用白面、白糖、芝麻油和鸡蛋清做成的炉烤实心饼,直径约十二厘米,中间厚约三厘米,其表皮色呈茶黄,上面还粘有脱皮的白芝麻,具有酥而不硬、软而不绵、香甜不腻的特点。而且是即使存放一个月后,它的色、形、味也不会改变。这下子,才符合了富家太太的心意,因此才有了太谷饼远近驰名的今天。后来,太谷饼被西巡路过的慈禧太后发现,将其定为宫廷贡品,太谷饼身价陡增。

太平神仙鸡

太平神仙鸡,典出春秋时期晋南地区的古太平县,也就是现在的临汾市襄汾县,是传统风味名菜。制作好的"神仙鸡"有股淡淡的烟熏味,肉质酥嫩,骨肉分离,用筷子一捅就破。

春秋时,晋襄公是晋国君主,经常外出打猎,有一天他满载猎物而归,当他走到太平县(今襄汾县)的时候,感到腹中一阵饥饿。实际上也正是老百姓吃饭的时候了。于是,他就让随从到附近去找一家饭店,先解决了肚子的问题再赶路。正巧前面不远处有一家饭店,虽然是个乡野小店,也总比找不到饭店强。就这样晋襄公屈身走进这家饭店,招呼店家准备饭菜。店家看见进来的食客不是一般人物,就有点慌了神,他这个小店能拿出什么好吃的呢?搞好了不用给钱也蓬荜生辉,就怕不中客人意反倒砸了他的锅。正在犯难之际,聪明的老板娘一眼看见了他们放在地上的猎物,眼珠儿滴溜溜一转,便喜眉笑眼地说道:"我看就用你们的猎物准备饭菜吧。"晋襄公倒也痛快,开口便答应了,他实在是饿了,所以又催促道:"你们要快要好,不要耽误了我们赶路。"

老板娘随即在他们的猎物中挑了三两只野鸡,去到厨房三下五除二便做上了。还没用了一个时辰,就为他们端上来一个瓦盆,瓦盆上还被一块粗麻布盖得严严实实,等到她那纤纤十指将粗麻布掀去后,一盆鲜嫩香醇的野鸡汤呈现在晋襄公的面前,热气袅袅飘然,清香扑面而来。这使胃口大开的晋国国君,不由得抓起筷子就吃开了,越吃越觉味香浓郁,越吃越觉肉嫩汤鲜。不一会儿他们连肉带汤吃了个精光。吃罢,只见晋襄公早忘记了自己的身份,啧啧称好,还自言自语道:"寡人今天吃的,真乃彭祖爷烹的神仙鸡啊。""神仙鸡"由此而得名。

回宫后,晋襄公总也忘不了在乡野小店吃的神仙鸡,于是就打发人到太平县请那开小店的两口子,也好日后能常吃上神仙鸡。但是找遍了太平县,不但找不见店家两口子,连那个小店也不见一砖一瓦,这使晋襄公越发想吃神仙鸡了。他把宫里的厨师叫到跟前,亲自给他们讲自己吃的神仙鸡是个什么样子和什么味道,让他们去做。厨师虽然是硬着头皮接受了任务,但也着实费

了一番脑筋，不过总算让这位国君吃上了神仙鸡。不一样的是，用来做这道菜肴的主料不是野鸡，而是改用了当年的白仔鸡，制作时又加入了各种中药材，成菜后体形完整，色泽淡雅，肉嫩汤鲜，香咸适中，又有益气固本之功效。这以后，晋襄公还经常和王公贵族们一起品尝神仙鸡的美味，也请友邦国君来品尝，从而使神仙鸡很快从宫中传到了富豪、大臣的餐桌上。至清代，神仙鸡成了古太平县世袭豪门南高刘家、师庄尉家的珍馔佳肴，后流传于市井，成为闻名三晋的佳肴。

太原过油肉

过油肉，晋菜的代表，山西十大名菜之首，被誉为"三晋一味""山西美食界的扛把子"。过去在民间有句顺口溜："一盘过油肉，两碗白皮面，滴点香蒜醋，赛过小神仙。"可见，当年能吃盘太原过油肉也是人们舌尖上的"追梦"。太原过油肉特点是色泽金黄鲜艳，味道咸鲜，闻有醋意，质感外软里嫩，汁芡适量透明，不薄不厚，油而不腻。

过油肉本来是官府中的一道名菜，初始于北齐时期，是当时鲜卑族饮食与汉文化在山西融合而成的一种食物，把猪肉切成五六寸，放于有酒、脂油和盐的碗中腌制，缓火慢煮后，再入油锅腌渍，食时捞出，水煮再熟，伴以新韭菜吃或炙烤再吃，称"奥肉"制法。一说过油肉起源于明代，原是山西阳泉平定古州官府中的一道名菜，后来传到太原一带民间，再逐渐传播至山西其他地区。

有这样一个故事。元代末期时，到处都是农民起义，天下大乱，太原府平定州也不平定。为躲避战乱，位于州府东北的太行山里有一户人家，逃的逃，死的死，家里仅剩下爷孙二人，一老一小，相依为命。由于连年战乱和干旱，粮食颗粒无收。为了度过灾年，爷爷每天进山打猎。一个天寒地冻的夜晚，满身是伤的爷爷猎回一头肥大的野猪，爷孙俩一直享用到大年过后。由于天气渐暖，剩

余的大半拉子猪肉无法存放，于是爷爷想了一个办法，将猪肉切成块状，过油爆炸后存放起来，每次做饭时切一块过油后的猪肉与各种野菜搭配爆炒，既能填饱肚子度过灾年，也让小孙子吃得连连叫好。后来，小孙子长大经商后，在府城开了一家饭馆。为了纪念已过世的爷爷，饭馆起名就叫"过油肉"。慕名而来的食客品尝之后，赞不绝口，于是"过油肉"火爆了，民间传说的这个版本一直延续至今。宋朝是一个美食家的天下，肉过油而食，是宫廷里的一道美味佳肴。到了明代，过油肉更受到了王公贵族们的青睐。明太祖朱元璋奉其为珍宝头肴，每逢庆典盛会，酒席宴前上的第一道菜必是过油肉。洪武九年（1376年），朱元璋封其三子朱棡为晋王，建晋王府，设典膳所，过油肉这一名菜又重回太原，成为王府里的"秘菜"。

糖干炉

糖干炉，又名糖干饼、闪塌嘴，一种山西怀仁独有的风味美食，有三个特点，一是有糖，二是干，三是"空"。传说糖干炉起源于宋代，是一个面点师为官家传递情报而特制的一种邮寄载体。后因其品质纯正，风味独特，干脆香酥，成了风靡一时的地方特产。

清朝咸丰年间，怀仁有家"德庆成"。"德庆成"的主人叫马国臣，是怀仁县马家堡村人，李闯王造反时马家堡毁于战乱之中，马国臣的先人马金携妻带子搬到县城居住。马国臣年轻时在街上开一家小客栈。他生性儒雅，上过私塾，识文断字，客栈的小生意颇为兴隆，几年间手里有了一些钱，后将客栈租给别人经营，自己转行开了"德庆成"。"德庆成"先前只卖白面、莜面，后来为了扩大业务，马国臣请来街上的名师，教授他加工糖干炉的手艺。"德庆成"不仅面粉的成色好，加工的糖干炉也口味地道。

马国臣的长子叫马生。马生长大后，一边跟随父亲学手艺，一边出去卖糖干炉。后来马生又在南小寨村开了一间小面铺，一方面为了村民购粮方便，一方面也为了销售自家的糖干炉。

马生有二子,长子马通荣,次子马通贵。待马家兄弟稍长,父亲让他们参与面铺的经营,兼学手艺。马生去世后长子马通荣改字号为"德庆荣",他开了一辈子面铺,是制作糖干炉的高手。

马氏一族,自马国臣开的"德庆成"开始,便以与人为善、和气生财、乐善好施为经营理念,因而"德"字号沿袭一百多年之久,那做工精巧的马氏糖干炉也香飘了一百多年。

在怀仁生产糖干炉的店铺,除"德"字号外,还有宋氏一家。宋福年轻时在东关种有一片园子,农闲时加工麻糖,年节时也做糖干炉,赚一些零用钱。宋福之子宋长禄,自幼跟父亲学艺,做麻糖与糖干炉。成年后在街上开了一家面铺,经营面粉,加工糕点,其中以糖干炉为主。宋长禄的三子宋廉生性聪慧,爱好面点手艺,从小在自家面铺随父经营管理。他做的糖干炉香酥可口,很有市场。

到了光绪二十六年(1900年),八国联军由天津攻入北京,农历七月二十一日,慈禧太后挟持光绪皇帝与王公大臣等人逃出京城后,向西逃奔。八月初三,慈禧一行人马来到大同府。八月初五,慈禧一行自大同出发,往南而行,总兵马玉昆率人护送到怀仁,下榻在庞家大院。地方官员特将当地城内四牌楼一家面点铺生产的糖干炉呈上。进膳时,慈禧见盘中有一个厚厚的烧饼黄澄澄、圆墩墩的,于是便拿起咬了一口,脸上显有愠色。身旁的李莲英见太后面有讶色,忙道:"老佛爷,有何不适?"慈禧笑着说:"此物原来有名堂,外实内空,险些将我的牙闪掉。"此后,糖干炉就有了"闪塌嘴"的俗称。

天福号酱肘子

天福号酱肘子,又称酱肘花,是六味斋酱肉店传统的名特产品。据记载:"天福号酱肘子起始于清乾隆三年(1738年),当时已是皇宫的贡品。清末慈禧太后为了能经常吃到酱肘子,特赐腰牌。至今冀、鲁、秦、晋群众中的老前辈谈论起酱肘子,都有口皆碑地称赞：'天香在味忆京华，最想天福酱肘花。'"酱肘花的特点：一是传统工艺加工精细；二是医食同源营养健康；三是选料考究风味正宗；四是肥而不腻瘦而不柴；五是质量第一贴心服务。

清代乾隆年间，北京城内有一家兄弟五人开设的"天福号"酱肘鸡鸭店。这家小店加工的酱肉制品色香味美，曾一度时期成为敬奉朝廷的贡品。随着"天福号"声望的扩大，河北、天津等地也都设立了该店的分号。到了民国二十七年，也就是1938年，由北平的"天福"酱肘店、"铺云楼"肉店和"天盛"肉店三家各出一名徒弟，然后由石门（石家庄）一家肉店二掌柜盛展清出资，由盛荣广带领以上三家的小徒弟来到太原，在达达巷17号盖起一间约40平方米的简陋小房，开了一间"福记熟肉铺"，以生产肠子为主。1943年，"福记熟肉铺"搬迁到桥头街"六味斋酱肉店"的地址营业，取名为"福记六味斋"。说起"六味斋"，原"福记店"师傅（技师）盛荣广在世时曾谈过六味斋的一段趣闻：一般人都知道五味俱全是酸、甜、苦、辣、咸，因为当年开店的伙计都没有文化，他们说肉没有香味，再好看也吃着不香。经大家再三商议，觉得应该在"五味俱全"上再加个"香味"，就成了六味。后来，又有人建议，店号加个"斋"字更显雅气，这样就将字号起名为"六味斋酱肘鸡鸭店"。这块金字牌匾一直沿用至今。

贴鏊饼

贴鏊饼，典出北宋宋江在上党的故事，是一道上党地区风味美食、民间小吃。无论从口感、质感、色感都可与山东"周村烧饼"媲美。与长治市的"酥火烧"、沁县的"干馍"、襄垣县的"半疙瘩"、长子县的"豆火烧"、长治县的"口袋火烧"、泽州县的"盘捻火烧"、陵川县的"芝麻烧饼"、阳城县的"吊锅熏饼"、潞安集团的"鞋掌火烧"并列为山西省十大名饼。特点是皮面酥脆干香、甜而不腻，馅心柔软椒香、咸而不腻。

北宋末年(约1119年),以山东宋江为首的农民起义军——水泊梁山好汉,被宋徽宗皇帝招安后,奉令攻打山西太原府,军队路过山西上党沁县时,与另一伙以田虎为首的农民起义军发生了一场恶战,双方将士死伤无数,尸骨成山,血流成河。宋江部下有一炊官名叫宋哥,受伤后不愿意再往太原进发,经过宋江同意,只好流落沁县故村镇落户入赘。为了养活家小,他在镇上开了一个"烧饼铺"。因为宋哥是山东人,从小在周村学得一手打"烧饼"的绝技,所以在镇上他制作的烧饼一出炉就售完了。

一天宋哥出门讨债,可巧小铺进来几位过路的客商要买烧饼吃,宋哥的夫人铁姑说:"我家掌柜不在,你们想吃烧饼,只好我做,可是我做得不好吃。"大伙说:"只要能吃就行。"实际上,铁姑早就有心想亲自做烧饼显显自己的本领。结果她在众人的观看下,一着急,把糖水当油抹在了每个烧饼的底部,往鏊盘上一放,都贴在了上面取不下来,急得她满头大汗,束手无策。这时正好宋哥讨债回来,一进门就闻到烧饼的焦煳味,他上前一看,烧饼的面上鼓鼓的,就是取不下来,也不能往铛里搁。宋哥只好将鏊盘竖起来转动着烤饼的上面,待烤成金黄色时,他将鏊盘再放在铛上,用铁铲将烧饼一个一个地铲起让客商们吃。由于客商们饥不择食,狼吞虎咽地吃了个精光。其中有一位客商说:"虽然饼子的底部有点煳,但吃起来味道不错,质感不错,颜色也不错。"客人走后,宋哥想,这种做法也好,既省油,又省火力,还省时间。后来他经过多次琢磨、试验,演变成"贴饼翻鏊"的烤法。铁姑对丈夫宋哥说:"这种烧饼是我创制的,你得给它起个好名字。"宋哥说:"这种烧饼是贴在鏊上烤熟取下来的,你又叫铁姑,我看就叫他'贴(铁)鏊饼'吧!"后来历代打烧饼的专业户,就改成了现在的新型做法,为山西上党烧饼系列增添了一个新产品。

头 脑

头脑,又名"八珍汤",头脑本字为"酘醪"(dòuláo,音"豆捞")。"酘"的本意为酒再酿;"醪"指未去酒糟的甜酒。"酘醪",是指纯浓的酒类制品,其谐音渐变为"头脑"。把头脑当作食品的名称,大约始于元末明初。太原头脑,明末清初傅山创制,太原地区特有的一种清真小吃,是一种汤状食品的风味名吃。所以,此"头脑"非彼"头脑"。在太原,每到冬季,许多大大小小的饭店都有头脑上市,早起喝头脑已成了众多太原人集养生、保健、晨练、食疗为一体的习惯,从而形成了一道独特的风景。流传至今已有三百多年的头脑,以其脍炙人口的独特风味和补养健身的显著功效久享盛誉,长盛不衰,已被国家列入非物质文化遗产保护名录。

清兵入关后,具有崇高民族气节的傅山,带着体弱多病的老母亲在地洞里躲了一些日子,后来局势逐渐平定,才又出来,在太原帽儿巷的大宁堂药铺当了坐堂医生。这事倒挺合傅山的想法,一来救死扶伤本是傅山从小立下的誓愿,二来名正言顺地当上坐堂医生,有职业,正好掩护他反清复明的宣传组织活动。

大宁堂药铺斜对面的南仓口有一家夫妻店。老夫妻俩小本经营,只在临街支起一口汤锅卖羊杂割汤,供来往过路人打尖时泡块干馍馍。打从傅山当了大宁药堂的坐堂医生,这大宁堂一下子热闹起来了,前来看病的络绎不绝。不过,傅山看病有一个奇怪的规矩:骑马坐轿的不看;交不起脉金的就免去不收。有了这两条,那到大宁堂来看病的大部分就只能是一些衣衫褴褛的穷苦百姓了。这样一来,四郊农民来大宁堂看病抓药的就多起来了,老夫妻俩的羊杂割汤自然也就红火了起来。夫妻俩为了感谢傅山,每天一见傅山走进药铺,就赶忙端上一碗羊杂割汤送过来。热气腾腾的汤,汤上飘着几片绿绿的香菜,香气扑鼻,煞是诱人,特别是数九寒天,一碗杂割汤下肚,周身都暖和了。

傅山是一个出名的孝子,对他那早年守寡、身体一直虚弱的母亲呢,早就想为她专门配上一剂补药。一天,傅山喝着老夫妻给他端来的羊杂割汤,就开始琢磨开了。羊肉性热,大补,老人家喝上一碗炖羊肉汤一定会有好处。但又一想,羊肉味膻,她老人家一向不喜欢,能不能加上点儿药材去它的膻味呢?甘草调百药,加点儿甘草怎么样?不行,甘草太甜,会败味。黄芪性温味甘,味近甘草而又不像甘草那样甜。对,加点儿黄芪一定能改一改羊肉的膻气。而且黄芪祛瘀活血通气,有利于老人血液循环,促进新陈代谢。光是羊肉太腻,再配一点儿长山药和藕根。有荤有素,有淡有浓,阴阳相调,补而不燥。老人家牙口不好,再把羊肉炖得烂烂的。清汤易凉,加上面糊。汤里不放盐不加糖,单加半杯黄米酒。想着想着,一剂完整的方子就设计出来了。

傅山办事一向是成竹在胸,说干就干。方子有了,马上就去割了二斤羊肉动手试做起来。汤做好后,端给母亲尝,没想到老人家竟吃得很香,不仅喝了满满一碗面糊汤,还吃了足足有半个拳头大的一块儿炖羊肉。傅山高兴极了。整整一个冬天,每天早上都给母亲端上一碗这种特别的炖羊肉面糊汤。

一个冬天过去了,老太太瘦削的脸上出来肉了,颜色也由青黄变得白里透红。街坊邻里都说老太太返老还童了,都来打听是吃了什么仙丹。老太太开玩笑地说:"是吃了儿子的十全大补汤。"一些人信以为真,都来向傅山讨要十全大补汤的方子。傅山一想,这方子虽然简单,炮制起来却挺麻烦,不是人人都会做的。大宁堂斜对面卖羊杂割汤的老夫妻俩,每天都招待我喝一碗羊杂割汤,给他们钱却说啥也不要,不如就把这个方子成全了这两位好心肠的老人吧。

就这样,老夫妻俩得到了傅山的方子。他们按照傅山教给的方法做出了特别的炖羊肉面糊汤。一些老年人听了傅山的介绍也就专门到这家夫妻店来喝这种汤。日子长了,居然个个面色都渐渐好了起来。这事情一传开,来喝面糊汤的人越来越多,这个夫妻店虽然小本小利,生意却也是日益兴隆。

有一天,傅山上药铺,走过夫妻店门口,忽然灵机一动,转身走进店里。正在忙活的老夫妻俩一见是傅山,赶忙笑着上前招呼。傅山说:"二位老人,如今店里生意发达了,也该有个名号才好。"老夫妻俩忙说:"谁说不是呢!这全托先生的福,就请先生给取个名儿吧。"傅山笑着说:"不仅要取个店名,连那个炖羊肉面糊汤也要给他取个菜名儿呢。店名儿叫'清和元',菜名就叫'头脑',你们看行不行?"老夫妻俩哪里懂得是什么意思,只要是傅山先生取的名儿就准保错不了。忙说:"好,好!"

从此,夫妻店的门额上挂上了一块傅山亲笔写的匾,上写"清和元"三个苍劲有力的金字,老远老远就望见了。店门一侧还竖着一块长方形的水牌,黑漆的底子,用白粉子写着几个字。这也是傅山的手笔。牌子正中从顶到底是"清和元"三个大字,两边上方各有两个小一点的字,右边是"杂割",左边是"头脑"。原来,中间是店名,两边是菜名,这本是一般水牌的写法,但从右至左顺着念下去就成了"杂割清和元头脑"。开头,人们还只是夸赞傅山的书法,日子一长,人们开始悟出点道道来了。一些念过几句"子曰诗云"的老人走过水牌跟前,更是摇头晃脑地拖着长音念出声来:"杂割——清和元——头脑!"把"清"字和"元"字念得特别重,念着念着,嘴角挂着会心的微笑,跨进店堂,开心地喝起"清和元"的"头脑"来。

万卷酥

万卷酥,典出《五台县志》:"台城万卷酥,历史悠久,负有盛名。相传清朝乾隆皇帝来五台山时,僧人就以万卷酥供奉,乾隆赞不绝口。"万卷酥是五台县历史悠久的传统风味食品,从清朝起就誉满三晋。万卷酥为长方形,长约二十厘米,宽三厘米,厚一点五厘米,色泽金黄,由像纸一样薄的面层卷合而成。从侧面看,犹如书卷一般,口感酥绵清香,故名"万卷酥"。

　　清朝的时候,乾隆皇帝有一次来到五台山,四处拜佛、八方游览后,于一日黄昏独自一人扮作客商模样走下山来。一路穿街过庙,留连于青山绿水间,徜徉在佛寺古刹中,眼观善男信女,耳听风情民俗,不觉夜幕低垂,星月当空。自知返途甚远,加之腹中饥饿难耐,欲寻一人家吃顿饭。可举目四顾,夜幕茫茫,到哪儿去寻人家呢?万般无奈,只得信步走来。不多时,果见一处灯光,走近一看竟是一户人家。乾隆上前敲门,开门的老人带出了一股油香,引逗得乾隆皇帝更觉饥饿。老人并不知道这就是当今的皇帝,开门一看,见是一位客商,也就热情地迎接进来。乾隆进门一看,昏暗的油灯下,只有几件粗陋的家具,地上堆着一些柴火,灶膛里微火悠悠,那香味就是从炉灶里溢出来的。老人擦擦炕,让乾隆坐下,倒了碗水双手递上,慈祥地问乾隆:"不知客官为何来此?"乾隆只得瞒了身份,随口答道:"因贪恋景色,错过了客店,只得来此麻烦。"老人连忙说道:"村野小户,能得客官住一宿,老汉已求之不得,何谓麻烦。"二人闲谈少许,老人掀开炉盖,一股浓烈的香味就迎面扑来,乾隆不禁连连深吸几口,连称:"好香!好香!"原来炉中烤了一种扁长条的食品。老人捡了几条,放在一个盘子里,双手送在乾隆的面前:"吃吧,尝一尝老汉的手艺。"乾隆急不可待地拿起一条,贪馋地咬了一口,顿觉酥软香甜。再看外表,黄而透白,形如长条。乾隆一连吃了三条,方才感到饱腹。是夜与老人长谈,方知老人世居此地,老伴早年去世,只生一子,在县衙当差,平常也不回来。因老实憨厚,一年下来只挣得几两官银,勉强能够度日。老人每日做些面食,卖给四方游人、寺庙僧众。因是素食,而且制作精良,小本经营倒也做得起,卖得出。只是数量并不多,又是微利,也就没有多少利润可图。乾隆听后,深感老人心地善良,待人诚实。有心要帮助他,又怕老人不肯,只得休息,来日再做打算。

　　第二天清晨,老人侍奉乾隆洗漱以后,将一盘万卷酥、二碗稀饭、一碟咸菜放在了面前,乾隆也不推让,又一饱口福。饭后,问及这面食的做法，老人不答，却寻来一页黄纸，递与乾隆说："这是老伴去世前留下的制作配方，老汉不识字，放着也没用，客官要有兴，可拿去。"乾隆又一次被老汉的精神所感动。

说话间，忽听门外人喊马嘶，一队官军骑马扬鞭而来。乾隆出门一看，见是侍卫们找来了。为怕惊扰老人，就匆匆作别，迎着官军走去。瞬时，那队人马已到眼前，官军一齐滚鞍下马，口呼万岁。此时，老人尚自站在门口，见状大惊，方才醒悟那是当今的皇帝。

老人正自诚惶诚恐时，乾隆皇帝又独自返回，手里拿着一包东西，走到老人面前，双手递上："老人家，一夜打扰，甚感不安，实在感激不尽。这是纹银百两，送与你权当养老之资，谢谢你了。"

老人哪里见过这么多的银两，想要谢绝，却说不出一句话来。见那乾隆摇摇手，竟自走了。

据说，乾隆皇帝回宫后，即命御用厨师如法制作，并以万卷酥宴请百官，百官赞不绝口。原料是用上等白面、上好麻油，配以碱水酵面和合而成，一斤面就需上三两油，制作时要反复搓擦，擦成薄片，然后卷合。每卷一次要上一层油，最后烤制而成。烤熟后形如长条，长八寸，宽一寸，厚五分，色呈白黄，层薄如纸。据说卷层越多，质量越好。因此，取名为"万卷酥"。当然，不可能卷到一万层，这只是意味着越多越好的道理，吃起来酥脆绵润，余香四溢。因为万卷酥油大，水少，也就便于存放，不易变质，是待客、探亲的上等佳品，也成了皇宫里的一等御膳，列进了皇家膳谱，"万卷酥"之名也就逐渐传开了。

闻喜煮饼

闻喜煮饼是山西传统名吃，有"饼点之王""华夏第一饼""美食王"的美誉，名列山西传统的"八大名点"之首。山西八大名点是闻喜煮饼、芮城麻片、祁县养胃糕、清徐孟封饼、运城南式点心、祁县瓦酥饼、介休贯馅糖、太谷饼。煮饼在明末就已有名气，后因康熙大帝赐名而闻名于世,乾隆皇帝品尝过后为它御赐"闻喜煮饼"之名,因而声名远播,久负盛名。从清朝嘉庆年间至今的二百多年间,闻喜煮饼畅销全国各地,驰誉中外。特点是营养丰富,酥沙不皮,甜而不腻,久不变质,越嚼越香。

相传康熙皇帝巡行路经闻喜时,闻喜官绅为迎接圣驾,遍选名厨治宴。席间,皇上觉得其他肴馔都淡而无味,唯有煮饼滋味独特,余味绵长,不禁喜问其名。众官宦搜索枯肠,都想取一个吉利的名称来讨皇上高兴,但因皇上猝然发问,不免一时语塞,无言以对。皇上见此情状笑着说:"就叫煮饼吧。"于是皇帝命名的"闻喜煮饼"就此名声大噪并流传至今。历史上,闻喜煮饼曾经多次作为贡品,进献给宫廷。

相传,在武王伐纣时,太师闻仲出征应战,兵至古唐(山西省南部翼城一带,古称唐国),用当地的饴、面混制糖饼,当作干粮,这种有了糖饴的食品不容易坏,便于携带,那时叫闻太师饼。汉武帝后来也多次到过此地,还把这地方改名叫了闻喜,当地这种饼也随之改名叫了"闻喜饼"。为啥又叫"煮饼",这跟当地的方言有关。当地方言中称油炸为"煮",于是变成了"闻喜煮饼"。

武乡炒指

武乡炒指,又名皇土炒指,典出长治地区,是一种手指粗细一节一节的面制品,因炒制而成,外形像人的手指而得名。具有表面"开花",口感脆硬,像是硬饼干一样的特点。炒指一般以白面为主,讲究的再加入小米面、黄米面、鸡蛋、糖,和好面后擀成一个个厚饼子,用刀切成细长条,再改刀成短条,入铁锅炒熟而成。但铁锅中加热的介质不是油,不是糖,也不是盐,不是沙子,不是石子,而是"土"。土是普通的黄土,细细地磨过罗过,跟白面似的,进锅加热。随着温度的增高,锅里的黄土会像油开锅一样翻滚沸腾。这时再把生炒指加入锅里,在黄土的加热下,失水、干脆、变熟,出锅后用筛子筛掉浮土，就成为晋东南地区独具特色的小吃。

早在西晋末年，杂居内地的各少数民族多受汉族地主豪强的奴役压迫。武乡羯人石勒因善于相马，结识了牧帅汲桑。两人志趣相投，便招募起兵，自号"大将军"。羯人原是匈奴入塞的羌渠部后裔，惯游牧善骑射，所以在行军打仗时一天能走数百里，在战况紧急时，没有时间安锅造饭，士兵就得挨饿。为方便士兵生活，便设法给士兵带干粮，起先是带蒸、煮的面食，有时带在身上几天吃不完，就长毛变了质。石勒想了个办法，让人们把面和好后，擀成厚厚的饼，然后切成手指大小的面条块儿，用水煮熟了再上火烤干，这样带起来就方便多了。后来，石勒手下的一个火头军试着用干土磨成粉，用铁锅将干土炒得滚沸后再来炒这个面条，炒出来居然很有特色，不仅携带方便，而且吃起来也香脆可口。经过一段食用后，他还发现了这个食品一个重要的药用价值，带着无论走多远，只要常常吃一点，士兵就不会出现不服水土、呕吐、腹泻等不良症状。为此石勒将这个火头军提拔为粮草官，以表示对他这项改革的肯定。

后来石勒做了皇帝后，对那些有功和出过力的人甚至物品都加以分封，这个食品也在分封之列。可是，那时还没有一个确切的名字，叫什么呢？因其外形像人的手指，又是用武乡的土炒制的，武乡是他出生的地方，他认为这是上天让这片黄土来扶助他安立天下，于是就给这个食品分封了一个名字，叫作"皇土炒指"。

从此"皇土炒指"这个武乡独有的民间食品就在武乡一带流传下来，并渐渐传到周边的各县。只是后来为了叫起来顺口，慢慢地，人们省略了"皇土"二字，只称为"炒指"了。这个有一千七百多年历史的特色食品——武乡"炒指"，在抗日战争中，也曾发挥重要作用，老百姓常常做好"炒指"送给八路军战士，成了八路军的救命食物，为中国人民的解放事业作出了贡献。

武乡枣糕

　　武乡枣糕，又名软糕、小刀切糕，是具有地方特色的上党名吃、山西名吃，从清朝到民国时期，曾蜚声于并州、平遥、太谷、武乡、潞安等地，距今已有三百多年的历史，具有质软、色黄、香甜、利口等特点。

　　很久以前，在壶关县城的东南方向八十里以外，有一座白云寺。在这个寺庙附近有个潭，叫白云潭。寺内住着十多个和尚，他们每天除了烧香拜佛，就是在白云潭的周围辛勤劳作，在白云寺的周围种植了很多的枣树、黍子、谷子、玉米和各种时令蔬菜。平时，和尚们的生活非常清苦，但是逢年过节，他们却总是要用黄米（黍子脱了壳的米）加上大红枣熬制成甜食稀粥改善生活。

　　有一年春节，又要熬黄米红枣粥了。老方丈为了锻炼新来的小和尚，就让他到灶房去烧煮米粥。可能是小和尚从来没有做过这种活计，做事比较笨拙。在做饭的过程中，小和尚用木匙搅粥的时候，一不小心，就用过了劲，把锅磕出了一道裂纹。虽然裂纹不是很大，但是稀汤却顺着裂缝流走了许多，稀粥越熬越稠，成了一大块。

　　老方丈一看，就问怎么这样了，这回喝不上粥了。那么就将粥当饭，捞到碗里吃吧。谁知黄米黏性大，用勺子根本盛不出来，没有办法，只好用刀切出一大块来，放在案板上，再用刀切成小片，让大家吃。

　　老方丈边吃边说："今天本来没喝上粥，算是运气不好。可是这东西黏糊糊、黄澄澄、甜滋滋的，味道不错，怪好吃哩。"

　　其他和尚就问："这叫什么饭？""我看叫枣糕吧。"老方丈想了想说。

　　过了很长一段时间，小和尚长大成人了。因为思念家乡就又还了俗，回到了老家。他的老家就是武乡。回到家乡后，他就把自

己在寺庙里吃过的"黄米枣糕"做给乡亲们吃,结果大家都赞不绝口。后来,制作黄米枣糕的技术传给了当地老百姓,之后又流传到整个晋东南。

牺 汤

牺汤,典出太原市晋源区。晋源区古称太原县。因为古时候把为祭祀而宰杀的牲畜称为"牺牲",所以太原县就把供献以后熬煮成的羊汤称为"牺汤"。太原县的牺汤与其他地方的杂割、羊汤,基本上大同小异。但在大伏天六月里喝牺汤,却仅限于太原县一地。

相传很早以前的一年,太原县遇上了百年不遇的大旱,连井水都快干涸了。县城附近各村百姓都头顶烈日,给龙王爷上供、烧香、叩头,期望龙王爷能发发善心,降一点甘霖。一连几天过去了,天空仍然是红日高照,万里无云,没有一丝下雨的意思。人们没有办法,只好组织更虔诚、更浩大的祈雨活动。龙王在龙宫里何尝不知道民间百姓在求雨,想一想也确实应该给下一点雨了,只是他最近因母亲之病愁得食不下咽,提不起一点点精神。原来龙王的老母亲患了无名泻肚之疾病,已经将近一个月了,请过许多有名的医生,可就是没有一点儿疗效。老人已经瘦得皮包骨头,眼看就命在旦夕了,龙王哪里还有心思给人间行云布雨呢。龙王手下的乌龟丞相计谋多端,看见龙王愁眉不展,连忙上前献计说:"主公勿扰,民间能人甚多,可趁他们求雨之机,让他们想个办法治治老夫人的病,哪个地方有人能治好老夫人的病,就先给哪里下雨。兴许真有法子啊。"龙王一听,好比绝处逢生,连声说道:"此计甚妙,可以一试。"于是,连夜给民间托梦,让人们想办法治疗母亲的腹泻。

太原县有一个老秀才,无儿无女,一生杂学旁收,用偏方给人们治疗过许多疑难杂症。当他得知龙王求医的消息后,就将治疗腹泻的偏方写在一块帛上,拿到龙王庙的神像前焚化。办法是宰杀一只绵羊,将羊肉连同洗涮干净的心、肺、肝、肠、胃、头、蹄等零碎部件下锅熬汤,必须是一件也不能短缺,就连羊血也不能扔掉,而且不加任何盐味调料,待羊肉煮熟时取汤喝之。龙王病急乱投医,收到此方后按照老秀才的办法熬煮羊杂,让母亲趁热服用。嘿!没想到还真管用。母亲的病竟然一天一天好了起来。龙王高兴万分,赶紧使起神通给太原县下了一场透雨,旱情终于得以缓解,五谷青苗都变绿开始生长。

从此以后,龙宫里面就开始喜欢喝全羊牺汤了。每逢祈雨的时候,全羊就成了必供之品。太原县的老百姓们知道了全羊牺汤能治疗神仙的泻疾,纷纷效仿,于是就留下了"大伏天六月里喝牺汤"的习俗。这种牺汤是有病治病、无病防病,所以太原县的老百姓每逢盛夏酷暑,不论羊肉贵贱,总要凑份子喝上一顿牺汤,而且是天气越热越要喝。

襄垣挂面汤

襄垣挂面汤,又名银丝吊金瓜,典出《襄垣县志》,始于元代大德(1297—1307年)年间,到清朝康熙年间驰名三晋。因为后来从民间传进了宫廷变成了御膳,老百姓不愿意沾金带银,怕吃"犯上作乱"的罪,所以才叫作挂面汤。

明朝正德年间(1506—1521年),兵部尚书刘龙奉旨回襄垣县老家视察民情,行至五阳岭突然发起高烧,身上一阵冷一阵热,随从赶紧把他扶到就近的一个小客店里。店主倒是很热情,为他荷包了两个鸡蛋,煮进了一把挂面,放了些姜末、胡辣粉,滴了些香醋,滚了两碗酸辣挂面汤让他喝。刘尚书想,只要能使病快点好了,不要误了皇上交代的事情,吃什么都行,他就一股脑儿吃了两碗,直吃得他浑身出汗,身轻头清,别说多舒服了。就这样他在小客店休息了三天,身体就彻底好了。此后,刘尚书问店主:"此汤何名?"店主曰:"'银丝吊金瓜',其实就是一碗'荷包鸡蛋挂面汤'。"

— 234 —

刘尚书虽然返回朝廷的时间迟了几天,但总算身体没有大毛病。他回朝后,皇上问他怎么回来迟了几天。刘龙就把自己病倒在小客店,小客店又让他吃了什么说了一遍。没想到皇帝听了以后,竟然也想尝一尝这种"银丝吊金瓜"。幸亏这个刘尚书还从老家带回来一大包这种挂面。于是,皇上就安排刘尚书到御膳房去教御厨如何做"银丝吊金瓜"。刘尚书把从襄垣带回来的挂面拿到御膳房,手把手地教御厨做成了"银丝吊金瓜"。不但皇上尝了,而且皇上又让皇后、妃子们也都尝了一尝。皇帝尝了以后,连连点头称赞,当即下旨把"银丝吊金瓜"钦定为御膳房的一种汤食。此后,"银丝吊金瓜"就成了宫廷汤食,而民间只叫"襄垣挂面汤"。

孝义火烧

孝义火烧,吕梁市孝义特产,一种具有独特风味的饼类小吃,特点是绵软不黏,香鲜可口,层次均匀,质地酥脆,宜于热吃。孝义火烧有糖火烧、菜火烧、咸火烧之分。咸火烧是内包咸盐和茴香,上鏊烙烤。食时,若佐以葱花、大蒜、醋、酱油、盐、味精,更是美味可口。

孝义火烧据说与"火烧中阳楼"有关。孝义旧城中央,有一个永安市场,市中心有一座宏伟高大、壮观绚丽的古楼——中阳楼。此楼相传建自汉魏,是吕梁地区至今结构最完整、规模最大的楼式古建筑,也是孝义的标志性建筑。中阳楼宏伟高大,颇有声名。曾有"孝义中阳楼,半个还在天上头"的说法。没想到,此话传到天庭,惹恼了天上玉帝,于是派火神下界来烧中阳楼。

清朝顺治辛卯年四月十五日,正值永安市场赶会,中阳楼下的四条大街,商铺错落,车水马龙,人山人海,热闹异常。小吃摊上人们品尝着各种风味小吃。

中午时辰,街市正红火。中阳楼下又增添了一位头发斑白、衣衫褴褛的卖火烧老翁。老翁眉头紧锁,似有忧闷之情。他一面制作火烧,一面高声反复叫卖:"世人快来买火烧,吞掉火烧,火就不烧。"

老翁奇特的叫卖声,引来众人围观。一个年青的后生问老翁:"多少钱一个?"老翁答:"百两黄金,千两白银。""小小火烧,这般昂贵,怪事!"围观的人们议论纷纷,深感怪异,百思不解。老翁愤激地说:"嫌我的火烧小,那你们等大火烧吧!"说罢,老翁收摊而去。

中午刚过,中阳楼突然起火,不到一刻,便成瓦砾一堆。

事后,人们把中阳楼火灾与卖火烧老翁的出现联在一起,以为是神的点化。于是,城里人就都开始吃火烧,认为不吃火烧,火即烧房燃屋。随之乡里人也照做。此后,火烧便成了孝义的食俗。至今,汾孝一带过年都吃火烧,而且大多是在大年除夕夜食,谓之"翻身火烧"。

忻州养胃糕

养胃糕,典出《忻州志》,是一种古老的传统面点,至今已有500多年的历史。因其具有养胃健身的功效而闻名。特点是结构紧密,色呈浅黄,甜酥可口,具有浓郁的馨香,食之爽口怡人。故事发生在明代隆庆四年(1570年),忻州有个州官叫雷大壮,此人秉性刚直,操守廉洁,在他任职期间,庭无积案,忻州人对他肃然起敬。有一年雷大壮因操劳过度染病卧床。消息传开后,百姓们纷纷送来各种食品,其中有一个姓褚的商人送来一包糕点。州官吃后,感到新鲜素淡,味道别致,胃口大开,随即提笔写诗一首:"沉疴数月久,百姓来关照。病性回了头,全凭养胃糕。特赏二百银,为民总有报。"自此,这种糕点的制作技艺便逐渐传开,人们按州官的题词称其为"养胃糕"。

腥汤浇素饺

腥汤浇素饺,典出襄垣,是当地民众非常喜欢吃的一种节日饭,也称之为"腥汤素饺",是上党名吃,曾荣获国际金奖。特点是汤香味美,饺淡爽口,肉肥不腻,馅醇入味。

宋朝的时候,有一个打板算卦的先生苗广义,起初在洒金桥旁,摆下一个卦棚。有一天,尚未发迹的赵匡胤从这里经过,见桥旁人烟稠密,围着一座卦棚,迎面有一副对联,上联写:"一笔如刀,劈开昆山分石玉。"下联配:"双瞳似电,观透苍海辨鱼龙。"横批:"断事如见。"赵匡胤一见心中很不高兴,说:"何处狂生,敢出此浪言大话?待我下马访之。"想罢翻身下马,将马拴在卦棚外柳树上,分开众人,走进卦棚,向先生躬身言道:"先生,你看某后当如何?"广义一看,吃惊非常,原来是开国太祖!急忙站起,口称:"万岁,草民接驾来迟,望祈主公恕罪。"匡胤闻言,大吃一惊:"先生你莫非有疯癫之症?"广义言道:"我主不必惊慌,看我主双眉带煞,二目有神,左肩头有一朱砂痣,后必有九五之尊。"匡胤闻言,心中暗想:"我左肩头有朱砂痣,他人怎能知晓?莫非到后来果应他言?"想罢对先生低声言道:"日后如登九五,当将你宣入朝中,封为护国军师。"广义谢恩。匡胤走出卦棚。向众人道:"列位听真,此人乃江湖人,江湖口,江湖术士,不过奉承而已。"说完上马,奔他方而去。

后来,赵匡胤陈桥兵变,黄袍加身,果然将苗广义宣进宫去,封为护国军师,执掌三军。但是苗广义却不愿在朝做官,愿到三山五岳游玩。一日游至上党襄垣县仙堂山,时值正午,他饥饿难忍,见仙堂寺门前有一卖素饺子的,还有一卖肉片汤的。这一荤一素饭香味,吸引着无数香客。苗先生想各吃一碗,可他身上的银两带得不够,于是他只好各买半碗混在一起吃了起来。吃罢,精神舒畅,打开卦包,取出笔墨,大挥羊毫,题诗于墙上:"四白为素食,五味调荤汤。饱尝各半碗,素饺拌腥汤。饺香汤色艳,味飘满山岗。僧人欲偷吃,仙女思下凡。"苗先生题诗走后,大家才知道他是国师爷苗广义。于是,"腥汤素饺"的名声传播到上党各地,驰名三晋,长盛不衰。

兴县冒汤

兴县冒汤,俗称"扁食帽汤",其名称有三种说法:一种说法是粉条上盖了饺子,形同人戴了帽子;一种是取其谐音"冒""茂"同音,形容冒汤生意越来越兴隆;一种是寓意吃冒汤的人,吃了之后,家庭兴旺发达,能广进财源。传说,清代乾隆九年(1744年),在京做高官的兴县籍人孙嘉淦回兴县探亲。探亲期间,他访亲问友,朋友们招待他的就是粉汤和饺子。当时的粉汤就是细粉条内调以辣椒、花椒、胡椒、葱、芫荽、食盐、醋等调料。饺子是羊肉馅饺子。孙嘉淦吃到老家的两种风味食品,赞不绝口,直吃得肚子鼓胀才罢休。吃毕,孙嘉淦沉思片刻说:"粉汤吃起来虽香鲜可口,但品种太单调,若能把饺子与粉汤融为一体那该有多好。"次日,朋友就有意把煮熟的饺子混在粉汤内,端给孙嘉淦吃,孙嘉淦吃后感到两种混在一起吃比分开吃要可口,更有味道。此后,人们在做粉汤出售时,总要配以饺子。

徐沟荞面灌肠

徐沟荞面灌肠,典出清徐,是盛行于祁县、太谷、榆社、文水一带的传统风味小吃,适合消暑,所以和凉皮、凉粉一样是山西人夏天喜欢吃的食物。也可以作为零食,或者直接当作一顿饭也可以。山西灌肠制作方法神秘,多为家庭技艺传承,原料以当地特产荞麦为主,素食,口感筋道细腻,爽滑利口,久吃不腻,调制简单,随吃随切,加入秘制卤汁,口感更佳。至今已有百余年的历史。灌肠的名称,平遥、忻州、吕梁等地称为"荞面碗饦"。"饦"为古代面食称谓。

当地民间相传始于西晋战乱年间,因制于碗、食于碗而得名。碗饦与灌肠本质上均为荞面蒸制品,食法相同,区别主要是蒸糊之碟、碗器具不同。碗饦最有名的,数保德荞面碗饦与平遥白面碗饦。保德碗饦,有素、荤(荞面蒸到半熟,将五味俱全细碎猪肉铺到上面一层再蒸,又叫肉碗饦儿)之分,最兴盛时期是光绪至民国年间。碗饦在平遥多以白面为料,清光绪时以城南堡名厨董宣所制最好。忻州宁武县以豆面制碗饦,亦为当地传统风味。徐沟灌肠的吃法,大致分为凉调和热炒两种。凉调又根据调料的不同分为多种风味。有蒜醋味的,有浇卤的。放不放辣椒则根据个人喜好而定。热炒的也有几种,纯粹的炒灌肠是一种,配了豆芽的是另一种。街市小摊上豆芽炒灌肠最为人们喜爱,常常被女性当作主食享用。

徐沟荞面灌肠也称灌渣、灌掌、碗饦、官尝等名,至今已有百年的历史。徐沟人说,这一面食是无意中将吃荞面糊糊剩下的"渣渣"盛在陶饭罐中蒸制,熟后用蒜醋调味而成。后又改用碗蒸,再后又改为碟子,经不断改进工艺,定型为今天的样子。

徐沟在清徐县东南,离太谷、祁县较近,也是晋商的发祥地,素有经商的传统。徐沟荞面灌肠之闻名遐迩,与徐沟人的商业智慧不无关系。一个小小的荞面灌肠能做得今天这样的风流,不得不为徐沟人的智慧竖起大拇指。传说,当年八国联军打进北京。慈禧太后出逃西安,途经徐沟住了一宿。当时的徐沟县令昌倔就用罐渣等当地的风味小吃招待这位吃腻了山珍海味的"老佛爷",吃得其满口叫好,龙心大悦。以至后来从西安返回京城后,很快就将这个县令调升为定州知州。由此可见徐沟小吃之魅力。

另据保德民间传说,徐沟荞面灌肠的源头在保德。传说,过去并州有位姓王的财主,为了培养儿子经商才能,买了一头骡子让儿子骑着周游各地,让其见识各种风味小吃,以便开设店铺赚钱。王财主的儿子走了很多地方,觉得各种名吃均不爽口,一日来到保德州,吃了碗饦后赞不绝口,边吃边说:"好东西!好东西!"吃罢买了两笼驮回并州,向父亲汇报。王财主让用人卸下笼驮,打开一看,竟是两坨发霉的灰圆片,恶臭扑鼻。顿时将儿子臭骂一顿。王财主的儿子很是委屈,辩解说:"那碗饦得确是很好吃的,不信你去保德州尝尝。"佣人们帮着解围:"老爷,别生气了,少爷年轻没经验,赶着骡子走了五六天,好东西变坏,也是难免的。"老爷听用人说得有道理也就不再责怪儿子了。为了验证真假,王财主亲自到保德走访了一回,并亲口品尝了碗饦,觉得确实香得很,又看到碗饦摊子生意兴隆,是赚钱的好买卖,就请摊主到并州自家府上传艺。但保德碗饦摊主遵守秘方不外传的规矩,只向王财主家厨传授了粗面制法,蘸汤的配方并未告知。因此,制出的碗饦与保德碗饦迥然不同。王财主问其缘故,对方回答说:"井水做的哪能与黄河水做的一样?一方水土养一方人,就像你们并州人说话,哪能和保德人说话一样?"王财主信以为真,只好作罢。王财主是聪明人,后来开了碗饦铺,改叫灌肠,还在凉调的基础上创新出浇卤和热炒的吃法,让荞面灌肠有了自己的特色,也为当地人认可。因此,王财主的灌肠铺还是赚了不少钱,其做法一直流传至今。

雪花烧卖

雪花烧麦,又名稍梅、烧卖,典出长治,是"八八"酒席中的一道最佳腰饭,因是用鸡蛋黄做皮,收口处又撒了些糯米粉,故也称皇家"雪花烧麦",是上党面点一绝,在上党落户也有几百年的历史了。特点是形如石榴,洁白晶莹,馅多皮薄,清香可口。"腰饭",就是中间的意思。

朱模是朱元璋的第21子,母亲是赵贵妃。洪武二十四年(1391年)封沈王。永乐六年(1408年)就藩于潞州,后改为潞安府。相传有一年正月十五,朱模在王府设"八八"宴席,邀请潞安府各界人士。上完第四道大菜时,应上腰饭(点心)小豆包。结果一揭笼盖,小豆包一个个顶部开花如石榴,皮面金色如黄铜,吓得厨师目瞪口呆,六神无主。原来是他的徒弟和面时碱放多了,故成了黄色,再加上帮手小宫女往蒸笼里放时底朝天,结果成了个四不像。正在焦急之时,朱模来后厨催菜上饭,发现厨师愁眉苦脸,指着四不像说,这道腰饭没法上！朱模一看哈哈大笑地说:"这东西怪好看哩,就像我小时候在南京吃得'烧麦'一样,底大口小有花瓣,虽然皮黄了些,倒也符合皇家的色气,既然是甜的,不如在开口处放些白糖,就叫'雪花烧麦'吧！"上到席上,沈王说:"这是我皇家的'一绝'。"大家听了都争先恐后地抢着吃,一个个边吃还边说:"好吃！好吃！"这可真是"皇家一句话,错了也不差"。后来经过历代厨师们的改革,这个"雪花烧麦"还成了现在筵席腰饭中的一绝,荣获了"山西名吃"的称号。

雪莲酥

雪莲酥,典出《祁县志》,创制于清朝乾隆年间晋商渠家"是盛楼",失传七十年后被"广东酒家"抢救,曾荣获"国饼十佳"称号。特点是洁白如雪似玉,口感松润,不甜不腻,回味无穷。是盛楼,祁县著名的老字号炉食(糕点)铺,始建于清朝乾隆时期,由祁县商人渠映潢在乾隆嘉庆年间创建,鼎盛于清末民初,以制作糕点鲜美精致著称。

明清时期,晋商大贾甲天下。在长达五百余年的兴盛繁华中,晋商纵横捭阖,创造了独特的商业文明,也为后人留下了值得在历史上写下一笔的饮食文化。晋商的饮食,一类是商号内部日常用饭,另一类是做生意待客用饭。商号内部吃饭不付伙食费,有大、中、小灶之分,经理吃小灶,伙计、学徒吃中灶、大灶。做生意待客用饭也有两种:一种是掌柜等有身份人用饭之处；还有一种是大戏馆子,一边卖饭,一边唱戏,去的人多是小项生意掌柜、伙计和学徒等。

在晋商的家宴中,"八碗八碟"已是上等酒席,但是据乔家的后人讲,在鼎盛时期,乔家饮食远比"八碗八碟"要奢华得多,具体乔

致庸每天吃什么,我们现在无从考证,但是就从一款极品点心中,能够看出乔致庸对于饮食要求的精致和讲究。

这款点心就是雪莲酥,是乔致庸让是盛楼指定糕点师傅制作的一款极品点心,它平日为点,节时为饼。其特点一是用料考究,原材料汇集了九州南果北仁之精华;二是工艺精湛,乔家各地分号每年供奉府上的特色极品糕点、月饼,乔致庸都要将其送到是盛楼,让糕点师傅博采众长,形成了雪莲酥与众不同的制作工艺。此后,是盛楼每年中秋都要派许多伙计到乔家送月饼,每人挑五六十斤,要送好几天。然后,乔家要把这些月饼送给各地分号的掌柜当福利。之所以要肩挑,是怕月饼破碎走形。

在清朝,慈禧太后的饮食之奢侈是有名的,女官德龄在她所著的《御香缥缈录》一书中,对慈禧有下列评语:"皇太后的一生,可说是为'吃'而生存的……"慈禧西行到太原,饮食用度标准大幅提高。在太原小店打尖歇息,两个多小时就花掉了上万两白银,在徐沟的一晚,当地支用白银五万两。进入晋中祁县后,乔家更是捧出了珍馐美味。据清人刘大鹏在《退想斋日记》中记载,当时晋商商号内部的饭菜水准相当高:"此间生意奢华太甚,凡诸客商,名曰'便饭',其实山珍海错,巨鳖鲜鱼,诸美味也。习俗使然,并无以此为非者。"当年恰逢闰八月,慈禧到祁县时,适值第二个中秋节前后,乔致庸不仅出资白银三十万两,还奉上雪莲酥月饼请老佛爷在乔家大院驻辇赏月。慈禧这个在吃上很挑剔的美食家,没想到乔府的月饼如此香酥,忍不住赞不绝口。慈禧太后到西安后,还特命人到乔家取雪莲酥供其尝用,并赐予随行的大臣、王爷、格格们品尝。之后,乔家每到中秋就派人赴京奉送雪莲酥。

羊肉烩面

羊肉烩面,典出长治地区,是伊斯兰教回族民间一种古老的面食,俗称"羊肉老圪扯(gē qiē,音割切)",其历史悠久,早在明朝初年就名扬三晋,后被评为"全国清真风味名牌产品"。特点是面筋光滑,汤鲜味美。烩面按配料不同可分为羊肉烩面、牛肉烩面、三鲜烩面、五鲜烩面、炸酱烩面等。按是否带汤可分为汤面和捞面两种。

唐太宗李世民在登基前的一个隆冬雪天,患寒病落难于一农家小院。农家母子心地善良,将家养的角似鹿非鹿、头似马非马、身似羊非羊、蹄似牛非牛的四不像(亦称麋鹿)屠宰炖汤,又和面想做面条为李世民解饿。但追敌逼迫,情形紧急,老妇人草草将面团拉扯后直接下入汤锅,煮熟后端给李世民。李世民吃得满身冒汗、暖流涌身,不觉精神大振,寒疾痊愈,于是策马谢别。李世民即位后,整日山珍海味倒觉不出什么滋味,就想起那年隆冬雪天吃过的母子做的面,想到他们的救命之恩,便派人寻访母子,以厚加赏赐。还真是不负有心人,终于找到了那母子。太宗又命御厨向老人拜师学艺。从此,唐代宫廷御膳谱上就多了这救命之面——麒麟面。后来,因为四不像极其稀少,觅猎困难,武则天为此杀了几个贡使仍无济于事,只得取山羊代替四不像,麒麟面也改称山羊烩面。但是经御厨、御医鉴定其口感滋味和医用价值都不亚于麒麟面,于是羊肉烩面便成为宫廷名膳,长盛不衰。

明代永乐年间,沈王朱模在潞州时常到民间察访。某年秋日,行至西和、八义村一带,日当中午,腰疼腿酸,饥饿难忍,便坐在路旁休息。这时,一位头戴黑纱的少女,手提着罐子和篮子走来。朱模见是一位回族姑娘,便问:"小姑娘你叫什么名字,到哪里去?"小姑娘说:"我叫春姑,去地里给爷爷送饭。""送什么饭?""羊肉面条。"朱模说:"我们走得又累又饿,是否也让我们吃一点?"春姑看见他们可怜,就给他们每人倒了半碗面。朱模闻了闻香喷喷的面条,狼吞虎咽,三口两口吃了个精光,边吃边说:"真香!真香!"

朱模回到王城,一直回味着那半碗羊肉面条的香鲜。此后,他把春姑及她爷爷接到王城,并在后花园修建了一座清真灶房。就这样春姑成了朱模家庭的一位回族厨娘。从那以后,地方名流、过路官员、朱模之友,凡是到王城里做客,筵席上的主食就多了一道羊肉烩面。

清朝时八国联军打进北京城,慈禧太后逃到山西避难,仍然没有忘记烩面补身祛寒,多次差总管李莲英去宣诏贡山羊做烩面食用,及时解除寒疾病险。随着时代的发展,烩面日益受到人们的肯定和青睐。烩面也以其汤肥肉瘦、浓香爽口、营养丰富、独特风味而享誉全国。

阳城烧肝

阳城烧肝,阳城地方风味小吃,起源于宋、金交战时期,以鲜猪肝加佐料,用煎、蒸、炸等工序达到焦黄酥软即成。已有数百年的历史。特点是外焦里嫩、味美适口、佐酒佳肴、热食不腻。

宋、金交战的时候,留守太行山的岳家军得知岳飞被秦桧陷害,非常气愤,军士们割下猪头,写上秦桧的名字,又将猪的心、肝、肺掏出来烧煎,供在将军灵前。烧煎肝的是位阳城厨师,他烧肝时抓了一把大蒜,又拌了一些粉,狠命地在案板上剁个稀巴烂,结果没办法在锅里烧,就割了一块猪花油卷住,再用浅油煎,定形后捞出,为了解恨,放蒸笼里蒸了半天,放上供桌祭奠岳飞。祭奠结束,厨师将烧肝切片,用红油一煎,让将士们蘸醋吃。鲜美的味道居然让这道菜很快传遍整个阳城。

还有一个传说,在很久以前,阳城有个姓甘的县丞,他巧取豪夺,搞得民不聊生。南城墙下住着郝氏三兄弟,老大以杀猪、卖肉为生,老二以卖菜为业,老三从小爱好读书,是城内少有的才子。

隆冬晚间,有王屋山下的学友来访,老三因家中米无半粒、菜无片叶,无以招待,想去老大家讨些肉食,无奈老大家只剩半叶猪肝,转到老二家,老二的菜已卖尽,筐中只有几瓣大蒜。老三拿着往家返,一路寻思:在阳城,猪下水(内脏)是从来不吃的,更不用说招待客人了,这如何是好……

回到家中，他让内人将猪肝和大蒜洗净、剁碎，揉在一块。用菜叶包住蒸熟后，切成片，老三与客人每人拿一根竹签，围坐在火炉旁，烤着吃。顿时，蒜香味、肝香味弥漫在空中。客人吃着这外焦里嫩的食品，大呼："美！"问老三："名何？"老三沉思片刻，想着县丞的无情，叹着百姓的清苦，为泄心中之愤，脱口而出："烧甘（肝）！"

从此，烧肝就迅速在阳城流传开来，并逐渐成为阳城的一道名吃。

养元斋排骨王

养元斋排骨王，典出绵山，地方特色菜肴，始创于清代。特点是肉香飘溢，营养丰富。清朝雍正年间，太仆寺卿范毓馪回介休省亲，将一名厨师带回京都，适逢雍正皇帝为皇后做寿，宴请文武百官。范毓馪便向皇帝荐举介休名厨主持御宴。名厨果然不负众望，蒸、煎、炒、炸、熘、烧、焖，倾尽全身技艺，使御宴一扫旧颜。御宴让席上众人一醉方休，雍正翌日日出三竿方才酒醒，觉口中仍然美味不绝，心中对绵山风味佳肴深为叹服。数年后，介休名厨告老返乡。有一天，雍正龙体欠安，身心疲倦，单念介休名厨的"养元排骨王"。皇后娘娘即派半副銮驾赶往介休降旨，将名厨又抬进宫廷，从此养元斋排骨王便成为御膳滋补佳品，也成为绵山独具特色的名菜。

尧王饼

尧王饼，典出史前时期尧王的故事。尧王饼是山西风味小吃，外脆里嫩。相传，远古时，人们经过炎帝亲尝百草，后稷教民稼穑，已经进入农耕时期，但人类吃五谷仍然是与树叶一起煮着吃或者烤着吃，还没有像现在的面食。有一次，尧的五谷遭到墙倒的重压,有的破碎,有的变成了碎粉,又遇上一场雨,把压碎的五谷变成了浆。按当时的习惯,五谷只用树叶裹上煮着吃,如今被雨淋了,变成浆,就没办法吃了,应该扔掉。但是俭朴的尧,还是一把一把地将浆谷捧到光滑的石板上,想晒干后收藏。没想到雨后的骄阳似火,烤得石头发烫,石板上的谷浆逐渐变干变黄,被晒成了谷片,却散发出奇异的香味,尧王拿起一块放进嘴里嚼,非常好吃。于是尧就教百姓用石头砸碎五谷,然后再用水和成浆,薄薄地铺到青石板上,并在青石板下面点燃木柴,用石板将谷浆烤熟后食用,制成了"华夏第一饼"——尧王饼。

一窝丝

一窝丝,典出宁武,又叫金丝饼、盘丝饼,是忻州地区传统的风味食品,创制于明代末年,盛行于清代,曾经是高级宴席的甜点。因其形状像曲蜷待腾的蛟龙,提起一根线,放下一窝丝,动一动,散成一堆,故称"一窝丝"。

清朝光绪年间,宁武"一窝丝"烙饼店的掌柜郭生堂和一家姓刘的同期开店,两家在生意上竞争激烈,都想以一技之长压倒对方。有一年郭家来了个姓陈的外地师傅,会做一种特殊的烙饼,用上等白面、麻油做成三尺长的拉面,然后取其一根卷在一起擀成饼,放在锅里加麻油烙熟,形状就像曲蜷待腾的蛟龙,提起一根线,放下一窝丝。从此郭家店顾客盈门,生意兴隆。店主郭生堂亲自动手学习绝技,在掌握要领和诀窍的基础上不断改进和创新,后来成了远近闻名的"一窝丝"烙饼创始人。有一次陈师傅在灶前烙饼,客人在炕上等着吃饭,他想露露手艺,就将饼子的一头提住,把饼扔向炕上,让客人尝尝熟了没有。客人撕下一节,放在嘴里尝,随手松开,只见那抻展的面条立刻又回缩到陈师傅的手里,重新卷在一起,成为一窝面丝。客人不约而同地拍案称奇,并高声赞叹。从此,这烙饼便有了一个响亮的名字"一窝丝"。

莜面栲栳栳

莜面栲栳栳,又名莜面窝窝,是用莜面精工细作的一种面食品,因其形状像"笆斗",民间叫"栳栳"(用柳条编成,形状像斗的容器),太原十大面食之一,距今已有一千四百余年的历史。历史上美食的习俗多来源于地方物产与历史传承。山西北部高寒地区盛产莜麦(也称裸燕麦、玉麦),从民谣"雁北三件宝,莜麦、山药、大皮袄"就可见一二。过去艰苦的自然条件造就了山区人民杂粮细做的本领,新媳妇在婆家第一次上锅,要先在莜面上露一手,而新女婿春节登门也要吃上十种花样的莜面饭。莜面栲栳栳,就是这种莜面饭的一种。因形似"蜂窝",所以当地老百姓也称其为"莜面窝窝"。

故事发生在隋末时期,隋文帝杨坚偏信奸佞之言,要立次子杨广为太子,唐国公李渊极力劝谏,不被采纳,还因此被贬为太原留守。李渊携家眷到太原,途经灵空山,不料身怀六甲的李夫人要临盆分娩,只好借宿灵空山古刹盘谷寺,生下公子李玄霸。李渊滞留该寺,常与老方丈谈论天下大事。一日,老方丈对李渊说,我夜观天象,近日天下大乱,群雄恶战,将军应养精蓄锐,将来必成大业。今日我让香积房给你做顿稀罕饭,吃了之后定会精神焕发,体强力壮。午时,将莜面"蜂窝筒筒"端了出来,李渊蘸上辣椒吃后,顿觉神清气爽,便随口问道:"这是什么饭?"老方丈说是用莜麦面做的,形似"蜂窝",所以当地老百姓称其为"莜面窝窝"。后来李渊当了皇帝,便派老方丈到五台山当住持。老方丈带领众僧赴任时路过静乐县,看到当地盛产莜麦,便把制作"莜面窝窝"的技术传给当地人。从此莜面窝窝成为静乐人的待客饭。后来静乐人看见这种窝窝像存放东西的直筒栳栳,故将窝窝改称为"栲栳栳"。再后来这种民间面食就传遍了晋、陕、冀、鲁等地,成为北方山区人民的家常美食。

民间还有一种说法，相传李世民父子在太原起兵，用的就是这种面食犒劳三军，一举建立大唐王朝，"栲栳"是由"犒劳"一词流变而来。此是民间传说，但莜面栲栳栳在山西民间除了是家常美食外，确实还有犒劳亲朋贵宾之意。在雁北和吕梁山区，人们赋予吃莜面栲栳栳以"牢靠""和睦"等美好象征意义。每逢老人寿诞、小孩满月或逢节待客，多以此成餐。山区有些人家婚配嫁娶时，新郎新娘也要吃，意谓夫妻白头到老。年终岁末时更要吃，以祈全家和睦、人运亨通。

右玉到口酥

右玉到口酥，又名糜米面馍馍、松子饼，由糜米面、米糠制成，是过去右玉百姓的家常饭。特点是颜色金黄，酥软香甜。

清朝时，康熙皇帝在平定噶尔丹叛乱时，带领御前侍卫白将军和大批军队到了杀虎口，准备率领大同军队会同杀虎口守卫大将费扬古（八旗兵）、右卫协镇王元（绿营兵）的军队一起征讨叛军。出关前，康熙皇帝带着白将军微服私访归化城（今内蒙古呼和浩特市）。没想到，刚过杀虎口不远，就遇到一只叛军部队的抢掠，当时白将军力战身亡，康熙帝落荒而逃。但未逃多远，就被叛军抓住。由于叛军不知道他的身份，就把他劫持囚禁在榆林梁村的一间民房里，三天没有给他东西吃。房东有位老婆婆，悄悄地给他送了几个糜米面馍馍。康熙饥不择食，狼吞虎咽大嚼起来，觉得十分香甜可口。到第四天的时候，费扬古统领八旗兵，大同总兵康调元带领军队赶走了叛军，救出了康熙皇帝。为了给皇上压惊，群臣在杀虎口大摆酒宴，但康熙帝面对满桌佳肴却食之无味，总想着在榆林梁村时吃的糜米面馍馍，就命令部下连夜去请榆林梁村的老婆婆。当老婆婆蒸熟一笼糜米面馍馍时，康熙帝却怎么也咽不下去了。但碍于众将官的面子硬是咽了多半个。他边吃边面带笑容地大声赞叹说："此乃救朕一命的到口酥啊！"众将领见皇上如此赞赏，也抢着大嚼起来,并连声叫好。一会儿一笼馍馍就吃了个精光。康熙帝当即传令赏老婆婆纹银五百两。从此,这种用糜米面和糠面做的馍馍就依康熙帝所称叫"到口酥",并流传了下来。

鱼羊包

鱼羊包,典出寿阳,始创于公元1834年,晋中市市级非物质文化遗产,是"中华名小吃""山西名小吃""山西特色名吃"。

清朝的时候,寿阳名厨王大财跟随三代帝王师祁寯藻司厨,行走大江南北,在吸收和掌握南北菜品的同时,十分注重对养生食品的研究。有一年祁寯藻的母亲因年老体弱,虽然服用了很多滋补药品身体仍不见恢复,而且常常厌食。家厨王大财根据祁母喜食包子、饺子的特点,用鱼肉和羊肉制作了养生膳食"鱼羊包""鱼羊饺"为祁母补养。经过一段时间的调养,祁母的身体得以恢复。后来,"鱼羊包"传承人王同云在继承祖方的基础上潜心研究,解决了"鱼肉"有腥味、"羊肉"有膻味的技术难题,使鱼羊肉馅通过渗汁增养产生了一种"灵味",这种"灵味"就是"鲜",所以今天人们品尝到了世界上最鲜最美的包子。

榆次桃花面

榆次桃花面,又名馄饨面、逃荒面,是将煮熟的馄饨与面条同置一碗,加浇头(亦称臊子)而成。因馄饨皮薄,肉馅透红,浮于面条周围,宛如朵朵盛开的桃花,故名,距今有一百五十多年历史。"桃花面"原意"逃荒面",主要是烧肉丸子等。原来逃荒的时候要饭吃,遇上大户大家办事就把剩下的面和菜混合起来给要饭的,因有肉混合起来感觉很好吃,就把这种吃法流传下来,改名为"桃花面"。特点是色鲜味浓,营养丰富。

山西人说:"金太谷,银祁县,榆次多的是米和面。"据说晋中的

面大概有几百种,什么剔尖、擦尖、抿尖、压饸饹、猫耳朵……吃上一年都不会重样。至于当地人叫作"调和"的浇头,可以是醋氽(pà,音扒,烂熟、疲软的意思),可以是杂酱。不过最地道要数桃花面。碗里那大片的烧肉是把做好的五花肉抹上蜜用油煎过,和肉丸子一起加上作料上屉蒸透,连汤带肉浇在面上,再添上个硕大的氽鸡蛋,撒上葱花,就成了一碗桃花面。朴实丰腴的面,香浓醉人的名字。这里的"桃花"并非来自什么香艳故事,而是源于"逃荒"。古代榆次是富裕的地方。外省人逃荒至此,东家施舍几片肉,西家讨得个丸子、鸡蛋,浇在热腾腾的面上,就成了一碗实惠的"逃荒面"。后人听着别扭,渐渐谐音叫成了"桃花面"。

原平鲜肉锅魁

原平鲜肉锅魁,是驰名三晋的风味名吃,一种烤制的传统名点,因在历史上曾夺得当地炉食之魁而得名。面饼金黄油润,具有香、甜、酥、脆的特点。至今已有三百多年的历史。特点是外酥里软,入口幽香。

原平锅魁原名"锅馈",是一家面饼铺的学徒偶然创制出来的。清代,在原平城里有一家食品店的徒弟,趁着师傅外出的空儿,把做月饼剩下的小麦面粉掺和上油酥,又包上糖馅,胡乱捏成一个疙瘩,用擀面杖压扁,再用手拽成像鞋底大小的样子,放到炉内去烘烤,等烤熟了以后取出来一看:嗨,色泽黄澄澄的,又闻了闻感觉也香喷喷的。正要咬一口品尝一下,恰好师傅从外面回来了,一进门就看见徒弟在拿着什么东西要吃,便开口问徒弟吃的什么。徒弟以实相告,师傅从徒弟手里拿过来掰了一半尝了尝,感到徒弟胡乱做的这个东西酥松甜润、糖汁似蜜,口感一点也不比月饼差,当下就跟徒弟商定,就照这种样子经营它,并起名叫"锅馈"。很快他们经营的锅馈在当地出了名,成了人们走亲访友时必带的食品。光绪二十六年(1900年),慈禧太后一行离开怀仁县以后,来到原平府

下榻在城内有名的豪宅夏林花园。当时的县官邢夏林在为太后和光绪准备御膳时，就把锅馈当作点心摆了出来。慈禧太后一开始说："那个样子像鞋底，能好吃吗?"听了衙门的介绍后，她才拿起一个掰了一小块尝了尝，不料这一尝使她竟然又拿起刚才放下的那一个，津津有味地吃起来了。吃罢，"老佛爷"高兴地说："不错，不错，炉食之魁嘛，就是样子像个鞋底子。"慈禧太后的金口玉牙使原平的地方名吃"锅馈"改名为"锅魁"。

甑　糕

甑糕，又名糕圈、劲糕，创制于曲沃县，是古韵十足的晋南传统风味小吃。因蒸糕是在深口大铁锅上蒸熟，而蒸食饮具古名为"甑"，故名甑糕。它是蒸制面食的鼻祖、华夏糕文化的肇始者。甑糕不仅晋南有，陕西的西安和汉中也有。两地甑糕一脉相承，遥相呼应，在秦晋大地上流传了五千多年。特点是色泽鲜艳，红白相间，形色俱佳，枣香浓郁，软糯黏甜，味道醇厚。

相传，甑是黄帝发明的，三国谯周《古史考》就有"黄帝作釜甑"的记载。在出土的新石器时代晚期的炊具中，就有陶甑。甑，古为陶制，圆桶形，底部有许多圆孔，与鬲或釜配套使用。相当于现在的笼屉。鬲或釜中注水，甑置其上，烧热鬲、釜使水成汽，蒸熟其中食物。甑的发明是古人吃熟食的一大进步，也是人类烹饪史上的一个新突破。古代还有一种甑与鬲连体的炊具，中间有箅，叫甗，作用与甑相同。晋南曲沃，至今还有使用古老的灰陶甑的。

甑糕的古老，首先表现在它的炊具上，它是使用由最古老的蒸具"甑"演变而成的甑锅蒸制而成，这也是它得名的原因。甑，在原始社会后期已经产生，到了新石器时代又有了陶甑，商周时期发展为铜甑，以后又变为铁制。从此，铁甑这个炊具就世代沿袭，流传至今。这种铁甑形似圆筒，底部有许多透气的小孔。近年也有用白铁叶子焊成的。陶甑蒸出来的糕质量最好。

甑糕除了炊具古老以外，它又是由中国三千多年前西周时期王子专用的食品"糗饵粉糍"演变而来的。《周礼·天官》有"羞笾之实，糗饵、粉糍"的记载，"粉糍"是在糯米粉内加入豆沙馅（古时叫豆屑末）蒸成的饼糕。先秦的"粉糍"是在糯米粉中加入豆沙馅蒸成的糕饼，并不放枣，到了唐代才发展成枣米合蒸。唐代，韦巨源宴请中宗皇帝"烧尾宴"中的"水晶龙凤糕"和现在的甑糕一脉相承。

唐宋以后，糕类食品越来越多，既有麦面的又有米面的，既有豆类的也有蔬果的。即使是糯米糕，也从形状、味道等方面分了数十种之多。各种糕都有自己的名称。有的以用料为名，有的以形状为名，甑糕则以所用独特炊具为名。由于红枣和糯米营养丰富，滋补强身，因而甑糕受到各阶层消费者的好评。当年冯玉祥将军把"西安甑糕"誉为"平民阶层的燕菜"。

长寿福禄肉

长寿福禄肉，典出明代王家屏"王阁老送女就一次"的故事。福禄肉由猪肉、豆腐两种原料加工而成。为了去掉猪肉对人体的血压、血糖、血脂造成的不良影响，在原配方的基础上，又增加了梅、菌、菇、枸杞等食用成分，不仅肥而不腻、清爽利口，而且老幼兼宜、延年益寿。

王家屏是明代山阴县河阳堡人，曾任吏部左侍郎兼东阁大学士，以礼部尚书兼东阁大学士致仕归里。所以，在雁同、朔州地区民间以"王阁老"相称。民间流传有很多他的故事，但最不为人们知晓的是名菜"福禄肉"的来历。王阁老历任明朝皇帝老师。本名叫王家屏，又称王囚（"囚"的意思是除皇帝以外，全国人口中的第一人）。当时，他的女儿出嫁至山阴城（现古城镇），已身居高官的王家屏，多年未看望留在乡土的女儿。有一日心血来潮，想探望故乡和女儿，向皇上奏请"回乡探望女儿"。皇上准奏。于是他带领上千人马和家眷回故乡。这可忙坏了他的亲家，不用说住，就是生活安排也不可轻慢。焦急之余,想到了最好是宰猪杀羊,其中最好的还是"红烧猪肉",但这道菜已很普通,吃得多了对人体无益,如果损坏朝臣身体,那可是杀头之罪。无奈之下,只好应急将红烧肉配以其他辅料,减除其副作用。当时的人们没有"三高"意识,只是怕把人家吃坏而已。于是广纳贤士,诚聘高厨,特制出了一道既不伤害身体,又能益寿延年的"福禄肉"。王阁老吃后赞口不绝。相传之下,这道菜遂成为山阴的名菜。

长治腊驴肉

长治腊驴肉,又名砂锅腊驴肉、上党腊驴肉,典出唐朝李隆基和明朝朱模在潞州的故事,早在元明时就已有盛名,清代时驰名于上党地区,是久负盛名的山西名特产食品。与火烧、凉粉并称为"潞安三宝"。产品不仅享誉潞州府八县,还闻名于京、津、冀、鲁、豫、陕等地。特点是色泽鲜艳,肉质细嫩,清香可口,味美怡人。

明朝时,明太祖朱元璋之子沈简王朱模,曾经居住在潞州王城(陵园),经常独自一人在街巷游荡,访察民情,饿了的时候就在小摊上吃些东西。他平时最喜欢吃小摊上的腊驴肉与酥火烧。时间一长,有一次这位王爷突发奇想,就把香味浓郁的腊驴肉,夹入薄如纸片的酥火烧里吃,觉得别有风味。后来,他就精心挑选了腊驴肉和酥火烧,派专人送往京城,供皇后、皇妃、皇子、皇姑品尝,从而使之风靡上党各地,到嘉靖时,已被列入贡品。

长治麻花

长治麻花,又名环饼、发面麻花,长治传统特色小吃,因唐明皇李隆基的故事而名扬四海。特点是金黄醒目,甘甜爽脆,甜而不腻。

相传唐明皇李隆基开元十一年(723年)来潞州视察民情时,正好赶上八月初五是他的生日。于是就在潞州府衙会客厅设宴招待潞州老友、地方绅士、政界官僚。宴席主厨师傅除地方的外，还有他的随行御膳房点心师，所以李隆基的"千秋宴"上出现了宫廷的点心——麻花、绿豆糕、蚕酥等精制的面点，让潞州面点师大开眼界，从那时起潞州便有了麻花品种的出现，与油条同是长治脍炙人口的寒食佳点。

长治解放前和新中国成立初期炸麻花、炸油条、炸油糕的师傅多数是从晋城逃荒上来的灾民，他们炸的油货别具一格，各有特色。尤其是罗坤盛做的"霸王鞭"麻花，粗细一致，色泽红黄，酥甜可口，花瓣如算盘珠大小一般，一环扣一环，像大姑娘的发辫优美光亮。改革开放后，晋南人落户长治经营麻花的摊点不下数十家，有六股型、万字扣型、寸段型、麻叶型、芝麻型麻花。

还有一个故事，说长治有一种六股"霸王鞭麻花"，色艳酥脆，夏天不腻，长35厘米，直径4厘米，故得名。此种麻花出自一个贵族小夫人之手。相传，清末民初时，长治城内有一个地主叫杜斜眼，外号色迷。祖上给他留下五家连锁金货铺，可他不谋正业，沉迷玩乐。他娶了六房姨太太，前五房太太各掌管一家金货铺，唯六姨太年轻漂亮，在家亲自烹制佳肴，精制面点，陪伴杜斜眼吃喝玩乐，过着花天酒地的生活。长治有个风俗习惯，一到腊月二十三，家家户户过小年，蒸团子、扫房子、炸麻花、炸丸子。这年六姨太也在家备办年货，准备过年的食品，但她正在炸麻花时，杜斜眼闻着香味，叫六姨来陪他作乐。可小夫人正在一根一根地炸制小巧玲珑的麻花，离不开油锅，可是杜斜眼大喊大叫，吓得六姨太六神无主，无奈只好把剩余的几十根麻花面坯胡乱揉到一块，搓了几根大麻花扔进油锅里，将锅端离火口，让热油慢慢煎之。过了一会儿，再到油锅跟前一看，大麻花炸得红润色艳，捞出来一尝，酥脆香甜。晚上五房姨太太回来后，小夫人让各位姐姐尝尝又长又粗的大麻花，都说好吃。大太太问："六妹你是怎么做成这么粗的大麻花的？"小夫人把她正在炸小麻花时杜斜眼闻到油香味的事一说,众姨太都哈哈大笑……二姨太说:"我看就把这又粗、又长、又大的麻花叫成'霸王鞭麻花'吧,以后逢年过节你就给我们做着吃好啦!"

长子炒饼

长子炒饼,又名"炉卜",上党名吃,始创于清朝光绪年间。操作流程要经过四十八道工序。做法是把即将熟的饼子切成细条或丝状,然后加油爆炒而成。分素炒和肉炒,前者只放绿豆芽做辅料。在长治各县,炒饼分为三种流派。长子炒饼配粉条蒜苔,最后撒蒜末;长治炒饼配粉条、白菜,最后撒蒜苗丝;襄垣炒饼是饼丝和粉条搅拌均匀,蒸软再炒。各有风味,各有特色。可是多年来,百姓定论惟长子炒饼最佳。制法是首先用温水将白面揉均匀,揪成面剂,制成合页饼状,加油烙熟,顶刀切成20厘米长的细条,然后与肉丝、蒜苔、粉条加鸡汤,配油、盐、酱油、葱花、蒜末佐料烹炒而成。吃时加香醋,配大蒜瓣,满口生香。特点是色泽金黄,爽口不腻,质地柔软。吃时加醋、蒜,满口生香,别有滋味。

清朝的时候,长子县著名书法家冯士翘先生,经常深入农户写写画画。一日,他行至石哲村,口干肚饿,到一户人家打尖。户主见是冯先生到了,就吩咐家人做待客饭。冯士翘将主人端来的饭、汤吃了个精光,并问这么好吃的饭,好喝的汤,叫什么,主人回答说:"你吃的饭是用小粉面、粉条、白萝卜条做成的,叫'炉卜',这是我们这儿待客的饭食。"冯先生听了主人的叙说,高兴地取出文房四宝写了一首诗:"徒步特游发鸠山,漳河源头碧水翻。下山行至石哲村,进宅解渴来打尖。主人端出待客饭,粗粮细做炉卜香。"写好后,赠给主人作留念,扬长而去。冯士翘回家后,把在石哲村打尖吃"炉卜"的事说给夫人。夫人按先生说的方法也做"炉卜"吃,可是怎么也做不好。于是,她在再次做"炉卜"时,和面烙饼时就抓了几把白面,掺入小粉面内烙成饼,切成丝同粉条和白萝卜丝焖炒在一起给先生吃。先生边吃边说："好吃！好吃！如果用油炒一炒，可能味道更佳。"

后来经过历代厨师和家庭的改革，"炉卜"进化成了现在的炒饼。但因"炉卜"是长子、屯留民间百姓的祖传，所以至今长子、屯留的百姓，叫炒饼还是"炉卜"。

长子猪头肉

长子猪头肉，又名白猪头肉，一种具有独特风味的卤肉制品，是长治、晋城地区的传统卤肉制品。其肉质红润，吃起来肥而不腻，片如纸薄，口味香酸，透凉爽口，素来享有"肥而不腻，瘦而不柴"之美誉。特点是色泽红润，香糯浓醇，咸甜适度，肥而不腻。

上古时期，长子是尧王长子丹朱的封地，其地名"长子"便也由此而来。丹朱本来是一个花花公子，由于不满足其父亲尧王把帝位传给他姐夫舜而愤怒出走上党，在他的封地上一改以前的恶习，而且还改革了当时的狩猎烧山围猎的方式，并开始教百姓饲养禽畜和种植桑麻，长子的猪从那时便开始有名。

长子自古多出剃头匠和厨师，当时有一个学徒在外地学做猪头肉的手艺，有一次，他在卤猪头肉时忘了放酱油，当师傅发觉时，猪头肉已经煮成了八成熟。师傅让他立即捞出来用凉水冲泡然后晾着，想找一个补救的办法。如果再放上酱油卤制，时间短了上不了色，时间长了肉就会脱骨并化成肉糜。师徒俩一筹莫展，坐在那里一天一夜也没能想出一个好办法。第二天一大早，他们发现浸泡后晾透的猪头肉色泽洁白，肉质脆软，表皮起光发亮，香味扑鼻。切成片后，用蒜泥拌着吃，有一种清香可口，肉味独特的感觉。后来，这位徒弟出师后，自己开了一家卤味店，大胆地将这种白猪头肉在长子推广，没想到受到了当地百姓的称誉，并且很快在上党地区传开了。

猪　汤

　　猪汤，典出长治县南乡荫城、八义、韩店、西火一带，是一种土色土香的民间小吃，早在明末清初就流行于市，至今名声愈大，为山西风味名小吃。特点是汤汁洁白，肉嫩鲜美，味道醇正，清香利口。

　　"猪汤"源于何时，无文字记载，但相传和"肚肺汤"一样，是为祭祀战国时长平战役八位义士之英灵而出现的。不过"猪汤"的原料除取下水外还要取头、蹄下脚料，"肚肺汤"只用内脏；在兑汤煮肉时，"猪汤"不配香料单放盐，"肚肺汤"配花椒大料、蒜苗段、熟猪油和葱花；在配料上也有很大区别，"猪汤"里面放火烧（夹食面饼），学名也称此汤为"猪汤拨火烧"，"肚肺汤"里面放面条（白面条、三和面条皆可，但不能放其他杂粮面条），学名也称之为"肚肺汤面"；在出售时间上二者也有不同之处，"猪汤"是早六点卖，而"肚肺汤"则是晚六点卖。"猪汤"是为祭祀八位义士，所以家家户户起早杀猪洗下水，烫头蹄，做汤，为的是让义士们清明节喝个早鲜。长治县卖"猪汤"者都是早早地做，最迟六点钟就得上市出售，几百年来一直如此。

山西民俗故事

王晨 王中力 ◎ 著

下

山西出版传媒集团
三晋出版社

目 录

序 /1

岁时节日

"福"字倒贴 /2
熬年 /2
初二不出门 /3
定襄八音会 /3
端午节 /4
二月二，龙抬头 /5
姑姑节 /6
过春节拜大年 /8
寒食节 /10
祭河神节 /11
惊蛰吃梨 /12
九月九日饮菊花酒 /12
立夏吃蛋 /13
六月六，羊工日 /13
六月十八爬塔会 /15
龙母娘娘 /17
宁武泼水节 /21
破五节 /22
七夕节 /23
七月半 /24
七月七日晒书节 /27

七月十五挂黄钱 /27
清明节 /30
人 日 /31
水 神 /31
桃花节 /32
添仓节 /33
土地爷 /35
粞瓜日 /37
雨 节 /37
元 旦 /40
正月初一吃扁食 /41
端午节背马 /43
二月二补龙鳞 /44
谷 雨 /45
腊八饭 /46
腊月二十三扫刮忙 /47
陵川平城十月十"谢土节" /48
清明时节吊金鸡 /50
三月三吃白蒿 /51
五月十三拜关公 /51
稷王山正月十五耍龙 /54
正月二十摊卷卷 /55

社火庙会

大槐树祭祖/60

东马峪庙会/61

二仙庙会/62

过年点旺火/64

洪洞广胜寺古庙会/65

霍州火星圣母祭祀活动/66

集　市/67

解州关帝庙庙会/69

晋祠古会/70

九凤朝阳/71

开栅三月十五庙会/72

空王佛会/74

岚城供会/76

凉楼祝寿会/77

蒲郊无霜/77

柳林骡马大会/78

常隆避瘟庙会/79

潞安古会/80

滦池古会/81

马斗关庙会/82

偏关钦命"万人会"/83

平定塔火/85

弃里闹惊蛰/85

沁水古镇村庙会/87

三月初一奶奶庙会/88

杀虎口黄箓会/91

上党第一会/93

神农镇炎帝庙会/93

沈老爷坐轿/94

寿阳爱社/95

塔塔火/96

太原元宵打铁花/99

无梁殿葡萄庙会/99

五个村赶的一个会/102

武社火/103

乡宁油糕会/104

荫城铁货会/107

张瓮罐乐神/108

诸葛锣鼓/109

刘家山"送龙王"/111

长子尧庙会/113

游艺竞技

"武故事"/116

对麻鞭/116

鼓子秧歌/117

羯鼓传花/118

亮膘背冰/118

龙灯舞/120

民间鼓吹乐/121

跑马排/122

牛拉桩/122

跑旱船/123

平定迓鼓/127

麒麟采八宝/128

秦王破阵乐/128

上明龙灯/129

耍孩儿/129

太谷绞活龙/131

土沃老花鼓/131

万荣花鼓/132

威风锣鼓/133

尉村鼓车赛/134

五鬼盘叉/135

武乡顶灯/135

舞狮子/136

西石霸王鞭/137

昔阳拉话/138

孝义皮影/138

忻州挠羊赛/139

徐沟铁棍/141

血故事/142

翼城花鼓/143

盂县牛斗虎/144

榆社霸王鞭/144

原平凤秧歌/145

走兽高跷/146

看兵书/147

狄青花儿鼓/149

绛州鼓乐/150

文水鈲子/151

文水长拳/153

武皇群锣/155

西峪口混秧歌/156

音锣鼓/157

民间信仰

卜卦业祖师伏羲/160

裁缝业祖师轩辕/161

蚕神嫘祖/162

仓储业祖师韩信/164

茶的祖师神农氏/166

城隍爷霍光/167

做生意的祖师爷关羽/168

汾水之神台骀/170

风水学鼻祖郭璞/172

弓箭匠祖师爷黄帝/174

华夏文明的"开天圣人"/175

画画业祖师王维/178

集市之祖神农氏/179

箭神大羿/180

井龙王沈王/182

乐器祖师爷孟昶/183

黎城、壶关土地神韩愈/185

炉火神尉迟恭/187

媒神之祖女娲/188

门神尉迟恭/189

谋圣张良/190

酿酒业鼻祖仪狄、杜康/191

农业的祖师爷神农氏/193

驱邪之神钟馗/194

人相业祖师风后/195

商业之祖猗顿/197

烧窑业、泥塑业、面塑行祖师
女娲/199

世界茶祖——神农氏/200

水利祖师爷大禹/202

司法、狱神皋陶/203

丝织、绸缎庄祖师嫘祖/204

铁炉匠、冶炼业祖师尉迟恭/206

文字祖师爷仓颉/207

武财神关羽/210

武曲星狄青/210

武圣关羽/212

戏法祖师爷吕洞宾/213

戏曲鼻祖唐明皇/214

驯兽的鼻祖黄帝、蚩尤/216

盐业祖师爷蚩尤/218

杂技祖师爷蚩尤、吕洞宾/219

灶王爷炎帝/220

制车业、交通业的祖师造父/221

制醋的祖师黑塔/222

中华医药的开山祖师神农氏/223

中医学的祖师爷黄帝/224

后　记/226

岁时节日

「福」字倒贴
熬年
初二不出门
定襄八音会
端午节
二月二,龙抬头
姑姑节
过春节拜大年
寒食节
祭河神节
……

"福"字倒贴

"福"字倒贴，典出慈禧太后的故事。说的是有一年除夕，慈禧太后给大臣赐万"福"。恭亲王因江浙巡抚贿赂的五千两白银未如期到手而闷闷不乐，磕头谢恩时心不在焉，竟然将手中的"福"字拿倒了。这时文武百官都为他捏一把汗。李莲英想趁机敲恭亲王一笔竹杠，凭着三寸不烂之舌，大声辩解道："老佛爷寿比南山，福如东海，新年接福。福就真正到（倒）了。"慈禧太后一听，高兴地连声道："福到了！福到了！"恭亲王岂敢得罪"九千岁"，赶忙叫人送去白银三千两，一边就在府门重新贴上倒"福"字。民间不知其中奥秘，在朝廷的渲染下，渐渐效仿起来。

在中国古代，确有"福"字倒贴一说，但仅限于水缸和垃圾箱上。由于水缸和垃圾箱里的东西要从里边倒出来，为了避讳把家里的福气倒掉，人们便倒贴福字。用"倒"的谐音，以"福至"来抵消"福去"，因为倒的时候，"福"字正好是朝上的。其他地方尤其是大门上的"福"字是不能倒贴的，大门上的福字有迎春纳福之意，而且大门是家庭的出入口，端庄大方，如果倒贴福字，实在不妥。

熬 年

"熬年"，典出左云，是山西省许多地方的传统习俗。民间传说以前到了年三十的夜晚，人们没有熬年的习惯，都在熟睡。据说凡熟睡的人，魂儿就要在年三十的晚上离开自己的身体，到村子外面转悠一圈，再回来。有一天，村里来了一个道人，对人们说："你们要是在村子的周围撒上一圈白灰，人们的魂儿就只能在这个圈子里游荡，这样就可以不会因为走远了回不来。"这一年，村里的一个年轻人为了证实这个说法，除夕前就在村子四周撒了一圈白灰，然后留下一个口子，除夕晚上，他一直守在那里想看个究竟。

时至深夜,年轻人看到村里的人陆续朝他这边走来,只是互不言语,他明白这是人们的魂儿出来了。等到这些人走近他身边,准备从口子出去时,他又一个个拦了回去,只放出一个,看他几时才能回来。可一直等到天亮,也没见这个出去的魂儿再回来。从那以后,人们为了不让自己的魂儿在除夕夜离身,就在这天夜晚整夜不睡,互相串门拜年,嬉戏说笑,点旺火,响爆竹。这样一传十、十传百,家家户户都这样做起来,逐渐形成了熬年的习俗。

初二不出门

"初二不出门",运城市万荣县一带的民间习俗。相传在很久以前,万荣县高村和张薛中间(也有一说是西杨李村和西杜村中间,两种说法恰好在孤峰山的一东一西)曾经有一个很大的村庄,叫娄望天(音)村。这个村里的娄氏家族很大,有"十子百孙"的说法,历朝历代都有子孙官居要职,文臣武将不计其数,官职最高的是当朝宰相。当时,娄家对朝廷是鞠躬尽瘁,犹如杨家将那样,但是皇帝却听信奸臣谗言,说娄家功高盖主,不把皇上放在眼里,有谋反之意。有一年皇帝批准宰相回家过年,衣锦还乡,十子百孙也都回家团聚。正当全家人吃除夕年夜饭的时候,朝廷突然派重兵偷袭了娄家,将其家族满门抄斩,连家丁用人也没有留下一个活口。起初万荣曾经也和全国一样,是女婿初二回娘家,结果初二来的时候只有给家人收尸殓葬。而娄家当年的家丁用人也都来自万荣周边延至汾河南边一带,所以这祭祀先祖也就延伸到万荣以外的汾南一带。从此万荣这一带初二就成了祭祀以前去世先人的节日,也就是人们常说的"鬼节"。

定襄八音会

八音会,是定襄传统的民间吹打乐,也称为鼓板或响器,方言称为"响打的"。从明朝万历年起源,已有四百多年的历史。

那是明代万历年间的时候,定襄北社东村人李楠(时为都察院御史)的儿子被招为郡马后,每日三次奏乐。郡马返乡省亲时,从京都带回来一班乐工,为家族岁时祝祭、婚丧事筵奏乐。此后,鼓乐便用于民间,逐渐形成现在的八音会。在其发展过程中,又吸收了毗邻的五台山的佛教庙堂音乐、河北"长吹"音乐以及河南豫剧曲调的精华,大大丰富了定襄八音会的演奏内容和技巧。所以,定襄八音会也带有外地民间音乐的色彩。到民国时期,凡是举社火、扭秧歌等文娱活动或婚丧祭祀等民俗活动,都少不了八音会助兴奏乐。新中国成立后,八音会又登上了社会主义艺术的舞台,每逢县里召开劳模大会或欢送新兵入伍,火爆热烈的场面更是离不了八音会。倾听八音吹奏,已是定襄人民不可缺少的文化生活。

端午节

端午节,典出远古时期台骀的民间故事。传说,远古时期的晋中盆地是一片汪洋,名叫晋阳湖。治水英雄台骀巡察水势时,发现晋阳湖底下全是肥沃的土地,便想把这一大片土地开发出来,造福于民。但是苦于没有办法,后来受神仙点化,决定在灵石县决口放水。

台骀一家就住在晋阳湖边的祖父挥公的封地青阳国中。父亲昧公是高阳帝颛顼时期的水官,因治水不利被判处死罪。其母昧老夫人身体尚健。大年一过,台骀就辞别了母亲和妻子,带领乡亲们来到灵石山头凿山开口,不料山石异常坚硬,而且是白天挖一点,晚上一停下来就依然照旧,次日还得重新开凿。台骀和众人商量以后,决定将人们分成几拨,日夜不停地轮流接替。他们夜以继日地辛苦挖山,有时连饭也顾不上吃。再说青阳国自从男人们走后,生存条件很是恶劣,一是下地耕作全靠妇女,二是毒蛇、蝎子、蜈蚣、蚰蜒、疥蛤蟆比哪一年都多,骚扰得人们连觉也睡不稳。昧老夫人和台骀的妻子几个月没有收到台骀的音讯,焦急万分。特别是昧老夫人自丈夫死后,害怕儿子再蹈丈夫的下场,日夜难以入眠。五月初四这天晚上,昧老夫人蒙眬之中看见自己的男人走了进来,告诉她儿子及众人在灵石山凿口已有成效,只是缺少吃食,又说插挂艾草和点雄黄可以驱辟毒虫……昧老夫人起身正要和丈夫说话,一激灵翻身起来,才知道是南柯一梦。

次日一大早,老夫人将梦见的事情告诉儿媳,没想到儿媳也做了与婆母一样的梦。二人遂来到湖边,只见湖水缓缓流动,情知灵石山口有了功效,于是发动妇女们用水边芦苇叶把红枣、江米包成粽子煮熟,放进水中,让它们顺流而下,好让台骀他们能吃到。又告诉了乡亲们在门上插艾草可以辟邪气驱青虫、点雄黄可以防备毒虫侵入等种种办法……

后来,台骀和乡亲们在灵石山头日夜奋战,终于将口子越挖越大,湖水开始加快流淌,这一天他们吃到了家乡亲人们的犒劳,信心更足,干劲更大,很快就把晋阳湖水导入黄河,空出来了晋中盆地。从此以后,五月初五就成了一个节日,专门包粽子纪念治水的英雄台骀,这一天又被称为午日,所以又叫端午节或端阳节。

二月二,龙抬头

农历二月初二,是中国民间的传统节日,在全国各地有各种说法,有的称作"春耕节""农事节""春龙节""青龙节";有的又叫"龙头节",以示敬龙祈雨,让老天佑保丰收;有的说是土地公公的生日,称作"土地诞",为给土地公公"暖寿",有举办"土地会"的习俗,家家凑钱为土地神祝贺生日,到土地庙烧香祭祀,敲锣鼓,放鞭炮。

"二月二,龙抬头",典出唐代武则天的神话故事。说得是大唐高宗李治驾崩后,武则天当权,先立其子李哲、李旦为中宗、睿宗,又先后废去。永昌二年(690年),又废唐改周,自立为帝,称周武皇帝。

这件事惹恼了玉皇大帝,他传命太白金星告诉四海龙王,三年

之内不得降雨人间,以示惩戒。第一年从立夏到寒露,一百五十多天滴雨未下,以致大地干裂,庄稼旱死,许多地方连吃水都非常困难,哀鸿遍野,民不聊生。

在靠天吃饭的过去,自然灾害对人类的伤害是非常惨烈的,种种的人间悲惨景象,被掌管天河的玉龙看在眼里,心中十分不忍,他冒着违犯天条的危险,张开龙口,喝足天河之水,私自行云布雨,解救了天下苍生黎民,但却因此惹怒了玉帝。玉帝将玉龙打入凡间,压在一座大山之下受苦。山前还立了一通石碑,上面刻有四句话:"玉龙行雨犯天规,应受人间千秋罪。若想重上凌霄殿,除非金豆开花时。"

人们经过这里,看了碑上的这些字,才知道玉龙为救百姓行雨,却被压在这里受苦。为了救出玉龙重上云天,再掌天河,人们决心找到开花的金豆,但却苦苦寻找不到。

找啊、找啊,直找到第二年的农历二月初一,恰好街上有集,一个老奶奶背着一布袋苞米粒赶集,因布袋口没扎结实,走着走着布袋开了,金黄的苞米粒撒了一地。人们看了,高兴极了,这苞米粒多像金豆呀!如果放在锅里炒,不就爆出金花了吗?于是,一传十、十传百,全都知道了。大家商定,二月初二这一天,家家户户一齐行动,大家都爆苞米花。

这情景被玉龙看见了,好不欢喜,就大声喊道:"太白老头儿,金豆开花了,还不快放我出去。"太白金星老眼昏花,看了看,果然是金豆开花,便将压在玉龙身上的大山移开。玉龙顺势一跃腾空,再降甘霖。从此之后,二月二炒苞米(或者炒黄豆)成了习俗,一年一年传了下来。

姑姑节

"姑姑节",典出春秋时期狐偃的故事。几千年来,每年的农历六月初六,是专门"请姑娘"的日子。这一天,娘家要把闺女、女婿、外孙一起请回来,盛情款待,然后再送回去。俗话说"六月六,请姑姑"。

春秋时期,山西基本上全是晋国的地盘。晋献公时,公子重耳遭受继母骊姬的迫害,逃难至外国避祸十九年。重耳素有贤名,出逃时有许多忠心之人相随,后来重耳回国当了晋文公,都把他们封了官。这些人中间,有两个很能干的人,一个是重耳的舅父狐偃,一个是重耳的连襟赵衰。晋文公视二人为左膀右臂,不仅封他俩大官,还亲自主婚让狐偃的女儿嫁给了赵衰的儿子。

赵衰是一个顾全大局的人,不计较个人得失,晋文公封官时让他当中军元帅,他谦让再三,最后只担任了新军上将。狐偃位列上卿,自恃是晋文公的舅父,骄横自大,独断专行,谁也不放在眼里,尤其是看到晋文公对赵衰言听计从,心中更是妒忌,便有意和赵衰作对,屡屡在晋文公重耳的面前说赵衰的坏话。有一次晋国的闻喜遭了灾,赵衰奉命外出赈灾放粮,责打了一位喝酒误事的小头目。这个小头目怀恨在心,在狐偃面前说赵衰克扣灾粮,中饱私囊。狐偃与赵衰同重耳出逃在外十九年,也算是久共患难,深知赵衰的为人,相信他决不会做出这种事来。但狐偃妒忌赵衰日甚,生怕赵衰的职位超越自己,如今有了这么个借口和人证,便夸大其词,在朝中到处造赵衰的谣言,把赵衰气得生了病,卧床不起,不久就去世了。

赵衰死后,狐偃没有了眼中钉,更加趾高气扬,终日不是喝酒便是围猎取乐。赵衰的儿子赵盾虽说是狐偃的女婿,却心里对父亲的死耿耿于怀,决定在岳父行猎返城时半路上埋设伏兵杀死他,替父亲报仇。狐偃的女儿得知消息后,连忙赶回娘家报信。狐偃府上赶紧派人飞马通知狐偃绕路还城,终于避免了这场灾祸。狐偃虽然性命无恙,却也是晚上睡不着觉,悔恨自家做事荒谬,以至于连女婿都要谋杀自己。第二天,狐偃把女儿、女婿请到家中优礼相待,酒席之间向女婿赵盾赔情道歉,承认了自己过去的错误。赵盾想想父亲人死不能复生,便也不计前嫌原谅了岳父,翁婿两家和好如初。狐偃经过这次教训，一改前非，待人处事谦和谨慎，受到晋国臣民的尊敬。

狐偃和女婿和好的那一天，正是农历六月初六，于是民间竞相效仿，纷纷于这一天"请闺女，唤女婿"。后来相沿成俗，人们把这一天称为"姑姑节"。

过春节拜大年

"过春节拜大年"，典出远古时期尧王的民间传说，是中华民族流传千年的风俗。话说尧王让贤回归故里尧寓村后，遇到了一件棘手的事。尧寓村当街有户姓赵的人家。男主人叫赵全，妻子叫丁香。赵全心眼小得穿不过一根针去，丁香却心地善良，心胸宽厚。夫妻俩常为一些鸡毛蒜皮的小事争吵，丁香是吵过去就算吵过去了，过去的事就不再提起。赵全却不行，吵架时哪一句话忘了说，哪怕过去好几天，他也要翻旧账，翻来覆去，为一句话他能翻无数个个儿。久而久之，逢啥人吃啥饭，丁香摊上这么个丈夫，也把他奈何不得，自己也不少生闲气。那就装聋作哑，不管赵全说啥、吵啥、骂啥，她一概装作没事人似的一句不吭，赵全闹得厉害了，她便扭身躲出门去。这样一来，赵全说的、吵的次数也相对少了。

赵全隔壁邻居叫周会，妻子叫刁妮。周会与赵全恰恰相反，一天到晚，他都跟闷葫芦似的，难得说上三句话。周会老实厚道，从来没和人们红过脸。他的妻子刁妮却不行，为人处事，一点儿亏也不吃，一句话都不让人。谁要惹着她，她双手一拍屁股，一蹦老高，满嘴白沫，站到人家门口，骂了上三辈再骂下三辈。赵全与刁妮处邻居，吵架是家常便饭，真所谓大吵三、六、九，小架天天有。打架打得这边伤口没痊愈，那边又添新伤疤。赵全与刁妮成了连面都不能见的仇人。

有一天，丁香回了娘家，赵全赶了一群羊上了村后尧岭放羊。到了晌午，刁妮在家烧火做饭，她刚把油添在锅里准备炒菜，她五岁的小女儿就叫喊:"娘、娘,猪娃掉到茅坑里了。"一听这话,刁妮顾不得熄灭油锅下的火,便朝茅坑奔去。只见那只花猪正在茅坑扑腾,一只猪可是农家一年的"财神",刁妮如何舍得让它淹死?她连鞋也没顾上脱,一下子跳进茅坑,终于把花猪救了上来。很久以前,人们住的房子都是土打墙,茅草顶,刁妮家也不例外。她家锅下的火很旺,很快锅里的油热了,又着了火,火苗汇合着锅下边的火呼地着了起来,很快,堆在门前的柴火也着了起来。正在这时,又刮来一阵风,风助火势,火借风威,火很快烧到了刁妮家的厨房顶,厨房与主房相隔不远,厨房顶的火苗又蔓延到了主房上。这时,刁妮才发现她家大难临头了。她扔掉猪娃,奔向了厨房。可是,大火已经封了厨房门。家里的水缸又在厨房里。刁妮急得头上冒汗、眼中喷火,可没用,她是看得救不得,只有嘶哑着声音叫:"救火,救火!"

东边院中的赵全,此时正坐在院中滋儿滋儿地喝茶,已到晌午他放羊后回家了。其实,火苗刚爬上厨房顶时他便看见了,还幸灾乐祸地扔过来一句:"哼,看你张狂,你家火都会上房跳舞了。"他一边美滋滋地喝茶,一边惬意地看着火苗如蛇似的四处延烧,以至自己家的房子也被殃及了。

刁妮惊恐的呼叫声惊动了四邻,火苗的噼啪声就像拉起了警报,人们从四面八方跑来,有用桶提水的,有用盆端水的,还有的干脆把棉被往水缸里一按,湿漉漉地提出来就往火上盖,但终因火势太大,没有扑灭下来。

那时,尧王已让位给舜,返回故里准备颐养天年。当他了解到这次大火的始末细节后,便把全村人都叫到刁妮家,用刁妮与赵全的具体事实向村民讲述远亲不如近邻、近邻不如对门、对门不如隔壁的道理。刁妮第一次在人前认输:"唉,都怪我这嘴不好,成天骂赵全。要是我和赵全家没摩擦,他快点支援一下,火至多把厨房烧了,总能把主房留下吧。"赵全此刻也后悔不迭,第一次在众人面前承认不是:"其实,是我太小肚鸡肠了。厨房刚着火那阵,我要是和她打声招呼,赶快叫人一起过去救火,她家主房着不了,我家房子也不会着火。"

尧王见火候已到，便接着说："人与人之间有矛盾，家与家之间有是非，这是难免的事。即使一个人的牙和舌头还有磕碰的时候哩。大家能住到一个村里，成了邻居，这是缘分啊，希望大家都互相谅解，友好合作。"刁妮说："唉！我要是早知道这些道理就好了。"赵全说："当初，我要是也能站在她的立场想问题，也许就不会发生眼前这么大的灾难了。"

尧王听了说："人非圣贤，孰能无过。大家看这样好不好，冬天即将过去，预示着这一阶段的所有事情都结束了，新一轮的事情又将从此开始。咱们不妨给它定个节日，因为春天就要来临，咱就叫它春节吧，用咱老百姓的话叫它过年。这个阶段比较闲，趁这个节日，咱们各家各户不妨走动走动。人世间没有解不开的疙瘩，小辈给长辈磕头，平辈作揖鞠躬，有伤害的地方那就赔礼道歉了，往后咱们相互谦让，和睦相处吧。简便一点，咱就叫它'拜年'吧。"

于是，每年的春节拜大年的风俗就从此传开了，一直沿袭到现在。

寒食节

"寒食节"，典出两千六百多年前晋国介子推的故事。最早的禁火寒食是从周代开始的一种制度，日期在冬至后的第一百零五日，是清明前一日或两日。那一天各家的火都要熄灭，吃冷饭。寒食禁火后，到了清明这一天，人们再重新钻木取火，谓之"新火"。寒食节作为民俗节日的设立是春秋时期的事情。

春秋时，晋国公子重耳，遭迫害流亡国外十九年，当时追随他的人中有一位叫介子推。流亡时，很多国家对重耳的政治避难都是冷眼冷语，百般刁难。因而重耳的生活境遇有时非常窘迫。有一天，他们没有任何可以吃的东西了，就都出去挖野菜找野果子充饥，介子推不忍心让重耳天天吃野菜野果子，就悄悄地把自己腿上的肉割下一块来,做了一碗肉汤捧给重耳,着实让重耳和随行的人非常感动。十多年后,重耳回国当了国君,对追随自己的大臣和有功人员大加封赏,却有意无意地忘记了介子推。后来,大臣提醒晋文公,晋文公立即派人去请介子推。此时介子推却背着老母亲进了绵山,不愿意入朝为官。有人出主意三面放火逼介子推出来。不料介子推是个倔汉,宁肯烧死,绝不出山。就这样,大火烧了三天三夜才熄灭。后来人们在一棵枯柳树下,发现了介子推母子的尸骨。晋文公悲痛万分,将一段烧焦的柳木带回宫中做了一双木屐,每天望着它感叹:"悲乎!足下。"此后,"足下"就成了称呼对方的敬辞。下称谓上,或同辈相称,都用"足下",意为"您"。当时的定阳县后来也改名为介休县。晋文公又把这一天定为寒食节,实行禁火。

历史上寒食节最长有过一个月,有时是三天,最短为一天。人们在寒食节到来时必须准备足够的冷食,凉菜冷食的品种也因寒食节而丰富多样。在介休,人们会在寒食节做一种子推蒸饼。其他各地的人们还会蒸"寒燕",叫"子推燕",就是用面粉捏成大拇指一般大的飞燕、鸣禽及走兽、瓜果、花卉等,蒸熟后着色,插在酸枣树的针刺上,装点室内,也作为礼品送人。

祭河神节

农历六月初六,是祭河神节。传说,远古的时候,大禹治水以后,江河归道,百流汇海,不再造成水患。为了纪念大禹,各地修起了禹王庙(现在河曲仍有禹庙),每年举行大祭祀。过了若干年,洪水又泛滥成灾,于是人们又修起了河神庙,供奉起河伯将军。河伯封神后,好吃懒做,贪恋酒色,不理政务,稍不顺心便向老百姓发难,动辄发大水祸害人间。对于河伯的劣行,禹王早有所闻,一怒之下于六月六日那天发了一场大水,将河神庙全部冲毁。歇后语"大水冲了河神庙——自家人不认自家人"说的就是这件事。自此,河神遭到了冷落。到了唐朝,河神庙逐渐恢复,人们怕六月六

再发大水,就把这天定为祭祀河神的日子,有的地方,还要在这一天放河灯,超度被洪水淹死的屈死冤魂。时至今日,节日集会的内涵逐渐变迁,物资交流、文娱活动已成为主要内容。

惊蛰吃梨

"惊蛰吃梨",典出晋中民间传说,是北方的民间习俗。惊蛰时万物复苏,气候干燥,吃梨的意思是小心天干物燥和预防虫害。

这是一个代代相传的故事。闻名海内的晋商渠家,先祖渠济是上党长子县人(今山西长治)。明代洪武初年,渠济带着信、义两个儿子,用上党的潞麻和梨倒换祁县的粗布、红枣,往返两地从中赢利,天长日久就在祁县城定居了下来。雍正年间的时候,第十四世渠百川走西口,正是惊蛰之日,他的父亲拿出梨让他吃,说:"先祖贩梨创业,历经艰辛,定居祁县。今天惊蛰之日你要走西口,之所以再三叮嘱你吃梨,是让你不忘先祖之训、牢记创业之艰,出远门要兢兢业业。"渠百川谨记祖训,走西口后历尽艰辛,经商致富,光宗耀祖。后来走西口的人也竞相仿效,把惊蛰吃梨寓以"离家创业""努力荣祖",赋予了更多的含义和念想。

九月九日饮菊花酒

"九月九日饮菊花酒",典出介休的民间风俗,起源于一个诙谐的传说。相传旧时后村有一个长者名叫高应九,在家说了算数,在外一言九鼎,他威严少语,从不谈笑,人们称其"高爷",很少直呼其名,连"九爷"都不敢称呼。一次,他喝多了酒,在别人面前夸儿媳,说儿媳进门十年,从不说"九"字,甚至连"酒"字都不说。前村有个赵根九,是高应九的把兄弟,就想试试高应九的儿媳妇。重阳节前,他去高应九家请高喝酒,正好高不在家,他就对其儿媳说:"我是前村赵根九,我和九哥是朋友。明儿是重阳九月九,九村社

首庆重九。来请九哥去喝酒,九盘九碗九壶酒。莲藕精肉新鲜韭,包下饺子一百九十九。重阳赏菊专饮酒,筹划再酿菊花酒。"

不久,高应九回来,儿媳对他说道:"来了前村赵大叔,自小和爹是朋友。明天正逢菊花节,社首聚会庆重阳。来请爹爹去聚会,准备了满满一桌菜。饺子包了近二百,肉菜都是新鲜的。谈事吃饭带赏菊,筹划来年酿菊花。"

高应九听了和赵根九说得差不多,认为儿媳妇敬重自己,从不说"九"字,连同"九"的谐音也不敢挂口。自此,他也非常看重儿媳妇,还把制作"解沙丸"的配方传给她。介休的"解沙丸"防暑解热,止泻祛毒,是介休独特的夏令药品,沿袭流传了近百年。

立夏吃蛋

"立夏吃蛋",典出远古时期女娲的民间传说。相传,很早以前,女娲娘娘为了民间的小孩子不疰夏,斗法战胜了播撒这种疫病的瘟神,使它们不敢再危害女娲娘娘的子孙。女娲娘娘告诉百姓们:"以后每年立夏之日,大人吃蛋,小孩子胸前挂上煮熟的鸡鸭鹅蛋,可以避免疰夏。"从此,立夏节吃蛋与"挂蛋兜"的习俗,以及"立夏吃了蛋,热天不疰夏"的谚语,一直沿袭到了现在。

其实,人们立夏吃蛋,意在补夏强身。俗语说:"立夏不吃蛋,上坎跌下坎。"进入夏季后,人们在炎热的天气里容易掉膘消瘦,而立夏吃蛋能使人精神不受亏损,不减轻体重,干活有劲。因此就形成了立夏吃蛋的风俗。"立夏吃只蛋,力气大一万",讲的就是这个道理。

六月六,羊工日

"六月六,羊工日",典出晋城市的圣王坪。在圣王坪顶正中央偏北的娘娘池东岸,依山傍池有一座成汤东庙。相传在唐宋年间,娘娘池西岸的旧汤庙经常遭火灾，住庙老道士请阴阳先生看后，说坐在无音玄上，需要迁址。随后选定了池东这块风水宝地。动工修庙用的铁瓦，每块长二尺，宽八寸，二十斤重，琉璃脊瓦更重。要从北安阳和后则腰往坪顶上运，往返一百七十里，尽是过河爬山的羊肠小道。一人背两块铁瓦，翻山越岭，三天才可运一趟。各个里社的民夫叫苦连天，工头和老道发了愁。

东汤庙修到封顶瓦坡时，铁瓦和琉璃运到工地的还不够三分之一，工头和老道急得坐立不安，怎么办呢？这时，附近山洞里修仙的一个神道，看见民夫们确实累得够苦，很不忍心，就产生了同情心。摇身一变，变成了一个放羊的小羊倌，赶着一群山羊，从山背后转到坪里，一直赶到娘娘池边饮水。时值晌午，烈日当头，地上像火烫一样热。运铁瓦的民夫们个个累得头昏眼花，气喘吁吁，汗流浃背。看到这种情景，小羊工难受得大声哭了起来，身边的羊群也"咩咩咩"地叫起来。那哭声、叫声交织在一起十分凄惨，周围人听了不寒而栗，感染得民夫们也跟着哭了起来。

老道见羊倌之举，不但耽误了修庙，而且在工地号啕大哭，让人感到不吉利，他勃然大怒，厉声喝道："胆大的牧羊贱民，敢在我工地大动哭声，煽动人心，该当何罪？"

羊倌面无惧色，止住哭声，对老道说："长老息怒，我也是想到修庙之事太浪费人力，苦了民夫，又不能如期完工才气哭了。""说的倒好听，不用时间、不出力能修起吗？"

"我有一妙法，不知长老愿不愿意采纳？""快快讲来！"

"我现有山羊千只，坪上十二个羊场上有羊万余只，这些山羊运铁瓦，一只驮一个，一次就全运回来了，何必发愁兴师动众呢？"

听了羊倌的话，老道摇摇头说："笑话，你这贱民出的何等主意，敢戏弄本道，把羊赶上快滚开！"

羊倌仍在苦苦恳求说："长老，让我试一试，如果不成功，我以命相抵。"说得老道理屈词穷，无从答辩，只好依从所说羊倌去办，又强调说："让你去办，假如运不回来铁瓦，误了瓦坡，将你和这些山羊杀得一个不留！"

羊倌一听,反问道:"如期完成呢?""我将启请上司,封你这草民为官,你的羊列为六畜之数。"

羊倌回到山洞里,夜间繁星出全时,施出神法,招来十二个羊场的山羊说道:"大家听命,成年累月吃公草,饮神水,都膘肥体壮,要知道这是山神道仙的照顾。今因新修汤庙,借助大伙之力运运铁瓦可否?"山羊一呼百应,三更出发,一只羊驮一块,五更时分全运到工地上。早晨,老道和工头一见,万分惊讶。十二个羊场的牧羊人开门放羊,见羊一个不少,都卧在圈里嚼沫休息。

老道和工头到处找那个羊倌,要表示感谢,可是哪里也找不见。新汤庙竣工后,塑起汤王、山神的神像。老道梦见先祖神道赶着满山遍野的山羊,驮着玉瓦走来,求他论功行赏。惊醒后,遂拜汤王和山神土地,封羊工为"羊官",把山羊列入六畜之内,定农历六月六日为"羊工"纪念日,一直流传至今。

六月十八爬塔会

"六月十八,爬塔会",典出太原,是每年农历六月十八,在太原市郝庄双塔寺举行的传统庙会,俗称"爬塔会"。

爬塔会的由来有一个传说。很久以前,太原城西南的南海子里,住着一条黄龙;城西北隅的黑龙潭里住着一条黑龙。一开始,这两条蛟龙倒也相安无事。不知过了多少年,当它们都修炼成精后,便谁也不服谁,每年的六月十八,便跃出水面比法争斗。每到这一天,太原的空中是飞沙走石,天昏地暗,瘟疫四起,老百姓们尽受其害。

有一年夏天,观世音菩萨脚踏祥云,从南海到五台山看望文殊菩萨,驾云飘经太原上空时,看到郝庄双塔寺的两座大塔直插云霄,就按下云头变化为一个烧香还愿的老人向双塔寺走去。当她推开山门时,发现整个寺院冷冷清清,耳不闻经声、眼不见香火,便自言自语道:"难道是一座空寺不成?"

谁知她的这句话,惊出了一个老和尚。这老僧看见观音大士变成的老人,便双手合十道:"阿弥陀佛,不知老施主驾到,有失远迎。"

老人说:"老师父,数年不曾来贵寺还愿,何以变得如此冷清?"

老僧说:"施主远来有所不知,这几年太原的南海子和黑龙潭,有两个成精的蛟龙作怪,每年的六月十八都要出来作怪,弄得城里城外瘟疫流行,害得人们连安心日子都过不下去了,谁还有心烧香拜佛。"

"身为佛家弟子,慈悲为怀,何不降妖灭病,造福一方,而作壁上观?"老人对老僧说。

老僧合十答道:"老施主有所不知,蛟妖邪术厉害,我等佛门弟子有何办法? 如今寺内众僧为避瘟疫,各自逃生。只有老衲坐守空寺,青灯木鱼,尚不知何日归西。"

老人听后说道:"老师傅,我倒有些法术,愿意帮你们降蛟服怪,只是投鼠忌器,恐怕伤害无辜众生,不知你能否助我一臂之力?"

老和尚一听此言,立时跪拜于地连连说道:"阿弥陀佛,老施主如能降妖害、除瘟疫,救一方生灵之难,老衲不惜肝脑涂地,情愿赴汤蹈火,追随前后。"

于是,观音菩萨扶起老僧耳语一番,定下了除蛟之计。

六月十八眼看就要到了,老和尚按老人的妙计,出寺下山直奔太原城,在城中大街小巷贴出许多"无头贴",上写:"六月十八,爬爬双塔;消灾祛病,除蛟灭煞。"

这几日,太原城的老百姓正发愁如何躲过六月十八的灾难,一见这个偈帖,纷纷扶老携幼,去郝庄双塔寺爬塔。

六月十八这天,老人徐徐飘上双塔寺中最高的殿宇"三圣阁"的顶上,准备除妖灭怪。

太阳刚刚爬上东山顶,就听到南海子里水声大作,随后冒起一股冲天黄浪,一条独角黄色蛟龙踏着巨浪跃入空中,张牙舞爪,头冲黑龙潭方向,摆出一副决斗的架势。

就在这时,黑龙潭中也冲起一股数丈高的黑色水柱,直冲天际。黑浪中一条独角黑色蛟龙,龇牙咧嘴,冲着黄蛟直扑过去。眨眼工夫,便有阵阵腥臭难闻的黄雨和黑水从天而降。

正在两蛟恶战之际,躲在塔顶的老人现出真身,用柳枝蘸上净瓶里的水洒向恶龙,手指两条蛟龙,喝道:"大胆孽障,只管自己争夺胜负,竟不顾百姓死活,该当何罪?"

二龙一见观音菩萨驾到,吓得魂不附体,立即倒卷一阵狂风分别向南海子、黑龙潭逃去。说时迟,那时快,只见观音菩萨顺手拔下两根长发,向逃跑的恶龙抛去。只见两根细细的头发在空中一下子变成两条金光闪闪、又长又粗的缚龙索,把黄、黑两条恶龙紧紧捆住。

这时,老和尚和百姓们才知道烧香老人原来是观音菩萨的化身,都跪倒在地连连叩拜,高念"阿弥陀佛",并请求观音菩萨斩草除根,为民除害。

观音微微一笑说:"念这两个孽障苦苦修炼也不容易,就饶它们不死,镇在大塔之下,保一方平安。"

说完之后,只见观音菩萨念动咒语,将双塔搬起,一座压黄龙,一座压黑龙,让恶龙永世不得翻身。

自此之后,太原的百姓再也不用遭受恶龙的侵害和瘟疫的折磨了,而"六月十八,爬爬双塔"也就成了太原的一个习俗,以至于演变为后来的庙会,一年一度传承至今。

龙母娘娘

"龙母娘娘",典出吕梁市交城县的民间传说,是交城县西冶村当地的祈雨民俗。

传说,在很久很久以前,交城的西冶村有一户姓王的人家,王家有一个叫柳叶的媳妇,贤惠端庄。柳叶有一个小姑,起名桃花,年方二八,出落得像一朵花一样,人见人爱。柳叶、桃花姑嫂关系处得非常融洽,经常是形影不离,一起做家务,一起去田里干活、上山砍柴、下河捉鱼。本村的也好,邻村人也罢,都很羡慕她们,私下里都说,谁家娶到像柳叶这样的媳妇是谁家的福气,谁家娶到像桃花这样的媳妇是谁家的德行。这一天,姑嫂俩正在泉水边洗衣服,眼看着从泉眼里漂出一颗桃子,红红的,亮亮的,谁见了也会不由自主地流出口水来。姑嫂俩你让我吃,我让你吃,谁也想吃,谁也舍不得吃。争执到最后,柳叶逼着桃花先吃,自己后吃,两人共同吃掉这颗桃子。桃花无奈,只好服从柳叶的决定,谁知刚把桃子放在嘴边,整个桃子就忽一下子滚进了桃花的肚子里。桃花又惊又怕,柳叶也觉得十分奇怪。当天夜里,桃花做了一个梦,梦里见到了观音菩萨。观音菩萨说:"桃花弟子,你白日吃进的桃子不是常物,尽可安心。日后生下五条龙种,你要好生抚养,不得怠慢。你将来可成正果。"一觉醒来,桃花感到又惊又喜,将梦中之事告诉柳叶,柳叶深信不疑,并为桃花而深感庆幸。

　　自从桃花吃了这颗桃子后,身体就起了变化,就像妇女怀上娃娃一样,肚子也渐渐大了起来。按照当地的习俗,闺女未婚先孕,就等于做下了见不得人的事情。桃花父亲得知此事后,非常生气,就让桃花自尽。在桃花母亲和哥嫂的再三央求下,最后决定把桃花送到村外的厂房里,安排柳叶每天给她送饭。就这样日复一日,不觉就到了一朝分娩的时候。说来真叫人奇怪,桃花竟生下五条小蛇来。这五条小蛇十分活泼可爱,一会儿蜷曲一团,一会儿蜿蜒爬行,一会儿抱作一团。桃花牢记观音菩萨的教导,精心照料五条小蛇。斗转星移,光阴荏苒,在桃花的悉心照顾下,五条小蛇长成了五条大蛇,它们常常在夜幕降临的时候,结伴出游,黎明时分,相携而归。有时钻洞穿隙,有时水中嬉戏。它们有时也很淘气,尤其是那条最小的蛇,性情有点暴戾,动辄发怒,在水中掀浪扬波,有时使天气骤变,霎时雨至。遇到这种情况,桃花常常叮嘱和开导它:

不可任性,要和人类和睦相处,友好相待。

有一天,邻村的一个后生上山砍柴起了个大早,看见河里有数丈长桶口粗的五条大蛇并排畅游,吓得三魂丢了两魂,七魄掉了五魄,昏倒在路旁。村里人发现后,把这个后生抬回家,整整三天三夜后才苏醒过来。后生把自己所见到的告诉家人,家人都觉得奇怪。以后又有夜行人看到五条大蛇一起在野外活动的情景。这样一传十,十传百,整个西冶川,以至到后来,中西川、屯兰川都在盛传这件事,议论纷纷,众说不一。有的说,这是好事,是龙王派来龙子保一方平安的;有的说,是不祥之兆,五条那么长那么粗的蛇是会伤人的。还有好事的人专门招募了十几名胆大心细、武艺高强的后生,配上刀枪,扬言要将五条大蛇杀死,斩草除根。桃花听到这些消息后,心中焦躁不安。她把五条蛇集中在一起说:"你们不注意自己的行迹,现在已经搅乱了人们平静的生活。看来咱们不能在这里居住了。现在你们都已经长大了,我把老大、老五留在身边,老二、老三、老四你们三个自己去闯乾坤去吧。"

这一天,柳叶照例给桃花去送饭。桃花说:"嫂子,我们在这里待不下去了,以后你也不要再来送饭了。我们走后,留下一个红绳球,以后你们要想见我时,沿着这个红绳球滚过的路线,就能找到我。"说完以后,痛哭不止。柳叶、桃花相互抱哭在一起,难舍难分。最后柳叶挽留桃花说:"妹妹,我看你们就别走了,你让孩子们晚上晚一些出去,早上早点回来,因为嫂子实在舍不得你走呀!"桃花不语,依旧哭个不停。第二天,柳叶再给送饭时,早已是人去屋空,不见了桃花和五条蛇的踪影。

几年后,西冶川大旱,冬天无雪,春夏无雨,河水断流,田地荒芜,村民们束手无策,几乎处于绝望的境地。柳叶已与桃花分别好几年了,她想,如果找到她们,是不是能给乡亲们带来一线生机呢?想起桃花临别时的话,在征得大人的同意下,柳叶去找桃花。柳叶拿出桃花留下的红绳球往地上一放,红绳球就自动滚了起来。柳叶沿着红绳球滚过的地方,一直走到一个叫胡家有龙王庙的地方,红绳球就不动了。柳叶在庙里坐下,时值盛夏,又热又累,不觉进入梦乡。梦里她见到了桃花,桃花告诉柳叶说:"那年别后,怕我们母子六人一路行去目标太大,我就让老二、老三、老四一起另找安身立命之地,我带着老大、老五来到这里,在观音菩萨的度化下,成仙得道,保佑当地风调雨顺,五谷丰登。当地人感激我们,修了龙王庙,我们一年四季感受香火,但是想念家乡,特别是想念嫂子之心与日俱增,今日一见真是欣喜万分,不知父老乡亲可好?"柳叶就将家乡遭遇旱灾的情形告诉了桃花。桃花说,你们回去后,可派人来祈雨……柳叶一觉醒来,方知是梦。她想,这一定是桃花龙母点化于我,救乡亲于水火之中。于是返身往回赶,只觉两脚生风,如腾云驾雾一般,不一会儿就回到村里,遂将梦中桃花点化之事告知众乡亲。按照桃花梦中嘱咐,村里人请木匠做好三个牌位,上书"龙母娘娘之神位""龙王之神位""五龙王之神位",组织好一班祈雨队伍,一切准备就绪,择日出行。队伍前面有两个称作"豹子"的壮汉开路,他们赤背赤脚,身背十字串铃,背插砍刀,腰别铁锤,威风凛凛。紧跟着的是鼓乐队。后面是三乘凉轿,轿内分别由不满十二岁的童男童女捧着牌位。抬轿的一共十二个人,全都赤脚,头戴缨子帽。雨司、雨官分列凉轿两旁,一路念念有词:"南无,南无,西冶川有的红豆汤,胡家有去吃羊肉馍……"整个祈雨队伍有近百人。祈雨队伍一路敲锣打鼓,浩浩荡荡,直奔百里开外的胡家有。队伍行进到龙王庙后,人们都跪在庙院。雨司、雨官将牌位供在龙母娘娘和龙王的塑像前,再摆上供品(莲花大供,桃梨五果),点上蜡烛,焚香祈祷。礼毕,将供过的牌位请上,祈雨队伍原路返回。就在当天晚上,整个西冶川范围内普降甘霖,大地又恢复了生机。随后,村里点起篝火彻夜狂欢,敬谢龙王,以示庆贺。这以后,如遇干旱,此法屡次灵验,以后又逐渐由篝火晚会演变成唱大戏,届时西冶村人做小米干饭(焖粥)吃,并送给邻村人吃;祈雨沿途百姓都要上供焚香、跪迎跪送等。通常都是祈雨活动(俗称"抬爷爷")结束后,就开始唱戏,戏唱完后,必定就要下雨,此风俗一直延续到今天。

宁武泼水节

"宁武泼水节",典出忻州市宁武马营村,日期是每年的农历正月初十。在宁武县城西南二十公里处、海拔一千九百五十四米的管涔山上,有大大小小十多个高山湖泊,被称为天池,隋炀帝曾在此修筑汾阳宫,作为自己的避暑胜地。这里纬度高、海拔高,冬天来得早,春天来得迟。春节期间,仍然是冰天雪地,可这里的人居然会往人身上、牲畜身上泼天池水净身,这一习俗已经传承千年。

隋大业四年(608年),隋炀帝在天池修建了汾阳宫,第二年便带着文武臣僚、宫娥彩女十万余人在此避暑游猎。环绕着汾阳宫,设置了许多军营,如今当地的马营、二马营、三马营等村皆源于此时。不久之后,汾阳宫毁于战火,一些军士解甲归田,留在此地。

唐代贞元十五年(799年),朝廷相中这里是优良的天然牧场,于是在天池周围设置了皇家牧监,每年牧战马七十万匹。马营村来了一个专营牧马的头目,人们不知其名,呼为"马监"。此人来到马营后,欺男霸女,无恶不作,把周围村子欺负得鸡犬不宁。人们对他恨之入骨,背后骂他是"瘟神"。

有一年正月初十,这个马监喝得大醉,跑到一户人家的水瓮里喝水,不想一头扎进瓮里淹死了。军士们当天就将尸体抬到村外,准备踩着冰过河埋到对面的山梁上,不想河床中的冰层破裂,军士们都逃命了,马监的尸体被冲得不知去向。周围十里八村听说之后,大放鞭炮,奔走相告。有人打上清水,将"瘟神"住过的家冲了又冲,扫了又扫,就连"瘟神"驱赶过的牛羊鸡犬身上也被泼了清水,以示驱邪,憋屈的人们一下子心情舒畅了。从此之后,马营村每到正月初十就会全村总动员,泼水清扫,净身祈福。

破五节

"破五节",俗称"破五""送穷节",是晋北地区流行的传统民俗节日。送穷的本意,就是把贫穷困苦远远地赶开。它应该起源于人类祈求富裕的心理,其中也隐喻着吐故纳新的含义。破,民间指破烂。破五,是说初五日要清除破烂。晋北民间传说,穷鬼的名字叫作寇五,至今盛传着寇五背鼓的故事。传说,寇五的父亲为巨富,寇五为其独子,吃喝嫖赌,样样精通;挥霍浪费,随心所欲。但寇五的父亲认为,自家的财富如山高,似海阔,寇五怎么也踢蹬不完。不过为防万一,寇五之父还是修了一座宅院,盖房时每一根椽下面压一个银元宝,铺院时每一块砖下面埋一根金条,还为自己制做了一个特大号棺材,放在院里,又修了一座大照壁,里面藏满金银,挡住出门的道路。寇五父亲在生前处处放纵儿子,临终时却一再叮咛寇五:"遇上困难拆上卖。"寇五父亲死后发葬,棺材抬不出去,人们提出拆照壁,寇五却嫌麻烦,让搭架天桥,棺材从照壁上面通过,白白错过了机会。此后,寇五整天泡在妓院赌场,豪赌烂嫖。先卖浮产,后卖土地,最后将整座新宅院一并抵了债,空费了其父的良苦用心。寇五输成了穷光蛋,又什么事情也不会干。为了生活,只好在吹鼓手班子为人家背鼓,混顿饭吃。后被其姑姑偶然发现,觉得娘家偌大个光景,竟然一下败落到这个地步,伤心地哭了,寇五却安慰姑姑说:"这鼓看上去大,里头是空的,不重,我能背动。"从此,便留下了歇后语"寇五背鼓——空的"。寇五的传说,在晋北地区老少皆知。特别是为人父母者,往往用这个传说教育子女,于是破五节便有了它的文化内涵。晋北民间将正月初五日定为送穷节,有许多讲究。

另外,晋北地区民间流传下来的送穷节剪纸人的习俗比较特殊,是日将五色彩纸剪成人的形状,小孩子拿到街头,互相交换。把自己的纸人送给别人,称为送走了"穷鬼";把别人的纸人换回来,称为得到了"福神"。这种交换纸人的游戏,历史上又称为"送穷媳妇"。也有的是将纸人拿到室外焚烧。《左云县志》记载:"正月初五日,剪纸为女人形,黎明送街头,谓之送穷。"《马邑县志》记载:"五日,俗称破五,以彩纸剪作裙衫装女子形,于五更送之街头,曰送穷媳妇出门。"《大同府志》记载:"正月五日,剪彩纸为人,小儿拥抱戏通衢,曰送穷;有攫而去者,曰得富。"晋北地区民间送穷,讲究打扫院落,清除垃圾,还要淘厕所,将粪土堆在门外。《大同县志》记载:"正月初五日,名破五,一名五穷日。黎明,各洒扫污垢,送之门外。"《河曲县志》记载:"黎明,扫室中尘土污秽送于巷口,焚香燃爆,名曰送穷。"旧俗晋北不少地方,春节后院里不动扫帚,直到初五日,才拆除旺火架子,收拾天地爷宫棚陈设,清理鞭炮碎纸,彻底打扫院落。春节期间不小心打碎的家具,也要在这一天从窖里取出来扔掉,称为送穷。晋北民间将洒扫污垢甚至掏厕出粪与送穷联系起来,将打扫卫生,看作送穷的手段,说明民间认为年节已告一段落,反映了晋北人民勤劳质朴的优良传统,体现了民间对送穷文化内核的执着追求。

七夕节

农历的七月初七是传统的乞巧节,今天也被俗称为中国的情人节。民间把农历七月初七定为七夕节,也称"乞巧节"。七夕节里,民间流行姑娘媳妇向织女讨教手艺的活动,称为"乞巧"。

七夕节来源于中国牛郎织女的神话故事。传说很久以前,山西和顺县有一个年轻小伙子叫牛郎,父母双亡,跟着嫂嫂度日。嫂子为人狠毒,找了个借口把牛郎赶出了家门,只给他一头老牛。没想到这头老牛是被贬下凡的灰牛大仙。

一天,牛郎在老牛的帮助下认识了天帝的女儿——织女,二人一见钟情,结为夫妻,生了一男一女。这事很快让天帝知道了,天帝让王母娘娘亲自下凡来,强行把织女带回了天上。王母拿金簪划出了一条天河,牛郎织女隔河而泣,他们的爱情感动了喜鹊,千万只喜鹊飞来,搭成鹊桥,让牛郎织女走上鹊桥相会。王母娘娘无奈,只好允许两人在每年农历七月初七于鹊桥上相会。牛郎织女神话的源头就在山西和顺县,这里有牛郎沟、天河池、牛郎庙、织女峰、南天门、喜鹊山、金牛涧等。2006年,和顺县被命名为"中国牛郎织女文化之乡"。

此后,长治一带的女孩,七夕节前一天要逮一只吐丝的蜘蛛圈在盒子里,第二天观察其结网疏密状况,网越密则认为乞巧越多。这一天,少女们还有捣碎凤仙花染红指甲的习俗。

山西境内七夕前后多降雨,民间多认为是牛郎与织女的眼泪落到了人间,民谚有"七七不出门,出门被雨淋"的说法。农耕时代,男耕女织是一幅完美的田园生活画面,每个辛勤耕作的牛郎都希望自己能找到一个心灵手巧、心地善良的仙女为妻,七夕节便蕴含着人们这种美好的愿望。

七月半

农历七月十五(简称"七月半")又称中元节,是我们中华民族一个重要的传统节日,也就是鬼节。传说很早很早以前,地宫大赦,每逢农历七月初一,掌管地狱的阎罗王便打开鬼门,放出一批无人奉祀的孤魂野鬼,让他们来到阳间享用人们的供奉,直到七月的最后一天关鬼门为止。

这一年的七月,阎王照例打开鬼门,那些孤魂野鬼,争先恐后涌出鬼门关,到人间争抢那后人们为先人供奉的祭品。孤魂野鬼大多昼伏夜出,在阳间横冲直撞,一到夜晚,弄得人间人心惶惶,鸡犬不宁。胆小的鬼,抢不到供品也就罢了;识趣的鬼,得到一点便知足了;唯有少数胆大妄为的鬼,贪念不休,强取豪夺。这样一来,那些有供奉的鬼不堪忍受,但又毫无办法,只得一次又一次向活着的亲人索取更多的供品,如果不这样的话,活着的亲人便小灾大难不断。遇此情况，人们叫苦不迭，无法安生。

正当阳间的人们一筹莫展之时，农历七月十三这一天，不知从哪儿来了一位高僧。高僧以化缘为由遍游人间，其实是佛祖派下来巡访并作法的。

这位高僧不是别人，正是佛祖释迦牟尼的十大弟子之一目连。说起这位高僧，还有一段小插曲。目连之母在世时贪念不止，死后被打入饿鬼道中，目连念母养育之恩，凭自己的神力化为食物，其母见到，唯恐被别的鬼抢去，一下子吞入口中，哪知这食物又变成了熊熊的烈火，其母痛苦不堪。目连虽有神力也救不了做鬼的母亲，只得求救于佛，佛为目连之母念《盂兰盆经》，并嘱咐目连在七月十五这一天为其母做盂兰盆会。所以七月十五这一天，在我国许多地方又有做盂兰盆会的习俗，用以寄托对考妣的思念。

目连念佛祖救母之恩，决定每年七月十三至十五这三天遍游人间，为黎民百姓解难。求得佛祖的恩准后，目连来到人间。

目连高僧刚到凡间，便听人们诉说原委，目连早已深知其缘故，于七月十五这一天做了一场盂兰盆会。

做过法事之后，目连高僧又告诉人们，给阴界之鬼的供品都是一些吃的东西，只能解一时之饥，而且极易被他鬼掠走。高僧告诉大家，在摆设供品的同时，还应该给鬼们送去一些冥币，以解鬼们后顾之忧，据说阴间也有所谓的贸易。高僧还嘱咐人们，给自己死去的亲友送冥币时，别忘了给那些孤魂野鬼也送上一份。

接着，目连高僧又告诉人们印制冥币和送冥币的方法（现在流传于民间的烧纸钱，就是送冥币）。送冥币的人，将叠好的一沓纸钱用白纸包成钱包（也叫钱袱），钱包上面要写上死者的姓名和送钱人的姓名，还要在钱包的封口处写上一个大大的"封"字，据说，这样既可以让收钱之鬼收到自己应得的一份，又可以防止钱被别的鬼抢去。包好钱包后，在野外选一地址，摆上供品，开始焚香化钱（即烧纸钱）。送钱的人嘴里念念有词，或心里默默祈祷，说些叫死者快收钱并祈求保佑后人之类的话。

自从目连高僧作法以后,每年七月十五,凡间都有做盆会和烧纸钱的活动,开始几年还真管用,阴阳两界相安无事。然而几年之后,情况越变越坏,不仅那些孤魂野鬼,就连少数阳间有后的小鬼也出来祸害人间。他们不仅抢夺供品和纸钱,而且还有屡屡敲诈凡人的恶行,搞得人间灾难并发,瘟疫横行,黎民百姓苦不堪言。人们盼望目连高僧再次现身于世。当时有人听说,在阴间,有一位专门打恶鬼的神叫钟馗,若能把钟馗请来,这些恶鬼也就有治了。可是,钟馗是仙界之神,我们是凡间肉体,怎能请得动他?又有人说了,只要请来钟馗神像,他就会随之而来的。

于是,又到了七月十五,人们在举行祭祀活动时,还真请来了钟馗的神像,只见画面上的钟馗豹头环眼、铁面虬髯,相貌奇异,杀气腾腾。

钟馗原本凡人,不仅才华横溢、满腹经纶,而且正气浩然、刚直不阿;死后更是疾恶如仇,好打不平。传说他因托梦驱鬼为唐明皇治病有功,被封为"赐福镇宅圣君",自此人间遍挂钟馗神像,以祈求平安。

人们在钟馗神像前焚香烧纸,磕头请神,钟馗还真的从画中下来了,不过,这情景只有受过戒的高僧和老道才看得见。钟馗返回人间之后,捉到许多为非作歹的鬼,将它们的头拧了下来吃了。自此,那些为非作歹的鬼们都伏法了。钟馗离开凡间时留下了六个字:"要镇鬼,吃鬼头。"

后来有高人悟出了其中的道理,想到一种办法,就是将各种面粉制成所谓鬼头的形状,然后蒸着吃或煮着吃,而且还要边吃边说:"吃鬼头,吃鬼头……"

千百年来,有关"七月半"的传说和习俗一直流传到今天,做盂兰盆会、摆供品、烧纸钱的习俗仍然保留至今。吃"鬼头"也照样进行着,不过只是流于形式,很少有人知晓其中的来由,"鬼头"的样子也简化成了拳头般大小的包馅团子。

七月七日晒书节

"七月七日晒书节",典出南朝宋刘义庆《世说新语》,说的是原平人郝隆的故事。东晋时,原平东社镇上社村的郝隆,以"风流旷达"传名。他年轻时无书不读,是一位博闻强记、过目能诵的读书人。他对自己的饱学诗书十分自负。七月七日这一天,古人有晒衣晒被晒书的习惯。那一天,家家都在晾晒衣服,唯独郝隆仰卧在太阳下露出腹部,人问其故,曰:"我晒书。"这位先生满腹经纶,其沐日光浴,也就如同晒腹中之书了,可谓妙极,痴极! 故此,后人有"袒腹晒书"的典故。在他的故乡山西原平东社镇上社村,有一块清代同治年间所立的石碑,石碑上记述有郝隆"袒腹晒书"的故事。

七月十五挂黄钱

"七月十五挂黄钱",典出代县滹沱河以南,说的是每年农历七月十五,山西一些地区的农民要在庄稼地里"挂黄钱"。传说这个风俗起源于战国时期赵武灵王的故事。

战国时候,代县属赵国管辖,那时赵国的国王叫赵武灵王。赵武灵王年轻的时候励精图治,办过很多好事情,经常来代县察看民情。据说东起代县的口子沟,西至原平的常乐沟,中间经赵家湾,跨紫金山一带,是赵武灵王当年的围场。代县交口乡的赵家湾就是因为这个得名的。代县新高乡的赵村是赵武灵王屯兵的地方。这里有块地方叫方地,传说是赵武灵王的练兵场。

不知又过去多少年,兵荒马乱的时候过去了。这一年,雁门关下的代州小梨园村有个脚夫叫高三毛的,赶了两头骡子常在大同、怀仁一带赶脚。平常的时候,高三毛总是早去早回。有一天,高三毛费了好长时间也揽不下营生,路经怀仁沙丘宫的时候,骡子好像中了邪一样,低着头光转圈圈,一声接一声地打喷嚏,任打任拉,转来转去就是不离开这块地方,把个高三毛也折腾得乏了,只好给骡子卸下鞍架,松了肚带,就地打窝躺了下来。高三毛上下眼皮刚刚合上,恍惚中就看见有个身穿战袍、红脸黑胡髭的老人,说要雇骡子回家。高三毛问他的家在哪里,愿出多少脚钱,那老人说回太原,价钱随便要,并让高三毛天亮时朝东南喊三声"赵武灵王",然后只管走就行了。原来此人是战国时期的赵武灵王,年轻时胡服骑射、纵横天下,晚年因传位的事情与长子有了隔阂,被活活饿死在怀仁沙丘宫,后被封为五龙王,专管赵国的雨簿,如今要回太原晋阳宫归位……

高三毛一觉醒来,天色已经大亮。他定了定神,才知昨晚是一个梦。他揉了揉眼,四下里看了看,四周连个人影儿也没有。于是,他朝东南喊了三声"赵武灵王"。刚刚喊罢,两头骡子的身上一下子就像驮了多少重东西,浑身上下的汗水像雨淋过一样,他连忙赶上骡子启程回太原。骡子一上路,脚步轻飘飘,脚程比往常快了好多。不消几日进了太原府地面,两头骡子好像有人拉住一般,直蹶蹶停了下来。只听见骡子上面有声音说:"这次多亏你救驾,我决不亏待你。眼下太原大旱,许你卖雨三天,算是补报你的脚钱。"高三毛又走了一阵,正遇上官府张榜招人祈雨,就走上前去揭榜,见了知府,说有办法在三天内给下一场透雨。知府喜出望外,答应下雨之后给高三毛一千两纹银。如果戏弄官府,三日无雨,开刀问斩。

哪知道一连三日天上是云丝儿不挂,地上是风尘不动。三日后,太阳又像个火盆一样挂在半空中,烤得人身上直流油。府官一看,三日已过,连个雨毛毛也没见,心里气得像撒了疯的牛。当下叫人把高三毛押出大牢,气恨恨地骂道:"哪里来的刁民,竟敢戏弄本官,欺诈银钱,给我绑赴刑场,开刀问斩!"高三毛眼看老天没下一滴雨,到这时候哭皇天也没眼泪了,只好懵懵懂懂地被人家绑进了法场。

法场上,高三毛被一阵风吹醒了,睁开眼一看,日头偏南。这时他猛想起赵武灵王说的是"巳时行云,午时布雨",急忙呼天抢地大喊"冤枉"。监斩官一听高三毛临刑喊冤,急忙上来查问。只见高三毛哭诉道:"大老爷,小的卖雨,是三日后巳时行云,午时降雨,眼下时辰还没到,小人冤枉呀!"监斩官一听,这是人命关天的事,随即吩咐衙役看好漏壶,报准时辰,如果午时不下雨,午时三刻立即开刀问斩。过了会儿,当值衙役来报:巳时到!只见地上冷风嗖嗖,天上浓云急聚,霎时间天空阴成了黑铁片。当值衙役刚刚报了声午时到。天上忽闪闪几道闪电,圪喇喇几声脆雷,铜钱大的雨点"唰"一声像从天上倒下来一样。监斩官一见雨来了,急令衙役们为高三毛松绑,打道回衙。

太原府得了一场饱雨,庄稼得救了。谁知官府却黑了心说这是官家心诚,感动了上天,一顿乱棒把高三毛赶出了衙门,昧了买雨之钱。高三毛拖着浑身的棒伤,爬上骡子,一步一步圪挨着回了家。真是"喝的凉水就烫了嘴"。高三毛憋了一肚子窝囊气,少不得骂一声官府坏了良心,怨一阵赵武灵王多管闲事。这天夜里,高三毛躺在床上,刚合上眼就梦见赵武灵王来了。赵武灵王摸了摸他的伤口,身上一下子就不疼了。赵武灵王慢慢地说:"高家兄弟,我许你卖雨本是好意,没想到官府坏了心,让你受了委屈。过几天就是七月十五了,我要替你出出这口恶气,到时候我要降一场冷蛋子(冰雹),把那些黑心贼的庄稼打它个一苗不剩,叫那些坏了心的官家知道庄户人也不是那么好欺负的。只是你要悄悄说给庄户人,让他们在自家的地里挂上用纸做的黄钱留好标记。布雨时,俺拨开云头,只要望见黄钱,便会给降上场好雨,也好叫你五谷丰登。"

第二天,高三毛醒来,细细寻思赵武灵王的话,越想越不对味。到时候不管好赖人一场冷蛋子把庄稼打完了,这不是我高三毛连累了穷乡亲?想到这儿,赶紧跳下地,挨门挨户,把挂黄钱的事告诉了穷人们。七月十五那天,果然从西山那边飘来一团黑云,一阵雷声闪电,夹带着拳头大的冷蛋子铺天盖地砸打下来。由于庄户人家的庄稼挂上了黄钱,不光庄稼没受害,又得了一场偏降雨。官府、老财们的田地,没人告诉挂黄钱,叫冷蛋子打了个稀巴烂。

打从这一年起,这里的庄户人家一到七月十五就要在自家地里挂黄钱、摆供献,一来庆祝庄稼丰收,二来请求赵武灵王保佑风调雨顺。年长日久,便形成了一种怀念、祈求、庆贺的时节。这里的人们为了纪念赵武灵王,把他生前屯兵的地方叫作"赵村",把他当年的"围场"叫作"赵家湾",并在赵村(今在代县新高乡赵村)为他盖下一座"赵武灵王庙"。

清明节

清明节,又称三月节、踏青节、祭祖节、行清节,二十四节气之一,节期在每年的4月5日。清明节兼具自然与人文两大内涵,既是自然节气点,也是传统节日。清明扫墓的来历,源于春秋时期的"墓祭"。相传春秋时期,晋国公子重耳为躲避后母骊姬和弟弟夷吾的陷害,由蒲城出走,流浪异国他乡。这期间,贤臣介子推忠心耿耿,誓死不离左右。重耳流浪到卫国时,偏偏遇上天灾。有一天,靠讨饭度日的重耳粮食尽绝,饥饿难忍,介子推就割下自己大腿上的肉,煮熟后给重耳充饥。十九年后,在秦穆公的协助下,重耳回晋国即位,当了国君,就是历史上有名的晋文公。晋文公登基后,打败了叛贼,论功行赏,对曾经帮助、支持过他的人,一一加官晋爵,唯独忘掉了功劳卓著的随员介子推。这期间,许多人在重耳面前不厌其烦地为自己评功摆好,也有人怂恿介子推前去讨赏,而介子推却无视名利,离开朝廷,与母亲一块儿到绵山做了隐士。后来,晋文公想起了这个"以身解饥"的耿耿忠臣,便亲自坐车去找他,但偌大绵山,叠嶂重峦,怎么也找不见介子推母子的踪影。晋文公想,介子推是个孝子,如果放火烧山他一定会背着母亲出来的,但大火烧了三天三夜,连介子推母子人影儿也不见。晋文公无奈,只好下令灭掉大火,再进山寻找,却发现介子推母子紧紧抱着一棵大树,早被烧死了。相传介子推被烧死后,留下血诗一首,其中有"割肉奉君尽丹心,但愿主公常清明"的诗句。晋文公读罢遗诗,伤心至极。为纪念介子推,晋文公把绵山所在地更名为介休,意思是"介子推永远休息的地方"。同时下令,以后每年在介子推被烧死的日子,全国禁止烟火,冷食一天;在他死去的第二天即清明于绵山植树,焚烧纸钱,表示纪念。久而久之,沿袭成俗,便形成了今天的清明节。

民间认为,清明节这天,"天聋地哑",人们若动土填坟,天地鬼神不会怪罪。上坟添土讲究必须从坟茔外取土来填,若铲动了自己坟茔的土,怕铲断坟茔龙脉,破坏自家坟地风水。

人　日

"人日",典出北宋李昉、李穆等编《太平御览》,说的是人类始祖女娲的故事。传说,人类始祖女娲娘娘看到大地上如此荒凉不堪,于是就先用六天的时间,造出了人类生活所必需的六畜——正月初一为鸡,二日为狗,三日为猪,四日为羊,五日为牛,六日为马。初七用黄土和水,仿照自己的模样造出了一个个小泥人,后来觉得太慢,于是用一根藤条,蘸上泥浆,挥舞起来,泥浆洒在地上,就变成了人。每年初七就是女娲造人的日子,于是就成了人类的生日,简称"人日"。

水　神

"水神",典出洪洞的民间故事。洪洞县霍山南边有一股泉水叫霍泉,一年四季永远都不干涸。相传在很久以前,霍山是座荒山,啥也不长,光秃秃地叫人看着难受。山上有座广胜寺,寺里有位得道的高僧。有一天,他在山的西边发现一小片鲜嫩的青草,不由得喜出望外。因为在荒山上,青草就是宝贝呀。后来他又发现,这青草被割后,马上又长了出来,而且越来越多。他马上断定,地下有宝。于是便起劲地挖呀挖,最后挖出来个脸盆。这个脸盆,可不是一般的盆,而是一个聚宝盆,放一个铜钱进去,马上就取之不尽了。但是,这个老和尚心里想的却是让老百姓得到好处。于是,就在盆里倒满水,然后把盆向地上一扔,一眼泉水就出现了。那泉水源源不断地向外涌出来。不久,光秃秃的霍山就披上了绿色的盛装,绿树环绕,碧草青青,周围的人们也过上了幸福的生活。

但聚宝盆被挖出来变成泉水,西边的山神可火了。那盆是他的命根子啊。当初老和尚本事太大,他不敢惹。可等老和尚一死,他就来到泉边,想把聚宝盆抢回去。正在这危急时刻,泉水中出现了一位年轻的神仙,他就是水神。水神劝山神说:"咱们平日里悠闲自在,现在让这泉水为老百姓办点好事,有什么不好?你何苦要毁掉它呢?"山神把眼睛一瞪:"你个小毛孩子懂什么?我还要用这个盆装金银财宝呢。"两个人谁也说服不了谁,干脆就动起手来。他们都是法力高强的神仙,直打得天昏地暗,泉水也被激起老高的浪头。最后,水神技高一筹,把山神打跑了。虽然他仍然不服气,但是再也不敢来捣乱了。

从此,在水神的保护下,这霍泉的水永远不会干涸。农历三月十八是水神的生日,为了纪念他,人们便搞起了隆重的庆祝活动。日久天长就成了广胜寺的传统庙会,一直延续到今天。

桃花节

"桃花节",典出长治市襄垣一带,是襄垣城西北角桃树村青年男女的传统民俗节日,时间是每年农历的三月十五。传说在很久很久以前,桃树村有一座桃林山,桃林山上有一个长得貌似天仙的女子,名叫桃花。父亲早逝,她能织善绣,织出的布就像天上的彩云一样鲜艳,绣的花草鸟兽活灵活现、栩栩如生。

三月,正是桃花盛开的季节。姑娘坐在门前绣花,绣着绣着,情不自禁地唱起了动人的山歌,歌声随风飘去,被一位在山上打猎的小伙子听到了。小伙子名叫牛娃,勤劳勇敢,从小在山中练就了一身本领。姑娘的歌声宛若一股清澈的小溪,流入了他的心里,他陶醉了,循着歌声来到了姑娘身旁。小伙子采了一朵最鲜艳的桃花,鼓起勇气对姑娘说:"善良的姑娘,你就像这朵桃花一样美丽,只有你才能配得上它。你能把它戴上吗?"姑娘打心眼里喜欢这个朴实的小伙子,笑嘻嘻地接过他送的花,插在了头上。两个人唱起了山歌,你一支,我一支,在歌声中定下了终身。离桃林山二十里的地方,有个无恶不作的财主,他早就听说桃花姑娘长得俊俏,只是苦于无法下手。最近听到姑娘和一个穷小子定了亲,心里酸溜溜的。财主心生一计,他派人监视桃花,等待时机下手。这天监视的探子来报告,说牛娃到很远的地方打猎去了,可能最近几天不回来。财主听了大喜,便带领一伙人把姑娘抢到家中,强逼成亲。姑娘思念牛娃,誓死不从。狠毒的财主将姑娘打得昏死过去。姑娘从惊吓中醒来后,发现自己遍体鳞伤,被关在一间破旧不堪的房中,便哭得死去活来。她拧断窗棂,星夜逃回山中,在牛娃给她采花的那棵树上吊死了。

牛娃打猎回来了,他捕获了许多山鸡和野兔,一路小跑着想见桃花。刚走到桃林山,就得到了噩耗。牛娃怒火中烧,杀死了可恶的财主,最后也在姑娘吊死的桃树上殉情了。牛娃殉情的这天是农历三月十五,人们为了纪念姑娘和牛娃,就把这天叫作"桃花节"。每逢"桃花节",多情的小伙子们总要设法采一枝最鲜艳的桃花,送给自己心上的姑娘,用来表示纯洁的爱情。

添仓节

"添仓节",典出并州,日期是农历的正月二十五。清代潘荣陛《帝京岁时纪胜》说:"(正月)念五日为填仓节。"届时,人们或饱食以表示填满了仓,或用灰等围出仓的形状,在中间放一些粮食以示仓满,或祭祀仓笼之神,以祈一年粮丰仓满。填仓节有大小之分,小填仓在农历正月二十,祭祀以祈年丰,亦称"小天仓""小添仓";大填仓则在二十五。《介休县志》记载:"二十日,名'小天仓'。煮黄米糕,燃灯礼佛。"《大同志》记载:"二十日,为'小添仓';二十五日,为'大添仓',添买米面、柴炭等物。"民间传说农历正月二十五是仓神(仓官)的生日,届时与粮仓有关的行业和民间均要设供致祭,并有填仓、打囤之俗。

  这是一个很久很久以前的故事。那时,并州大地连续三年干旱,粮食颗粒无收,百姓饥寒交迫。官府不但不体恤民情,反而变本加厉征税派赋。一位看管官仓的仓官爷爷,看在眼里,急在心上,一心想救民于水深火热之中,便在正月二十这天,假借玉皇旨意,告诉过往百姓,让他们默记在心,互相转告,正月二十五晚上到官仓取粮。当日晚间时,仓官爷爷开仓放粮,饥民们取走了一囤囤、一仓仓的粮食。仓官爷爷望着空空如也的官仓,知道自己难免一死,便放火烧仓,最后自己纵身投入火海。后来,人们为了纪念这位舍身为民的仓官爷爷,就用自己的风俗仪式,祭祀这位不知名的仓官爷爷。从此以后便有了这一年一度的添仓节。

  山西各地的添仓节各有特色,不尽相同。有的地方象征性地往粮仓里添加粮食,有的地方则在添仓节这一天吃春饼、煎饼,并把饼投入到粮仓里,名曰"填仓""添仓"。有的地方在添仓节做"雨灯灯",用谷面捏成,共捏十二个,小碗大小,每个灯顶端捏一个灯盏,灯盏边缘捏一个小豁口,每个豁口各代表一年四季中的一个月。灯盏蒸熟后,揭开锅先看哪些月的灯盏里积的水气最多,则证明了哪个月雨涝。再根据种庄稼在哪个月需雨水最多,推断这一年收什么,作为本年安排种植的依据。在清徐,添仓节一过就是两个:小添仓和老添仓。小添仓这天,婆姨们赶早蒸"添仓馍馍",男人们从炉坑里取出细灰,在院中、门道撒制一个个灰圈,叫作打囤。尔后,把五谷杂粮添入其中,缺啥添啥。小添仓习俗只在前晌(即白天)进行,所以又叫"白添仓"。令人叫绝的是,清徐人管烧火用的土不叫烧土，叫作"育籽"。土生金，土生万物，"春种一粒粟，秋收万颗籽"，"育籽"叫得十分准确、亲切。因此，清徐人大都不用细炉灰打囤，而是取用"育籽"。五天后的正月二十五，便到了老添仓。晚上太阳一下山，人们就忙活起来，在各自的粮仓前上香供献后，将近日来收取的"育籽"或细炉灰，在院内、街门前撒制更多的囤仓。然后制作火烧、烙饼或馅饼，以示盖好囤仓。因这些活动在日落后进行，因而又叫作"黑添仓"。

土地爷

"土地爷"，又名福德正神、土地神、土地公，中国民间信仰中的地方保护神。俗话说"别拿土地爷不当神仙"。在中国的"神鬼世界"中，土地爷算是众神中一位末等的"芝麻官"，但它家族庞大。在民国以前的中国大地上，几乎到处可见石砌的、木建的小小土地庙，里面供奉着土地公、土地婆，香火还挺旺。

民间传说，古时候，有一对白发银须的老两口，就住在太行山下，九曲黄河从门前流过。这老两口就在黄河边上开辟家园，日子倒也过得快活。老两口一生做好事，吃斋念佛，行善积德。只是这老公公温善心慈，而老婆婆却为人小气。眼见的老两口都快七老八十了，可跟前也没个一男半女的，这一直是老两口的心病，正愁着没有人接香火。一天，老两口儿正在吃饭，门前飘然走来一个白衣秀士，在门前讨水喝。喝完水后，秀士对种菜的老公公说："看你的菜种得好，人也那么好，我没什么谢你的，就把这粒葫芦种子送给你去种吧。记住，这葫芦熟了不要去摘，日后自有你们好处。"说完就放下一粒闪闪发光的种子，不见了。老两口选了块最肥的地方，把那葫芦籽种下了。几天以后，冒出一个胖乎乎的幼芽。老汉不断地浇水、施肥，眼看着长蔓、开花，结果了。入秋后，满园的菜都收完了，只有那粒种子结出的葫芦还静静地挂在地里，那葫芦长得竟有磨盘大。一天，天快黑的时候，老两口只听"叭"的一声脆响,赶紧跑到瓜地去看,只见那个大葫芦正骨碌碌地向他们滚过来,在他们的脚下停住了,"叭"的一下炸成两半,从里面跳出一对儿女,"扑通"一下就跪在老两口面前,喊爹叫娘。老两口好一阵才明白过来,知道这是神仙赐给他们的,连忙跪在地上拜过上天,才起身扶起儿女,领进屋里。

转眼十多年过去,葫芦兄妹长大成人了。这年秋天,不知为什么老天爷连续下起了瓢泼大雨,一下就是七七四十九天,门前黄河涨起了大水,一天比一天高,眼看就要淹到屋顶了,一家人急得没办法。这时候水把当年那个葫芦漂了起来,在院子里打转,老两口就一把将这一双儿女推到葫芦中,那葫芦就像一条小船在水上漂着,这时一个浪头打来,把装着兄妹二人的葫芦冲走了,老两口却淹死在了水里。

兄妹俩在葫芦里,葫芦不停地漂啊漂,一直漂了九九八十一天,漂到一座山下才停住。他们就在这座山上搭起了一个草棚住了下来。这次雨也太大了,人世间只剩下了这兄妹俩,他们伤心地哭了。待冷静下来后,在山上开垦荒地,种上粮食,开始生活。这兄妹俩就是人类之母洛神娘娘和洛神爷爷。

后来他们被玉皇大帝封为"黄河都土地",掌管天下所有土地,喻为人祖之先。当年玉皇大帝委派土地公公下凡时,问他有什么要求,土地公公希望世上的人个个都变得有钱,人人过得快乐。土地婆婆却反对,她认为世间的人应该有富有贫,才能分工合作,才能让人有盼头。土地公公说:"那不是穷人太可怜了吗?"土地婆婆说:"如果大家都变有钱人,以后我们女儿出嫁,谁来帮忙抬轿子呢?"土地公公无话可说,也因此打消了这个原本"皆大欢喜"的念头,所以世间才有了今天的贫富悬殊差别。而后来世上人觉得土地婆婆自私自利,是一个"恶婆",而不愿意供奉她,却对土地公公十分敬重。

打那以后,土地神就成了与人们关系最密切的神。神位虽小,却掌管着人的一切,万事万物,并且由他沟通连接着天上人间。

粞瓜日

"粞瓜日",典出晋中市平遥。每年腊月二十三,平遥一带的人习惯于把甜丝丝、黏糊糊的粞瓜供在灶君牌位前。原来,当地有个风俗,每年腊月二十三,地上的神仙都要返回天庭向玉帝交旨,诸如土地爷、财神爷、太阳爷等。在这诸多神仙中,最老实的算是灶王爷了,人们戏称他,并给他编了一句歇后语"灶家爷上天——实话实说"。平常人们动锅动灶免不了磕磕碰碰的事情,这灶王爷倒好,将这些都要向玉皇大帝一一禀明,经灶王爷这一禀,下界百姓可就遭殃了。玉皇大帝雷霆一怒,不但不给这家百姓赐福,反而降祸。百姓对此无可奈何,只好听之任之。

后来,有一个做粞棍棍的人无心之下将棍棍切成了小节,两头一缩就成了番瓜的形状,随手就放在了灶王爷板板上。时值腊月二十三,忙着回天的灶王爷看到这圆溜溜的瓜,以为这户人家给他供上了好吃的东西,乐滋滋地捏起就往口里塞。谁知这一塞,甜味品到了,却让见热就化的粞瓜黏住了嘴。眼见升天交旨的时间到了,嘴里的粞瓜还没吃完,只好回天宫交旨去了。当玉皇大帝询问下界情况时,他一句话也说不出来,只是甜滋滋地品着粞瓜直点头。玉皇大帝见他一脸喜色,以为下界平安无事,于是赐福给了这户人家。

后来,这户人家把这一个无意之中的发现和众乡邻们讲了又讲。众乡邻们为求福荫,遂争相效仿,竟然屡试不爽,果真灵验。于是一传十,十传百,就形成了一种风俗习惯。

雨 节

雨节,又称下雨节、竹醉日,典出三国时解州人关羽的传说。农历五月十三,传说是关老爷磨刀的日子。因为磨刀要用水,所以这一天必定要下雨。这一天一般都有雷声，传说是关老爷的霍霍磨刀声。所以民谚有"大旱三年，忘不了五月十三"，"五月十三磨刀雨，六月初六龙晒衣"，"大旱不过五月十三"。

故事要从三国时的关公说起。关公是三国里独一无二的名将。他是天上的一位武神下凡。很久以前，天上的一些妖魔鬼怪突然逃出禁宫下界危害平民，玉皇大帝就派关公下凡处斩，一共要杀三千人，血流三千里。玉帝每年交给他一张名册，他就照着名册在人间寻找，找到就杀。几个轮回过去了，一个也没有杀错，受到玉帝的赞赏，人间的坏人也越来越少了。

这一天，正是农历五月十三，关公住在一个大庙里，寻思着明天就要按照下一年的名册开斩了，今天该磨磨青龙偃月刀了。他把磨刀石支在庙堂里，觉得缺个人手。住在这个庙里的老道赶忙走过来，端起水盆帮助关公往磨刀石上浇水。关公是个极重义气的人，每次来这儿，老道对他都照顾得十分周到，他就有些觉得过意不去。如今老道又为自己浇水，心里更是感激不尽。磨着磨着，老道就搭话了："关老爷，您又要出征了？"

关公回答说："老道长，关某不是出征，是收几个妖魔鬼怪带回天庭受审。"

老道又问："那鬼怪在哪啊？"关公随手扯出一张名册说："这就是。"

老道好奇地打开一看，不由得脸色"唰"地一下变白了，一盆水也撒了，他也软瘫在了地上。关公见状，慌忙放下刀上前扶起，问道："老道长，您怎么了？"

老道哆哆嗦嗦跪地求饶："关老爷，贫道确实有几条人命之罪，为逃脱处罚半路出家，从今后再也不会作恶，万望老爷饶命！"

关公见老道磕头流血，连忙劝道："请起，您这是为什么呢？"

老道指着落在地上的名册，关公恍然大悟，忙拾起来看，上面书写着一百零一个名字，第一个名字就是"西山长生寺老道"。关公自知天机泄漏，后悔不迭。又见老道如此恳切，想到他对自己的帮助，不免生出搭救之意，便好言劝慰道："道长请起，我关某一向以仁义立于天下，既如此，我一定相救，不要忘记，多行仁义，改恶从善。"

老道再三磕头谢了关公，重新端起水盆，尽心尽力服侍关公磨刀。这一天，一直从日出磨到日落，从日落磨到半夜子时。

磨着磨着，子时将尽，老道突然看到关公的脸变了，变得火炭般红，五绺髯须飘飘然，像风吹动一般，那双一直眯成一条线的丹凤眼渐渐地睁大了，眼神流露出凛凛杀气。老道明白了，这哪里还是什么关老爷，分明是上界武神现身了，再求饶也不会管用了。老道想：三十六计走为上策，我不能在这里等死呀。他放下水盆趁机溜出庙堂，来到院子里，可一时又找不到藏身之地。这时，远处传来雷鸣，老道更是心慌，猛然想起庙前立着的那棵空树，便跟头把式地跑过去，哆哆嗦嗦地爬进了空树洞里。

过了一会儿，关公看看刀已经磨得锋利无比了。只见他从怀里掏出名册又看了一遍，提着青龙刀走出庙门。这时，关公身不由己地四处寻找起来，里里外外找了几遍也没找到长生寺的老道。心中顿时火冒三丈，提刀的手痒得难忍，便在院中将刀舞起来，只听得"呼呼"作响。老道在空树中听得真切，早吓得魂不附体了。关公舞到兴致处，便想寻个什么物件开开刃，可眼下除了一棵水缸粗的空树以外，再没别的东西可以试刀了。他心里寻思，只好将就了。只见刀起处"咔"的一声，空树连同老道一起被拦腰切断，只见一股黑气直冲天上而去。关公瞅一眼，手也不痒了，心也不急了，提刀扬长而去。

又一年的五月十三到来了，关公杀完一百零八个妖魔鬼怪以后，来到长生寺，又要磨刀了。这回谁来浇水呢？他把磨刀石放在院子里，正觉疑难，只见天空乌云密布，"哗哗"地下起雨来，关公仰观云端，但见龙王高举玉帝圣旨前来行雨，关公俯首谢过后便借着雨水"霍霍"磨起刀来。

打那以后，每到这一天，玉帝就派龙王行雨，助关公磨刀，从无一次落空。年头多了，人们就把这一天作为雨节，相传到了现在。

元　旦

　　元旦，这一节日典出于远古时期尧舜的故事。

　　那还是在四千多年前的尧舜盛世，尧在自己的岗位上兢兢业业、任劳任怨，为老百姓创造了不少福利。尧为了做好下一代的教育工作，他便要考察天下能人志士，以便顺利传承帝位。这时有一个叫舜的人进入了他的视线，接着尧对舜一而再、再而三地进行考察，甚至把两个女儿嫁给舜用以全面观察。事实证明，尧没有看走眼，舜的确是一个德才兼备的接班人，于是便把"天子"的位置传给了舜。他一再嘱咐舜说："你今后一定要把帝位传好啊，我走了之后也能安心瞑目了。"

　　舜在位期间秉承了尧的政治理想治理天下，但天下水患不息，多灾多难，民生维艰，好在后来出现了大禹。大禹是水利学上的天才，生于治水世家，但他父亲的方法不得当，没有能治理水患，结果被砍了头。大禹后来担负起了治水的重任。他走遍天下，历尽艰难，三过家门而不入，终于平息了水患，疏通了水道。舜时刻牢记尧的教诲，经过实践考验选择大禹做了接班人，把帝位禅让给了禹。禹也没有让舜失望，他励精图治，兢兢业业，把天下治理得井井有条，百姓十分拥戴。后来人们就把舜祭祀天地和传位于禹的那一天当作一年的开始，把正月初一称为"元旦"或"元正"，这就是古代的元旦。

　　后来，历朝历代的皇族都在元旦这一天举行庆贺、典仪、祈祀等活动，如祭诸神祭先祖，挂春联，贴福字，舞龙灯，民间逐渐也形成了祭神、祭祖、贴春联、放鞭炮、守岁、吃团圆饭以及其他一些娱乐欢庆活动。晋代诗人辛兰曾有《元正》诗："元正启令节，嘉庆肇自滋。咸奏万年觞，小大同悦熙。"如此看来，古代的新年可真是热闹非凡啊。

正月初一吃扁食

"正月初一吃扁食",典出襄汾县塔儿山三县寺慈济大师的故事,是晋南一带过春节的民俗。

那还是老早老早以前的时候,塔儿山上没有塔,也没有寺,是个山高林密、野兽出没的荒野地方。人若到那里去,常是死多活少,有去无回。传说刘邦斩蛇起义的时候,这山上来了个奇怪的和尚。他独自一个人住在山上,没有房屋、铺盖,也不见他吃什么,只见他一年四季老穿着一件补丁很多的袈裟。夏天不见他出汗,冬天不见他冷战,和狼虫虎豹混在一块儿,过了一年又一年,活得逍遥自在。

山上有了这个人,山下周围村庄的人才敢上山放羊、拾柴。有时碰着毒蛇猛兽,只要一喊:"救命呀!"那个不知住处的和尚便会立即出现在眼前。只见他"嘿嘿"一笑,两掌一合,口中念道:"南无阿弥陀佛!"那些来伤害人的毒蛇猛兽,便像被风刮走一样忽然不见了。受害人要拜谢他,他指着人身后说:"回头看!"一回头,什么也没有。再转过身来时,连他的影子也没有了。更奇怪的是,有几个人同时入山,同时遇难,却在不同的地方,被这个和尚搭救。这些离俗、奇怪的事情,就这样一传十、十传百地传开了。传着传着,就有人说这个和尚不是凡人,是天上的神仙,会分身法,专门来给这里的百姓消灾免难的。传的时间长了、地方远了,相信的人就多了,人们只怕这个和尚没住处而走了,就有人带头布施建造寺院,以安其身。

在那山高坡陡、离村庄偏远的地方建造寺院,自然不是一件容易的事情。砖瓦木料在那几乎没有路的地方怎样运上山去?山上没有水,别说动工和泥泡砖的水,就连人渴了,想喝一口水也没有。人常说:"除过死法儿,全是活法儿。"襄汾、曲沃、翼城三县的人,就我提一罐水,他背两块砖,往山上运水运料。从头年正月初五开始,一直干到第二年的腊月三十才算完工。因为是三县人们出力建成,所以叫成了"三县寺"。

看着大家费了这么大的劲儿盖成的寺庙,怪和尚心里过意不去,说要好好犒劳大家,问大家想吃些什么?当时干活的人好几百,有些人就想试试大师的法力,七嘴八舌地说:"不吃常食,要吃变食。"变食怎样做?就是面片里包菜煮熟了吃。大家心想,这么多的人,只他一个人捏变食,看他怎么办?

谁知那个怪和尚竟然痛快地答应了。他谢绝了帮灶的人,将灶房门一闭,就独自在里边叮叮当当地剁开馅了。

这时有个十五六岁的小匠人,好奇心大,就悄悄地躲在灶房外的柴窝里,偷偷地从门缝里往里瞅。只见那怪和尚剁好了馅儿,和了一小盔面,擀成一个大面片儿,把馅儿往上一倒,面片儿一合,捏成一个菱形大变食,煮熟后,他独自吃了。

小工匠心里想,只他一个人吃,别人吃什么呢?刚想去告诉大家,就看见那个怪和尚猴(蹲)在锅上噗里噗拉往锅里屙变食。

开饭的时间到了,怪和尚给大家从锅里往碗里捞变食,捞了一碗又一碗,捞了多少碗谁也数不清。反正大家都撑得放裤带,那锅变食还剩下一个人的。一查问,才知道是那个小工匠没有吃。大家问他为什么不吃,开头他装肚子疼,说他不能吃。后来,人们见他面带微笑,根本不像有病,就劝他说:"快吃上几个变食就好了!"有个老匠人,还用筷子夹着变食,往他嘴里塞。这一塞,那个小匠人就更憋不住了,张口哈哈大笑起来,直笑得他肚子真的疼起来了。他倒在地上打滚儿,还是一个劲儿笑。别人问他为什么笑,他只是用手指指灶房。

大家好奇地跑进灶房,那个怪和尚没有来得及躲避,就"扑通"一声在变食锅上坐化了。那个小工匠因为没有吃变食,从那以后,肚子一年比一年疼,怎么也治不好。那些吃了变食的人,却是一年到头百病不生,诸事如意。

从此,民间就兴起了正月初一吃变食的习惯。传得年代长了、

— 42 —

地方远了,"变食"就演变成了"扁食"。

端午节背马

代县人过端午时,都要给自己的孩子做一匹大红马。这匹大红马有的是用红纸条编成的,有的是用红布剪成的,还有的是用彩线绣成的。五月初一这一天,当孩子们还在熟睡时,母亲们就把做好的大红马端端正正地缝在孩子的衣背上,当孩子起来穿上衣服时,大红马已经背在他们的背上了。大红马是孩子们最喜爱的饰物,他们要背着它一直度过整个端午节。

这是一个古老的传说。两千多年前,雁门关外居住着一个古老的民族——楼烦部落。这个民族能骑善射,尤其善于养马。他们养的战马体格强健,很有耐力,深受列国喜爱。马是这个民族的亲密伙伴,养马是这个民族赖以生存的保障。然而,由于楼烦地处大漠与中原的中间地带,又与匈奴有相似的骑射习性,匈奴掳掠中原时,一些楼烦人往往会充当匈奴人的帮凶,频频对相邻的赵国造成伤害。

战国时期,赵武灵王经过胡服骑射改革后,曾于公元前297年率军突袭楼烦,楼烦不敢与赵国为敌,只好献胡马投降称臣,成为赵国的一个组成部分。三十多年以后,赵国兵败长平,四十万大军被坑杀,国力锐减。匈奴看到有机可乘,遂胁迫林胡、楼烦再度掳掠赵国。危难之际,赵国派大将李牧据守雁门。李牧守边期间,坚持深沟高垒、坚壁清野的办法,一方面拒绝与匈奴交战,一方面与楼烦这个近邻友好相处。当赵国的军力恢复到足以与匈奴决战的时候,李牧首先对楼烦部落进行了瓦解。在强大的军事压力和优惠的移民政策鼓励下,楼烦的主要族群被南迁到雁门关内。楼烦的南迁造成匈奴同盟的瓦解,为李牧最后全歼十万匈奴创造了有利条件。楼烦人南迁到雁门关内之后,离开了他们熟悉的环境,离开了与他们朝夕相伴的骏马,开始了他们陌生的农耕生活。关内

自然是物资丰富，生活安逸，但夏季炎热的气候往往使他们难以忍受。特别是五月之初，正值天气开始暴热、毒虫开始繁衍之时，享受惯塞上凉爽气候的楼烦人无不思念与马相伴的日子。那时候，马群都守在孩子们身旁，偶有蚊蝇侵扰，骏马就会甩动马尾，轻轻把蚊蝇赶跑。如今，失去马匹的保护，孩子们只能任由毒虫叮咬。

一年，一个楼烦人见中原人在端午节时都用绾五色线和插艾草的办法来驱五毒，不禁想起了自己心爱的骏马。端午节来临之际，便用红布剪了一匹骏马，贴在了孩子的背上，想用这样的方式为孩子驱赶毒虫。据说，在驱毒辟邪方面，背马和绾五色线的方式竟同样有效。这一意外发现让楼烦人兴奋不已。由于这种方式不仅让楼烦人找到了一种心理安慰的方法，也满足了楼烦人割舍不断的恋马情节，因此，端午节让孩子背马的办法很快被更多的楼烦人接受，并形成一种稳定的习俗。

任何一种民间习俗都会相互交融。好多年以后，当南迁的楼烦人和雁门关以南的中原人彻底融合后，背马和绾五色线的习俗也被这两个民族有效地融合到一起。以后再过端午节时，也不管是哪个民族的孩子，每到五月初五，他们的背上都会背一匹骏马，手脚上会绾一缕五色线，并一直沿袭至今。

二月二补龙鳞

"二月二，补龙鳞"，典出绵山。每年二月初二，绵山一带的人们都要手持象征龙母拐杖的"大麻糖"（三尺左右）上龙头寺，登龙脊岭。登山中还要三五人一伙席地而坐，在一起吃一种小锅盖大的薄饼，据说是在给龙补鳞。

故事发生在唐朝时期，要从雀鼠谷之战说起。相传唐武德三年（620年）二月，秦王李世民曾在这里布阵，与突厥所封的定杨可汗刘武周对峙。一次战斗正杀得难解难分时，唐军阵中突然杀出一百零八条白衣白甲的好汉，经过一阵厮杀，把刘军打得丢盔弃甲,狼狈而逃。有道是"战罢玉龙三百万,残鳞败甲满天飞",原来这些好汉都是绵山龙众所化,受龙母指派前往助阵。在搏斗中他们的鳞甲不可避免地受到了损伤。战斗结束后,绵山一带的百姓,便自发地烙成这种饼,为受伤的龙补鳞。这种饼也叫"煎饼""油夹饼"。由于日后的真龙天子打了大胜仗扬眉吐气,此后便有了"二月二,龙抬头"和"二月二,补龙鳞"的说法。用大麻糖象征龙母的拐杖,是为了感念她老人家派龙众助阵。

谷 雨

　　谷雨,是二十四节气中的第六个节气,时间一般在每年公历4月19日至21日。谷雨是春季的最后一个节气,有"雨生百谷"的意味,也是播种移苗的好时候。相传,这个节气的由来与仓颉造字有关。轩辕黄帝时,仓颉是一位才能出众的史官,最初负责结绳记事。有一次,他跟随猎人外出狩猎,猎人指着地上的各种野兽的踪迹向仓颉讲解,如何据此判断野兽的去向。仓颉受到启发,依类象形创造出文字。当时天下正遭受灾荒,仓颉造字感动了上天,就下了一场特殊的"雨",落下数不清的谷米粮食,后人就把这一天叫作"谷雨"。相传,他去世后被安葬在家乡。此后每逢谷雨,当地会举行拜仓颉的庙会等活动以示纪念。

　　还有一个传说,上古时期,有一个叫作仓颉的人,他聪慧异于常人,甚至传说他有四只眼睛。仓颉用三年多的时间发明了汉字(甲骨文)。自打有了汉字以后,人们再也不用担心会忘记事情了,因为可以用汉字记录下来。华夏部落的首领叫作"黄帝",黄帝知道仓颉的发明之后很感动,问他:"你给大家伙做了这么好的事情,我要奖赏你,你想要什么?"仓颉说:"我想每年都丰收,所有人都有饭吃。"也许是上天被仓颉感动了,第二天就下起了大雨,雨水中竟然夹杂着一颗颗的谷粒!这样,人们的粮仓满了,再没有人会饿肚子。为了纪念仓颉,大家就把下雨这一天定为"谷雨"。谷雨以后气温升高,病虫害繁衍很快。过去,农家一边进田灭虫,一边张贴谷雨帖,希望能驱凶纳吉,这一习俗在山西、陕西一带比较流行。旧时,山西临汾一带在谷雨日画张天师符贴在门上,名曰"禁蝎"。有些地方的禁蝎"符咒"以木刻印制,其上印有"谷雨三月中,蝎子逞威风。神鸡叼一嘴,毒虫化为水……"反映了人们驱除害虫和渴望丰收平安的愿望。

腊八饭

腊月初八,家家户户都要吃"腊八粥"和"腊八饭",这是在民间流传最广的传说和传统民俗。据说,这一天佛祖释迦牟尼在求道途中晕倒在河滩,牧羊女发现后,用几种豆子熬成粥救活了他,使他成佛得道。以后宫廷、民间,也都在这天用各种豆子,加上小米、玉米等东西熬成粥。在晋南一带还在腊八粥中煮上面条,做成腊八饭,人吃后还要剩一些,来喂家中的鸡犬牛马。人常说"吃了腊八饭,鸡儿就下蛋",寓意不论是人还是家畜,都要勤奋,不要懒惰。不然,就会像流传在晋南这个传说中的懒汉一样,连腊八饭也没吃上就冻死了。

传说在很早以前,在稷王山下,有一对夫妻非常勤快,天不明就下地,回家时捎带拾柴火、拾粪,晚上老婆纺棉纺到月偏西;夫妻俩还在房前屋后种树栽菜。因此,家里的日子一天比一天好、一年比一年富。有人问这对夫妻是不是家里有摇钱树和聚宝盆,这两口子就对旁人说:"摇钱树,人人有,就是自己两只手;聚宝盆,家家有,勤俭持家常富有。"

可是,这两口子生了一个不成器的儿子。这儿子从小衣来伸手、饭来张口,长大后只知道吃饱穿暖,游手好闲,一点活也不干。尽管这两口子白天吵、黑夜劝,可是儿子就是啥活都不干,把父母的苦口婆心当作耳边风,从这个耳朵进,到那个耳朵出,该不干活还是不干活。

眼看父母年老体衰,不能劳作,儿子仍然是懒惰至极。父母对儿子说:"爹妈只能养你小,不能养你老。勤是摇钱树,俭是聚宝盆,你以后不能好吃懒做,也要学会种庄稼过日子……"还没说完,懒儿子早听得不耐烦跑了出去,气得父母再没下炕,很快就去世了。

儿子见满屋子粮食满柜子衣服,心想,这还能把我吃穷穿穷?根本没把父母的劝告记在心上。一晃几年过去了,家里的良田变成荒园,衣服一天比一天少,地里不打一颗粮食,家里用的柴米油盐酱醋茶哪一样不需要钱粮换?

很快,家里的东西一天比一天少,直到有上顿、没下顿。村里人见了,看在他父母的面上,这家给几个馍,那家端几碗饭,送一把菜。可是懒儿子躺在家中想,这样的日子也不错,起码不动弹有吃喝。

转眼又到了冬天,天气越来越冷,俗话说"一九二九不出手,三九四九冻死狗",到了腊月初八这天,北风猛刮,大雪纷飞。懒儿子蹴在凉炕上直打战。由于下大雪,也没有人送饭送衣,懒儿子饿得直打转,四处寻找,突然发现墙洞中还有几把黄豆、绿豆、白豆和一些米粒子,这可是救命的食物呀!懒儿子强打精神,把那些粮食全部倒进锅里去煮,快煮好时,他还发现前几天邻居送来的一把面条,也就放到锅里一起煮。好不容易煮熟了,饭香诱得懒儿子直流口水。可是刚端起碗还没吃,一股大风把他家年久失修的破屋刮倒了,懒儿子压死在屋里。当人们赶来时,只剩下一锅冒热气的粥饭。从此,每到腊八这一天,人们就熬一锅"腊八饭"让孩子们吃,剩下的喂了家里的鸡犬牛马,边吃边给孩子们讲"腊八饭"的来历。

腊月二十三扫刮忙

"腊月二十三,家家扫刮忙",典出晋南一带的民间传说。这些民谚和民俗是说在二十三这天,或前几天就要把家里里里外外认真仔细地清扫一遍,特别是有尘土的地方,更要清扫干净,在晋南一代,俗称"扫刮"。传说灶王爷在这一天回天宫,向玉帝汇报各家各户一年过光景的情况,灶王爷是玉帝派到人间专门监视人们行为的,他有时无事找事,加油添醋,说人们的坏话。玉帝听了后就会给这家人降下灾难和横祸,惩罚人们。所以,人们还用糖瓜、灶糖、旋子黏住灶王爷的嘴,不让他乱说。有一年,有个小伙子在稷王山上砍柴,当来到朱砂洞时,忽然听到洞里有人说话,他悄悄走进朱砂洞里,可是看不见有人影,只听到一个声音在说:"灶王爷,你年年都回天宫向玉帝奏本,可是人世间那么多人,他们做的事说的话,你能记得清楚,说得准确吗?"另一个声音接着说:"不瞒您稷王爷,我当然有办法,平时人们做的事、说的话,我都记在各家各户的箱子顶、柜子顶、水缸边、炕下面、屋顶上,凡是有空白的地方,我都能写下,平时有灰尘遮盖,到了腊月二十三,我把记下的看一遍,就忘不了啦!"另一个声音又说:"哎,怪不得你记得这么准,原来用这么个好方法哟!"

小伙子听完后,知道灶王爷的秘密了,回到村里就告诉了大家。大伙就在这天把屋里各处的灰尘扫得一干二净,灶王爷看不到他原来记下的各种事情,加上嘴里吃了糖瓜嘴巴软,也不好再胡说了,老百姓家家也就和和睦睦、四季平安、五谷丰登。从此,这个风俗就一直流传了下来。

陵川平城十月十"谢土节"

谢土节,是陵川县平城镇独有的一个节日,时间是每年的农历十月十。这一天,要吃胡角、炸油饼、蒸银面,为谢土做供食。这个节日起源于一个传说:明清时代的平城物阜民丰,经济繁荣,成为豫北土匪的抢掠之地。为了对付这些土匪,镇上便挖了一条从观音堂到寨上玉皇庙殿内的地道,便于藏物藏人。久而久之,土匪发现了这一秘密。一次,土匪来抢,径直下了地道,大家将计就计,用巨石盖住了进出口,把三十多个响马全闷死在地道里。自此之后,平城就怪事迭起。有的人家孩子突然暴毙,有的人家水缸突然干涸,有的晚上睡在炕上,早晨起来却躺在院子里……全村人心惶惶,家家闭门。于是,乡绅和社首们齐集元阳观,商量对策,最后决定:一是在寨后建立"孤坟台",收容孤魂野鬼;二是十月初一送寒衣节请高僧做道场,祭祀亡灵;三是十月初十大谢土,感恩厚土安葬孤魂野鬼。

大谢土由商会社首组织操办。每年农历十月初一开始,在元阳观正殿摆上丰盛的供献,挂红灯,贴对联,每天有八音会伴奏,同时还有十个供斋儿童(十五岁的当厅孩,相当于门童,这些当厅孩都穿新做的棉袍马褂,头戴插着金花的毡礼帽),在八音会的伴奏下,跟着社头手捧斋盘到进献供食的商户来来往往,迎取供食。每天上午由供主祭拜,三拜九叩,下午则由各村表演故事,晚上打铁花耍社火唱大戏,主场分别是初二南堂院,初三祖师庙,初四玉皇庙,初五山神庙,初六牛王庙,初七三皇阁,初八、初九、初十在关圣阁老台连唱三天秋报戏,由勤孩(赵清海)登场连唱三本《黄河阵》,初十晚上大谢土,谢完土,耍龙灯,大游行,至此,大谢土方才结束。其时间之长、内容之广、程式之繁、仪式之隆,千里之内,无出其右。谢土有大谢土和小谢土之分,大谢土是一项集体活动,地点在元阳观,由高僧或老道主持,社首为主祭人,主要供品是九百九十一盏黏面(平城话叫银面)灯、九百九十一碗香米饭、九十九刀生猪肉,配供为七十七盘胡角和七十七盘油饼,还有各商号和乡绅百姓自奉的各种斋供无数。小谢土是私家个体行为,时间不限,由百姓根据自己有修房盖屋、揭瓦房、垒院墙、挖窖、打茅坑、丧葬人等动土行为,在家里谢土,主持者是阴阳风水先生,主祭人为一家之主。

大谢土要用麸画八卦,也叫画土坡。土坡画好后,在正中放五盏灯,八卦的正中间是个"土"字,上放主灯,土字周围是金、木、水、火四个字,土和金、木、水、火构成八卦第一圈,"土"字上处放一盏大灯,为主灯,金、木、水、火处放4盏略小于主灯的配灯,土坡最少要画到二十四层。小谢土在家的梁头底下用麦麸画一个八卦图,一般家庭谢土是五层或七层,俗称为五层谢或七层谢。谢土有专门对联："祝三台三元吉地,谢五土五福临门""奠谢五土家通泰,和悦龙神宅平安""只用金灯三两盏,全凭道德五千年"等,横批是"奠谢五土""奠谢土府""五福临门"等。主要工具是新笤帚、酒、麦麸、黄表、红布等,还有多个牌位等。大谢土开始很简单,经过多年演变,形成了平城镇一个独特的文化活动,现在,十月初一赶会、耍龙、谢土、吃胡角油饼,都是从此演变来的。

清明时节吊金鸡

清明节吊金鸡,这是绛州一带的民间习俗。那金鸡是用布粘浆包好,又用金线绣成,吊在梁上或墙上。据说谁家吊上金鸡,蝎子、蝎子精就都不敢来了。

相传很久很久以前,这一带有个小村子,村北有座判官庙,庙倒不大,只有两间房子大小,谁家死了人,总要先来判官庙做一番祷告,尔后才能埋葬。这年清明节的前一天,村里忽然一连几天都有小孩儿失踪,人们怎么也找不到。这天,有人找到庙旁,只见鬼火闪闪,吓得就往回跑。到第四天,又有一个小孩儿失踪,人们惶惶不安,不可终日。

这村里小孩儿中有个叫金吉的,约莫十二三岁,生来聪明勇敢。他听说判官庙有鬼,便决心去闯一闯。他对村长说:"鬼火有什么好怕的,鬼火乃阴气也,人为阳气,人去,阳气自然上升,鬼火也必自灭。"村长为他备好酒菜,他吃过后便去了判官庙。

那少年并未直接进庙,而是蹲在庙外的一片坟地里,两眼盯着庙门。待到三更时分,那庙里忽地冲出一团黑烟,直向村中飞去。借着月光,看得见是一头簸箕大的蝎子精。那金吉心想:失踪的孩子必是因那蝎子精作怪,我要能变成雄鸡就好了。诚之所至,感天动地。他真的变成了一只五尺高的金鸡,金黄的羽毛,血红的冠子。只见它双翅一拍,"嗖"地飞着追了上去,展开钢爪铁嘴便啄瞎了那只蝎子精的眼睛。蝎子精情知不妙,急往地下一钻。那金鸡便落地挥开利爪,几下把蝎子精扒拉出来,一阵乱啄,吞下了蝎子,尔后便飞向了别处,什么地方？人们不知道,有人说他变成了金鸡神。从此以后,逢年人们便在家里进门的影壁上供上一张鸡儿神,以除蝎子;逢清明,便吊上一只金鸡,一方面图个吉利,一方面也为纪念那个叫金吉的少年英雄。

三月三吃白蒿

"三月三,白蒿翻,吃了白蒿活千年",这是绛县磨里乡下村流传着的两句顺口溜,也是当地乃至晋南一带流行的"三月三吃白蒿"的民俗。晋南一带,三月三,食野蔬,野菜入食是自古的传统,因而有"三月茵陈、四月蒿,五月六月当柴烧"的说法。每年三月初三清晨,太阳未出来时,下村人争相登上附近的晋文公墓,采挖墓上白蒿。白蒿的学名叫"茵陈",治肝病有特效。据说吃了晋文公墓上的白蒿,可防百病,所以村里人争相采挖,回家做成饭团大吃一顿,就觉得心满意足,精神焕发。传说村东的深沟里,有一只狐狸经常出没,没有人敢去捕捉。后来有一位猎人勇敢地射伤了狐狸,这只受伤的狐狸却因枪伤难忍夜夜啼号,更扰得人心惶惶。后来,有人发现这只狐狸每天于太阳未出来时,到文公墓上吃白蒿,日子长了,这只狐狸的枪伤竟然不治而愈,再也不啼哭了,而且,它全身的皮毛也都变成了雪白色。人们都惊奇地说:"狐狸成仙了。"见狐狸吃白蒿能使枪伤自愈,人们也就开始自觉地采食白蒿。慢慢地,下村人就形成了三月三吃白蒿的习惯。

五月十三拜关公

五月十三拜关公,典出运城解州关老爷普施磨刀雨的民间传说,是全国很多地方都有的民俗。

在河东地区,民间素有"天再旱,旱不过五月十三","五月十三

滴一点，耀州城里买大碗"的民俗谚语。按照民间的说法，农历五月十三是关老爷磨刀的日子，天要下一场雨。"五月十三雨，关公磨刀水。"这一天多降雷雨，雷声是关老爷磨刀的声音，那雨水是关老爷的磨刀雨，俗称"关公磨刀日""关公诞"。这一天，官民要祭祀关老爷，焚香祷祝，求签卜卦，向关老爷进献大刀纸马，杀猪宰羊，祈求风调雨顺，国泰民安。

关于"磨刀雨"，有一段有趣的传说故事。三国时期，关羽有一年被困在曹营，虽然曹操对他千好万好，但他也要护送两位嫂嫂，千里走单骑，去寻找大哥刘备。他决定农历的五月十三这一天挂印封金辞别曹营。从许昌临动身前，他要把他的青龙偃月刀磨一磨。这把宝刀，非常锋利，必须用天河之水来磨。可是，那年正赶上久旱无雨，五月十三这一天更是晴空万里，太阳当头，天空没有一丝云彩，老天爷也没有一点下雨的意思。关羽心急如焚，便仰天大笑。"哈哈哈"一阵狂笑，这笑声就是招呼东海龙王前来答话。说时迟，那时快。天边东南方立刻飘来乌云，龙王从南天门出来了。乌云飘呀飘，却不见雨点落下。关羽见龙王装模作样，爱理不理的，眉头一皱，大喝一声，震得天摇地动，半天云霄响起了一个霹雳。可是仍然光见打雷，不见下雨。这下关羽真的来气了，抖了一下精神，挥舞起青龙偃月刀。这时，只见青龙偃月刀寒光闪闪，杀气腾腾，关羽对着天上乌云大喝道："龙王爷你不借我磨刀雨，我不准你晒龙袍。"这下龙王惧怕了，六月六不晒龙袍，不就发霉了吗？于是，铜钱大的雨点在天空像断了线一样飘飘洒洒落向大地。关羽大喜，立刻去河边磨他的青龙偃月刀去了。关羽磨好了青龙偃月刀，就拿着它过五关斩六将去了。关羽的宝刀随时要磨，龙王惧怕关公不准他晒龙袍，便一路小心伺候，一直不歇气地下雨，直到关公和张飞古城相会，三通鼓斩了蔡阳，关公封了青龙偃月刀，龙王这才喘过一口气来，赶紧回宫翻箱柜晒龙袍。那天正好是农历六月六。在运城地区民间还有"六月六晒衣服和皮货，一年四季不发霉"的说法。从此以后，农历五月十三就约定俗成为"雨节"，又称关老爷"磨刀日",俗称"关公诞"。五月十三这一天,运城民间乡亲们自发到解州关帝庙中祭拜,关帝庙演戏三天,街坊邻居还会聚在一起大吃一顿,预示来年有个好收成。然后,抬着关公坐像,浩浩荡荡,绕城一周。此意是借关帝之神勇,以求地方平安。

还有一个传说,东汉末年,刘备兄弟三人打了三十多场恶仗,刘备只被封了一个小县的县尉,有了张飞怒鞭督邮、避难代州的故事。当时刘备一行被安排在代州北城墙根的一个小院里暂住下来,三个英雄就好像是关在笼子里的雄鹰,每天只能遥望蓝天,就是无法飞翔,心中的苦闷可想而知。农历五月十三这天,关羽实在耐不住寂寞,就提出自己的青龙偃月刀来,一边擦拭一边看。自起事以来,他还从未磨过战刀,现在看看厚重的刀刃,想想心中的闷气,不由自主地舒开刃臂,在一块大磨石上使劲磨起来。关羽本来就是天神降世,再加上刀为青龙所变,大刀刚刚磨动,天上立刻雷鸣电闪,紧接着,雨点纷纷从天而降。关羽磨刀的时候,正是代州最旱的时候,州人虽多方祈祷,老天就是不下一点雨。正当大家失望之际,大雨忽然从天而降,这让人们既欣喜万分,又感到十分意外。那时,关老爷的名字还不为世人所知,更不知关老爷就深藏在代州城内,因此,关老爷磨刀就会降雨的实情也就无人知晓。后来,关羽跟着刘备南征北战,一路杀出了威名,人们这才知道关老爷乃是一位非凡的神人,代州五月十三意外下雨就是关老爷磨刀所致。关老爷升天后,代州还是十年九旱,虽然北斗神每年也会给代州各地分布降雨,但要等到六月十三才可以兑现,六月十三以前的干旱现象一直无法解决。这时,人们想起往年关老爷在代州磨刀降雨的事,都期盼五月十三这天再次让关老爷磨刀降雨。然而,那时代州的官府虽已为关羽建了一座关帝庙,但官府只管祭祀不管祈雨,民众的愿望一时无处诉求。这一年,代州的民众为了有一个向关老爷诉求的地方,就自发集资,在关老爷当年磨刀的地方又建了一座关庙,为了和官府建的区别开来,人们把自己建的关庙称为小关帝庙,并在关羽当年勒马回眸的地方建了一座勒马关庙,好

让关老爷记住往返大、小关帝庙的路。也就是从那时候开始,每年五月十三这天,人们就一起到关帝庙去祈祷,祈求关老爷磨刀时多蘸点水,好给人间多降点磨刀雨。为了让关老爷有足够的水磨刀,人们还舁(音俞,共同用手抬)上关老爷的出像到北斗神那里去引水。据说,自从到北斗神那里引水后,天上降的磨刀雨就特别多。

一千多年过去了,祈求关老爷磨刀降雨的活动从未间断过。直至现在,代州的人们仍然每年会到关帝庙去祈祷,仍然还会舁着关老爷的出像去引水,关老爷还会如期向凡间施降可贵的磨刀雨。

稷王山正月十五耍龙

正月十五耍龙,是稷王山每年正月都要敲锣打鼓,扛着五颜六色、活灵活现的长龙,游街串巷的民俗活动。

传说在后稷教民稼穑的时期,稷王山周围这一带风调雨顺,五谷丰登,老百姓年年都丰衣足食,安居乐业。可是有几年却变得不是洪水泛滥,就是田地干旱开裂,老百姓种的庄稼不是淹死就是旱死。后稷看到老百姓叫苦连天,无法生活,就去问稷王山上的青龙是怎么回事,青龙告诉后稷说他只管兴云播雨,其他事情一概不知。后稷把民间疾苦向青龙说明后,青龙便答应他到天宫去打探。

青龙到天宫四处打听,才弄清楚天下旱涝的原因。原来是玉皇大帝在批雨簿时,本该写"七分雨,三分旱",结果因为喝酒喝醉了,错批成"三分雨,七分旱"。这样,就把民间害苦了,不是洪水滔滔,就是田地干裂,不能播种,无法收获。

后稷便央求青龙救救天下的百姓,播雨时播够就行,干旱时再播些雨水,青龙知道违犯天条的后果就是处斩,一旦被玉帝知道,就没有活路。可是眼看百姓们的惨景又于心不忍,经过后稷的一再劝说,终于下决心要让人间风调雨顺。

没多久,玉帝就知道了这事,他也知道自己点错了雨簿,可金口玉言,不能在天神们面前说话不算数,又怕别人议论他做事不

慎,就将错就错。可发现只有青龙敢违犯他旨意时,就把火气发在青龙身上,就让天兵天将把青龙押回天宫处斩了。

后稷知道青龙被处斩,十分痛心,就在山上为青龙塑了一尊石龙,又让天下的老百姓照着青龙的模样用竹篾扎成青龙,用纸、布糊上,用颜料描画,把纸龙做得活灵活现,威武雄壮。到了青龙被杀的忌日即正月十五这天,家家户户张灯结彩,人们敲锣打鼓,扛着青龙游街串巷,以表示天下老百姓对青龙的感激和怀念。这一风俗就一直流传到了现在。

正月二十摊卷卷

正月二十摊卷卷,典出翼城,是翼城县每年正月二十,家家户户都摊卷卷,添仓敬献仓谷爷。仓谷爷就是五谷神。卷卷是一种吃的东西。做卷卷时,先用白面兑上水,拌成稀糊糊,在烙馍鏊里摊成一个一个薄薄的软饼饼,再把调好的熟馅儿均匀地摊在软饼上,一卷就成了。卷卷有六七寸长,比大拇指头稍粗一点儿,乍看,圆滚滚的,就像一个一个装满粮食的小白布布袋。里头一层馅儿一层软饼,又一层馅儿一层软饼,总共有好几层。因为皮儿和馅儿都是熟的,卷好就能吃了。要是放在锅里,用油煎一下,就变得黄生生、软油油、香喷喷的,再蘸上一点儿油烧辣椒掺米醋,吃起来,就更可口了。年年正月二十,老人们总要讲一讲献仓谷爷和吃卷卷的故事哩。

传说仓谷爷生在翼城二峰山下弃里村。古时候,这村里有个年轻的姑娘,名叫姜嫄,她人样儿好、心眼儿灵,方圆十里八里,没有能比上她的。

有一天,姜嫄到村子外头去游玩,她见那满山坡上尽是五颜六色的野花花,怪好看,就摘了一大把;又瞧着花花蝴蝶在花堆里飞来飞去,怪可爱,就逮了几只。玩够了后,才高高兴兴地回家去。快到村门口啦,看见路边上有个脚印,老大老大的。姜嫄觉得怪稀奇,站住看了一阵子,不由展开腿,用自己的脚去量了一下那个大脚印印,看看它究竟能比自家的脚大多少。一比试,她的脚只能达到那个脚印的大拇指跟前。

可也怪,自从姜嫄踩了那个大脚印,回到屋里肚子一天一天大起来。开头儿遮盖遮盖,还不显山露水,可到后来,再也遮盖不住了。很快,全村人都传开了,都说她不正经。姜嫄呢,一肚子委屈没法儿张嘴。她熬死熬活,熬到头生了个光光的肉蛋蛋。天不明,姜嫄就悄悄地把肉蛋蛋抛弃在村边小沟里。小沟里,经常有野兽来来往往,可那些野兽,都不到肉蛋蛋跟前去,谁也没伤害它。两天过去了,还是好好的。姜嫄把肉蛋蛋抱上,想抛弃到山林里去。当她走到山林跟前,碰巧有好多人在那里砍木材,她只好抱着肉蛋蛋往回返。村边上有个水池子,池子里的水冻得硬邦邦的,姜嫄狠了狠心,把肉蛋蛋抛弃在冰面上,心想:非冻死这个小东西不行。她才走了几丈远,呼、呼、呼,也不知从哪里飞来一大群鸟儿,那些鸟儿围成一个圆圈圈,用翅膀把肉蛋蛋轻轻托起来,紧紧围在中间。那劲儿就像一个绒绒的鸟儿窝里,放着一个圆光光的肉蛋蛋。这下姜嫄可急坏啦,她害怕那些鸟儿把肉蛋蛋撕吃了,连喊带跑就冲过去啦。那些鸟儿连飞带叫,一眨眼连影儿都不见啦。这时,只听见"嘣"的一声,肉蛋蛋裂开一条缝子,姜嫄弯腰一看,呀!里头一个又白又胖的小小子,弹着腿儿,"哇哇哇"一个劲儿哭。她又惊奇又欢喜,赶紧把小胎娃揣在怀里,用衣裳裹得严严的。

回到家里,姜嫄看到小胎娃可爱的样子越想越后悔,说啥也不该一次又一次抛弃亲生骨肉啊!她越想越后怕,要不是神鸟保护,这小娃娃早没命啦。她想来想去,便给她娃起了个奶名"弃"。弃,从小有志气,最喜欢庄稼活儿。后来长大了,还是一直揣摩庄稼行里的事。传说,弃还到天上去过,把天上的五谷、瓜果种子带到凡间来,让老百姓种。五谷、瓜果成熟后,结的果实又肥又大、又甜又香,比野生的分外收成好。后来弃又用木头和石头,制造了一些种地的工具,还教乡亲们用它们种田耕地。大伙儿都得了好收成,吃不愁穿不愁,光景越过越自在。

弃为乡亲们办了好事,名声慢慢传开了。尧王爷听说了,把他请到朝里,叫他当了专管农业的大官。全国老百姓尊重地称呼他后稷。后稷死了以后,人们为了纪念他,把他的村子改名叫弃里村。意思说那是弃的故里。从那会儿起,有好些老百姓生下小子,都愿把奶名叫弃儿,巴望儿子长大了也像弃一样有出息。直到现在,翼城一带奶名叫弃儿的人还不少呢。

世世代代人们献的五谷神(翼城叫仓谷爷)就是后稷。据说正月二十是他的生日,到这一天,乡亲们专门给他做了一种吃食卷卷来献他。因此,正月二十摊卷卷、添仓、献仓谷爷爷的风俗,一代一代一直流传到了今天。

社火庙会

大槐树祭祖
东马峪庙会
二仙庙会
过年点旺火
洪洞广胜寺古庙会
霍州火星圣母祭祀活动
集　市
解州关帝庙庙会
晋祠古会
九凤朝阳
……

大槐树祭祖

"大槐树祭祖",典出临汾市洪洞县,是清明节期间举行的一种寻根祭祖活动。

洪洞大槐树移民从宋室南迁开始,到清代中后期开发边疆,其中以明代洪武初年(1368年)到永乐十五年(1417年)大约五十年间为高潮,在此期间一共从山西迁民十八次。移民直接迁徙地包括了全国十八个省(市)里的四百九十八个县(市),包括汉、回、蒙等多个民族。时至今日,大槐树移民后裔已遍及全球。清代末年时,洪洞贾村景大启在山东曹州做官,交游甚广,与许多洪洞大槐树移民后裔相识,经与山东长山县司吏刘子林、从河南杞县告老还乡的贺柏寿(均为洪洞籍)共同商议,修建了经幢、石塔、长廊、木枋、茶亭等,并在原古大槐树旧址竖碑建造碑亭,遂使古大槐树祭祀遗址初具规模。当时,在民间流传着许多洪洞大槐树移民的传说,比如官方当时哄着不愿外迁的移民到槐树下集合,然后强行押解迁徙;移民过程中形成了移民有复形小脚趾的特点以及大小便喊"解手"(因为手被捆住了)之类的说法;牛姓移民从大槐树迁徙河南时,父亲将一口铁锅打破成三块,分给三个儿子,三个儿子各生六个儿子,形成了河南十八处牛姓,他们自称"打锅牛",等等。因此,在现在的祭祖仪式后,我们会看到很多人会折一小枝槐树枝,或者带一点泥土回去,甚至还有人带一个瓦罐来,在大槐树前摔成碎片带回去分给不能来祭祖的移民后代。

几百年来,移民他乡的人和大槐树后裔思念故乡,经常回故乡祭祖,尤其到了清明时节,各地到大槐树遗址寻根问祖的人更是络绎不绝。洪洞县政府受到民间祭祖活动的感染,从1991年开始主持举办"寻根祭祖节"。据说在"寻根祭祖节"的前一天,有成千上万只小鸟从天而降,先飞往洪洞县委、县政府院内,然后黑压压云集到大槐树祭祖园,白天飞翔在祭祖园上空,黑夜栖居于祭祖园的树丛中,为"寻根祭祖节"增添了几分传奇色彩。大槐树祭祖园内,一时鸟声沸腾,热闹非凡,蔚为旷世奇观。人们看到在园内第二代、第三代槐树和其他树木上,鸟儿落满枝头,它们时起时落、交颈偎依,仿佛经年不见的老友,在倾诉昔时的离情别意,畅谈今日在他处的思乡之情。这些鸟儿的形状像麻雀,但比麻雀略大,颜色是灰黑的,来时鸣音响亮,啾啾欢叫;去时叫声凄凉,哀鸣而去。当地人称它们为"神鸟""思乡鸟",也有人说它们是大槐树移民死后所变,生不能归故里,死后化作鸟儿也要飞回故乡,这一景象一直到清明节后才消失。

　　大槐树处之所以成为祭祖的纪念地,是因为随着年代久远,移民后裔逐渐淡忘了具体的乡里村名,遂把大槐树处认作祖先的家乡,甚至那些故乡本不是洪洞县的山西移民后裔,也都称自己是从大槐树下出来的。这样,大槐树就成为人们寻根问祖的象征符号。移民时的那棵大槐树在清顺治年间就被洪水冲没了,大槐树边上的广济寺也早毁于战争。第二代大槐树1974年被狂风刮倒,当地人用钢筋水泥进行了加固。现在,第三代槐树已有合围之粗,枝叶繁茂,正是兴旺时期。大槐树祭祖活动经过了一个"民间—地方士绅—政府"的发展脉络,是民间传承习俗与时代需求的有机融合,这一习俗呈现出官祭与民祭融合共存的态势,已经形成了一种民族认同和共识。"问我祖先在何处,山西洪洞大槐树。祖先故居叫什么,大槐树下老鹳窝。"

东马峪庙会

　　"东马峪庙会",是清徐县东马峪农历七月二十九举行的传统庙会。传说,东马峪村曾有两人,一个叫胆大鬼,一个叫鬼大胆。两个人的胆大在周围一带很有名气,却又互不服气。一天,两人打赌比输赢,胆大鬼说他半夜三更、夜深人静时敢去香岩寺无梁殿十殿阎君前走一趟,鬼大胆说他敢在十殿阎君的供桌下睡一觉。两人遂定下赌注,并请村保作证。当天夜里胆大鬼果然去十殿阎君前走了一趟,并作记号为证。第二天夜里鬼大胆来到十殿阎君供桌底下睡觉,可他怎么也不能入睡,脑子里尽想着十殿阎君手捧生死簿的狰狞面目,翻来覆去就是睡不着。当鬼大胆正在苦思冥想为自己壮胆的时候,听到有脚步声嚓嚓地走进殿来,他吓得连大气都不敢出。原来是十殿阎君乘他们的上司地藏王不在,进殿议事,只听一个说:"咱们的上司秉公执法,对咱们每次上呈的案子都能洞察秋毫。"一个说:"咱们的地藏王这么好,咱们是没说的,我看这样吧,咱们上司是七月三十日生日,咱们何不去凑个热闹,祝贺祝贺呢?"鬼大胆听得高兴,嘴里喊道:"应该,应该,我也去。"一下惊醒,原来是一场梦。鬼大胆起身下了山,遂将梦中之事向村保说了一遍。村保:"既然是地藏王七月三十日过生日,咱们活着的人死后又都是他的臣民,为何不给以后铺条路?"村保说着翻开日历说:"这三十日过生日,可今年七月只有二十九,没有三十日怎么办?"鬼大胆说:"这好办,咱们就提前一天,每年七月二十九为地藏王过生日呗。"从那时起,每年七月二十九日,人们便络绎不绝去上山烧香拜佛,并在山下无梁殿对面搭建戏台唱戏,也是专为地藏王看戏方便。七月二十九日,十里八乡的人们聚集东马峪赶庙会,这里也就成了葡萄盛会。

二仙庙会

"二仙庙会",流行于晋城、壶关、屯留一带。庙有传说,会因庙生。"二仙"的神话在晋东南流传已久。晋东南地区二仙庙的起源有三个版本,庙会的日期也不一样。

晋城版本。晋代时,在陵川有两个一母同胞的姐妹,天生丽质,聪慧非凡。虽然七岁才开始说话,但却言出有章,动合规矩,处事通情达理。对聪敏贤惠的两个女儿,父母当然十分钟爱,谁料亲母不幸早故,继母李氏对这对尚在幼年的前房子女,却视作眼中钉,肉中刺,百般虐待。在北风凛冽的寒冬,李氏竟令她俩单衣赤足到野外采苦苣。她俩也只好唯命是从。冰天雪地里哪里会找到苦苣的影子呢?姊妹俩饥寒交迫,相拥而泣。她俩哭下的斑斑血泪,浸入土中,顷刻之间,竟使田间长出了一片红叶斑点的苦苣。姊妹俩喜出望外,便捡拾了一筐,回到家中。迁居壶关紫团山后,在烈日当头的夏天,生性残暴的李氏又让两个女儿去拾麦穗。这一带麦田极少,即使有些麦田,也归为富不仁的地主豪绅所有,都不让她俩到田里拾麦。所以,尽管东奔西跑地忙乱一天,到晚来还是一无所获。姊妹俩害怕李氏打骂和责备,无奈何便在田间仰天哭诉,再次向天祈祷。这种侍母的孝心和痛苦的遭遇,使天神格外感动和怜悯,便让她们驾云乘龙,飞升天界。在一片仙乐声中,"二仙"飘飘而上成了仙女。

姊妹俩成仙后,对百姓的生活疾苦十分关怀。天旱时祈之,甘霖立降;有病时祈之,沉疴速愈。求男者祈之,生智慧之男;求女者祈之,生端庄之女。百姓无不感恩戴德,便到处修庙立像奉祀。

屯留版本。很早以前,屯留县城北关有母女三人,姐妹二人天生丽质,心地善良。一日,母亲不幸得了一种怪病,虽然是多方求医,但是都没有效果,反而病情愈来愈重。病患中的母亲想喝新鲜的党参汤,这下可难坏了姐妹俩。为满足母亲的心愿,姐妹俩顶风冒雪,翻山越岭,野果充饥,冰雪解渴,但苦苦寻找了好几天也毫无收获。正当她们精疲力竭,抱头痛哭时,忽然发现迎面悬崖上金光闪闪。定睛一看,原来是一株党参傲雪绽放。正当姐妹俩喜出望外,携手攀登悬崖时,不幸脚下的岩石松动,两人同时掉下了山崖。

原来,是姐妹俩的贤惠、善良和孝心感动了玉皇大帝,被接上天庭,母亲的病也骤然痊愈。为免除母亲的惦念,伤感的姐妹托梦将采参、遇难、上天成仙的过程告知母亲。百姓们为弘扬人间孝顺父母的美德,纪念诚孝成仙的姐妹,便在县城北关修建一座庙宇,农历三月初八落成,取名"二仙庙"。

壶关版本。大约在唐昭宗时期,有乐姓人带着两个女儿从屯留李村迁居至壶关紫团乡益阳里。后来为了在山间采灵芝给继母治病，被风刮到山崖之下而殒命，乡人随即为乐氏二女立祠纪念。清代时紫团山樱桃掌还保存着乐氏二女父母坟墓，墓前碑上还记有唐代乾宁元年(894年)的年号和乐氏父母的姓名。从那时起，事情又过去了二百多年，由于一次偶然的事件，乐氏二女却由凡人而突然一举成仙。那是在宋徽宗崇宁年间的时候，西夏侵扰中原，朝廷派大军出征路过紫团山，忽然有二女子为朝廷大军沿途送饭。消息传到皇帝那里，一时有人认为是乐氏二女显灵，于是宋徽宗立时敕封乐氏二女为冲惠、冲淑真泽真人，并敕立宫庙命民间祭祀。现在壶关神郊村真泽宫中保存着的宋崇宁四年(1105年)敕封碑即是当年原物。这里，四月初一是赶庙会的日子。

过年点旺火

"过年点旺火"，典出大同传说。由于大同民风淳朴，乡民说话耿直，有时不经意间对灶神多有不敬，在腊月二十三，灶神上天向玉帝述职时，说了不少对大同人不利的话。玉帝听后非常恼怒，为惩戒大同人，玉帝命火神君在除夕之夜到大同放火烧城，以振天威。

火神爷接旨来到大同凡界，洞悉观察，感到这里的人们说话耿直，不那么讲究，确实有得罪灶神之处，但是他们都十分淳朴善良，勤劳节俭。于是火神爷不忍纵火伤及无辜百姓。

但是玉帝圣旨已下，又不能抗旨不遵，又不能滥伤百姓，火神爷犯了为难，左思右想，眉头一皱计上心来，想到了一个两全其美的妙计。

火神爷变作一个乞丐来到一个绅士门前乞讨。绅士见乞丐寒冬时节，衣不遮体，饥寒交迫，就让乞丐进得家来，饱吃一顿。乞丐酒足饭饱后，说上天给他托了一个梦，梦里说你们得罪了灶神，上天要惩罚你们，你们必须在除夕夜，家家户户的门前点起火堆，燃放鞭炮，才能解脱一劫。

玉帝在除夕夜里,站在南天门向下一望,大同火光遍地,烟雾缭绕,炮声震天,他想,想必是火神君已放火烧城,怜悯地说道:"人若为善,何须如此。"

从那此后,大同地区的人们到腊月二十三要吃麻糖,希望自己说话嘴甜一点;也供奉灶神,希望糊糊灶神的嘴,让他上天言好事,不要进谗言。为了防止上天再来放火,就在年年除夕夜晚点起旺火,燃放爆竹,逐渐形成了民俗。

洪洞广胜寺古庙会

洪洞广胜寺古庙会,在每年农历的三月十八至二十三举行。庙会期间,霍县、汾西县、临汾市、襄汾县、安泽县、古县、侯马市的客商、游人、赶会的男女老幼,络绎不绝地从四面八方向广胜寺汇聚。庙会期间,人山人海,十分热闹。

"无庙不成村"这句俗语道出了庙宇自古而然的存在。每座寺庙的兴起,都与当地人产生过某种联系,流传下一个个富有文化意义的故事。洪洞县城东北十七公里,霍山脚下有一个霍泉。东汉时,山上有寺,唐代时更名广胜寺,霍泉也称广胜寺泉。唐代贞观年间,为祭祀霍泉神,建了一座水神庙。农历三月十八,传说是水神的生日,水神庙与广胜寺一墙之隔,为祭祀水神而形成的庙会也被称作广胜寺庙会。

霍泉之水是山下洪洞、赵城两地的灌溉水源,历史上为争夺水源,两地人不断打架斗殴。除了打架时见面之外,两地人老死不相往来。唐代贞元年间(785年正月—805年八月),两地争斗又起,直到官府出兵制止。苦于两地争斗不断,州府与乡绅们商量出了一个分水策略。一天,水神庙前架起了一口油锅,主持分水仪式的人将十枚铜钱扔入油锅,意思是把霍泉之水分为十股清流,洪洞、赵城两地各派代表从滚热的油锅中捞取铜钱,捞上几枚就可以分几股水。结果,洪洞代表从油锅里捞出了三枚,赵城代表捞出了七枚。水源用石头砌出沟渠,按照洪洞三分、赵城七分做了分流。两地人为了纪念捞铜钱的"英雄",曾在水神庙旁修筑了好汉庙。水源之争似乎到此为止了。可事实上,直到清代两地争夺水源的事件依然频频发生,官府不得不再次出面调停。雍正三年(1725年),在平阳知府刘登庸的主持下,修建了分水亭,亭下用铁柱分隔十孔,将霍泉水"三七"分开。后来以科学方式测算,两处泉水的出水量其实是一样的。中华人民共和国成立后两县合并,对泉水统一调配,争水之斗才得以解决。

在延续至今的广胜寺庙会上有一个传统节目——炸馓子。庙会上,烹饪高手架起油锅炸馓子。炸出的馓子在大方桌上堆成山一样,人们便开始祭水。祭水由水神庙的高僧主持,主要内容是向莲花池投馓子。说来奇怪,每投进十个馓子,到了分水亭,必然分成北面七个、南面三个。这依然是暗示当年油锅捞钱分水的故事。

霍州火星圣母祭祀活动

每年正月二十七是祭祀霍州火星庙火星圣母的日子。这种民间百姓自发举行的祭祀,在霍州已经连续举办了五百多年。

据明嘉靖三十七年(1558年)《霍州志》记载,火星庙始建于明代成化三年(1467年),距今已有五百五十年的历史。史志记载,火星庙火星圣母的祭祀活动在每年的正月二十七举办,除"文革"期间中断外,竟然延续了数百年。在霍州历史上,火星庙的香火也从没有停过,即便是战火纷飞的岁月里,这里的祭祀活动依然按部就班地举办着。传说在明代成化年间,当时的霍县李诠村打麦场着了一场大火,村里荀姓人家的一个十几岁的小女孩在熊熊烈火中救出了个小孩,自己却被大火烧死了。她的事情随即轰动了全县。当时的霍州知州崔明为了表彰她的事迹,主持在城北大街的坤字位建立了火星圣母庙。这以后每逢正月廿七,霍州的百姓都要为火星圣母举办祭祀活动。

由于祭祀活动是老百姓自发形成的,所以每年的祭祀活动都由火星圣母的十二个干儿子来主持完成。这十二个干儿子是由百姓们选出来的,连当时的官府都无权干涉。这十二个德才兼备的干儿子又称香首,在选举出来后,逢当年的正月二十六就要穿戴整齐到火星庙集合,然后购买面粉等食物,直至正月二十七的祭祀活动,只要来祭拜火星圣母的百姓,就都可以吃到一碗霍州的饸饹面。而在吃饸饹面的仪式上,还有一个很重要的讲究,那就是头碗饸饹面一定要给火星圣母的娘家人吃。

因为火星圣母是霍州李诠庄村人,所以每年祭祀活动前,都要请该村的荀姓人家中年龄最大的婆婆来做娘家人的代表,也只有娘家人才有权利去吃第一碗饸饹面。烧香磕头,祭祀开始,百姓们就会蜂拥而至,抢食由十二个干儿子准备的饸饹面,因为在百姓眼中,祭祀的饸饹面是可以驱病辟邪的。火星庙会是一种老祖宗传承下来的文化,而通过祭祀的活动,又将庙会的文化保存了下来。除了祭祀外,百姓们还自发组织秧歌队、高跷队和锣鼓队等,每逢此节,来自各村的人都铆足了力气去敲锣打鼓,直至今日,已经成为一个民间娱乐活动的平台。

火星圣母祭祀活动并不只是每年的正月二十七,每年四月初十和六月十五也都是火星庙的庙会,其中规模最大的当属每年的六月十五,由火星圣母娘家人来接火星圣母回娘家观音庙过节的活动。

集　市

"集市",典出炎帝神农氏在上党的传说。神农时期,大部分平川和丘陵地带都被水淹没,洪水泛滥,使得禽兽横行,五谷不生,威胁着先民的生存。为了能依高而居,躲避洪水,炎帝不辞劳苦为族人寻找着宜居且能耕作的好地方。

这天,炎帝来到了太行山地的上党,顺着起伏连绵的山脊向西

南而行,被一块状若羊头的巨石所迷(因为这块羊头巨石,故山被取名为羊头山)。站在山上环视四野,层峦叠嶂,草厚林茂,远处小河如带,湖面似镜。高山间盆地密布,泉水如练。这里,高处可居住,平川可耕田,是部落安居乐业的首选之地。于是炎帝就带领族人在羊头山一带定居下来,并试种五谷,饲养六畜,种麻织布,从此告别了"不识五谷,茹毛饮血"的蛮荒时代。

由于炎帝生无私欲,死无所求,一心为民造福,农耕生产、渔猎生产和手工业生产迅速发展。耕者,五谷有了剩余;猎者,肉类、兽皮食用不完;手工业者,生产的物品堆积如山。族人们迫切需要拿自己多余的东西去换取自己所需要的东西,以更好地满足大家生产和生活的需求。

但是,去什么地方交换,却苦于找不到交换的场所;什么时间去交换,也无定时。这成为一个大问题。起初大家发现,到井上打水的人很多,井是人们不可或缺的聚集之地,就各自取物来井上交换。如,五谷杂粮、畜禽果菜、肉类皮货、麻布麻绳、石器木犁、纺车渔具、箩筐篓篮、陶器瓦罐,等等,按各自所余、各自所需,相互交换,各得其所,人们非常满意。这就是"市井"的由来。

然而,受井域狭窄之限,井市交易很难尽如人意。有些需要的物品,换主找不到要主,要主遇不见换主,干急没法,解决不了实际问题。还有,交换的人早晚来去不一,既耽误时间,且往返数次也找不到合意的物品,甚至有时背上笨重的东西往返几趟,也交换不了。

炎帝看在眼里、急在心上。在市井的基础上,他因势利导,制定了统一时间、指定地点的交换办法。首先在交换的时间安排上,不误生产,定"以日影正中午时为准",在这个时段,人们按时各自携带物品前来进行交换。在交换的地点上,炎帝划出一块地方作为人们相互交换的场所。这就是古书上所说的"炎帝教人日中为市,交易而退,各得其所"。史料上有"高平有初开市廛的市望村"的记载,可见,寺庄镇的市望村是设交易市场最早的发祥地之一。

古来流传市望村西的山(与野川乔家沟村的界山)叫"炎帝岭",也是市望最早市场的佐证。

随着社会的日渐推进,生产的日益发展,雏形货币的出现(如贝壳),交换逐步变成交易。随着市场交易越来越频繁,市场规模越来越大,市场数量越来越广阔,炎帝又推行了"三天一小市,五天一大市"的交易规则。市场交易不断发展,又促进了集市的形成。至今高平还有"一、四、七,寺庄集;二、五、八,米山客;三、六、九,城里头"赶集的说法。

解州关帝庙庙会

农历四月初八和九月初九,是运城市解州的关帝庙庙会。关帝就是出生在解州的三国名将关羽。三国之后,关羽被历代皇帝加封了几十次之多,由"侯"而"王",由"王"而"帝",由"帝"而"圣",最后成为万能之神。因而,我国庙宇中数关帝庙数量最多,朝拜关公的信徒之多也是天下第一。

关羽,字云长,河东(运城)解县常平村人,三国时期蜀汉大将。传说,关羽少年时因伤人出逃,遇到刘备、张飞后一起结为兄弟,后被曹操生擒拜为偏将军,封汉寿亭侯。关羽解白马之围,斩杀袁绍大将颜良,与张飞一同被称为"万人敌"。后期刘备为汉中王,关羽被封前将军,征战多年,及至兵败荆州,被杀于当阳,享年六十岁。关羽去世后,随着儒、道、释三教对关羽的神化,以及历代朝廷的"加官晋爵",关羽被民间尊为"关公""关帝""关圣"。民间有关关羽的传说附会很多,加上罗贯中《三国演义》和戏曲对关羽形象的文学塑造,关羽成了历史上妇孺皆知的重要人物。明清以来,中国民间对关羽的祭祀,已经成为中国民间信仰中的一个重要的文化现象。关羽的人格魅力,迎合了广大民众对于超自然力的精神膜拜,也满足了人们对于人鬼崇拜和信仰的情感诉求。由于历代统治者推崇,关公被奉为神明,成为无所不能的保护神,也成了千百年来中国民间道德体系中"忠义"的楷模和道德典范,影响和深入了千百年来中国人的精神世界,从而形成了传统社会特有的以"义"为核心的人伦价值观念和道德理念。

山西各地纪念关羽的庙会多数在五月十三和六月二十四。民间认为,五月十三为"关老爷磨刀日",所以民谚有"大旱不过五月十三"。《山西通志·风土记》记载:"十三日为关帝圣诞,有祭,俗以是日雨为磨刀雨。"也有的地方把六月二十四作为关羽诞辰日。

民间在这些日子里,不仅要祭祀关公,还要唱戏酬神,一般首场要演关老爷的《过五关斩六将》等戏,饰演关公的演员还要斋戒沐浴,以示尊敬。众多的关公戏,也成为戏曲发展史上一个有趣的现象。明清以来,和关羽有关的戏曲剧目层出不穷,诸如《过五关》《战吕布》《单刀会》《虎牢关》《白马坡》《斩貂蝉》《观春秋》《古城会》《华容道》《水淹七军》等。

晋祠古会

"晋祠古会",典出太原民间故事,起源于祭祀晋国始祖唐叔虞的母亲,发展演变为祭祀、求神、演剧、社火、商业为一体的民俗活动。每年六月开始,七月中旬结束,吸引了太原城乡周边百里之内的百姓。

晋祠古会的故事是围绕水开始的,与一位舍生忘死的善良女子有关。传说,太原金胜村有个姑娘叫柳春英,嫁到古唐村(晋祠)为媳。春英生性善良贤惠,勤劳俭朴,能忍能让。她的婆婆却十分刁蛮,不讲理。柳氏从好几里以外挑来的水,婆婆嫌身后桶里的水不干净而倒掉,只吃前桶水,这样春英天天都得去挑水。有一天,她正挑着水往回走,半道上遇到一位牵着白马的老人,请求让他的马喝点水,柳氏爽快地答应。如此三日,柳氏都满足了老人的要求。老人对春英说:我送你一条马鞭,把它放在水瓮里,用水的时候只要轻轻一提,水就会往上涌,要多少就提多高,但千万不要提过瓮沿,否则就会遭水淹,切记!柳氏从此免却了挑水之苦,四邻五舍也不用翻山越岭去挑水了,但这却引起了婆婆的不快。一天她趁柳氏回娘家不在,想把马鞭藏起来,可马鞭刚一提出水瓮,滔滔大水顷刻涌了上来,转眼间淹了整个村庄。正在娘家的春英闻讯,来不及把头梳完便急急赶回家中,把一个草垫子扔在瓮上不顾一切地往上一坐,大水顿时变小,只剩下一股泉水从坐垫下溢出。这样就有了晋水的源头——难老泉。人们再看柳春英,只见她一手持梳,一手挽发,神情安详,已然坐化成仙。从此,人们便把柳氏奉为水母。

根据记载,宋元时,人们祭祀水母时也会去晋祠的圣母殿祭拜。圣母是晋国始君唐叔虞的母亲。敬圣母也等于敬叔虞。到了明代嘉靖年间,晋祠修了水母殿,自此才将水母与圣母分别祭祀。圣母祭祀从七月初二开始,七月初四是圣母出行之日,经各村庄游行,于十四送回晋祠。

九凤朝阳

"九凤朝阳",典出太谷,是太谷县朝阳村盛行于清代康熙乾隆年间的民间社火,时间从正月十三开始至十八日结束。"九凤朝阳",是先用竹子制作成凤凰的样子,再用布、麻纸糊裱成九只光彩艳丽的凤凰,中间是两手持凤的少女。在活动中,一会摆各种阵势,一会摆成各种"字"样。摆的阵势有"八卦阵""丘蛇阵",摆的字样有"土""士""羊"等,循环渐进,不断变化。

清代康乾年间,朝阳已是一个比较富庶的村庄。每到正月新春,就开始闹"白鹤"社火了。当时,村东头有个姓籍的老财主,一进腊月,他就雇用当地有名的能工巧匠为他制作"白鹤",主要是六只白鹤,配两只鹿儿、一只豹子。这种社火的含义是取"六鹤(合)同春"之意。年年的社火,籍财主的"白鹤"总是技压群芳,独占鳌头。一年,住在村西头的几十户庄稼汉就是不服气,决心与村东头

"六合家子"试比。他们群策群力,集思广益,以老者为师,精心研制,别出心裁地创出了"九凤朝阳"。九只展翅欲飞的凤凰头朝朝阳村,以示吉祥如意、一通百顺。"九只凤凰"和"一个仙童",斑斓绚丽,载歌载舞,栩栩如生,一下子把村东头财主的"白鹤"压了下去,给村西头的庄稼汉们大长了志气。

开栅三月十五庙会

每年的农历三月十五,是吕梁市文水县开栅庙会。开栅,素有"小北京"的美称,自古商业发达,市面繁华。早在民国年间,阎锡山就在开栅设立了"庆丰太""斌记"商铺,专门收西山运来的木料、枕木及汾阳昆仑火柴厂用的火柴盒片、火柴杆。这些木料有的由文峪河水运,有的沿着文峪河两岸,靠骡马、骆驼驮运。开栅镇位于并汾古道和文峪河流必经之处,所以,开栅村日夜车水马龙、铃声叮当,人欢马叫,一派繁荣景象。随着商铺的设立,应运而生的车马大店也像雨后春笋般发展起来。这些车马大店有的连房子也没有,只用几十片席子围起个圈。打麦场上、村边空地上,甚至在麦地里,都开着店。老村街墙上,到处写着"骡马大店,起火方便"的广告招牌。随之,村里人也纷纷办起了饭店、杂货店、烟酒店等,一时间,开栅的店铺更加多起来,市面也更加繁华。因为繁荣,开栅三月十五、六月十五两个庙会,就红火起来了,尤其是三月十五的庙会显得更久远、更红火,规模更大。

相传,在七百多年前的元代时,开栅有一个姓张的人在陕甘一带做买卖,因为老实厚道,经验不足,被人欺骗得身无分文,连回家的路费都没有了。方圆百里举目无亲,只得每天凑在乞丐堆里,跟他们一起混一口饭吃。一天,他在街上讨到一个饼子,刚送到嘴边,对面来了一个卧蚕眉、丹凤眼的红脸大汉。只见这人行动迟缓,眼睛直勾勾地盯着他手中的饼子。他心想,这人可能也是个落难之人,出门人都不容易啊!于是,赶紧将自己手中的饼子掰下半块,递了过去。谁知那大汉几口就吃完了,又向他要那半块。商人是个好心人,见那大汉狼吞虎咽的样子,自己咽了口唾沫,又把那半块递了过去。商人见这人长相不凡,就热情地上前跟他攀谈起来。闲聊中,张便把自己回不了家的苦处告诉了那汉子。那汉子吃完饼子,说话也有了劲,笑嘻嘻地对他说:"我也是山西那边的,今晚你等我,我带你回去。"他感觉很奇怪,要走也未必非走夜路啊!但不管怎么说,人家能带他回家,他也就不敢说什么了。

这天晚上,红脸大汉果然来了,骑着一匹膘肥体壮的枣红马,等姓张的轻轻跨上马背,那大汉附在他耳边说:"你把眼睛闭上,千万不要睁开。"刚说完马就奔跑了起来。那天夜晚黑得伸手不见五指,只听见耳边"呼呼呼"的风声。他很害怕,把那汉子的腰抱得紧紧的。大约天快亮时,那汉子跳下马来,又对他说:"睁开吧!"姓张的商人睁开眼,一下就看到了村门上"开栅镇"三个大字,惊奇得嘴巴张了老大。要知道,开栅离陕西有两千多里地呢,怎么一夜就回来了?他惊奇地睁大眼睛,转身望着那大汉。大汉拍着他的肩膀笑着说:"我还有事要办,咱们就在这里分手吧!回村后千万不要告诉别人你是怎么回来的。"红脸大汉牵马进了西寺(能仁寺的简称)。能仁寺是开栅最古老的寺庙,据考,它至迟创建于公元424年,也就是北魏前期。

张等了足有半个时辰,仍不见大汉出来,心里感觉很奇怪。心想:咱连句感谢的话还没跟人家说呢,这样分别太不够意思了!于是,他在庙门口向里面张望着。又等了半天,还不见那大汉出来,张心里着急了:怎么了?不会出什么事吧?他也顾不了许多了,急急忙忙地大步走进庙内,喊了几声,没有人应声他就在庙内里里外外、前前后后地寻找起来。结果,他把所有的殿和厢房都找遍了,别说人,连马都没有了影子。他站在庙院里,不知道该如何是好。他回想着大汉的模样:红脸膛,长胡须,虎背熊腰,骑一匹枣红马……突然,他若有所思地回到正殿,望着关老爷神像愣住了:昨天遇到的人不是人们传说中的关老爷吗?我遇到神仙了,是神仙

帮了我的忙啊！是他老人家把我送回了家乡，要不，也许就客死他乡了。他心里想着，眼睛看着能仁寺关公殿很破旧了，殿顶长满了荒草，神像也被雨淋坏了，腿上露出了黄胎。他暗暗下了决心：如果有朝一日翻身发迹，一定要重塑关老爷金身，报答神恩。

后来，姓张的人刻苦练武，奋发读书，可能是得了神力的原因，也可能是自己努力的结果，科考之日竟然一路过关，顺利地高中武举。他上任后的第一件事，就是翻修西寺，重盖了一座气势宏伟的三楹硬山式关帝殿。庙盖好后，内塑了两米多高的关公神像。神像和他见到的一模一样：卧蚕眉，丹凤眼，三缕长须，红脸绿袍，只是没有骑马，而是在前面加了两个人，一个是扛刀的张成（周仓），一个是捧印的关平。他还在庙前盖了一座戏台。后来，得知三月十五（传说）是关老爷的生日，就定于每年的这天唱戏酬神，将这一天逐渐发展成了开栅镇最大的庙会。

空王佛会

"空王佛会"，典出空王佛田志超的民间传说，于每年农历三月十七日在太谷凤凰山举行。明万历《太谷县志》记载："男女络绎登陟其上，游览会乐，邻境亦有至者。"不仅县内游人众多，榆次、祁县、清徐等邻近县的游客也纷至沓来。

唐代时榆次北田村有一田姓贫苦农民，长年累月为人做长工。一天晚上，妻子睡觉梦见太阳入怀，不久即怀了孕。十月怀胎，在农历三月十七日生下一男孩，起乳名"喜儿"，生得眉清目秀，聪明伶俐。在喜儿十六岁的时候，因家庭生活困难，经人说合，在太谷水秀村大仁寺当了善友。他除勤于在寺院做杂活外，还乐于帮助村民干农活，料理婚丧大事，为人处事得体细致，深受人们敬重。

有一年夏天，正值小谷间苗季节，家家忙得不亦乐乎。晚上，人们围坐在村头大树下乘凉，这家说田善友帮忙间谷，那家也说田善友帮忙间谷，八家、十家、家家都说田善友帮了。人们觉得十分奇怪,到底有几个田善友呢,难道他会分身术?于是,有的人认为这是不祥之兆;有的人认为田善友成了活佛。人们吵吵嚷嚷,闹得满街风雨。田善友为了不泄露天机,便悄悄离开水秀大仁寺,在凤凰山隐身修行。

后来,太谷县大旱,特别是乌马河下游一带,禾苗大半枯死,眼看着庄稼就要颗粒无收了。焦急的乡亲们想到了田善友,就请水秀村管事的人选定吉日,派出几个虔诚的善人,携带三牲祭品,五步一祭拜、十步一磕头,赴凤山寻找田善友,求他祈雨救民。来到凤山,只见田善友正在熬着一锅米汤,大伙儿连忙跪下,说明来意,田善友急忙扶起大伙儿,说道:"老天爷不下雨,我也没什么办法呀!"说着,用勺子舀了一碗米汤,泼在地上。"你们回去吧,水秀已经下雨了,三寸喜雨啊!"大伙儿都不相信,这儿没雨,水秀咋会有雨呢?但又一想,既然田善友这么说,也许真的下了雨,于是拜别田善友回村。当他们过了太谷城,只见乌马河北的田野里一片葱绿,地下湿漉漉的,一量正好三寸雨。人们更加相信田善友是活佛显灵、神仙下凡了。

过了不久,水秀村大仁寺的田善友成了"活佛"的事,传到了唐太宗李世民的耳朵里,李世民认为李氏起家的太原府出了"活佛",乃吉祥之兆,便亲自赶赴水秀大仁寺拜望。来到水秀村,得知田善友早已去了凤山,于是又赶往凤山,到了凤山又听说"活佛"去了绵山,他又不辞劳苦去了绵山,结果却没有找到,不由得仰天长叹:"朕空望了一次佛,空望佛,空望佛!"话音刚落,只听到天空中传来了田善友"谢主隆恩!谢主隆恩!"的声音。于是,田善友有了皇帝敕封的佛号"空王佛"。后来,宋金时期,人们在空王佛殿后修建了三座佛塔,把空王佛的肖像供奉在佛塔里。每当大旱的时候,人们就登上凤山向空王佛叩拜祈雨,十分灵验。

此后,每年的农历三月十七日,在空王佛诞辰的这一天,水秀村大仁寺和凤山福缘寺都要举行隆重的祭拜仪式,酬神唱戏、起市赶会,非常热闹。民国年间,凤凰山"空王佛会"逐渐废止。

岚城供会

"岚城供会",典出吕梁市岚县,时间是每年的农历二月十九日,仪式由请神、转街、祭神、摆供、赏供等环节构成。现已被列入国家级非物质文化遗产保护名录。

岚城镇是山西岚县的老县城故地,自春秋末年有城邑以来,岚城一直是汾河上游政治、经济、文化的中心。乡民崇尚礼仪,"岚俗惟勤俭朴素,犹有唐魏之遗",古城还一直延续着一项历史悠久的民间传统习俗——每逢农历二月十九举行传统的古庙会,祭祀一位民间神医仙姑。

民间传说,在很久以前,本地有一位善良贤惠而又孝顺的年轻媳妇叫慧莲,过门不久,丈夫去世,婆婆也因此双目失明。为了医治婆婆失明的双眼,她四处求医、买药,直到把家里的东西卖光,婆婆的病也没治好。百般无奈,她只好扶着婆婆外出四处乞讨。在一个风雪交加的冬夜,婆媳俩来到一座破庙里,饥寒交迫,昏倒在地。蒙眬中,慧莲看见一位白衣白发的老婆婆手拿拂尘翩然而至。白发老人说:"世间也难得有你这样善良贤孝的女子,你的德行感动了上苍,我今天就是奉命前来成全你的善心的。"说着用手中的拂尘在盲婆婆的双眼上轻轻一拂,盲婆婆的眼睛立刻放出了光芒。慧莲急忙跪倒在地,连连称谢,白发老婆婆将她扶起来,又传授给她一些小秘方,叮嘱她今后要好好为百姓治病,随后翩然离去。

慧莲睁开眼,恍若做梦,心中好生奇怪,连忙叫醒婆婆,一看,婆婆的双眼果真复明了。于是她把白发婆婆告诉她的秘方从头想了一遍,竟然记忆犹新。从此以后,她按照白发婆婆的秘方行医四乡,为贫苦百姓治病。时间久了,她竟成了一位神医,所治病人十之八九都能康复,因此老百姓都十分敬重她,称她为神医,尊称为"活菩萨"。慧莲一直活到九十九岁才坐化。当地民众认为慧莲是观音菩萨的化身,就在她坐化的地方修了一座庙,并把她坐化的日子——农历二月十九作为一年一度的祭祀日,举办供会纪念,并称她为"白衣大士"。

凉楼祝寿会

"凉楼祝寿会",是襄垣县城南西里村凉楼寺每年农历三月二十八举行的祝寿会。此会素以"暮春神会冠五省,妇姑童叟进香灵"而闻名于晋、冀、鲁、豫、陕广大地区,是襄垣历史悠久、规模最大的古庙会之一。

传说,凉楼寺是东岳泰山天齐仁圣大帝黄飞虎手下的护法将军三目僧,生前为了赎罪,免下地狱,讨好执掌幽冥地府大权的黄飞虎,而为黄飞虎三月二十八生辰修建的一座规模宏大的祝寿圣地。时至今日,这里乃至冀、鲁、豫、陕广大地区仍流传着"生前赶了凉楼会,死后不受阎王罪"的顺口溜。

传说终归是传说,据考证,凉楼祝寿会始于宋元年间。该寺现存残碑记载:在元代,身为当朝太师、官拜河南王的察哈那延久慕凉楼寺胜观盛名,专程到襄垣凉楼寺进香,并捐款维修了凉楼寺东厢房十三间。由此可见,寺院兴建早于元代。寺院建成之时,即为开光庆典之日,庙会由此而起。

蔺郊无霜

"蔺郊无霜",典出战国时期蔺相如的民间传说,榆次长凝镇蔺相祠庙里的石碑详细记载了当地奇特的自然现象——"蔺郊无霜"的来源。蔺相祠,俗称"宰相庙",是为纪念战国时期的政治家、外交家、军事家蔺相如,由当地南蔺郊、北蔺郊、相立村村民修建的。这里,每年农历七月二十八是一年一度的传统庙会。

传说,蔺相如生于相立村,那时这三个村子有个不成文的规定,每年秋分各村都要唱戏。有一年,秋分又到了,这三个村的庄稼都比不上往年,但戏又不能不唱。正当三个村锣鼓喧天地唱戏时,身居宰相的蔺相如却在赵国的京都长吁短叹,满脸愁云。赵王觉得奇怪,便问:"你的家乡在唱大戏,那样热闹,而你却愁眉紧锁,这是为什么?"蔺相如对赵王说:"我们当官的在京城吃酒作乐,岂不知家乡的百姓却因连年歉收,连肚子都吃不饱啊!"说罢,他连连叹气不止。当赵王问到连年歉收的原因时,蔺相如诉说道:"我的家乡柳叶镇(即长凝镇)每年秋霜早至,庄稼年年遭受霜打,难以成熟。尽管村里在唱戏,但老百姓们却都是嘴啃黄连手弹琴——苦中作乐。"赵王听完他的讲述,不由得恻隐之心顿生,欣然说道:"孤赐柳叶镇周围四十里无霜。"至那年起,柳叶镇周围真的"四十里肃霜不至,秋禾无害,土人实受公福"。

"蔺郊无霜"给柳叶镇附近三个村的百姓带来了丰收,为了纪念蔺相如为民造福的业绩,后世百姓特在"四十里肃霜不至"的中心山崖上修建起了一座庙宇,这就是今天的蔺相祠。

柳林骡马大会

农历九月十七,是长治县柳林村的骡马大会。这个骡马大会,是上党地区比较有影响的骡马大会,会期三天,形成一个大的骡马交易市场。

相传,柳林古庙会原名五龙宫小香火会,因村中修建有一座五龙宫而得名。到了清代光绪年间,长子县张店村一个陈姓的商贾,因为在冀鲁交界的一个村庄恋着一出好戏而耽误了回家。夜里梦见一位老翁给他点拨说:"要看好戏,到山西柳林。"他醒来后发现床头放着一个写有"金龙四大王"五字的牌位。于是便急忙赶回柳林,这时正值柳林唱戏,他便把牌位放在台前香案上,香案上顿时出现了一条尺余长的小金龙。此事惊动了村民和知县,人们纷纷解囊捐款,在柳林村北建造了一座大王庙,并塑了金像。从此,柳林由原来的五龙宫小香火会变成了大王庙盛会。

传说归传说,其实柳林骡马会是在民国二十年(1931年)左右才兴盛起来的。那时,柳林村还是一片沼泽荒地,杂草丛生,村里家家都饲养牲畜,为搞活牲畜交易,便借助烧香还愿的人群兴起了骡马大会,后来越发展越大,有了现在的规模。

常隆辟瘟庙会

常隆辟瘟庙会,典出襄垣县常隆。每年农历二月十八,是"常隆三交地,辟瘟香汤会"。

常隆位于襄垣县城西南十五公里处,是襄垣、屯留、潞城三县交界处,曾为襄垣县八小镇之首。在隋朝大业十四年(618年)时名铁峡关。《隋唐演义》中风流倜傥、骁勇善战的名将罗成就战死在铁峡关外的淤泥河中。铁峡关在历史上曾有两位皇帝在此逗留:一位是唐朝开元盛世的唐明皇李隆基。唐景龙三年(709年),李隆基被封为临淄王,外放潞州别驾。他在上任途中,于铁峡关驻足休息,曾在馆驿写下了《早登太行山中言志》的诗篇。另一位是宋太祖赵匡胤。五代后周广顺至显德年间,赵匡胤千里送京娘,曾在此偶感风寒,盘滞数日,得到了店主很好的照料。后来他于建隆元年(960年)登基当上了北宋皇帝后,邑人曾勒石追记此事,并捐资为其兴建生祠龙建寺。寺成,地方官员报奏赵匡胤。开光大典时,赵匡胤派宰相赵普前来开光,并为铁峡关题字更名为常隆(表示宋太祖从建隆年间登基,常隆永泰)。由此,常隆作为地名沿用至今。还有传说,古时候这里有十条恶龙为虐,大禹治水时路过此地,与十条恶龙进行了一场生死搏斗,结果九条恶龙被降伏,有一条藏了起来,因此得名藏龙。后来宋太祖赵匡胤路经山麓,遇一樵夫,问:"此地何名?"樵夫答曰:"藏龙。"赵匡胤闻之失色道:"此地藏龙,对朕称王极为不利。"于是,吩咐随从转告乡里,改藏龙为常隆。

常隆的辟瘟庙会,起始时间无史料记载。据说在明末清初,常隆一带曾流行甲状腺疾病(粗脖子病),久治不愈,患病者越来

多。于是,一些巫婆在农历二月十八聚集常隆村南一开阔地,烧香祈祷,乞求神灵广施善术,消灾祛病。祈祷后,巫婆即支锅起灶,将五谷撒入锅内烧沸,取香灰搅入汤中,劝人喝下,声称能辟瘟消灾。自此,年年农历二月十八,三县百姓聚拢于常隆,焚香喝汤,年渐日盛,发展成会。1945年秋,著名的上党战役老爷山阻击战大捷,当时襄漳县抗日政府为庆祝胜利,于本年10月10日在县治所在地常隆召开大会,唱了三天戏。会上,部队首长一方面组织医疗队进行治疗,另一方面组织商会多渠道购销海带,宣传由于水源缺碘,引起甲状腺肿大,多吃海带可增加碘量,消除粗脖子病,并揭穿了五谷汤的骗术。来年二月十八常隆辟瘟会期间,由于政府采取了有力措施,上市小吃摊点都卖起了海带汤和海带,一举取代了历史延传下来的"香灰五谷汤"。老百姓听了宣传后,赶会时都要买几斤海带回家食用。县政府又充分利用辟瘟会这一传统习俗,大力组织加碘盐的供应,加碘盐销售达到四千公斤。从此以后,辟瘟会就变为预防疾病,以加碘盐为龙头的物资交流会。几千年来的传统铸就了常隆村人民的精神灵魂,形成当地人民的性格,培育了当地人民追求和谐、团结友爱、与人为善、刻苦耐劳的优良品质。

潞安古会

农历七月初一,是长治古城一年一度的潞安古庙会,早在明清时就闻名于晋、冀、鲁、豫四省。潞安古会起源于明代天顺年间(1457—1464年),到明代后期由到玉皇庙祈雨的方式逐渐演变成迎玉皇帝回长治朝贺、求雨的祭拜仪式。每年农历六月二十四,府县衙门直接组织,将玉皇大帝的神像迎回长治西关二郎庙祭拜,直到祈雨成功才将神像送回玉皇庙。"朝玉皇"后,还要举行酬谢关帝神和二郎神两位"保驾大臣"的活动。先在二郎庙前搭台唱戏,把新街的关帝神请来看戏;从七月初一始,又在新街关帝庙搭台唱戏,回请二郎神。最初的交易会就这样产生了。到清初,七月初一

古庙会发展成为全城性规模,开始出现了由商人组成的专事庙会的组织"西府社"和"供盏社"。七月初一上午,社火、鼓乐、歌舞、香客、迎神队伍浩浩荡荡,成千上万的观众前来观看。庙会中"赛戏"一项特别引人注目。商家为了借此招徕生意,分别在东、西、南、北四街搭起工艺十分考究的装檐戏台,请来上党地区最著名的戏班演出,各戏班也将此作为显露头脸的好机会,选用最好的头角、购置全新的行头登台献艺。庙会期间,长治周围数百里内的人们,甚至华北各省的商人也都慕名而来。白天四街鼓乐声声,车水马龙;夜晚店铺张灯结彩,唱戏说书通宵不停,古城成了一座空前繁荣的不夜商城。中华人民共和国成立后,会期由三天改为七天,甚至十天半月,参加交易活动的商家越来越多,除华北各省市外,江浙两湖及两广云贵的商家也来助兴,成了发展城乡经济、促进商品流通、活跃人民生活的物资交流大会。

滦池古会

"滦池古会",是临汾市翼城县南梁镇一带每年农历三月初八前后举行的庙会,会期五至十天,2011年被列入省级非物质文化遗产保护名录。

据民国十八年《翼城县志·礼俗》记载:"三月初八南梁滦池祀乔泽神,旧志载,俗传为栾共子忌辰,未知孰是。"这里所说的"栾共子"即是栾成的谥号。据传,晋昭侯、哀侯时任大夫的栾成,在曲沃伐翼之战中与晋哀侯同时被曲沃武公俘虏,栾成宁死不屈而被杀,晋小子侯为表彰其忠心,封其为将军,并为他举行了隆重的葬礼。谁知棺材抬到墓地时,墓坑里却涌满了一坑清水,谁也没想到墓坑会打在地下水源的水线上,形成水泉,于是人们便鸣炮放鞭,焚香酹酒,迎接水神,修建泉池,称为滦池。由于这天是农历三月初八,为了恩谢乔泽神,滦池所流经的十二个村庄便以殡葬的形式在南梁村举办"打幡大会"。

马斗关庙会

"马斗关庙会",典出临汾市大宁县。时间是每年正月二十二,历经近千年,至今仍盛行不衰。马斗关古渡口,地处临汾市西面的黄河峡谷,与对岸陕西延长县相望。由于金元时这里有一座"仙庙",所以每逢正月廿二,秦、晋两省赶会者络绎不绝。

千年以来,在黄河两岸和大宁一带,流传着这样一个神话故事。相传宋金时,陕西宜川曹家庄铁匠曹氏有一位姑娘,长得清秀美丽、聪慧伶俐。后来不幸父母双亡,只好跟随兄嫂生活,经年劳动,不得温饱,因而她那俊丽光彩便逐渐失去了光泽。一次,出外打柴,不慎滑倒,从山上滚了下来,幸亏悬崖树杈所阻,免于丧命,但由于石碰树剐,落得满面伤疤,豁唇露齿。从此,由美貌变为丑容,常常遭到那些心术不正者的欺辱和讥讽,总是把她当做用人使唤。兄嫂对她的终身大事漠不关心,纵有登门说媒提亲者,也不热情相待。她自感貌丑,也不思婚嫁。眼看年过三十了,兄嫂才把她许给一家财主的傻瓜儿子,从中捞得丰厚的彩礼。姑娘生性刚烈,宁死都不应承这门亲事。两个贪财忘义之徒,见妹子如此坚定,又怕出了意外,竟把妹妹捆绑起来,锁在窑内,准备第二天强送财主家。侄女听到这个消息后,决心拯救姑姑,趁父母睡熟之际,偷了钥匙,夜半时分前来开锁,让姑姑逃走。姑娘说:"我走了,你父母不会饶恕你的。"侄女说:"我也跟姑姑一起走!"姑娘长叹了一口气点了点头,随手拿了一根铁棍,带着侄女和她平素喂养的黄狗,趁着夜色急忙逃了出来。

姑侄二人拼命奔走,来到黄河岸边,要求艄公送她们东渡黄河。艄公问道:"你们从哪里来?到哪里去?"姑娘笑着回答说:"从天根头来,到天根头去。"艄公惊诧,拒不开船,借故说:"水势汹涌,不能摆渡。"姑娘见艄公拒渡,心想,只有一死了之,便手拉侄女,牵着黄狗,朝黄河中走去。艄公见她们要自寻短见,急忙阻拦。奇怪的是，她们二人在水里却是凌波平步，翩翩然若驾轻风。行至河心，姑娘盘腿坐于浪头，以水为镜，整衣梳妆。艄公心想，这可不是凡人啊，只有神仙才能如此。只见姑侄过河登岸，径直走进马斗关南一处石龛休息。此时，她们所带的黄狗与当地之犬均狂吠不已，居民大骇。当人们走到那里一探究竟时，见姑侄与黄狗皆已石化。消息很快传开，黄河两岸前来观看者不计其数，无不称奇道神，皆以为神仙下凡。于是众人募捐集资，将她们的坐化之身敷泥塑像，就石龛建庙供奉。此后，求子祈药、焚香叩头者颇多。

为了纪念，姑侄坐化的正月二十二遂被定为马斗关庙会之期。近千年来，庙宇几经修葺与扩建，已具规模。曹氏姑娘也因时间推移被民间传成仙婆，称为"曹仙媪"，庙宇叫作"曹仙媪庙"。据说因姑娘降生和坐化于黄河岸边，护佑着黄河儿女，所以又被后人传颂为"黄河仙子"。《平阳府志》《大宁县志》都记载着这个传说。《平阳府志》记载说："曹仙媪，大宁县宋人，于金时至马斗关黄河之西岸……有元人郝季隆碑。"

偏关钦命"万人会"

偏关"万人会"，又名"龙华盛会""敕旨钦命龙华盛会"，是偏关每十年在白衣殿举行一次的佛事盛会。"龙华盛会"是明朝万历神宗皇帝亲自批准的佛事盛会，从万历二十九年（1601年）即农历辛丑年开始举办，以后每隔十年举办一次，一直延续至今。

故事说的是，明代万历二十五年（1597年）二月，日本官白（官名）丰臣秀吉率领十万大兵侵占朝鲜，并将军舰开进中国旅顺，危及天津。朝廷大臣纷纷上奏折举荐万世德带兵前去平息边患。于是，万历皇帝擢升天津海防巡抚万世德为都察院右副都御使兼朝鲜经略，并命令他率兵前去征讨倭寇。万世德是山西偏关人，隆庆辛未年（1571年）进士，曾先后出任河南南阳，河北元城、宝坻县令，因精通军事韬略而闻名朝野，升任兵部主事、员外郎等军事要职，曾带兵在青海一带五战五捷，全歼敌寇。

万世德佩挂将印，领兵十万，分四路大军直逼釜山。当时倭寇所乘都是轻舟小船，在与明军抗衡的过程中，动辄钻入水中，而大部分明军不识水性，所以一时难以取胜。沿海村民称倭寇为"水鬼""水贼"。以前朝廷派兵征倭不能获得全胜也是这个缘故。万公深思熟虑后终于找到了破敌良策。他下令沿海军民采集石料，烧制石灰。没过多久，烧制的石灰像小山一样。后又传令将官士卒，每人砍一根三尺长的竹筒，里面装满石灰等候使用。

九月天的海水正宜渡船，吃惯便宜的倭寇乘着轻舟小船再次偷袭而来，他们登上岸后放肆作乱。早已严阵以待的大明将士奋起还击，给敌人以沉重打击。善识水性的"水鬼"一看势头不对，纷纷钻入水中，以为明军还和以前一样对他们奈何不得。万公一声令下，追击的大明官兵来到海边将竹筒内的石灰纷纷抛入海中。霎时，海水滚沸，蒸汽遮天，"水鬼"被烧死者不计其数，仅有少数逃回。

万历二十八年（1600年）万公率部班师回国，升任都察院右副都御使兼兵部右侍郎、蓟辽总督，皇帝特赐"一品服色"。朝鲜海战，无数大明官兵为国捐躯。万世德用石灰不仅烧死无数敌兵，而且烧死了无数鱼鳖虾蟹。为此万公常忧心不安，每当入睡，就觉得有无数人影怪物和鱼鳖虾蟹在眼前晃动，向他索命。一连数日，搅得万公心神不宁。于是万公好言安慰并许下口愿，在家乡修庙宇举办万人大会，做佛事超度亡魂。日后，万公将梦中之事奏明圣上，请求举办万人大会。万历皇帝恩准并御笔亲书："敕旨钦命龙华盛会"。

万历二十九年（1601年）即农历辛丑年，万世德由皇上恩准，回家乡偏关省亲。接着在县城北郊的白衣殿举办"龙华盛会"，设水陆道场，请五台山等地高僧念经做佛事，超度阵亡官兵和所有水陆遇难者及一切动物亡魂。自此以后，"龙华盛会"每隔十年（凡遇辛年）举行一次，一直延续至今。时间为农历九月，会期十天、半月、二十天、一个月不等。

平定塔火

平定塔火，又名塔火、火塔子、棒槌火，是阳泉平定、朔州怀仁等地每年春节到元宵节期间举行的一种特殊的社火形式——旺火。旺火是用黄土和成泥，用砖垒成高约1.5米、直径0.5米的圆形柱，形如"棒槌"。"棒槌"上再掏挖出几十个圆孔，"棒槌"内装炭块，点燃后，燃烧的火苗就从圆孔里喷出。

据说，这是为了纪念女娲曾在此地的东浮山炼石补天。平定塔火一般在元宵节的前三天开始准备和进行。平定东浮山的岩石与别处不同，如同多孔的海绵，很轻，赤褐色，入水不沉，当地人称它"浮石"。与东浮山相对还有一座西浮山，在寿阳县境内。相传东、西浮山都是女娲炼石倒出来的炉渣。根据地质考证，东、西浮山其实是古火山喷发遗留的火山堆。明代时有学者专门研究了平定塔火习俗，认为煤的发现与这种习俗之间有一定的关系，女娲炼五色石补天有可能是人类烧煤的开始。

怀仁旺火则干脆把煤炭像石头一样一层层垒起来点燃，外地人见了说"垒旺火"，本地人则说"笼旺火"。"笼"和"垒"差别很大，笼火，意为用柴引火使煤炭燃烧。有学者考证，旺火这种年俗脱胎于三千多年前周朝燔柴升烟的祭天仪式。怀仁当地传说，旺火在正月初一的五更接神时点燃，天神会在旺火的指引下降落人间。旺火上所贴文字内容固定为"旺气冲天"，是升烟降神意义的传承。

弃里闹惊蛰

弃里闹惊蛰，典出临汾市翼城，是翼城县王庄乡弃里村每年举行的后稷农耕文化旅游节。弃里是后稷的出生地，自古就有祭祀后稷的大庙，还有"惊蛰"祭祀"稷神"、正月献"仓谷"的习俗。

后稷是尧的兄长，原名姬弃，后稷是他的官职，是教会农民农事的先祖。弃里闹惊蛰,一是渴望春耕过后能有好收成,二是感念稷王爷的恩德。弃里反映农耕文明的故事很多,诸如正月二十"摊卷卷"是为了纪念后稷的诞生,"五谷"的耕作方式是后稷为了满足母亲培育野生植物的心愿,"黑牛犁地"是春耕的启动仪式等。

弃里是后稷诞生以及度过童年的地方,这是一片孕育了农耕文明的乡土,在这里发展体验式农事活动对于我们华夏子孙来说是纪念先祖智慧的一个好方法。弃里村每年开春都要举行春耕启动的仪式,每到惊蛰这天,要在村里选出一头四蹄粗壮、肩峰高耸、两只犄角有力向前挺出的大黑牛,在大庙门口不远的地里,由主人套上犁具,用犁铧在地里划上一个圆圈儿。主人将牛鞭插在犁沟的边儿,走到圆心内,从怀里掏出香纸点燃,然后带领大家磕三个头,以表示对大地的祭拜。这样的"出牛"仪式,年年如此。启动春耕的仪式之所以要用黑牛犁地,这还得从太上老君驯牛说起。

相传,弃里村后的二峰山和村南的八宝山是太上老君出没的地方。一天,老君来到八宝山前,突然发现一个很像大象的怪物,虽然鼻子没有大象长,但蹄子比碗口还大,头上长着一只长角,两眼似铜铃,一叫惊得山里虎狼都害怕,人们给它取名叫神牛。这神牛凶猛得很,见物咬物、见人吃人,连狮子老虎都没地方藏。不长时间,山附近被这神牛闹得几乎路断人绝,周围十里八村的长老都请太上老君降伏猛牛。老君在猛牛经常出没的地方预先埋下两行锐利的铡刀,刀刃朝上露出地面,他驱赶猛牛从这里跑过,牛的蹄子踏上锋利的刀刃,则被一分两半,奇蹄变成两瓣,奔跑起来远不如从前,走路也慢了。接着老君用神刀将牛的一角一劈两半,独角变成两角,顶人时也远不如原来厉害了。然后老君用铁绳、铁棍穿入牛的鼻隔下段中间,牵着牛的鼻子走。开始时,老君骑在牛背上,牛一点也不听使唤。老君就拉动牛鼻子上的铁绳,牛怕痛便乖乖地听人使役了。老君看到山前山后的百姓们劳作很辛苦,就来到了农师后稷的故里教导百姓驯化和役使耕牛,周围十里八村的人们都到这里学习驯化耕牛的技术。因为老君驯化的那头牛是青牛,而且骑着那头青牛出了函谷关,但这种青牛就这一头,人们为了感谢老君驯牛并为民造福的神力,此后每年惊蛰开犁的这一天,就用纸糊的青牛皮披在牛的身上。后来,为了节省步骤,就改用了与青牛颜色最相近的黑牛代替青牛。黑牛犁地的故事和习俗就一直传到了现在。

沁水古镇村庙会

农历六月二十八日,是沁水古镇村庙会的日子。每逢庙会,这里要连续唱五天大戏。

故事说的是,有一年,村里的社首(村长)照旧提前把戏订好。可是,到了六月二十八日上午,他的几位相好的朋友邀请他一起去喝酒,酒过三巡、茶过六盏,把安排唱戏接戏箱的事竟忘了个一干二净。这天黑夜,大庙的天空,忽然雷鸣电闪,惊天动地,好像天要塌下来似的。全村的男女老少,人人都从梦中惊醒。胆小的躲在被窝里不敢出来,胆大的结伴向大庙跑去,想看个究竟。刚跑到大庙门口,只见院内平地出了个大坑,里面波浪翻滚,周围有红、黄、绿、白、黑五条龙张牙舞爪,向外面爬着,气势十分吓人。它们一旦出来,必定祸害百姓。不知谁说了一句,赶快找社首想想办法。人们这才如梦初醒,争先恐后地向社首家奔去。刚到社首家门口,只听到屋内社首的老婆一边哭一边叫:"你快醒醒吧,庙里不知出了什么事,村里的人都到大庙去了。"这时,人们涌进家来叫嚷着:"庙里出了五条巨龙,坑里的水快要冒出来啦,我们村可要遭大殃了!快想想办法吧!"当时,社首正迷迷糊糊,一听此话,酒醒大半,惊出了一身冷汗,跟跟跄跄和大伙一起来到庙内。

社首看到庙内的情景,明白了许多,吓得跪倒在地,连连祷告:"天哪,这都是我一人的过错,千万不要连累百姓,你惩罚我吧。"说罢,唿嗵一声倒在地上,手脚抽搐。人们连忙把他扶起,只听他断断续续地说:"这是我犯的错,没能接回戏箱唱戏。你们要牢记六月二十八日这个日子,到那时不仅唱戏,而且要逢庙会……"说到这里,他口吐白沫,两脚一蹬,闭上了眼睛。刹那间,庙内风平浪静,恢复了原来的宁静。

事后,人们将社首安葬在大庙对面的南山上,并在墓前修建了一座六角亭,雕塑了二十八个罗汉像,预示着六月二十八日这个难忘的日子。

从那以后,每年的六月二十八日晚,村里的人仿佛听到亭内有二十八下钟声传出,好像社首在警示着人们。

三月初一奶奶庙会

奶奶庙会,是武乡县大有乡枣烟村每年三月初一举行的庙会。届时武乡、榆社、左权、黎城、襄垣等地人都来这里赶庙会,抢着烧头炉香。

枣烟村的奶奶庙,全称叫娲皇圣母庙。说到庙的来历,民间还流传着一个美丽而神奇的传说。

明朝万历年间,这里的老百姓不知怎么得罪了苍天,老天爷连续三年降了瘟疫。这种瘟疫非常厉害,大人染上,浑身无力,不能下地劳动;小孩染上,十个就有八个夭折。那时,几乎家家埋小孩,户户有哭声,弄得老百姓人心惶惶,束手无策。

有一年三月初一,娲皇圣母娘娘与西天王母娘娘,还有南海观音菩萨,一道同往山东蓬莱参加"观潮盛宴"。路过此地的时候,娲皇圣母忽然心血来潮,她拨开脚下祥云一看,见遍地都是哭声,于是,她向众仙说:"诸位大仙,你们先走一步,待我下到凡间察看一下,随后就来。"

说完,她化作一位普通村妇来到人间。她落凡的地方正是枣烟村奶奶庙这个地方。娲皇圣母用目光观察了一下四周,觉得这个地方虽然算不上人间仙境,但也十分秀气。脚下有一股长年不断的清泉,周围苍松翠柏,杨柳成荫,岸芷汀兰,郁郁葱葱,就决定

在这里建座庙宇,为民消灾祈福,并为老百姓赠送子女,造福人间。思前想后,画了一份图纸,揣在自己怀里,闭目打坐,但等与凡人对话。

不一会儿从沟底上来了四位农妇,她们个个无精打采,哭丧着脸。圣母娘娘就主动和她们打招呼:"四位大嫂,你们是从何处而来?到哪里去?怎么一个个少气无力、满脸愁容的?"四位农妇听到有人问话,抬头一看,见是一位眉目清秀、满脸和气并与她们年龄不差上下的妇人,便争先恐后向她哭诉了瘟疫如何猖獗,百姓如何遭殃,以及她们失去子女的痛苦……

圣母娘娘听完后便说:"我有办法帮助你们解除瘟疫,并给你们赠送子女。我这里有张图,劳你们带回去给了你们村里的头主,让他照这张图纸在这个地方修建一座庙宇。以后你们每年三月初一到这座庙里进香,我可保你们一生平安,心想事成。"说完,她从自己怀里取出图纸交给一位农妇,自己化作一道清风而去。

四位农妇觉得很奇怪,心想,莫非我们遇上神仙了。说怪真怪,她们四个人顿时觉得身上有了力气,而且心情也好了许多。所以三步并作两步很快就回到了村里。

回村后,她们立即找到村里的头主,并把圣母娘娘的话向他叙述了一遍。当时枣烟村以武、王两大姓氏为主,武氏家族人口较多,势力也比较大,所以村里头主就是武氏家族的人轮流执政。村里头主叫武世宏,当他把图纸打开一看,只见是一个建筑图,武世宏虽然识几个字,但他不懂图纸,这时,他想到石桥沟有个阴阳先生叫王宇清,人家识字也懂图纸。于是他连饭也没顾上吃,就到了石桥沟村。

王宇清将图纸打开一看,啊!好一个不凡的"娲皇圣母庙"施工建筑图。接着,他把图纸设计要求与庙的作用给武世宏讲了一遍。武世宏听了高兴地说:"这下可好了,圣母娘娘普度众生,拯救我们老百姓出苦海,并为我们赠送子女,让我们传宗接代。我们一定要照图纸要求,尽快把'娲皇圣母庙'修盖起来。"

第二天上午,武世宏与王字清带着罗盘找到了圣母娘娘指点的地方,进行了测量、定位。然后让王字清把盖庙所需的工料和大概的费用,认真测算了一下。不算不知道,一算可把武世宏给吓懵了。按照图纸要求修建"娲皇圣母庙"总共需要花两千多两银子。当时枣烟村加上石桥沟、后垴、胡家庄、青草角、峰背、大背等几个自然村,总人口也就不过三百口人。近几年来瘟疫流行,家家请医看病,弄得不少人家连养家糊口都十分困难,到哪里去筹集这么多钱呢?再说,虽然大小有七八个村子,但没有一个像样的木石匠人。修盖这样一座规模宏大的"娲皇圣母庙",实在是心有余而力不足。

正当武世宏愁得没有办法时,本家族中一位长者给他出了一个主意:让他备上一桌上等供席,再选上一个吉日良辰,带上村里一班人马,到圣母娘娘落脚之处,烧上三炷高香,然后向圣母娘娘祈祷,请求圣母娘娘来帮我们忙。

神灵,神灵,心诚则灵。三月十五晚上,武世宏一班人给圣母娘娘烧香祈祷之后,真的感动了娲皇圣母。第二天晚上,当人们进入梦乡、夜深人静的时候,圣母娘娘大显神威,她调动周围大小村庄的所有牲畜一齐出动,向枣烟村盖庙的地方运送砖、瓦、灰、石、沙及木材等材料,并给附近的木、石二匠托了梦,让他们主动到枣烟村参加修建"娲皇圣母庙"。

第三天早上,人们发现了两件怪事,一是盖庙的地方,所有建筑材料堆积如山;二是周围所有村庄的大小牲口,包括牛呀,羊呀浑身都冒着汗。开始人们都觉得奇怪,后来人们才明白了,原来,牲口是当天晚上运送材料给累得出了汗。上午又有不少木匠、石匠来枣烟村找到武世宏,要求义务参加修盖庙宇。从当年三月十九动工修建,八月十九土建完工。紧接着由七八名油匠为圣母娘娘打造金身,为庙舍雕梁画栋、描金刷漆。十月二十九日,塑像、油漆、装潢全部完工。第二年三月初一,庙会正式启动。五台山台怀寺住持妙空大法师还专程赶来为"娲皇圣母"主持了开光剪彩仪式。

娲皇圣母庙占地三亩一分,整个庙宇依山筑基,气势恢宏,对称工巧,飞檐斗拱,刻龙描凤,雕梁画栋,呈现着古代工匠的建筑艺术。前、后分两个大院,建有两个大殿,东、西两侧建有厢房、走廊。从山脚下进入庙院共有八十一个台阶,台阶全部用花岗石砌成。

进入庙内,前院正殿是娲皇圣母像,像身高达1.8米;后院正殿是送子观音,观音左右肩上趴着男女两个顽童在互相嬉戏,人物形象生动逼真,光彩动人。

后殿东、西侧及连接送子观音身后为一米高的联体神台。在神台上放着数以百计的男女顽童。他(她)们神态各异,十分可爱。这些小娃娃是专门供给祈求子女的人们的。传说,谁家想子女,先在娲皇圣母及观音菩萨像前烧香祷告,然后从观音手上取下一块红布蒙住自己眼睛,走到神台前用手摸一个小娃娃,当时不准看,回家后才能看。这些小娃娃身上分不出男女来,只有从脸上才能分出男女,男孩光头、女孩画有两条小辫子。如果自己摸到的孩子如愿实现,连续三年三月初一来圣母庙烧香还愿;如果未能如愿,第二年三月初一再来要孩子。

据说,枣烟村的"圣母娘娘与送子观音"十分灵验,有十个来求子女的,就有七八个能如愿,所以一传十、十传百,传来传去越传越神、越传越灵,传得出了名。同时枣烟村自从建了娲皇圣母庙,不仅瘟疫消除,而且人丁兴旺,人才辈出,风调雨顺,老百姓过上了太平、富裕的日子。

杀虎口黄箓会

杀虎口黄箓会,是右玉县杀虎口农历七八月秋实上市时的庚申日为起始举行的庙会。杀虎口,在明清时期是北方边关的军事关隘,也是当时北方的商业重镇,被人们称为"西口",历史上曾一度是中央政府税收的主要来源地。清朝康熙年间,最高日征税记录曾高达一千七百两白银,因而有"日进斗金"的说法。商业繁荣带来了人口聚集,文化繁荣,庙会自然也随着经济发展而成为一种普遍的商贸交流活动。据说杀虎口的庙会在清代盛极一时,"几乎月月有会,日日有戏"。从三月初八文昌阁庙会开始到十月十三东岳庙会,十一座乐楼都要相继演戏。众多的庙会中又数黄箓会为最,其规模是其他庙会所不能比拟的。

据《右玉县志》记载,黄箓会起源于清廷平定蒙古噶尔丹叛乱之后的康熙三十五年。是年冬康熙帝率军班师回京,"十二月初七日,驻跸九龙湾"。因平叛时杀虎口协镇王元率绿营兵出征有功,皇帝对杀虎口封赐有三,其中有一条内容就是,在杀虎口每年举行一次"黄箓会"。古时以黄为正色,表示高贵吉祥。箓是道家秘文,表示神明秉秘可以宰制天时人事。黄箓会有平叛得胜的举国喜悦,也有对阵亡将士予以悼祭超度的意思在内,更多的含义是庆祝丰收,祈求平安。

这黄箓会最牛的地方是国家出钱主办,有"康熙出钱办庙会"的说法。沾上"帝王圣气"是它的最大特点,因而整个庙会都显著突出了一个"黄"字。旗、帷、幔、旌、伞一律用黄绫加缎、锦制成,就连悬挂的一盏六尺大的九瓣莲花宫灯和上香用的鼎都是用黄铜制成。庙会期间演出的戏目也必须带有"黄"字,如《黄鹤楼》《黄金台》《黄逼宫》《斩黄袍》等。祀神的供点非黄色不用。总之,突出的是"黄"字贯穿全会的始终。

黄箓会的举行并无固定的日期,选农历七八月秋实上市时的庚申日为起始,会期通常为10天。因国是紊乱时事变迁的原因,民国年间的黄箓会由每年一次改为隔年、数年一次。最后的一次黄箓会举行于民国十七年即公元1928年。杀虎口这一特殊的黄箓会可以说在全国是独一无二的。

上党第一会

"上党第一会",典出长治,是长治市每年农历七月初一举行的古庙会。起源于明代天顺年间。当时朱元璋第21子沈简王朱模镇守上党,每年在沈王庙(俗称皇城)祈雨祭神,遂形成庙会。清代,商业活动进入庙会,康熙年间,商人添买八音会乐器和社火道具,七月初一为关帝举行迎神赛社,祈雨贺功演变为恭喜发财。沿袭至今,成为上党最大的物交会,被誉为"上党第一会"。届时,商贾云集,货堆如山,庙会波及河南、河北等省。

神农镇炎帝庙会

神农镇炎帝庙会,是高平市神农镇每年农历四月初八举行的传统民俗活动。神农氏,是中华农耕文化的始祖。神农播五谷、制耒耜、教稼穑、尝百草、疗疾伤、创集市、治麻布等均为首创,为民献身后薨葬高平市神农镇的庄里村。村中炎帝陵,俗称"皇坟"。北宋《太平寰宇记》说:"羊头山东南相传为炎帝陵,石尚存。"石,乃指垒于陵墓四周的石栏,北宋初年"尚存",可见陵墓由来已久。内有"炎帝陵"石碑一通,为明万历三十九年(1611年)所立,距今已有四百多年的历史,是全国最早有明确记载的炎帝陵碑记石刻。在"炎帝陵"碑的地下,有一条直通墓穴的通道,供守墓人和祭祀的官员为陵墓内的万年灯添油,使万年灯常年不熄。炎帝陵旁宋代以前就建有一座五谷庙,每年农历四月初八都要举办祭祀炎帝的民间庙会,各级官员和周围百姓都要来参加祭奠活动。高平民间有"四月八,神农活,炎黄子孙都记着,咱们种地全靠他"之说,传颂着人文始祖神农炎帝为开启中华文明作出的无与伦比的贡献。

相传,每年的农历四月初八,在庄里村的神农祠(五谷庙)、炎帝陵,农民都要请(抬)出炎帝神农老爷塑像到附近各村巡游祭祀。

通常是上午十时,从庄里村请(抬)出炎帝(塑像),先烧香,后放炮,然后把炎帝像抬上一个四腿轿子。轿子顶上有串球,四角有龙,轿杆有五米长,门上挂有黄布帘。抬轿的人要由庄里村出四个人,其中有一个领头的,其余众人则敲锣打鼓簇拥炎帝神农轿子巡游各村祭祀。每过一村,要在村里的庙祭台上香、放炮,村民跪拜,很是热闹。庄里村的炎帝神农塑像前还有一个供奉祭祀的活动——求雨。逢干旱季节,四邻八乡来祈雨求吉祥的百姓也络绎不绝,久而久之,成为一种沿袭多年的民间风俗。中华人民共和国成立后,活动渐停。《五德志》说:炎帝神农氏"日中为市,致天下之民,聚天下之货,交易而退,各得其所"。炎帝神农氏教会了人们以太阳影子的位置计时,正中午开始市场交易,这就形成了中国最早的集市贸易。庄里村的炎帝庙会就是最早集市贸易的一个缩影。

沈老爷坐轿

"沈老爷坐轿",原名老爷坐轿,是流传在晋中市太谷境内及其附近一带的一种民间"闹红火"事象。相传明清时,每逢大旱人们会到介休绵山祈雨取水,返回时,在太谷县境内的白城举行庆典活动,组织民间节目表演,节目中有一个常项是"老爷坐轿"。演出者中有一名姓沈的老者,经常组织和参加这种演出,在民间艺术表演方面颇有专长,而且艺术水平很高,在群众中有很高的声望。这位沈老去世后,人们为了纪念他,便将"老爷坐轿"这一舞蹈更名为"沈老爷坐轿"。"沈老爷坐轿",原由一人表演,坐轿人双手持两根抬杆,杆两端各饰一名假轿夫,边唱边舞,酷似两人抬轿、一人坐。到民国年间,这种表演形式发生了演变,成了一人坐轿一人抬的形式。坐轿的人扮演沈老爷的角色,肩头搭一条布带(布带连接轿的两侧),双手握左右两根横杆,将轿身提起。胸前,一双假臂,呈环抱的样子;腹前一双假腿,成弯曲状态;身后跟着一名轿夫,肩挑抬杆。这一舞蹈在民间颇为活跃,主要表现沈老爷春风得意的情景及轿夫在行进中的情绪变化。这一民间艺术在表演时幽默滑稽，充满情趣，引人发笑。表演时的伴奏乐器有鼓、锣、笙、管子、唢呐、笛子等，经常使用的曲牌为"牛头虎"。

寿阳爱社

"寿阳爱社"，俗称耍鬼、寿阳耍鬼，典出《寿阳县志》，是流传于晋中市寿阳县平头沟北一带的一种古老而稀有的传统民间舞蹈，它借助祭祀鬼神的傩舞形式，表现了"轩辕大战蚩尤"的创世传说和远古人类狩猎时代自然崇拜、人神崇拜、鬼神崇拜的信仰风俗，寄托着劳动人民祛邪、辟灾、祈福的美好愿望。

黄帝为了战胜蚩尤部落，以智取胜，命令将士们扮成二十四家魂头鬼，迷惑蚩尤，攻占鬼门关。经过多个回合的战斗，终于战败了蚩尤，取得了胜利。黄帝为了表彰将士爱护社稷的勇敢行为，故称之为"爱社"。耍鬼源自清朝一个少林和尚之手。这个和尚的小洪拳十分精熟，他精心组合其动作、姿势、队列，形成独特的舞蹈语言，表达了不同的意境和形象。寿阳兽医王府勇有幸得到有关记述，便在当地练习，后渐渐流传开来，开始作为"红火"出现在春祈、秋报、迎神、祈雨等酬神活动中。据《寿阳县志》记载，每年阴历七月十三，"爱社"和邻村三大社都要到本县阪泉山附近的北神山轩辕庙进行祭祀表演。据说是为轩辕黄帝过生日，而"爱社"是唯一被允许进入轩辕庙内进行表演的社火，其他三大社的节目只可在庙外的山头上表演。汉代以后，"爱社"有一部分演变为蚩尤戏或角抵戏，在寿阳境内也留下了一种竹马戏，但形式内容则演变为戏剧，只有"爱社"的鬼傩却以原始形式在寿阳留存了下来，并且保留了远古鬼图腾的形式和内容。黄帝的将士由于佩戴鬼饰面具作战获胜，子民便把对黄帝的崇拜转为对"鬼"的崇拜，成为一种"鬼"图腾。到明代以后，傩舞演变为傩戏并分支为两类：一类是娱神重文情，一类是驱鬼重武技。傩舞"爱社"由于地处平头武术之乡，其舞蹈动作将武术中的小洪拳与舞蹈融会为一体,粗犷简单,原始性极强。

塔塔火

塔塔火,是吕梁市文水开栅农历正月里举行的传统民俗活动。相传,在古老的东汉时,文水开栅村名叫平阳。那时,平阳人大多不信神、不信鬼,连春节这样一年一度的大节都不烧香、不摆供。有一年,春节刚过,玉皇大帝看到人间煞是热闹,一派繁华热闹景象,就带着王母和一大群仙女走出灵霄宝殿观赏人间的美景,享受着人间的供奉和祭拜。玉皇大帝兴高采烈地捻着胡须和大家说着笑着,不时还满意地点点头。突然,他脸上的笑僵住了,他看到平阳这里冷冷清清的,好多人家都不摆供奉,玉皇大帝心中好不恼怒:好你个平阳村,你们享受着我天界给你们播洒的玉露甘霖,每年让你们风调雨顺,使你们过衣食无忧的日子,你们却连一点香火也舍不得,简直岂有此理!

玉皇大帝怒气冲冲地传来火德真君说:你给我火速去平阳走一趟,限你在正月十四到十六这三日内,将平阳全部烧光。火德真君领旨后心里直犯嘀咕:"玉皇大帝也太小心眼了,难道平阳连一个供献的人没有?再说,不供献就该死吗?这也太专横、太绝情了吧!如果烧光平阳,不是草菅人命吗?作为主宰人间浩浩百姓的神,你也太不近人情了吧!"

火德真君心里虽然不服,但也不敢违抗玉皇大帝的旨意。他带着一肚子的疑问,幻化作一个又瘸又拐的老汉直奔平阳而来。走着走着,碰见一个推着推车卖完豆腐回平阳的年轻人。年轻人二十多岁的样子,脸上洋溢着幸福的喜悦,他去年腊月刚娶过媳妇,正跟媳妇热乎着哩!他一大早去交城的洪相卖豆腐,由于他的豆腐好,人也厚道,还没有串完一条街,豆腐就全卖完了。他怀揣着钱兴高采烈地推着独轮车,迈着大步往家赶。突然,他看到前面有一个六七十岁的老汉,一瘸一拐地往前走。后生是个好心的汉子,他看到老汉那么艰难地走,心里觉得好恓惶。于是,他紧走几步赶到老汉旁边,把他的独轮车停在了老汉前面。"大爷,你去哪里啊?""去平阳有点事。""哎呀!大爷!我就是平阳人,卖完豆腐要回家哩,我这车闲着也是闲着,你坐上车我推你走吧!"火德真君半推半就地被小伙子扶到车上,让小伙子推着他走。

坐着后生的手推车,看着后生脸上冒着的热气,火德真君心里好感动,临下推车时火德真君说:"后生,你真是好人啊!"后生说:"大爷,这算什么啊?叫谁碰上也不会不管的。何况又是顺路。"火德真君说:"后生啊,冲你这样的好心我告诉你,正月十四至十六日,平阳要遭大火灾。到那天,你在自家院里点一堆火就可以免灾,你可不能告诉别人,千万不能!如果你走漏一点风声,你也就活不成了。"后生惊愕地望着火德真君,然后懵懵懂懂地点了点头。看后生郑重地点头答应后,火德真君放心地弄了股风飞到空中走了。

卖豆腐的小伙子急急忙忙地赶回家中,他心里好不矛盾:如果不把这事告诉村里人,不日之后,全村的几千人都要在一夜之间葬身火海,他的良心怎么能承受得起这样的折磨?但如果告诉村人,那个老头儿就要怪罪自己,也许自己一家人的性命就不保了。自己死了倒无所谓,关键是年迈的母亲和刚过门的媳妇也要跟自己受牵连,他怎么忍心啊!最后他想,怎么能为了自己一家人,坐视全村父老乡亲的性命不保而不顾?想到这里,后生感到自己胸中涌出无穷的豪气:活就要活得光明正大,骨骨气气,跟全村的几千人比,咱一家三口算什么?要怪罪就怪罪我好了,哪怕千刀万剐也认了!

话说这几天后生回家后,每天不吃不喝的,新媳妇急得像热锅上的蚂蚁,以为后生卖豆腐中邪了。急忙跑去告诉了婆婆。婆婆看儿子那样,心疼得要死,但也不知道该怎么办。这时,后生经过痛苦的抉择,已经拿定主意了,当着这两个他最亲的女人,就把这事说了出来。他媳妇和母亲听说后，也着实吃了一惊。经过艰难而痛苦的挣扎，最后他在这俩亲人赞许的目光下毅然地走出去，敲开了邻居的房门。

这个惊人的消息，像长了飞毛腿一样，迅速传遍了平阳的家家户户。人们在埋怨命运捉弄的同时，极为赞颂后生的大仁大义。

平阳顿时沸腾了。人们纷纷行动起来，有柴的早早地堆在那里，没有的到桦皮坡上砍，年老无人照应的大家帮着。为了更保险，村民还分片在村街的十字路口，用从桦皮坡上砍回的木头堆成堆，就像高高的塔一样。还不到一天的工夫，平阳人就已经都准备好了。到了正月十四这一天晚上，家家门前挂起火红的灯笼，院中间和十字路口点燃熊熊大火。点燃后的桦木呼呼地燃烧起来，火光映红了夜空，大火发出"哔哔卜卜"的声音，烟霭随着风呼呼地飞了起来，卷到了天空，耳闻目睹就像着了天火一样。

这时，火德真君感觉时辰到了，起身正准备去平阳放火，当他从南天门往下一看，顿时惊呆了：平阳已经成了一片火海，熊熊大火在风的裹挟下，烟雾弥漫，火光冲天。火德真君心里有说不出的难过："平阳人啊平阳人，你们难道真的罪恶滔天吗？我还没动手，你们已被灭了。那个好后生呢？他躲过这一劫了吗？"

火德真君返回天庭，把自己看到的情况一五一十地汇报了玉皇大帝。玉皇大帝听了，相信火德真君的为人，也就没有再派仙家到平阳视察。自那以后，平阳人年年点灯、放火，渐渐成为一种风俗。

后来，为了方便，塔塔火在材料上由原来的烧柴改为烧煤。后来为了好看、坚固，又以煤弄成煤糕，垒成塔状，故称"塔塔火"。远看，那塔塔火的火焰从煤糕的空隙中冒出来，发出"呼呼呼"的声音，煞是好看。后来更省劲了，人们用砖垒成塔形，里面装上煤块，点着就行，有的人干脆用蜂窝煤垒"塔塔火"。

直到如今，开栅人仍然延续着正月十四到正月十六挂灯、点火的风俗。每年的这个时候，家家门前挂起各种各样的灯笼，还以席片围着"塔塔火"闹社火、唱大戏、请瞎先生说书;有些人家还扎了彩花,挂到社火的围席上。

太原元宵打铁花

"太原元宵打铁花",又名韩氏打铁花,是太原市元宵节传统的祭祀上古水神的社火活动。

韩氏打铁花起源于两千六百多年前春秋时期的一场战争,当时山西曲沃夜遇偷袭,御戎韩万在情急之下,将正在冶铸兵器的铁水舀出泼向攻城的敌军,顿时夜空中飞花溅玉,群星璀璨,铁匠们争相效仿,攻城敌军惊慌失措,烫伤者不计其数,曲沃城遂化险为夷。韩氏铁花起源于此。在此之后,韩氏铁花多用于宗祠祭祀、节日庆典,到宋代成为民间一项喜闻乐见的社火活动。明清时期随着晋商的兴起,"铁花"活动广泛流传开来。

无梁殿葡萄庙会

无梁殿,位于清徐县东马峪北馒头山山腰,既供着佛教的地藏王菩萨,又供着道教的太上老君,不知什么时候,又将儒教的孔子请上了山,可谓集佛、道、儒三家为一的庙宇。

东马峪村东有一户门第人家,传到李忠这一代时,只有一子一女,儿子秀全考上了秀才,被聘为师爷,在衙门做事;女儿秀红,上了几年私塾,待字闺中。这李忠的葡萄地在房后,七八亩葡萄,每年除养家糊口外,尚有盈余。这葡萄地里有一株葡萄,至少有五百余年了,长得枝叶繁茂,覆盖有一亩地之广。秀红无事之时,喜在这株葡萄下纳凉。这株葡萄剪枝、喂粪、压条等所有农活,也让秀红一个人料理了。有一天,秀红独自一人瞎想之际,忽然感到有些困乏,便在葡萄架下睡着了。睡梦之际,觉得有人推她,睁目看时,只见一个白胡子老头拿着一个圆圆的镜子,笑眯眯地说:"感念你日日侍奉我,今日机缘凑巧,送你一面清水镜。"她不要,白胡子老头硬要塞给她,推躲之间,一脚踏空,却是一梦。

秀红只觉得是平常之梦,也没有意。不料,从那一天起她的肚腹便一天天大了起来,渐渐地腰也粗了、肚也圆了,终于被父母看了出来。李忠怕她给家门丢脸,想盘问出对方是谁,将女儿草草嫁了了事,但几番诱导,秀红就是说不出来。

十月怀胎,一朝分娩,秀红生下来了一个圆圆的肉团。李忠嫌丢人,亲自悄悄地将肉团埋了。三天后,便将女儿赶出门去。秀红无处可去,便在葡萄地里搭了个草棚安身。

这天半夜,李忠睡梦之际忽然看见进来一个白胡子老头,这老头道:"你们冤枉了秀红,她腹中之物乃是道门宝物,叫清水镜,将其摆放,便可看清孕妇腹中的孩子是男是女。"李忠道:"你是何人?"老头说:"我又不是人,是你家葡萄地里那株老葡萄,受日月精华之恩,已能幻化人形,只缘那日与诸友相聚,喝醉了酒,才将宝镜赠予秀红,劝你快将秀红接回,再将宝镜取回,葡萄熟时,便是你赚钱的好日子。"说罢,倏忽不见。

李忠醒来,回想梦里的事情,有些半信半疑。终究还是思念女儿,便命丫鬟把秀红接了回来,将那肉团挖出,放到清水瓮中看时,那肉团没有了,瓮底显现出来一面圆镜。李忠这才喜上眉梢。说话间,秀红得宝镜之事便已传出,邻村不少孕妇过来自照,真可以照男生男,照女生女。此宝镜的功效就一下子传开了。但是,这个镜子也怪,葡萄熟了时,任谁也能照;葡萄不熟时,空能看到镜子,却照不到肚里的孩子。于是,每年葡萄熟了的时候,四乡八邻的孕妇就被家人们搀着、抬着来此照镜。

如此过了三年,秀红择得佳婿,李忠沾了宝镜之光,也成了马峪首富。秀红风风光光地嫁了出去。

喜宴办完,李忠劳累异常,刚刚躺下,便觉得院中有些异常,出来看时,院中早已经坐定了数人,那个葡萄树精站立在这些人面前,唯唯诺诺。但见中间一位慈眉善目的老者将李忠让到席中道:

"我这野徒儿不守道规,私将道家宝物赠与汝女,汝已凭此挣得些家财,可将宝镜还我。"

李忠笑道:"为此宝镜,我女儿十月怀胎,如还镜还须这么困难,我宁愿砸碎了它。"

老者笑道:"仙家宝物,岂如此费事,只要你女儿愿意,农历七月二十九这一日,可将此物摆在门外,只需烧三炷清香,此物便会自己到无梁殿白龙洞,如有孕妇要照,便可去白龙洞摸子。"

李忠笑道:"好,明日我就把女儿叫回来商量。"说完后,院中四人倏然不见。李忠回身时,忽见瓮中清水涌动,从中跃出一条龙头来,李忠吃了一惊,翻身醒来。细想梦中情景,半信半疑。女儿回门时,便和女儿相商,秀红道:"白胡子老头赠宝,也是好意。如今他受了责罚,女儿心中过意不去。咱们不如按老者之法,将宝物早送白龙洞。"

七月二十九日这天,四乡八邻的孕妇们又来照镜,但见李忠已将大瓮移至门前,院内摆了几张方桌,桌上摆着一碟碟葡萄招待这些客人,女儿秀红虔诚地上了三炷清香,香烟升空,忽听传来一声响亮,大瓮便稳稳地升在空中,空中传来一个苍老的声音:"谢了,秀红姑娘,祝你儿孙满堂。"秀红全家望空而拜。这大瓮在空中直飘无梁殿白龙洞。秀红想看个究竟,也随着人潮直上无梁殿,进白龙洞看时,哪里还有大瓮的影子,只有一潭清水,冰凉刺骨、清澈见底,潭旁孤坐一位道长,闭目入定。秀红心急,摇醒道长问:"可见一大瓮?"

道长指着潭水道:"没有踪迹。"

道长又笑道:"你摸摸看。"

秀红依言挽袖摸时,手中滚入一石子,捞起看时,棱角分明,道长道:"恭喜女施主,第一胎当生个儿子。"

"何以见得?"秀红不明白。

"宝镜入龙潭,效用仍在。你伸手触摸是男便得一有棱有角的石子,是女则得一圆石。"

"如是双胞胎呢?""得两个石子。"

秀红细看这道长,越来越像白胡子老头,有心想问,被道长止住:"秀红姑娘,老道道号薄松。还望姑娘好好照料那株葡萄。"

秀红这下能断定了,急忙跪下道:"道长,秀红想许个愿。"

"许什么愿?"

"如第一胎果然是个儿子,明年今日,我要在此山下唱三天大戏,给道长助个兴。"

"好孩子,我就好看大戏。"

第二年,秀红果然生了个大胖小子。七月二十九,李忠请来了戏班子,在无梁殿山下平地搭台唱戏。善男信女们看大戏、拜菩萨、摸石子,由于人一年比一年多,小商小贩们便来卖东西,逐渐就演变成了葡萄会。

五个村赶的一个会

"五个村赶的一个会",典出清徐,指的是每年农历三月初五在清徐县集义乡王坊村的庙会。但凡王坊村赶会,附近小王、靳村、良隆与姚家堡等四个村的人,也和自己村赶会一样,提前传话道客,届时设宴待客。

原来,在王坊村的西南有座白龙庙。庙里正面五间大殿,左右各三间厢房,蓝瓦灰墙,雕梁画栋,殿内供奉着白龙神像,十分灵验。凡遇大旱,一祈便雨,别的村抬去祈祷也常兑现。殿前院中有一古井,井口雕花砖砌数尺之高,名曰"甏"(音皱)。俯视水中犹有龙心染木,井水味美甘甜,还可以医治百病。据说,此庙是由这五个村共同筹资修建的。建成后在三月初五开光,起了庙会,此后便年复一年地延续了下来。每年赶会前来游览及乞求治病的人络绎不绝,非常热闹。到后来庙宇拆除,但会还继续赶,这五个村的人都争着要在自己村里赶。争论不下,有人提议,一村一年轮流赶。这样赶了一轮后,大家觉得这样不好,还是固定在一个村赶好。这样又出现了在哪个村赶的问题。有人便提议五个村捏蛋蛋(抓阄),结果被王坊村捏住,这个会就定在了王坊村,由此形成了"五个村和赶一个会,会会村村把人待"的稀奇会。

武社火

"武社火",典出太原市尖草坪,是尖草坪区宇文村的一种传统民间风俗,实际上就是一种传统的、地地道道的武术表演。现在是太原市非物质文化遗产保护项目。尖草坪区柏板乡宇文村自古就有尚武之风。从《周书·文帝纪》和《通志·氏族略》两书中考究,可知"宇文"两字是从当时鲜卑语翻译过来的,"宇"是天的意思,"文"是君的意思。柏板乡宇文村是魏晋时北方鲜卑族的后裔聚居地。宇文村很早就是一个有习武传统的村,历史传承十分久远。传说三百多年以前,这里的村民习武成风,被人们誉为"武术村"。民国初年,该村的张万荣酷爱武术,从小习练祖传形意拳,后拜太原国术馆教头彭廷钧为师,兼习少林长拳、洪拳、查拳、劈拉、太极、插花、八卦等,他博取各派所长,独创了新的拳法套路。1933年,在南京的全国国术大赛上,张万荣一路过关斩将,决赛时打败了南方的国术健将"金陵王",获得了银盾奖和"全国武士"称号。这以后,慕名前来向他拜师学艺的人络绎不绝,除本村民众外,周边邻村武术爱好者也都来向他学习武艺,如向阳店村、呼延村、下薛村、横渠村及阳曲县的北路村等,都有他的徒弟,弟子最多时有千余人。至今其弟子仍分布全国,甚至在日本、东南亚等国家也有他的弟子。习武之举蔚然成风,宇文村的武术传统得到发扬光大,久而久之逐步形成了"武社火"的传统,成为该村一个极具特色的民间艺术活动项目。

武社火既不似"铁棍""背棍""大头娃娃"等艺术的夸张和表演,也不似"太原锣鼓""跑场秧歌""现代歌舞"那样充满喜庆的节日气氛,它以豪迈的气势、敏捷的身手感染观众,使观众对自己祖先英勇善战、不畏强暴、保国护乡、大义凛然的民族气节和传统精神,生发出崇拜和向往的情感。

乡宁油糕会

"乡宁油糕会",典出临汾市乡宁,是每年农历四月初八举办的独树一帜的古庙会。传说,在很早很早以前,乡宁有个小伙子叫二小,父母双亡,兄妹皆无,孤身一人,凭一手炸油糕的手艺独自谋生。二小生来干净利索,每天忙完营生,总要去城外的河边洗衣服。但每次洗衣都有一条小蛇在他周围游来荡去,起初他还很害怕,时间长了,也就不以为然了。偶尔洗衣时不见小蛇,倒觉得少了什么似的。有一天,他因为忙于营生去迟了,远远看见几个小孩手拿长棍和石头追打着小蛇。他快步跑了上去,劝阻道:"你们不要追打,放了它,我请你们吃油糕!"就这样救下了奄奄一息的小蛇。

第二天,二小照例去河边洗衣服,刚放下盛衣服的脸盆,就见河水突然向两边涨起,中间分出一条路来,露出了两扇黑漆的大门,一位白发银须的老头站在门首,招手要他进来。他恍恍惚惚不由自主地走了进去,进门一看,仿佛走进了世外桃源,只见一座富丽堂皇的金銮宝殿坐落在千姿百态、美丽无比的珊瑚之中,大厅里陈设奇异,令人眼花缭乱,不知所措。进了大厅,老者急忙让座,命人敬茶,端上糖果、糕点、名贵海鲜。二小心神不安地问道:"这是啥地方?把我叫来有何事?"老者拱手行礼笑道:"这里是龙宫,吾有一小女生性顽皮好动,私自外出玩耍,险遭不测,幸遇壮士相救,今请壮士到此,略表谢意。"二小一听,如坠云雾之中,不知所言何事,不由愣在那里。此时,八个天仙般的小丫鬟端着盛满珍珠玛瑙的金盘子敬奉在二小面前,老者示意要他收下。他尚未弄清缘由怎敢接收呢?便连连摆手说:"君子爱财取之有道,我怎敢无功受禄呢!"老者执意要送,他再三辞谢,老者无奈,只好作罢。二小起身要走,心里倒觉得有点盛情难却,便随手摘下插在门边的一枝花说:"我什么也不要,就把这枝花给我吧!"说罢,顺着原路返回河边。河水即刻合拢,衣服仍放在河边。他把小花插在肩上,洗净衣服,端起脸盆往家里走去。

走着,走着,觉得肩上越走越重,忽听"嚓"的一声,肩头插的花掉在了身后。他转身一看,吃了一惊,只见一位美貌女子跪在地上。他抬脚要走,女子扯住他的衣襟说道:"你不能走,你向老爹将我要来,怎能出尔反尔弃我而走呢?"他一听愣在那里,一动不动地呆立在那里。女子见状,又说道:"我原是龙王的女儿,你救下的那条小蛇就是我,你拿的那枝花也是我,我遇难被你相救,金银财宝你不肯接收,我今天要与你结为夫妇,以报救命之恩。"二小一听万分高兴,忙搀起女子向家中走去。

从此,二小夫妻相敬如宾,继续干着炸油糕的营生。

没过多久,这一消息便传到了县官的耳朵里,县官心生邪念,想要夺取龙女,日夜想着鬼点子。

一天,县官扮作老百姓来吃油糕,想趁机察看一下究竟。回衙后,就命衙役传来二小。二小在堂前问道:"老爷传我为的何事?尽管说来,小人立即去办。"县官道:"人家都说你老婆长得好,心灵手巧,咱们今儿个打个赌,命你三天之内,在本大堂门外栽上七棵高低一般、粗细一样的柳树,每棵树上拴一头披红鞍、没尾巴、高低肥瘦相同的黑驴,如办不到,老婆和家产全都输给我,下堂去办吧!"二小心事重重地回到家里,对龙女诉说一遍,龙女安慰他一番,便叫他去街上买一张红纸、一张绿纸和一张黑纸。

晚上,二小睡后,龙女坐在灯下用绿纸和黑纸剪成纸树、纸驴藏了起来。

第二天晚上,龙女来到大堂门外朝着剪好的纸树、纸驴吹了口气,七棵柳树拴着七头毛驴便出现在大堂门外。县官此夜彻夜未眠,盼望着第二天就能美女到手,他早早起来一看,不由得吃了一惊,七棵柳树上拴着七头毛驴,和他所说一模一样分毫不差,但他仍不死心,胡子一捋又命衙役去传二小。

二小来至堂前还未开口,县官便迫不及待地说:"前日打赌算你赢了,今日咱们再打个赌,命你三日内把旧城换成新城,旧砖高高垒在一边,如办不到,老婆财产全输给我。"二小皱着眉头回到家中,又将实情说给龙女,龙女又叫他去买了两张白纸。待到夜深人静,拿着剪刀又剪了起来。

第二天晚上,龙女对着剪好的新城和旧砖一口气吹了出去。次日县官一看,新城高耸,雄伟壮观,旧砖整整齐齐一个不残地垒在一边,他鸡蛋里挑不出骨头来,只好作罢。

龙女情知县官不会善罢甘休,就对二小说:"狗官再要找你打赌,你就说:'老爷你好没意思!'"果然当天下午,县官又派衙役来传二小。二小上堂便说:"老爷你好没意思!"县官正无缝下蛆,一听这话,就蛮横地说:"老爷我就是要看看什么是'有意思',什么是'没意思',限三天给我拿来,如办不到还是老话,不必再说,别怪我不客气!"二小回到家中把原话说给龙女,龙女从头上拔下金簪交给二小说:"你拿着金簪在常洗衣服的地方敲上三下,我爹爹便会出来见你,你要我爹把放在柜顶上的三个匣子拿给你。"

二小按照龙女的吩咐拿回了三个匣子。当天晚上,龙女把家里的被褥衣服拆洗得干干净净。第二天晚上,龙女又织布给二小做了一柜子四季衣服,通宵没有合眼。

第三天晚上,龙女声情悲切、泪盈满眶地对二小说:"咱俩只有百日缘,今日已九十九天,缘分已尽,眼看要到分离的时候了,明天你把三个匣子拿去给狗官看,切记,第一个匣子是"有意思",第二个匣子是"没意思",开第三个匣子时你就赶快跑开。咱们来世再相会吧!"夫妻俩难分难舍地度过了最后一夜。

第三天清晨,二小端着三个匣子来到衙门。县官一见二小端来了三个匣子,心里十分高兴,急不可耐地叫二小快快打开。二小打开第一个匣子,里面放着珍珠玛瑙,奇花异草,飞禽走兽,各色各样的金银财宝,县官看得眼都直了。二小问:"县老爷,有意思没有?"县官捋着胡子连声说:"真有意思!真有意思!"打开第二个匣子,县官探头一看,一股火冒了出来,他赶忙躲避,胡子已被烧了个精光。二小接着问:"老爷你还看第三个匣子吗?""看,看,要看就看到底!"

"要看你自己打开看吧!"说完趁县官开匣子之际,端起第一个匣子就往外跑。县官打开匣子,不料一股水扑面而来,一刹那淹没了县衙门,把那个贪官污吏和为虎作伥的狗腿子们一起淹死了。

这以后,二小仍干着炸油糕的营生,而且炸的油糕比以前更香、更甜、更黏,生意更加兴隆,他带了众多徒弟,把手艺千秋万代地传了下来。据说,这是龙女传授的龙宫绝技。直到现在,乡宁的油糕仍然远近驰名。

荫城铁货会

"荫城铁货会"是长治县(今长治市上党区)荫城镇的传统民间庙会。上党一带的民谚"万里荫城,日进斗金",说得就是长治县赫赫有名的"铁府荫城"。千百年来,铁货以荫城著称,而荫城又以铁货闻名。明清时代,荫城曾经是中国北方最大的铁货生产和贸易的集散地,这里曾经打造了许许多多"非潞州铁货不要"的铁器名牌,也曾经成就了一个个"车辙马迹遍天下"的铁商集团。荫城不仅是铁文化的发源地,更是潞商文化的发祥地。

荫城坐落在长治县城南十公里处的雄山脚下,早在春秋战国时期,这里就开始冶铁,东汉时被称为"天然铁府"。明清时,以荫城镇为中心的周围上百个村庄,几乎村村有铁炉、户户在打铁,铁炉作坊是星罗棋布,风箱声、锤击声昼夜不断。

当时,各地客商在荫城镇开设的铁器栈铺就有六十多家,荫城人在全国开设的铁货店铺也有三十多家,所以,荫城的大小街巷都有外地客商常住,客店、旅馆就有上百个。每到夜晚,商客在镇上的客栈饭店流连忘返,整个荫城镇仿佛一个不夜城。当时口外铁货运输主要靠骆驼驮运,故而荫城有"日夜铃铛响,骆驼排成行","骆驼送货到口外,黄金白银滚滚来"的歌谣流传。当时,铁货年交易额最高时有一千多万两白银,这也就有了"日进斗金"的说法。正因如此,才有了蜚声海内外的"荫城铁货会"。

相传三国时期,关羽过五关跑到荫城,由于连斩数将,他的青龙偃月刀已经卷了刃,他想磨刀,但这里久旱无雨又找不到水。眼看蔡阳就要追上来,他不禁对天长叹道:"皇天不助我,吾命休矣!"话音刚落,只见天上顿生乌云,顷刻间下起了大雨。关羽大喜,就雨磨刀。不一会儿,蔡阳追来,交锋只数个回合,就被关羽一刀斩于马下。后来,外地商贾为了祈求关老爷保佑他们生意兴隆、来往平安,便自动捐资,在关羽磨刀的五月十三这一吉日设会建庙、拜神唱戏,历时半个月,兴起了对关公的祭祀活动。斗转星移,庙会和铁货贸易自然融为一体,庙会是越办越大,生意也就越做越红火。

张瓮罐乐神

张瓮罐乐神,典出万荣县张瓮村,是万荣、临猗一带正月二十或三月二十八热闹红火的一个经典节目。节目以社头与豪绅跪在地上祈求着:一请罐乐神;二请菩萨神;三请抬不起;四请众大仙抬抬手,让着罐乐神;五请前头是个好女人,许给罐乐神,笤帚是媒人,擀面杖是丈人。祈求者手拿一把小笤帚,一边扫,一边说,最后吼叫"起了——,起了——,也——唔——也——唔",很有节奏地踩着步伐,抬起向前走,围观群众先是哈哈大笑,后是鼓掌叫好。最后,也跟在后边助威,随着节奏踏着步子附和着:"也——唔——也——唔——"

说奇怪也奇怪,把这个石头雕刻的人头,放在有耳能抬的桶罐口上面,项围红,头插花,彩练围一匝,下面是一小轮磨,上面放一堆童便泥,把罐子按进泥里,罐耳有绳,绳里穿一条扁担。然后,领导者一手拿笤帚一边扫,一边祈求,一边抬,一边喊"起了——也

——唔——",真是说也奇,听也奇,看了更是奇之又奇,偌大一个磨扇子,怎么用一把泥粘在罐子底下会抬走呢?

相传,很久以前,张瓮这块土地,连遭荒旱,天高不雨,烈日炎炎,五谷不收。旱井的水早已用完,人们只得下深井淘沙取水。井深三百多尺,下井前,先要祭祀土神,保个平安,祭祀龙王,保个水旺。打开井盖先下一只公鸡,须停一个时辰,看看公鸡是否生还。若能生还方可下人。下人前,须召集全村男人满满烧上一炉香,再祈祷一番,这才开井下人,井口有几个彪形大汉把守,其余的人都抓紧绳索。下井者先在绳头上打一个兔耳结,套进双腿,双手抓牢主绳,口含井灯,这才慢慢下去,然后再淘沙滤水。当淘进三尺水深时,淘沙者忽觉脚下踩着什么圆轱辘的东西,捞出来原是一块人头一样的石头,没细看顺手扔进柳罐里吊了上去。从那以后,这井水是一天天地衰退,再到后来,再也挖不出水来。社头协同绅士一起去求神婆指点。神婆说:这是南海边上的一个小神,名曰罐乐神,又名臊神,只因长相丑陋,讨不到老婆,自己投海升天,这颗头就是从南海那边由地下水涌过来的,只要把它安祭好地方,井里就有水了。于是,人们不敢怠慢,只好在沙堆中找出那块人头像,在该村的献殿东侧修造一个小窑,把人头供奉起来,逢年过节请出来与各路神仙共享。这个热闹就这样一直沿袭下来。

毋庄村有位卖豆腐的青年,看了这个节目非常眼馋,一直跟着看到天黑。等待人们把头像放进献殿窑中后,这位好奇心特强的卖豆腐之人,在夜深人静时,偷走了头像,在毋庄村纠集了许多人前来助兴、抬罐乐神戏玩。但用同样的办法,整整一天都没抬起,只好又偷偷送了回去。罐乐神回去又十分灵验了。

诸葛锣鼓

诸葛锣鼓,流行于浮山县和晋南一带,起源于城北五里的涝河岸边的诸葛村。早在唐代,诸葛锣鼓就曾因参加社火、搬神、庙会祭祀活动而名噪一时,至20世纪30年代中期从未间断。在传统的古民乐中,诸葛村流传至今的有锣鼓、高跷、抬高、武术等,可谓种类繁多,项目较全,但最突出最有名气的当属锣鼓,最为人们喜闻乐见。堪称锣鼓之乡的神山(浮山)小县,有数十支锣鼓队且多为架子鼓,而诸葛锣鼓却久负盛名,长盛不衰,名闻遐迩。

三国时,诸葛诞初侍于曹操,因诸葛亮在蜀国任相,一直得不到重用,仅被安排一般的练兵职务。诸葛诞为了寻找适当的练兵场所,便访至涝河岸的一个小村庄。这里柿树遍地,春夏绿树成荫,深秋柿叶如火,村名就叫"柿树庄"。柿树庄东依山垣,西临沟壑,南傍涝水,北凭广原,诸葛诞认为这是个天然的练兵场所,便择此扎营练兵。因"柿树庄"音通"死""输",迷信的诸葛诞疑于军不利,便改村名为"军兴村",取在此练兵,军必兴,人必存(村)的意思。诸葛诞让兵士在沿河土崖打数百孔窑作为住宿处,辟平原作为校场,以涝河为饮马河,以山坡为牧马坡。时至今天这里仍留有"柿树林""校场里""牧马坡""饮马河"等名称。诸葛诞不仅治军有方,而且精通六律五音,诸葛军的《金鼓乐曲子》全由诸葛诞制,音调激昂诱人,所以诸葛军特以号令闻名魏师。练兵开始后,每逢出营回营,队形整齐,旗帜鲜明,刀枪闪耀,战马嘶鸣,金鼓喧天,气势雄伟。尤其是悦耳动听的金鼓军乐声,使许多观看练兵的村民们,陶醉于鼓点锣声的欢乐中,有的情不自禁随着鼓点锣声,挥动着双手空打空敲。诸葛诞见村民如此爱鼓乐,练时也允许村民进兵营学敲学打。后来民间也仿诸葛军制了锣鼓随时敲打。诸葛诞于此练兵七年多。诸葛亮病死五丈原后,诸葛诞得以重用,封为高平侯,总摄两淮军,临走时,有些老弱军汉便留了下来,其中也有鼓乐队的。诸葛诞见军兴村百姓尤爱锣鼓,也把多余器乐赠给村民,从此敲打锣鼓的活动便开始了。魏主曹髦甘露元年司马昭图谋篡魏,诸葛诞起兵讨伐,不幸遇害并被满门抄斩。后世不知哪个朝代,军兴村出了个叫陆天德的读书人,在村中很有名望,因感诸葛诞的忠勇和对军兴村的恩德,遂倡议改"军兴村"为"诸葛村",并在

诸葛诞传授村民鼓乐的基础上,又撰出了《迎神歌》《祭袖》《路行歌》《四季农事歌》《丰收歌》《东坡割麦歌》《南坡摘豆角歌》,等等,使诸葛锣鼓的打法更加丰富多彩,更趋民乐形式。

千百年来,诸葛的锣鼓曲和打法经不断修改创新,内容更加丰富多彩,但因原意均属表达古代战场激战场面,所以打起来,如冲锋陷阵、短兵相接,如万马奔腾、驰骋疆场,风格紧张激昂,气势雄伟,粗犷豪迈。随着创新,人们在钹上拴了红绸,槌上插上红缨毛,鼓上画上日月星辰,敲打起来,红绸绫飞舞,缨毛上下翻腾,队形也不断变换组合图案,所以又增加了不少诱人的艺术特色。现在又出现了歌舞升平的幽雅动听歌曲,打到悠扬处,令人陶醉其中,如饮清泉,清新甜润。

刘家山"送龙王"

"送龙王",是忻州市刘家山村的一项民俗活动,距今已有六百多年的历史。据《刘家山村志》记载:"明洪武二年,刘光祖由朔州马邑县圪针沟移民到此定居,成为刘家山村刘姓始祖。"当年的刘家山人在系舟山脚下,居住在一沟两梁上,环境恶劣,吃水困难。他们凭着艰苦奋斗的精神,依崖碹窑,临沟凿井,繁衍生息,才逐步形成一个村庄。刘家山有一个下雨只下刘家山的传说。

相传,刘家山村的村民自明洪武年迁徙至此,在漫长的男耕女织的岁月中,村民们辛劳耕种,然而年年雨水欠缺,收成不好。村中众多长者认为要想风调雨顺,须有龙王常驻在村中。若能将龙王留住,缺少雨水便不是问题。"留"谐音"柳",长者们商议后认为用柳木雕刻龙王塑像最好。村民们在山上整整找了三天,终于在一处天然大石洞旁发现一棵老柳树。这棵柳树最粗的地方甚至需要三四人合抱。村民们对老柳树叩拜之后,锯下树干最粗的一段运回村中,又请能工巧匠雕刻成龙王像,择吉日开光供奉起来。供奉龙王后的第二年,村里果然雨水丰沛,村民们纷纷来感恩祭奠。

由于老柳树在村后山上发现,村民们就将后山命名为"苍龙山",有"藏龙"之意。

邻村紫岩听说刘家山雨水丰沛,粮食丰收,便派人来请一尊龙王塑像回去,热心的刘家山村民让他们锯下柳树树干剩余的中间一段。回去后,紫岩村也效仿将龙王供奉起来。紫岩村的邻村东王村听说紫岩村也有了龙王,不甘人后的他们也派人到刘家山村,可惜老柳树已经锯走两截,只剩下最上边一段,东王村也只能运回去雕刻供奉。自此,三个村的龙王结为神亲,刘家山村为老大、紫岩村为老二、东王村为老三,三家约定互相帮助,共保一方水土。此后几十年三位龙王互相关照,这一带风调雨顺,老百姓都十分感谢龙王的功劳,龙王庙的香火供奉也从未间断。

然而,有一年东王村大旱,村民们在龙王面前每日祈求却不见下雨,只得去紫岩村请排行老二的龙王过来。二龙王过去察看后发现,东王村边的牧马河神不在,他虽有心降雨,但自己毕竟在河神的地盘,还是应该等河神归来商量后再办。东王村村民等不到雨,地里的庄稼枯倒一片,一怒之下便将二龙王置于河滩暴晒去了。晒了几日,二龙王实在受不了,告诉老大自己被晒在河滩头痛难忍。刘家山龙王前去一看,塑像头上居然裂开了一道口子。老大问清来龙去脉后勃然大怒,原来龙王们施雨保丰收却换来如此下场,这亲戚不做也罢。自此告诫老二、老三两位龙王,今后只管处理好自家的事,他人的事再不要参与。从此,刘家山下雨便只给刘家山下,与邻村无干。

刘家山的龙王因为法力最大,所以刘家山的庄稼收成最好,也最受村民尊敬。后来,村民们为了感念龙王恩情,便在每年夏季入伏的第一天由全村老幼护送龙王上山避暑,立秋后再择吉日将龙王抬下山来,这一上一下的过程虽然辛苦无比,但没有一个人不尽心尽力。

长子尧庙会

　　康熙版《长子县志》记载："潜山，在县西南十三里，山顶有尧庙，岁以四月廿八为会。"尧庙会在尧庙山上，是四月二十八为祭祀尧王而兴起的庙会。山因庙而名，更因庙会而名噪一时。在长子县城南五公里处有座山，名潜山。上古时期，传说尧王曾在此居住并亲率当地民众抗洪排涝。因为天降大雨七七四十九天，山下良田被淹，一片泽国汪洋。后人感念尧王丰功伟绩，在潜山之上大兴土木建了尧王庙，潜山也随之名为尧庙山。

　　尧庙会于每年农历四月二十八（尧王爷生日）始，二十九、三十三天庙会。初始尧庙会由山下邻近各村轮流主办。四月二十八这一天，四面八方的男女老幼，成群结队上尧庙山赶会。尧庙主殿、偏殿门外均张灯结彩，十二生肖灯展，猜灯谜，赏花灯。庙内松柏树上系满了红布条，烧香还愿的人络绎不绝。庙会期间，要举行盛大的由周围十三村轮流主办的迎神赛社活动。那是一个非常隆重的数百上千人参加的迎神、祭神、娱神仪式，俗称"上香会"。在十几队八音会锣鼓喧天、鞭炮齐鸣的引领下，装饰美观、扮相靓丽、千姿百态的扛妆、抬妆、软扛、硬扛、高跷、旱船等各种社火参与者，簇拥着尧王的神像，浩浩荡荡进入尧庙内。接着由主礼、社首、亭则、水官、乡老等依次在尧王神像前上香、献歌、献舞、吹奏。还有强壮的汉子，穿着汉服，循古礼，拜尧帝，肩头放着桩，桩上有小椅子，上面坐着五六岁打扮得花枝招展的小姑娘，口衔纸花。汉子们扭动肢体的动作叫"扛妆"。扛妆，一为迎神，二为各村的表演评出名次，体现一个"赛"字。庙外相对的两个戏台大戏开演，一般为七场，二十七夜里专为尧帝唱。二十八、二十九、三十每天下午演唱，黑夜再演两场。开戏前住持沐浴更衣，手持方盘献食叩头作揖烧香祈求黎庶平安，尔后燃放鞭炮爆竹。庙园舞台前观者如云。尧庙山上，商贾云集，人山人海，近有高平、沁水、安泽、屯留、上党各县,远达西藏、内蒙古、陕西、河北的商客不惜千里之遥来此聚会,互通有无,农牧商品有猪、牛、羊等牲口,有生产工具犁耧耙杖、簸箕笤帚、锅碗瓢盆等农田工具和日用百货,美食方面有长子炒饼、饸饹、三合面、蒸馍、火烧、豆包、油条等,品种多样,四方群众都簇拥在这里赶盛大的庙会。《长子县志》载《尧庙会》诗云:"乡帮多厚俗,于此见唐风;封衍丹陵后,神留翠嶂中。村村来社鼓,岁岁祝鸿功;至德虽云远,深山意不穷。"可谓盛况空前。

游艺竞技

「武故事」
对麻鞭
鼓子秧歌
羯鼓传花
亮膘背冰
龙灯舞
民间鼓吹乐
跑马排
牛拉桩
跑旱船
……

"武故事"

"武故事",典出晋城市陵川县,是陵川一带一种民间武术与舞蹈相结合的传统杂技。武故事先为年节庙会时使用,后发展为带有娱乐性质的表演形式。整个表演过程风格粗犷,紧张刺激,扣人心弦。

武故事又称赵氏武术,相传宋朝皇帝赵匡胤攻打高平关时在附城一带操练人马,将这套功夫传入陵川玉泉村,此后世代习练,传承至今。也有一种说法是,民国初年,村里有较好武功者四十余人,自认武功不高,请师传艺,可几次请来的武功师傅都因敌不过村里的习武者而自动离开。后有壶关县壶陵水村人张栓拳师,武功高超,被请往玉泉村教练拳术。现在,陵川东岳庙门外的拳房和武学校遗址保存基本完好。这些都表现了武故事所流传年代的久远。

武故事由数十人的表演队伍组成,表演过程分为祭奠祖师、外场、内场、结场四部分。其中,"内场"为重中之重,内容分别是:拳术表演、武器单耍、对打、堆山等四项。拳术表演分为:拳法四种、寨法三种、掌法四种。武器单耍中流星碗、弧平拐、滚叉都非常精彩。流星碗用一条长绳,两端各系一个水碗,碗里注满清水,在锣鼓声中,表演者分别要完成流星赶月、二郎担山、扑蝴蝶等多种动作。表演到高潮时,表演者将两只水碗一次次抛向空中,又要稳稳当当接在手上,水不外溅,稍有不慎,水碗就会被打破。

对麻鞭

"对麻鞭",典出临汾市乡宁县,是乡宁县关王庙一带每年农历八月十五日举行的一种独特的民间风俗活动。相传元朝末年的时候,朝廷腐败,贪官豪绅横行乡里,百姓生活苦不堪言,揭竿而起的农民起义时有发生。这时农民起义军的军师刘伯温来到了关王庙一带,见到这种情况,决定发动组织百姓反抗统治者。为了联络各村百姓一起行动,就规定在八月十五日这一天,以甩麻鞭为行动信号发动起义。到八月十五这一天,总鞭一响,八乡响应,百姓一起行动,推翻了元朝统治。从此,八月十五对麻鞭的风俗便延续至今,成了祈愿人寿年丰的喜鞭。

鼓子秧歌

"鼓子秧歌",典出吕梁市柳林县,是流行于柳林三交镇一带的名花秧歌。鼓子秧歌起源于唐宋,鼎盛于明清。古代时黄河经常泛滥成灾,黄河东岸三交的百姓,抗洪胜利后拿起抗洪的工具当道具,欢快地唱跳起来,逐渐就演变、形成了鼓子秧歌。后来逐步演化为老百姓祭河神祈求行船安全、敬天地祈祷风调雨顺、欢逢节日喜庆丰收的民间广场舞蹈形式,一直传承至今,自古就有"鼓击震两省、鸡鸣惊四县"的美誉。鼓子秧歌以其锣鼓而闻名于秦晋,有"黄河擂鼓响秦晋"之说,已入选国家级非物质文化遗产名录。柳林县的秧歌有三个派系:一是北面的伞头秧歌,二是沿川的水船秧歌,三是三交一带的鼓子秧歌。

故事说的是在上古的时候,黄帝战胜炎帝后,位居中原盟主,九黎族的首领蚩尤与他逐鹿中原。蚩尤长得铜头铁额,能啖石为粉,飞走天险,口吐大雾能遮天,挥动两手能飞沙走石,双脚踩地能震天动地,他率领八十一个弟子进犯中原,个个兽身人语、力大无穷,黄帝屡战屡败。虽然黄帝想了很多破敌之策,动用了所有可以调动的人力物力,也是无济于事。有一天,风后娘娘来到中原,对黄帝说,她想到了一个破敌的办法。黄帝就恳求她帮助自己打败蚩尤。风后娘娘告诉黄帝,要破蚩尤必须制造一种声音巨大的雷鼓,有威有力,才足以战胜蚩尤。黄帝觉得此计甚妙,就依言行事,旋即捕杀夔牛,用牛皮蒙鼓,造出了声震五百里的战鼓。

在闻名华夏的逐鹿大战中,黄帝用精心制造的八十面协鼓,连击几次,一震五百里,连震三千里,遂使蚩尤的神力受挫,乱了方寸,被黄帝擒拿,身首异处。

后来人们为了纪念黄帝统一中原的丰功伟绩,就用立有战功的鼓来祭祀。至今三交鼓依然是用空心树木作框制作,仍保留了原始鼓的粗拙形态。随着时间的推移,为了庆祝庄稼、红枣丰收,或者是每逢喜庆佳节,就会自发地打起鼓来,扭起身子来。

羯鼓传花

"羯鼓传花",又名击鼓催花、击鼓传花、传彩球,典出唐代《羯鼓录》中记载的唐玄宗李隆基的故事,是中国古代传统民间酒宴上的助兴游戏,属于酒令的一种。

唐朝的时候,羯鼓是当时流行的一个乐器。现在有一个游戏,叫"击鼓传花",其实这个成语最早就叫"羯鼓传花"。唐朝南卓的《羯鼓录》记载说,唐玄宗喜好击鼓,并且自己创作了曲子《春光好》。当时,正赶上宫廷花园杏花开放,唐玄宗笑着说:"此一事,不唤我作天公可乎?"就是说,唐玄宗一敲鼓,正赶上杏花开放,好像这杏花就是被唐玄宗的鼓槌给传唤出来的、给催出来的。所以,唐玄宗开玩笑地说:"我简直就是天公上帝了。"所以,羯鼓传花又称为羯鼓催花。

羯鼓是西北少数民族的一种乐器,两面蒙皮,腰部细,因用公羊皮做鼓皮,因此叫羯鼓。羯鼓声音激越响亮,在整个乐队里能起到指挥的作用。唐代时,著名的宰相宋璟曾赞叹唐玄宗打羯鼓说:"头如青山峰,手如白雨点。"说的是唐玄宗打鼓的时候身子像青山一样纹丝不动,手像暴雨一样啪啪敲击。

亮膘背冰

"亮膘背冰",又名永济背冰,俗称"亮膘",典出运城市永济,是永济市长旺村在春节期间举办的一种民俗活动。亮膘背冰,就是在天寒地冻的环境下,一个个赤身裸背的男子,只穿一件红色大裤衩,将一块约二寸厚的大冰块贴身背在脊背上,不断变换队形并进行表演。

亮膘背冰的渊源,有两种说法,一是相传清朝咸丰年间,洪秀全领导的太平军北征攻打蒲津渡时,清朝守城将领夏新有下令拆了上千户民房,架起了一道土木城墙,城墙上涂满了油,当太平军攻城时,清军就用火点着木城墙,遂使太平军屡攻不破。太平军将领相福录是长旺村人,他提出让大家下黄河凿冰,然后背上冰块灭火破城,果然大功告成。相福录解甲归田后,在村里组织民众再现当时背冰的情景,用来展示农民起义军勇敢、大无畏的气概。还有一种说法是北伐的太平军遇到险情,前有清军的火龙阵阻挡,后有追兵步步逼近,在这种危急的情况下,长旺村的村民相福录自告奋勇,率领二百名精兵化装成绵羊,将冰块投入火阵,为北伐的太平军打开了通路。后人为纪念农民起义军的壮举,每逢正月十五前后,都要举办"背冰"活动。最初是在脖子上套一个冰圈,在锣鼓声中昂然挺立,显示不畏严寒的气概,以后发展变化为背铡刀,再后来又发展为赤身背大块的冰凌绕村而行。

在背冰活动开始前先有一段小小的插曲,被当地百姓称为"逗社火"。大清早,一群十岁左右的黄河娃在大人的安排下,手敲锣鼓,怀抱公鸡,到各"社火头"家门前去耍闹,目的是督促"社火头"赶快带领大家闹"社火"。逗社火过后,就会看到一支由一名大汉扛着木檀大旗的队伍,接着五六支队伍相继接踵而来,较大的队伍在木檀大旗后面有铳队、龙虎牌、背花锣鼓队、背冰手,排在最后的是一座精致的花轿,坐轿人煞是威风。这些社火队伍在村口一片空地集中后组成大型社火队,开始游街串巷表演,领头人肩扛木檀大旗,身背闪亮的大铡刀,威风凛凛,势不可挡。经过一个多小时的行进,背冰人终于抵达了胜利的"彼岸",把身上的冰块重重地摔在地上,预示着"背冰穿越火墙"的成功。整个过程一般持续三四个小时。这支队伍组成八卦阵的队形,踏着鼓点,不断地变换队形并进行表演。"背冰"的主要表演动作有下河、破冰、匍匐前进、刀枪不入等动作。"下河"就是双手举起,双腿弯曲,左右弹跳踩动;"破冰"就是左右斜着上下舞动、左右弓步轮流倒换等形似农民锄地的动作;"匍匐前进"是单手撑地,右手"撇"打,形似动物爬行;"刀枪不入"是行进间的步伐,昂首挺胸,右手"撇锣",动作和脚下的步伐整齐划一。整个活动的伴奏乐器"背花锣鼓"可谓别具一格,它既是伴奏乐器又是表演者手中的道具,当地人称它为"撇锣",一根树枝扎绑在"锣手"后腰间,从脑后向上弯至头顶伸向脸前上方,大锣吊在树枝上,树枝上点缀着手工艺花和一面圆镜,"锣手"左手抓锣沿,右手"撇"锤,上下"撇""敲"。一组表演队伍的伴奏乐器由四面锣一面鼓组成,鼓点名称为"四鼓点"。

龙灯舞

龙灯舞,又名龙舞、龙灯、耍龙,是襄垣县历史悠久的传统舞蹈之一。故事发生在唐代,那是公元712年的春天,李隆基任潞州别驾时,到襄垣浊漳河畔观看"鱼潮",千百条鲤鱼飞跃水面,掀起巨浪,竟将他乘坐的龙舟打得上下颠簸,十分壮观。随行的官员便齐贺曰:"鲤鱼来朝拜,王驾定有兆运!"李隆基兴之所至,吟诵出了著名的千古绝唱《鲤鱼赋》。果然,不久他就回朝当了太子、皇上。当时,有一个亭寨沟的举子恰巧在场亲睹其景,值潞州官府为庆祝李隆基登基令各县文娱进京祝贺,亭寨沟举子便制作了巨龙一条,用二十多人挑抬进京,春风得意的玄宗皇帝亲自封其为龙舞状元,从此亭寨沟老龙誉满神州。

中华人民共和国成立后,襄垣每年过元宵节都要进行龙灯舞大赛,金、黄、白、红、绿各色彩龙上下腾飞,穿云破雾,连绵起伏如长河滚滚,似追星赶月,十分壮观,令人目不暇接,心旷神怡。

民间鼓吹乐

　　民间鼓吹乐，俗称鼓匠班，典出山西，后由山西流传到内蒙古，流行于山西、内蒙古各地。鼓吹乐最早源于黄帝时期，是军队中的凯旋之乐。汉代时，天子宴飨、仪仗、祭祀、社庙、军队已经广泛使用鼓吹乐。直到唐代，鼓吹乐还属于宫廷乐舞，有专人管理，使用时有严格的要求。打破这种规则的是唐高祖李渊。公元623年，当时镇守苇泽关(今娘子关)的平阳公主去世。她的葬礼使用了鼓吹乐，当时的礼官说女人下葬用鼓吹与古代礼制不合，李渊则说："鼓吹就是军乐，公主曾经亲临战阵，擂鼓鸣金，参谋军务，古时候有这样的女子吗？以军礼来葬公主，有什么不可以的？"于是破例以军礼下葬平阳公主，开启女人葬礼用鼓吹乐的先河。到了708年，唐中宗便允许公主、王妃下葬时也可使用鼓吹，五品以上官员的母亲和妻子的葬礼也可使用鼓吹。自此，鼓吹乐不再是皇家专属的仪仗乐。唐代时，在大傩舞这种祭祀活动中也可使用鼓吹乐，后来民间迎神赛社必有鼓乐表演大概源于此。

　　鼓吹乐还曾被用于驱赶日食。古代人们看到日食认为太阳是被天狗吞掉了，所以各州府县的官府部门都会吹吹打打驱赶那个吞掉太阳的家伙，直到清代康熙时这种驱赶天狗的行为还存在。此时，鼓吹乐已经完全走入普通百姓的生活中。中华人民共和国成立后，这些班社有的改名为"同乐会"，有的被叫作"八音会"。其中，上党八音会最具代表性，颇有唐代音乐的意味，这应该与李隆基曾任潞州别驾有关。唐玄宗李隆基精于音律，是击鼓能手，曾在潞州府中组织一班散乐，大力发展了民间音乐，今日的上党八音会能唐韵犹存与此有关。沿袭传承到今天，鼓吹乐一直是山西民间礼俗活动中必不可少的音乐盛宴。

跑马排

"跑马排",典出阳泉市平定县,是平定县娘子关下董寨村的春节习俗,也被列为山西省非物质文化遗产。

东汉末年时,并州牧董卓在平定娘子关下董寨用石块筑城屯兵,人称"董卓垒"。董卓垒与不远处闻名遐迩的"万里长城第九关"——娘子关相互依托,是自古兵家必争之地。下董寨"跑马排"的春节习俗,在口耳相传的过程中,保留了关隘地区以民间信仰为特点的习俗文化,多以祭祀、祭奠祖先、除旧布新、迎喜接福、祈求丰年为主要内容。每年自腊月二十三开始准备,到二月初二结束。主要表演节目有报灯官、过大年、接官印、跑马排、耍社火、元宵夜、唱尾声、演戏酬神等。

"跑马排"在春节习俗中最具代表性,它最初只是当时驻扎在娘子关的唐军信使传递信息的一种方式,后随时代变迁逐步演变成一种民俗娱乐活动,一直流传至今,成为老百姓祈祷国泰民安、万事如意、五谷丰登的一种象征。

牛拉桩

"牛拉桩",又名大南庄古庙会,是晋城市泽州县下村镇大南庄三月二十古庙会,有"泽州第一庙会"之说。"牛拉桩",就是三辆装扮一新的"牛车"。

"牛拉桩"始创于元代中期,说的是有一年古庙会前,村中社首按姓氏摊派装扮任务,在京城为官的捐了锣鼓二十面,在汉口经商的捐了十乘走装车辆,本地冶铁大户置备了十艘旱船,唯有张家无人资助,筹备不起庙会。张家有一个叫张灵的年轻人,非常聪明,什么活计他一看就会。正在张氏一族发愁的时候,有一天大家在一起商议怎么办这个庙会,张灵就想了个办法,他说咱们可以用牛拉桩，办上三出戏。早先的"牛拉桩"，首先是"鼓王"锣鼓乐队在前方带路，车上载着直径将近两米的大鼓，车后跟着直径一米多的大锣，再加上五六十人组成的威风锣鼓队，浩浩荡荡，鼓乐齐鸣，一时间把大南庄古庙会变成了沸腾的海洋。"牛拉桩"徐徐向会场走来，身着传统服装的村民，用劲牵扯着打扮一新的耕牛。牛车一般采用独辕牛车，两头牛分别在车辕的两侧拉套前行。车上立有高达六米左右的主桩，由主桩派生出十五支左右的子桩，子桩上坐的是一组戏剧人物。坐桩的族人都推荐小孩子坐桩，一来是锻炼他们的胆量，二来为节目增添喜庆气氛。按照传统习惯，坐桩人物分为三个戏剧人物故事，分别坐在三辆牛车上，这三个剧目为《天门阵》《三阴阵》《黄河阵》。头一个桩是《天门阵》，那就是宋朝杨六郎破天门不行，最后穆桂英才与杨五郎把这个天门阵给破了，和辽国打仗；第二桩是《三阴阵》，是唐主在朔阳城被困住以后，程咬金搬兵让秦瑜去破阵，破他的三阴阵三个阵，破了以后把唐主救回来；最后一桩叫《黄河阵》，是商周时候，云霄、碧霄、魄霄姊妹仨破了黄河阵的故事。

跑旱船

跑旱船，又名采莲船，典出山西。跑旱船的来源有二，一个说是歌颂禹王治水的。当时洪水横流国中，尧命禹一面治水，一面大力制造船筏，拯救生民。洪水退后，船筏便搁在陆地上。农民每于耕作之暇，在空场上推船玩耍，叫作"跑旱船"。不料这个游戏被尧的儿子丹朱看到，他便傲慢地坐在船上，经常逼着老百姓推"旱船"供他取乐。为了统一步伐，只得喊出号子。后世在玩这项活动时，嫌木船太笨重，就改用布帛或彩纸糊船，并吸收现实生活中采莲的动作，因而取名为"采莲船"。

还有一个是来自祁县、文水一带的传说。说以前昌源河的上游，曾经有一个三四十户人家的村子，叫做宝石滩。宝石滩富饶美丽,奔流跳跃的昌源河把河里的石头涌上河滩,就会变成一颗颗珍贵的宝石。

滩边有个小茅屋,里面住着一个白发的老妈妈。老妈妈有一个儿子,叫虎儿,长得身强力壮,他有一双灵巧的手,做起事来敏捷利索。母子俩把宝石捡回来,做成各式各样的装饰品,弄得家里像一座水晶宫一样,灿烂夺目,非常有情趣。

消息传到了皇宫里,贪心的皇帝下令让武士赶到宝石滩,抢走了老妈妈家里的宝石制品,还把老妈妈和虎子打得遍体鳞伤,昏迷不醒。

人们没想到,等这些武士把抢来的宝贝装载上船,顺着昌源河要开走时,突然兜头上刮起了狂风恶浪,波涛汹汹,一个个山头大的浪头向船中压来。眨眼间,宫船像一片树叶一样地被河水吞没了,武士们也全喂了鱼鳖虾蟹。

皇帝听到这个消息,勃然大怒,马上命令人在昌源河畔的宝石滩一带倒垃圾、泼污水,肆意践踏。从此,宝石滩就再没有宝石涌上岸来了。有时有涌上来的,也都是一些圆圆的石子儿和破烂的瓦片了。

老妈妈和虎儿断了生路,只好每天划着小船,在昌源河中捕鱼捞虾,苦是苦,难是难,总算能维持个半饥半饱的生活。

一天,太阳已经落山好一阵子了,周围黑漆漆、静悄悄,没有一点儿声音。虎儿拴好了船,拎起小鱼篓扛起浆向家里走去。猛地,他眼前亮起来,一位穿着华丽的大姑娘站在他面前。这姑娘有十八九岁的样子,长得十分秀美,披肩上缀着核桃般大小的珍珠,裙子上绣着的蝴蝶像要飞起来,更神的是绣的那鸟儿,眼珠子会动,嘴巴子会鸣,还可以听到叽叽喳喳的声音。

姑娘递给虎儿一个小手绢包,嘱咐他说:"把这些拿回去吧,别再过苦日子了,何况这东西原本就是你们的呢。"

虎儿仔细看了看包包说:"你一定是弄错了,我家从来没有这么个小包包。"

姑娘微微笑着说:"你就什么也别问了,拿去吧!将来你就会清楚的。不过,现在千万别打开,你拿回家后等到明天金鸡报晓再打开。"说罢姑娘就突然不见了。

这时候,月亮升起来了,照得大地白花花的,像白天一样。虎儿看看手中的手绢包,只见上面绣的花卉、绣的瓜果黄澄澄、红彤彤像真的一样,飘出阵阵芳香来。虎儿不由得放在嘴边咬了一下,谁知真的咬下一口来,甜得就像蜜一样。虎儿高兴极了,他抚摸着手绢包,心里突然升起一股好奇心:"那姑娘说这原来是我的,我何不现在就看看里边包着些什么东西。"

手绢一打开,虎儿惊呆了:面前堆起了小山一样的宝石,果真都是以前皇帝派武士抢去的那些。他一高兴,不由得大笑起来。

哪知笑声还没落,背后猛然响起一个恶狠狠的声音,听起来阴森森地让人心里发毛。虎儿扭头一看,见一个凶恶的黑汉正追着一个姑娘,再一看,这姑娘却好似刚才送他手绢包的人。

虎儿不由地叫起来:"哪里的歹人,胆敢明目张胆欺侮人!"

那恶汉朝虎儿一瞅,阴阳怪气地笑起来:"呵呵!你小子敢管我,看我要你的小命!"说罢一伸手就向虎儿头顶抓来。

那毛茸茸的手,每片指甲像一把利刀,足有三寸多长。虎儿吓得拔腿就跑,慌乱中他逃上自己的小船,刚刚离了岸,就听得那姑娘远远地叫起来:"别上船!上船就糟了!"可是已经来不及了,小船已经到了河心。

那黑恶汉子呢,追进河里来了,好家伙,两只脚走在水上就像在陆地上那样,连鞋都湿不了一点点。虎儿傻了,两腿簌簌地抖起来,船越划越走不了,反而滴溜溜打起转来。

看着黑恶汉就要追到小船上来了,虎儿忽然觉得船像轻了许多,箭一样地向下游驶去。

黑恶汉在追,小船在逃,逃到了祁县原东、修善一带,河床越来越窄、河水越来越浅,几乎能看见下面的床河底了。虎儿想:"这下完了,闭目等死吧!"这时,突然小船跃出水面,窜到岸上飞快地行驶起来,只觉得两耳有呼呼风声,黑恶汉被越甩越远了。

那恶汉好像不敢向前再迈出一步似的,站在河的尽头,对着远去的小船骂起来:"总有一天,等回你来千刀万剐!"可惜他至今也没有等回来,昌源河从那时起就改道了,恶汉变成了一座古塔,立在了那里。这塔拆掉还没多少年,老辈人还都记得。

再说小船走着走着,在离汾河老远的地方停了下来,虎儿感到十分诧异,只见那送小手绢包给他的姑娘搀扶着老妈妈从船舱里走出来。

虎儿急忙迎上去说:"太感谢你了,亏你救了我,不然早就没命了。"

姑娘笑了笑说:"这可是你错了,是你救了我。"接着她述说了自己的来历。原来她是昌源河河神的女儿,因看到勤劳善良的虎儿遭到皇帝的恶遇,很是气愤,所以略施小计,夺回宝石归还了虎儿。谁知这一来,招致皇帝老儿污水垃圾的糟害,河神很恼怒,要没收虎儿的宝石,她顶撞了几句,惹得河神发誓要狠狠收拾她。就这样,她被赶了出来。

想不到又遇上凶恶的河神要伤害虎儿,她知道父亲是一个魔鬼,发起怒来,经常阻断河下游的水,使沿岸的土地龟裂,河水泛滥,伤及无辜百姓。她知道,她能够解救这些无辜的百姓,但她施法有违天条,永远不可再返仙路,以后只能做一个凡人,但她还是做了。

她把老妈妈带到船中,又让小船在旱地行驶如飞,她父亲不敢到汾河管理范围来,所以他帮老妈妈母子脱离了危险。

说完这些,姑娘又把手绢包掏出来说:"这是你们辛辛苦苦积攒起来的,我给你们带来了,谁也抢不去!"说着,把包解开,一大堆宝石又堆在虎儿面前。

虎儿躬身对姑娘再三道谢。姑娘乐呵呵地说:"我心甘情愿这么做!"说罢她变成了一株甜苣菜。甜苣菜开着朵朵小黄花,虽然不起眼,可在灾荒年救过多少人的性命啊!

许多年过去了,昌源河畔的老百姓为了纪念这位仗义舍己、勇

敢贤淑的河神女"旱船救人",在每年正月十五,扎起旱船打扮成河神女模样,舞起来庆贺、怀念,一直传到今天。

平定迓鼓

平定迓鼓,典出阳泉市平定。迓鼓,公元1073年由北宋一位叫王韶的将军创作的乐曲和舞蹈,后广泛流传于山西平定一带。北宋年间,经过两年的战争,王韶率军在今甘肃庆阳一带大败西夏军,为北宋朝廷夺得了西夏两千多里土地,史称"熙和之役"。经过这场战斗,北宋的边陲得到了短暂的安宁。远离故土,戍边将士的生活自然是单调的。王韶便在讲武之余,教军士们进行一种娱乐表演,后称为迓鼓戏。王韶是一位颇有军事天赋的文人,北宋初年高中进士,写词作曲不在话下。为了丰富士兵们的业余生活,他便根据一些战争实例编写了曲子,且歌且舞,又在舞蹈中融入了作战技能训练等内容,增加了训练的趣味性。士兵们的戍边生活也变得丰富起来。相传,一次两军对垒,王韶把这种舞蹈融入作战阵法,让军中百余名战士伪装成表演队伍突然出现在两军阵前,西夏军队见此一队载歌载舞的表演者出现在阵前,很是吃惊,还没弄明白怎么回事,迓鼓队就变成了作战阵形,王韶率领的军队出其不意大获全胜。后两国停战,戍边将士解甲归田。跟随王韶征战的士兵中有很多是山西人,他们把迓鼓这种表演形式从军中带到了民间,山西也就成为迓鼓最早传入的地区。

迓鼓,后来发展出文迓鼓、武迓鼓、丑迓鼓等。传统的武迓鼓由二十一人演奏成套的古典锣鼓曲牌,每人各操一件打击乐器,演员身着特制的服饰,背插单旗,胸挽八宝绳花,表演套路众多的舞蹈和阵法,原汁原味地展现出当年军中训练的场面。迓鼓今流行于阳泉城区和平定、盂县、昔阳、和顺等县。清代时,平定已有文、武、丑三种迓鼓。至今,文、武迓鼓仍然流传在世。

麒麟采八宝

"麒麟采八宝",典出临汾市侯马,是侯马市乔村一带的拟兽类民间吉祥舞蹈,它以麒麟为造型,与舞龙、舞狮相类似,曾广泛流传于晋南一带。

晋南民间有这样的传说,很久以前,天逢大旱,瘟疫流行,民不聊生,土地神召集众神商讨辟邪消灾、拯救生灵的办法。众神说天上的麒麟是吉祥和幸福的象征,有一定的法力,于是到天上请麒麟到人间施法。麒麟到人间喷火献瑞后,人畜安康,五谷丰登,此后人们便把麒麟奉为吉祥物,并把麒麟到凡间为人类镇灾辟邪的故事编成了舞蹈。舞蹈通常以农村的晒谷场、空地为表演场地,分为三个部分:第一部分是"云舞",由八个金童玉女手持云朵翩翩起舞,营造出一个祥云环绕、如幻如梦的仙境,展示了麒麟在天上生活的场所。第二部分是"麒麟舞",两只麒麟交替舞蹈。第三部分是"采宝舞",表现麒麟在人间与人类和谐相处。舞蹈采集"琴、棋、书、画、古、楼、瓶、博"八宝,八个金童玉女代表着八个宝物,寓意着不仅为人间带来平安,而且为人类带来了智慧。

秦王破阵乐

"秦王破阵乐",典出运城市新绛,是流传在当地的一首古曲,由此产生的大唐阅兵舞曲风靡世界,一直流传到现在。现在,新绛不但有擂鼓台存在,还有《小秦王乱点兵》《唐王出城》等锣鼓曲牌流行,曾多次在国家重大活动中表演。

大唐时期,中华文明为世人所仰慕,就连大唐的乐舞也风靡海外。唐玄奘印度取经时,传说鸠摩罗王便向玄奘打听过一支舞曲《秦王破阵乐》,就是绛州百姓庆贺秦王李世民凯旋时吹奏的得胜歌。相传,唐代武德三年(620年),秦王李世民率领唐军大破刘武周,收复并州、汾州两地。河东(今运城一带)百姓载歌载舞欢庆胜利,将士们以当地的旧曲填入新词,为李世民唱赞歌:"受律辞元首,相将讨叛臣。咸歌《破阵乐》,共赏太平人……"后来,李世民对这首曲子进行了改革创新,成了一首大唐阅兵时的军乐。

唐太宗李世民登基的第一年,贞观元年(627年)正月初三,大宴群臣,奏《秦王破阵乐》。贞观七年(633年),李世民又绘制了《秦王破阵·乐舞图》,请音乐家和朝中的大臣重新谱曲填词,并依照舞图排练,遂成后世流传的《秦王破阵乐》。在唐代,大宴群臣、招待外国友人,或与少数民族结盟等活动中都会奏响此曲,配合着穿甲持戟的舞者,声势浩大地做一番表演。那时的《秦王破阵乐》,颇有现代阅兵的味道,有展示军威的效果。

上明龙灯

"上明龙灯",典出岚县,是岚县一带农历正月十五至正月十九日举行的舞龙民间风俗。现在的上明龙灯龙头十分轻巧,龙身由十二节组成,代表一年中的十二个月;牌灯二十四盏,代表一年中的二十四个节令;锣鼓点及八音曲与舞龙动作场面的变化在配合上有了规范化的程序。整个舞龙照民间传说分"游龙""蛛精作乱""蛟龙出海""环林擒蛛""龙盘柱"五个步骤进行。整个场面宏大气派,舞技精湛卓绝,把整条龙体的腾、扑、滚、翻、盘的姿态表现得淋漓尽致。清代道光年间,上明龙灯已具一定规模。光绪年间,上明龙灯经过几代艺人和爱好者的逐渐改革,在工艺制作和舞龙技艺上日臻完美,已形成一套完整、系统的表演程式,延续到现在。

耍孩儿

"耍孩儿",又名"咳咳腔",典出大同,是流行于大同、雁北一带的一种名称特别的地方戏曲。《辞海·艺术分册》解释:"耍孩儿,戏曲剧种,也叫'咳咳腔'。历史甚为古老,流行于山西北部大同一带。角色分为红、黑、生、旦、丑五行。以呼胡为主要伴奏乐器。与山西北部各种道情戏在艺术上有较多共同点。"耍孩儿"戏腔调圆润,委婉动听,最大的特点是用后嗓子演唱,甚至是连续唱词尾的"咳咳"声,故又叫"咳咳腔"。又被称为"戏剧活化石",有着悠久的历史和传承,有"咳出来的全国唯一"的说法。

耍孩儿来源于唐玄宗李隆基的故事。唐玄宗有个儿子生下后一直哭闹不止,不管用什么办法都哄不住。这孩子一天天长大,可哭闹声却日夜不断,搅得宫中很不安宁。宫女太监们想尽了办法都不起作用。唐玄宗生性喜爱音乐与戏曲,在他的梨园中经常举办戏曲音乐演唱。有一天,玄宗忽然想起让孩子到梨园听演唱,看看是否可以医治啼哭之病。当孩子到梨园后,先是听演唱的各种宫中曲谱,都无济于事,孩子照常啼哭不止。后来,来自平城(大同)的一名老艺人哼唱了一段"咳咳腔"后,孩子立即就不哭了。唐玄宗非常高兴。后来,每当这孩子哭闹时,唐玄宗就让这位平城老艺人进宫专为孩子唱"咳咳腔"。这个法子也真灵验,孩子一听那"咳咳腔"就不哭了。再后来,经过一段时间的听唱,那孩子哭闹的毛病彻底被"咳咳腔"治好了。为此,唐玄宗重奖了那位老艺人,还下旨将此"咳咳腔"改名为"耍孩儿"——意思是可供孩儿戏耍的曲调。后来,"耍孩儿"这种由皇帝钦定名称的戏曲,就在雁北一带世代流传了下来。

还有一个故事,说的是王昭君的故事。当年,昭君出塞途经大同,歇脚在一家小客栈。清冷的寒夜,倚窗独立,皎皎明月下,故乡已在千里外。几日停歇里,昭君都夜弹琵琶,唱着如泣如诉的悲音。后人效仿昭君夜思怀乡的哀叹,创出了咳咳腔,传唱于雁门关外,逐渐成为一种地方曲调。再后来,加上故事情节,咳咳腔成为一幕幕情节感人的剧目。因为这种剧以"咳咳"为主要唱法,所以最初叫作"咳咳腔"。

太谷绞活龙

"太谷绞活龙",典出晋中市太谷田家后村(今田丰村),起源于明代,是一种历史悠久的传统民俗舞蹈,也是每年元宵节太谷社火活动中必演的一个项目。这项活动,是在平地上相隔数丈远扎两个高几丈的"龙棚",中间用几根大绳连接,将龙灯悬挂在绳子上,在两面"龙棚"内用辘轳绞动绳子,龙灯便在中间绳子上左右飞旋、上下翻腾。太谷民谣说:"东寺院的游九曲,田家后的绞活龙。"龙,在人们心目中非常神圣,百姓认为舞龙有祛邪免灾的作用。现已被列入省级非物质文化遗产项目。

绞活龙的起源有一个鲜为人知的故事。传说,有一年二月初二傍晚,田家后村上空隐隐约约出现了两蓝一绿三条龙,正围绕着一颗龙珠翻腾嬉戏,好一阵子才散去。这一年,田家后村粮食大丰收,老百姓认为此地吉祥,就在这里建了一座龙灯庙。为了留住神龙,百姓在庙里精心塑制了一个泥龙,用钉子钉牢。每年二月二的时候,大家便模仿当年三条龙出现的场景,在龙灯庙两棵大槐树之间扯上绳子舞龙。老百姓把这种社火活动称为"绞活龙"。

在民间,还有这样的传说。清乾隆年间,太谷田家后村一位姓田的在外地经商,乘船返家途中不幸船翻落水,幸得别人相救,才保住性命。田回家后,为报"龙神"保佑之恩,便组织本村人"闹龙"(舞龙),因此而有了"绞活龙"社火。据《太谷县志》记载,清代嘉庆年间,田家后人田氏在广东经商,发迹后回到家乡,将"绞活龙"的制作方法与绞耍技术引进太谷,流传开来,成为太谷灯节独特的民间社火活动之一。"绞活龙"规模最大时,需要六十多人一同参与。

土沃老花鼓

土沃老花鼓,典出沁水县土沃乡,是集打、唱、跳为一体的广场舞蹈表演形式。传说在明代后期，有一位靠打花鼓卖艺乞讨的凤阳花鼓老艺人来到土沃，因为年事已高，加之长途跋涉，饥寒交加，一病不起。土沃乡一户人家念其可怜，就接回家中尽心照料。过年的时候，当地乡间举行社火表演，花鼓老艺人以家传花鼓细心指点土沃人，使土沃花鼓一下子夺得了当年的社火之魁。乡里人感念老艺人传授技艺的恩德，遂留老艺人常住于此，一直到去世。后来每逢春节期间、农历二月十九日、七月十五日，当地都要进行土沃老花鼓表演，展示技艺。土沃村花鼓之所以称为"老"，一是因为土沃花鼓在沁水流传历史悠久，据说清代顺治年间因土沃花鼓舞得出色，县令特赏小米九石；二是由于其表演形式独特，人们久看不厌，广为流传。

万荣花鼓

万荣花鼓，典出运城市万荣，是流行于万荣县南景村及周边地区的一种民间舞蹈，既能在舞台上表演，又能在广场上表演；既能单人表演，又能群体表演。《万荣县志》记载：万荣花鼓兴于宋代，起源于郑恩打瓜园的故事，花鼓亦模仿瓜形而制。

民间传说宋太祖年间，有一位老人陶红精通武艺，其女陶三春深得其传。陶红有言，如若选婿，必须是一个武艺胜过女儿的人才行。一天，宋太祖手下的大将郑恩到陶家的瓜园吃了瓜不给钱，陶三春与他争吵并动手打了起来，结果是郑恩略胜一筹。陶红就将女儿陶三春许配给了郑恩。后来人们便将这段有趣的故事编成花鼓进行表演。万荣花鼓大都是老头打鼓，姑娘打锣，据说扮老头者为陶红，扮姑娘者为陶三春，花鼓的鼓亦是仿照西瓜的样子做成。

明代曾有安徽凤阳花鼓艺人敲着花鼓走四方来到万荣，两地艺人相互切磋技艺，从而使万荣花鼓打法更加丰富。清末民初，许多万荣花鼓艺人外出逃荒，如民国十八年（1929年）南景村以王永富为首的王氏家族老艺人带领全家身背花鼓四处谋生，到过太原、潼关、济南等地,也把万荣花鼓传播到了四方。

威风锣鼓

"威风锣鼓",是流传于临汾市洪洞、霍县、汾西等地的民间表演,过去多用在庙会、祈神、求雨等活动中。鼓,在人们心中有祈福、欢乐的意味,在敲锣打鼓时,人们无不倾情舞动,把自己生命的律动和祈求丰收的愿望都融汇于表演之中。强奏时,鼓声震天,钹光闪烁;轻奏时,如春雨滋润禾苗,带着愉悦与鼓舞。

敲锣打鼓的习俗由来已久。有人说,尧考察舜做接班人时,见舜耕于历山,一人驾着两头牛,当牛耕地的方向发生偏离的时候,舜的牛鞭只敲自己的斗笠而从来不抽牛的背。尧问他是怎么回事。舜说:"牛有灵性,敲敲斗笠,一只会以为另一只受了责罚,两头牛都不敢懈怠,这就够了。"这是鼓起源的一种说法。民间另有传说还渲染着神话色彩,与"尧王禅让给舜,又把娥皇、女英两个女儿嫁给舜"有关。尧的家乡在洪洞羊獬村,舜的家乡在神里村(一说在万安村)。每年农历三月初三,羊獬村组成威严的仪仗和锣鼓队去神里村迎姑娘回娘家,四月初八又送她们回婆家。由于是仪仗锣鼓迎送,威风无比,所以称作"威风锣鼓"。

在古代战争中,鼓还起着指挥官的作用,是战场上的灵魂。传说战鼓源于黄帝大战蚩尤,黄帝以夔龙皮做鼓,以雷神骨做鼓槌,大败蚩尤,鼓在军中的地位从此奠定。公元619年,唐太宗在霍州大战刘武周部,击鼓迎战,鸣锣收兵,进退有序,取得了胜利。后人把这次战争中击鼓鸣金的方式、排兵布阵的队形融合到锣鼓表演中,成为"威风锣鼓"的演奏方式。

"威风锣鼓"的套路有三番,即"尧王游康衢""华封三祝""万民颂尧王",都是纪念和赞颂尧王的宏恩大德。"华封三祝"源于尧王传说的吉祥祝词,祝愿尧王"多富(福)、多寿、多男子"。民间吉祥图案中,把佛手、蟠桃、石榴三者象征"华封三祝",也曾是当地村民寄寓多福、多寿、多子孙愿望的吉祥物。

尉村鼓车赛

鼓车赛,典出临汾市襄汾,是襄汾县尉村每年农历三月十六举行的鼓车节。这种民俗活动脱胎于两千七百年前的军事训练,是从春秋时期的车战演化而来的。

尉村位于襄汾县西部姑射山脚下,原名"鄂公堡",与中国历史上两位鄂侯都有关系。一位是公元前723年至公元前718年在位六年的晋鄂侯;第二位鄂侯是唐朝的尉迟敬德,他在唐初被封为鄂国公。

公元前718年,战败的晋鄂侯不得已逃至鄂邑(今山西乡宁县与尉村接壤处)。为巩固流亡政权,防御政敌追剿,晋鄂侯在山下要冲(今尉村北门处)构筑了城堡。因而,尉村起名为"鄂公堡"。晋鄂侯于公元前718年去世,鄂公堡的驻军也就地转为平民。擂鼓进军的演练形式逐渐演化为一种民间赛事。到唐朝时,尉迟敬德在此驻兵屯田,当地的鼓车文化又得以发扬光大。

鼓车由鼓和车组成,重约一点五吨,车身类似古代战车,车长四米,车厢宽一米;鼓直径近两米、高近一米,鼓面图案各异。鼓皮正面用公牛皮,背面用母牛皮,象征阴阳和合;鼓边有二百零八枚圆形图钉。整个战车设计出自古老的《易经》理论。鼓车比赛时,村里分为六个院(六组)参赛队,分别为后院八卦鼓、西北院二龙戏珠鼓、东院角端鼓、南院秦琼打虎鼓、庙巷和合二仙鼓、东北院鼓。跑鼓车的拉车规则为一位腿长善跑、经验丰富的壮年汉子在辕中撑辕,两位机灵体健者在两旁抱辕,十几至数十位青壮年在前边拽着直径三十厘米以上的环形梢绳,拉着鼓车奋力奔跑。

比赛的赛道称"鼓车圈",为一个方形街巷。比赛时,东南、西北对角上各停一辆鼓车,另两个对角上燃炮发令后,比赛开始,一般是一方追上另一方为胜出者,经过淘汰赛、半决赛,最后通过决赛决出胜利者。

五鬼盘叉

"五鬼盘叉",又名"小鬼捉刘氏",是晋城市陵川县六泉乡(原冶头乡)赵豁池村独有的具有古老故事情节的一种舞蹈。因有五名表演者扮演小鬼且持叉表演,所以被称为"五鬼盘叉"。"五鬼盘叉"于每年正月初四、民间俗称的"接香会客"时在本村佛爷庙门外的广场上表演。此外,还在农历六月初一、初六赶庙会时,到邻村去表演,民间叫"行香走会"。据说从清代光绪年间,村人祖辈由洪洞大槐树迁徙到此,此舞就世代传习,流传至今。

"五鬼盘叉"起源于一个传说:古时有一位刘氏,虐待公婆,作恶多端。人们认为她罪孽深重,必有报应。"阴间地府"判定刘氏阳寿已终,于是小阎王带领五个小鬼来捉拿刘氏,先找到地方(土地爷),领着众小鬼来到刘氏家,找到刘氏并与其展开搏斗,刘氏则四下逃窜、躲藏,虽撒泼抵抗,但最终还是被五个小鬼叉于空中,拿回阴间。"五鬼盘叉"舞蹈的形式集中表现了这一传说内容。小阎王、众小鬼、地方、刘氏是舞蹈中的主要人物,舞蹈的每个动作都具有鲜明的性格特征。小阎王带领众小鬼旋风似地绕场,融民间舞蹈、武术、戏曲动作为一体;众小鬼既有吸腿、跳转、扑步等基础性动作,又有烤火、磕转、迈顶等单一的个性动作;刘氏不仅有虎跳、跌叉、吃叉等技巧性动作,还有手握叉前翻三百六十度的高难度动作;特别是小阎王的"足尖步",五趾着地,左右颠拐,飘忽不定,更增加了神秘色彩。当五个小鬼用钢叉将刘氏托于空中时,更使人望而生畏。

武乡顶灯

"武乡顶灯",是长治市武乡县在元宵节举行的一项传统民俗活动,起源于春秋时期。传说武乡当时有一个甲氏国,国君命奴隶头顶灯盏以作照明,后流传成顶灯表演。又说,武乡顶灯是后赵皇帝石勒所创。石勒年少时为奴,后与十余名同伴出逃,途中被官兵围困,石勒与同伴把头剃光,勾画出狰狞的脸谱,顶了一盏油灯,趁着茫茫夜色成功突围。石勒称帝之后,为纪念此事,遂有了顶灯表演。不过有人考证认为,这项民俗活动有可能是从更为久远的一种祭天仪式演化而来的。

武乡顶灯舞是一种集体舞,少则几十人,多则上百人,多在晚上表演。以前的顶灯表演是无乐器伴奏的,直到光绪年间,才增加了乐器。顶灯表演时要在"黄河阵"中穿行,"黄河阵"历来又被叫作"天河"。顶灯表演有可能是在模拟神农时代九天运行的轨迹,这很可能是商朝时的一种祭天仪式。

传说甲氏国是武王灭商后,迁商之移民于武乡一代繁衍生息形成的,很可能甲氏国继承了先祖的祭天方式,并逐渐发展为独特的顶灯表演。武乡曾有古观象台遗址;在发掘出的商代甲骨文卜辞中,记载着一名叫"子方"的人曾受周王室指派在武乡一代做过祭祀活动;武乡县古台村曾建有一座规模宏大的"子方庙"。这些模糊的遗存也是对这段历史的一个暗示。石勒借顶灯突围,也可能就是从当地顶灯表演中找到了灵感。后来,"武乡顶灯"逐渐发展为一项祈福活动。

舞狮子

"舞狮子",又称"狮子舞""太平乐",典出唐太宗李世民的民间传说。狮子舞一般由三人完成,二人装扮成狮子时一人充当狮头、一人充当狮身和后脚,另一人当引狮人。舞法上又有文、武之分,文舞表现狮子的温驯,有抖毛、打滚等动作,武舞表现狮子的凶猛,有腾跃、登高、滚彩球等动作。

在中华文化中,"狮"本来是和"龙""麒麟"一样都只是神话中的动物。到了汉朝时,才首次有少量真狮子从西域传入,当时的人模仿其外形、动作做戏,到三国时发展成舞狮;南北朝时随佛教兴起而开始盛行。在历代史书中,《汉书·礼乐志》提到"象人",据三国时的解释,就是扮演鱼、虾、狮的艺人。到了唐朝,舞狮是大型宫廷舞蹈表演的一种。当时的"太平乐"亦称为"五方狮子舞",出于天竺与狮子国等国。白居易写过描述狮子舞的诗句:"假面胡人假狮子,刻木为头丝作尾,金镀眼睛银贴齿,奋迅毛衣摆双耳。"可见当时的舞狮跟今日我们所见的已十分相似。

有一次,唐太宗李世民得了重病,一连几个月都没有好转,文武大臣都非常着急。这时,有一个妃子说:"只有杀了宫中的金狮,让皇上吃了狮子肉,病才能痊愈。"于是,大臣们议论纷纷:"金狮是皇上喜爱的动物,并且非常珍稀,不能杀。"有的人则说:"只要皇上能康复,杀一头金狮何足道哉!"于是,大臣们赞同将金狮杀掉。唐太宗吃了狮子肉后,又昏睡数日。一天,唐太宗突然醒来,大喊:"有冤者可诉!"大臣们万分诧异,就问唐太宗是怎么回事。原来,唐太宗在昏迷中到了阎罗殿,正好看见金狮向阎罗王诉冤。阎罗王看见唐太宗后,就说:"你错杀了一个金狮,就应该还一对来。"一惊之下,唐太宗就醒过来了。于是,唐太宗就命人打造了一对金狮,模仿金狮的动作跳舞,并请来和尚为死去的金狮超度。自此以后,舞狮就成了一项驱鬼辟邪的民间活动。

西石霸王鞭

"西石霸王鞭",典出运城市垣曲,是垣曲县西石村特有的一种民间舞蹈。现已被列为山西省非物质文化遗产。

"西石霸王鞭"最普遍的说法是起源于秦末汉初的楚汉战争。为了推翻秦二世暴政,刘邦与项羽纷纷揭竿起义。在逐鹿天下的过程中,二人曾击掌为誓:"率先进入咸阳者称王。"当时,每攻下一座城池,项羽便兴奋地在马背上舞鞭高歌,下马后激昂起舞。因为一个人独舞不够尽兴，便命其部下以树木作鞭，共同起舞。由于士兵和民众广泛的传播作用，这种随兴、欢腾、热闹的庆祝模式逐渐从军队流传到民间。随着时间的推移，广大人民群众不断根据本地的风俗特征，对其进行完善改进，融入当地特色，久而久之积淀形成一种传统庆祝类舞蹈。因项羽自称西楚霸王，最初又是以"挥舞马鞭"为主，"霸王鞭"的名称由此而来。

昔阳拉话

"昔阳拉话"，典出晋中市昔阳，起源于公元10—14世纪的宋元年间，是一种通过群体舞蹈形式表现一定故事情节的民间表演艺术，一般是在春节期间参加街头社火表演。"拉话"，原来称作"文故事"，由于它表演的节目多有故事情节，带有讲故事的意味，按昔阳人的说法就是叨舌叨舌，于是，"文故事"逐渐演变成"拉话"。拉话已被列入晋中市第一批市级非物质文化遗产名录。

传说很早以前，有一位父亲元宵夜领着一儿一女去观灯时，如花似玉的女儿被响马抢走了。为寻找女儿，父亲与儿子历尽艰辛，沿路乞讨，走到路家峪村时，因悲愤欲绝、饥饿难耐，病倒在路旁。有个好心的村民将他们背回家中照料。没过几天父子二人的病都好了。时值正月，父亲就问起村民正月十五怎么不闹红火，村民说："我们没有啥闹的，从不闹元宵。"老人觉得这村子里的人心肠特别好，为了感谢救命恩人，就将"拉话"留给了路家峪。此后，路家峪村的祖祖辈辈正月十五闹元宵也跳起了"拉话"。

孝义皮影

皮影，又名灯影、影子戏、灯影戏、土影戏，有的地区叫"皮猴戏""纸影戏"等。顾名思义，皮影是采用皮革为材料制成的，出于坚固性和透明性的考虑，又以牛皮和驴皮为佳；演出时用灯光照射兽皮或纸版雕刻成的人物剪影以表演故事，剧目、唱腔多同地方戏曲相互影响，由艺人一边操纵一边演唱，并配以音乐。皮影戏，发源于我国西汉时期的陕西，距今已有两千多年的历史，是世界上最早由人配音的活动影画艺术，有人认为皮影戏是现代"电影始祖"。孝义皮影戏是我国皮影戏的重要支派，因流行于山西省孝义市而得名，"五尺纱窗灯一盏，七紧八慢戏一班。喔呵呵呵一声喊，老人哈哈孩童欢。"这首孝义民谣描述的正是老人、小孩看皮影戏的热闹场景。

战国时期，公元前445年—前396年，魏文侯在位，孔子的得意门生子夏受魏文侯之邀在孝义讲学，为吸引更多人听他的演说，曾在夜晚利用"影乐"的形式聚众讲学。由于子夏从师于孔子，孔子是"乐、琴"能手，子夏自然也学会了"乐、琴"技艺，这两种技艺也成为其教学内容。当时子夏已是百岁老人，有时寒冬长夜也会授课，子夏及其弟子段干木、田子方创造出以烛光投影、配以手持影子的儿童在草坪上玩耍的描绘。一座元代古墓出土的文物则说明，从元代起孝义已有影艺世家。

清代嘉庆年间，皮影艺人还被召进皇宫表演。在乡下，则有平遥、祁县、太谷等地的商贾聘请孝义艺人说戏。孝义皮影还随着晋商远赴外地演出。清末民初，孝义皮影戏发展极为兴盛。

忻州挠羊赛

"挠羊赛"，典出忻州，这是一种以一只活羊作为奖品的摔跤比赛。"挠"在乡间解释为"扛"，"挠羊"就是扛羊，把羊扛走了。"挠羊赛"，就是赢或输羊的比赛。

用羊作为摔跤比赛的奖品，是民间传下来的。据传，元明时期，忻州水草丰盛，是牧羊的理想场所，当时的摔跤活动经常以羊作为摔跤输赢的赌注。起初，没有人专门组织，只是摔跤手们想摔就摔、想赌就赌，久而久之，便演变成了以羊作为奖品而且有人组织的一种比赛活动。

摔跤比赛,一般都要穿跤衣上场,而忻州的挠羊赛,跤手是不穿跤衣的,他们赤膊上阵,下身穿长穿短各随其便。在摔跤的实战中,由于上身赤膊,相互无处可抓,便把可以抓到的地方集中在下身,但不能抓裤子,谁抓了对方的裤子,就算谁输。可是抓裤子上的腰带是允许的。在实际比赛中,挠羊赛的参赛者,绝不用皮子扎裤带,而只用一条麻秧丝,一抓就断,麻秧丝一旦抓断,比赛就必须停止,待重换一条裤子并系好麻秧丝后才能继续比赛。

挠羊赛的摔跤手以一跤见胜负,除跤手脚板原本就站在地面上外,身上其他部位只要一沾地就算输,不做循环赛,输者淘汰,赢者继续与新手赛。连续摔倒三位对手,赛后就会给予相应的鼓励。连续摔倒五位对手,人们便视这获胜者为"好汉",赛后给予相当的鼓励。连续摔倒六个对手,人们便称他为"挠羊汉",给予挠羊赛的最高奖励——一只又大又白的羊。

挠羊赛中,跤手连胜五人便为好汉,连胜六人便成为人们心目中的英雄。这五与六,是受到古代三国时蜀汉大将关羽"过五关斩六将"的启示而约定形成的一种民间习俗。然而,这"过五关斩六将"并非容易事。挠羊赛场上,双方都在进攻,双方又都在防守,摔跤手不但要有高超的技艺,而且都有场外指导,出谋用智,往往在跤手不差上下的情况下,出现通宵达旦相抗衡的局面。

忻州一带的城乡,只要有庙会,必然要搞挠羊赛,挠羊赛的进行,无疑为庙会增光添彩,招徕了四方的许多观众,当地有俗谚说"赶会不摔跤,瞧得人就少;唱戏又摔跤,十村八村都来看热闹"。在忻州一带,一年中赶会次数很多,就忻州市附近的方圆百十里内,一年内就有四五十次,这些庙会大都要进行挠羊赛。除了在逢庙会时所进行的挠羊赛,在农闲时也会组织专场的挠羊赛,当地有农谚"立了秋,挂锄钩,吃瓜看戏摔跤放牲口"。这足以说明农民把摔跤看成一件大事。在秋收以后的农闲时间所进行的挠羊赛,大都是较大的村镇和实力较强的摔跤手之间的角逐。当然,这种比赛需要约请外村人做裁判、当公证人。

挠羊赛在忻州、原平、定襄流传已有千年,现在它成为群众性的体育活动引起人们的重视。

相传,北宋以前,忻州一带的人们也喜欢摔跤,但那时的摔跤仅限于一般的娱乐活动。到了南宋,著名的民族英雄、抗金将领岳飞被害以后,岳飞的部下、一位忻州籍的老兵回到故乡。这位老兵念念不忘抗金的大志,便在村中把军中所学的带有武术色彩的拳脚、摔跤技艺传授给了当地的乡亲,由于当时的历史条件所致,演武之风盛行,以此作为抵抗金兵的本领,而且也可作为自己的防身之术,久而久之,便沿袭成当地民间传统风俗流传下来。当年的忻州水草丰茂,养羊甚多,更由于这几方面的条件发展成为"挠羊赛",而且兴旺起来。

徐沟铁棍

"徐沟铁棍",典出太原市清徐,是由祈雨祀神活动演化而来的一种戏曲人物舞蹈。现在的铁棍(尤其是抬阁、划棍)外观装饰和人物服饰上一直保留着传统的云纹、水波纹图案,向人们暗示着求雨劝耕的最初动机。

民间传说山西有一个比龙王还牛的人,求雨找他比找龙王爷还管用,此人名叫田善友,最后得道成佛,绵山抱腹寺还有他的包骨真身塑像。据清代光绪年间的《清徐县志》记载,隋唐时,徐沟镇西楚王村有一位被称为田善友的人,他本名叫田志超,常年在当地的庙中帮忙,故而人们叫他善友。春夏农忙时,村里很多人都接受过他的帮助,大家坐下闲聊时,田善友在同一个时间内居然出现在村里不同的人家,人们顿感蹊跷,于是到庙里去找田善友。寺里的人告诉村民,田善友去绵山隐居了。此后,人们认定田善友绝非凡人。

唐代贞观年间,八百里秦川大旱,李世民急得如同热锅上的蚂蚁,魏徵对李世民说:"听说山西有座绵山,上面住着一位得道的活佛,名叫田善友。他的本事很大,连五龙都惹不起他,何不向他祈祷?"李世民遂到绵山祷雨,果然大雨如注。李世民遂赐田善友"空王佛"。此后,每逢大旱,远近的人们都会去绵山向"空王佛"祈雨。后来,宋太宗赵光义曾去绵山拜神,却无缘面佛,又封田善友为"空望佛"。

据传"空王佛"升天之日在农历三月十七,徐沟镇在这一天便有庙会祭祀,有各种酬神表演,其中就有"徐沟铁棍"。

"清徐铁棍"表演最初是选取俊美的儿童跨于大人颈项上表演,后来逐渐发展为青壮年肩缚特制铁架,铁架上有可以踩踏的脚蹬,装扮后的女童以特别的方式固定在铁架的脚蹬上进行表演。远远望去,大人肩头的孩子仿佛凌空踏舞,所以也有人把这种背棍表演叫作"空中舞蹈"。背棍表演队伍一般为十人或二十人不等,他们按照既定的鼓点和步点在锣鼓声中表演,孩童随大人的扭动而起舞。

血故事

"血故事",典出运城市临猗,起源于宋代杨门女将和杨家将的故事,是全国少有的经典民俗。故事说的是公元981年农历二月二这一天,佘太君带着她的孙媳穆桂英,女儿八姐、九妹及丫鬟杨排风等杨门女将,直捣奸臣潘仁美老巢,为死去的杨家男儿(女将们的丈夫、兄弟)报仇雪恨。表演中那些被剜眼的、穿胸的、叉脖子的、剖腹的……都是奸臣的余党;那些掌把式的女子就是巾帼英雄、杨门女将。扫除了奸臣余党,从此天下太平,人们安居乐业。血故事的表演,一边是这些残兵败将一字排开,站在财神庙前,颤颤抖抖的,接受人们控诉;一边是锣鼓喧天,欢歌曼舞,庆祝胜利、庆贺太平。

翼城花鼓

翼城花鼓，又名逗花鼓、闹花鼓，典出临汾市翼城，是一种独具特色的传统舞蹈艺术，表演形式丰富多彩，节奏活泼明快，气势恢宏，已经有一千多年的历史，曾博得明朝李太后的喜爱。《翼城县志》"国戚卷"载："明万历年间李太后回翼城省亲赏花鼓银子三千两。"可见翼城花鼓在明万历以前就已存在。由清代至今，翼城花鼓已成为百姓庆丰收、祭祖先的例行表演形式，所谓"绕城西北东南走，到处皆闻花鼓声"，即是这种状况的真实写照。

李太后是明朝万历皇帝的亲生母亲。据说这位李太后的祖籍是山西翼城，在其父亲过世后，回翼城探亲祭祖，恰逢元宵闹红火，观看了当地社火表演。也许是翼城花鼓那热闹的舞动、欢快的节奏驱散了心头的沉重，她当场就奖赏了表演者。这件事被记录在当地的史志中。

"打起花鼓庆丰收，打起花鼓把年过，打起花鼓娶媳妇，打起花鼓闹满月，天黑打到公鸡叫，天亮打到日头落，一时不听花鼓声，凉水盆里着了火。"这首流传在翼城的民谣告诉人们，打花鼓是他们生活中不能缺少的部分，打花鼓是他们热烈情感的释放方式。

翼城民间文化活动形式多样，乡土气息浓郁。历经千年传衍，遍及全县各地的翼城花鼓以其节奏欢快、情绪热烈、动作奔放、幽默风趣，给人们带来无尽乐趣，翼城也以"花鼓之乡"而闻名遐迩。翼城花鼓的艺术风格可概括为"气势逼人似猛虎，神态逗人像顽猴，灵巧多变姿态美，铿锵有力快节奏"。它不仅受到广大群众喜爱，而且多次参加国内多种文化艺术大赛并荣获金奖，得到艺术家们的高度评价。2006年6月，翼城花鼓被列入首批国家级非物质文化遗产项目名录；2008年12月，翼城被文化部命名为"花鼓之乡"。

盂县牛斗虎

"牛斗虎",典出阳泉市盂县,顾名思义就是一头牛和一只虎的搏斗。现被列为省级非物质文化遗产保护项目。"牛斗虎"是根据当地传说原创的一种民间舞蹈,其具体渊源有唐代和明代等传说。据考证盂县的"牛斗虎"起源于东部山区。由于这里属太行山脉、阴山河畔,土地肥沃,所以很早就有人定居,但封闭的大山也形成了各种动物的食物链条,山中有老虎,而耕牛则是农民的主要家畜。耕牛村外放牧,老虎出没下山,自然地构成了这一传说的起源。"牛斗虎"舞蹈通常由扮牛者二人、扮虎者二人、人熊一人和打击乐五人,共十人组成。在打击乐的伴奏下,牛、虎在步伐、身段、手势的套路下进行扑打抵斗的表演。"牛"代表正义、忠厚、坚毅的精神崇拜,"虎"代表邪恶、凶险的反面角色,两者在"人熊"的引诱下互不相让,撕战到底,最后,牛的正义战胜了虎的邪恶。"牛斗虎"以其步伐动作的规范化、服装道具的形象化、音乐节奏的程式化和正义战胜邪恶的精神内涵,构成其艺术审美风貌,体现了一定的价值。

盂县"牛斗虎"以秀水镇南白水村最具代表性。这里的"牛斗虎"每年都要参加县、镇、村举办的春节、元宵节文艺汇演活动,并要在周围各村表演,足迹踏遍城关镇的30个村。

榆社霸王鞭

榆社霸王鞭,是一个有着悠久历史的民间优秀文艺节目,它集舞蹈、武术、体育于一身,以节奏明快、粗犷豪放、铿锵有力、欢乐祥和的独特风格,受到当地群众的喜爱。

榆社霸王鞭的起源,主要有两种说法:一是榆社古县志记载,西晋末年,五胡十六国中的后赵皇帝石勒为榆社人。当时,石勒不满西晋王朝的压迫,率众反抗,百姓纷纷响应,石勒的势力不断壮大,被誉为"王朝之魁"。此时,石勒立志称霸中原,他们在打仗获胜之后,喜悦之情难以自抑,便自发地持武器手舞足蹈起来,这种舞蹈形式,流传到民间,逐步发展成为彩鞭形式,以表达称霸中原之意,也将这种舞蹈称之为"霸王鞭",而石勒家乡在榆社,"霸王鞭"自然也就发源于榆社。

二是相传宋代时,榆社人尚武成风,无论年老年少,皆有习武嗜好,武术高手很多。其中,有一老者武艺高强,无人可敌,人称"霸王"。古时无论官家还是商号,在运送金银财物时,都请他做保镖。其人善练鞭杆,鞭技出神入化,变化多端,功夫甚深。鞭杆长约一米,既是驱赶牲口的工具,又是防敌自卫的武器。在他的带动下,善使鞭杆的人越来越多,随着时间的推移,鞭技又逐渐派生出一种舞蹈形式。

两种说法的相同点,一是霸王鞭历史悠久;二是发源地为榆社;三是霸王鞭是从战争或武术中演化而来的。

原平凤秧歌

凤秧歌,又名"疯秧歌",忻州市原平北贾村独有的一种民间舞蹈艺术形式,其独特的道具、舞蹈形式、演唱风格,在全国独树一帜。

凤秧歌的名称与表演队伍中的一个角色有关,也与一段久远的故事有关。凤秧歌表演中最为特别的是男性舞者头戴一顶"竹圈草帽",表演时既要把帽子上的竹圈甩出环绕动作,又要敲响腰间的花鼓。这种表演风格与朝鲜族以及韩国等地的"象帽舞"有异曲同工之处。据韩国资料记载象帽舞始于唐代。唐太宗、唐高宗时,唐朝大军都曾进入朝鲜半岛。公元668年,唐军攻陷高丽首都平壤,后在这里设了安东都护府,薛仁贵为安东都护,镇守平壤。薛仁贵乃河津人,其军队在原平一带驻扎过,军中不乏会表演凤秧

歌的人。韩国的象帽舞有可能就是这些唐朝将士带过去的。新中国成立后,凤秧歌表演时帽子上甩动的并不是竹圈而是柳条,朝鲜半岛没有滹沱河边生长的富有弹性的柳条,所以用红绸代替也是顺理成章的事。

民俗的背后总有历史的影子。据考证,原平凤秧歌的舞步极富唐代歌舞特征,与敦煌莫高窟壁画中的舞姿类似,这说明凤秧歌在唐代就已经是一个比较成熟的艺术表演形式,那么它的起源应该更早。相传,凤秧歌与秦时修长城有关。当时为修长城,遍征民役,有一家老小为避苦役,装疯卖傻逃出城外,后有人效仿其举动,遂成民间表演形式。

凤秧歌表演中有两个重要角色,一为"疯公子",一为"野太医"。"疯秧歌"的说法应该与"疯公子"这个角色有关,但当时"公子""太医"这样的称呼可不是一般普通百姓能使用的,原平凤秧歌应该与秦始皇的公子扶苏有一定的关系。当年秦始皇曾派大将蒙恬与公子扶苏修筑长城,因原平地理位置重要,扶苏曾经常在这一带活动。扶苏在百姓中颇有仁人之名,后扶苏自杀,原平人民曾修庙纪念,至今仍有遗迹。蒙恬与扶苏故事的遗迹和传说在这一带俯拾皆是。在山西有庙必有酬神表演,秧歌便是酬神表演的主要内容,原平凤秧歌应该从此发展而来。

走兽高跷

"走兽高跷",典出稷山,是稷山县清河镇阳城村每年正月二十九火神诞辰日表演的一种奇特的高跷,也是庙会文化活动的一种表演形式。这种习俗从清雍正年间开始盛行,迄今已有三百多年的历史。2006年被列入第一批国家级非物质文化遗产名录。

走兽高跷是由两人表演的连体高跷,由兽头、兽身、表演人员组成,高跷表演者脚绑木跷,腰缚兽皮,前系兽头,上身扮演与之相应的人物,表演时两人足踩高跷同演骑兽状。它的每组造型都代表着一个久远的传说故事。比如貘是传说中一种凶猛的野兽,背部灰白色,头、肩、腹、四肢都为黑色,尾巴短,鼻子长,生活在热带。唐代文豪白居易在《貘屏赞》中记载:"貘者,象鼻、犀目、牛尾、虎足,生南方山谷中,寝其皮辟瘟,图其形辟邪。"

据传,春秋时期,晋献公的公子重耳被骊姬所害,流亡其他诸侯国。重耳和近臣卫丑在流浪途中便遇到了貘,它伤人伤畜。卫丑想为民除害,与它斗智斗勇,但这只貘凶猛无比,卫丑跳上貘身,把它的脖子紧紧抱住中,越抱越紧,不管貘怎样狂奔都不放,最后以力量制服了貘。稷山走兽高跷便演绎了这段故事,表演者头戴黑帽、黑色胡须,身穿黑衣,全身趴在貘的背上,将制服貘的生动场景表演出来。

鳌又称"鱼龙",相传是大海中非常凶猛的动物,龙首鱼身,能在大海中游弋,又能腾云驾雾,还能在陆地上行走。它是天神奎星的坐骑,奎星是掌管人间状元的神官。表演时,鳌头上站的青面红发、一手执笔一手拿斗的就是奎星神,他专职点选人间状元。当地人认为"独占鳌头"由此而来。鳌背上骑的是身着红袍状元服、头戴状元帽、脚穿朝靴的新状元郎。麒麟、梅花鹿、黑狸虎、豺狼、独角兽……这些走兽有的是现实生活中的,但大部分是人们想象出来的,更多的是久远时代图腾崇拜的产物,还有一些来源于神话传说故事。这种表演表达了一个朴素的观念:"正义战胜邪恶,好人终有好报。"

看兵书

"看兵书",典出文水县,是传统舞蹈项目,已被列入文水县第二批非物质文化遗产名录。

故事源于唐末,相传是根据残唐五代金蛤蟆王彦章为杀富济贫,下凡变为将领,苦读兵书,领兵出征的故事改编的。

唐朝末,梁王朱温独揽朝政,后以阴谋手段,窃取篡夺了大唐江山,自立为帝,国号梁,史称后梁。唐朝晋王李克用率兵对抗,与朱温的大将王彦章交战,因克用的义子最骁勇的十三太保李存孝已被残害身亡,其他太保(克用众义子的称号)将领们均不是王彦章的对手,经几次出击,被王彦章连杀几员大将,唐兵死伤惨重,在没有战将再敢出战的情况下,派人去山东东平府搬请来与李存孝有交情的名将白马银枪将高思继。思继奋勇出战,与王彦章对阵,激战多个回合,尽管彦章武艺高强,高家枪确实厉害,思继杀法骁勇,彦章只有招架,别无他招,只好收兵回营,但仍不甘休,为从败中取胜,彦章夜观兵书(名字以此而定)。

饰王彦章的演员的脸谱顶额处画一只全形金蛤蟆(青蛙类),在看兵书的过程中,边看、边思考,想方设法如何能用计败中取胜,唱、念(白)、做并举,脸谱上的蛤蟆随着演员的思考、表演艺术的发挥,特别是双眼的睁、闭与两眉的上下弹动,把蛤蟆的脸谱表演得似真蛤蟆在人面部活现,以此技的高度博得观众的喝彩好评。

王彦章细观兵书,领悟了关云长智用拖刀计战败强敌的战例战法,暗定以计取胜。次日再与高思继对阵,战了几个回合,思继枪法高妙,越战越勇,彦章有意佯败,趁机脱逃,思继得胜心切,紧追不舍,暗怀追及活捉制服一举成名的雄心,万没想到彦章败逃中暗下毒手的诡计。在思继紧追对方、未提防时,被王彦章回马枪刺中要害身亡。

与此故事情节有关联的另一折戏称《荷家滩》,又称《五龙二虎逼彦章》,简称《五龙会》。主要情节说的是:高思继之子高行周(俗名高鹞子),为报父仇,甘当先锋,与名将史建唐、李存勖(后为后唐庄宗)、李嗣源(后唐明宗)、石敬瑭(后晋高祖)、刘智远(后汉高祖)、郭威(后周太祖)等合兵,诱敌中计,在荷家滩(也称狗家疃地)大战王彦章。在寡不敌众的情况下,彦章自绝身亡。因上述七人的后五人在"五代"(史称五代十国)时期,分别先后当过四朝的皇帝(唐、晋、汉、周四朝),因封建王朝的皇帝以"龙"号称,故此戏名也称《五龙会》。

文水和汾阳是宋代名将狄青的家乡（狄家社在1971年前属汾阳，1971年后归文水管辖），两县的人民崇文尚武，敬仰英雄，"看兵书"结合狄青的故事，由质朴聪慧、勤劳勇敢的人们，在长期的生产生活中创造和发展，形成了具有浓厚地方特色和独特魅力的文化艺术，再由民间艺人加工提炼，变成了一种街头表演的舞蹈形式。舞蹈只有将领、侍役、勤务兵、传令兵四个人物，服饰以古戏装为主，动作有抬步观书、关羽观书、小碎步扭、头顶灯蹲步转、骑马式等，形式活泼，滑稽幽默。伴奏以打击乐为主，有大鼓、铙钹、小铙、锣等，有时也用小战鼓代替。

狄青花儿鼓

"狄青花儿鼓"，是流传在文水县西槽头乡狄家社村一带的民间打击乐。"花儿鼓"分为"状元走街""牛头虎""金龙戏珠""狗撕咬""狮子滚绣球"五个环节，节奏如大海波浪此起彼伏，鼓点花俏热烈。

远古的时候，当时的西河县小逸村（现在的狄家社）的村民们为了保护农田、保护庄稼，用敲击简单乐器发出的声响来驱逐野兽。后来，逢年过节或婚嫁喜庆，人们便用敲锣打鼓的形式来表演助兴，久而久之便形成了一种有节奏、有韵律的原始打击乐。再后来，它的发展和狄青有着密切的关系。北宋仁宗年间，小逸村（狄家社）诞生了一位受人敬仰的英雄狄青。他从一个普通的百姓应征从军，从布衣升为枢密使，执掌全国的军事大权，在抗击西夏和侬智高的战斗中立下了赫赫战功。"花儿鼓"的诞生正是他任枢密使后，回家省亲，乡亲们为了迎接这位民族英雄而运用的一种欢迎形式。小逸村人以有这位伟大的英雄而自豪，在他们夹道欢迎的同时，把锣鼓敲得有韵有味，花俏无比，激情正扬，气势非凡，欢快喜乐妙不可言。狄青看到如此场面，不禁赞叹不已，触景生情当即亲点此锣鼓为"花儿鼓"。"花儿鼓"的诞生，给了小逸村人民极大的鼓舞和自信,后在艺人们的精心改编后,"花儿鼓"不断完善,鼓点更加花哨,内容更加丰富。

绛州鼓乐

"绛州鼓乐",又名绛州大鼓,泛指流行于新绛县的锣鼓乐、吹打乐等传统音乐,因新绛县过去为绛州而名,已入选国家级非物质文化遗产名录。新绛是鼓乐之乡,早在六千多年以前已经有了原始鼓乐。历经世代人民集体传承,唐代出现了鼎新期,并以"擂大鼓"而遐迩天下。唐武德三年(620年),秦王李世民率领唐军大破刘武周,收复并州、汾州两地,为了庆祝胜利,当地百姓用民间锣鼓"擂大鼓"的形式奏出了《秦王破阵乐》。后来,这首民间鼓乐得到整理和发展,升为国乐。贞观元年(627年)正月,唐太宗李世民大宴群臣,在大殿上演奏了经过加工整理并重新排练的《秦王破阵乐》。舞者身披银甲,手中持戟,全舞共分三折,每折为四阵,以往来击刺动作为主,歌者相和。乐队的布局为"左圆右方,先编后伍,鱼丽鹅鹳,箕张翼舒,交错屈伸,首尾相互,以象战阵之形"。此后,《秦王破阵乐》在民间颇为流传,并名播印度,传至日本。

"绛州鼓乐"种类繁多,以擂大鼓、花敲干打、演绎故事三大特点享誉海内外。每年春节绛州各地都要进行花鼓、鼓车、鼓乐大赛,其清音锣鼓、花庆鼓、穿箱锣鼓、伴奏锣鼓,素有"地动山摇、闻声十里"之美誉。鼓吹锣鼓,泛指婚、丧、寿、喜伴奏性锣鼓,富有浓厚的地方韵味,曲调优美动听。丰富的鼓锣曲牌,在新绛县挖掘整理出就有三百多首,有的以历史故事取名,有的以民间典故取名,有的以鼓点、锣点取名。作为中国民间鼓乐的优秀典范,"绛州鼓乐"以花样繁多的鼓击方式、强烈的艺术冲击力,被国际打击乐界誉为世界三大鼓种之一,是中国优秀传统文化的代表。史称李世民的《秦王破阵乐》曲,就发端于新绛县唐王堡。《辞海》上说"锣鼓杂戏起源于山西绛州(今新绛县)",这里曾出土了多处宋元时的鼓

乐舞俑砖雕。《直隶绛州志》说:"岁时社祭,夏冬两季,又乡镇多香火,扮社鼓演剧。"鼓乐在新绛县流传了千百年,至今不衰。"绛州鼓乐"凝聚和沉淀了黄河儿女千百年的传统文化,粗犷浑厚,慷慨激越、炽烈洒脱,刚劲奔放。它凭借鼓板锣钹、管弦丝竹,特别是发挥了鼓每个部位的最佳音响,运用花敲干打,以丰富多变的音乐语汇,而将人、兽、物的形象诉诸观众的视听,并可演绎一个完整故事,被称誉为山西鼓乐艺术"三大绝"的首绝、中国鼓乐艺术中的"国之瑰宝"。在世界鼓乐艺术中,是"抢"去日本鬼太鼓专美于前的"一路奇兵"。

俗话说:"绛州的鼓,临汾的锣,太原的绝活耍大钹。"在古老的绛州鼓楼前,"绛州鼓乐"的传承人,用击鼓心、打鼓帮、顶鼓腔、磕鼓环、搓鼓槌、磨鼓钉等传统鼓乐技艺,向全国观众演绎着绛州鼓乐的经典曲目《秦王点兵》《厦坡滚核桃》《杨门女将》《老鼠娶亲》《牛斗虎》等。绛州鼓乐象征和凝聚着中华民族自强不息的精神追求和历久弥新的精神财富。早在1988年,"绛州鼓乐"就登上国际舞台,多次在英国爱丁堡国际艺术节、伦敦狂欢节上捧回第一名。

文水鈲子

文水鈲子,又名鈲子、岳村鈲子,流传于山西省中部文水及其周边地区,是一种古老而独特的民间音乐艺术,因表演中使用一种当地人俗称鈲子的特制打击乐器——铜质小钹而得名,又因起源于山西省文水县凤城镇岳村,当地民众习惯上称之为岳村鈲子。文水鈲子起源于当地古代祈雨仪式,后逐渐与民众的生活习俗结合,成为迎神赛社和日常迎宾的仪仗音乐,在演奏时用乐器模拟自然界中的风、雨、雷、电,有很强的艺术性和观赏性。文水鈲子音乐多次参加全国性的比赛,频获殊荣,被誉为"三晋锣鼓中的一绝",成了文水县传统艺术的名牌。

岳村鈲子是先民与大自然、与命运抗争的独特表现形式,是根植于黄土地上的一种特有文化。因恶劣的自然生存环境和气候条件，先民们生活时常处于衣不蔽体、食不果腹的悲惨境地。当时愚昧、无知使他们将丰收的一线希望寄托于冥冥神灵，祭神祈雨自然而然地成为祈盼美好生活、追求国泰民安的一种活动。在古代祭祀活动中，除供奉祭品外，还要敬献乐舞，以愉悦神灵。

岳村鈲子是文水一带祈雨仪式中最重要的部分。文水有一座麻衣仙姑庙，供奉着一位神女——任灵巧。传说灵巧乃龙女转世，投身于桑村一任姓农家，因不堪忍受继母虐待和反抗父母包办婚姻逃婚出走，由麻子地里骑一麻秆腾空而去，飞至汾阳石室山黄芦岭灵泉洞修炼成仙，世称"麻衣仙姑"。成仙后的仙姑广施甘霖造福百姓，文水人便想请仙姑回乡。请仙姑回乡需选拔十八村民间艺术精品组成迎神队伍。据清乾隆三十六年（1771年）《汾州府志》及庙中碑文记载，仙姑生于唐贞观元年（627年）农历七月二十六，每逢仙姑寿辰或遇旱灾，文水人便"斋戒易服"，集十八村的民间艺术精品，前往灵泉洞"求圣水，肩圣像而来"。每次盛典，岳村鈲子作为当地祭祀祈雨文化的主要载体，都将古老的祭祀祈雨文化与民间迎祀麻衣仙姑的活动巧妙地融为一体。据清末《文水县志》记载，明嘉靖二十四年（1545年）四至八月文水境内遭受到了百年不遇的大旱，庄稼干枯、土地荒芜，久旱盼雨的文水人为了摆脱这种状况，于农历的七月二十六麻衣仙姑寿辰之日，在全县十八个村组织了由县令亲自主持的规模大、规格高的祭祀祈雨仪式。当时迎祀麻衣仙姑的仪式空前隆重，文水鈲子作为传统祭祀祈雨的仪仗队伍，被所经之地的百姓热情礼待，抢尽了风头。仙姑广施甘霖，造福桑梓，家乡百姓为其筑庙塑像，世代供奉。

岳村鈲子的主要乐器是一种在打击乐器中罕见的特制小钹，钹面直径约二十厘米，钹碗直径约十六厘米，重约三千克，类似缩小的大钹，具有激越刚脆的特点。由于钹碗大、钹沿小，捂出来的声音为"呱"，所以叫"鈲子"。岳村鈲子的艺术特色是在演奏的声效中，以大锤"猛击"大鼓表示惊雷，以锤"轻击"鼓面表示闷雷。大

铙大钹的"擦击"声(抹、挽)模拟"风的回响效果"和大钹的"抛击"模拟"闪电的视觉效果",从而使整个击乐在演奏中给人以风雨到来之际的各种自然变化和电闪雷鸣、风雨交加的艺术感觉。

文水长拳

文水长拳,又称左家拳、左家长拳,源于文水县孝子渠村,流传于文水及周边地区。因此拳种创始于清朝著名镖师左昌德而定名,迄今为止已有近二百年的历史。左家拳创始人左昌德护镖生涯过程中,足迹踏遍"南七北六"(南七为:两湖、两广、两江、云南、贵州、四川、浙江;北六为:山西、山东、河南、河北、陕西、甘肃)十三省却从未失手,名声誉满神州。由此可见,左家拳是中华武术中不可多得的宝贵遗产。

文水是"武术之乡"。武术在本县流传久远,可追溯至春秋时期。自公元前514年设邑,历代文水人尚武好勇,民风强悍。据光绪九年《文水县志》记载:文水在明代有二十八人中武举,二人中武进士,五人为武弁;清朝有一百一十三人中武举,八人中武进士,七人为武弁。明嘉靖四年(1525年),知县李潮在县城西北二里处建演武场,占地三百余亩。正是这种崇尚武学、精于武艺、民风强悍、人才辈出的环境氛围,为左家拳产生、发展和不断壮大提供了肥沃的土壤,对中华武术的传承起着重大的推动作用。实际上,早在唐代文水就习武成风,一代女皇武则天,她不但通晓经史,而且弓马娴熟。在她执政期间,于天授元年开设武功殿试制度,选拔武状元,大大促进了当时武术的发展。

历史上文水曾出过无数武术精英,唐代的武士彟、武三思、武承嗣等不但著有兵书,而且武功高强。北宋时一代名将狄青就是文水县狄家社人,官至枢密使;邑人卢政、杨美分别官至武秦节度使和保静节度使。清乾隆年间武举人成元震,从守备逐渐升至总兵、提督。清初文水还出过一名武侠奇才翟玉山,他与武林大侠窦尔敦是金兰之友。左家拳的创立、形成，就是受以上人文环境影响形成、发展、壮大。至今在北京还流传着"王家枪(山西平遥)、戴家手(山西祁县)、左家弹腿天下走(山西文水)"之说。

左昌德出生在马西乡孝子渠村，他的父亲左文法通晓武术，尤其精于十路弹腿，曾得到少林武僧的指点。左老先生为人厚道，教子严格，所生三子，昌德排行老二，生于清嘉庆十三年(1808年)，自幼喜武，悟性最好，深得家父的真传。因其武艺超群，臂力过人，拳把式闻名四方，故人送他雅号"左二把"。道光二十八年(1828年)，一位雅号叫"白眉道人"的武林奇人特别欣赏已有深厚武功基础的"左二把"，决意收他为徒。当时也因"左二把"行侠仗义打抱不平，踢死官府掌事少爷，惹下杀身之祸，从客观上需要有个安身立命之所，所以，"左二把"的父亲忍痛将爱子托付给这位白眉道长。白眉道长携其隐居峨眉山八年，悉数传授武功。"左二把"的武功大进，性情也随之改变很多，为他进一步闯荡江湖、开办镖局打下了坚实的武功基础。1836年"左二把"辞别师父，遵父嘱随张德茂打理镖局，从此踏上了漫漫三十多年的镖师生涯。也就在那时，他周游祖国名山古刹，遍访八方武林高人，处处结贤聚德，山东路单手托车行，"白云观"神功服道长，"飞云寺"智胜大方丈，"娘娘滩"巧取拦路女侠，"扮车夫"拳打众歹徒，痛击日本浪人，大抒民族情怀……给后人留下了无数行侠仗义的传奇故事。经过一段时间的朝夕相处，张德茂对"左二把"的人品、武德深信不疑，遂将玉永镖局完全托付于他。"左二把"不负众望，苦心经营，将玉永镖局更名为"昌隆镖局"，并于徽州和家乡文水等地广设镖局分号，一面大力发展镖局，一面扶植亲兄热弟学武，渐渐走上镖局之路，大兴门庭。在这期间，"左二把"广结晋地镖行各路镖师，与他们结下了深厚的友谊。因"左二把"武功高强，与祁县心意拳名家戴二闾、平遥的"神枪面王"王正卿义结金兰，三人被誉为"华北三杰"。道光二十四年(1844年)，"左二把"承接皇差，替苏州巡抚平安押送苏州名绣《七禽图》赴京，受到道光皇帝御赐嘉奖，亲赐黄马褂一件、黄龙镖旗一

面。传说,当道光皇帝手抓旗柄向下跪的"左二把"赐旗的时候,"左二把"伸手接过旗子,因怕犯欺君之罪,不敢将旗子倒过来。为纪念此事,后来昌隆镖局的局旗都是倒插在镖车上的。一般的盗贼见了,都知道是苏州"左二把"的押镖车,不敢轻易下手。

"左二把"去世后,其子孙勉强维持镖局生意,后在乡间设场授徒传艺,将左家拳这一宝贵的拳种再次广为传播。"左二把"一生行走于武林险地,闯荡江湖,不仅武艺高强,更为重要的是他武德高尚。他一生行侠仗义,结合少林拳、峨眉拳、心意拳、八卦等各家精要,独创左家长拳。他做人常怀忠义诚信之心,做事唯本扶危济困之德。他诚信待人,言出必行;以拳会友,以功服人;与人为善,以礼待人,可谓德艺双馨。他的传奇故事为后人津津乐道,不愧为武家之风范、后人之骄傲。左家拳在历代子孙的传承中,从内功理到外功法,从健身到技击,不断发展和完善,逐渐形成了体系完整、结构严谨的"左家拳"。其中,左昌德及其子弟创始的"面掌""弹腿"和"双钩"堪称"左家三绝"。

武皇群锣

"武皇群锣",又名"群锣",是流传在女皇武则天故里南徐村的民间文化艺术,相传有一千多年的历史。已列入山西省非物质文化遗产名录。

它的起源和武则天有关。民间传说武则天当了皇后荣归故里,和丈夫唐高宗回到南徐村时,全村父老自然十分高兴。尤其是每逢听到皇帝皇后出入的鸣鼓开道声,心里更有说不出的喜悦,大家为村里出了武则天这个皇后而骄傲,为听到皇帝的开道锣声而荣幸,一致认为响亮的锣声就是吉祥的福音,是村里永享太平的象征。从此南徐村里传统的混秧歌乐器中增添了筛锣、马锣等民乐,人们对乐器中的各种锣都产生了兴趣,有了特殊的感情,也逐步形成了南徐村独具特色的民间艺术。

过去民间流传有这样一种说法:"文水有三大名乐曲曲,群锣、大鼓、刮子(岳村钹子)。"群锣就是武皇群锣,主要乐器有云锣、筛锣(又称开道锣)、马锣、京锣、武锣、手锣、小锣七十余面,故名叫"群锣",同时还配有大鼓、大镲、小鼓、小镲以及旋子等民间乐器。演奏人员由两部分组成,一部分是群锣队,一部分是锣鼓队,统称"武皇群锣队"。

西峪口混秧歌

西峪口混秧歌,又名西峪口梁山混秧歌,是流传在山西晋中一带的街头文艺形式之一,始于明末清初,已有三百多年的历史。表演内容以梁山人物故事为基础,富有深厚的文化底蕴,有三十二个阵式变化,引人入胜,赏心悦目。混秧歌的乐器响起,铿锵悦耳,声震山岳,各种乐器配合有致,是一种难得的击打协奏乐,效果特佳。

相传早在明万历年间,山西晋中一带的人们,凭着丰富的经验,运用智慧的心灵,集体创作出了晋中秧歌。由它派生出了一种能在街头表演的秧歌,就是混秧歌。它活动的范围波及吕梁山麓、汾河两岸,而重点却在文水的开栅和交城的广兴等地,其中西峪口与这两地紧邻,该村混秧歌也被人们广泛认可。

西峪口原是个山清水秀、风景诱人的好地方。它的西北方向有个海拔五百米的小山梁叫神头岭,别看它小,却是我国新石器时代的人类遗址之一。开始这里仅有曹和冯两家聚族而居。明万历年间,遭灾大移民,这里先后来了刘、郭、宋三大姓和康、姜、王三小姓人家,其中姓刘的名叫刘希望,他有四个儿子,分别叫刘兵、刘将、刘军、刘官。在这个刚刚组建的不满百人的小村子里,刘姓人口酷爱文艺,其三子刘军是杰出的的文艺骨干之一,他能歌善舞,富有组织才能。他跑遍附近的乡村田间,收集了大量有关混秧歌的材料,在此基础上去粗取精、去伪存真,终于使西峪口混秧歌红极一时,名震南北。

混秧歌的队伍由伞头、耍弓子、打腰鼓、磕棒子、击镲子、抖大杉、敲马锣、丑老汉、丑老婆等三十二人组成。伞头两名，有正负之分，负责全队伍的指挥工作。据传正伞头代表宋江，负伞头则代表卢俊义。腰鼓手八名，代表梁山武功高超的八个马军头领。磕棒子四名，代表梁山的四个步军头领。击镲手八名，乐器为铜镲与木匕首，一般由女性充当，代表梁山的三个女头领与武功较弱的五个步兵头领。抖大杉四名，代表梁山的吴用、公孙胜等文职人员，是梁山的智囊团，起着出谋划策的作用。耍弓子两名，代表梁山的花荣与燕青。丑老汉、丑老婆各一名，是梁山消息传递员，代表戴宗与时迁。

西峪口的混秧歌跑场子有三十二个阵图，这些阵图有的相生相克，有的环环相扣，真可谓变化无穷，变幻莫测，实乃古人智慧之结晶。纵观阵图，最大之特点就是"转""变"。有的正转，有的反转；有的直转，有的斜转；有的单转，有的复转；有的四角转，有的中心转……转中有变，变中有转。如二龙戏水转，两个伞头各带一支队伍，先在四角转后，再到中心转，宛如两条巨龙在水中戏耍。又如四门阵，队伍在东南西北四方成弓形而在中间旋转，转成四个门洞，如将敌陷入阵中，非从四门出入，才可进出阵，找不到四门则无生还。再如十门阵，四角旋转成四环，各在中间成"8"形旋转，三次成六环，合为十门，此阵也可叫十面埋伏阵。还如闯乱营，两队同样是从四角旋转，但一队是在中部转后直插偏下方再成斜"8"形方向下方转，中间相遇后，重复对方所走过的路线行进，这样两队就在阵中央形成乱中哆嗦之势。

音锣鼓

"音锣鼓"，又名迓鼓，是流传在和顺县一带的一种较为古老的民间舞蹈，迄今已有近三百年的历史。音锣鼓的由来，一说是由庄王擂鼓聚将操演阵图演变而来，一说宋代某王被困庆侯桥，朝中大将率精兵潜入敌方，人人着彩装，贴身藏暗器，以演奏音锣鼓作掩护，救得宋王混出敌营。后来音锣鼓即在民间广为流传。从目前保存音锣鼓较完整的青城镇来看，它附近所存军事方面的古遗址很多，如长城、赵奢垒、寨圪拉等，当是古代的一处军事重镇。这样的地理历史环境，可能与音锣鼓的形成有一定的联系。音锣鼓的表演以锣鼓等乐器为道具，由二十一名男演员持七种乐器进行表演，舞者既是演员又是演奏员。挎高音扁鼓者（称"挑头鼓"）一人，持音锣者二人，持小镲者二人，持大铙者二人，持大钹者二人，挎低音扁鼓（称"平鼓"）八人，持堂锣者（即平锣）四人。挑头鼓是舞蹈的指挥者，表演开始由他站在台中，发出"起奏指令"，众人才开始进行表演，表演中也由他发出"转奏指令""下接指令"才能变换场图走阵及动作。众舞者始终围着他进行表演。音锣鼓一个显著的特点是，因演员手中的道具分为高、低音两部（音锣、小镲为高音部，平鼓、铙、钹为低音部，堂锣高低音都要参加），这样就出现了锣鼓长短句、高低句呼应的效果，即持高音乐器的演员"走而不击"时，持低音乐器的演员则"击而不走"，两部分互相交错、呼应，形成了音色上的鲜明对比、场图上的变化多端。

音锣鼓的步法主要是"迂步走阵"，走时双膝屈伸稍起伏，边击边走，潇洒大方。"跨跳步"节奏性强，活泼灵巧。上肢击乐时动作舒展，充分体现出当地人民奔放热情的性格和尚武精神。音锣鼓的场子图案丰富多样，构图严谨多变，线条清新流畅，如"四连环套""横四排套""九星三盏灯""保帅走四门""三十二点将""袅场阵""磕头阵"等。这些走阵、摆阵都讲究成方成圆、有规有矩，场图的变化要求一气呵成。每一个场图有中心、有外围；有指挥、有执行。这些阵图以其鲜明的艺术特色，在整个音锣鼓的艺术形式中起着画龙点睛的作用，获得了人们的喜爱。

民间信仰

卜卦业祖师伏羲
裁缝业祖师轩辕
蚕神嫘祖
仓储业祖师韩信
茶的祖师神农氏
城隍爷霍光
做生意的祖师爷关羽
汾水之神台骀
风水学鼻祖郭璞
弓箭匠祖师爷黄帝
……

卜卦业祖师伏羲

伏羲,又名青帝、宓羲、庖牺、包牺、伏戏,亦称牺皇、皇羲、伏栖,出生于农历三月十八日,是中华民族的人文祖神、创世神、太古正神,位列三皇之一,以创造无字天书、太极八卦、文字、渔猎、婚姻而名传千古。相传他是人首蛇身,与女娲兄妹成婚,生儿育女;他根据天地万物的变化,发明创造了占卜八卦;创造文字,结束了"结绳记事"的历史。他统一了整个华夏民族,教会了人们很多东西,他结绳为网,用来捕鸟打猎,并教会了人们渔猎的方法;发明了瑟,创作了曲子。他还曾经在泰山举行了封禅仪式,是中国古籍中记载的最早的王。他是中国医药鼻祖之一。伏羲称王一百一十一年以后去世,留下了大量关于伏羲的神话传说。

后世尊奉伏羲为卜卦业祖师,是因为他创造了八卦。在远古时期,人类对大自然一无所知。天气会变化,日月会运转,人会生老病死,所有这些现象,谁也不知道是怎么回事。人们遇到无法解答的问题,都问伏羲,伏羲解答不了时,也感到很茫然,人们为此每天提心吊胆地过日子。因此,伏羲逐渐养成了观察、分析、思考、推演自然变化的习惯。他经常环顾四方,揣摩着日月经天、斗转星移,猜想着大地寒暑、花开花落的变化规律。他看到中原一带蓍草茂密,开始用蓍草为人们卜筮。有一天,伏羲在河里捕鱼,捉到一只白龟,他赶快挖了一个大水池,把白龟养了起来。一天,伏羲正在往白龟池里放食物,有人跑来说河里出了怪物。他来到河边一看,只见那怪物说龙不像龙,说马不像马,在水面上走来走去,如履平地。伏羲走近水边,那怪物竟然来到伏羲面前,老老实实地站那儿一动不动。伏羲仔细审视,见那怪物背上长有花纹:一六居下,二七居上,三八居左,四九居右,五十居中。伏羲薅一节蓍草梗,在一片大树叶上照着龙马背上的花纹画下来。他刚画完,怪物大叫一声腾空而起,转眼不见了。大家围住伏羲问:"这是个啥呀?"伏羲说:"它像龙又像马,就叫它龙马吧。"

伏羲拿着那片树叶,琢磨上面的花纹,怎么也解不开其中的奥妙。这天他坐在白龟池边思考,忽听池水哗哗作响,定睛一看,白龟从水底游到他面前,两只眼睛亮晶晶地看着他,接着向他点了三下头,脑袋往肚里一缩,卧在水边不动了。他面对白龟聚精会神地观察起来。渐渐地,他发现白龟盖上的花纹中间五块,周围八块,外圈儿十二块,最外圈儿二十四块,顿时心里亮堂了,悟出了天地万物的变化规律唯一阴一阳而已。伏羲画出了八种不同图案即八卦图。八卦图,是伏羲的一个非常伟大的发明。黑白两色,互通有无,相互贯通,相互关联,又相互对立着。阴阳平衡,平衡得又特别的微妙。

裁缝业祖师轩辕

黄帝,又名轩辕氏、帝鸿氏,因其生于轩辕丘,故称"轩辕氏",俗称"轩辕黄帝"。他出生于三月初三,逝世于约公元前2599年,他是古华夏部落联盟首领,中国远古时代华夏民族的共主、五帝之首,被尊为中华"人文初祖"。史载黄帝因有土德之瑞,故号黄帝。黄帝在位的历史时期,是人类刚适应直立行走的时候,因为没有衣服,开始只是裸奔,是黄帝教人们用骨针把树叶子和兽皮做成衣服,学会遮衣蔽体。这就有了冬披兽皮御寒、夏挂树叶遮羞的古代文明。这以后,黄帝娶了西陵氏嫘祖为妻,教民养蚕抽丝;黄帝的臣子伯余开始创制衣服、帽子,人类开始了有衣有裳的生活。因为黄帝轩辕氏是那个时期的代表,所以黄帝就成了裁缝业的形象代言人,后世的裁缝都奉轩辕氏为其祖师。后来每年七月二十三日,裁缝行业会停止干活,为祖师做会祝寿,称为"轩辕会"。

蚕神嫘祖

嫘祖,又名累祖,中国远古时期人物。西陵氏之女,轩辕黄帝的元妃。她发明了养蚕,首创种桑养蚕之法、抽丝编绢之术,史称嫘祖始蚕。嫘祖是有史籍记载的华夏文明的奠基人。嫘祖文化是中华民族传统文化的宝贵遗产和精华,它属于华夏上古文化、根文化的范畴,是炎黄文化的重要组成部分。古代泽州各县乡乡有社庙,社庙中几乎都塑有嫘祖的神像,人们对嫘祖的崇拜和热爱令人难以言状,这是一种独特的文化现象。晋城人把养蚕缫丝的发明家嫘祖当作神仙,世世代代来供奉。

嫘祖是传说中的北方部落首领黄帝轩辕氏的元妃。"黄帝娶于西陵之女,是为嫘祖。嫘祖为黄帝正妃。"(《史记·五帝本纪》)嫘祖用她那温柔纤巧的双手,驯化了野蚕,创造出了巧夺天工的丝绸。《通鉴外传》记载:"西陵氏之女,为黄帝元妃,始教民养蚕,治丝茧以供衣服,后世祀为先蚕。"《路史·后纪》亦称:"黄帝元妃西陵氏曰嫘祖,以其始蚕,故又祀先蚕。"

关于嫘祖养蚕,有很多说法,在古泽州的阳城一带,也有着生动的传说。相传嫘祖出生于西河一带的部落之中,其父西陵氏是氏族首领。在她出生的时候,西河地区突遭狂风暴雨袭击,狂风刮断了树木,吹倒了茅屋,洪水卷走了牛羊,淹没了不少族人。西陵氏认为她是灾星下凡,为了族人的安全,便不顾妻子的反对,亲自将她抛下了山沟。也许嫘祖命不该绝,她正巧落于一片荒草之中,这里虎豹出没,恶狼成群,是一个人类无法生存的地方,奇怪的是这些野兽并不伤害她,相反,老虎用身子暖她,母狼用奶汁喂她,豹子也用荒草给她搭了个窝,就连天上成群的花喜鹊也围着她唱歌。部落灾难过后,心软的母亲抱着侥幸的心理到处寻找女儿。她来到山沟,惊奇地发现女儿没有死,就抱回去向首领求情:"女儿大难不死,必有后福,说不定还是个贵人,咱们就留她一条小命吧。"暴雨过后,风和日丽,首领的心情也好了起来。看着因曾经失去女儿而十分伤心的妻子和可爱的女儿,首领动情地说:"自从在西陵定居以来,咱们头一次遭到这么大的劫难,也许命里该女儿连累咱们一次,就叫她累祖吧,也求列祖列宗原谅她。"女儿自此被留了下来,起名累祖,后人称为嫘祖。

岁月如流。转眼之间,嫘祖已经长大成人。此女果然不是凡人,不仅长得眉清目秀,楚楚动人,而且心灵手巧,为人善良,又乐于助人,氏族里上上下下都很喜欢她。那时,人类刚刚步入了农耕社会,人们过着半定居生活,不再单靠狩猎为生,但仍然没有衣穿。春夏暖和季节,用树叶遮体,到了寒冬,就换上兽皮。嫘祖整日里想啊想啊,跑啊跑啊,总想找出个法子让人们穿上衣服。一天,嫘祖低着头想问题,一不小心,头被什么粘住了。一看,原来是个大蜘蛛网。她一怔,一个念头突然萌发出来:要是能养许多类似蜘蛛的虫子,抽好多的丝,再联结成片,穿在身上多好啊!

功夫不负有心人。嫘祖整日在山中转悠,日日与虫子为伴,终于在一个叫桑林的地方发现了野蚕。这种野蚕所食树叶很多,但独有食桑叶的蚕吐出的丝最长最白。于是,嫘祖向父亲建议,组织氏族男女广栽桑树。到了枝叶繁茂的季节,所有的桑树上都挂满了白花花的茧子。嫘祖带领部落里的女人们到桑林中采摘蚕茧,抽成丝,织成片,人们穿上了丝织的衣服,从而开启了西陵部落有衣穿的文明时代。

黄帝打败炎帝,当上部落联盟的盟主之后,嫘祖以丝帛进献黄帝。黄帝慕名前来查访。天生丽质、心灵手巧的嫘祖打动了黄帝,他便娶嫘祖为妻,实现了联姻。

素有雄心壮志的黄帝没有让嫘祖闲着,况且嫘祖也是一个不愿贪图享受的人。联姻之后,嫘祖奉黄帝之命,巡行天下,教民养蚕。开始,先在黄帝的统治区域——黄河流域引导和教育百姓养蚕缫丝,相传她曾在阳城南山活动过,后来随着黄帝统治区域的扩大又到了南方,最后病逝于南巡道上。嫘祖"养天虫以吐经纶,始衣裳而福万民",孕育出绮丽的丝绸文化,使中国成为世界上最早养蚕缫丝和丝织的国家。由于嫘祖养蚕缫丝,开辟了丝绸文明,为人类作出了巨大贡献,功高日月,自周代起就被天子尊奉为"先蚕",民间尊称为"蚕神""行神",爱称为"嫘姑""丝姑""蚕姑娘",历来受到各族人民的无限崇拜。尤其是在蚕乡,人们对嫘祖的崇拜与热爱已融入生活,形成文化。在晋城,从南到北,从东到西,几乎村村社社都要祭"蚕神"。人们把嫘祖奉为神,一是感谢她对人类作出的巨大贡献;二是乞求她的在天之灵保佑蚕茧丰收、蚕农丰衣足食。在供品的选择上,人们制作了一种蚕形的酥点,这就是蚕酥。还有人认为见了它就想吃,起了个别名叫馋酥。用面粉制作不同的动植物的形状,以供奉不同的神祇,在民间已约定成俗。用蚕酥供蚕神,是很自然的事情。蚕酥的制作很复杂,还要根据其用途来定原料。如果作为筵席腰饭,其制作一般离不开猪油,但要作为供点,是绝对不能用猪油的。它是用精粉、香油、鸡蛋、蜂蜜、白糖先后制成酥面和皮面,又称干油酥和水油酥。然后将酥面包入皮面内,擀成大薄皮,叠层,用刀切成薄小片,再将小片制成蚕形,然后下油锅炸。其特点是酥脆香甜,色泽美观。一位外地学者在晋城考察时感叹地说:"没想到,嫘祖在晋城人心目中的地位是如此之高!从供奉蚕神的广泛来看,晋城古代必定是个蚕桑业十分发达的地区。"

仓储业祖师韩信

韩信,韩国后人,西汉开国功臣,中国历史上杰出的军事家,"汉初三杰"之一。韩信被尊奉为仓储业的祖师爷,来自他曾在刘邦手下担任过仓官,也就是当过管理粮仓的官吏。在古时候,民间在农历正月二十五仓神(仓官)的生日,届期与粮仓有关的行业和民间均要设供致祭,并有填仓、打囤之俗。仓神的原型是仓星,《晋书·天文志》:"天仓六星,在娄南,谷所藏也。"古人认为仓星负责粮仓,关系着五谷丰登,是人们所希望的,所以仓星就成了仓神。后来仓神被人格化,也与历史人物附会,如韩信即被附会为仓神,民间将韩信定为粮仓的祖师爷。清韶公《燕京旧俗志·岁时篇·添仓》云:"相传仓神为西汉开国元勋韩信,俗称之曰韩王爷。"其神像系一青年英俊者,王盔龙袍,颇具一种雍容华贵之象。因为韩信当的第一任官职是仓官,后来又明修栈道、暗度陈仓,所以被奉为仓神。

韩信最初投奔在项羽门下,曾多次为项羽出谋划策而不被采纳,在不受重用的情况下选择了弃楚投汉。初到汉军,韩信只是做了个接待宾客的连敖官。后来因事犯法,被判处斩刑。同伙十三人都被杀了,轮到韩信时,他抬头仰视,正好看见滕公夏侯婴,便高喊:"汉王不是想要成就统一天下的功业吗?为什么要斩杀壮士?"滕公感到这个人的话不同凡响,又见他相貌堂堂,就把他放了。经过一番交谈,滕公对韩信大为欣赏,于是报告给刘邦,但刘邦"未之奇也",只任命韩信为治粟都尉,管理粮仓。

治粟都尉管理着供应几十万大军的储备粮,大小粮仓星罗棋布,还有很多散堆在地上的谷子,像一座座小山,可谓恒河沙数。此前所有治粟都尉上任时都只是看看账目就完事了,谁都不知道储备粮的准确数量。韩信来到仓所后,没有看账目,而是直接验看仓廒,清点粮仓和粮堆的数量,然后对管理账目的人报出军粮一共是多少多少。管账的人打开账本一看,居然一点不差。滕公听说了这件事情后,立刻报告给了萧何。萧何亦以为奇,于是召见韩信:"适闻贤公清点粮仓谷堆,不知何法便能知如此大数?"韩信说:"算有小九之数,有大九之数,若能精通此法,虽四海九州亦可算出,况区区仓谷乎?"萧何称赏,延之上坐,拱手对韩信说:"愿贤公论天下之形势,决天下之安危。"

韩信说:"汉王虽左迁褒中,然养威蓄锐,为虎豹在山之势,使智者无以用其谋也。项王虽然所向无敌,但天下诸侯均有背叛之心,外若为安,内有隐患。汉兵失此机会而不东征……虽老死不得出褒中矣!"萧何近前附耳曰:"前日栈道已烧绝,汉兵无路可出,奈何奈何?"韩信笑道:"前日烧绝栈道,必是智者与丞相计议,定当另有别路可通汉兵,此计只可瞒项王,不可欺智者……"

萧何见韩信议论如江河滔滔万里,心甚奇之,认定破楚元帅非韩信莫属。这以后,就有了萧何月下追韩信、登坛拜将和明修栈道、暗度陈仓、国士无双、战无不胜、解衣推食、推陈出新、多多益善等故事。

茶的祖师神农氏

神农,又名神农氏,即炎帝,距今五千五百年至六千年前生于历山(今湖北随州市境内),中国远古传说中的太阳神。姜姓,号神农氏,中国上古人物,有文字记载的出现时代在战国以后。《神农本草经》记载:"神农尝百草,日遇七十二毒,得茶而解之。"这里的"茶"就是现在的"茶"。根据这个记载,推断茶的发现和利用具有五千年历史。茶最早是作为药用的。在古时候,神农给人治病,不但需要亲自爬山越岭采集草药,而且还要对这些草药进行熬煎试服,以亲身体会鉴别草药的性能。

传说,有一次,神农为了给人治病,到深山野岭去采集草药。神农采来了一大包草药,把它们按已知的性能分成几堆,随后分别品尝草药。神农尝到了一种有毒的草,顿时感到口干舌麻、头晕目眩,他赶紧找一棵大树背靠着坐下,闭目休息。

这时,一阵风吹来,树上落下几片绿油油的带着清香的叶子,神农随后拣了两片放在嘴里咀嚼,没想到一股清香油然而生,顿时感觉舌底生津,精神振奋,刚才的不适一扫而空。

神农感到好奇怪,于是,再拾起几片叶子细细观察,他发现这种树叶的叶形、叶脉、叶缘均与一般的树木不同,便采集了一些带回去。回家后,神农研究半天,没有发现什么妙用。一次,神农准备煎药,打开锅盖,准备放药时,一阵轻风拂来,神农采集的奇怪树叶飘进水中,当即又闻到一股清香从锅中飘出,神农好奇地走近细看,只见这几片叶子飘浮在水面,水中汤色渐呈黄绿,并有清香随着蒸汽上升而缓缓散发。

神农用碗舀了点汁水喝,只觉略带苦涩,清香扑鼻,喝后回味香醇甘甜,身体不累了,头脑也更清醒了。神农大喜,遂定名为"茶",并取其叶熬煎试服,发现确实有解渴生津、提神醒脑、利尿解毒等作用。

从此,茶叶便被发现了!

城隍爷霍光

霍光,字子孟,山西临汾人,西汉权臣、政治家,麒麟阁十一功臣之首,大司马霍去病异母弟。霍光历经汉武帝、汉昭帝、汉宣帝三朝,官至大司马大将军,以辅佐幼主,实现"昭宣中兴"而著名。霍光常被人与伊尹相提并论,称为"伊霍"。后世往往以"行伊霍之事"代指权臣摄政废立皇帝。

城隍庙,遍布全国各地,大城市、小县城,都可以看到城隍庙的踪影,而许多地区的城隍庙都地处市中心,也往往都是热闹繁华的所在。城隍神原是城镇的守护神,后来渐由守护神演变成对应于人间政府所派遣的"阳官"的"阴官",专责这一地区的大小阴间事务。霍光被尊奉为上海城隍庙城隍爷,真正的神名为金山神主。金山是上海下辖的一个郊区县,据《吴国备史》记载:"大将军霍光,自汉室既衰,旧庙亦毁。一日吴王皓染疾甚,忽于宫庭附黄门小竖曰:'国主封界,华亭谷极东南,有金山咸塘,风激重潮,海水为害,非人力能防。金山北,古之海盐县,一旦陷没为湖,无大神力护也。臣汉之功臣霍光也,臣部党有力,可立庙于咸塘,臣当统部属以镇之。'遂立庙,岁以祀之。"

意思是说,三国吴主孙皓病重,做梦梦到了霍光,霍光在梦中告知,听附身侍从说孙皓的国土有一地名叫金山(就是今天上海金山区),每年水患连连,风潮为害,民不聊生,这是缺少一个守护神的原因。金山咸塘，霍光本是汉代的有功之臣，能够治理金山的海患问题，要孙皓为他修筑一座庙。奉他为神，庙以祀之，就可让孙皓病愈，保一方平安。随后孙皓病愈，遂立庙崇祀霍光。自此霍光成为上海地区的守护神，保护着上海地区的百姓。到了明朝时，城隍庙中又多了一位城隍神。朱元璋一直招用秦裕伯入仕，可秦裕伯婉言拒绝，朱元璋便说秦裕伯"生不为我臣，死当卫我土"，所以封他成为上海城隍。于是，秦裕伯与霍光成为城隍庙中的两个城隍神，也有"前殿为霍，后殿为秦"的说法。这以后，上海建城隍庙相沿成习，霍光就成了上海资格最老的城隍爷。

做生意的祖师爷关羽

关羽，山西运城解州人，他为人正直，做事言而有信，为后世当官及做生意人尊为祖师，包括典当业、旅馆业、豆腐业、香烛业、蚕业、丝织业、糕点业、盐业等，还被尊为武财神、武曲星、武圣。

古代当铺、旅馆业等尊奉关羽为祖师爷，这和山西晋商的兴起有着直接的关系。明清时期，晋商雄起，山西票号"执全国金融之牛耳"，曾创造"汇通天下"的奇迹。晋商钱庄称雄明、清两代及民国时期长达五百年之久。当时，晋商钱庄票号几乎垄断了全国的金融市场，更将事业推广到了俄罗斯、印度、朝鲜和日本等国。当时，晋商经营的钱庄、当铺、票号、理财等金融行业都敬奉关公为本行业祖师爷。民国时，各行业都有祀神活动，农历三月十五日为祀财神之日，六月二十三日为祀关帝之日，届时演戏酬神。究其缘由，一是民间传说中国会计师的祖师爷之一便是关公。据说关公生前非常善于理财，曾设笔记法，发明了日清簿，这种计算方法设有原、收、出、存四项，对于记账非常详明清楚。二是晋商的钱庄票号做生意讲究的就是"信义"二字。山西票号对顾客必须做到言而有信，即使损失再大，甚至导致破产，也要信守承诺。所有票号，从日升昌开始，就确立了一个原则，即只要储户手拿汇票，不管何时何地,都必须无条件兑换。1888年,一位汇丰银行的英国经理曾经评价说:"我不知道世界上还有什么地方的商人会像中国商人这样值得信赖。二十五年来,汇丰银行与中国商人做了大量生意,数目达几亿两之巨,但我们从来没有遇到过任何欺骗行为。"但山西票号有一种让西方人很难理解的行为习惯:所有票号都要供奉关公,视关公为本行业的祖师爷。因为在所有票商心目中,关公就是信义的化身。

在民间,关羽可以说是最受欢迎的神之一,今天随处可见的关帝庙便是见证,据统计清朝入关时的关帝庙便有四万多座。此外海外华人也很尊崇关公,他们虽然离开了中国的土地,但却把关帝庙带到了世界各地的唐人街。把一个武将奉为神明,这在世界范围内都是很少的,可以说是体现了中国特色的文化现象。中国儒家文化的核心价值观"义"赋予了关羽诚信的形象,这也是关羽被人尊崇的根本原因。老百姓觉得关羽灵验,是因为他很好地完成了最初的职责——守护盐池。关羽出生在解县(在今天的运城市),解县曾是中国最大的盐产地。盐田就像农田,很怕自然灾害,人们便在盐池附近设庙供神,祈求风调雨顺。一开始关羽只是守护神之一,人们选他的理由也很简单,就是因为他是本地的武将。北宋年间,当地发生了一场洪灾,让盐池受到了很大的损害,而盐税是国家财政的一个重要组成部分。所以八年后,盐池修复的时候,举国上下都很重视,当地人请求加封盐池守护神,宋徽宗便给关羽加封了爵位,这就确立了关羽成为盐池守护神的地位。像天灾这种事情,经常会发生,但灾难过去了,老百姓便会认为是神灵起作用了,会积极地来祭奠他们觉得显灵的神,并申请加封,修建塑像庙宇。而老百姓判断神灵灵不灵,标准便是供奉的这个神塑像、庙宇大不大,香火旺不旺。于是,关羽便在这种情形下,影响力越来越大。

晋商的信仰,固然是推动关公崇拜越来越兴旺的一股力量。不过,真正把关羽变成武圣人的还是当时的皇帝。皇帝祭拜武圣

的时候,一般都是碰到战争。国家层次的武圣祭拜,最早是从唐玄宗建武城庙开始的,不过那时候关羽并不算出众。对于皇帝来说,武将如果有勇而无义,这反而是国家的威胁,所以对于皇帝来说,义是前提,然后才能谈勇。没有义,何来信?没有信,又如何派之上战场?因为有了义,皇帝觉得关羽才是最靠得住的武将。宋徽宗是第一个单独祭拜关羽的皇帝,还给关羽封了神号,这相当于从国家层面上承认了关公信仰。朱元璋是第二个单独供奉关羽的皇帝,他废除了唐玄宗的武成庙,把关羽单独请出来供奉。朱元璋之所以推崇关羽,是笼络人心的需要。在老百姓心中,关羽是忠义的代表,而且关羽的香火越来越旺,早已超过了其他封神的武将。此外关羽还有着强大的号召力。这些朱元璋都是非常清楚的。到了万历年间,由于经常需要打仗,万历皇帝每次打仗都要祈求关羽保护,关羽的封号也随着提升,就是大家熟悉的关圣帝君。到了雍正时期,雍正皇帝更是下令把关帝庙全部改成武庙,和孔子的文庙并立。至此,关羽成了中国人至高的信仰。

汾水之神台骀

台骀,黄帝的五世孙,中国上古时代的治水英雄,治水时间早于大禹,是中国历史上成功治理江河的创始人。因台骀成功治理汾河水患,故受到颛顼嘉奖而将其封于汾川,被后世尊为"汾水之神""汾神"。

台骀作为帝喾的治水官,承袭了父亲的治水经验,尤其擅长治理水道,他疏导了汾水、洮水,阻塞了沼泽,造就了太原这块平原。于是,颛顼帝嘉奖了他,把他分封在汾河流域中部。在此之前,太原这块土地在黄帝、颛顼时代,水患横生,当时的汾河水量充沛,完全是一幅"汾者,大也"的景象。汾河从上游带来肥沃的黄土,既构成了太原的冲积扇、洪积扇平原,也淤塞了汾河的河道,形成了危害人类的水患。是台骀疏导了淤积的河道,宣泄了汾水的四溢,造就了太原盆地,使人类生存于此,繁衍于此,所以台骀成为太原人世代祭祀的汾河之神。正如历史文献记载所说:"太原,晋阳也,台骀之所居。"(《左传》)对于造福于太原一方水土的台骀,太原人民世世代代没有忘记。史载太原曾有多处台骀庙。逮及唐代,河东节度使唐钧为安抚太原士民,将建在太原王郭村的台骀庙给予扩建,尊称为"汾水川祠"。到后晋天福年间(936—942年),石敬瑭又加封台骀为昌宁公,台骀庙升称"昌宁公祠"。至今熟悉太原地方史的人仍称台骀庙为"昌宁公庙"。现在王郭村仍遗存有台骀庙及"昌宁公塑像"。到了明代的时候,太原人高汝行又在晋祠庙内新建一座台骀神祠,匾曰"台骀庙",位于昭济圣母殿的右侧。高汝行之所以要出巨资兴建台骀庙,并再塑台骀金身在庙内,是由于据地方志籍记载,高汝行是明代嘉靖年间晋祠镇东庄人,当年他入朝为官,升任浙江提刑按察司副使,在赴任途中乘舟渡长江南下,谁知舟至江心,狂风突起,舟将覆没,汝行呼天不应、叫地不灵。正在千钧一发之际,忽有一人将其救起,使其免于横死。汝行大难不死,遂长跪在地,请问恩人姓名,然而救助者长笑不答。再三询问,答曰:"台骀也。"高汝行初不知台骀为谁,继而猛醒,恍然大悟,才知道救自己的人乃是汾河之神台骀,便暗下决心,归籍时重修庙宇,再塑金身,以报救危之恩。未几,辞官归里,在晋祠圣母殿旁,建起了面阔三盈、深一间许的台骀庙,恭塑了台骀金身,并对乡间父老曰:"救我命者,故乡神圣台骀也。"

台骀一生活动在汾河流域,是名副其实的"开发山西第一人"。在他的努力下,汾河流域根治了水患,当地百姓安居乐业,繁衍后代,山西成为一片适宜人类生息的沃土,为其后的尧、舜、禹相继在晋南建都(尧都平阳、舜都蒲坂、禹都安邑)奠定了地理上与物质上的基础。

风水学鼻祖郭璞

郭璞，号景纯，山西闻喜人，是我国东晋时代著名的文学家、训诂学家、博物学家、道学与术数大师和"游仙诗"祖师，其所著《葬经》，亦称《葬书》，乃中华术数之大奇书，对风水及其重要性做了论述，是中国风水文化之宗。

郭璞自少博学多识，聪明过人，尤其对易学甚为感兴趣。据说他曾跟着河东郭公学习过一段时间的卜筮，后夜卧床榻，仰视星河，辗转思索人与宇宙之间的奥秘。在他将醒将梦之间，竟不觉恍然顿悟天赋大开。郭璞极擅预卜地理风水之术，又喜好古文奇字，他精天文、通地理、历算、卜筮，长于赋文，对阴阳术数以及历法算学精通至极。郭璞父亲是建平太守，他观察到儿子在这些方面的天赋，就把他带到客居河东的一位高人郭公那里，希望他能授予儿子一些真本事。郭璞不辱父命，跟着郭公学习了许久，艺技大进，郭公亦不吝所学，和盘托出，授予郭璞《青囊中书》九卷。由此，郭璞焚膏继晷苦心研习，最终通晓了五行、天文、占卜之术，最后竟然能禳除灾祸，通达冥冥之玄机，可谓十分了得。可惜的是，郭公赠予景纯的《青囊中书》最后被他的门人赵载偷走，然而天缘未至，在赵载准备翻阅之时，却不小心着火了，此书最终被烧毁。

郭璞博古通今，满腹经纶。他曾与东晋著名的史学家王隐一起编撰过《晋史》。他以"游仙诗"名于世，虽然内容略显消极，但是才思敏捷，文笔华丽。钟嵘在《诗品》里称其"始变永嘉平淡之体，故称中兴第一"；刘勰在《文心雕龙》里这样评价他："景纯仙篇，挺拔而俊矣！"另外，郭璞曾为《尔雅》《山海经》等著述作过注。郭璞的《江赋》文辞壮丽，被世人津津称道，后来他又写了《南郊赋》，晋元帝看完此作大呼叫好，认为是飞来之笔，甚为喜欢，并任他为著作佐郎。由此观之，郭璞胸藏万卷，实乃不世之大才。然而，倚马千言、才华横溢、博学多才的郭璞，最让人叹服不已的是他的风水占卜之术,甚至因为他在风水上的巨大成就,进而掩盖了他在文学上的盛名,实属无可奈何!因为他在风水上的造诣实在太高,郭璞被后世尊为"风水鼻祖""中国风水的开山师祖"。《晋书》曰:"璞好经术,博学有高才。"他所著的《葬经》定义了风水之概念:"气乘风则散,界水则止。"两句虽短,但至精至妙。

关于郭璞的风水故事,可谓非常之多,然则很多故事听上去像极了传说,让人难辨真伪,匪夷所思。相传郭璞有"撒豆成兵""夺天地造化"之本领。他不但算准了自己的阳寿,甚至连自己在哪一天去世,哪个方位、时间地点都算准了,简直是令人惊服不已。郭璞虽大才,但行为狂放不羁,性格率意不拘,亦不注重穿衣打扮,时常喝得醉醺醺。

郭璞通晓《易经》,极擅占卜之术,这被当时的门阀士族很是瞧不上眼,认为他虽才高但是位卑,郭璞闻言之后不做理会,遂写了一篇《客傲》。公元322年,皇孙降生,元帝大喜,郭璞再次上疏言政,此谏最后被元帝采纳,随后大赦天下,改元为"永昌"。

郭璞的占卜相人测算之术,众人皆服,上至帝王下至黎民百姓,郭璞之名,几乎众人皆知!他的占卜成功案例不胜枚举,譬如对司马睿的"帝王之测";对王导的"雷震柏树之测";在宣城的"驴鼠之论";对赵固的"宝马之救";测桓彝、预王敦……郭璞的预测几乎百发百中,无不叫人心服口服!但就是这样一位奇才,最后却悲惨地被王敦杀害。

在郭璞还没有名气的时候,他的母亲就去世了,郭璞选了一块很平常的地安葬母亲。这块地一到夏天雨水增多时就会被大水淹没,当时许多风水师都说这块地不好,郭璞没有理会,仍旧坚持自己的判断。几年之后,沙土上覆,大水不但没有涨上来,反而自行退去,墓周围几十里都成了桑田。这件事情使郭璞名声大振,从此奠定了他在风水界的地位。

晋明帝太宁二年(324年),驻守在外的王敦要举兵造反,因郭璞以通晓"五行、天文、卜筮之术,能禳灾转祸"知名,王敦便要他就

成败如何算一卦,也为考察郭璞的立场态度。郭璞的回答是"无成"。王敦本就怀疑郭璞与朝廷有勾结,就让他再给其本人算一卦,看还能活多久。郭答:"明公起事,必祸不久。若住武昌,寿不可测。"直言告诉他不可以起兵造反。王敦大怒,问道:"卿寿几何?"曰:"命尽今日日中。"于是王敦一气之下,当天就把郭璞杀了。

一代风水大师就这么逝去了,虽然能通晓未来之事,但最终却在劫难逃。

弓箭匠祖师爷黄帝

黄帝,古华夏部落联盟首领,中国远古时代华夏民族的共主,五帝之首,被尊为中华"人文初祖"。相传轩辕黄帝的母亲叫附宝。有一天晚上,附宝见一道电光环绕着北斗枢星。随即,那颗枢星就掉落了下来,附宝由此感应而孕。怀胎二十四个月后,生下一个小儿,这小儿就是后来的黄帝。黄帝一生下来,就显得与众不同:生下没多久,便能说话;到了十五岁,已经无所不通了。后来他继承了有熊国君的王位。因他发明了轩冕,故称之为轩辕。又因他以土德称王,土色为黄,故称作黄帝。据说黄帝在乘龙升天时将随身所带弓箭留下以做纪念,所以被弓箭匠尊奉为祖师。弓箭行业中流传着一个古老的传说:轩辕黄帝某次外出时,在密林之中遇到了一只老虎,情急之下,轩辕黄帝爬上了路边的大树,并在树上折断树枝、绑上藤蔓,做成了最原始的弓箭,打退了老虎。黄帝发明的弓箭在冷兵器时代的部落群雄之战和战胜蚩尤的阪泉之战中屡建功勋。由此,轩辕黄帝被奉为弓箭行业的祖师爷。每年农历四月二十一这一天,箭匠歇业,组织和参加祭祀先祖庆典活动,一般都要设宴唱戏,擦净佛像,并为祖师像穿上树叶做的衣服,披上大袍。妇女和儿童吃白煮肉、黄花鱼,烧香磕头,等等。

华夏文明的"开天圣人"

自从盘古开天地,三皇五帝到如今。中华民族的华夏历史可分三个阶段,从盘古氏到黄帝是神话时代,从黄帝到大禹是传说时代,大禹以后到今天是信史时代。其中,黄帝和大禹是两个重要的分水岭。五千年来,华夏文明的"开天圣人"包括十六位,他们分别是:盘古氏、天皇氏、地皇氏、泰皇氏、有巢氏(巢皇)、燧人氏(燧皇)、伏羲氏(羲皇)、神农氏(炎帝)、轩辕氏(黄帝)、青阳氏(玄嚣帝)、高阳氏(颛顼帝)、金天氏(挚帝)、高辛氏(喾帝)、陶唐氏(尧帝)、有虞氏(舜帝)、夏后氏(禹王)。

这十六位伟大的人物,可以说都是中华民族的"开天圣人"。尤其要说明的是其中的十一位。

第一位,盘古氏,其功绩是"开天辟地,分阴阳"。盘是盘问的意思,古是以前存在的事物,可以理解为早就存在的道。盘古,就是不断追问、探索宇宙运行的大道。盘古氏是告别混沌从洪荒走来的第一人,是华夏民族的第一位"开天圣人"。话说在太古时期,虚无的太空中漂浮着一个巨大的圆球,里面有一个叫盘古的巨人,他不停用斧头开凿,想把自己从圆球里解救出来。经过一万八千年的努力,他终于把圆球劈为两半,头顶上的一半化为气体,上升成为天空,脚下的一半化为大地,下沉成为地球。宇宙就此开始有了天和地,盘古成为开天辟地的大英雄。上古神话体系就从这里发端。

第二位,天皇氏,兄弟十三人,出生在天灵山,都城天都,功绩是"有数字"。天皇时期,人类已经知道了"多少",有了数字的概念,包括"一二三四五六七八九十"以及"十天干甲乙丙丁戊己庚辛壬癸"。因提出十天干,故称"天皇氏"。

第三位,地皇氏,兄弟十一人,出生在熊耳山,都城龙门,功绩是"定三辰,分昼夜,有岁月"。地皇氏不像现在的人有工作要忙,

他们可以天天在吃饱肚子后就专心观察日月星辰和虫鱼草木,所以知道了"一岁为十二个月",以及"十二地支子丑寅卯辰巳午未申酉戌亥"。因提出十二地支,故称"地皇氏"。

第四位,人皇氏,兄弟九人,出生在荆马山,都城九城,功绩是"出旸谷,分九河,衣兽皮,族内群婚"。人皇氏时期数字有了,日月星会看了,岁月知道了,活动范围就大了。他们可以去到海边看看,跑到山上转转。活动范围大、影响也大,称"泰皇氏"或"大皇氏",又因为配齐"天、地、人"三才,又叫"人皇氏"。

第五位,有巢氏,也就是巢皇,出生在九嶷山,都城苍梧,主要功绩是"构木为巢,族外群婚,编堇为芦,葺灌为扉,涂茨罂以蔽风雨"。在他生活的时代,气温比较高,大气含氧量高,雨水充足,植被十分茂盛,野兽也多,人类面临着被吃光、被灭绝的危险。这时候,有巢氏教会天下人民筑巢而居,从而幸存了下来。筑巢而居,故称"有巢氏"。

第六位,燧人氏,即燧皇,出生在昆仑山,都城燧明,主要功绩是"钻燧取火,以化腥臊,而民悦之,使王天下,号之曰燧人氏"。火使用的根本功能,就是为了给不新鲜的食物去腐去臭。

第七位,华胥氏,相传盘古开天辟地之后,在上古的神州大地上,日月在天上运转,河流围绕山川奔流,森林里、旷野中,成了飞禽走兽的大乐园,人类尚没有出现。也不知道过了多久,一位女神出现了,后人称之为华胥氏。她在这个大乐园中游荡,有一次,她在雷泽中无意中看到一个特大的脚印,好奇的她用自己的足迹丈量了这个足迹,不知不觉感应受孕。华胥氏怀胎十二年后,伏羲降生了。"华胥生男名伏羲,生女名女娲"(《春秋世谱》)。

第八位,伏羲氏,即羲皇,距今三万年,出生在石楼山,都城宛丘,以玉华子为师。主要功绩是"作八卦历以通神明(又名'六十四卦历',以八为数,三百八十四天为一年),做结绳而为网罟,造书契,作瑟三十六弦,制嫁娶之礼,取牺牲以供庖厨,族外群婚"。因为懂得庖厨,称"疱羲氏",又叫"伏羲氏"。同一个时期还有一个有名的女性"女娲氏",伏羲氏和女娲氏生了神农氏。

第九位,神农氏,炎帝,出生在常阳山,都城成纪。以赤松子、九灵子和广寿子为师,以刑天为相。主要功绩是"尝百草,著《神农本草经》,制耒耜,创日历(以九为数,七百二十九日夜即三百六十四点五天为一年),种五谷、稻、黍、稷、麦、菽,造雅琴,养家畜,创婚姻,制陶,以麻为衣,日中为市"。神农不仅完成了对百草和谷物的识别鉴定,还发明了基础的农业耕作技术。这是采集文明到农业文明的划时代转折。神农尝百草,并不是为了采药材,药材只是采集农业的附属成果。因为发明农业,被称"神农氏"。同时他也是一个用火的高手,又被称为"炎帝"。

第十位,轩辕氏,黄帝,出生于太华山,都城云岩。以广成子、宁封子和容成子为师,以风后为相。命仓颉造字,命伶伦做箫管乐(五音十二律),命大挠创甲子历法(天干地支六十甲子),命风后演兵法(奇门遁甲),造指南车,与岐伯、雷公、素女著《黄帝内经》,造宫室,做衣裳,刳木为舟,剡木为楫,定嫁娶。因为发明了车,故称"轩辕氏"(轩辕是车的代称,轩和辕是车的两个主要部件,横木叫轩,纵木叫辕)。他完成了后世几千年基本的农业文明形式和社会文化制度。农业的繁荣,导致人口的兴旺。人口多了,又继续繁衍,但耕地短缺成了大问题,开疆拓土成了黄帝之后的颛顼帝、喾帝、尧帝、舜帝主要做的事情。这后来还有青阳氏(玄嚣帝,又名少昊)、高阳氏(颛顼帝)、金天氏(挚帝)、高辛氏(喾帝)、陶唐氏(尧帝)、有虞氏(舜帝)。当开疆拓土已经达到了极限,提高土地利用率就成为必然选择,大禹应运而出。

第十一位,大禹,又称禹王,生于嵩高山(又名"崇高山"),都城阳城。以真行子为师,以伯益为相。大禹治水,劳身焦思,三过家门而不入。定九州(冀州、青州、徐州、兖州、扬州、梁州、豫州、雍州、荆州),铸九鼎(冀州鼎、兖州鼎、青州鼎、徐州鼎、扬州鼎、荆州鼎、豫州鼎、梁州鼎、雍州鼎),修订日历以建寅之月为正月,称为"夏历"(我们今天用的阴历就是夏历)。禹治水有功,故称"大禹"

"禹王"。因其开创的朝代叫"夏",又称其为"夏禹""夏后氏"。大禹治水,并不只是抗洪抢险,实质上是农业文明的一次深层变革。大禹把靠天吃饭的自然农业升级到了灌溉农业,让一些原本无法保证收成的土地,变得可以旱涝保收。这样后来的新增人口,就可以在驯服后的土地上生活,这个成就使得华夏民族的人口大幅增长。大禹所发明的灌溉农业,对人类的影响十分深远,成为后世各个民族都存在"大禹治水"神话传说的原型。

从华胥氏(燧人氏时期)到夏后氏(大禹),完成了华夏文明的奠基,所以称为"华夏文明"。

画画业祖师王维

王维,字摩诘,号摩诘居士,唐朝山西运城人。唐肃宗乾元年间任尚书右丞,故世称"王右丞"。王维精通诗、书、画、音乐等,以诗名盛于开元天宝间,尤长五言,多咏山水田园,与孟浩然合称"王孟",有"诗佛"之称。

王维之所以被后人推崇为南宗山水画之祖,画画业祖师,是因为他不但有卓越的文学才能,而且是出色的画家。他以水渗透墨彩来渲淡(破墨)的新技法,打破了青绿重色和线条勾勒的束缚,更适宜对大自然景物的描绘。唐人记载其山水面貌有二:其一类似李氏父子(李思训、李昭道),另一类则以破墨法画成。其名作《辋川图》即为后者。可惜这些已无真迹传世。世有"李白是天才,杜甫是地才,王维是人才"之说,后人亦称王维为"诗佛",此称谓不仅是说王维诗歌中的佛教意味和王维的宗教倾向,更表达了后人对王维在唐朝诗坛崇高地位的肯定。王维不仅是公认的诗佛,也是文人画的南山之宗,并且精通音律,善书法,懂篆刻,是少有的全才。唐代宗曾誉之为"天下文宗"(《答王缙进王维集表诏》)。钱钟书称其为"盛唐画坛第一把交椅"。

王维的山水画历代评价都很高,他的画笔意清润、笔迹劲爽,用水墨作画,不施重彩。他的画很有诗的意境,让人感到画外有画。传王维的代表作有《辋川图卷》《雪溪图》《江山雪霁图》《江干雪意图》,均能反映出王维画的风格特色。

北宋苏轼曾说:"味摩诘之诗,诗中有画;观摩诘之画,画中有诗。"(《东坡题跋·书摩诘蓝田烟雨图》)同一时期的殷璠在其著作《河岳英灵集》中评价王维之诗:"在泉成珠,著壁成绘。"明代董其昌推崇王维为"南宗之祖",认为"文人之画,自王右丞始"。

王维的人物画画得也很好,他喜画面目各异的罗汉像,相传《伏生授经图》即为他所画,但王维最大的成就是开创了中国山水画的一代画风,其水墨画风几乎影响着中唐以后中国山水画发展的全部历史。可以说,占据中国古代山水画主流的文人画,均受到王维的影响。苏轼的"诗中有画,画中有诗"的赞语,奠定了王维在中国绘画史上的地位。明代董其昌的文人画理论,把文人画的内涵全部具体化于王维,称王维是南宗画之祖。这一画风一直影响至今。

集市之祖神农氏

集市,典出《周易》:"(神农氏)日中为市,致天下之民,聚天下之货,交易而退,各得其所。"说的是远古时期神农氏的故事。

市,就是现在的农贸交易市场。神农时代,农耕的人们除了男耕女织外,抽空在集上做一些小买卖。一开始,人们没有计时工具,到市场的时间不一样,市场上人员不集中,不仅买卖做不成还耽误农活。后来,炎帝就想出了一套办法。炎帝在自己的院子中间立了一根杆,早晨太阳从东边出来,杆影在西,而长。太阳落山时,杆影在东,而长。中午时,杆影向北,并且最短。这样看来,杆影最短时,大概也就是一天的最中间的时期,各家各户按此办法,到了杆影最短时,都集中到市场,既节省时间,也可以做到互相用货币货物交换,做买卖。这就是炎帝发明的"日中为市"。

后来,在逐渐的交换中,经常发生换主遇不到要主的事。人们交换不成,只好背着笨重的东西,一趟趟地来回白跑。对此,炎帝看在眼里,急在心头。他想,如果能够找到一种"人人都需要之物"就好了。当时,人们先是把"羊"作为"人人都需要之物",后来又发现了"小米"。

传说有一天,有个人拿着自己的石器去换麻布,但市场上带布的人都不需要石器。后来,有人想用小米换石器,但有石器的人却也不需要小米。可是又见天色已晚,自己的石器又笨重难拿,只好被迫换上比较好拿的小米扫兴而归。用石器换上小米的人,原以为小米也是多余之物,麻布是换不上了,没想到小米却是抢手货,走到路上就有人要用鸡鸭、箩筐等物换他的小米。这样一来,居然用小米换上了比预计还要多的麻布,使他顿觉栽花得柳,喜从天降,高兴极了。这件事被炎帝知道后,炎帝想,人皆吃饭,看来"米"就是"人人都需要之物"啊。于是,就引导人们有物换物,无物就先换成小米,然后再用小米去换自己所需要的东西,就和现在用货币一样。就这样,小米成了交换中的"一般等价物"。由"小米"这件小事,解决了交换中的难题,使得物物交换,从此实现了买卖。买卖为"商","有商则活"。就是说,小米作为一般等价物的出现,为中华民族的集市经济开创了新纪元,从而使集市像雨后春笋似的发展了起来。

对此,一贯慧眼识珠的炎帝,乘势在"日中为市"的基础上,又进而推行了"三天一小市,五天一大市"。于是,人们若买卖一般小东西,就去赶三天一小市的集,若买卖牲畜等大东西,就去赶五天一大市的集。这种形式,一直沿用到现在。

箭神大羿

大羿,又名羿、司羿、夷羿,五帝时期的人物。羿在年仅五岁的时候被父母抛弃在深山,自幼在山林中成长。他善于射箭,后来成为射师,被帝尧封于商丘(今河南省商丘市),曾经帮助帝尧射下九日,造福黎民,人们尊称他为"羿""大羿"(由于夏代有穷国君主后羿的名字里也有"羿"字,且也善射,所以后人很容易将二人的事迹、称呼混淆了)。民间因而奉他为"箭神"。

这是中国古代神话传说。远古尧帝的时候,大地出现了严重的旱灾。炎热烤焦了森林,烘干了大地,晒干了禾苗草木。原来,帝俊与羲和生了十个孩子都是太阳,他们住在东方海外,海水中有棵大树叫扶桑,十个太阳睡在枝条的底下,轮流跑出来在天空执勤,照耀大地。但有一天,他们一齐出来,给人类带来了灾难。天帝知道这件事后,就叫羿到凡间解救人民。天帝赐给后羿一张红色的弓,十支白色的箭。羿奉了天帝的命令,弯弓搭箭,对准天上的火球射去。只见天空中流火乱飞,太阳少了一个。他连连发箭,只见天空中火球一个个地破裂,满天是流火。站在土坛上看射箭的尧,忽然想到人们不能没有太阳,急忙命人暗中从羿的箭袋里抽出一支箭,留下了一个太阳没被射落,最后天上只剩下了一个太阳。

还有一个传说。相传远古尧帝时,十个太阳一齐出现在天空,土地被烤得直冒烟,禾苗全都枯干了。据《古今图书集成》《潞安府志》等史书记载,大羿射日的地方是在长治市屯留区(原屯留县)县城西北30公里处的老爷山(三嵕山)。老爷山是个俗名,学名叫三嵕(zōng,音宗)山,即麟山、灵山、徐陵山,故名"三嵕山"。这里自唐代开始山上修建庙宇,宋朝"额封羿神,为灵贶王",赐建三嵕大庙。之后,历代帝王都有重建和扩建,有先师庙、金禅庙、唐王庙、喜神庙、关帝庙、黑虎神庙等。相传大羿射日就发生在屯留老爷山。当时大羿与嫦娥就生活在山西黄河流域一带,他来到人间很快便射下了九个太阳,尧让他留下了最后一轮太阳为人间服务。相传,大羿和嫦娥是一对恩爱的夫妻,大羿射九日后,深得西王母的嘉许,为使其神射之能不衰,特地赐给了他长生不老之药,不料却被嫦娥一人偷偷吃下,飘入月宫。一对恩爱夫妻,从此天上人间分离。后羿积郁成疾最终死去。西王母感念后羿忠勇为民,奏准玉帝,遣大羿于三嵕山为神,庇佑一方百姓,后羿也被人们称为三嵕爷。到了宋徽宗时,后羿又被加封为"护国灵贶王"。据说,后羿射九日之后,就到山西晋东南负责下雨管冰雹去了。因为三嵕爷是上党地区出现的本土神,祷祀灵验,所以三嵕爷、灵贶王崇拜遍及上党地区,形成了独特的羿神崇拜区域。据文物专家统计,上党地区也就是晋东南地区的三嵕庙约有50处。后来,后羿从羿神、三嵕爷到护国灵贶王。不同的称呼,相同的祈愿。后羿射九日,这个神奇的故事流传了上千年。

井龙王沈王

沈王,说的是明朝皇帝朱元璋的孙子、明代分封到潞州的沈简王朱模的第四子朱佶焆(黎城王)。朱佶焆被黎城村民供奉为井龙王,有这样一个民间传说。黎城县被称为山西省的东大门。所谓的东大门是指黎城县东边的东阳关,古称壶口故关,是晋、冀、豫三省交界处,是翻越绵亘八百里太行山的一处重要通道。就在壶口故关下,有一大片肥沃的平川地,名叫长宁川,川上的村庄就叫长宁村。长宁村是黎城县最大的行政村,也是黎城县最古老的一个村,有据可考的历史就有三千多年。长宁村悠久的历史给后人留下的诸多神奇的庙宇,有一座被列为全国重点文物保护单位的长宁大庙。长宁大庙,又名灵源圣井庙,是一处集元、明、清风格于一体的古建筑。在这里,供奉的神仙竟然是一位戏神,这位戏神探花爷名叫雷青海。这个雷青海是唐玄宗时期著名的宫廷乐师,总管宫中乐师和优伶歌女。据说雷青海有功于唐玄宗,所以,死后被封为探花爷和宫廷乐队的保护神。长宁大庙供奉的雷青海,又称为田都元帅。有关长宁大殿供奉的神仙,还有另一种说法,说是供的是沈王。在这里,小沈王成了井龙王,专管这附近的水,被祝为当地的水神。民间传说,这片平川地遇到夏季大雨,当地面有积水时,平川地会突然出现好多裂缝,积水会很快顺着地缝流走,不会汇积成河沟,而当积水流泻后,地面会自动复原。老百姓认为这是水神保佑，保佑着长宁村下雨不积水、雨水不出川，于是信者愈加虔诚。为了感谢水神沈王的庇佑，长宁村专为沈王举办了盛大的酬神赛社活动，也就是庙会。一年一小赛，三年一大赛。大赛社火活动场景热闹非凡，场面非常壮观。不过，现在已经很难见到了。

乐器祖师爷孟昶

孟昶，初名仁赞，字保元，出生于山西太原，五代十国时期后蜀末代皇帝。孟昶声乐造诣很高，精通音律，创作词曲，首制文人词曲集，首开画院，大规模勒石刻经和发掘当地民族音乐，被尊为"孟郎君"或"郎君爷"、乐器的祖师爷。

孟昶是后蜀高祖孟知祥的第三个儿子。母亲李氏，本是后唐庄宗李存勖的嫔妃，李存勖将李氏赐给了孟知祥。公元919年11月14日，李氏在太原（今山西太原西南）生下孟昶。公元934年7月孟知祥病重，7月26日立孟昶为皇太子，代理朝政。当晚，孟知祥去世，遂立孟昶为帝。孟昶喜欢打球骑马，又好方士之术，再加上自己身处皇帝高位，因此广泛从民间海选妙龄良家女子充实后宫。枢密副使韩保贞恳切劝谏，孟昶大悟，当天送出所选良家女，又赐给韩保贞黄金数斤。有人上书说台省官应当选择清官，孟昶叹气说："为什么不提具体的人选用呢？"左右要求责问上书的人，孟昶说："我看唐太宗初即位时，狱吏孙伏伽上书言事，都予采纳，为什么劝我拒谏呢？"孟昶年少不亲自处理政事，而将相大臣都是孟知祥时的故人，孟知祥宽厚，多优待纵容，他们对待孟昶更加骄惰不驯，不遵守法纪制度，大造房宅，夺人良田，挖人坟墓，李仁罕、张业尤其骄横。孟昶即位数月，逮捕李仁罕将其杀掉，夷灭其族。当时，李肇自镇来朝，持杖入见，称有病不能拜，听说李仁罕死讯，马上放下拐杖拜倒在地。在《五代史》里，对于孟昶的言行有很多不堪的描述。而他在音乐、诗词、绘画等方面的造诣却让他被奉为

"南音始祖"。"南音"是中原古乐遗韵的活化石，2006年被列入"非遗"名录。因其以丝竹箫弦为乐器，便称"弦管"，又因其流传在今福建泉州为中心的闽南一带，故称"泉州南音"。一个继承皇位的"君二代"，入错了"行"，把国家管理得一塌糊涂，倒在文学艺术上颇有成就。孟昶精通韵律乐谱，很喜欢做诗填词。皇后费氏也颇有文才，诗文出众，号"花蕊夫人"(后世又称"小花蕊夫人")。孟昶喜欢骑马打球，每天活动够了回到宫中，就开始作诗填词；花蕊夫人则在一边吟唱，直到词新意尽为止，两人真是夫唱妇随的绝配。孟昶把做的词曲拿给宫人练习，在宫内表演。皇宫内一天到晚丝竹管弦，好不热闹。文思泉涌的孟昶常常会突然冒出词句来，他走到哪里，后面都跟着一个书记官，宫内叫"侍笔"，手端笔墨纸砚，以便随时记下他的灵感。外出游玩时，孟昶身后也带了一帮子提琴握箫的吹鼓手，以备他兴趣来了，随时可坐下来拉开场子。《宫词》说："梨园子弟簇池头，小乐携来候宴游。"孟昶爱戏，当时被称为俳优的文艺工作者数以千计。他经常在宫中举办大型歌舞戏剧表演。孟昶并不是专注自己享乐的人，要乐众人一起乐。他在不断提高自己艺术水平的同时，也下大力气兴办文教事业。他办起了教坊，以培养各类艺术人才，这是全国最早的音乐学院。孟昶也喜欢绘画，创立了翰林图画院，成为中国历史上最早的正式国家级画院。他选拔50多位优秀画师驻院作画，如孙位、范琼，号"十日画一水，五日画一石"的王宰，花鸟大师黄荃父子等，并授予职位，纳入国家公职人员管理。为传播国学，孟昶下令印制经书史学，分发给各地。他采纳宰相毋昭裔的建议，从935年开始，把《孝经》《论语》《尔雅》《易》《诗》《书》《周礼》《礼仪》《礼记》《左传》等十部书，以工整的楷书雕刻在石上，加上各部注释，填以红色，前后历时二十年完成，排列在益州州学文翁石室大成殿前。沿街立石如林，读抄石经的人络绎不绝。后来，孟昶担心石经搬不动，流传不广，又下令刻版印刷，开创木板刻书先例。宋代朱翌说："雕印文字，唐以前无之，唐末益州始有墨板。"值得一提的是，孟昶时所创作的管弦等乐

章,经南唐一带流传到东南沿海及东南亚地区,成为后来的南音,孟昶成为南音始祖,被当地人奉为乐神,建郎君庙供奉。孟昶降宋被押去宋都,他还积极地在众多乐工中精心挑选了一百多人带到宋都。这些乐工进入宋代初建的教坊里精心教习,成为传承唐、五代音乐的重要桥梁。孟昶所进献的乐器中,有一种叫凤笙,吹奏起来美妙动听,是一种很先进的乐器。无奈宋宫中乐工不知如何吹奏,只好束之高阁,从而失传。

黎城、壶关土地神韩愈

在中国道教的神仙体系里,三清天尊的地位最高,地位最低的是土地神。土地神、土地爷是负责掌管一方土地的鬼仙,住在地下,靠着香火供奉,吸收能量,俗话说"别拿土地不当神仙",意思是虽然土地神官职很小,但是也是一位神仙,不能小瞧。在民间,土地的形象千姿百态,性格各异。作为地方保护神,旧时凡有人群居住的地方就有祀奉土地神的现象存在。土地神基本上是众多神仙之中官职最低的一位,但是也是与百姓最亲近的一位,他护佑着一方百姓,几乎每个村庄都有属于他的一座小庙。土地神源于古代的土地信仰。土地可以生育万物,也是人们赖以生存的根本。人们在形容一个国家时,常常用"江山社稷"来表示,"社稷"本是指古代帝王、诸侯祭祀的土地神和谷神,其中"稷"指的是五谷之神,而"社"则是指土地神。

在山西的黎城县长宁村、壶关县上庄村等地,土地神供奉的是唐代的大文豪韩愈。在山西黎城县东阳关镇长宁村,有一座非同寻常的土地庙。说它非同寻常,一是庙宇占地面积大、殿堂气派、附属配置齐全;二是供奉的土地爷权力很大,不但有名有姓,而且还是人所共知的名人,居然能管四府八县。长宁村位于晋、冀、豫三省交界处,是一个入选中国传统村落名录的古村落,大名鼎鼎的山西"东大门"东阳关,就在村边。长宁村的历史悠久,有据可考的历史就有三千多年。在长宁村东,有一座位于高台上的四合院落,那就是在当地名气很大、香火非常旺盛的土地庙。土地庙的基础是一人多高的青石条,从剥蚀的表面可以推测年代的久远。院子坐落在高台上,从远处望去,就能感受到不凡的气势。据说这座土地庙是黎侯国的土地庙,管理着周边三州八县(也有说是三府八县)。这黎侯国不是商周时期的,而是明朝朱元璋给他的儿子们分封的食邑地。这座土地庙供奉的土地爷竟然是唐宋八大家之首,唐代杰出的文学家、思想家、哲学家、政治家韩愈。韩愈怎么成了土地爷?还跑到上党地区这个偏僻地方当起了小神仙呢?

这还要从韩愈晚年的经历和他的侄儿(一说侄孙)韩湘子说起。韩湘子就是中国民间广为流传的道教八位神仙之一。在民间传说中,韩湘子生性放荡不羁,不好读书学习。韩愈有一次过生日时,韩湘子邋里邋遢地来了,韩愈很不高兴,就命他作诗以观其志向。结果就看出韩湘子有求仙学道的意思,韩愈调侃道:"还学道呢?那你能夺天机造化不?"韩湘子说:"小事一桩。"说罢,拢起一抔土,用盆扣住。没一会儿,掀开一看,有两朵牡丹花开。花朵间还有金字诗联,写的是"云横秦岭家何在?雪拥蓝关马不前"。韩愈感到很惊奇,就问这是啥意思,韩湘子说,日后便知。这一个"日后",就到了韩愈晚年的时候。因为反对唐宪宗迎佛骨回宫,韩愈写了一篇奏表,就是那个很出名的《谏迎佛骨表》。皇帝一看非常生气,就把韩愈贬到潮州这个当时山穷水恶的地方。韩愈无奈只好离开长安。当他路过秦岭时,大雪纷飞,当时他走的是通往荆楚的蓝关古道。这条古道既是防卫来自东南的威胁的最后一道关隘,也是争夺天下、发兵东南必经的第一要塞,军事战略意义极其重要。蓝关古道非常险峻,又值大雪,马匹止步不前。此时,韩愈突然想起当年韩湘子变化出的那句诗"云横秦岭家何在?雪拥蓝关马不前",就有了退隐之心。后来传说韩湘子度化韩愈,要带他去仙界。临飞前嘱咐他千万不要睁眼。叔侄二人一路飞行,韩愈突然感到衣裳被扯了一下,于是忘记了嘱咐,偷偷睁眼看了一下。

这一看可了不得，原来是被一座山峰尖划破了。韩愈大惊之下，一时魂飞魄散，从云端跌落，成不了上仙了。韩湘子一看，没办法，只好走后门为叔父谋个神职。好在玉皇大帝对韩愈在人间的所作所为很欣赏，就特封韩愈为土地爷，同时任命他夫人为土地奶奶，夫妻共同享受人间香火，所以，在明清时期，不少官府衙门旁的土地祠，供奉的都是韩愈。

据资料记载，江苏徐州、重庆、河南南召等地也有把韩愈奉为土地爷的庙宇。不过，在山西上党，除了黎城县长宁村这个规模比较大的土地庙之外，还因为韩愈与上党地区确有渊源，所以信仰普遍，而且还有一座"天下都土地庙"，权力范围大到全天下。原来，韩愈的父亲韩仲卿曾任潞州（今上党地区）铜鞮（今沁县）县尉。韩愈自身又是唐代三朝元老，潞州壶关人苗晋卿家族的女婿。韩愈在贞观二年（628年）来上党寻找父亲的踪迹以怀旧，在上党客居过一段时间。韩愈在上党客居的地方就是现在山西长治市潞州区原郊区故漳村，至今村里还有一座土地庙，供奉的就是韩愈，已成为市文保单位。不仅如此，村里还有一条街名叫韩家街。最气派的是，每年的二月二，传说龙抬头的日子，故漳村民还要给土地爷韩愈过生日。除此以外，黎城县西井镇新庄村原名土地庙村，村口原有一座土地庙，供奉的也是韩愈。现在庙已不存，但是这个村名来历流传了下来。而那个被封为"天下都土地庙"的韩愈庙，则位于壶关县东井岭乡上庄村。

炉火神尉迟恭

尉迟恭，山西平鲁人，他除了门神角色以外，还有另一个身份，就是炉火神。炉神不仅和家庭生活息息相关，还和一些古老的行业密不可分，像铁匠、首饰工匠、陶瓷工匠、餐馆中的厨师，都要祭祀炉火神，这些行业的手工艺人把炉火神当成自己的守护神。

民间崇拜尉迟恭为炉火神，是因为尉迟恭在民间知名度很高，人们实在太喜爱尉迟恭这员威风凛凛的武将了,让他日夜守护人们的安宁还不够,由于尉迟恭是铁匠出身,自然成了出任炉神的最佳人选,于是演绎出了一段尉迟恭当铁匠的故事。据说尉迟恭在没有成为一代名将之前,就是一名铁匠。尉迟恭年轻的时候跟着舅舅学打铁,几年以后自己开了一个铁匠铺,靠着这个铁匠铺,他倒也能吃穿不愁,而且尉迟恭每天打铁,大铁锤上下飞舞,身体也锻炼得更加结实魁梧,臂力过人。有一天,尉迟恭正在打铁,挥汗如雨,运斤成风之时,忽然一个儒生模样的人站到了他的面前,饶有兴致地看他打铁。尉迟恭以为是找自己打铁的主顾,随口就问:"要打铁吗?"那个儒生说:"我不是来打铁的,但我看得出,你是个富贵的人,请赏赐我百两白银吧。"尉迟恭觉得可笑,他说:"银子我可没有啊,一个穷打铁的,哪有什么银子呢?"那儒生说:"此时没有,但可以留个条子,表示一下就好。"尉迟恭听完,想也不想,随手就给儒生写了一百两白银的条子,以替代真的银子。后来尉迟恭成了武将、开国功臣,富贵起来了。一次在清点朝廷发的薪俸时,发现少了一百两白银。尉迟恭突然想起了当年那件事,才知道那儒生不是常人,便建庙宇祭拜仙人。人们把尉迟恭当铁匠的故事说得神乎其神,尉迟恭也名正言顺地成了炉火神。

媒神之祖女娲

女娲是被中国民间广泛而长久崇拜的一位女性神,她被看成是创世神和始祖神。传说女娲能化生万物,她的最伟大的业绩,一是炼石补天,二是抟土造人。女娲在造人之前,于正月初一造出鸡,初二造出狗,初三造羊,初四造猪,初五造牛,初六造马。到了初七,开始以黄土和水造人。考虑到人要代代相继,繁衍不绝,于是创建了婚姻制度,促使男子与女子结合以生儿育女,于是女娲就成了第一个媒人,被后世尊奉为"媒神",又称"高禖"。人们祭祀这位婚姻之神时典礼十分隆重,修了女娲娘娘庙或高禖庙,用太牢

（猪、牛、羊三牲齐备）这一最高礼节来祭祀她。在晋城市泽州浮山山腰有一女娲庙,庙内塑有女娲像,人们尊称"媒神",也称为"翁婆神",当地百姓又称"浮山神"。原来,女娲在炼石补天前,就已经干了一件惊天动地的大事,进行了人类历史上第一次"婚姻改革",她按辈分划分了部落,正式推广开婚配制。当然,其中的艰辛和阻力可想而知,但经过女娲的努力,人类终于迈开了文明的步伐。

女娲的社会声誉日益提高,其兄去世后,她顺利继位。在泽州太行丹谷这个地方,女娲补苍天、立四极、济冀州,又曾在此隐居,还悟出了婚配制的改革方法,人们便在浮山山腰修起了女娲庙以作纪念。

门神尉迟恭

尉迟恭,唐朝朔州鄯阳(今山西朔州市朔城区)人,隋末唐初名将,名恭,字敬德,因功赠司徒兼并州都督,谥"忠武",赐陪葬昭陵。尉迟恭和秦琼二人因骁勇异常,均名列凌烟阁二十四功臣之中,在民间被奉为门神。将他俩作为门神的民俗,据传与唐太宗李世民有关。

隋末,炀帝无道,天下大乱。公元617年,唐国公李渊由太原起兵南下,讨伐隋室。在兵家重镇吕州霍邑(今山西省霍州市),李渊率唐兵与隋将宋老生大战月余,斩宋老生,然后势如破竹,直下长安建立大唐。另一军阀刘武周趁山西空虚,占了李渊的山西老巢。公元619年冬,李世民奉父命领兵回取山西。李世民在收复了河东、平阳之后,兵至霍邑。刘武周命元帅宋金刚死守霍邑。宋金刚命偏将尉迟恭扼守白壁关,阻止李世民北进。李世民手下大将秦琼与尉迟恭展开激战,两人多次交锋,仍难分高下。李世民起爱才之心,想收服尉迟恭。尉迟恭称,只要刘武周不死,自己便不会叛变。李世民遂想出一办法——杀了一个长相酷似刘武周的人,并将首级送到尉迟恭处。尉迟恭误以为真,归顺了李世民。后来李世民夜宿霍邑衙门,多次在梦中被两个无头人惊醒。李世民仔细琢磨,这两人一个像公元617年在霍邑被斩的隋将宋老生,另一个却像那个被充作刘武周割了头的人。这两个无头鬼时时骚扰,使得李世民坐卧不宁。李世民召见徐茂公求计,徐茂公道:"主公屈杀这似刘武周之人,是因为急于收降敬德将军,主公可派敬德将军夜守衙门,也许得以安宁。"李世民依言,便安排尉迟恭守门,果然那个似刘武周的冤魂不再来扰,而那个像宋老生的冤魂仍至。李世民再次求计于徐茂功。徐茂功道:"臣闻宋老生虽为隋将,但其忠勇可嘉。听说宋老生极敬佩秦二哥为人,试增派秦二哥夜守衙门,或许得安。"李世民依言增派秦琼夜守衙门,果然宋老生冤魂也不再来。此事后来传到民间,人们纷纷在门上张贴尉迟恭和秦琼的画像,以求妖魔鬼祟不敢入门。从此他们两位便成了民间敬奉的门神。

谋圣张良

张良,字子房,是襄汾县陶寺乡张相村人,汉朝的开国元勋之一,与萧何、韩信同为"汉初三杰"。因其机智谋划、文韬武略,功勋卓著,汉高祖刘邦称他有"运筹策帷帐之中,决胜于千里之外"之才,汉朝建立时封留侯,被后世誉为千古第一"谋圣"。

张良出身高贵,爷爷、父亲都是韩国的相国。他从小就胸怀大志,十几岁的时候,秦国消灭了韩国,张良的美梦破碎了,被迫流浪江湖。后从师于黄石公,投效于刘邦,为辅佐刘邦创立汉朝立下了不世之功。张良给刘邦出的谋略,大都是布局性、战略性的,政治考量的因素比较多。张良一生有"六大奇谋"。一是佐策入关。刘邦想抢先入函谷关,张良多次让他稳住,扫除入关路上的后顾之忧。二是约法三章。张良让刘邦约法三章,安抚民心,与残暴的秦朝和项羽形成截然的区别。这也形成了刘邦的标签,让刘邦在今后的发展中,以一个明君的形象出现。三是鸿门斗智。张良让刘邦反复向项羽示弱，又联络项伯和樊哙，从明、暗两方面对项羽施加压力，从而解救了刘邦。四是明烧栈道。项羽把刘邦封到关中的时候，张良让刘邦把栈道烧了，表明无意逐鹿中原。这在很大程度上麻痹了项羽，为刘邦暗中聚集力量，以及后来韩信的暗度陈仓打下了坚实的基础。五是下邑布局。刘邦出关中平定三秦后，由于韩信、彭越、英布想获得利益最大化，对刘邦不予帮助，结果刘邦打了大败仗，而张良在这时候，让刘邦给三人划定地盘，从而让三人死心塌地，三路围攻项羽，最后打败项羽。六是巧定太子。刘邦想废掉太子，而刘邦的这个做法，实际上已经引起了吕后及樊哙集团的强烈不满，形成了新的不安定因素。最后是张良出谋，让刘盈请来"商山四皓"，最后才稳定了太子，从而也稳定了江山。否则的话，赵王如意被立为太子，刘邦去世后，必定是一场残酷的战争，七国之乱会提前爆发。张良的明智还在于他在功成名就之后，并不是仗着自己功高而揽权、轻狂，反而更加低调。最后彻底甩甩袖子，抛开财富官位，"辟谷"隐居去了，迎来了圆满结局。

酿酒业鼻祖仪狄、杜康

酿酒业的鼻祖是谁，在历史的传说中有仪狄和杜康两种说法。史籍中有多处提到"仪狄作酒而美""始作酒醪"的记载，也有"仪狄作酒醪，杜康作秫酒"的记载。这里讲的实际上是不同的酒。醪，是一种糯米经过发酵而成的醪糟儿。秫，就是高粱。秫酒，指的是高粱酒。所以说，仪狄是黄酒的创始人，而杜康则是高粱酒创始人。

史书上记载："酒之所兴，肇自上皇，成于仪狄。"意思是说，自上古三皇五帝的时候，就有各种各样造酒方法流行于民间，是仪狄将这些造酒的方法归纳总结出来，使之流传于后世的。汉代刘向的《战国策》记载："昔者，帝女令仪狄作酒而美，进之禹，禹饮而甘之，遂疏仪狄，绝旨酒，曰：'后世必有以酒亡其国者。'"这一段记载说，夏禹的女人，令仪狄去监造酿酒，仪狄经过一番努力，做出来的酒味道很好,于是进献给夏禹品尝。夏禹喝了之后,觉得的确很好。可是夏禹不仅没有奖励造酒有功的仪狄,反而从此疏远了他,对他不仅不再信任和重用了,反而自己从此和美酒绝了缘。还留下来"后世一定会有因为饮酒无度而误国的君王"这样的警句。

说到杜康,他是远古时期的运城人,黄帝让他管理生产粮食,杜康很负责任。由于土地肥沃,风调雨顺,连年丰收,粮食越打越多。那时候由于没有仓库,更没有科学保管方法,杜康把丰收的粮食堆在山洞里,时间一长,潮湿山洞里的粮食全发霉坏了。黄帝知道这件事,非常生气,下令把杜康撤职,只让他当粮食保管。杜康由一个负责管粮食生产的大臣,一下子降为粮食保管,心里十分难过,并且暗自下决心:非把粮食保管这件事做好不可。有一天,杜康在森林里发现了一片开阔地,周围有几棵大树枯死了,只剩下粗大树干,并且树干里边已空。杜康灵机一动,他想,如果把粮食装进树洞里,也许就不会霉坏了。于是,他把树林里凡是枯死的大树,都一一进行了掏空处理。不几天,就把打下的粮食全部装进树洞里了。谁知,两年以后,装在树洞里的粮食,经过风吹、日晒、雨淋,慢慢地发酵了。一天,杜康上山察看粮食时,突然发现一棵装有粮食的枯树周围躺着几只山羊、野猪和兔子。开始他以为这些野兽都是死的,走近一看,发现它们还活着,似乎都在睡大觉。杜康一时弄不清是什么原因,还在纳闷,一头野猪醒了过来。它一见有人,马上窜进树林去了。紧接着,山羊、兔子也一只只相继醒来逃走了。他又发现另一处有两只山羊在装着粮食的树洞跟前低头舔着什么。杜康在一棵大树背后观察,只见两只山羊舔了一会儿,就摇摇晃晃起来,走不远就躺倒在地上了。杜康飞快地跑过去把两只山羊捆起来,然后详细察看山羊刚才在树洞上舔什么。不看则罢,一看可把杜康吓了一跳。原来装粮食的树洞,已裂开一条缝,里面有水不断往外渗出,山羊、野猪和兔子就是舔了这种水才倒在地上的。杜康用鼻子闻了一下,渗出来的水有清香味,舔了一下,味道虽然有些辛辣,但却特别醇美。他又在树的裂缝上一连吮吸了几口。这一来不要紧,他只觉得天旋地转,刚向前走了两步,便身不由己地倒在地上昏昏沉沉地睡着了。不知过了多长时间,当他醒来时,只见原来捆绑的两只山羊已有一只跑掉了,另一只正在挣扎。他翻起身来,只觉得精神饱满,浑身是劲。他顺手摘下腰间的尖底罐,将树洞里渗出来的这种味道醇香的"水"用树叶盛了半罐。回去后,杜康把看到的情况向其他保管粮食的人讲了一遍,又把带回来的味道"奇水"让大家品尝。有人建议赶快把此事报告黄帝,有的人却不同意,理由是杜康过去把粮食霉坏了,被降了职,现在又把粮食装进树洞里,变成了"水"。黄帝如果知道了,不杀他的头,也会把他打个半死。杜康听后却不慌不忙地对大伙说:"事到如今,不论是好是坏,都不能瞒着黄帝。"说着,他提起尖底罐便去找黄帝了。黄帝听完杜康的报告,又仔细品尝了他带来的味道奇香的"水",立刻与大臣们商议此事。大臣们一致认为这是粮食中的一种元气,并非毒水。黄帝没有责备杜康,命他继续观察,仔细琢磨其中的缘由。后命仓颉给这种香味很浓的"水"取个名字。仓颉随口道:"此水味香而醇,饮而得神。"说完便造了一个"酒"字。黄帝和大臣们都认为这个名取得好。从这以后,我国远古时候的酿酒业开始出现了。后世人为了纪念杜康,便将他尊为酿酒始祖。

农业的祖师爷神农氏

神农氏,又称炎帝、赤帝,是中华民族的人文始祖,中国古代农业的发明者。神农生活在距今大约六千年的时期,与女娲、伏羲并称"三皇"。传说,炎帝出生、成长、创业、建国以及他的殡葬、陵庙群,都在古上党高平县羊头山方圆百里之内,他曾在这里教民稼穑,被尊奉为神农、农业祖师。关于他的神话、传说反映了中国原始时代从采集、渔猎进步到农业生产阶段的情况。

相传,很早很早以前,高天苍苍,大荒茫茫,地不分州县、人无论尊卑,几十人一群,穴处巢居,茹毛饮血,人多病而寿短。内中出了个圣贤,立志要寻找一种甘甜香馨的食物,代替膻腥,以解除人们的疾病,延长寿命。于是,他开始四处寻找,也不知见过多少日落日升,涉过多少高山大河,遇过多少艰难险阻,尝过多少草籽树实。一天他来到一座大山里,累得骨软筋疲,气喘汗流,便躺在山坡上歇息。此时,忽见一只大羊跑来吃草。他精神一振,跳起来便去捉,羊一惊,跑上山巅即化为巨石。但看那羊吃草处,草有半人高,草头结穗,每穗九支,每支九籽,清香淡淡,诱人口涎。他摘下一穗,用双掌一搓,吹去皮壳,一撮籽实,大小如沙粒,色泽橙黄,放入口中嚼嚼,香馨无比。他高兴极了,立即去告诉和引领氏族中的人们来采摘为食。氏族的人遂推他为长。后来见天气冷热相易,花草枯而复荣,先前籽实撒落处,长出青株,接着又拔节、扬花、结籽,一粒变成千百粒。这圣贤又斫木为耜,揉木为耒,伐荒拓土,播籽耕耘。日复一日,那播下的籽粒果然出土成苗,渐渐就抽穗结籽。山中又有毒蛇猛豕来糟害,这圣贤锁蛇于山下,镇豕于当坡,捍卫收获。等到天气转凉,草黄籽熟,这草籽,人称"黑秬黍"(至今羊头山下的老百姓仍这么叫)。他们收籽好多,储藏起来,可吃到新旧接食。消息传来,远远近近的氏族都来归附,并尊其氏族族长为神,对他顶礼膜拜,生供死祀。那羊头山上的神农城等,始建于北魏孝文帝太和元年(477年),以后历朝不断扩建重修。元、明、清三朝,每年春秋,朝廷还派官员来祭祀。现在,在晋城高平市有炎帝陵,还有炎帝"种五谷,尝百草"的各种各类形踪遗迹。

驱邪之神钟馗

钟馗,字正南,又名钟葵、终葵、钟进士、钟天师,山西人,中国民间传说中能打鬼驱邪的神,是中国传统文化中的"赐福镇宅圣君"。据说钟馗铁面虬鬓,相貌奇异,却是个才华横溢、满腹经纶、学富五车、才高八斗的人物,平素正气浩然,刚直不阿,待人正直。因此,中国民间常挂钟馗的画像辟邪除灾。春节时钟馗是门神(道

教中最出名的神仙之一），端午时钟馗是斩五毒的天师，后来钟馗被道教纳入神仙体系，是中国传统道教诸神中唯一的万应之神。

传说最初的钟馗形象，是吴道子按照唐玄宗的旨意创作的，主题就是为人间除恶。据说，唐开元年间的某一天，玄宗到骊山去欣赏乐舞，回宫之后，觉得身心不适胸口闷热。一个多月过去了，御医使尽浑身解数也无法消除玄宗皇帝的不适。忽然一天夜里，玄宗梦见两个鬼，一大一小。小的身穿绛色衣，腰间插一把竹骨扇子，一只脚光着，一只脚穿着露出脚趾的鞋，偷了唐玄宗的玉笛和杨贵妃的紫香囊，绕殿奔跑；大鬼戴着帽子，双足穿皮靴，上前捉住小鬼挖出眼睛拿起来就吃掉了。玄宗问大鬼是谁，大鬼回答说："臣钟馗，即考武举落第之人，我誓与陛下除天下妖孽。"玄宗惊醒后，顿觉病情好转，身上也有劲了。于是，他招来画家吴道子，把梦境告诉他，让他画钟馗捉鬼图。吴道子奉旨，构思一番后，很快就画好了。玄宗看过非常吃惊，问道："你画的和我梦中的情景一模一样，怎么画得这样准？"吴道子回答说："陛下忧劳过度，饮食欠佳，内热侵犯了龙体，然后就出现了为你除妖之物，以卫圣德。"

后来，宫廷为玄宗康复举办了隆重的庆祝活动，玄宗非常高兴，下令诏告天下，公布此事。从此每逢过春节，唐朝皇帝都要给大臣们送新的日历和钟馗画像，以迎接新的一年和寓意吉祥如意，同时表示对大臣们的关怀。此后，从宫廷到民间非常流行钟馗的故事和画像，历代知名的画家无不以钟馗为表现题材，描绘出自己心目中这位降妖除魔的"钟进士"形象。在民间，人们用他的形象制作成各种艺术品，放置在住宅里或大门口，希望驱逐邪恶，平安康健。后来道教吸收了这种信仰，常将钟馗视作祛恶逐鬼的判官，于是钟馗便成了道教里驱鬼捉鬼的神将。

人相业祖师风后

风后，又名风伯，是上古时代汉族神话传说中黄帝的宰相，军事家,运城解州人。他精通相术,首创风鉴之学,传说中的风后奇门、指南车、《握奇经》《风后八阵图》都和风后有关,后被尊为人相业祖师。今运城市有风陵渡,即为风后的陵墓所在处。

风后,在中国古代传说中为黄帝的宰相。今山西省运城市盐湖区解州镇东门外社东村有一块"风后故里"的大碣石和"风神庙",芮城风陵渡有其墓并以此为地名。相传黄帝做一梦,梦见一场罕见的大风把大地上的尘垢刮得荡然无存,只剩下一片清白的世界。黄帝惊醒后,自我圆梦,心里暗叹:"风为号令,执政者也。垢去土,后在边。天下岂有姓风名后者哉?"于是他食不甘味,寝难安席,到处留神察访,终于梦想成真,在海隅(运城市盐湖区解州镇社东村)这个地方找到了风后,即命为相。由于风后是黄帝的第一任宰相,故后人称他为"开辟首相"。风后发明的指南车以及阵法天下无双,帮助黄帝统一中原("用经略,北清涿鹿,南平蚩尤,底定万国")作出了不可磨灭的贡献。最著名的《风后八阵兵法图》对我国古代军事理论的形成和发展都有重大的学术意义和价值。传说在"涿鹿之战"中,黄帝与蚩尤各自摆开了阵势,一时间,大风、大雨伴着大雾接踵而至。先是黄帝的大臣风后用指南车指引所部脱离险境,接着黄帝之女女魃出阵,驱散风雨,用号角声、擂鼓声扰乱敌方,又采取变化多端的战术,取得胜利,最后斩杀蚩尤,分解他的身首,将他异地而葬。因此,这里被人命名为解州,盐湖东南一村村民是蚩尤部族后代,所以命名此地为蚩尤村(现更名为从善村)。

我们都知道,中国古代的"四大发明"是对人类文明的重大贡献。特别是指南针,至今还是世界航海上广泛运用的仪器之一。中国神话传说中黄帝和蚩尤作战三年,进行了七十二次交锋,都未能取得胜利。在一次大战中,蚩尤在眼看就要失败的时候,请来风伯雨师,呼风唤雨,给黄帝军队的进攻造成困难。黄帝也急忙请来天上旱魃女神,施展法术,制止了风雨,才使得军队得以继续前进。这时诡计多端的蚩尤又放出大雾,霎时四野弥漫,使黄帝的军队迷失前进的方向。黄帝十分着急,只好命令军队停止前进,原地不动,并马上召集大臣们商讨对策,应龙、常先、大鸿、力牧等大臣都到齐了,唯独不见风后。有人怀疑风后是不是被蚩尤杀害了。黄帝立即派人四下寻找,可是找了很长时间,仍不见风后的踪影,黄帝只好亲自去找。当黄帝来到战场上时,只见风后独自一人在战车上睡觉。黄帝生气地说:"什么时候了,你怎么还在这里睡觉?"风后慢腾腾地坐起来说:"我哪里是在睡觉,我是正在想办法。"接着,他用手向天上一指,对黄帝说:"你看,为什么天上的北斗星,斗转而柄不转呢?臣听人说过,伯高在采石炼铜的过程中,发现过一种磁石,能将铁吸住。我们能不能根据北斗星的原理,制造一种会指方向的东西,有了这种东西就不怕迷失方向了。"黄帝一听笑着说:"原来你躺在这里就是想这个。"黄帝把风后的这个想法告诉众臣,大家议论了一番,都认为这是一个好办法。然后,就由风后设计,大家动手制作。经过几天几夜奋战,终于造出了一个能指引方向的仪器。风后把它安装在一辆战车上,车上安装了一个假人,伸手指着南方。风后告诉所有的军队:"打仗时一旦被大雾迷住,只要一看指南车上的假人指着什么方向,马上就可辨认出东南西北。"

从此,黄帝的军队再也不怕蚩尤的大雾了。人人勇敢善战,个个奋勇争先,终于战胜了蚩尤,把他一直追到涿鹿之野杀死。黄帝打通了中原的道路,控制了黄河中游一带。后来,风后因年迈体弱,经常疾病卧床,黄帝为他寻了很多名医名药,都没有把他的病治好。在他死后,黄帝和大臣们都非常悲痛。为了不忘风后的功绩,黄帝亲自为他选了一块坟地,把他埋葬在黄河以北的赵村。后世人又把赵村改名为"风后陵",意思这是风后的陵墓。"风陵"地方后来有了黄河渡口,也就是现在山西西南芮城县的"风陵渡"。

商业之祖猗顿

猗顿,运城临猗人,著名的大手工业者和商人,战国初年由鲁国到猗地(今运城临猗),发家致富,死后又埋葬在猗地,故称猗顿。猗顿对山西南部地区的畜牧业和河东池盐的开发都发挥了十分重要的作用,为山西地区手工业和商业的发展作出了很大贡献。

三晋的商贸业,根在运城。战国时期生活在运城市临猗县的猗顿,是中华民族的商业之祖。猗顿年轻时家境贫寒,"耕则常饥,桑则常寒"。就在他苦苦寻求振兴家道之策时,三掷千金的陶朱公范蠡来到郇地教义村(今临猗县太范村)隐居,猗顿听说后便"往而问术"。陶朱公告诉他:"子欲速富,当畜五牸(zì,四声,雌性牲畜)。"猗顿听后茅塞顿开,回到家,把自己仅有的积蓄全部拿出,以低廉的价格购买了一些小牲畜和家禽精心饲养。几年下来,他就猪羊满圈、骡马成群了。随着畜牧业的兴盛壮大,他又在古郇方圆百余里的土地上,购置并规划了三个畜牧区域,让三个儿子分别经营。他仔细观察、认真分析各种畜禽的生活习性,逐步摸索总结出"牛者顿足,马者夜饱,羊行自饱"的规律。他创造的"盐水饮畜""斗米养千鸡"等饲养方法,极大地提高了饲养效率。他不仅用留强去弱的办法提高种畜质量,还把本地和外地品种进行交配来繁育后代,为畜禽品种改良作出了巨大贡献。直到今天,运城的大黄牛和高个子驴,依然闻名遐迩,尤其是大黄牛,被誉为全国"五大良种"之一。

猗顿在发展畜牧业方面取得成功后,又组织民众利用山坡地开辟杏园、桃园、桑园近千亩。他培植的鲜杏品种有三十多个,有的至今仍很有名;鲜桃品种达三百多个,桃子的形状、色泽、味道各有千秋。猗顿不仅栽植桑园,还开办了缫丝加工厂,被人们称为"绣花园"。当时,"西抵桑泉,东跨盐池,南条北嵋,皆其所有",而猗顿居住的地方,很快成为一个大村落。猗顿靠畜牧业积累了雄厚资本后,又把眼光投向时人未曾涉猎的全新领域——制盐贩盐。他发明的垦畦晒盐法,大大缩短了出盐时间,至今仍在沿用。他还开辟了两条运输线路,源源不断地把运城的"潞盐"销往齐鲁、秦川、西域以至波斯湾等地。

猗顿把盐运到西域,又从西域换回一批批珍珠玛瑙、珠宝玉器,并在沿途各地设立了五十多个珠宝店铺,甚至延伸到齐、鲁、燕、楚等各诸侯国,最终成为一代珠宝大亨。经营珠宝,不仅使猗顿富比王侯,也使他在珠宝鉴赏上达到了极高的水平。汉朝刘安《淮南子·泛论训》就夸赞道:"玉工眩玉之似碧卢者,唯猗顿不失其情。"随着对外贸易规模不断扩大,四面八方到郇地和猗顿进行商贸交易的人络绎不绝。猗顿居住的村落也逐步由一个畜牧区演变为远近闻名的商贸集镇。后来,猗顿就在此建立了中国历史上第一座商城,后人称之为"猗顿城"。至今古城墙遗址尚在。

猗顿注重发挥自己的优势,首开了中华民族历史上长途贩运的先河。他致富以后,广行仁义、乐善好施,"急公奉饷上有利于国,恤孤怜贫下有利于民",官皆敬之,民皆仰之。他汇总自己的商贸思想、商贸体会和经商之道,形成的《箴言集》,至今仍在流传。这些,都对后世产生了极大的影响。因此,后人尊其为商贸业的鼻祖。猗顿的商贸思想,对于运城、山西乃至全国商贸业的发展,无疑起到了启蒙和奠基的作用。

烧窑业、泥塑业、面塑行祖师女娲

女娲,上古传说人物,今山西洪洞县有女娲陵寝,河津有祭祀女娲之高禖庙,吉县有人祖山,山上有女娲庙。女娲抟土造人、炼石而补天,是泥塑、窑业之始祖,故而被尊为烧窑业、泥塑业、面塑行的祖师。

女娲的传说很多,一直流传至今,影响甚为广泛深远。她是中华民族的共同人文始祖,是中华民族的母亲。女娲文化源远流长、博大精深、内容丰富,是史前文明和中华民族优秀的传统文化。女娲,又名娲皇、女阴、女希氏、有蟜氏,称号亦有娲皇、灵娲、帝娲、风皇、女阴、女皇、女帝、女希氏、神女、阴皇、阴帝、帝女等。女娲的历史功绩主要在于创造人类、构建社会、立置高媒。传说女娲造人时用黄土和水，仿照自己的样子造出了一个个小泥人，造了一批又一批，觉得太慢，于是用一根藤条，蘸满泥浆，挥舞起来，一点一点的泥浆洒在地上，都变成了人。为了让人类永远流传下去，她创造了嫁娶之礼，自己充当媒人，让人们懂得"造人"的方法，凭自己的力量传宗接代。

女娲除了抟黄土做人、繁衍人类之外，还有一项功绩就是补天。传说女娲用黄泥造人，日月星辰各司其职，天下子民安居乐业。后来共工与颛顼争帝位，头触不周山而导致天倾西北，地陷东南，洪水泛滥，大火蔓延，人民流离失所。女娲看到子民们陷入灾难之中，决心炼石以补苍天。于是她周游四海，遍涉群山，最后选择了东海之外的海上仙山——天台山。因为只有天台山才出产练石用的五色土，是炼补天石的绝佳之地。于是，女娲在天台山顶堆巨石为炉，取五色土为料，又借来太阳神火，历时九天九夜，炼就了五色巨石三万六千五百零一块。然后又历时九天九夜，用三万六千五百块五彩石将天补好。剩下的一块遗留在天台山中汤谷的山顶上。天是补好了，可是却找不到支撑四极的柱子。要是没有柱子支撑，天就会塌下来。情急之下，女娲只好将背负天台山之神鳌的四只足砍下来支撑四极。可是天台山要是没有神鳌的负载，就会沉入海底，于是女娲将天台山移到东海之滨的琅玡，就是现在日照市涛雒镇一带。至今天台山上仍然留有女娲补天台，补天台下有被斩了足的神鳌和补天剩下的五彩石，后人称之为太阳神石。

世界茶祖——神农氏

"茶之为饮，发乎神农氏"，这是茶圣陆羽所著的《茶经》中的论述。历史记载，早在西汉时期，茶就以饮料的身份进入上层人们的生活；魏晋南北朝时期，茶已经在寺院和上层贵族中间普遍流行了；到了唐朝，茶开始在民间大行其道，甚至传播到边疆的游牧民族地区，至此茶叶成为风靡中国的主流饮料。茶叶之所以能在短时间内为不同疆域、不同民族的人们广泛接受,除去是因为古代物资匮乏,没有像现在一样五花八门的选择之外,最重要的原因是茶叶具有一定的医药价值。茶树本身含有多种药性,以保护自身,抵抗来自病毒和细菌的侵害,而且茶叶中含有黄酮类化合物及酶素的化学物质,这些物质已经被证实对缓解和治疗中风、心脏病等疾病有疗效。正是因为茶叶有如此多的医疗保健作用,才会被各族人民所接受和肯定,因而在北方一些地区长期流传着"宁可一日无油盐,不可一日无茶"的说法。

茶叶号称是与咖啡、可可并列的世界三大饮料之一,茶不仅是中国的饮料之王,也是世界的饮料"霸主"。茶叶改变了世界,世界也改变了茶叶。

传说,炎帝神农氏是玲珑玉体,能看见肚内的五脏六腑。神农尝百草,百草百味,苦辣酸麻,常常会中毒。一天,神农氏在桐柏山附近的山上采药尝百草时,不幸中毒,口干舌麻,头晕目眩,他看见自己的肠胃正在慢慢地发黑成斑,而且一阵阵绞痛。怎么办呢?这时他发现自己依靠的山石旁有一株半人高四季常青的灌木树,情急之下他伸手摘了几片树叶吃了下去,并观察五脏六腑的变化,发现树叶所到之处,那些黑斑慢慢消失。原来这种树叶有解毒的功效。神农氏结合这片树叶的特性,给这片神奇的树叶起了个好听的名字叫——茶。此后,神农氏采药时,如果遇上有毒的药草,便服食茶叶来解毒。故《神农本草经》记载:"神农尝百草,日遇七十二毒,得茶而解之。"神农脱险后,神农部落开始在历山地区推广种植茶树,茶树开始在历山一带逐渐被挖掘、采集和引种,被人们用作药物、供作祭品、当作菜食和饮料。后来,经唐至宋,全国已经有了十三个大茶区。中国人饮茶、品茶之风由来已久,中华大地是名震全世界的"茶乡"。

水利祖师爷大禹

大禹,又名文命、夏禹、伯禹,字高密,鲧之子,夏后氏首领,是传说时代与尧、舜齐名的贤圣帝王,是夏朝的第一位天子。因善于治水,被水利行业敬为祖师。

尧帝在位的时候,黄河流域发生了很大的水灾,庄稼被淹了,房子被毁了,老百姓只好往高处搬。尧召开部落联盟会议,商量治水的问题。他征求四方部落首领的意见看派谁去治理洪水呢。首领们都推荐鲧(音滚)来负责这项工作。尧对鲧不大信任。首领们说:"现在没有比鲧更强的人才啦,就先让他试一下吧!"尧才勉强同意。鲧接受任务后,采用堤工障水,作三仞之城,就是用简单的堤埂把居住区围护起来以障洪水。但他花费了九年时间治水,也没有把洪水制服。因为他只懂得水来土掩、造堤筑坝,结果洪水冲塌了堤坝,水灾反而闹得更凶了。舜帝继位后,亲自到治水的地方去考察。他发现鲧办事不力,就把鲧杀了,又让鲧的儿子禹去治水。禹总结父亲的治水经验,改"围堵障"为"疏顺导滞"的方法,就是利用水自高向低流的自然趋势,顺地形把壅塞的川流疏通,把洪水引入疏通的河道、洼地或湖泊,然后合通四海,从而平息了水患,使黎民百姓得以从高地迁回平川居住和从事农业生产。他和老百姓一起动手,戴着箬帽,拿着锹子,带头挖土、挑土,累得磨光了小腿上的毛。经过十三年的努力,终于把洪水引到大海里去,地面上又可以供人种庄稼了。禹新婚不久就出门了,为了治水,到处奔波,三次经过自己的家门,都没有进去。有一次,他妻子涂山氏生下了儿子启,婴儿正在哇哇地哭,禹在门外经过,听见哭声,也忍着没进去探望。后来禹成为夏朝的第一代君王,并被人们称为"神禹"。大禹的治水故事很多,和山西有关的还有一个"凿龙门治水的故事"。那时,位于今晋南黄河中游的河津有一座大山,叫龙门山。龙门山高耸在河谷中,堵塞了河流,河道因而变得十分狭窄。

汹涌奔腾的河水冲堤上岸,肆虐泛滥成灾。大禹到此视察后,毅然决定开凿龙门。于是在他的率领下,成百上千的人投入到挖山的战斗中,最终把龙门山凿开了一个大口子,河水自此畅通无阻,山西也从此告别了洪涝灾害的历史。中国人耳熟能详的"鲤鱼跳龙门"故事就孕育在这道曾经浪涛滚滚的河谷中。

司法、狱神皋陶

皋陶(音摇),又名咎陶、赢繇、皋繇、咎繇,出生于山西洪洞,传说他是中国上古"五帝"之首黄帝的长子少昊(玄嚣)的后裔,东夷部落的首领。皋陶是舜帝和夏朝初期的一位贤臣,传说中出生于尧帝统治的时候,曾经被舜任命为掌管刑法的"理官",被公认为中国司法鼻祖。

传说皋陶的出生很有意思:当年皋陶的母亲女修站在家门口的黄连木下,看到一只巨大的玄鸟飞过,落在树上。这只玄鸟不一会儿生下一只巨大的鸟蛋,而皋陶的母亲女修正是吃下了这只鸟蛋,才最终生下了皋陶。皋陶生来就和别人不一样,他的脸色发青,嘴巴尖尖的有点像鸟嘴。显然,皋陶的长相不算好看,但长大后的皋陶多才多艺:他能制作农具,能制作乐器——尤其是一种长鼓,这种长鼓还被命名为"皋鼓"。后来因为皋陶为人正直、铁面无私,办事又公道、光明正大,就被舜任命为"士师",也就是部落的司法官,主要管理刑狱。

当上士师后的皋陶,非常善于管理监狱里的诉讼。对各种案件的判罚都有理有据,公正合理,从没有出现冤假错案。据说但凡皋陶遇到疑难的案子,他都会牵出一只神兽,这只神兽样子有点像山羊,但只在头顶长着一只角。这个神兽的名字叫"獬豸",就是我们俗称的"独角兽"。这个独角兽特别神奇,它能辨别官司里谁有理、谁没理,往往獬豸用独角顶向谁,谁就会输掉官司。

在当时的尧舜时代,虽然有了简单法律可以惩治一些做坏事的人,但很多地方依然不够完善。于是皋陶就设计新的监狱,制定完善和充实了各种法律制度。

皋陶还对舜帝提出自己的主张,他说:"罚弗其嗣,赏延于世,宥过无大,刑故无小,罚疑唯轻,功疑为重。"意思是:一个人犯了罪,不应该株连他的后嗣子孙;如果一个人因立功受了赏赐,也应该遗留给他的子孙。对于过失犯罪的人,处断时要从宽;而对待故意犯罪的人,就要严肃处理。对于犯罪事实不清楚的人,要从轻处理;对于有功于国的人,虽然功劳里有一些可疑的地方,但也应该从优赏赐。

据说,后来皋陶还专门制定了我国第一部《狱典》,并把《狱典》刻在树皮上献给大禹。大禹看后觉得很好,就让皋陶去实施。就这样,在皋陶的辅佐下,大禹把天下治理得井井有条,甚至出现了夜不闭户、路不拾遗的太平盛世。

皋陶前前后后辅佐过尧、舜、禹三位帝王,还和大禹一起治理过水患,功劳也很大,所以大禹就决定把皋陶选为自己的继承人,但皋陶因为操劳过度,还没有来得及接替大禹,就不幸去世了。所以,后人还对皋陶有"圣臣"的尊称。

因为皋陶在司法方面的功劳很大,影响也很深远,大概从汉朝开始,人们就把皋陶尊为"狱神",并专门建庙造像奉祀。

丝织、绸缎庄祖师嫘祖

嫘祖,是黄帝的妻子,山西夏县人。她最早教会人们养蚕缫丝,被后世尊为蚕丝业和绸缎庄的祖师。

在蚕还没有被饲养之前,勤劳智慧的中国人民很早就懂得利用野生的蚕茧抽丝了。文献记载显示,第一位学会种桑养蚕和缫丝纺织的人是黄帝的妻子嫘祖。神话传说中她是养蚕缫丝方法的创造者。北周以后被祀为"先蚕"(蚕神)。唐代著名韬略家、《长短经》作者、大诗人李白的老师赵蕤所题《嫘祖圣地》碑文称:嫘祖"生前首创种桑养蚕之法,抽丝编绢之术;谏诤黄帝,旨定农桑,法制衣裳;兴嫁娶,尚礼仪,架宫室,奠国基,统一中原。弼政之功,没世不忘。是以尊为先蚕。"

故事要从黄帝和嫘祖相识的时候讲起。有一天,黄帝带着大臣外出路过西陵,发现这里的人身上披着一层东西,和自己上身穿的兽皮、树叶比起来更柔软更舒服,于是黄帝就上前问询:"姑娘,叨扰一下,敢问姑娘身上所披何物?"西陵姑娘回答说:"这个啊,叫丝绢帛衣!"黄帝说:"丝绢帛衣?这又是什么呢,请姑娘指点!"西陵姑娘笑着说:"丝绢啊,就是抽取蚕丝,再用蚕丝编织而成的衣帛。"黄帝疑惑地说:"用蚕丝编织?"西陵姑娘随口说:"是啊!你们二位不必诧异!我们河东西阴村有一西陵氏,其女名凤。去年,我们听说凤用蚕丝编织出了绢,就流传开来,大家都纷纷去她家换丝绢。"听到这里,黄帝对这位养蚕制衣的女子很是好奇,想知道是怎样聪慧的女子能做出丝绢。于是他来到凤家门口,远远地就看见庭院里挤满了来以物换丝绢的人,有的拿着盐巴,有的拿着末耜,还有很多人在围着一个女子学习缫丝,很是热闹。黄帝走到女子面前问:"姑娘,敢问姑娘尊姓大名?"嫘祖抬起头说:"小女姓西陵名凤,不知壮士来寒舍,有何贵干?"黄帝说:"我乃有熊人,名轩辕。路过宝地,听闻姑娘善作丝绢,特来造访,不知,姑娘……能否告知这丝绢的做法?"嫘祖轻声细语地说:"这丝绢制作并无难事,天一暖和,桑树上的蚕便开始吐丝做茧。我看到蚕丝既有韧性,又很轻巧,就学着蜘蛛结网,把蚕丝编成衣帛给父母穿。蚕丝织成的衣帛夏天凉爽、冬天温暖,穿着非常舒服。乡邻都非常喜欢这丝帛,所以我正把这个缫丝的方法告诉大家!"黄帝不由得赞叹道:"姑娘聪慧不凡,大度善良,在下佩服!实不相瞒,我乃有熊国首领轩辕,我部落的族人,现在还在穿树皮、兽皮,我很是心疼自责,所以,恳请姑娘将这缫丝的法术,传于我的族人,我定当重谢,感激不尽!"嫘祖听了黄帝的一番话,被他的诚恳感动,就跟随黄帝一起来到有熊国,教大家缫丝织帛。日子一长,互相倾慕的两人打心眼里喜欢上了对方。嫘祖嫁到有熊国后,经常跋山涉水,深入民间传授植桑养蚕技巧和缫丝织绸的技艺,并将这些毫无保留地教给各部落的人。大家从此不用再穿树皮、兽皮,而是穿上了美丽轻巧的丝绸,嫘祖因此深受百姓敬仰。从此,在嫘祖的倡导下,华夏民族开始了栽桑、养蚕、编织丝绸的历史。嫘祖是我们先祖女性中的杰出代表,她首倡婚嫁,母仪天下,福祉万民,和炎、黄二帝开辟鸿蒙,告别蛮荒,功高日月,德被华夏,被后人奉为"先蚕"圣母。

铁炉匠、冶炼业祖师尉迟恭

尉迟恭,朔州人。他是隋末唐初著名战将,封鄂国公,是凌烟阁二十四功臣之一,又是著名的"门神"原型。因为早年以打铁为业,后又被追封为冶炼业、铁炉匠的祖师爷。

尉迟恭是隋末唐初的名将,归降并辅佐李渊、李世民父子建立了唐朝,并在"玄武门之变"中帮助李世民夺得帝位。史书上评价他纯朴忠厚,骁勇善战。同时他在民间被奉为神明,与秦琼一起成为"门神"的原型。相传尉迟恭解甲归田的时候,当时的皇帝唐高宗(李治)除了赏赐他很多的钱财外,还把当地一个并未启封的钱库一并赏赐给了他。可是等到他开库查验钱数的时候,发现和账目上的钱数相比,少了五百贯的铜钱。尉迟恭当即勃然大怒,认为是当地的守官监守自盗,正想处罚的时候,却发现了库房里挂着一张字条,一看,上面竟然有自己字迹的署名,上面明明白白写着"今日给予某某五百贯铜钱",还有日期。原来这张字条是几十年前自己还是一个穷打铁匠的时候,写给一位书生的。尉迟恭暗暗惊奇,却也是百思不得其解,只得暗中派人寻找这位书生。原来在隋末的时候,尉迟恭还是一个普通的打铁匠。太原的一位书生,十分穷苦,恰巧他的家离这个钱库很近,有一次他钻了进去,钱库里满满的堆了有几万贯的铜钱,他忍不住拿了些钱,正要走时,突然出现了一个穿着金甲的神兵,大声说道:"这可是尉迟恭的钱,你要的话,可以到尉迟恭那里要一个手谕。"于是这位书生就到处找叫作尉迟恭的人,终于打听到一个打铁的人叫作尉迟恭。于是他来到铁铺,在一旁等候尉迟恭打完铁后恭敬地对他说:"我的家很穷困,而您却很富有,我想要五百贯的铜钱,不知道您能不能给我?"尉迟恭听后又好气又好笑,说道:"我只是一个打铁的,怎么可能富有,你是在羞辱我?"书生说:"不敢。请你可怜一下我,只要写个手谕就可以了。"尉迟恭很豪爽地答应了。于是这位书生写下"今日给予某某五百贯铜钱"的字条并注明日期,并恳请尉迟恭写下了自己名字。书生把字条带到钱库交给金甲天兵,天兵让他把字条挂在钱库里,并笑着说道:"这下就可以了,但是只能拿五百贯。"

后来尉迟恭找到了书生问清楚了原委,说道:"当时你拿走了字条,我还和徒弟拍手大笑,认为你太荒谬了,原来人的命运际遇上天早就知道了。"于是他重重赏赐了这位书生,并把剩下的钱都分给以前的朋友。当然,这只是一个传说。

文字祖师爷仓颉

仓颉,又名侯冈颉、史皇氏、苍王、仓圣、仓帝、仓颉先师,出生于临汾的洞儿村(即今尧庙镇西赵村),是黄帝时期造字的左史官。他看见鸟兽的足迹而受到启发,分类别异,加以搜集、整理和使用,代表人们要表达的意思,在汉字创造的过程中起了重要作用,是中国原始象形文字的创造者,被尊为"造字圣人"。在洞儿村曾建有仓颉祠堂,称作"仓颉圣祠",每年春天都要进行祭祀活动。该祠有房屋四百余间,祠内两厢,一边为崇文会馆,一边为培英义庄,乡会试在此举行。清代,此祠被烧毁后,又建祠三间。乾隆四十九年(1784年),临汾县令、河间人李早荣在仓颉祠旁修建碑亭,石碑上书写了"仓颉造字处"五个阴刻正楷大字。现祠已被毁,石碑存于尧庙。当地相传,仓颉是从猎人按虎、狼、牛、羊的脚印捕猎的故事中得到启发,造出了象形文字。据《平阳府志》记载:"上古仓颉为黄帝古史，生而四目有德，见灵龟负图，书丹甲青文，遂穷天地之变，仰视奎星圆曲之变，俯察龟文、鸟羽、山川、指掌而创文字，文字既成，天为雨粟，鬼为夜哭，龙为潜藏。今城南有仓颉故里碑。"

据《河图玉版》《禅通记》记载，仓颉曾经自立为帝，号仓帝，是上古时期的一部落首领。仓颉在位期间曾经于洛汭之水拜受洛书。据史书记载，仓颉有双瞳四个眼睛，天生睿德，观察星宿的运动趋势、鸟兽的足迹，依照其形象首创文字，革除当时结绳记事之陋，开创文明之基，因而被尊奉为"文祖仓颉"。

相传仓颉在黄帝手下当官，黄帝让他专门管理圈里牲口的数目、囤里食物的多少。仓颉人挺聪明，做事又尽力尽心，很快熟悉了所管的牲口和食物，心里都有了谱，很少出过差错。可慢慢地，牲口、食物的储藏量在逐渐增加、变化，光凭脑袋记不住了。仓颉整日整夜地想办法，先是在绳子上打结，用各种不同颜色的绳子，表示各种不同的牲口、食物，用绳子打的结代表不同的数目。但时间一长久，就不奏效了。这增加的数目在绳子上打个结很方便，而减少数目时，在绳子上解个结就麻烦了。仓颉又想到了在绳子上打圈圈，在圈子里挂上各式各样的贝壳，来代替他所管的东西。增加了就添一个贝壳，减少了就去掉一个贝壳。这法子挺管用，一连用了好几年。

黄帝见仓颉这样能干，叫他管的事情愈来愈多，每年祭祀的次数、狩猎的分配、部落人丁的增减，也统统叫仓颉管。仓颉又犯愁了，凭着添绳子、挂贝壳这也不行了呀，怎么才能不出差错呢？

这天，他参加集体狩猎，走到一个三岔路口时，几个老人为往哪条路走争辩起来。一个老人坚持要往东，说有羚羊；一个老人要往北，说前面不远可以追到鹿群；一个老人偏要往西，说有两只老虎，不及时打死，就会错过了机会。仓颉一问，原来他们都是看着地上野兽的脚印才认定的。仓颉心中不由得一喜：既然一个脚印代表一种野兽，我为什么不能用一种符号来表示我所管的东西呢？他高兴地拔腿奔回家，开始创造各种符号来表示事物。果然，把事情管理得井井有条。

黄帝知道后,大加赞赏,命令仓颉到各个部落去传授这种方法。渐渐地,这些符号的用法全推广开了,就这样形成了文字。

仓颉造了字,黄帝十分器重他,人人都称赞他,他的名声越来越大。仓颉头脑就有点发热了,变得看不起人,造的字也马虎起来。这些事情传到黄帝耳朵里,黄帝很恼火。他眼里容不得一个臣子变坏,怎么叫仓颉认识到自己的错误呢?黄帝召来了身边最年长的老人商量。这老人长长的胡子上打了一百二十多个结,表示他已是一百二十多岁的人了。老人沉吟了一会,独自去找仓颉了。仓颉正在教各个部落的人识字,老人默默地坐在最后,和别人一样认真地听着。仓颉讲完,别人都散去了,唯独这老人不走,还坐在老地方。仓颉有点好奇,上前问他为什么不走。老人说:"仓颉啊,你造的字已经家喻户晓,可我人老眼花,有几个字至今还糊涂着呢,你肯不肯再教教我?"仓颉看这么大年纪的老人都这样尊重他,很高兴,催他快说。老人说:"你造的'马'字,'驴'字,'骡'字,都有四条腿吧?而牛也有四条腿,你造出来的'牛'字怎么没有四条腿,只剩下一条尾巴呢?"仓颉一听,心里有点慌了:自己原先造"鱼"字时,是写成"牛"样的,造"牛"字时,是写成"鱼"样的。都怪自己粗心大意,竟然教颠倒了。老人接着又说:"你造的'重'字,是说有千里之远,应该念出远门的'出'字,而你却教人念成重量的'重'字。反过来,两座山合在一起的'出'字,本该为重量的'重'字,你倒教成了出远门的'出'字。这几个字真叫我难以琢磨,只好来请教你了。"这时仓颉羞得无地自容,深知自己因为骄傲铸成了大错。这些字已经教给各个部落,传遍了天下,改都改不了啦。他连忙跪下,痛哭流涕地表示忏悔。老人拉着仓颉的手,诚挚地说:"仓颉啊,你创造了字,使我们老一代的经验能记录下来、传下去,你做了件大好事,世世代代的人都会记住你的。你可不能骄傲自大啊!"从此以后,仓颉每造一个字,总要将字义反复推敲,还拿去征求人们的意见,一点也不敢粗心。大家都说好,才定下来,然后

逐渐传到每个部落去。

武财神关羽

中国人一向信奉财神。财神,在中国民间传说中是主管财源的神明,主要分为两大类:一是道教赐封,二是民间信仰。道教赐封为天官上神,民间信仰为天官天仙。中国供奉的财神有大小五路财神和四方财神、文武财神的说法。大五路财神,分别是东路财神比干、南路财神柴王爷、西路财神关公、北路财神赵公明、中路财神王亥。此五路财神是我国民间主要供奉的五大财神,所以称之为"大五路财神"。小五路财神指的是赵公明及其手下的四位部将。除了中路为武财神赵公明外,其余四路为东路财神招宝天尊萧升、西路财神纳珍天尊曹宝、南路财神招财使者陈九公、北路财神利市仙官姚少司。四大财神,依次是赵公明、比干、范蠡和关二爷。还有一种说法是五大财神和四方财神,分别是中路财神王亥(中)、文财神比干(东)、范蠡(南)、武财神关公(西)、赵公明(北)和端木赐(西南)、李诡祖(东北)、管仲(东南)、白圭(西北)。以上曾被道教分为"四面八方一个中"的财神阵容。

在这些财神里,武财神、西路财神关羽和南路财神柴荣是山西人。

武曲星狄青

《尚书·尧典》记载:"历象日月星辰,敬授民时。"说明上古时代的尧就已经意识到星辰的变化对时令的影响,因而让治下百姓根据时令的变化来播种。历史上最早的武曲星是一位小说中的人物,即《封神榜》中的窦荣。第二位武曲星是汉代的关羽。关羽,运城解州人,东汉末年蜀国名将。关羽去世后,逐渐被神化,被民间尊为"关公",又称"美髯公"。历代朝廷多有褒封,清代奉为"忠义

神武灵佑仁勇威显关圣大帝",崇为"武圣",与"文圣"孔子齐名。第三位就是北宋时期的狄青。另外还有两位是西周的国君周武王、三国时期的曹操。

狄青,字汉臣,山西汾阳人,北宋名将。狄青出身贫寒,自少入伍,面有刺字,善骑射,人称"面涅将军"。传说北宋末年,天灾人祸不断,民不聊生,玉帝紧急派武曲星君下凡。由于错拿脸谱,武曲星投胎后就成了狄青,生得眉清目秀,像一个文弱的书生,但因练就了一身好武艺,而成了宋朝的一员大将,南征北讨屡建奇功。

狄青是宋代抗击外族入侵战争中独具传奇色彩、赫赫有名的一位。北宋中期,西夏国经常侵犯边塞,烧杀劫掠,无所不为。朝廷新招募的士卒号称"万胜军",却由于没有经过严格的训练,又缺实战经验,因此屡屡吃败仗,几乎变成了"屡败军"。这天,西夏兵马又杀过来了,宋军出来抵挡。西夏军见对手仍是那些不中用的"万胜军",哪里将他们放在眼里,争先恐后地扑上来,准备将其一举歼灭。哪知对手沉着冷静,进退有序,打得勇猛顽强,与以往大不相同。渐渐地,西夏军支撑不住了,纷纷后退,却被另一支"万胜军"挡住了去路。西夏军腹背受敌,乱作一团,几乎被全歼,只有少数骑兵逃出了重围。后来他们才探听到,原来名将狄青率领其精锐的"虎翼军"来到了西北边关,却故意都打着"万胜军"的旗帜出战。难怪西夏人要因轻敌而惨败了。两军交战,钲与鼓,一静一动,闻钲收兵,鸣鼓出击,这是军中常识。狄青镇守泾原路时,强敌在前,众寡悬殊,狄青思量着要出奇制胜,便传令军中:人人舍弃弓弩枪戟,只带护身短刀;听得第一阵钲声,全军停止前进,就地待命;听得第二阵钲声,装出要退却的模样,却不准乱了阵势;待钲声一停,立即大声呼喊着冲杀过去。第二天两军相向前进,眼看来到近前,西夏军见宋军没有长枪大戟,都有点疑惑。忽然听得宋阵中钲声齐鸣,宋军都驻足不前,西夏军更加疑惑不解。过了一会儿,第二阵钲声又起,宋军都转过身子,似乎要撤退了。西夏将士猛然间都"恍然大悟"了,不禁纷纷笑道:"哈哈,这是要逃跑了!谁说狄青英勇?今天明知不敌,要当逃命将军了!"话音未落,这边钲声停止,宋军忽然转过身来,大呼着冲向敌阵。西夏军猝不及防,宋军已到了近前,只听得一阵阵哀号,前面的士兵已饮刃而倒,后面的士兵回过神来,欲待反击。可是贴身肉搏,长枪大戟难以挥舞,弓弩羽箭更派不上用场,全都成了累赘;而宋军的短刀短剑在人堆里攒刺挥劈,砍削切剁,却是得心应手。西夏兵自相践踏,死伤一大半,没死没伤的也胆战心惊,落荒而逃。

狄青在宋夏边境四年,经历过大小二十五战,机智多谋而又勇猛无比,被敌人敬为天神。就像契丹人称杨业"杨无敌"、女真人呼岳飞"岳爷爷"一样,西夏人也呼狄青为"狄天使"。

武圣关羽

关羽,字云长,山西运城市人,是我国妇孺皆知的三国历史人物。关羽生前勇武盖世,忠义双全,流下了许多脍炙人口的传奇故事。关羽被后人逐渐推崇为"武圣人",有一个被统治者和民间由"人"到"神"的逐渐神化的历史过程。

公元220年,关羽败走麦城,被东吴名将吕蒙活捉后,不肯投降而被孙权斩首。此后的几百年间,关羽也只不过是一位三国里的历史人物而已。直到隋朝初年,才有佛教徒假以关羽显灵之名,在当阳首建关庙。唐德宗建中三年(782年),关羽被列为古今六十四位名将之一,被请进"武庙",配享姜太公。"古今六十四名将"听起来似乎很有名,其实,如果不是后世的逐渐推崇,关羽也只能是六十四名将中的一位而已。相信大多数读者对六十四名将达不到如数家珍的地步,甚至还不如对《水浒传》中的"三十六天罡星"熟悉吧?到了宋代,"默默无闻"了八百多年的关羽,地位才逐渐地步步高升。宋真宗大中祥符年间(1008—1016年),解州盐池水少盐减,宋真宗派使臣查核,回复:"盐池为患的是蚩尤!"龙虎山张天师奏请:"古代忠烈之士,死后成神,蜀将关羽忠勇绝伦,陛下祷告召之,必胜无疑。"于是，宋真宗赵恒下旨在解州修建关羽庙。因为这是帝王首次敕建关庙，故"殿皆石柱，雕龙飞腾，庙貌宏丽，甲于天下"。接着，宋哲宗赵煦又封关羽为"显烈王"。之后，宋徽宗赵佶更是给关羽连升三级：初封"忠惠公"，再封"崇宁真君"，最后加封为"义勇武安王"。元朝建立后，蒙古贵族为了加强统治，元文宗孛儿只斤·图帖睦尔也加封关羽为"显灵义勇武安英济王"。到了明代万历年间（1573—1620年），明神宗朱翊钧相继加封关羽为"协天大帝""协天护国忠义帝""三界伏魔大帝""神威远镇天尊关圣帝君"。明神宗还把关羽庙升格为"武庙"，使民间对关羽的信仰步入高潮。清朝入关前，就已经对关羽极为推崇，入关夺取天下后，先后即位的各位皇帝对关羽的推崇更是空前绝后。雍正三年（1725年），朝廷下令，以关帝庙为武庙，并入祀典，文武百官、各省县百姓按祭孔之太牢祭仪进行春、秋两祀。从此，关羽成为国家祭祀的主神，达到了与"文圣"孔子并驾齐驱的地位。在封建帝王反复倡导的这场造神运动中，作为封建王朝正统思想与宗教的儒、道、佛也是推波助澜，扮演了极为重要的角色。儒教尊关羽为"文衡圣帝"，将其奉为文人士子的守护神；佛教尊关羽为守护佛法的"伽蓝神"，后又升为"护国明王佛"；道教则尊关羽为"荡魔真君""伏魔大帝"。关羽受到自上而下的推崇后，出现了关庙冠天下的情景。明清以来，遍布神州大地的各种庙宇中，道教的关帝庙在数量上赫然位居榜首，远远超过了文圣孔庙。这样，关羽由人变成神之后，成为具有司命禄、保佑科举、治病辟邪、诛罚叛逆，乃至招财进宝、庇护商贾等的"全能"法力。

戏法祖师爷吕洞宾

吕洞宾，山西省芮城人，唐宝历元年（825年）进士。后弃官入道，隐居终南山。其后遍游山水，传道度人。在八仙之中，吕洞宾在民间的传说中更为洒脱，名气也比较大，集酒仙、诗仙、剑仙、药仙于一身。他不仅在道家一派颇有建树,而且还与佛家修行之人多有来往,据传曾得到过观世音菩萨点化。传说,得道成仙之后的吕洞宾,在云游天下的时候,看到几个和尚在追一个小孩,他从袖中拿出几粒黄豆朝空中撒去,那几粒黄豆变成了年轻力壮的大汉,把追逐的几个和尚吓得逃走了。吕洞宾在了解到这些和尚要拉这个小孩去寺院当和尚的情况后,便主动收留了这个小孩,并传授给他"撒豆成兵"之术。他还送给这个小孩一本天书。这个小孩在吕洞宾的引导下经过不断的练习,最终学会了变戏法,以此为生、养家糊口,并逐渐开创了"变戏法"这一行业。戏法,古代称作幻术、撮戏法,俗称戏法,也就是现在所说的魔术。戏法与杂技本属于同一个行业,起源于民间,在上千年的历史发展过程中深受老百姓的喜爱,逐渐形成了一个大行业。吕洞宾遂被奉为这一大行业的祖师爷,每年的四月十四生日这天,戏法杂技行的徒子徒孙们都会供奉吕洞宾祖师。

戏曲鼻祖唐明皇

在中国各行各业的祖师、鼻祖中,身份最贵重、官阶最高的,应该非唐明皇莫属了。这位历史上有名的多情、多才、多艺的皇帝,被戏曲行业奉为梨园祖师并加以敬拜。唐明皇,即唐玄宗李隆基,唐朝皇帝,庙号"玄宗"。他酷爱音乐,精于多种乐器演奏,并对唐代的音乐制度做了多次重大改革,还设立梨园(音乐学校),扩充教坊,曾召集歌舞艺人与宫女在梨园学艺,并时常亲自执槌击鼓演奏配乐。也因此,后世均称戏曲艺人为"梨园兄弟"。

唐明皇是唐朝在位时间最长的皇帝。史书上说他"性英武,善骑射。通音律、历象之学",以及"性英断多艺,尤知音律,善八分书"。在这多方面的才艺中,他成就最卓越的应该说是音乐,但最享盛誉的却是在戏剧方面。唐明皇自小就酷爱戏曲舞蹈。在陕西蒲城出土的唐桥陵陪葬区内的《唐代国公主碑》中生动地记载了一件事:公元690年,在武则天执政之初的一次宫廷舞会上,年仅六岁的李隆基就曾登台演出。他男扮女装,表演了一曲古代舞剧《长命西河女》,博得满堂喝彩,并受到武则天的赏赐。长大后,唐明皇对艺术更加痴迷。据史载:"玄宗既知音律,又酷爱法曲,选坐部伎子弟三百人,教于梨园。声有误者,帝必觉而正之,号皇帝梨园弟子。"梨园原本是一个果园,位于当时的长安禁苑中,是供帝后、皇戚、贵臣宴饮游乐的场所。后来经唐明皇的大力倡导,梨园的性质起了变化。唐开元二年(714年),唐明皇设"梨园亭"供乐工演奏乐曲、宫女习舞演唱,其中的会昌殿就是玄宗亲自演乐之所。

唐明皇亲自出马,担任了梨园的崔公(或称崖公),相当于现在的校长。崔公以下有编辑和乐营将(又称魁伶)两班管理人员。唐明皇为梨园搞过创作,还经常指令当时的翰林学士或有名的文人编撰节目,如诗人贺知章、李白等都曾为梨园编写过节目,李龟年、雷海青、公孙大娘等人都担任过乐营将的职务。这些诗人和艺术家在这里尽情地展露才华,其中李龟年音乐造诣极高,宫中的许多曲子都出自他手,他和李彭年、李鹤年创作的《渭川曲》特别受到玄宗的赏识,因此也受到唐明皇的多年恩宠。

盛极之时,梨园成为一个人才济济的规模很庞大的组织,不仅设有宫内梨园法部、梨花园、太常系统的梨园别教院,在东都洛阳也设有梨园新院等。由于大批高水准的音乐家聚集于此,梨园也培养了大批高水平的乐工。在这个意义上,梨园堪称我国历史上第一座"国立戏曲学院"和"国立音乐学院"。梨园,也就成了后世戏曲界的代称。

除了搜集人才、教授别人之外,玄宗自己也擅长原创。唐明皇曾将自己创作的四十多首曲子教给梨园弟子。在他创作的众多的曲子里,《霓裳羽衣曲》最为著名。因唐明皇善用羯鼓指挥乐队,后来的戏曲仍以司鼓板为乐队指挥,并尊称其为"打鼓佬",坐在舞台的重要位置,并供奉玄宗为戏曲界祖师,所属同行为梨园弟子,延续至今。清乾隆年间的《玉匣记》等书记载了戏曲行业奉唐明皇为祖师的事实。直至中华人民共和国成立前，旧戏班还设唐明皇神位，遇年节庆典或收徒谢师都要礼拜祭扫。

不过，在有关唐明皇兴梨园教坊的种种说法中，既有史实也有传说。比如，戏曲中丑角儿的鼻子上总是涂着一块白，据说就是来源于唐明皇：一年元宵节，唐明皇与文武百官及梨园子弟共同宴饮，唱戏的人为了讨好皇帝，就扮成各种神仙鬼怪的样子来搞怪逗趣。唐明皇也加入跳舞的队伍，但他发现别人不是戴着面具就是化了妆，他就找来一些白灰抹在自己的鼻子上，扮成了白鼻子的丑角。也有人认为不可能是白灰，而是用一块洁白的玉挡住了鼻梁。总之，这就被认为是"鼻祖"一词的来历。

驯兽的鼻祖黄帝、蚩尤

驯兽的鼻祖，诞生于五千年以前的上古时期，那时我国的黄河流域有许许多多氏族和部落。各个氏族逐水草而居，大都是游牧生活。他们为了争夺黄河中下游流域的水草丰盛之地，或迁移或联盟或斗争，经常发生部落间、氏族间的纠纷或拼杀。在众多氏族部落当中有两个部族较为强大，一个是以神农氏为首领的炎帝部族，另一个是以轩辕氏为首领的黄帝部族。

炎帝部族最早居住在我国西北方姜水附近，据说他们同黄帝部族是近亲。后来炎帝部族日渐衰落，而以黄帝为首领的部落逐渐兴盛起来。他们最早住在我国西北方的姬水附近，后来搬到涿鹿（今河北省涿鹿、怀来一带），在那里定居下来。黄帝小时候就能通晓百事、辨别是非，再加上他富有神奇色彩的来历，人们推断他是天神降临人间，于是推举他做了有熊氏的首领。

据传说，黄帝的先祖是有熊氏，他娶了有蟜氏的一个姑娘为妻。一次，他们到姬水边游玩，天突然阴了下来，空中响起一声闷雷，接着又出现一道闪电，妻子本能地浑身震颤了一下，她怀孕了。过了整整两年，她才生下一个男孩，这男孩便是黄帝。由于他生长在姬水，居住在轩辕，就以姬为姓，以轩辕为号。

在黄帝的带领下，黄帝部落向中原挺进，但在他们进入中原之前，一个九黎族部落在那里出现了，首领名叫蚩尤。据说蚩尤有八十一个兄弟，个个都高大勇猛，力大无比。他们还能制造各种兵器，用于征讨、侵略其他部落，其活动范围遍及整个黄河中下游地区，他们当然不愿意让其他部落进入自己的势力范围。炎帝部落也早于黄帝部落先进入中原地区，首先与蚩尤发生冲突，由于敌不过蚩尤而退居到涿鹿一带，请求黄帝出兵相救。黄帝对称霸中原的蚩尤很是不满，也想除掉这个祸害，于是他马上联合各部落，准备好精兵强将，在涿鹿郊外与蚩尤部落展开了一场大战。

黄帝平日里驯养了熊、罴、貔、貅、虎等各种凶猛的野兽。当打仗的时候，他就把这些野兽放出来助战。蚩尤部落的士兵虽然个个彪悍凶猛，但遇到黄帝率领的强大联合部队，再加上训练有素的凶猛野兽助战，他们抵挡不住，大败而逃。黄帝率兵乘胜追杀，眼看蚩尤部落即将全军覆没。就在这时，蚩尤施展妖术，制造了一场毒雾，把黄帝的兵士团团围住。黄帝的兵士被毒雾笼罩，辨不清方向，蚩尤乘机向南逃去。

为了摆脱毒雾的困扰，黄帝发明了指南车，在指南车的指引下，带领兵士冲破围困，顺着蚩尤逃跑的方向继续追击。正在这时，突然间狂风大作，暴雨倾盆，飞沙走石，阻挡了黄帝的去路。原来是蚩尤又请来风伯雨师助战，但黄帝也不甘示弱，请来天女帮忙……黄帝最终打败了蚩尤，得到了众部落的热烈拥护，被推举为部落联盟首领，炎帝为副首领。由于黄帝在远古时代为创造华夏文明作出了巨大贡献，备受后人推崇，在后人心目中占据了极其重要的位置，所以人们都尊黄帝为中华民族的始祖，自称是黄帝的子孙。

其实，从古至今，无论胜败，能参与博弈的势力，要么是能代表一个群体的利益，要么是拥有那个时代最先进的东西。从史料记载来看，蚩尤之所以能与之抗衡，首先，蚩尤有一个强大的部落联盟,且一度是三大部落联盟中最强大的部落联盟。当时,生活在黄河中下游和长江中下游一带的九黎部落联盟,在蚩尤统率下,面对海河而生,让物质文明得到了较大的发展。再就是发明了金属冶炼和金属兵器的制造。《世本·作篇》说蚩尤"以金作兵器"。史书还说道,蚩尤是冶炼业的发明者,让人类开始进入了使用金属工具的时代,标志着原始社会生产力一次新的飞跃。还有就是施行法制治理。《周书·吕刑》中说"蚩尤对苗民制以刑",就是一个佐证。蚩尤实施刑事法,以肃纲纪,是法规的最早创造者和施行者。有的史料还说,兵器和刑法是蚩尤两大发明,后来被黄帝部落集团效法。

正是在黄帝、炎帝、蚩尤三大集团争夺中原的冷兵器战争中,黄帝、蚩尤表现出了卓越的驯兽本领和运用、指挥野兽作战的智慧,因此被后世所尊崇,成为驯兽的鼻祖。

盐业祖师爷蚩尤

蚩尤,别名"兵主",山西运城解州人,为九黎部落的酋长。史传他制造弓箭、铜器、陶器,最早发明文字(丁公遗址考古),创制礼器、宫室和埋葬制度,是刑法最早发明者,在收复东夷、兵器的发明等方面有创世功勋。蚩尤还是古代神话文化中的"兵主",曾大战炎、黄,逐鹿中原。传说他曾率领众多先民开发盐池,冶铜造器,发展农业耕作,研造军械,富甲一方,名扬天下。黄帝和炎帝联盟,又策反了解州本地人,内外夹攻,破了蚩尤的坚固堡垒,蚩尤终不敌而殒。蚩尤后世被尊奉为盐业、杂技业的祖师。

上古时期,蚩尤带领九黎氏族部落在中原一带兴农耕、冶铜铁、制五兵、创百艺、明天道、理教化,为中华早期文明的形成作出了杰出贡献。河南、山东、河北交界处地区被称为"九黎之都"。炎帝部落经过数百年的辉煌后,逐步衰落,在与后来崛起的蚩尤部落战斗中失败,遂联合新兴的黄帝部落,在运城盐池一带同蚩尤进行了一场大规模的战争,蚩尤战败,在今运城解州被肢解("解州"一

名即由此而来)。宋代沈括的《梦溪笔谈》说,解州盐池的卤水呈红色,即所谓的"蚩尤血"。《孔子三朝记》亦云:"黄帝杀之(蚩尤)于中冀,蚩尤股体身首异处,而其血化为卤,则解之盐池也。"解州附近现在有个村子叫蚩尤村,又叫蚩尤城,城里有蚩尤冢,后改名叫从善村,传说这里就是蚩尤故里。这场战争的主战场在阪泉,即今运城盐池一带,史称"阪泉之战"。在这场史无前例的战争中,蚩尤被黄帝和炎帝联手打败后,其血化为盐池,即今山西运城的盐池。所以,后世追其为盐业始祖。

杂技祖师爷蚩尤、吕洞宾

杂技业的祖师爷有蚩尤、吕洞宾的说法。蚩尤是上古时代九黎氏族部落联盟的首领,蚩尤代表狩猎者,是传说时代狩猎者的首领。他在位期间,开垦农田,定居中原,奠定了华夏民族的根基,因其武艺高强,善于角抵,而杂技就源于角抵,所以杂技也被称为蚩尤戏,蚩尤亦被尊为杂技业祖师。

杂技艺人之所以尊奉吕洞宾为祖师,是因为吕洞宾懂医学、善幻术,浪迹江湖中为民解难除危,仗义而行。有这样一个故事,唐朝末年,江南有一文举子名纪晓棠,河北有一武举人名柳树青。两人不约而同赴长安考取功名,同住一店。两人相见甚是投机,大有相见恨晚之感。考期一到,两人分赴文、武考场。当时朝廷腐败,奸臣当道,考场徇私舞弊,柳树青为此愤然离场,纪晓棠强抑愤懑考完,成绩名列前茅。宦官们忙向皇帝进言,又命纪晓棠为京都制二十四节气表。纪晓棠凭借渊博的天文地理知识,连夜制出该表。宦官见状,又进谗言说纪晓棠的学识,高于当朝文武百官,且有天子之相,近得人报,他与柳树青密室策划,大有谋反之意,此两人万不可留。皇帝当即下旨,立斩二人。柳树青闻讯后,借月色携纪晓棠杀出长安城,昼伏夜奔,四处躲藏。一日,两人逃至一山,肚饥体乏,昏然睡去,忽有玲玲之声将两人惊醒。见有两老者在一松树下的石盘上对弈,棋击石盘发出阵阵响声,纪、柳二人至石盘侧视之。时值夕阳西下,忽一松子落至棋盘,一老者道:"松下对弈,松子每随棋子落。"纪晓棠随即吟道:"柳下垂钓,柳丝常伴钓丝悬。""对得好,好对儿。"吟诵的老翁说着站起来,飘然而去。另一老者愤然站起,随手拂乱棋子,怒道:"你是何人,竟敢在此多言!"说着已飘出数丈之遥。纪、柳二人紧随其后,逢山越山,逢涧跳涧,追到一山上。老者转身道:"你二人如此无礼,随我来此为何?"二人忙跪倒说:"我二人看破红尘,愿拜先人为师,超脱凡俗,修化得道。"老者沉思片刻道:"你等若依我之意,方可收到门下,否则恕不远送。"二人急道:"我等悉听尊便。""其一,学得技艺传给天下穷人,使其得以温饱;其二,从今后,不得与官府交往。"二人听罢,磕头拜师。为师者,吕祖洞宾。之后,二人随师冬练三九,夏练三伏。柳树青学会了拿顶、下腰、翻跟头,纪晓棠学会了"仙人摘豆""罗圈献彩"及制药、看病等技艺。数年后,艺成学满,遵师命下山。从此,杂技和魔术如一对孪生兄弟,在穷苦艺人中代代相传。

灶王爷炎帝

古往今来,祭灶是个非常古老而重要的仪式,周代"七祀"里就有祭灶。《礼记·祭法》说:"王为群姓立七祀:曰司命,曰中霤……曰灶……庶士、庶人,立一祀,或立户或立灶。"王公贵族必须祭灶自不待言。灶王爷实际上是中国人一家一户供奉的家内神,早在夏代,他已经是民间所尊奉的一位大神了。在民间,广泛流传着一个歇后语,叫作"灶王爷上天——有啥说啥",这反映出了灶王爷的工作便是向上天汇报。汇报的内容,则是凡间家家户户的生活状况,是否行善或作恶。也正是因为他能够将凡人的一举一动上报天庭,百姓们都十分担心他对天帝说什么不好的事情,所以一到了年底,都要恭恭敬敬地祭拜他,希望他升天能多说些好话。这就是民间所说:"上天言好事,下界保平安。"灶神、灶王爷的祭祀由来已

久,但灶神的来历却众说不一。《淮南子》说:"黄帝作灶,死为灶神。"又说:"炎帝作火,而死为灶。"还有燧人氏和祝融的说法及很多民间灶神的传说。从炎黄子孙和承上启下的传统延续来讲,黄帝和炎帝应该有一定的道理。炎帝是火帝,死了之后继续温暖亿万家庭,好像说得通。也就是说,上古时期有位炎帝,即与黄帝齐名的那位华夏民族的祖先,又叫神农氏,因为人们以前吃东西和禽兽没有区别,是他教导人们使用火把食物(烤)煮熟了才食用,于是被尊为炎帝,死后被尊为能掌控火焰的灶神(灶王爷)。

制车业、交通业的祖师造父

造父,山西洪洞赵城人,中国赵氏族人的立姓始祖,也是血缘始祖。其祖先伯益为颛顼玄孙。造父被舜赐姓嬴,是西周善驾马车者。传说他在桃林一带得到八匹骏马,调驯好后献给周穆王。由于造父帮助周穆王打败了入侵之敌,周穆王便把赵城赐给他。周时也被车夫奉为车夫祖师爷。后世尊称为制车业、交通业祖师爷。造父是伯益、颛顼的后代,是周穆王时期的御马官,还是中国古代历史上著名的善御者。

造父是古代的驾车能手。他在刚开始向泰豆氏学习驾车时,对老师十分谦恭有礼貌。可是三年过去了,泰豆氏却什么技术也没教给他,造父仍然执弟子礼,丝毫不息。这时,泰豆氏才对造父说:"古诗中说过:擅长造弓的巧匠,一定要先学会编织簸箕;擅长冶金炼铁的能人,一定要先学会缝接皮袄。你要学驾车的技术,首先要跟我学快步走。如果你走路能像我这样快了,你才可以手执六根缰绳,驾驭六匹马拉的大车。"造父赶紧说:"我保证一切按老师的教导去做。"泰豆氏在地上竖起了一根根的木桩,铺成了一条窄窄的仅可立足的道路。老师首先踩在这些木桩上,来回疾走,快步如飞,从不失足跌下。造父照着老师的示范去刻苦练习,仅用了三天时间,就掌握了快步走的全部技巧要领。泰豆氏检查了造父的学习成绩后,不禁赞叹道:"你是多么机敏灵活啊,竟能这样快地掌握快行技巧!凡是想学习驾车的人都应当像你这样。从前你走路是得力于脚,同时受着心的支配;驾车就必须掌握好缰绳和嚼口,使马走得缓急适度,互相配合,恰到好处。你只有在内心真正领会和掌握了这个原理,同时通过调试适应了马的脾性,才能做到在驾车时进退合乎标准、转弯合乎规矩,即使跑很远的路也尚有余力。真正掌握了驾车技术的人,应当是双手熟练地握紧缰绳,全靠心的指挥,上路后既不用眼睛看,也不用鞭子赶;内心悠闲放松,身体端坐正直,六根缰绳不乱,二十四只马蹄落地不差分毫,进退旋转样样合于节拍。如果驾车达到了这样的境界,车道的宽窄只要能容下车轮和马蹄也就够了,无论道路险峻与平坦,对驾车人来说已经没有什么区别了。这些,就是我的全部驾车技术,你可要好好地记住它!"泰豆氏在这里强调了苦练基本功的重要性。要学会一门高超的技术,必须掌握过硬的基本功,然后才能得心应手,运用自如。学习驾车如此,做其他任何事情也都应当这样。

制醋的祖师黑塔

黑塔,山西运城人,传说是酒圣杜康的儿子,在酿酒时因为懒惰而意外酿出了醋。传说酒圣杜康发明酿酒术那年,举家迁到了镇江,在城外开了个前店后坊的小作坊,酿酒卖酒。儿子黑塔帮助父亲酿酒,干些提水、搬缸的粗活。一天,黑塔给缸内酒糟加了几桶水,兴致勃勃地搬起酒坛子一口气喝了好几斤,没多久,黑塔就醉醺醺地睡着了。突然,耳边响起了一声震雷,黑塔迷迷糊糊睁开眼睛,看见房内站着一位白发老翁,正笑眯眯地指着大缸对他说:"黑塔,你酿的调味琼浆已经二十一天了,今日酉时就可以品尝了。"黑塔正欲再问,老翁已飘然而去。他大声喊:"仙翁,仙翁!"自己便被惊醒,原来是做了个梦。

黑塔回想刚才梦中发生的事情,觉得十分奇怪,这大缸中装的

不过是喂马用的酒糟再加了几桶水,怎么会是调味的琼浆?黑塔将信将疑,就喝了一碗。谁知一喝,只觉得满嘴香喷喷、酸溜溜、甜滋滋,顿觉神清气爽。

黑塔急忙去见父亲,将刚才梦中所见、口中所尝一五一十地告诉了他。杜康听了也觉得神奇,便跟黑塔一起来到水缸旁看个究竟。只见大缸里的水与往日不同,黝黑、透亮。杜康用手指蘸了蘸,送进口中尝了尝,果然香酸微甜。

杜康想起老翁讲的"二十一天""酉时",他突然拽住黑塔在地上用手指写了起来:"二十一日酉时,加起来就是个'醋'字呀,兴许这琼浆就是'醋'吧!"杜康父子按照老翁指点的方法酿出了香醋。这醋在镇江城内卖开了,又传出镇江城,名扬四方。

中华医药的开山祖师神农氏

神农,又名神农氏、烈山氏、炎帝,中国上古部落联盟首领。他是有巢氏、燧人氏、伏羲氏、女娲氏、神农氏"五氏"中的最后一位神。他教人种植五谷、豢养家畜,使中国汉族农业社会结构完成,开始进入以农耕、渔猎为主的农业时代,是我国原始社会时期一位勤劳、勇敢、睿智的部落首领,对中华文明有不可磨灭的巨大贡献,被后世尊称为"三皇"之一。神农尝百草,而后才开始了中医药学的发展。神农因此也被称为药物的发现者和使用者,被尊为中国医药学之创始者。我国第一部系统论述药物的著作《神农本草经》,就是以他的名字命名,表达了对他的尊崇怀念之意。

神农尝百草不是传说,而是延续下来的口传历史。神农确有其人,但不是一个人,而是一个部落的人。神农尝百草是通过在寻找食物的过程中发现有一些农作物、有一些草,具有治疗的功效,这样就开始有了药。传说神农氏的肚皮是透明的,可以看见各种植物在肚子里的反应。这样能分辨什么植物可以吃,什么植物不可以吃,他曾亲自用口品尝百草,发明药物及教人治病。神话故事中，神农带领着农民亲自上山采药，亲口尝过各种各样的草药，为了辨别药性，他曾经在一天内中毒72次，都被他那玲珑玉体内的肝肺肠胃给化解了。他还有一条叫作"赭鞭"的神鞭，用它来鞭打各种各样的草药。这些草药经赭鞭一抽打，有毒无毒，是寒是温，各种药性自然表现出来了。他尝完一山花草，又到另一山去尝，一直尝了七七四十九天，踏遍了山山岭岭。他尝出了麦、稻、谷子、高粱能充饥，就叫臣民把种子带回去，让黎民百姓种植，这就是后来的五谷。他尝出了三百六十五种草药，写成《神农本草经》，叫臣民带回去，为天下百姓治病。可是不幸的事情终于发生了。一次，神农在山中尝到了一种有剧毒的断肠草，他的肠子一截一截烂断了。这位伟大的医药之神，为了解除人民的痛苦，献出了自己的生命。人民自然不会忘记他的大恩大德，世世代代纪念着他。

中医学的祖师爷黄帝

中医学是我们的国粹，是华夏先民研究自然、研究人和自然的关系、研究生命起源和生命发展规律、研究人体生理、病理和疾病防治方法的科学，也是建立在中国传统文化基础上的科学。它具有独特而神秘的东方特色。中医学的祖师爷轩辕黄帝编著的《黄帝内经》是中国最早的医学典籍。据说还有一本《黄帝外经》，不过早已失传。在黄帝之前，史书上没记载过关于中医的任何文字。

《黄帝内经》，中国传统医学四大经典著作之一，是第一部、也是唯一一部冠以中华民族先祖"黄帝"之名的中医巨著，是中医现存成书最早的一部医学典籍。书中现存最早的中医理论，对后世中医学理论的发展奠定基础。相传该书是黄帝与岐伯、雷宫、伯高、俞跗、少师、鬼臾区、少俞等多位大臣讨论医学的记述。后来，一些先秦流传下来的药书，在汉代经过进一步整编而成《神农本草经》。一年是三百六十五天，《神农本草经》载有三百六十五种药。医学的四大经典指的是《内经》《难经》《伤寒杂病论》和《神农本草经》。这四部经典中包含了讲理论的、讲方剂的、讲药的等方面。汉代人整理前人的理论和经验,定形了这几部著作,为中医理论体系的形成打下了扎实的基础。也就是说这几部著作的定型标志着中医理论体系的形成。

《黄帝内经》对中医的贡献可以归纳为以下几点:1.创意造言,大始之德,很多的医学名词和原理是从《内经》中来的;2.奠定了中医理论体系的构架;3.主教方法,昭示规律,传承医术;4.科学的载体,哲学的别裁,文化的品位,恒久的价值,不可代替。现在仍然可以这样说,《内经》是常读常新,而且《内经》的内容还有很多需要去研究。所以很多人在从医多年后仍然觉得《内经》句句真言、字字珠玑,在汗牛充栋的中医书籍中,其有经典著作之说。

后 记

民俗是民间的风俗习惯,是集体的记忆、人民大众智慧的结晶,更是人民大众热爱生活、追求理想未来的集中表现。来源于集体意识中的民俗,是集体中每一个人生命、生活的集中表达。

人生在世,应该怎样活着?这是我们每一个人都在思考的问题,也是我们一生都在实践的课题。首先要清楚、明白自己所求的是什么,是轰轰烈烈的人生,还是平淡如水的生活。有了明确的目标,才会产生一个个阶段性的想法。如果想要平静的生活,那么便不能嫌弃日复一日的平淡无味;想要度过有意义的一生,就要追求更有价值、有境界、有趣味的人生。走怎样的路、享受什么样的生活,和拥有什么样的"三观"息息相关,和最初的"梦想"密不可分。这样的思维、信仰,在今天的现实生活中意义尤显重大。

思想者木心在一首诗中这样写道:"我曾见的生命,都只是行过,无所谓完成。"他欣赏《当代英雄》中的主人公皮恰林,此君在驿站等马车,四处无人,颓废疲倦。忽然马车来了,此君一挺腰杆,健步上车,一派英姿飒爽风度。在1991年的一次课堂上,木心讲到此处,做了一个上马车的动作,然后接着说:"我们在世界上,无非要保持这样一点态度。"我理解,这个态度,就是我们每一个人的对人生、对世界的一种态度。

我经常在想,在变化如此之大、之活跃的社会中,虽然作为个体的我很弱小,但总想默默地、尽最大努力地去做事。个人的微弱力量或许改变不了世界,却可以选择做一支迎风不息的蜡烛,用自己独特的视角认识这个世界的每一个角落。这大概就是我对这个世界的一点认知吧。人是来观看并回应世界的,也总是要做一些事情的。做什么事情,做了些什么,并不是全由你学了什么决定的,很多来自你的努力程度,更取决于你对一件事情的坚持程度。虽然这可能是一个没有句号的远行,这样的努力也并不一定有多么高的高度,但是只要我们不曾失去希望,我相信所做的努力一定有意义。再重复一遍木心说的那句话:"我们在世界上,无非要保持这样一点态度。"这个态度,就是我的梦想,通过自己的努力,从源头汲取活水,为中华民族传统文化的精华不断地渐推渐广、渐续渐行,作出一点贡献。

2020年5月于乳山海之韵

图书在版编目(CIP)数据

山西民俗故事：上、下/王晨，王中力著.—太原：三晋出版社，2022.5
ISBN 978-7-5457-2279-6

Ⅰ.①山… Ⅱ.①王… ②王… Ⅲ.①民间故事—作品集—山西 Ⅳ.①I277.3

中国版本图书馆 CIP 数据核字（2021）第 082861 号

山西民俗故事（上、下）

著　　者：	王　晨　王中力
责任编辑：	冯　岩
助理编辑：	刘静萱
责任印制：	李佳音
出 版 者：	山西出版传媒集团·三晋出版社
地　　址：	太原市建设南路 21 号
电　　话：	0351-4956036（总编室）
	0351-4922203（印制部）
网　　址：	http://www.sjcbs.cn
经 销 者：	新华书店
承 印 者：	山西海德印务有限公司
开　　本：	700mm×1000mm　1/16
印　　张：	31.75
字　　数：	420 千字
版　　次：	2023 年 3 月　第 1 版
印　　次：	2023 年 3 月　第 1 次印刷
书　　号：	ISBN 978-7-5457-2279-6
定　　价：	98.00 元（上、下）

如有印装质量问题，请与本社发行部联系　电话：0351-4922268